ⓒ 이인화, 2006. Printed in Paju, Korea

이인화 장편소설

영원한 제국

세계사

영화로 보는 『영원한 제국』

정조(안성기 분)

"지금까지 인간이 만든 나라는 하나밖에 없었다. 고대의 모든 나라들은 주(周)나라에 도달하려는 꿈이었으며 그 이후의 모든 나라는 주나라로 돌아가려는 꿈이었다."

……중세의 영원한 꿈이었던 주나라. 시경・서경・주역이 만든 환상의 제국

정조가 스스로 정한 아침 일과인 오십사(五十射)

전하께선 활을 쏘실 때 50번을 다 쏘아 명중시키는 일이 없었다. 향사의(鄕射儀) 같은 때 대소 신료들과 같이 활을 쏘아보면 너무나 기량에 차이가 났기 때문이다. 문신들은 50사는커녕 30사만 넘으면 모두들 지쳐 화살이 땅바닥에 꽂히거나 아예 활을 당기지도 못하기 일쑤였다. 정조는 그런 신하들을 무안하게 만들지 않으려고 49사까지 한결같은 모습으로 과녁을 겨냥해 쏘다가 마지막 한 발은 일부러 엉뚱한 곳을 쏘곤 했다.

정조: 임금과 신하의 분별이 무너져 임금이 임금답지 아니하여 강한 이는 대대손손 특권을 누리며 전횡을 일삼고, 약한 이는 영영세세토록 핍박받아 눈물만 뿌리고 있으니 이 어찌 세상의 참된 질서라 할 수 있겠느냐?

세자: 하오면 지금 같은 때에 군왕은 어찌해야 하옵니까?

정조: 강한 자를 억누르고 약한 자를 부축하여 탕탕평평한 땅의 이치를 좇아야 하느니라. 그러기 위해 구악을 갈아엎고 끊임없이 유신을 해갈 때 비로소 우리는 이제껏 꿈꾸어왔던 이상의 나라 그것을 이룰 수 있느니라.

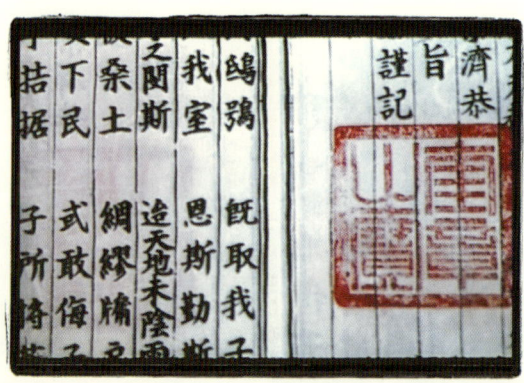

"영조 대왕께서 직접 쓰거나, 감수하신 원본에는 그것을 베껴쓴 전사본(傳寫本)과 구별하는 〈규장지보(奎章之寶)〉라는 어보(御寶)가 찍혀 있소. 그리고 규장지보는 감자 같은 것으로 본뜰 수 없는 남경(南京)산 인주를 사용하오."

규장각 서고에서 얘기를 나누는 이인몽(조재현 분)과 정약용(김명곤 분)
장종오가 죽은 현장인 서고는 이미 기둥을 돌아가며 새끼로 금줄이 쳐 있었다.

조선 왕조의 검시제도는 엄격하고 철저한 것으로 유명하다. 세종조에 간행된 『신주무원록』의 장식에 따라 육안으로 시체의 76개 부위를 검안하여 상태를 기입하고 검시척으로 외상의 크기를 재어 시체의 형태도(屍型圖)까지 작성한다.

"석탄은 시탄보다 화력이 강하고 곳에 따라서는 산과 들에 얼마든지 널려 있어서 쉽게 민가의 난방용으로 쓸 수 있는 돌이지." …(중략)…
"이 돌에는 한 가지 결정적인 약점이 있어서 널리 보급되지 않고 있다네."
"……"
"바로 독연(毒煙)이야. 이 돌이 타는 연기에 무색무취의 독이 있는 거지. 밀폐된 방안에서 한 시각(2시간)쯤 그 연기를 맡으면 누구라도 견딜 수 없다네. 항우장사라도 질식사하지 않을 수 없네."

노론 벽파의 수장 심환지(최종원 분)

서용수: 아무리 주상이라도 이미 40년 전에 다 끝난 사도세자의 일을 가지고 이제 와서 그것이 사실과 다르다는 확실한 물증도 없이 무모한 처분을 내릴 수 있겠습니까?

심환지: 물증? 물증이 있지. 주상에겐 우릴 역적으로 몰아 목을 칠 확실한 물증이 있다네.

"도원이, 이걸 좀 보게."
…(중략)…
인몽은 영문을 모르고 정약용이 펼쳐서 손가락으로 가리키는 대목을 읽었다.
〈영조 43년 9월 15일 술(戌)시. 상고람시경 친제시경천견록(上考覽詩經 親制詩經淺見錄:전하께서 시경을 찬찬히 보시고 친히『시경천견록』을 지으시다)〉

금등지사의 비밀을 이야기하려는 채이숙

「여보게, 사암…… 그 아낙을 꼭 좀, 부탁하네. 나는 몰라도 그 아낙은 반드시 석방을 시켜야 하네.」

채이숙의 일로 이조원(김희라 분)과 언쟁을 벌이는 정약용

약용의 벼락 같은 호령에 그만 이조원의 말이 가로막히고 말았다. 일어서서 한 걸음 두 걸음 이조원에게로 다가가는 약용의 눈빛은 잔뜩 충혈되어 찌를 듯이 빛나고 있었다. 이조원은 그 서슬에 놀라 한 걸음 뒤로 물러섰다.

"내가 하는 말을 잘 듣게. 지금 내가 하는 말은 우리 남인 전체의 우, 운명이……
아니, 우, 우리 주상 전하의 목숨이 달려 있는 일이네. 아, 새 잡는 화살이 장치되
어 위에 있고, 새그물이 펼쳐져 아래에 있으니…… 우리 어찌 살아남기를 기약할
수 있겠나. 하지만 전하만은 독수(毒手)를 면하셔야 하, 하리. 사……사암, 사암, 이
것은 돌아가신 아버님과 나만 알고 있는 선대왕의 금등지사라네. 그러니까 임오
년……"

금등지사의 운반책을 맡은 이인몽의 전처 윤상아(김혜수 분)
"〈지금 그 원본의 행방은 소신과 같이 투옥된 윤 소사가 알고 있사옵니다. 전하께
서는 그 아낙을 찾으소서〉 하고 말했습니다. 그리고……"

"천주(天誅)!"
서인성의 입에서 날카로운 기합이 터져나왔다. 서인성의 양쪽 소매로부터 번쩍하는 빛이 맹렬한 기세로 불과 여덟 걸음 앞에 있는 주상 전하를 향해 날아갔다.

채제공의 소상에 모인 노론과 남인
서로가 심각한 비밀을 숨기고, 증오와 경멸, 망상과 공포를 곱씹고 있는 침묵의 대치였다.

개정판 작가의 말

졸작 『영원한 제국』(1993)이 세상에 나온 뒤 십삼 년이 흘러갔다. 이 소설은 그동안 많은 독자들의 애정을 받았고 분에 넘치는 평가도 받았다. 독자들은 조선 문화의 황금시대를 다룬 이 소설에서 20세기의 불행했던 과거를 극복하고 새로운 세기의 문화적 중심 국가로 발돋움하고 있는 한국의 숨은 힘과 잊혀진 기억을 발견하곤 했다. 작가의 여러 가지 어리석은 점과 어두운 구석을 깨우쳐주는 지적도 많았다.

개인적으로 이 소설은 스물일곱의 미숙한 나이에 씌어진 작품이다. 지금 읽으면 번잡한 수식과 어설픈 구성이 낯을 뜨겁게 한다. 너무 부끄럽지만 이 모든 약점들이 내 청춘의 증거이기에 이제 와서 고치고 수정할 수 없다는 생각이 든다.

당시 나는 과천의 좁은 아파트에서 문을 닫아걸고 하루 한 끼 중국집 볶음밥만 시켜 먹으면서 1년 동안 이 소설을 써내려갔다. 밥 먹는 시간은 물론 잠자는 시간도 아까웠다. 나는 전쟁터에 갓 들어선 병사처럼 앙양된 기분과 긴장, 두려움으로 가득 차 있었다.

소설가는 자신이 인생에서 발견한 것을 이야기로 풀어쓰는 사람이다. 그가 발견하는 것은 사회의 모순일 수도 있고 본능의 진실이나 영혼의 전율일 수도 있다. 어쨌든 소설가는 그것을 써서 발견자로서의 책임을 짊어진다. 발견과 그것의 표현에 이르는 과정은 소설가에게 있어서 함포 지원도 없이 맨몸에 소총 한 자루로 적진에 상륙하는 것 같은 고통스런 시간이다.

당시 내가 당면했던 적은 정조라는 인간의 다면성이었다. 인간적인 면에서 정조만큼 자신의 시대와 어울리지 않는 사람도 드물다. 진경시대는 찬란했다. 이앙법의 보급으로 농민들이 부유해지고 신해통공으로 시장이 번영했으며 신분 질서는 이완되고 사상과 지식은 개화하여 새 시대의 꿈을 품은 자유롭고 발랄한 예술들이 자라났다. 이처럼 밝고 풍요로운 시대의 한 가운데 더 없이 어둡고 음울하고 고독한 군주, 정조가 있었다.

11살 때 아버지는 뒤주에 갇혀 살해되고 일평생 역겨운 어머니와 목숨을 노리는 할머니, 대화가 안 되는 아내, 가증스런 정적들에 포위되어 인생의 낙이라고는 오로지 책밖에 없었던 남자가 정조였다.

운명에 대한 분노와 군주로서 도리 사이에 인간 정조의 내면이 놓여 있었다. 〈지나치다 싶을 정도로 열심히 공부하지 않으면 마음이 편하지 않다〉라든지 〈열심히 공부를 하면 오히려 피로가 풀린다〉처럼 『일득록』에 자주 반복되는 정조의 술회는 스스로를 항상 일 중독증으로 몰아가려는 강박증, 마음의 심로(心勞)를 보여준다.

그의 고뇌를 학문을 향한 열정으로 돌려놓은 것은 조선 문화의 힘이었다. 어떤 의미에서 정조의 인격은 〈세자시강원〉이라는 조선의 지도자 교육 시스템이 낳은 명품이었다. 즉 엄선된 교사, 학생 스스로의 노트 정리(초집)를 통해 자발적 학습 능력을 극대화시키는 커리큘럼, 〈서연〉을 통한 정밀하고 섬세한 토론 수업, 그리고 학문의 연마와 인격의 완성을 서로 융합시키는 성리학의 교육 이념 등이 인생의 음울한 늪으로부터 한 사람의 철인왕을 창조했던 것이다.

그러나 그 창조는 완벽했던가? 창조의 뒤에 무슨 일들이 있었던가? 사상과 욕망의 극한 대립이, 그리고 오직 상징과 비극을 통해서만 완전한 표현이 가능한 파국이 있었다. 삶이란 무엇이고, 인간이란 무엇이며, 운명이란 무엇인가?

격파해야 할 주제는 너무 난해했고 내가 아는 것은 너무 적었다. 역사소설은 독자에게 하나의 환상을 심어준다. 소설가가 문장으로 써서 보여주는 삶이 한때 실제로 살았던 한 인간의 삶을 그대로 재현하고 있다는 것. 그러나 과연 실제로 보지도 못했던 주인공의 내면에 불타던 불꽃들에 대해 소설가가 아는 것은 무엇인가? 산더미 같은 자료를 섭렵해도 잡히지 않는 근원적인 절망이었다.

창작의 전쟁터에서 살아남기 위해 나는 내가 아는 유일한 것에 매달릴 수밖에 없었다. 그것은 내 고향의 정신세계, 경북 안동의 재지사족들인 영남 남인들의 문제의식이었다. 나는 그것을 극단적으로 날카롭게 벼려서 그 문제의식을 끝까지 밀고 나감으로써 간신히 살아남았다.

어떤 사회적 성취도 이루기 어려운 사람들. 가슴에 지울 수 없는 상처와 열정을 숨기고 서울을 비웃으며 어느 누구에게도 고개 숙이지 않고 오직 자기 자신만을 긍정하며 사는 사람들. 그리하여 어린 시절에는 더 없이 한심하게 여겨졌던 고향의 골남(骨南) 기질이 이 소설에서는 더 없이 이상적인 이미지로 채색되었다. 한평생 심한 치통을 앓는 사람처럼 자기중심적인 사람들과 그들의 가슴 속에 간직된 성군의 기억이 소설의 등뼈를 형성해 주었다.

그리고 십삼 년이 흘러갔다. 『영원한 제국』은 어느덧 나의 살과 뼈에 스며들어 나 자신이 되었다. 아무도 찾지 않는 변방에 늙은 이인몽이 살고 있다. 세상은 풀 한 포기 없는 황야이며 자신의 상처받은 영혼으로 채색된 연옥이다. 그는 기억하고 또 기억하며 끝없이 자기 자신을 되돌아본다. 그의 추억 속에 모든 우연은 필연이 되고 모든 사건은 운명이 될 것이다.

2006년 9월 이인화

차 례

영화로 보는 『영원한 제국』	4
개정판 작가의 말	12
0 책	17
1 승경도놀이	24
2 또 하나의 죽음	62
3 운명보다 더 강한 것	84
4 의문의 책	125
5 용은 움직이다	181
6 쓰라린 기억들	242
7 금등지사의 비밀	291
8 이 세상 먼지와 티끌	346
부록	369

서평1 이문열 / 서평2 이정엽 / 서평3 도날드 베이커 /
논쟁 / 평론 / 독자 리뷰 / FAQ

0 책

1992년 6월의 일이었다.

나는 동경의 동양문고에서 우연히 『취성록(聚星錄)』이란 이상한 책을 발견했다. 『취성록』은 조선조 헌종 1년, 그러니까 1835년경에 씌어진 책으로, 정조 시대에 규장각 대교(정7품) 벼슬을 한 이인몽(李人夢)이란 사람이 쓴 한문 필사본이었다. 서가에 산더미처럼 쌓여 있는 고서적 중에 유독 『취성록』이 눈에 띈 것은 일종의 경이감 때문이었다고 하겠다. "세상에, 이렇게 지저분한 책도 있나?" 하는 놀라움 말이다.

그것은 너무 낡고 너무 촌스러운 책이었다.

종이부터가 심하게 부패되어 악취를 풍기고 있었고 그나마도 뒤쪽의 상당 부분은 떨어져나간 파본이었다. 표지는 쓰다 남은 한지 예닐곱 장을 풀로 붙인 뒤 물에 불리고 빨랫방망이로 두드려 만든 것이었는데, 세월이 지나자 풀이 덜 간 곳은 떨어지고 방망이질을 심하게 한 곳은 갈라져 온통 너덜거리고 있었다. 한평생의 글들이 시(詩), 소(疏), 차(箚), 서(序), 발(跋) 갖가지 종류별로 간추려져 8권씩, 혹은 10권씩 산뜻하게 장정되어 있는 개인 문집류 사이에 이렇게 말도 안 되는 책이 달랑 한 권 꽂혀 있었으니 그 정경이 얼마나 쓸쓸했던가.

누가 쓴 책인지 이 사람은 자손도 없었나 보다. 자손이 있다면 활자본을 찍어내진 못할망정 깨끗한 종이에 붓으로 베껴서 제대로 된 필사본이라도 남겼을 텐데…… 취성(聚星)이란 건 또 뭐야? 별들이 만난다, 견우와 직녀가 1년에 한 번씩 만난다는 뜻이니 제목부터 좀 이상하군…… 그런저런 연민과 약간의 호기심으로 몇 장 넘겨 보던 나는 깜짝 놀랐다. 그도 그럴 것이 그 몇 장 훑어보는 중에도 정약용, 이옥, 이학규, 이충익 등의 이름과 정조의 문체반정(文體反正)과 관련된 듯한 내용이 속속 눈에 들어왔는데, 그것은 바로 내 석사논문의 주제였던 것이다!

나의 논문은 이른바 〈김삿갓〉으로 알려진 김병연의 그 파격적인 한시를 낳은 문학사의 앞세대들을 규명하는 것이었다. 그 무렵 내가 동경에 머물고 있던 것도 이 정조 연간의 시인들, 특히 민요에 가까운 파격적인 한시를 쓰던 시인들에 대한 자료를 찾기 위해서였다. 이런 전혀 뜻밖의 소득을 얻고 보니 피가 들끓고 머리가 근질근질해질 지경이었다.

대수롭지 않은 책이라고 여긴 것인지 『취성록』은 마이크로필름도 없다. 동양문고는 마이크로필름으로 찍어 놓지 않은 책은 복사를 할 수 없게 하고 있다. 그러나 나는 기쁜 마음으로 그 책을 전부 노트에 베껴 왔다.

그런데 이런 최초의 흥분은 시작에 불과했다.

꼬박 1주일 동안 『취성록』을 읽으며 작가 이인몽이 술회하는 엄청난 내용에 충격을 받은 나는 무시무시한 혼돈 속으로 빠져들었다. 『취성록』의 이야기는 마치 한 편의 추리소설을 읽은 것처럼 도무지 믿어지지가 않았다. 이 이야기가 사실일까. 어떻게 이런 엄청난 이야기가 200년이 지나도록 서책 속에 파묻혀 있을 수 있단 말인가. 도대체 이인몽이란 사람은 누구며 이 책은 언제 어떻게 일본에 건너온 것일까. 이 모든 의문들이 불가사의할 뿐이었다.

동양문고는 청일전쟁에 승리한 일본이 전쟁배상금 대신 받은 10만여 권의 중국서적으로 만들어진 동양학 도서관이다. 그 뒤 쇼와시대를 거치면서 중국, 만주, 한국, 인도차이나 등지에서 수집한 무수한 동아시아 관련서적들이 보태졌다. 『취성록』이 발견된 곳은 동양문고 내에 아호를 재산루(在山樓)라고 하는 마에마 교사쿠(前間恭作)가 소장했던 책들이 있는 곳이었다. 그 방은 이미 한국에서 온 여러 연구자들이 다녀간 바 있다. 정말이지 『취성록』 같은 책이 전혀 알려지지 않고 파묻혀 있다는 것이 가능한 일일까.

서울로 돌아오자 『취성록』을 석사논문의 자료로 쓰겠다는 애초의 계획은 터무니없는 것처럼 느껴졌다. 이런 내용을 논문에 인용한다면 교수님들은 나를 좀 돈 놈 아니냐고 말할 것이다. 억울하기 짝이 없는 일은 이 책의 내용을 정사(正史)를 통해 입증할 수 없다는 사실이었다.

도대체 이 책의 작가 이인몽은 누구인가. 『취성록』은 예순여섯 살이 된 이인몽이 자신이 스물아홉 살에 겪었던 궁중의 일을 회고한 내용으로 되어 있다. 그러나 이 책에서 규장각 대교로 나오는 이인몽의 이름은 규장각의 여러 가지 일들을 기록한 『내각일력(內閣日曆)』에 없다.

정조 24년(1800) 정월 당시, 실제의 규장각 대교는 이존수(李存秀)라는 노론 시파의 청년이었다. 이존수는 당시 스물아홉 살(1772년생)로 『취성록』에 나오는 이인몽의 나이와 같지만 그 생애가 너무나 판이하다. 『국조방목(國朝榜目)』을 보면 이존수는 연안 이씨 명문가 출신으로서 영의정 이천보의 손자이자 판서 이문원의 아들이었다. 그 흔한 유배나 파직 한 번 없이 순탄한 승진을 거듭하여 예조판서, 호조판서, 예문관 제학, 우의정을 거쳐 좌의정에 재직하다가 여러 아들과 손자들이 임종한 가운데 쉰여덟 살의 나이로 죽은 것으로 기록되어 있다. 누구나 부러워할 만한 평온한 인생을 살다간 셈이다.

그러니 『취성록』에 정조 24년 정월에 규장각 대교라고 나오는 〈이인몽〉
은 누구인가? 말하자면 〈이인몽〉이란 이름은 가명이거나, 아니면 처음부
터 가공의 인물일 가능성이 있는 것이다.

〈이인몽〉이라는 사람이 가공의 인물이라면 『취성록』의 이야기는 전부
가짜, 아니 〈소설〉이 되지 않는가? 아아, 그럼 나는 꾸며낸 이야기에 그렇
게 흥분했었단 말인가…… 그러나 그렇게 절망하기엔 아직 일렀다. 취성
록을 거듭 읽으면서 나는 대단히 암시적인 사실들을 몇 가지 발견하게 되
었다. 자신의 가문 및 집안의 내력에 대해서 끝까지 함구하는 이인몽의 태
도, "이 책이 잘못 전해지면 멸문지화를 면치 못하리라. 후세의 전인(傳人)
은 자중하고 또 자중하라"는 『취성록』 서문의 말, 4장에서 이인좌의 난을
이야기하는 대목이 그런 것이다.

『취성록』이 증언하는 살인사건은 1800년, 그러니까 정조 24년 정월에
일어났다. 그로부터 얼마 뒤 48세의 젊은 나이로 정조께서 갑자기 승하하
신다. 『취성록』의 작가는 두 죽음 사이의 심상치 않은 관계를 암시하려 한
것 같다. 만약 이 책이 〈잘못 전해져〉 세상에 알려졌다면 어떤 일이 벌어졌
을까. 일찍이 노론이 자신들의 집권을 위해 경종을 시해했다는 소문 때문
에 이인좌의 반란이 일어난 전례가 있다. 그러므로 집권세력인 노론이 이
『취성록』의 내용을 듣는다면 풀뿌리를 뒤집어서라도 발설자를 캐내려고
할 것이다. 그리고 보면 이 책의 작가가 몇 가지 허구적인 장치를 삽입하여
자신을 은폐한 것도 충분히 있을 수 있는 일이다.

『취성록』을 꼼꼼히 검토해 보면 〈정7품 규장각 대교〉라는 이인몽의 신분
역시 급조된 흔적이 나타난다. 예컨대 사건이 발생하던 날 아침 정신없이
버둥거리던 이인몽은 허락없이 규장각에 들어온 내시부 상설(尙設) 이경출
(李京出)을 적발한다. 그런데 이 부분에서 이경출이 이인몽을 〈어르신(老
爺)〉이라 높이고 그 자신을 〈비직(鄙職)〉이라 낮추는 것이 이상하지 않은가.
내시부 상설이라면 종7품으로 이인몽과 거의 같은 품계다. 아무리 내시들

이 환관이라 하여 업신여김을 받았다고는 하나 이 같은 극존대의 호칭은 상식에 어긋난다. 또 만조백관을 거느리는 정조가 이인몽 같은 말단관리의 자(字 : 본명 대신 부르는 이름)를 알고 있는 것, 사건을 발견하여 조치를 취하는 과정에서 여러 이속(吏屬)들을 호령하는 이인몽의 위엄에 찬 태도 역시 이상하다. 이 모두가 정7품이란 미관말직의 신분에는 어울리지 않는 묘사인 것이다.

생각이 여기까지 미치자 나의 추리는 점점 출구가 보이지 않는 미궁 속으로 빠져들기 시작했다. 나는 어떤 악마적인 작가가 거미줄처럼 얽어 놓은 역사의 퍼즐게임 속에 말려들고 있었다. 자기 자신들에 관련된 일들, 그리고 중요한 등장인물의 이름들을 제외하면 이인몽의 기록은 규장각 및 궁중의 사실(史實)들과 정확하게 일치한다. 그리고 보면 그가 규장각에서 벼슬을 하기는 했던 것 같은데. 규장각에서 대교 위의 벼슬이라면 직각(直閣)이다. 그러나 『취성록』의 사건이 있었을 때 이인몽의 나이 스물아홉. 스물아홉 살에 규장각 직각이라…… 도무지 어울리지 않는다.

『취성록』을 둘러싼 의문은 이렇게 꼬리에 꼬리를 물고 일어나 점점 더 혼란을 가중시켰다. 작가인 이인몽의 정체를 알 수 없으니 그의 기록이 사실인지 허구인지도 종잡을 수 없게 되었다. 아, 이인몽이 누구인지 추정만 할 수 있다면 『취성록』은 충분히 사료(史料)가 될 텐데. 머리를 싸매고 방바닥을 뒹구노라면 역사의 저 밑바닥으로부터 뭐가 뭔지 모를 의미들이 어지럽게 솟아오르는 것이었다.

나는 점점 자신이 〈임금님 귀는 당나귀 귀〉를 안 불쌍한 이발사처럼 느껴지기 시작했다. 아, 이 기막힌 이야기를 나만 알고 있다니, 이건 말도 안 되지…… 하는 안타까움이 가슴을 답답하게 하는 것이었다.

그러던 어느 날, 나에게 이 이야기를 소설로 써보는 것이 어떨까 하는 엉뚱한 생각이 떠올랐다.

이 책의 내용들이 실제로 일어났고 또 역사의 진실이라는 어떠한 진리의 주장도 포기하고 아예 소설을 쓴다? 소설! 그래, 한번쯤 학문적 검증에의 욕망을 포기하고 즐거움으로서의 글쓰기와 허구의 가능성을 무제한 보장하는 전혀 다른 왕국으로 달아나보는 것도 좋지 않은가.

지금 『취성록』의 내용이 실제로 일어난 일이라는 것을 증명할 확실한 물증은 없다. 이 책의 저자를 현실 속의 누구라고 꼭 집어 말할 수도 없다. 그러나 애초에 〈이인몽〉이라는 필명의 작가가 자신의 정체를 확인할 수 있는 모든 가능성들을 계산하고 그 통로들을 교묘히 봉쇄해 놓았다면 작가의 의도에 겸허하게 순종하는 것도 의미 있는 일이라는 생각이 들었다.

이렇게 하여 나는 지금 이 『영원한 제국』이라는 소설을 쓰게 된 것이다. 이 소설이 정확히 어떤 모양이 될지 지금의 나로선 알 수 없다. 지금은 다만 검서관 장종오의 죽음, 정조의 죽음을 둘러싼 의문, 『시경』의 해석을 둘러싼 정치적 갈등, 사라진 책 『시경천견록』, 그리고 이인몽과 그의 아내 상아의 기구한 인생유전 등등 난마처럼 얽혀 있는 『취성록』의 복잡다단한 이야기들을 이해하기 쉽게 풀어보겠다는 생각뿐이다.

나는 『취성록』의 원본에 약간의 변형을 가했다.

책 크기 15.5cm×27.0cm, 매면 14행 20자, 총 189면의 『취성록』 원본을 그대로 번역하는 것은 가능하지도 않을뿐더러 바람직하지도 않다는 생각이다. 늙은 이인몽이 생각나는 대로 진술한 『취성록』 원본은 사건의 시간적인 순서가 뒤죽박죽되어 매우 난삽할 뿐만 아니라, 동양문고에 있는 판본 자체가 35면에서 36면까지, 165면에서 182면까지 열 장이 떨어져나간 파본이다. 이런 낙장(落張) 부분들은 어차피 상상력을 동원하여 앞뒤를 연결하는 작업이 불가피한 것이다.

나는 『취성록』 원본의 혼란스러운 회상을 1800년 1월 19일 새벽부터 1월 20일 새벽까지 하루 동안에 일어난 사건들로 순서대로 재구성했다. 그리고 지금으로서는 이해하기 힘든 그 당시의 독특한 정치적 상황과 의식을 설명하기 위해 필자는 〈나는〉이라고 시작되는 1인칭 주인공 시점의 문장을 거의 모두 〈이인몽은〉 하고 시작하는 3인칭 전지적 작가 시점의 문장으로 고쳤다. 가능한 한 원본에 충실하는 것이 옳겠으나 위에서 언급한 여러 가지 이유로 인해 이 같은 재구성이 불가피하다고 보았다. 독자 여러분의 양해를 구한다.

『주역』은 동시성의 원리라고 명명할 수 있는 아주 매혹적인 생각, 즉 인과율의 원리와 정반대되는 생각을 포함하고 있다. 사실 인과율이란 단지 통계적인 진리에 불과하며 절대적인 것이 아니다. 사건이 어떤 원인에서 어떤 결과로 발전했는가를 따지는 것이 인과율의 원리라면, 같은 시공간 안에서 벌어지는 사건의 우연한 일치를 단순한 우연 이상의 어떤 것이라고 생각하는 것이 동시성의 원리이다. 다시 말하면 객관적인 사건이 그것을 목격하는 사람의 꿈, 예감, 무의식 같은 주관적인 상태와 기묘하게 관련되어 있음을 받아들이는 것이다.

—칼 구스타프 융, 『주역』(영역본) 서문 중에서

1 승경도놀이

> 죽거나 살거나 같이하자고
> 그대와 나 굳게굳게 언약했었네.
> 서로의 손을 부둥켜 잡고
> 죽도록 같이 늙어가자고.
> 아, 이별하여 멀리 떨어져
> 우리 함께 살 길은 가이없어라.
> 아, 아득히 멀리 헤어져
> 우리 언약 이룰 날 가이없어라
> ―「북소리 울리면(擊鼓)」, 『시경(詩經)』 패풍편

채 날이 밝지 않은 새벽. 잿빛의 몽롱한 여명이었다.

북한산을 차고 내려온 북풍은 와룡동 언덕배기에 부딪혀 으르릉거리며 칼날처럼 매섭게 휘몰아쳤다. 언덕배기를 따라 촘촘히 들어선 누각과 침전 사이, 새벽의 캄캄한 어둠 속으로 나뭇잎들이 쓸려갔다. 멀리 돈화문까지 흩어진 나뭇잎들은 서릿발이 끼쳐 은종이처럼 번뜩이고 있었다.

여기는 창덕궁 후원에 있는 규장각 직원(直院).

당년 스물아홉 살의 규장각 대교 이인몽(李人夢)은 혼곤한 잠 속에서 누군가의 목소리를 들었다. 그 목소리는 뒤에서, 인몽의 시선이 닿지 않는 뒤에서, 바로 등 뒤가 아니라 아주 머나먼 저편에서 들렸다. 시간의 먼지가 뿜어내는 불가사의한 어둠 뒤에서, 섬광처럼 그의 몸을 뚫고 지나가는 어떤 목소리가. 눈꺼풀이 천근처럼 무거웠다.

누군가가 어깨를 잡아끄는 듯이 인몽은 그 목소리를 향해 돌아섰다.

인몽은 그 순간 번뜩 눈을 떴다. 눈을 뜬 인몽은 곧 어리둥절한 표정을 짓는다. 책장에 오래된 책들이 빽빽이 들어찬, 먼지 냄새와 곰팡이 냄새가 역하게 풍기는 방이다. 인몽은 그대로 이불 속에 누워 천장의 희끄무레한 벽지를 쳐다본다. 꿈이었나? 눈앞이 뿌옇게 흐려졌다.

"나리!"

그때 인몽의 귀에 현실감을 가진 목소리가 들려왔다.

"……"

"나리, 세숫물 대령했습니다요."

인몽은 이불을 박차고 일어나 머리맡의 자리끼를 한 모금 들이켠다. 한밤내 윙윙거렸을 바람 소리가 그제서야 다시 문풍지를 울리며 귓전을 때리기 시작했다.

"승헌인가?"

"예, 나리. 묘시(卯時:오전 5시) 전에 깨우라고 하셨기에……"

인몽은 무릎걸음으로 다가가 방문을 연다.

찬바람이 왈칵 들어오면서 인몽의 얼굴과 목에 가루 같은 서리가 날아들었다. 밖에는 규장각 이속(吏屬)인 현승헌(玄昇憲)이 툇마루 위에 세숫물과 무명수건, 작은 한지에 싼 백분을 올려놓고 엉거주춤 서 있었다. 밖은 아직 캄캄한 새벽이었다.

"거기 두고 물러가게."

"예."

정조 24년(1800) 정월 19일.

새해로 스물아홉 살이 되는 규장각 대교 이인몽은 이렇게 운명적인 날을 맞이했다. 오랜 세월이 흐르고, 그토록 수많은 일들이 일어난 후에도, 언제나 우울한 한숨과 안타까움으로 회상하던 이날 이 새벽.

다시 방문을 닫은 인몽은 코앞에 닥친 운명을 알지 못하고 천연스레 눈을 비볐다. 인몽의 휑뎅그렁한 머릿속엔 간밤내 규장각에서 숙직을 하다

새벽녘에 들어와 잠든 이 직원 골방이 터무니없이 낯설게 보인다. 자기 집이 아니라 지엄한 대궐 안이라는 생각도 나지 않는다. 인몽은 충혈된 눈으로 방안을 둘러보았다.

금방 몸만 빠져나온 이부자리가 황량하다.

집에 있을 때나 대궐에 있을 때나 한결같이 혼자 드는 잠자리. 인몽은 등을 문지방에 기대고 한동안 자신이 빠져나온 이불을 쏘아보았다. 가슴 한 구석을 썰렁하게 하는 창백한 외로움이 밀려왔다.

어둠 속에, 인몽은 혼자였다.

오래도록 이렇게 혼자였다는 생각이다. 아주 오래도록. 1년이나 2년이 아니라 훨씬 더 오래. 100년, 200년, 아니, 어쩌면 그보다 더 오랫동안. 스스로의 굿거리로 혼이 빠져나간 무당처럼 인몽은 조금 전까지 자신의 영혼이 머물던 꿈을 생각했다. 그러자 온몸에 서늘한 전율이 번져가고, 머리가 커다란 소용돌이를 그리며 천장으로 날아가는 것 같다.

헤어진 아내의 꿈이었다.

무슨 꿈이 이럴까.

꿈 생각을 하자 인몽은 이 방에 있는 모든 것이 낯설었다. 이불도, 책들도, 서가와 책상도, 아니, 자기 자신까지도. 인몽은 손바닥으로 얼굴을 비비며 가슴속으로 신음한다.

'상아(嫦娥)······'

인몽은 자신이 물 속에 잠긴 것 같다고 생각한다.

아내의 이름을 부르자 눈가에 물기가 고이면서 사방에서 알 수 없는 물방울들이 둥둥 떠다니는 것이다. 상아는 인몽의 전처였다. 어쩔 수 없는 운명이라 여기고 인몽 자신이 집안에서 내쫓아버린 아내였다. 아, 도무지 마음에 내키지 않는, 지금 와선 생각하고 싶지도 않은 일이다. 그러나 헤어진 아내의 얼굴은 6년이 지난 지금까지 먹물로 새긴 듯이 또렷하게 잊혀지지 않는다. 아내의 얼굴은 그가 살아 있는 한은 아무리 지워버리려 해도 지워지지 않을 기억의 문신과도 같았다.

곧 날이 밝으리라.

아직은 칠흑처럼 어두운 봉창을 보며 인몽은 생각했다.

동쪽 선향재 언덕바지에 따뜻한 오색 햇살이 피어나고 아내의 꿈은 또 부침하는 먼지에 섞여 사라지리라. 꿈도 아니고 현실도 아닌 푸르스름한 시간 속으로. 대낮의 빛을 견디지 못하는 어둡고 연약한 슬픔이 되어. 그는 마른 침을 삼키며 어두운 기억의 저편으로 사라져갈 아내의 얼굴을 생각했다.

조금 전의 꿈이 머리에 떠올랐다.

꿈속에서 그는 낯익은 소나무숲을 걷고 있었다. 황혼이었다. 솔방울이 흩어진 길은 끝이 없을 것 같았다. 좌우로 피처럼 붉은 노을이 뿌옇게 스며들 뿐 인적이 없는 숲속이었다. 한참을 걷다가 인몽은 비로소 이곳이 10여 년 전 등과하기 전부터 살던 이태원 입구라는 것을 깨닫는다.

내가 이곳에 올 이유가 없는데…… 아, 이것은 꿈이로구나. 내가 잠이 들어 꿈을 꾸는 것이구나. 인몽은 꿈을 꾸면서도 그런 생각을 했다. 그러자 보이는 모든 것은 잠깐잠깐이고 들리는 모든 것은 황망해졌다. 해질녘이면 상아와 같이 올라가 저녁놀 물드는 것을 구경하던 토산이 보였고, 마음 내키는 대로 시를 읊고 부채질하던 느티나무 앞 대나무 평상도 보였다. 우거진 숲 속에는 녹음이 쫙 깔렸고 바람이 선들선들 불어오며 매미소리가 귀에 따갑도록 들려왔다.

그리고 키 작은 초가집들이 초롱불을 밝힌 침침하고 후줄근한 골목이 있었다. 그 골목 어디선가 울울한 수심가 한 자락이 바람에 실려왔다. "약사몽혼으로 행유적이면 문전석로가 반성사라(若使夢魂 行有蹟 門前石路 半成沙) 에헤이이…… 차마 진정 님 그리워 못살겠네에……"

인몽은 걸었다. 깨진 기와, 달걀 껍데기, 썩어가는 죽은 쥐, 쓰레기들. 그런 좁고 질고 어두운 골목을 몇 개인가 지나 걸어갔다. 그러다 어느 모퉁이에선가 낯익은 집이, 돌아가며 채마밭을 두른 낡은 초가가 나타났다. 인몽은 그 집, 그 닳아빠진 사립문짝이 바람에 덜컥거리는 소리를 들으며 망연자실한 기분이 들었다.

그곳은 인몽의 옛집이었다.

사방에서 송진의 내음이, 향나무, 측백나무의 방향(芳香)이 풍겨왔다. 5월의 어느 저녁인 것 같았다. 아, 그리고…… 콩넝쿨과 화살나무가 기어오르는 울타리 틈으로 정주간을 들락거리는 아내가 보였다.

불안이 온몸을 엄습하여 가슴이 격하게 울렁거렸다.

어느새 그의 몸은 실에 끌리듯이 집으로 들어와 있다. 이럴 수가, 세상에 이런 꿈이…… 인몽은 차라리 눈을 감았다. 그런 그 앞에서 발자국 소리와 살랑살랑 옷자락 끌리는 소리가 들렸다. 서방님, 하는 말과 함께 보드라운 여자의 손이 인몽의 소매를 잡는다. 인몽은 눈을 크게 뜨고 생시와 조금도 다름없는 아내를 본다.

아내를……

맹렬하게 꿈속을 되짚어가던 인몽의 의식은 거기서 잠시 끊어진다.

나는…… 그리고, 그리고 나는 무얼 했던가. 꿈속의 일이 전혀 꿈속의 일인지, 아니면 언젠가 한 번 실제로 일어났던 일인지 확실하지 않다. 아내를 보고…… 나는 무엇을 했지? 인몽은 봉창이 조금씩 밝아오는 것도 잊은 채 꿈속의 일들을 더듬는다. 안개의 목소리로 다가오는 그 오랜 망각의 노래들을.

이윽고 인몽은 아내가 그의 손을 끌고 방 안으로 데리고 가던 것을 생각했다. 그리고 또 정주간과 마당을 들락거리며 열심히 술을 데우고 안주를 덥혀오던 것을. 아내의 말소리, 웃음소리는 귀뚜라미처럼 싱싱했고 문밖 강변으로 이어진 갈대밭에선 달이 떠올랐었다.

인몽은 술잔을 들고 이웃집에서 피어오르는 밥 짓는 연기를 바라보았다.

아내의 아미가 떨리고 그 눈은 어두운 밤하늘 저편을 더듬었다. 아아, 저 얼굴이라니. 사과 같은 볼은 건강한 향기로 넘쳐나고 콧대로부터 입술로 내리는 빈틈없는 선이 여전히 아름답다. 10년 전과 하나도 달라진 게 없구나. 눈꼬리가 가는 주름을 그리며 떨리면 언제나 은은히 풍기던 저 요염함.
 그리고 또, 우리는 또 뭘 했던가.
 인몽은 아내와 승경도놀이를 하던 것을 생각했다. 아기처럼 소매를 흔들며 승경도놀이판을 펼치던 상아의 그 앳된 얼굴이 생각났다. 상아는 시집오기 전부터 유달리 승경도를 좋아해서 틈만 나면 그 놀이를 하자고 인몽을 졸랐었다. 하지만 인몽은 극력히 싫어했던 승경도놀인데…… 꿈속에선 아내의 환한 얼굴에 눌려 자기도 모르게 윷가락을 잡았다.
 승경도놀이는 윷놀이와 비슷하다. 윷판 대신 벼슬 이름이 빽빽이 적힌 승경도(벼슬이 올라가는 지도)를 사용하는 것이다. 이런 놀이야 노론의 세도가나 하는 거지. 나같이 한미한 선비가 승경도놀이는 무슨. 생시에는 입버릇처럼 타박하던 그였다.
 처음 굴린 윷가락이 〈도〉면 군졸 출신, 〈개〉면 남행(南行: 과거에 붙지 않고 벼슬하는 경우) 출신, 〈걸〉이면 은일(隱逸: 숨은 석학으로 이름이 알려져 벼슬을 받는 경우) 출신, 〈윷〉이면 무과 출신, 〈모〉면 문과 출신. 그것이 정해지면 사람들은 그 출신에 따라 자신의 정해진 팔자대로 벼슬살이를 시작하는 것이다. 그래서 승경도놀이판은 한평생 〈도〉도 안 굴리기로 작심한 인몽을 한없이 쓸쓸하게 만드는 것이었다.
 꿈속에선 몇 번이나 윷가락을 던졌을까.
 아내의 아, 하는 외마디에 정신을 차려보니 그의 말이 〈사약〉에 가 있었다. 그러자 인몽은 아내와 나누는 불안한 행복을 송두리째 덮어버리는 먹구름을 느꼈다. 인몽은 아내의 동그란 어깨를 끌어다 꼭 껴안고 한참 동안 그냥 있었다. 아내 상아의 머리에서 아릿한 동백기름의 향기가 피어났다. 땀에 젖은 6월의 밤이 향기로운 안개에 엉켜 춤추는 것 같았다. 그때 이것이 만약 생시라면…… 하는 생각과 함께 문득 상아를 속이고 있다는 죄책감이 가슴을 쥐어뜯었다. 인몽은 부르르 떨며 말했다.

"여보, 미안하오. 사실 나는 지금 꿈속에서 당신을 만나는 거요. 이건 생시가 아니라 나의 꿈속이라오. 그러니 날이 밝으면…… 우리는 두 번 다시 만나지 못할 거요."

상아는 입을 꽉 다물더니 그만큼이나 슬픈 표정이 되어 고개를 떨구었다. 하염없이 쓸쓸한 많은 생각들이 상아의 눈동자에 어리는 것 같았다. 그리고 상아는 눈을 감더니 짓이겨진 꽃잎 같은 입술을 열어 조용히 말하는 것이었다. 아, 그래, 그 흐느껴 우는 듯한 목소리에 따라나오던 무거운 말.

"아니에요, 여보. 사실은…… 저도 지금 꿈을 꾸고 있어요. 저도 꿈속에서 당신을 만나고 있는 거예요. 이 꿈이 깨고 나면…… 저는 당신을 영영 못 만나겠지요?"

뭐라고?

그가 놀라서 상아의 어깨를 떼놓았을 때…… 그때 그 누군가의 목소리가 들렸던 것이다. 그 목소리는 등 뒤에서, 그의 시선이 닿지 않는 뒤에서, 바로 뒤가 아니라 아주 먼 먼 저편에서 들렸다. 승헌이가 부르던 그 소리였을까. 아니, 북소리처럼 둥둥 그의 몸을 울리고 지나가던 이승의 소리. 간밤의 꿈은 거기서 끝났던 것이다.

무슨 꿈이 이럴까.

이 꿈은 무슨 커다란 변고의 전주곡같이 느껴진다.

혹시 상아가 죽은 것이 아닐까.

아니면 살아 있더라도 무슨 큰 고통을 겪고 있는 것이 아닐지.

상아는 지금 관헌에 쫓기는 천주교도들과 같이 있을 것이다. 어디 편히 쉴 곳 있으랴. 간밤 또 어디 먼 길을 걸으며 바람 속에 밥 짓고 이슬 맞으며 잠자지나 않았는지. 초췌한 상아의 모습이 그려지매 인몽의 눈자위에선 가득한 눈물이 흘러내렸다.

내가 꿈속에서 만난 아내는 누구인가? 겁먹은 목소리로 이건 꿈이라고, 꿈속에서 당신을 만나고 있다고 말한 아내는 누구인가. 그리고 어찌할 줄 모르던 꿈속의 나는 누구인가.

장주지몽(莊周之夢)이라더니. 사람인 내가 나비의 꿈을 꾸는 것이냐, 나비인 내가 사람의 꿈을 꾸는 것이냐. 지나간 즐거운 시절은 무엇이었던가. 그것은 아내의 꿈속에 들어간 나였던가. 나의 꿈속에 들어온 아내였던가.

아, 세상의 만남이 연연치 않아 아득히 회오리바람 타고 흩어지나니 다시 붙잡기 어렵구나. 지난날은 꿈속에서조차 쫓아가기 어려운데 그 말소리 그 얼굴 모습 또다시 아득하다. 고개 한 번 쳐들고 숙이는 사이 옛날과 이제로세.

빛 속에서 떨고 있는 마음이여.

한밤내 옛날을 좇다 쓸쓸히 남겨진 마음이여. 돌이켜 더듬어봐도 어느 것 하나 붙들어 가질 수 없구나. 낙천정, 화양정, 홍천사…… 해마다 봄이면 둘이 소풍을 나가 화전놀이, 투호놀이로 하루를 보냈었다. 떠오르는 달을 보고 죽은 뒤에도 영영세세토록 부부 되기를 빌지 않았던가. 아, 하늘의 어질지 않음이여. 내세를 점치기도 전에 금생(今生)에서 끝장났구나.

인몽은 쓰디쓴 여행길에 지친 말처럼 고개를 떨구었다.

그때 인몽은 문득 동쪽으로 난 봉창의 한지를 뚫고 엷게 물든 하늘의 푸른빛이 방바닥에 스며든 것을 깨닫는다. 아, 저 헤아릴 수 없이 움직이는 것은? 영창으로, 또 장지문으로 하얗게, 파랗게, 혹은 붉게 비쳐드는 햇살에 인몽은 놀란다. 방 안으로 들어온 자잘한 빛의 분자들이 떠도는 먼지를 건드리며 춤추고 있는 것이다.

아니, 벌써 날이 밝았구나!

그러고 보니 한참 전에 묘시를 알리는 궁궐 안의 인경이 울었던 것 같다. 이런, 출사(出仕)하여 임금을 가까이 모시는 몸으로 이 무슨 불충인고! 인몽은 이불을 박차고 일어나 허겁지겁 옷고름을 매었다. 사사로운 정한 때문에 소임을 잊어버리다니…… 오늘 오후에는 경연(經筵)에서 주상 전하의 『시경』 강의가 있는 날이다. 곧 대조전으로 나아가 전하께 아침 문안을 드리고 그 차비를 해야 한다.

　인몽은 이마를 더듬어 망건을 매만지며 크게 심호흡을 했다. 가까스로 어지러운 심기가 좀 가라앉는 것 같았다.

　인몽은 방문을 열고 바람 부는 툇마루로 나섰다.

　승헌이가 갖다 둔 더운 세숫물은 벌써 싸늘하게 식어 있었다. 인몽은 찬물에는 잘 풀리지도 않는 백분을 열심히 비벼 비누칠을 한다. 혹시 눈물자국이 보일세라 눈자위를 정성껏 문지른다. 늦겨울이지만 올해따라 유달리 추운 날씨다. 그의 코끝에서 내쉬는 숨이 하얗게 보인다. 세수를 마친 인몽은 수건으로 얼굴을 닦으며 부르르 진저리를 친다.

　인몽은 툇마루 끝으로 걸어가 힐끔 우중충한 하늘을 올려다보았다.

　그래도 이렇게 춥기가 천만다행이지…… 지난해는 지독한 돌림병이 전국에 창궐하여 모두 12만 8천 명이 목숨을 잃었다. 가을이 다 가도록 희생이 계속되다가 이맘때야 비로소 혹심한 추위 때문에 수그러들었던 것이다. 주상 전하께서 그 때문에 얼마나 심고(心苦)하셨던고. 번암(樊巖) 선생이 돌아가신 것도 그 돌림병 때문이었다. 그러고 보니 번암 선생의 소상(小祥: 죽은 지 1년 만에 지내는 제사)이 오늘이지 아마…… 그는 알 듯 말 듯한 혼잣말을 중얼거리며 몸을 돌려 방 안으로 사라졌다.

　바로 그때 애련지를 돌아 촉급하게 달려오는 발자국 소리가 있었다.

　붉은 비단 흉배의 군청색 관복을 갖춰 입고 혁대를 두르던 인몽은 무슨 일인가 싶어 열린 방문으로 고개를 내밀었다. 직원 다른 방에서 당직을 서던 승헌이도 방문을 빠끔히 열고 발소리가 나는 쪽을 바라본다.

　"나, 나으리. 대, 대교 나으리. 대교 나리."

　"무슨 일인고?"

　인몽이 대님을 매다 말고 방문 밖으로 썩 나섰다. 잔뜩 얼어붙은 목소리로 이인몽을 찾으며 헐떡거리는 사람은 수직 내시 문오덕(文五德)이었다. 언제나 재를 발라놓은 듯이 창백하던 얼굴에 힘줄이 서고, 발갛게 달아 있다. 문 내관의 그 흥분한 얼굴을 보자 인몽은 정신이 번쩍 든다. 잠시 눈을 붙인 사이에 무슨 안 좋은 일? 규장각에 혹시 불이라도 났다면…… 버선발로 다가가는 인몽의 얼굴이 저절로 찌푸려졌다.

"나으리, 거, 검서관(檢書官) 나리가, 장 나리가 그, 글쎄 그……"

"이놈아, 무슨 소린지 좀 똑똑히 말하렷다. 검서관이 대체 어쨌단 말이냐?"

"주, 죽은 것 같사와요."

"뭐!"

인몽은 흑 하고 숨을 삼키며 눈을 치켜떴다. 당황한 가슴에 돌개바람이 휘몰아치며 지나갔다. 그러나 다음 순간 인몽의 눈썹이 꿈틀하더니 문 내관의 어깨를 때릴 듯이 움켜잡았다.

"뭐라고?"

"태, 택영이 놈이 세숫물을 들이러 갔다가 처, 처음 보았습니다요."

"닥쳐라. 못난 것이, 아침부터 헛것을 보고! 그 사람은 밤늦도록 수직(守直)을 서다 곤히 잠든 것이 아니더냐."

"아닙니다요, 나리. 소, 소인이 방에 들어가 맥까지 짚어 본 걸입쇼. 소, 송장이었습니다요."

갑자기 인몽의 주변이 여름날 소나기를 만난 듯이 술렁거렸다.

문 내관의 버둥거리는 발소리에 밖을 내다보던 승헌이들이 어느새 밖으로 나와 둘의 이야기를 듣고 있었던 것이다. 인몽은 당황하여 사방을 둘러보았다. 승헌이와 병구, 정래였다.

"너희들……"

"예?"

"소란 떨지 말고…… 아, 아니, 아무 소리 말고 날 따라오너라. 문 내관 너도."

어떻게 사모를 쓰고 검은 신을 신었는지 기억이 없다. 인몽은 정신없이 애련지를 돌아 기오헌, 금마문, 제월광풍관으로 치달았다. 제월광풍관 앞에서 규장각 내각으로 쓰이는 주합루(宙合樓)를 올려다보았을 때 인몽은 뭔가 섬찟한 것을 느꼈다. 아침 햇살이 막 주합루를 비추어 가로 세로 섬세하게 칸칸을 나누고 색색으로 물들인 주합루의 단청이 여느 날 같지 않았다.

간밤의 승경도놀이판이 떠오르는 것이었다.

이게 무슨 날벼락이냐.

눈썹으로부터 땀방울이 흘러내려 눈 속으로 들어간다. 이인몽은 사모를 벗고 소맷자락으로 이마를 훔쳤다. 한겨울인데도 난방이 잘 된 서고의 직감실(直監室)은 절절 끓었다. 방바닥의 열기에 자기 자신의 흥분이 겹쳐 인몽의 얼굴은 발갛게 달아 있었다. 외풍도 별로 없는 이 4평 남짓한 방에서 뻣뻣하게 굳어 있는 장종오의 시체를 보노라니, 정말이지 정신이 이상해지는 것 같다.

장종오는 이불을 반쯤 덮고 죽어 있었다.

평소와 같이 파리하고 멍한 표정으로, 그를 생각하면 늘 인상적으로 기억되던 이마의 주름살들도 그대로, 아주 편안히 잠든 듯이 눈을 감고 있었다. 도무지 영문을 알 수 없는 시체였다. 맥을 짚어보지 않았다면 영락없이 단잠에 취해 있는 듯한 모습이다. 인몽은 하릴없이 또 눈꺼풀을 뒤집어본다. 온기는 약간 남아 있지만 벌써 저승길을 간 것이 분명한 몸이다.

귀신이 곡할 노릇이군. 혹시 자살을?

인몽은 부들부들 떨리는 손으로 무슨 유서라도 발견하지 않을까 주위를 더듬는다. 필시 어젯밤 늦게까지 서책들을 정리하고 필사하다가 지쳐 잠들었던 것 같다. 벼루를 놓아두는 연상(硯床)이나 책을 읽는 서안(書案) 들에 온통 만지면 부서질 것처럼 너덜거리는 오래된 고서적들이 어지러이 펼쳐져 있고, 한지를 삼끈으로 묶어 만든 그의 공책이 책상 아래 펼쳐져 있었다. 인몽은 공책의 펼쳐진 부분을 힐끗 읽어보았다. 글씨의 먹물에 아직 보랏빛이 남아 있고 향기가 은은한 것이 바로 어젯밤에 쓴 글씨였다. 공책의 펼쳐진 곳에는 사언고시 하나가 씌어져 있었다.

올빼미야 올빼미야
내 자식을 잡아먹었거든
내 둥우린 헐지 마라
알뜰살뜰 길러내던
어린 자식 불쌍하다

하늘 흐려 비 오기 전
뽕뿌리를 벗겨다가
창과 문을 엮었더니
이제 너희 낮은 백성이
감히 나를 모욕하느냐

이 두 손을 바삐 놀려
갈대 이삭 뽑아다가
하루 모으고 이틀 모으고
입부리도 병들었네
내가 쉴 곳 없었기에

내 날개는 늘어지고
내 꼬리는 맥빠졌네
내 둥우리 위태롭게
비바람이 흔드나니
슬픈 울음 절로 나네

인몽은 무심히 공책을 덮어 겉장의 글씨를 힐끗 본 뒤에 다시 책상 아래에 놓아두었다. 그도 그럴 것이 그 시는 그저 『시경』 빈풍편에 나오는 「올빼미(치효:鴟梟)」라는 작품을 그대로 베껴 놓은 것이었기 때문이다. 겉장에는 「시경천견록고(詩經淺見錄考)」라고 씌어 있었으나 아무 생각도 나지 않았다.

인몽은 한숨을 쉬며 어깨를 늘어뜨렸다.

심장이 쿵쿵거리며 금속성의 울림으로 뛰기 시작했다. 적요한 방 안에 심장이 내지르는 소리만이 위윙 현기증을 일으키며 번져간다. 인몽은 잠시 눈을 감고 심기를 가다듬어보려 했지만 바로 옆에 누워 있는 장의 시체에 신경이 쓰여 마음은 더욱더 산란해지기만 했다. 어떤 생각도 할 수 없고 다만 터질 듯한 불안의 압력만이 느껴진다. 뜨거운 아지랑이처럼 손에 잡히지 않는 두려움과 떨림이 방 안에 충만해 있다.

인몽은 뻣뻣해진 무릎을 일으켜 방을 나왔다.

방문 밖에서 서성거리던 문 내관과 승헌이들이 잔뜩 긴장한 표정으로 인몽의 주위로 모여들었다. 인몽은 초점 없는 눈으로 한번 그들을 둘러보고 축대에 털썩 주저앉았다. 수천 마리의 까마귀떼가 한꺼번에 우짖는 것처럼 사정없이 머리가 아파왔다.

도대체 이게 어떻게 된 일이냐?

아무런 상처도 없고, 고통의 표정도 없다. 장종오는 그저 자는 듯이 죽어 있는 것이다. 병사(病死)일 리가 없지. 바로 어제 저녁에도 사옹원(궁내식당)에서 같이 밥을 먹으며 유쾌하게 담소하지 않았던가. 불과 9시간 동안에 급환이 생길 이치가 없…… 그렇다면 이건 혹시 누가 독살을? 그러자 인몽의 심장은 두근거리는 것이 아니라 울타리로 덤벼드는 개처럼 마구 날뛰는 듯싶었다. 누가? 왜? 라고 생각하자 정체 모를 절망과 두려움이 뭉게뭉게 피어오르는 것이다.

잘도 아담(雅潭:장종오의 아호)과 내가 같이 숙직하는 날을 골랐구나.

어떤 간악한 인간이든, 아니면 항용 그렇기 마련인 운명의 장난이든, 그 어떤 알 수 없는 힘이 우리 두 사람에게 치명적인 위해를 가하기를 원했다면. 아, 대체 지금부터 어떻게 해야 한단 말이냐? 장종오의 죽음이 초래할 파문을 생각하자 인몽은 소름이 끼쳤다.

신하의 몸으로 궁중에서 숙직을 하다가 죽었다는 것은, 이건 보통 일이 아니다. 궁가에서 죽을 수 있는 것은 원칙적으로 왕과 그의 직계 존비속뿐이었다. 궁중에 사는 상궁이나 내시도 중한 병이 들면 윗전에 알려 즉시 궁궐을 나가야 한다. 만약 그대로 앓다가 죽으면 그 가족이 대역죄로 다스려지게 되어 있다. 누구의 죽음이든 죽음은 꺼림칙하고 불길한 것이며 왕의 주변에 있어선 안 될 것이라는 불문율 때문이었다.

더구나 아담은 이름 없는 미관말직도 아니고 정5품 규장각 검서관이다. 숙직을 책임진 나는 물론이고 우리 규장각 전체가 책임을 면할 수 없다! 가뜩이나 조정대신들에게 미운 털이 박힌 규장각이 아니냐. 우리가 전하께 이런 심려를 끼치다니.

그런 생각을 하자 원래 분칠을 한 것처럼 하얀 인몽의 얼굴은 다시 상기되었다. 선이 분명한 가는 눈썹 아래로 크고 투명한 눈이 복잡한 빛을 드러낸다. 그는 전체적으로 하관이 빠른 마른 얼굴이다. 좁고 강팍해 보이는 턱 하며 굳게 다문 입매가, 좀처럼 남들과 타협할 줄 모르는 강직하고 고지식한 성격을 그대로 드러내고 있었다.

인몽은 침울한 눈빛으로 주위를 둘러보았다.

아직 20대 후반인 병구와 정래는 이 갑작스런 사태에 기가 질려 얼이 빠진 모습이었다. 그러나 그 옆에 마흔을 넘긴 현승헌은 고개를 숙이고 골똘한 생각에 잠겨 있었다. 불안과 두려움을 지그시 억누르고 있는, 그런 어두운 얼굴이었다. 그리고 그 옆에는……

"문 내관! 지금 어딜 가는 게냐!"

인몽은 비척비척 떨어져나가 봉모당 쪽으로 걸어가는 문오덕을 보고 단호하게 소리쳤다. 문오덕은 움찔 인몽을 돌아보며 모기만 한 소리로 애원한다.

"소, 소인은 내시감(內侍監) 어른께……"

"안 돼. 기다렷."

"나, 나리 아시다시피 이, 이놈의 소임은 이곳에서 일어나는 일을 내시감 어른께 알리는 것입니다. 지체없이 거행하지 않으면 이, 이놈의 목이 달아납니다요."

"……"

"소인은 이만……"

"어허, 기다리라는데. 내시감이 아직도 내시부에 있겠는가. 벌써 묘시가 지났으니 주상 전하를 뫼시고 활터에 나가 있으리. 내가 거기로 가서 아뢰면 되는 일. 구구한 염려는 말라."

"하오나 소인은 내시부에 매인 몸이라……"

인몽은 문오덕의 겁에 질린 목소리를 들으며 찬물을 뒤집어쓴 듯이 정신을 차렸다. 지금부터 일어날 수 있는 갖가지 가능성들이 머릿속에 떠오르고, 이렇게 주저앉아 있는 동안 더욱더 악화되어갈 것이 뻔한 사태의 추이가 보이기 시작했다. 인몽은 벌떡 일어나 사모를 고쳐 쓰고 현승헌을 손짓으로 불렀다. 인몽은 그의 귀 가까이에 얼굴을 가져갔다.

"지금 대궐을 나가 급히 사암(沙庵) 선생 댁으로 가게. 가서 이런 급한 일이 생겼으니 아뢰고, 관아로 출사하셔서 주상 전하의 하교를 기다리시라 전하게."

"형조참의 정약용 선생 말씀이십니까?"

"그렇지. 반드시 사암 선생을 직접 뵙고 전해야 하네. 알겠는가?"

연유를 알 수 없이 죽은 사람은 모두 형조에서 검시를 했다. 인몽은 노론 일색인 형조의 다른 당상관보다, 같은 남인인 형조참의 정약용(丁若鏞)이 이 사건을 맡아주길 바라는 것이다.

현승헌이 알았다며 곁을 떠나자 인몽은 병구를 보고 장종오의 집안과 규장각의 최고 책임자인 규장각 제학 정민시(鄭民始) 대감 댁에 각각 이 일을 알리도록 했다. 정래에게는 현장에 새끼줄로 금줄을 치고 지키라 일렀다.

그런 뒤 인몽은 문 내관을 데리고 서고를 떠나 주합루 쪽으로 올라가기 시작했다.

"나, 나으리, 소인은 아무래도……"

얼마 가지 않아 문 내관이 또 뭐라고 중얼거리며 주춤거릴 때 인몽은 희우당 아래 담장에서 갑자기 걸음을 멈추었다. 담장 밖에서, 급히 멀어져가는 발자국 소리를 들은 것이다. 스스슥 하며 풀섶에 옷자락이 스치는 소리. 그 소리는 북쪽으로 멀어지고 있었다. 그때 인몽의 머릿속엔 어떤 섬뜩한 생각이 번쩍 떠올랐다.

"이리 좀 오게."

"예에?"

인몽은 뒷걸음치며 물러가는 문 내관의 어깨를 잡아끌었다. 인몽은 놀라서 눈이 휘둥그래지는 문 내관을 담장 앞에 패대기치듯 꿇리고 그의 어깨를 밟고 담장 위로 고개를 내밀었다. 언뜻 군청색 그림자가 보이는 듯했으나 아름드리 소나무에 가려 확인할 수 없었다. 다급히 수풀을 밟아가는 발소리만 계속 들려올 뿐이었다.

인몽은 담장을 내려와 주합루 위쪽으로 올라가는 화계(花階)를 뛰어올라갔다. 화계를 다 올라가자 희우정 뒤로 난 희우문을 급히 열었다. 문밖에는 아무 소리도 들리지 않았다. 인몽은 아까 사람의 그림자를 본 듯한 북쪽 소로로 한참을 달려갔으나 아무도 없었다. 금방 숨이 턱에 닿은 인몽은 소름이 오싹 끼쳤다.

누굴까.

분명히 누가 있었는데 감쪽같이 사라져버렸다. 누가 이 이른 시간에 출입이 엄금되어 있는 규장각에 왔으며 왜 길도 없는 북쪽 수풀로 사라졌을까. 주위를 두리번거리는 인몽의 입술이 달싹거렸다. 아무나 좀 부르고 싶었으나 부를 사람도 없고 불러서도 안 될 일이었다.

꼭두새벽부터 지금까지 커다란 파도가 휩쓸고 간 것 같은 기분이다.

뭐가 뭔지 알 수 없는 불안과 두려움. 무슨 악몽을 꾸고 있는 느낌이다. 뒤를 돌아보니 문 내관은 기어이 고집을 피우는지 따라오지 않는다. 인몽은 발길을 돌려 활터를 향해 걸으며 한숨을 내쉬었다. 죽은 장종오를 생각하면 가슴을 후벼파는 듯한 애처로움이 피어오르는 것이다.

박복한 사람 같으니…… 인몽은 차마 눈물도 나오지 않았다.

아담(雅潭) 장종오(張鍾午)는 당년 서른셋으로 이인몽보다 네 살 연상이었다. 안동 장씨 명문가의 소생이었으나 서출이었다. 천성이 남에게 배우는 것을 즐겨 하지 않아 일정한 스승이 없이 혼자 공부했다고 들었다. 서출의 몸에다 뚜렷한 학연도 없이, 도무지 아부할 줄 모르는 강직한 성품까지 더했으니 그 살이가 어떠했으랴. 재작년 규장각 검서관으로 특채되어 1년 남짓 벼슬을 한 외에는 평생 〈깨진 기왓장〉 신세였던 것이다.

인몽이 장종오를 알게 된 것은 별시문과에 급제하던 신해년(1791) 어느 시회(詩會) 모임에서였다. 인몽은 정직하고 꿋꿋한 그의 기상에 감동하여 스스로 교제를 청했었다. 사귀고 보니 그 학문의 조예가 여느 선비들과 판이한 것을 금방 알 수 있었다. 고금의 서책에 대한 박학한 지식은 당대의 명유들이 혀를 내두를 정도였고 예학(禮學)에도 밝았으나 정작 장종오의 출중함은 금석학(金石學)에 있었다. 금석학이란 좁혀 말하면 비석, 제기(祭器), 종 등에 새겨져 전해 오는 옛날 글자에 대한 학문이다.

장종오는 소싯적부터 남다른 열성으로 이 금석학에 매달렸다.

어쩌면 그 열성은 정상적인 경학(經學)으로는 인정을 받기 힘든 그의 불우한 처지에 기인하는지도 모를 일이었다. 그는 경학보다도 서예와 서예의 철학이라 할 수 있는 금석학에 배전의 노력을 기울였다. 그리하여 장종오는 전서, 예서, 해서, 행서, 초서 같은 대략적인 서체들은 물론이요 기자(奇字), 좌서(佐書), 무전(繆篆), 소전(小篆) 같은 아득한 옛시대의 특이한 글자체까지 능숙하게 해독하고 구사하고 있었다.

인몽은 언젠가 장종오가 좌흥(座興) 삼아 보여주는 모필(模筆)을 보고 놀란 입을 다물지 못한 기억이 있다. 난삽한 초서이든 웅혼한 전서이든 글만 보여주면 한번 쓰윽 보고는 흉내를 내는데, 종횡은 물론이요 삐침 하나, 파임 하나 틀리지 않게 마치 비석에 탁본한 것처럼 꼭 같이 글씨를 모필하는 것이었다. 아무리 좌흥을 위한 말기(末技)의 내보임이나, 어찌 그 뼈를 깎는 노력의 나날들을 미루어 짐작할 수 없으랴.

인몽은 그날 이후 장종오에게 반하고 말았다. 그가 평소 같은 서얼 출신의 대학자 아정(雅亭) 이덕무를 존경하는 것을 알고 그의 호를 아담이라 지어준 것도 인몽이었다. 재작년 장종오가 이덕무가 있었던 규장각 검서관에 서임되자 인몽은 자기 일처럼 기뻤었다.

인몽의 인생도 평탄하지는 않았다.

무신년(1788) 향시에 급제하고 신해년(1791) 별시문과에 급제한 인몽은 나이 스물에 정9품 승문원 부정자로 누구보다도 빠른 관직 생활을 시작하였다. 그러나 계축년(1793) 7월 노론 벽파의 실세인 김관주(金觀柱)의 처형을 주장하다가 의금부에 체포되어 관직을 삭탈당하고 강원도 영월로 유배되었다. 1년 만에 해배(解配)되어 돌아왔으나 본의 아니게 아내를 내쫓는 쓰라림을 겪어야 했다. 그리고 을묘년(1795) 10월. 인몽은 서학(西學:천주교)의 배후조종자라는 혐의를 받고 다시 의금부의 혹독한 고문을 받았다. 그러다가 벼슬에서 쫓겨난 지 5년 만인 정조 22년 3월. 인몽은 다시 예문관 봉교로 등용되었고, 그해 5월 규장각 대교가 되어 오늘에 이른 것이다.

돌이켜보면 나처럼 세상길에 어두운 사람도 있을까.

인몽은 그런 생각을 하며 더더욱 의기소침해지는 자신을 느꼈다. 언제나 자신의 마음만 믿고 곧게만 가려 하기에 남에게 비방을 듣고, 남의 성냄을 자아낸 것이 열 손가락으로는 다 셀 수가 없다. 회벽위죄(懷璧爲罪)라더니…… 필부가 구슬을 품는 것은 죄가 된다고 하였다. 나처럼 하찮은 사람이 올곧은 충성 하나만 지키려 하니 어찌 살이가 피곤하지 않겠는가.

장생(張生: 장종오)의 저 횡액이 어쩐지 예사롭지 않다.

활터인 폄우사가 가까워지자 유엽전이 날아 과녁에 맞는 소리가 딱, 딱 하고 들려오기 시작했다. 전하께서 스스로 정한 아침 일과인 50사(五十射)를 하고 있는 것이다.

인몽은 활터 주변을 경비하는 내금위(內禁衛) 무사들에게 목례를 하고 곧장 활을 쏘는 사대(射臺)로 걸어갔다. 사대에 오르자 다시 운검(雲劍)을 든 시위 내시들이 인몽을 막아섰다. 전하의 뒤에 서 있던 내시감 서인성(徐仁星)이 허리를 굽힌 채로 고개를 돌려 이쪽을 본다. 인몽이 목례를 하자 서인성은 옆에 서 있던 수직 내시 정춘교(鄭春敎)에게 턱짓을 한다.

"이 대교, 어찌 예까지 아침 문안을 오셨소이까?"

잦은 걸음으로 다가온 정춘교가 눈을 크게 뜨며 물었다. 꾸부정한 어깨로 이인몽을 쏘아보는 그의 눈동자에 파득 불쾌한 기색이 스쳐간다.

정춘교는 종3품 상전(尙傳)으로 전하와 대소 신료들 사이에 모든 연락을 책임진 내시였다. 정조조에 이르러 왕의 직속기관으로 정무를 보좌하게 된 규장각의 각신(閣臣)들은 숙직을 마치면 왕에게 아침 문안을 드리고, 간밤에 처리한 업무의 진척과 당일 처리할 일들의 계획을 보고하며, 하루종일 임금을 그림자처럼 따라다녔다. 그러다보니 자연히 임금의 수족처럼 움직이는 내시부의 고유한 영역을 침범할 때가 많았다. 따지고 보면 전하께서 여기 활터에서 보내는 아침일과는 내전의 영역인데…… 하는, 그런 아니꼬운 감정이 있으리라.

"간밤에 변고가 생겨서 급히 전하의 교지를 받들어야겠소만."

"변고라니요?"

인몽은 이미 모든 일을 공개하기로 결심한 뒤였다. 인몽이 그의 귀에 대고 자초지종을 설명하자 정춘교는 펄쩍 뛰며 몸을 떨었다.

"그, 그 같은 일은 본 내관의 소임이 아니올시다. 이 대교가 직접 아뢰도록 하오."

"물론 그렇지요."

인몽은 경망스럽게 기겁을 하는 정춘교에게 모멸감을 느끼며 무표정한 얼굴로 사대 한구석에 가서 섰다. 전하의 활쏘기는 막 40사가 지나고 있었다.

당년 마흔여덟 살의 주상 전하께선 근년 들어 부쩍 살이 붙은 허리를 숙여 유엽전 10대를 허벅지에 찬 활통에 꽂더니 좌측으로 천천히 걸으셨다. 40사까지는 입사(立射)를, 마지막 10사는 걸으면서 보사(步射)를 하는 것이 전하의 버릇이었다. 정조의 무예는 실로 출중하여 창, 봉, 도, 검, 궁에 두루 능했고 그중에서도 활쏘기가 가장 뛰어났다. 지금 쏘고 있는 활도 여느 선비들이 사용하는 습사용(習射用) 작은 활이 아니라 실전에 쓰이는 정량궁(正兩弓) 큰 활이었다. 화살촉 역시 버드나무 잎처럼 생긴 8돈중 유엽전으로, 120보 밖에서 다른 화살보다 더 작은 과녁을 놓고 쏘는 것이었다.

오늘은 또 특별히 잘 맞는 날이군.

쏠 때마다 번번이 명중을 알리는 고전기(告傳旗)가 올라간다.

인몽은 눈을 가늘게 뜨고 활을 쏘는 전하의 모습을 지켜보았다. 오늘의 보사는 좌로 여섯 발짝 걷다가 돌아서서 다시 두 발짝을 걸으며 쏘는 것인데 동작과 동작 사이에 휴지가 없고 정(靜)과 동(動)의 균형이 유연하다. 활쏘기를 잘 모르는 인몽의 눈에도 원숙하게 일가를 이룬 모습이었다. 세손 시절부터 아침에 일어나면 하는 50사를 한 번도 거른 적이 없다지 않는가. 자칫 문약(文弱)에 흐르기 쉬운 제왕의 몸이고 보면 매서운 자기단련이 아닐 수 없었다. 다만 그 엄격함이 다른 사람들에게 똑같이 강요되는 데서 문제가 생기는 것이지만…… 활을 든 전하에게선 어딘가 황소나 수말 같은, 강하고 신랄한 분위기가 풍기고 있었다.

터질 듯이 풍만한 얼굴, 귀밑부터 턱끝까지 무성하게 자라난 턱수염, 억세고 다부지게 보이는 입매, 그런 용안의 한가운데엔 가늘고 날카로운 눈이 번득였다. 보통 키에 딱 벌어진 어깨, 웬만한 신하들의 허벅지만한 건장한 팔뚝은 치세의 군주라기보다는 차라리 난세의 무장과 같은 인상을 주었다.

49사가 날아가고 다시 고전기가 올라갔다.

드물게도 49번을 쏘아 49번 다 과녁 중앙에 꽂힌 것이다.

정조는 더욱 굳은 표정으로 과녁을 노려보시더니 마지막 화살을 버리고 활을 내시감에게 때려붙이듯 안겼다. 그러나 모두들 아직 한 발이 남았다고 생각했던지 사태를 깨닫지 못하고 멍하니 서 있었다. 정조께서 양팔 소매에 낀 피갑을 벗으시자 그제서야 주위에 있던 수직 내시들이 허둥지둥 달려들며 용포를 입힌다, 익선관을 가져온다, 부산을 떨었다.

"전하, 마지막 화살은 쏘지 않으시옵니까?"

내시감 서인성이 뻔한 질문을 하며 왕의 비위를 맞추려 했다. 전하께서 한마디 훈계를 하실 기회를 주려는 일종의 아첨인 셈인데 정조는 좀처럼 넘어가주지 않는다. 골똘한 생각에 잠긴 얼굴로 용포를 받아 입을 뿐 가타부타 대답이 없는 것이다. 질문을 한 서인성이 그렇게 머쓱해지자 장내는 숨소리도 없이 물을 끼얹은 듯이 조용해졌다.

모두들 익선관을 받아 쓰는 정조의 일거일동을 긴장한 눈초리로 지켜보고 있는 것이었다. 그러나 인몽은 전하께서 특별히 화를 내거나 신경이 곤두서 있는 것이 아님을 잘 알고 있었다. 전하는 늘 분노 대신 언제나 이런 심중을 알 수 없는 침묵으로 신하들을 긴장시켰다.

전하께선 활을 쏘실 때 50번을 다 쏘아 명중시키는 일이 없었다.

향사의(鄕射儀) 같은 때 대소 신료들과 같이 활을 쏘아보면 너무나 기량에 차이가 났기 때문이다. 문신들은 50사는커녕 30사만 넘으면 모두들 지쳐 화살이 땅바닥에 꽂히거나 아예 활을 당기지도 못하기 일쑤였다. 정조는 그런 신하들을 무안하게 만들지 않으려고 49사까지 한결같은 모습으로 과녁을 겨냥해 쏘다가 마지막 한 발은 일부러 엉뚱한 곳을 쏘곤 했다. 오늘같이 혼자 쏘는 날은 아예 마지막 화살을 쏘지 않았다.

싸울 때마다 이기는 것은 좋은 것이 아니다(百戰百勝 非善之善者也)는 것이 전하의 지론이었다. 50번 쏘아 50번 다 명중시킨다는 것은 왕의 관점에선 지나친 것이었다. 전하는 지나친 재주를 자랑하여 남을 자극하고 스스로 교만해지는 자를 가장 싫어하셨다. 더구나 만인의 위에 선 군부로서 그런 바보짓을 한단 말이냐? 전하의 침묵엔 그런 훈시가 숨어 있는 것이다.

이윽고 의대를 다 갖춘 전하께 이인몽이 대령해 있다는 보고가 전해졌다.

정조는 의아한 표정으로 인몽 쪽으로 돌아섰다. 인몽은 걸어나가 무릎을 꿇고 머리를 조아리며 아침 문안을 올렸다.

"오냐. 그런데 도원이는 이렇게 일찍 웬일인고? 이따 대조전으로 오지 않고?"

도원(陶源)은 이인몽의 자다. 인몽은 자꾸만 경직되려는 뒷덜미를 깊이 숙이며 황급히 대답했다.

"전하, 아뢰옵기 황송하오나 간밤 규장각에서 큰 변고가 있어 한시바삐 전하의 하교를 받들고자 하옵니다."

"뭐라고, 변고?"

정조의 깜짝 놀란 목소리가 활터 주변을 울렸다.

"변고라니……"

정조께서는 얼른 고개를 돌려 규장각이 있는 비원 쪽을 바라보신다. 돌사자처럼 버티고 선 몸은 흔들림이 없었지만 그 용안에는 놀라는 빛이 역력했다. 아뿔싸, 인몽은 자신의 말이 좀 지나쳤다고 후회했다. 전하께선 무슨 화재를 상상하셨구나. 그러나 이미 쏟아놓은 말을 주워 담을 수도 없었다.

하긴 정조로선 당연한 반응이었다. 궁궐에선 한 해 걸러 한 번이라고 할 만큼 빈번하게 화재가 일어났다. 중세의 궁궐은 한번 불이 붙었다 하면 마른 짚세기처럼 타들어갔다. 창덕궁의 경우, 선조 25년(1592), 인조 1년(1623), 순조 33년(1833), 다이쇼 6년(1917) 등 궁궐 전체가 거의 다 타버리는 큰 화재만 해도 네 차례를 경험하고 있다.

"아, 아니옵니다, 전하. 그런 것이 아니옵고…… 실은 간밤에 서고의 숙직을 맡은 검서관 장생이 급사하였사옵니다."

"뭣이! 장종오가?"

"예. 겉으로 아무런 상처도 없사옵고 병을 앓은 흔적도 없는 것이, 간밤에 무리를 하여 일을 하다가 과로로 죽은 것이 아닌가 여겨지옵니……다."

"과로?"

"예. 장생은 전하의 별명(別命)을 받들어 벌써 사흘째 숙직을 한 것으로 알고 있사옵니다."

그러자 정조의 얼굴에는 뭐라고 형언할 수 없는 복잡한 표정이 떠올랐다. 아끼던 측근의 죽음에 충격을 받은 것 같기도 하고, 그 이상의 어떤 난감한 문제에 부딪힌 것 같기도 했다. 그러나 인몽은 그런 정조를 보지 못했다. 그는 잔뜩 풀이 죽어 고개를 숙인 채로 몸둘 바를 모르고 있었다. 전하에게 죄송하다는 생각이 그의 생기를 갑자기 고갈시켜 버린 듯했다.

정조는 손짓을 하여 자기 주위에 있던 내시들을 뒤로 물러나게 했다. 이윽고 고개를 숙인 인몽의 시선에 정조의 희끗희끗해진 머리와 제왕의 권위를 더해 주는 둥글게 튀어나온 배가 들어왔다. 정조가 부복한 이인몽에게 다가와 무릎을 쪼그리고 앉은 것이다.

"도원아!"

"예……? 예!"

겨드랑이에서 식은땀이 흘렀다. 정조가 이렇게 정색을 하고 신하를 부를 때는 뭔가 반드시 안 좋은 말이 나올 때라는 것을 인몽은 알고 있었다. 정조의 목소리는 더욱 낮아졌다.

"괴망한 일이로구나. 가뜩이나 과인이 매사에 규장각 각신들만 싸고 돈다고 조정의 공론이 분분하다. 각신들은 물론 이속들까지 궐내에서 숙직을 시키다니 천만부당한 처사라고 말이야…… 이런 형편에 명색이 정5품 검서관이란 자가 숙직을 하다가 죽다니. 간관(諫官)들이 벌 떼처럼 들고 일어나지 않겠느냐?"

인몽은 마음이 산란하여 얼른 대답할 말이 떠오르지 않았다.

"신등(臣等)의 죄, 죽어 마땅하옵니다."

"그것도 그렇고…… 장종오는 혹시 돌림병으로 죽은 것이 아니냐?"

"아니옵니다. 아니옵니다, 전하. 통촉해 주소서. 신의 소견으로는 절대로 그럴 리가 없사옵니다."

인몽은 진땀을 흘리며 극구 부인했다. 금직(禁直 : 대궐 안의 숙직)을 하다 죽은 일만 해도 문책당할 것이 분명한데, 돌림병이라니. 임금의 곁에 역질을 끌어들인 죄까지 더해진다면 장종오의 남은 가족들이 무사히 넘어가지 못할 것이다.

"음……"

정조는 미간을 잔뜩 찌푸리며 자리에서 일어났다. 휴, 하고 허허로운 한숨을 내쉰 정조는 다시 깊은 생각에 잠긴다. 인몽은 뒷짐을 지고 이리저리 옮겨놓는 정조의 몇 발자국이 천추(千秋)처럼 길게 느껴졌다.

"빨리 검시를 하고 오늘 안에 일을 수습하는 것이 옳으리."

"……"

"누구를 불러야 되겠느냐?"

"황송하옵니다만 형조참의 정약용, 지금 출사해 있을 것이옵니다."

인몽은 기어들어가는 목소리로 더듬거렸다. 그 순간 살짝 용안을 올려다보던 인몽의 곤혹스런 눈과 정조의 엄한 눈빛이 마주쳤다. 인몽은 그 눈빛 앞에서 자기 속을 환히 내보인 듯한 두려움과 거북살스러움을 느꼈다.

"노둔하구나! 정5품 검서관이 죽은 일을 어찌 형조참의 혼자에게 맡길 수 있느냐? 마땅히 명망 있는 중신이 내사해야 조정에 뒷말이 없는 것을. 쯧 쯧…… 춘교, 게 있느냐?"

"예이이."

상감의 뒤쪽에서 상전 정춘교가 달려나와 부복한다.

"좌의정 앞으로 명소통부(命召通符 : 중신들을 소환하는 명령서)를 쓰거라. 간밤 규장각에서 검서관 장종오가 죽었으니 좌의정이 직접 임검(臨檢)하여 시체를 검시하고 검안(檢案)을 올리라고…… 따로 더 할 말 없으니 검안부터 가지고 오라고 써라. 알겠느냐?"

"예."

"또 형조에도 사람을 보내 형조참의는 시체를 검시할 검률(檢律)들을 인솔하고 지체없이 입궐하라 일러라."

"예, 유(由)없이 거행하겠나이다."

머리를 조아린 채 임금의 하교를 듣던 인몽은 억 하는 소리가 나올 것만 같았다. 아니, 형조판서도, 의금부 당상도 다 놔두고 하필이면 좌의정 심환지(沈亘智)라니? 노론 벽파의 영수 심환지의 싸늘한 얼굴을 상상하자 인몽은 눈을 내리깔고 싶은 심정이었다.

원래 형전(刑典)의 원칙은 사건이 발생한 그 장소의 최고 책임자가 시체의 검시를 책임지게 되어 있다. 허나 현임 규장각 제학(提學) 정민시는 지금 신병이 위독하여 저승길이 오늘내일 하는 처지였다. 하지만…… 그렇다고 왜 하필 심환지인가? 스스로 청류(淸流)를 자임하며 노론에서도 가장 강경한 원칙론자인 심환지. 일을 수습하기는커녕 더 크게 만들 것이 분명한 사람이었다.

인몽은 도무지 전하의 심중을 헤아릴 수가 없었다.

정조는 엎드려 움직일 줄 모르는 인몽을 한 번 힐끗 보더니 정춘교에게 발을 꽝 굴렀다.

"이놈, 뭘 꾸물거리고 있는 거냐? 이 자리에서 당장 쓰지 못할까!"

"예? 예, 예!"

내시 정춘교가 부르르 떨며 그 자리에 무릎을 꿇었다. 그러자 뒤쪽에서 허둥지둥 달려와 정춘교에게 문서장부를 건네주는 자, 정춘교 앞에 납작 엎드려 글씨를 쓸 책상이 되는 자, 휴대용 필가(筆架)에서 엄지손가락만 한 먹물통과 세필붓을 꺼내 올리는 자……, 한바탕 소동이 일어난다. 정춘교가 나는 듯이 붓을 놀려 명소통부를 올리자 정조가 이마에 핏줄이 곤두선 어두운 표정으로 수결(手決: 사인의 일종)을 했다.

인몽은 그 경황없는 모습을 보면서 시급히 여쭈어야 할 규장각 행사를 떠올렸다. 그것은 오늘 오전으로 예정되어 규장각 내각에서 열릴 예정이던 전하의 친림시강(親臨試講)이었다.

"전하. 하오면 오전에 열기로 한 친림시강은 어이하올지요?"

"친림시강? 장종오가 죽었다고 시강을 연기할 이유라도 있단 말인가?"

"그것은 아니오나, 전하. 시강을 하실 곳이 바로 검시를 하는 현장이라 상서롭지 못한 점이 있사옵니다."

"으음…… 고약한 일이로다. 여염집의 서민들도 자기의 천금 같은 몸을 사랑할 줄 알아, 거두고 안양(安養)하는 도리를 다하거늘. 그대들은 명색이 조신(朝臣)으로, 어찌 제 한 몸도 조섭하지 못해 이런 골칫거리를 만든단 말인고."

"……"

"알았으니 시강은 내일 오전으로 연기하도록 하라."

"황송하옵니다, 전하. 소신 이만 물러가옵니다."

"잠깐!"

"예?"

"이리 가까이 오라."

전하의 목소리가 다시 낮아졌다. 인몽은 허리를 숙인 채 전하의 가까이로 바싹 다가갔다.

"며칠 전 과인이 장종오에게 정리해서 올리라 한 선대왕마마(영조)의 어필(御筆)이 있었다. 오늘 강의할 『시경』에 관한 글이었는데…… 그대는 장종오의 시신 주변을 잘 살펴 그 어필부터 챙기도록 하라. 퇴궐하기 전에 잊지 말고 그것을 가져오도록."

"예."

"그만 물러가 보라."

"예."

뒷걸음질로 어전을 물러나자 발밑이 깊숙이 꺼져버리는 듯한 현기증이 일어났다.

『시경』에 관한 글이라고?

어디선가 환청과도 같은 비웃음 소리가 인몽의 귀를 윙윙거리기 시작했다.

전하의 행렬이 활터를 벗어나 대조전 쪽으로 멀어졌다. 날은 이미 완전히 밝아 있었다. 인몽은 혼자 골똘한 생각에 잠긴 채 온 길을 되짚어 규장각으로 향하고 있었다.

인몽에겐 아까부터 마음에 걸리는 것이 있었다.

뭐라고 꼭 집어 말할 수는 없지만 장종오의 죽음엔 뭔가 석연찮은 것이 있었다. 아까 장종오의 시체 옆에 앉아 그게 뭘까 생각해 보려고 했지만 너무 흥분한 상태라 차분히 생각이 정리되지 않았던 것이다. 그런데 방금 정조에게 보고를 하면서 얼핏 그 꺼림칙한 의혹이 차츰 응고되어 확연한 의문으로 압박해 오기 시작했다.

오늘은 전하의 친림시강이 있는 날이다. 전하께서 자신의 정적(政敵)인 노론 벽파 앞에서 몸소『시경』을 강의하는 것이다. 그리고 장종오는 간밤에 전하를 도와 그 강의 준비를 하다가 죽었다.

만약 장종오가 누군가에 의해 살해된 것이라면…… 그것이 왜 하필 오늘이어야 했을까? 장종오의 죽음과 전하의『시경』강의 사이에는 무슨 관련이 있는 것이 아닐까? 장의 시체 옆에는 간밤에 쓰고 있던「시경천견록고」라는 공책이 있었다.

아, 잠깐,「시경천견록고」라고?

이인몽은 흠칫 걸음을 멈추었다.

나무 이파리처럼 흔들리던 그의 시선이 갑자기 허공의 어느 한 점에 고정되면서 보이지 않는 무엇을 응시하는 눈으로 바뀌었다.
「시경천견록고」라면…… 〈『시경천견록』이란 책에 대한 고찰〉이라는 뜻이다. 그렇다면 그 공책 근처 어딘가에는 『시경천견록』이라는 책이 있어야 하지 않는가? 그럼, 주상 전하께서 말씀하신 선대왕마마의 어필은 바로 그 『시경천견록』이 아닌가. 그런데 그 방 어디에도 그런 책은 없었던 것 같다. 너무 놀라고 경황이 없는 중이라 내가 잘못 본 것일까? 아니다. 장의 시체 주변에 어지럽게 널려 있던 고서적들은 다 눈에 익은 것들이었다. 그런 이상한 책은 없었다.
인몽은 이대로 망연히 서 있을 일이 아니라는 생각이 들었다. 장의 시신 주변을 잘 찾아보라는 임금의 분부를 생각하자 더욱 마음이 조급해진다. 다시 장종오의 시체가 있던 현장으로 돌아가 그 책을 찾아 보자. 인몽은 서둘러 걸음을 옮기기 시작했다. 걸음은 곧 뜀박질에 가깝게 촉급해졌다.
그런데 북쪽 소로를 따라가다가 길이 경추문, 연지, 규장각이 있는 비원으로 각각 갈라지는 갈림길에 이르렀을 때였다. 임금을 따라간 내시부 상전 정춘교가 갑자기 갈림길 앞 수풀에서 나타났다.
인몽은 멈칫하여 걸음을 멈추었다.
"이 대교, 잠깐 나 좀 봅시다."
정춘교가 손짓으로 인몽을 부르며 가까이 다가왔다. 그의 뒤에는 기골이 당당한 시위 내시 네 명이 칼을 들고 따르고 있었다. 인몽은 내심 불길함을 느끼며 의아한 눈으로 정춘교를 쳐다보았다.
내시 정춘교는 음침한 눈에 병에라도 걸린 것 같은 두껍고 거무죽죽한 살갗을 한 키가 작은 사내였다. 의무적인 엄격함과 긴장의 연속인 궁중생활은 기껏해야 쉰 살 정도일 정춘교를 환갑이 훨씬 지난 노인처럼 만들어 놓고 있었다. 등이 몹시 굽은 그의 얼굴은 생기라곤 없는 목각인형 같았고 사모 밑으로 삐져나온 귀밑머리는 하얗게 세어 있었다.
그런 얼굴의 정춘교가 어색한 웃음을 띠고 다가들자 이인몽은 자기도 모르게 뒤로 물러서고 싶은 기분을 느꼈다. 그런데 그는 이인몽의 뻣뻣한 얼굴을 다른 의미로 받아들인 것 같았다. 그는 자신의 뒤를 따르는 시위 내시들을 손짓하여 돌려보냈다.

그들이 멀어지자 정춘교는 헛기침과 함께 조용히 입을 열었다.

"이 대교, 우리는 조석으로 얼굴을 보면서 한 번도 조용히 얘기 나눌 기회가 없었구려."

"예. 그러고 보니……"

"간밤의 변고는 상서롭지 못한 일이지만 그것이 어찌 이 대교의 잘못이겠소. 이 사람도 이 대교에게 무슨 문책이 없도록 애써보리다. 마음을 편히 가지시오."

"황감하옵니다."

"주상 전하께서 보위에 오르신 뒤로 환척(宦戚 : 내시와 외척)을 배제한다 하여 서로가 이렇게 불편한 관계가 되었지만, 따지고 보면 우리는 모두 전하를 가까이 뫼시고 있는 몸, 물과 고기처럼 협력해야 할 처지가 아니겠소?"

"예……"

"이 늙은 것이 보기에 당금의 주상께서는 영명하시고 인자하시며 효성이 지극하실 뿐만 아니라 나라를 다스림에 온갖 정성을 다하고 계시니 실로 요순우탕 같은 성군이오이다. 우리 아랫사람들은 모름지기 마음을 하나로 모아 그 성덕에 누가 됨이 없도록 진충갈력해야 하겠소만……"

인몽은 경직되는 얼굴을 감추려고 고개를 숙였다. 정춘교의 말에는 은근히 임금과 규장각에 대한 비난이 깃들어 있어 경솔하게 대답할 수 없었다.

정조는 즉위할 당시부터 〈선왕의 유지를 계승하고 고사를 좇는다(繼志述事)〉〈유림을 숭상하고 도학을 존중한다(崇儒重道)〉는 두 가지 정책방향을 내세웠다. 시간이 지나면서 이 말들이 가진 정치적 의미가 분명해지자 신하들은 당황하지 않을 수 없었다. 선왕의 유지를 계승한다는 것은 선대왕 영조의 탕평책을 계속하겠다는 뜻이며, 유림을 숭상하고 도학을 존중한다는 것은 탕평책에 부응하면서도 왕권을 강화하는 데 장애가 되었던 환척을 배제하고 왕이 직접 사대부들과 만나 국정을 전담하겠다는 뜻이었던 것이다.

규장각은 이 같은 정책을 추진하기 위해 설립된 기관이었다.

규장각은 불과 4, 5년 만에 기존 승정원과 예문관의 기능에다 대소 신료들의 비리와 부정을 탐지하는 사간원의 기능까지 더한 강력한 기능을 갖게 되었다. 이 같은 규장각의 출현으로 가장 직접적인 피해를 본 것이 바로 정춘교의 내시부였다. 왕실과 외척세도가들을 연결하며 갖가지 이권에 개입하던 내시들은 숭유중도를 표방하는 규장각 각신들에 밀려 입도 뻥긋할 수 없는 처지가 되었다. 정조 5년 승전 내시 김응소(金應召)가 주동이 되어 내시부 전원이 사직한 일은 이러한 갈등의 일례였다.

그런 내시부의 정춘교가 환척배제를 전제한 주상의 정책을 은근히 비난하면서 서로 힘을 합쳐야 한다는 둥, 종잡을 수 없는 소리를 늘어놓는 것이다. 인몽이 '이 자가 무슨 말을 하려고 이러나' 하고 침을 삼키는 것도 무리가 아니었다.

"이 대교도 아시겠지만 요즘 도성 안의 민심이 아주 흉흉해요. 면전에서 미안하오만, 규장각만 해도 여러 중신들로부터 얼마나 비판을 받았소이까. 그런데도 전하께선 그것도 모자라 저 어마어마한 장용영을 만들고 수원 땅에 새로 성을 쌓아 행궁까지 완성하셨으니 장안의 백성들은 너나없이 조만간 난리가 나고야 말 것이라고 전전긍긍하고 있답니다."

"……"

"이 늙은 것은 그저 무섭고 두려워 정신이 오락가락합니다. 세간의 말로는 조만간 주상께옵서 세자 저하에게 보위를 물려주실 모양인데 그게 어디 이만저만한 일입니까. 이 몸은 생각만 해도 혼과 뼈가 한꺼번에 싸늘하여……"

"허, 대감께선 궐내에 계시면서도 도성안의 풍문을 환히 꿰고 계시군요.

과연 놀랍습니다. 저같이 보잘것없는 미관말직이 무얼 알겠습니까. 도무지 처음 듣는 말뿐이군요."

이인몽은 슬쩍 정춘교의 방자한 요설을 비꼬면서 고개를 돌려 규장각 쪽을 바라보았다. 이만 가야겠다는 암시였다. 인몽의 마음은 온통 장종오의 시신에 쏠려 있었다. 얼른 인사를 하고 자리를 뜨려고 힐끔힐끔 눈치를 주는 것이었다. 능구렁이 같은 정춘교가 그 눈치를 모를 리 없건만 그는 오히려 인몽의 시선을 몸으로 막으면서 호들갑을 떠는 것이다.

"허허, 이 무슨 겸양의 말씀을, 지금 젊은 신료들 중에 이 대교만큼 전하의 총애를 받고 계신 분이 어디 있다고…… 틀림없이 이 대교만은 전하의 흉중을 짐작하시리다."

"전하의 흉중이라뇨?"

"전하의 양위문제 말씀이오이다. 전하께서는 언제쯤 양위를 하신다는 성지(聖旨)를 발표하실까요?"

"허어, 지금 무슨 말씀을 하시오이까!"

인몽이 목소리를 높이며 눈을 부릅떴다. 말 한마디에 얼굴이 확 붉어지는 것을 보면 이인몽은 역시 산전수전 다 겪은 정춘교의 상대가 아니었다. 하지만 그의 말이 지나친 것도 사실이었다. 임금의 양위문제는 잘못 말을 꺼내었다간 원로대신들도 목을 보전하기 어려운, 너무나 미묘한 사안이었다. 그런 문제를 일개 내시가 이런 길가에서, 이렇게 지나가는 사람을 불러다놓고 묻는 것이니 인몽이 놀라 화를 내는 것도 무리가 아닌 것이다.

전하께서 언제 양위를 하시느냐고? 무엄하게도 그런 말을 태연히 입에 올리다니. 이 자가 정녕 미친 것이 아닌가. 미친 것이 아니라면 도대체 무슨 속셈으로 이런 소리를? 아까는 은근히 규장각을 비난하더니 이제는 장용영까지 물고늘어진다?

장용영은 정조께서 창설한 일종의 경호부대였다.

정조 이전까지 조선군의 중심은 오늘날의 수도경비사령부인 훈련도감이었다. 훈련도감은 실질적인 물리력으로써 도성에 상주하는 군병들의 대부분을 통솔하고 있었을 뿐만 아니라, 무과시험을 주관하고, 봄 가을로 서울 인근에서 행해지는 대규모 군사훈련도 관장하고 있었다.

그러나 훈련도감과 어영청에 외척을 비롯한 노론 벽파의 영향력이 속속들이 스며 있음을 간파한 정조는 그 규모를 대폭 축소하고 그 대신 국왕을 경호하는 친위부대, 즉 금군(禁軍)을 확대개편하여 〈장용영〉이라는 새로운 부대를 조직했다. 이 과정에서 이장오(李章吾), 윤태연(尹泰淵), 장지항(張志恒), 구선복(具善復) 등 노론 벽파와 제휴했던 훈련대장들은 〈척신들에 부회하여 반란을 기도했다(附麗權姦)〉는 죄명으로 차례차례 주살되었다.

그리하여 정조 17년(1793)에 이르면 이전까지 3초(哨:1초는 오늘날의 1개 중대)에 불과하던 국왕의 금군은 내영 직할군 25초, 외영 입방군 20초, 외영 협수군 22초의 군단급 부대로 재편되었다. 이로써 수도권 일원의 군 통수권을 장악한 정조는 20년(1796) 수도권 방어를 명분으로 장용영 외영 본부에 화성이라는 새로운 도시를 건설하는바, 오늘날의 수원시가 그것이다.

화성 신도시가 완성되자 노론 벽파에 대한 국왕의 친위 쿠데타는 조야가 다 아는 공공연한 소문이 되었다. 정조는 세자(순조)의 혼인과 더불어 보위를 물려주고, 스스로는 상왕으로 수원행궁에 물러가 군을 장악하고, 서울의 아들로 하여금 벽파토멸의 어명을 내리게 하리라는 것이었다. 세상이 채당(蔡黨)이라 부르는 채제공, 이가환, 정약용 등 남인 탕평파들은 〈천토(天討)〉라고 부른 이 계획의 주동자들이었다. 수원유수가 맡아야 할 수원성 건설을 당대의 명재상인 채제공이 맡고, 당시 좌부승지이던 정약용이 자기 업무를 제쳐두고 기중기까지 발명해 가며 수원성 건설에 혼신의 정열을 기울인 것에는 이런 내막이 있다고들 했다.

수원성이 완성되면서부터 세간에 짜하게 퍼진 풍문이야 인몽도 어찌 모르겠는가. 아니, 지난 1년 반 동안 전하를 측근에서 모시면서 인몽은 누구보다도 민감하게 때가 오고 있음을 느끼고 있었다. 지난 8년간 정조가 심혈을 기울여 추진한 장용영은 이미 본 궤도에 올라섰고 원자 공의 왕세자 책봉도 끝났으며 몇 달 안으로 노론 시파의 젊은 영수 김조순(金祖淳)의 딸이 세자빈으로 간택될 것이었다.

이제 전하의 양위 발표는 실로 오늘 아니면 내일의 일이었다. 인몽으로선 생각만 해도 가슴이 뛰는 일이 아닐 수 없었다.

유신(維新)! 드디어 조선 왕조는 천명(天命)을 유신하는 것이다.

인몽의 눈엔 재작년 봄 시흥향교로부터 노량진 나루터까지 진출해오던 장용영 협수군의 위풍당당한 용자(勇姿)가 선연히 떠오른다. 이제 커다란 변화가 찾아오리라. 그동안 사리사욕과 축재에 눈이 어두웠던 특권계급들은 남김없이 숙청되고 어떠한 신분의 차별도 철폐된 새 세상이 도래하리라. 현명한 왕법의 원리 아래 만민이 평등하고 행복한 세상, 애초에 공부자(孔夫子)께서 꿈꾸신 아득한 옛시대의 이상이 실현되는 것이다. 누구도 막을 수 없는 대의(大義), 성난 파도와도 같은 시대의 흐름이 여기에 있다. 나날이 강쇠해 가는 나라, 나날이 퇴폐해 가는 제도를 붙들어 일으킬 황극(皇極)의 길이 여기에 있다.

인몽은 품속에 아름다운 구슬을 감춘 자의 여유와 불안을 느끼며 정춘교의 얼굴을 뜯어보았다.

두고 봐라. 이 요망하고 간사한 난신(亂臣)들아. 임금을 헐뜯고 임금의 목을 조르려는 적자(賊子)들아. 스스로 하늘의 주책(誅責)을 찾는 너희 같은 무리들은 성인의 교화로도 어쩔 수 없느니. 모조리 죽여 목을 베지 않고 어쩌리. 이제 아득한 옛시대의 꿈이 돌아오리라. 위에는 성스러운 군왕이 계시고 아래에는 착한 백성이 있는 그런 단순한 세상이.

인몽은 격탕되는 마음을 감추며 착잡한 표정으로 입을 열었다.

"대감께서 저 같은 사람을 어여삐 보시니 그저 황송할 뿐이올시다. 그러나 저희 같은 신하들이 전하의 흉중을 입에 올리는 것은 도리에 어긋나는 일이 아니올지요? 하물며 그 일이 막중한 보위에 관한 것이라면 더더욱 두려워하고 삼가해야 할 일이외다."

"하하하, 이 대교의 말씀이 백번 지당하오. 과연 영기발랄한 규장각의 각신이시라……"

인몽은 정춘교의 말을 듣다 말고 갑자기 이상한 전율을 느꼈다. 정춘교가 너털웃음을 터뜨리면서 슬쩍슬쩍 규장각 쪽을 곁눈질하는 것을 눈치챈 것이다.

이자가 왜 저쪽을 힐끔거리지?

그래…… 어쩌면 이자의 의도는 난데없는 뜬소리들을 늘어놓으면서 규장각으로 가는 내 걸음을 지연시키려는 것이 아닐까. 지금, 규장각 안에 이자가 신경을 곤두세우는 뭔가가 있다! 그러자 인몽은 더 이상 이러고 있을 수가 없었다.

"대감, 지금 뒤가 불편하신 듯하오이다. 소생은 이만."

"뭐, 뭐라구요?"

"아까부터 자꾸 저쪽을 바라보시는 것이 매우깐(梅雨間:화장실)을 찾으시는 듯하오이다. 소생도 소임에 바빠서 오늘은 이만."

한참 말을 하고 있던 정춘교로선 뜻밖의 사태였으리라. 인몽이 갑자기 절을 하고 걸음을 옮기자 정춘교는 다급한 표정으로 손짓을 했다.

"아, 아니오. 아니오. 이 대교 잠깐만! 내 긴히 할 이야기는 지금부터요. 그러니 잠시 이리로 좀……"

정춘교의 갈퀴 같은 손이 인몽의 소맷자락을 붙잡았다. 그러나 인몽은 그 손을 정중하게 뿌리치며 대답한다.

"왕명이 지중하시니 소생 같은 천신(賤臣)이 어찌 잠시인들 지체할 수 있겠사옵니까. 대감의 여러 가르침은 차후에 듣겠사옵니다."

그 말을 마지막으로 인몽은 뒤도 돌아보지 않고 나는 듯이 그 자리를 벗어나버렸다. 정춘교가 뭐라고 부르는 것도 아랑곳하지 않고 단숨에 규장각의 희우문까지 달려와버린 것이다. 희우문 앞에 당도하여 돌아보니 정춘교의 모습은 보이지 않았다.

인몽은 입맛을 다셨다. 엉겁결에 그런 식으로 빠져나오기는 했으나 너무나 무례한 처신이었다. 나는 어쩌면 이다지도 요령이 없고 고지식하단 말이냐. 늘 이렇게 물색없이 처신하니 남들의 미움을 받는 것이 아니더냐. 인몽은 기껏 임기응변이라고 생각해 낸 것이 그 정도인 자신의 어리석음에 한숨을 지었다.

할 수 없지…… 아무튼 그 「시경천견록고」라는 공책부터 찾아보자.

인몽은 그런 생각을 하며 희우문을 열고 들어갔다. 희우문은 규장각 경내에서 제일 높은 곳에 있었다. 발 아래 아직 아침 안개에 싸인 규장각의 크고 작은 건물들을 보자 인몽은 새삼스런 감회가 일었다.

강의와 독서의 공간으로 쓰이는 규장각 내각 주합루, 주합루 서남쪽에 한국 서적을 비치한 서고, 중국 서적을 비치한 열고관, 정조의 개인 도서실인 개유와, 규장각 사무업무를 맡은 이문원, 영조 등 선대왕들의 어필을 보관한 봉모당 등이 즐비하게 늘어서 있었다.

어느 건물 할 것 없이 대궐 밖에선 구할 수 없는 희귀본들이 산더미처럼 쌓여 있다. 수천 년을 이어지는 문화의 사슬들이 빛바랜 서책 속에 숨쉬고 있는 것이다. 누대에 걸쳐 전해 오는 왕실의 서책들과 정조가 돈을 아끼지 않고 국내외에서 사 모은 서책들이 이 무렵엔 10만 187권, 각종 기록이 1만 730종이었다. 12년 전인 1781년 직각 서호수(徐浩修)가 당시에 들어온 3만여 권의 목록을 작성하고 해제를 단 바 있으나 나머지 책들은 아직 태반이 펼쳐 보지도 않은 채 쌓여 있는 상태였다.

인몽은 문득 지난달에 출판한 『홍재전서(弘齋全書)』 100권을 생각하고 정춘교의 말을 생각했다. 지금 이문원에 비치되어 있는 『홍재전서』는 정조의 전집이다. 역대 어느 임금도 미칠 수 없는 방대한 저술들을 정리하여 서둘러 전집을 간행한 것은 정조 자신의 열화와 같은 독촉 때문이었다. 인몽은 아무래도 이 전집의 간행이 정조가 자신의 치세를 마무리 지으려는 마지막

사업같이 여겨졌다. 그러면 기어이 올해 안에 양위를?

인몽이 가만히 서서 이렇게 한숨을 내쉴 때였다.

스스슥 하며 풀섶에 검은 신이 스치는 소리. 바로 아까 전하께 보고를 드리러 갈 때 들었던 그 희미한 소리가 다시 들리는 것이었다.

아니!

인몽의 신경은 온통 그 소리에 쏠려 바늘 끝처럼 날카로워졌다. 그러자 이어 희우문 서쪽 숲 속에서 삐걱하고 문 열리는 소리가 조그맣게 들렸다. 인몽의 얼굴에 경악의 빛이 스쳐갔다. 저것은 공진문이다! 공진문은 쓰지 않고 늘 닫아두는 문으로 그 열쇠는 인몽이 관리하는 것이었다. 그런데 누군가가 지금 그 문을 열고 나온 것이다.

인몽은 희우문을 열고 분연히 뛰어나갔다.

"웬 놈이냐?"

인몽은 벽력같이 소리를 지르며 수풀 속으로 달려갔다. 인몽은 드디어 오늘 아침부터 계속 꼬이고 꼬인 석연찮은 사건들의 실마리를 잡았다는 강한 예감이 들었다. 전신이 부풀어오르는 느낌이었다. 공진문에서 불과 예닐곱 걸음 떨어진 수풀에서 검은 그림자가 혼비백산하여 달아나려 하고 있었다.

"이놈!"

인몽은 나뭇가지에 걸려 관복이 찢어지는 것도 모르고 몸을 날려 그 자의 뒷덜미를 잡아채었다.

"에구구, 왜 이러십니까?"

침입자는 몸을 뒤틀어 인몽의 손을 뿌리치고는 이쪽으로 돌아선다. 까무잡잡한 피부에 송충이 같은 짙은 눈썹이 한일자로 보일 만큼 미간이 좁고 광대뼈가 튀어나온, 한눈에 봐도 꾀죄죄한 인상의 내시였다. 인몽은 그 자의 얼굴을 확인하고 일단 놀랐다.

"내시부 상설 이경출 아니요?"

"아이구 아파라. 예. 어르신네, 대체 아침부터 왜 이러십니까요?"

"아아니, 그걸 몰라서 묻는 거요? 여기는 잡인의 출입이 엄금된 비원이오. 인정전에 있어야 할 이 내관이 무슨 연유로 공진문 안에서 나오는 거요?"

"고, 공진문 안에서 나오다뇨. 처, 천부당만부당하신 말씀. 아닙니다요. 나리. 비, 비직(鄙職)은 여, 여기 수풀 속에서 도인(道引 : 도가의 아침체조)을 하고 나가는 길입니다요."

"도인을 했다구요?"

"예, 나리. 그리고 비직의 소임은 지난달부터 인정전이 아니라 승재정을 관리하는 것으로 바뀌었습니다요."

인몽의 눈이 매섭게 빛났다. 인몽은 이경출의 팔을 잡고 다짜고짜 돌려세우더니 왼손으로 그의 엉덩이를 쓰다듬는다.

"아니, 대관절 왜 이러시오!"

"흥, 도인을 했다구? 서서 하는 도인도 있느냐! 이 수풀 속에 앉아 도인을 했다면 응당 아침 이슬에 엉덩이가 젖었어야 하지 않느냐."

"어, 그, 그건……"

"이놈, 바른 대로 대지 못할까! 네놈이 공진문을 열고 나오는 것을 내가 봤는데도 딴소리를 하는 게냐!"

"말도 안 되는 소리! 대체 무슨 근거로 사람을 이렇게 핍박하는 거요!"

"잔말 말고 따라왓!"

"못 가오."

이경출은 얼굴이 시뻘겋게 되도록 용을 쓰며 죽기 아니면 살기로 버팅긴다. 힘에 부친 이인몽은 이경출의 두 손목을 붙잡고 공진문 안쪽을 향해 소리를 질렀다.

"정래야! 정래 거기 없느냐! 게 아무도 없느냐."

"흥!"

이경출의 싸늘한 코웃음이 들린다 싶은 순간 인몽은 숨이 컥 막히면서 몸이 허공에 붕 뜨는 것을 느꼈다. 이경출이 인몽에게 붙들린 오른손을 위쪽으로 비틀어 빼더니 주먹으로 인몽의 명치께를 내지르며 왼쪽 다리로 인몽의 아랫도리를 비로 쓸듯이 걷어찬 것이다. 미처 알아채지도 못할 만큼 재빠른 솜씨였다. 어느새 인몽의 몸은 수풀 위에 나뒹굴고 있었다.

풀섶에 찔려 얼굴이 따끔거린다고 느끼는 순간 다시 이경출의 맹렬한 발길질이 겨드랑이 아래로 들어왔다.

"헉!"

숨이 막히고 오장육부가 뒤집히는 듯한 통증 위에 눈앞이 흐릿해지는 충격이 덮쳐왔다. 겨드랑이 아래의 액연혈(腋淵穴)은 대뇌의 양백혈, 임읍혈과 연결되는 혼혈(昏穴)이다. 인몽은 머리가 찡하고 울리는 것을 느끼며 그대로 의식을 잃고 말았다.

2 또 하나의 죽음

> 모두들 놀라 당황하며 마음을 등지고 떠났어라
> 또 어이 이 사람의 친구가 되고자 하겠는가?
> 새를 잡는 화살은 장치되어 위에 있고
> 새그물은 펼쳐져 아래에 있네
> 이렇게 나를 잡아 임금을 기쁘게 하고자 하니
> 몸을 옆으로 비키려 해도 피할 수가 없도다
> ―「서러워 읊다(惜誦)」,『초사(楚辭)』구장편

이인몽의 부탁을 받은 현승헌은 경복궁 네거리를 걷고 있었다.

이날 아침 형조참의 정약용은 승헌이 찾아간 회현동 집에 있지 않았다. 집의 종이 전하는 말로는 새벽같이 관복을 차려입고 출사했다는 것이었다. 승헌은 할 수 없이 발길을 되돌려 경복궁 왼편에 있는 형조 관아를 찾아가고 있는 것이다.

아무튼 유난히 추운 날이었다.

집집마다 문이 굳게 닫히고 길에는 사람의 발길이 끊어졌다. 얼음같은 하늘 아래 살아 움직이는 것이라곤 서리 마른 초가지붕들이 피워올리는 가느다란 한 줄기 연기뿐이었다. 길, 집, 지붕, 싸리나무 울타리 모두가 추위에 얼어죽은 듯싶었다.

광화문이 보이는 큰길로 나서자 승헌은 공연히 움츠러드는 자신을 느꼈다. 즐비하게 늘어선 관청의 대문들이 차갑고 창백하게 빛난다. 광화문을 마주 보고 오른편엔 의정부, 이조, 한성부, 호조 관아가, 왼편엔 사헌부, 병조, 형조, 공조 관아가 장대석 높은 기단에 날아갈 듯한 팔작지붕들을 자랑하며 들어서 있는 것이다.

승헌은 형조의 내삼문에 이르러 벙거지를 쓴 나이 지긋한 나졸에게 정약용의 면회를 청했다.

"소인은 규장각 사령 현승헌이라 하오. 기주관(記注官: 규장각 대교가 겸임하는 관직) 나리의 분부로 참의 대감을 뵈러왔소이다."

"허, 식전부터 고생이올시다. 얘, 춘삼아. 이 어른을 얼른 참의 대감께 안내해라."

"고맙소이다."

허우대가 훌쩍한 춘삼이라 불린 나졸은 아직 솜털기가 남아 있는 청년이었다. 춘삼은 "날 따라옵쇼" 한마디 하더니 그대로 관아를 나서서 광화문 앞 큰길을 거침없이 내려갔다. 정약용이 형조 관아의 당상청에 좌정해 있으리라 생각했던 승헌은 뜻밖이었다.

춘삼은 지금은 세종로가 된 큰길을 한참 남쪽으로 내려가더니 멀리 운현궁이 보이는 네거리에서 왼편으로 꺾어져 서린방 전옥서에 이르렀다. 그제서야 춘삼은 승헌을 돌아보며 그 시꺼멓고 음침한 전옥서 건물을 가리켰다.

"참의 대감은 조금 아까 이곳으로 가신다면서 나가셨습니다요. 자, 이리로 옵쇼."

"아, 예."

승헌은 별 수 없이 춘삼을 따라 전옥서로 들어섰다.

형조의 지휘를 받아 중요한 죄수들을 수감하는 감옥 전옥서.

먼지를 물에 적신 것 같은 매캐한 냄새, 땀 냄새, 생선 썩는 냄새, 코를 찌르듯이 풍겨오는 인분 냄새에 승헌은 저절로 미간이 찌푸려졌다. 아니, 풍긴다기보다도 이 모든 냄새들이 뒤섞인 진한 액체가 콧속으로 술술 빨려 드는 것 같다. 승헌은 속이 메스꺼워 토할 것 같은 느낌을 억지로 참으면서

고개를 갸우뚱했다.

아니, 형조참의라면 정3품 당상관이 아니냐.

그런 고관이 이 돼지우리 같은 감옥에서 대체 뭘 하고 있는 것일까.

그런 생각을 하며 문 앞에서 머뭇거릴 때 갑자기 감옥 안에서 비명과도 같은 고함 소리가 들려왔다.

"야, 이 쥑일 놈들아, 뭘 꾸물거리고 있는 게냐! 대감님 말씀이 들리지 않느냐. 당장 달려가 화로를 가져왓!"

그러자 와당탕탕 감옥의 대문이 열리며 벙거지도 쓰지 않은 맨상투머리의 나졸들이 불에 데인 듯한 기색으로 뛰쳐나오다 승헌과 부딪혔다.

"아, 아니 이 사람들이……"

승헌이 어떤 나졸의 머리와 부딪혀 얼얼한 콧잔등을 만지며 눈을 부라렸으나 나졸들은 안중에도 두지 않고 더욱 황황한 모습으로 달려가버린다.

춘삼이라 불린 나졸도 어리둥절한 표정으로 그들을 뒤쫓아 사라진다. 멍청히 혼자 남은 승헌은 하릴없이 감옥 안의 동정에 귀를 기울일 수밖에 없었다. 그러자 아까의 고함 소리와는 다른 목소리의 호령이 쩌렁쩌렁하게 울려나왔다.

"너 이놈, 옥장 듣거라!"

"예."

"자고로 생업에 힘써 위를 섬기는 자를 백성이라 하고 백성을 어루만져 기르는 자를 관리라 한다. 벼슬을 하는 사람이라면 그 신분의 고하를 막론하고 모두 백성을 어루만져 기르는 목민관 아닌 사람이 없느니라. 죄수도 또한 백성이니라. 전옥서의 죄수란 너 옥장에게 맡겨진 백성이 아니더냐. 너는 이들의 신변을 책임진 관리로서 맡고 있는 백성이 얼어 죽도록 돌보지 않았으니 이 죄를 어찌 감당하려느냐?"

"죽을죄를 지었습니다. 하오나 지금 나졸들이 숯불과 화로를 구하러 갔사옵니다. 잠시만 기다리시면 이자들의 언 몸을 녹여 회생시킬 방도가 있을 것이옵니다."

"무슨 소릴 하는 거야. 화로는 무슨 화로? 기왕에 얼어 죽은 자들은 도리가 없으나, 아직 숨이 붙어 있는 이 두 사람은 지금 당장 내 방으로 옮기도록 하렷다."

"아니 되옵니다. 대감! 이 자들은 작당하여 사학(邪學)을 전파한 죄로 잡혀온 죄인들입니다. 이들을 문초하여 그 괴수 주문모의 행방을 알아내라는 판서 대감의 엄명이 계셨습니다. 이런 자들을 당상청에 눕히다니요…… 천부당만부당하십니다."

"시끄럽다!"

"대감!"

안에서 실랑이를 벌이는 소리, 누군가 부스럭거리는 소리가 나더니 감옥의 대문이 다시 열렸다. 그쪽을 바라본 승헌은 기겁을 하고 말았다. 당상관의 붉은 삼량관을 쓰고 수리매(정3품)를 수놓은 관복을 입은 중년의 사내가 머리를 산발하고 온몸이 피투성이가 된 죄수 한 사람을 등에 업고 식식거리며 감옥을 나서고 있었기 때문이다.

승헌이 놀란 것은 이런 광경의 이상함 때문만은 아니었다.

죄수를 업은, 그 얼굴빛이 온화하고 기다란 수염을 기른 당상관은 바로 사암 정약용이었던 것이다. 정약용. 후일 다산이라는 호로 널리 알려진 저 불멸의 명성이 그를 비추기까지는 아직도 많은 세월이 남아 있었다. 그러나 그즈음에도 이미 유명했던 이 인물, 아무런 정치적 배경도 없이 30대 초반에 정3품 당상관에 오른 이 화제의 인물을 규장각 이속인 현승헌이 모를 리 없었다. 정약용은 멍청히 자신을 지켜보는 아전 행색의 승헌을 보자 턱짓으로 안쪽을 가리키며 말했다.

"자네. 저 안에 얼어서 다 죽어가는 아낙네 한 사람이 더 있네. 들어가서 아낙을 업고 오게."

"예?"

"어허, 냉큼 들어가 보라는데. 사람이 죽어간다니까."

"예, 예."

승헌은 얼떨결에 옥사 안으로 발을 들여놓았다.

옥사 안에는 아까 옥장이라 불린 듯한 장교 한 사람이 잔뜩 부어터진 얼굴로 서 있었다. 긴 구레나룻을 기르고 염주알 같은 패영(貝纓: 갓끈)의 전립을 쓰고 있는 품이 못 되어도 형방승지쯤은 되어 보였다. 승헌은 머뭇머뭇 그의 눈치를 살폈다. 장교는 사나운 눈초리로 승헌을 힐끗 보더니 카악 침을 뱉고 감옥 안쪽으로 사라져버렸다.

어두컴컴한 옥사 안에 어느 정도 눈이 익어지자 승헌은 너무나 살벌한 광경에 다리를 덜덜 떨기 시작했다.

옥사는 중앙의 복도를 두고 아이의 팔뚝만 한 창살을 둘러친 감방이 좌우에 각각 2개씩 설치되어 있었고 감방이 끝나는 곳에는 다시 넓은 직사각형의 공간이 있는, 말하자면 T자를 옆으로 눕힌 듯한 구조로 되어 있었다. 승헌을 오금이 저리게 만든 것은 바로 저 감방이 끝나는 정면이었다.

정면 벽에 걸려 얼른 눈에 들어오는 것이 발꿈치의 힘줄을 끊어낼 때 쓰는 단근자(斷筋子) 한 벌, 주리를 틀 때 쓰는 주뢰(朱牢) 한 벌, 죄인을 때려 장살할 때 쓰는 주장(朱杖) 여남은 개, 살갗을 지질 때 쓰는 커다란 인두 등이었던 것이다.

아이고, 어디 그뿐이랴. 문이 열린 감방을 살펴보니 피 칠갑을 한 채 죽어 거적에 덮여 있는 송장 세 구가 바닥에 나란히 놓여 있는 것이 아닌가.

간이 오그라드는 공포에 눈을 돌리던 승헌은 그 맞은편 감방 널판 위에 누워 있는 아낙네를 보았다. 20대 중반으로 보이는 그 젊은 아낙은 그나마도 외기를 가리기엔 부족한 작은 볏단을 이불 삼아 몸을 새우처럼 꼬부리고 모로 누워 있었다. 감방의 봉창 틈으로 들이친 눈비에 썩고 죄수들의 피와 오물, 고름에 절은 볏단에선 숨이 막힐 듯한 악취가 풍겨왔다. 볏단 밖으로 보이는 얼굴은 푸르딩딩했고 동상에 걸린 듯한 손등은 물고기 비늘처럼 갈라져 있었다.

 대체 무슨 죄를 지었기에 이 추위에 감옥에서 이렇게……

 반대편 감방에 거적에 싸여 있는 죄수들은 간밤에 얼어 죽었고 아까 참의 대감이 업고 나간 남자와 이 아낙이 간신히 살아 있는 모양이다.

 조선 왕조는 본래 죄수들의 동사(凍死)를 막기 위해 추위가 심해지면 죄수들을 각기 그들의 집으로 돌려보냈다가 날이 풀리면 다시 수감하는 관용적인 형법을 채택하고 있었다. 이런 추위에도 그대로 감옥에 두는 죄수란 극히 무거운 죄를 지은 사람들이리라. 아까 주위들은 말로는 사학을 전파했다던데…… 사학이라?

 "안에서 뭘 꾸물거리는 겐가. 썩 업고 나오라지 않아!"

 밖에서 정약용의 불같은 독촉이 승헌의 귓전을 때렸다.

 "아이구, 예, 예, 지금 나갑니다요."

 승헌은 다른 도리가 없다고 생각했다. 이 무시무시한 감방, 금방이라도 귀신이 나타날 것만 같은 이 살풍경한 소굴로부터 한시라도 바삐 달아나는 것이 좋겠다. 승헌은 손도 대고 싶지 않은, 땟국에 절어 고린내가 등천하는 아낙의 몸을 눈을 꼭 감고 들쳐 업었다.

 승헌이 옥사의 대문을 나서자 죄수를 업고 기다리던 정약용은 일언반구도 없이 휙 몸을 돌려 걷기 시작했다. 옆에 있던 나졸들이 죄수를 대신 업겠다고 간청했으나 정약용은 들은 척도 하지 않았다. 승헌이 업은 아낙은 의식을 잃고 축 늘어져 있었지만 그가 업은 남자는 탈진한 상태이나마 깨어 있었다. 심한 난장을 맞은 듯 찢어진 옷 사이로 피고름이 엉킨 상처들이 보였으나 아랫도리는 비교적 멀쩡했다. 승헌은 내려서 걸려도 좋을 남자를 부득부득 업고 나서는 정약용이 이상하고 안쓰러울 따름이었다.

 날이 완연히 밝아 광화문 앞 큰길은 행인들의 발걸음이 늘어 있었다. 그런 큰길을 관복을 입은 당상관이 피 칠갑을 한 사내를 등에 업고 나졸들을 거느리고 걸어가는 것이었다. 행인들이 눈이 휘둥그레져 정약용의 일행을

2 또 하나의 죽음 67

쳐다보았다. 형조 관아의 내삼문에 이른 정약용은 물색없이 뒤따라온 전옥서의 나졸들을 호통을 쳐서 돌려보내고 승헌에게 들어오라는 눈짓을 했다.
　내삼문을 지키던 아까의 나졸들이 놀라 따라왔다.
　형조 관아는 중앙에 위치한 당상청과 그 좌우로 8도에서 올라오는 중요한 형사소송을 재심하는 검상청, 율령의 반포와 조사를 담당하는 고율사, 장금사, 장예원, 조금 떨어진 별채엔 형조의 나졸들이 대기하는 형방청 등으로 이루어져 있었다. 안마당을 가로질러 당상청 앞까지 걸어간 정약용은 승헌과 나졸들을 힐끔 돌아보고 아무런 감정이 실리지 않은 목소리로 말했다.
　"그 아낙은 저 왼편 누마루방에 눕혀라. 그리고 춘삼이와 오상이는 냉큼 끓는 물 들여오고 방마다 불을 활활 지펴라."
　"예."
　말을 마친 정약용이 당상청 큰방으로 들어가자 따라오던 나졸들도 휭하니 어디론가 가버리고 승헌은 다시 혼자가 되었다.
　정말 기가 막힐 노릇이었다.
　규장각에선 지금 이인몽이 목이 빠지게 기다리고 있을 텐데 아직 참의 대감에게 입도 떼지 못하고 있는 것이다. 축 늘어진 아낙의 몸은 쌀섬을 인 듯이 무겁고 승헌의 마음은 점점 더 처량해졌다.
　제기랄, 가는 날이 장날이라더니.
　하필이면 오늘 이게 무슨 난리야, 난리가…… 이러다간 죽도 밥도 안 되겠다. 어서 이 아낙부터 방에 눕히고 참의 대감을 만나야…… 누마루방은 단아하게 생긴 네 짝 문갑 두 개가 한쪽 벽에 나란히 놓여 있고, 다른 쪽 벽엔 이조백자가 놓인 장식용 탁자장과 족자가 걸려 있는 것으로 보아 주로 외부인들을 접대하는 사랑방 같았다. 이불장은 보이지 않았다. 승헌이 장판 바닥에 아낙을 눕히고 잠시 있으려니 문이 열리고 아까 본 나졸들이 헌 무명이불과 요, 뜨거운 물이 담긴 대야를 들고 들어왔다. 승헌은 마침 잘됐다고 생각하며 아낙을 그들에게 맡기고 방을 나와버렸다.

그러면 이제 참의 대감을 뵈야 하는데……

판서, 참판, 참의 세 사람의 집무실인 당상청은 정면 8칸, 측면 3칸 반의 큼직한 남향집이었다. 대청마루를 가운데 두고 동쪽에는 석주와 누마루 장식을 올린 작은 방, 그 옆에 당상청 사령들이 있을 듯한 다른 작은 방, 서쪽에는 10평이 실히 넘을 듯한 큰방이 있었다. 승헌은 그 중간의 대청마루에 서서 잠시 생각을 정리해 보았다.

이 대교는 왜 하필 정약용을 찾아가라고 했을까.

이인몽은…… 이 사건이 정약용의 선에서 마무리될 수도 있다 생각하는 것이겠지. 하긴 간밤에 장종오가 죽은 사건은 크다면 크고 작다면 아주 작은 일이었다.

본래 궁궐 안에서 일어나는 죽음은 모두 불문에 붙이는 것이 관례였다. 잘못을 저지른 내시나 궁녀들이 처형당하는 경우는 물론이고 가끔 왕의 비빈들에게 나타나는 의문의 죽음까지도 다 쉬쉬하며 넘어가기 마련이다. 우리들이 이번 사건에 당황한 이유는 이것이 궐 밖에 거주하는 신하가 궐 안에서 숙직하다 죽는 아주 희귀한 경우였기 때문이다. 그러나 이제까지 그런 까닭 모를 시체가 어디 하나 둘이었는가.

일이 이렇게 된 이상에는 정약용의 힘이 꼭 필요한 것도 같다.

형조에 맡겨질 검시결과를 가지고 임금을 설득하고 이인몽의 편에 서서 사건의 파장을 극소화할 인물은 아마 정약용밖에 없을지도 모른다.

아무튼 우리 이 대교는 남인이니까 말야.

승헌은 이 움직일 수 없는 사실을 곱씹으며 입맛을 쩝쩝 다셨다. 이렇게 혼자만의 생각에 취해 있던 승헌은 별안간 큰방에서 울려오는 기침 소리에 깜짝 놀랐다.

"으흑, 으흑, 으…… 끌, 끌, 끌, 여보게 사암."

아니, 이 목소리는…… 아까의 그 죄수? 그런데 〈여보게 사암〉이라니? 저 죄수는 참의 대감을 익히 알고 있단 말인가. 갑자기 긴장한 승헌의 귀에 큰방의 대화들이 들릴 듯 말 듯 나지막하게 들려왔다.

"여보게 사암, 자네가 나를 이렇게 돌보는 것은 나뿐 아니라 자네까지 저들의 올가미에 엮여 드는 걸세. 고집 피우지 말고 어서 나를 감옥으로 돌려보내시게. 제발……"

"아니오이다. 이 몸은 이렇듯 부당한 처사를 그대로 보고만 있을 수 없소. 이숙(爾叔)께선 가만히 계시오. 내가 형판(형조판서)과 담판을 하리다. 대체 형장(兄丈)이 무슨 죄가 있다는 것이오. 형장께서 누구처럼 신주를 불태웠소 아니면 제사를 모시지 않았소? 그도 저도 아니면 임금을 능멸했단 말이오? 허, 저들이 얽어 놓은 죄목이란 것이……"

"허, 내가 왜 죄가 없다고 하시는가? 내 죄목은 서학쟁이, 나는 서양 오랑캐들이 떠받드는 사학을 믿었을 뿐만 아니라…… 어리석은 백성들을…… 패륜지도(悖倫之道)에 물들인 간악한…… 죄인이지."

죄수의 자조적인 웃음과 함께 곧 숨이 넘어갈 듯한, 창자를 쥐어짜는 듯한 애절한 목소리가 끊어질 듯 말 듯 이어졌다. 승헌은 더욱 흥미를 느끼며 한 발짝 한 발짝 큰방으로 다가들었다.

정말이지 우리나라의 가옥구조는 내밀한 사상과는 인연이 멀게 되어 있다. 벽이 얇고, 창이 문같이 크며, 문이란 것은 손가락을 찌르면 구멍이 뻥뻥 뚫어지는 창호지인 그런 방에서 어떻게 심각하고 웅숭깊은 대화를 나눌 수 있으랴. 아낙네들이 빨래하는 소리, 동네 꼬마들이 떠드는 소리가 마구 들려오고, 누가 언제 문을 확 열어젖히고 들어올는지 모르는 개방적이고 불안스러운 우리네 가옥에서 말이다.

그런데 지금 방 안에 있는 정약용은 흥분한 나머지 그런 사정도 잊어버린 모양이다. 정약용의 큰 목소리는 문풍지를 울리며 승헌이 서 있는 대청마루까지 똑똑히 들려온다.

"무슨 말씀이오! 패륜지도? 대체 어떤 자가 그따위 소릴 했습니까. 아아, 세상인심이 어찌 이럴 수가 있나! 정말이지 참된 의리라는 것은 그 사람이 곤란할 때 나타난다는 말을 이제야 알 것 같소이다.

번암 선생께서 살아 계실 적에는 모두가 형장의 손을 맞잡으며 간과 폐를 드러내어 보일 듯이 환히 웃더니 오늘에 이르러서는 한 사람도 보이지 않는구려. 그저께 밤 전옥서에 잡혀와 얼어 죽을 뻔하도록 누구 하나 제게 귀띔해 주는 사람조차 없다니요. 전날 아무 탈 없이 살 때는 반가워하고 기꺼워하고, 술자리나 시회에 서로 부르고 권하고, 사양하고, 억지로 우스갯소리를 하고, 생사를 같이한다고 호언장담하던 그 사람들은 다 어디로 갔소?

아, 선비의 사귐은 문경지교(刎頸之交), 그 친구 때문에 목이 잘려도 한이 없다고 하건만…… 그까짓 『천주실의』란 책 한 권을 가지고 있었다고 형장을 패륜의 무리로 몰아 감옥에 처넣어요? 아니 되오. 내 눈에 흙이 들어가기 전까지는 그런 꼴 못 보오이다."

말소리에 섞여 간간히 이를 악문 정약용의 울음 소리가 가느다랗게 새어나왔다. 그때까지 방 안을 엿듣던 승헌은 겨드랑이에 땀이 고이는 신열과도 같은 감동을 느낀다.

아, 명불허전(名不虛傳)이구나!

이름은 헛되이 나는 것이 아니라더니, 과연 큰 인물이 아닌가.

승헌도 남인에서 그 영수가 될 만한 인물은 정약용뿐이라는 풍문을 듣지 않은 바 아니었으나 이제까지는 코웃음을 치고 있었다. 정약용이 뭐 대단한 인물이라고, 기껏해야 이인몽 같은 책상물림에 털 난 정도겠지, 하는 생각이었다.

그런데 오늘 보니 그게 아니다.

지금 그가 보여주는 의리의 아름다움은 말 그대로 자신의 목숨을 건 것으로, 여느 소인배들이 흉내 낼 수 있는 것이 아니었다. 정약용이 형장이라고 부르는 저 죄수는 아무래도 승지 벼슬을 지낸 채제공의 아들 이숙(爾叔) 채홍원(蔡弘遠) 같았다. 정약용과는 동문수학하던 동갑내기 친구일 터이다.

정조 12년부터 정조 22년까지 10여 년 동안 계속 우의정, 좌의정, 영의정을 역임했던 10년 독상(獨相) 채제공. 고립무원한 남인으로 노론 벽파 일색의 조정을 지휘하며 정조를 훌륭히 보필하던 그가 죽은 지 아직 1년도 되지 않았는데…… 세상의 인정(人情)이 물결같이 뒤집혀 지금 그의 하나밖에 없는 아들이 천주교도의 누명을 쓰고 옥에 갇히게 되다니…… 승헌은 잠시 산다는 것의 무서움을 느낀다.

그때 방 안에서 죄인의 기침 소리가 다시 들렸다.

"쿨럭, 쿨럭, 끌, 끌, 끌…… 아, 아까 우리랑 같이 갇혀 있던 아낙은 어찌 되었는가?"

"응? 아, 지금 건넛방에 눕혀놓았소. 데려오리까?"

뭐라고? 아낙을 데려온다고?

승헌은 어마 뜨거워라 하며 발뒤꿈치를 든 잰걸음으로 대청마루로부터 달아났다. 버선발로 마루 아래의 댓돌에 서자 방 안에선 또 무슨 이야기가 수런수런 들려왔다. 승헌이 선 자리에선 방 안의 대화가 잘 들리지 않았다.

"아닐세. 여보게, 사암…… 그 아낙을 꼭 좀, 부탁하네. 나는 몰라도 그 아낙은 반드시 석방을 시켜야 하네."

"그 아낙은 형장과 어떻게 되시는가? 며느리 되시오?"

"아, 아닐세. 실은 멀리 천진암으로부터 우리 집에 다니러 온 손님이라네."

천진암!

약용은 아연 긴장하지 않을 수 없었다.

천진암은 경기도 광주군 앵자산의 사찰로, 권철신을 비롯한 성호 이익(李瀷)의 제자들이 서학, 특히 천주교를 연구하고 강학하는 곳이다. 최근에는 전국에서 천주교 신자들이 은밀히 모여들어 서학의 본거지가 되다시피 하였다. 요즘은 일체 발길을 끊었으나 약용도 권철신과 그의 제자들을 찾아 몇 번인가 다녀온 바 있었다.

"그 아낙, 지금 대교 벼슬을 하고 있는 안동 사람 이인몽이의 처라네. 서학을 믿다 쫓겨난 전처야."

"아니…… 그러면, 저 몇 년 전에 죽은 윤유일의……"

"응, 친동생이지."

"그러면 형장께서도 정말 서학을……"

"아닐세. 그것만은 누명일세. 여보게 사암, 자네가 꼭 알아두어야 할 사연이 있네. 그저께 밤 저 아낙을 포박하겠다고 형조의 나장과 나졸들이 들이닥쳤어. 그러나 그것은 우리 집을 수색하기 위한 구실이었네. 나는 물증을 찾는답시고 저들이 내 서재를 온통 뒤집어 놓은 후에야 저들이 찾는 것이 『천주실의』나 『칠극』 같은 서학책이 아니라는 것을 눈치 챘다네. 아, 알겠나, 사암. 욱, 저들이 찾는 책은 서, 선대왕마마께서 남기신 금등……"

"여, 여봐라, 게 아무도 없느냐! 여봐라! 이보시오, 이숙. 정신 차리시오. 이숙……"

방 안으로부터 정약용의 겁에 질린 듯한 목소리가 터져나왔다.

승헌이 무슨 일인가 하고 목을 빼는 순간 벌컥 방문이 열리더니 정약용이 뛰쳐나왔다. 승헌은 아까 정약용의 대화를 조금 엿들은 일이 마음에 켕겨 감히 그의 얼굴을 마주보지 못하고 허리를 숙였다. 승헌의 등 뒤에서 형방청으로부터 허둥지둥 달려오는 나졸들의 발소리가 들려왔다.

"여봐라, 죄수가 혼절하고 숨을 못 쉰다. 어서 가서 의원을 데리고 오너라."

"예이."

"음…… 그런데 거기 자네. 자넨 누군가? 보아하니 우리 형조의 이속은 아닌 것 같은데 왜 아까부터 여기서 얼쩡거리는 겐가?"

정약용은 그제서야 승헌의 존재를 발견한 모양이다. 승헌을 지목한 정약용의 눈에 의심과 경계의 빛이 번뜩였다.

"대감마님, 소인은 규장각 사령 현승헌이라 하옵니다. 기주관 이 대교 어른께서 급히 대감마님께 전하라는 말씀을 갖고 왔사옵니다."

"그래? 이인몽이? 이인몽이 보내서 왔다고?"

이인몽의 이름을 외자 정약용의 표정이 복잡하게 흔들렸다.

"……음, 나는 또 새로 들어온 우리 형조의 서리(胥吏)인 줄 알았지. 아까는 그것도 모르고 궂은 일을 시켜서 미안하네. 그런데…… 지금 급히 돌봐야 할 사람이 있으니 어쩐다. 자네의 말은 조금 있다가 들음세."

말을 마치기가 무섭게 정약용은 몸을 돌려 다시 방 안으로 들어가려 했다.

"대, 대감마님!"

"……?"

승헌은 자기도 모르게 그를 불러 세웠다.

그의 심중엔 아까 방 안을 엿들으면서 받은 감동이 아직 메아리치고 있었다. 뭔가 정약용을 도와주고 싶은 맹목적인 충동이 가슴속 깊은 곳에서 일어나고 있는 것이다.

"대감마님, 지금 수인(囚人)이 심히 위독한 모양이온대 시방 의원을 부르러 보내시면 언제 의원이 오겠습니까. 한참 시간이 지체될 것이옵니다. 마침 소인의 몸에 청심환이 약간 있으니 한번 수인에게 써보는 것이 어떠하올지요?"

"오오, 그래? 청심환이 있다고? 그것 참 잘된 일이로세. 어서 이리 오르시게."

"황송하옵니다."

그런데 정약용을 따라 방으로 들어간 승헌은 암담함을 느꼈다.

사방 12칸의 벽마다 빼곡이 들어찬 책장과 붉은 자물쇠 달린 서류함, 청나라풍의 3칸 반짜리 회의용 다탁이 이 방의 공적인 성격을 암시하고 있었다. 이런 당상청의 주실 큰방 한가운데에 산발한 죄인이 이부자리를 깔고 누워 있는 것이니 어찌 희한한 광경이 아니겠는가.

이 어른 장하기는 하지만 나중에 뒤탈을 어떻게 감당하려고 이러나……

승헌은 자기도 모르게 그렇게 정약용을 곁눈질하게 되는 것이었다.

당상관이라고는 하나 형조참의 위에는 참판도 있고, 판서도 있다. 물론

판서나 참판은 관아에 출사하기보다 늘 대궐에 입궐하여 임금을 보좌하기 일쑤였고 형조의 대소사를 관장하는 사실상의 책임자는 형조참의였다. 그러나 엄연히 지휘계통이 있는 마당에 이런 중죄인의 신변을 정약용의 독단으로 처리해도 되는 것일까 하는 불안이 일었던 것이다.

그런 불안을 아는지 모르는지 옆에 앉은 정약용은 맹렬한 눈짓으로 승헌을 재촉한다. 승헌은 할 수 없이 수인이 덮은 이불을 들쳤다.

이불을 들자 죄수와 병자 특유의 퀴퀴한 악취가 코를 찔렀다.

망건은 찢어지고 상투는 풀어져 엉망으로 헝클어진 머리가 죄인의 얼굴을 반쯤 가리고 있었다. 승헌은 그 머리를 추슬러 올리며 죄인의 안색을 살폈다. 절어 붙은 듯한 암갈색의 얼굴. 이마의 상처에서 흘러내린 핏자국을 따라 깊이 패인 뺨 하며 입가의 주름, 식은땀이 타고 내리는 파리한 목줄기, ……땀 냄새, 오물 냄새, 피 냄새가 어우러진 컴컴한 방 안에 죽은 듯이 누워 있는 수인의 모습은 어딘지 모를 귀기까지 풍긴다.

승헌은 손가락을 수인의 코밑으로 가져갔다.

숨결이 없는 듯하다가 갑자기 가빠지는 것이 영 심상치가 않다.

수인의 맥을 짚어보자 승헌은 더욱 암담해졌다. 괜히 잘난 척 청심환을 써보자고 나선 것이 후회되기 시작했다. 아까 밖에서 엿들은 바로는 이 정도까지 심각한 상태일 줄 몰랐던 것이다. 그저 추운 감옥에 있다가 금방 더운 방에 들어왔으니 쇠약한 몸이 급작스런 변화를 이기지 못해 정신을 잃은 것이리라 여겼더니……

"청심환은 소용이 없을 것 같사옵니다."

"아니, 왜?"

"이 어른은 단순히 정신을 잃으신 것이 아니오이다. 이 어른의 안색이 평소에도 좀 검지 않더이까?"

"글쎄…… 그랬던 것도 같고……"

"이것은 간성혼수(肝性昏睡)입니다. 평소에도 간이 나쁘셨는데 감옥에서 몸에 무리가 오자 요기(尿氣: 암모니아)가 간과 뇌까지 번진 것입니다. 지금 숨결을 보니 목숨이 위태로운 것 같습니다."

"그, 그러면 어떡해야 하나."

"이런 경우에는 관장을 하여 몸 안의 대변을 전부 빼내고 절대적으로 안정하면서 삼(蔘)으로 다스려야 합니다만…… 이렇게 경황이 없고 호흡도 제대로 안 되는 형편이니…… 누가 침을 써서 숨결이라도 뚫어줘야겠는데……"

"잠깐. 보아하니 자네는 이 대교 밑에서 사무를 보는 사람 같은데 어떻게 그렇게 의술에 밝은가? 나도 의서는 꽤 읽었으나 이런 경우는 도무지 뭐가 뭔지 모르겠는걸."

"아, 아니올시다. 이건 그저 집안에서 귀동냥으로 들은 것이옵니다."

승헌은 자신이 지나치게 아는 척하고 있음을 깨닫고 고개를 절레절레 흔들며 부인했다. 그러나 정약용은 그런 어정쩡한 대답을 용납하지 않았다.

"집안에서 귀동냥으로 들은 것이라? 가만, 자네 이름이 현승헌이라고? 현승헌, 현승헌이라…… 그러면 내의원 교수(敎授: 종6품) 현주헌과는 무슨 관계인가?"

승헌의 표정이 금방 떨떠름하게 변했다. 이제 보니 이 사람은 너무 똑똑한 것이 탈이군 하는 생각이 들었던 것이다.

"제 동생이옵니다."

"오오, 그러시오. 현 교수의 형이시라니. 허, 이거 미안하오. 알고 보니 중인 명가(名家) 천녕 현씨 집안의 현손이시구려."

중인이란 양반과 평민 사이에 있는 중간층으로 의관(醫官), 역관(譯官), 율관(律官) 등의 기술관과 향리(鄕吏), 서리(胥吏), 역리(驛吏) 같은 이속(吏屬), 즉 행정실무관들로 이루어진 계급의 총칭이었다. 천녕 현씨는 이 같은 중인들 가운데 가장 널리 알려진 집안이었다.

집안 이야기가 나오자 승헌의 가슴은 먹구름이 낀 듯 답답해졌다.

같은 형제라 해도 내의원 의원이 된 동생과 의과에 계속 낙방한 나머지 규장각 사령에 머물고 있는 자신의 신분은 하늘과 땅 차이로 다른 것이다. 의관은 정3품 당하관까지 올라갈 수 있는 중인계급의 최상층이었다. 그에 비해 승헌과 같은 이속들은 아예 품계가 없는 것이 보통이고, 품계가 있다 하더라도 정7품 참하관까지가 한계인 최하층이다. 이 같은 운명의 갈림은 순전히 개인의 실력에 의한 것이기에 승헌 같은 당사자로선 더더욱 부끄러운 일이 아닐 수 없었다. 정약용의 말투가 어느새 〈해라〉체에서 〈하오〉체로 바뀌고 있었지만 승헌에겐 그것조차도 달갑지 않았다.

"현 교수의 형이시라면 당연히 가전(家傳)의 의술도 배웠을 터. 어디 저 잣거리의 의원에 비할 수 있겠소. 부디 이 양반을 좀 부탁하오. 어떻게든 좀 살려주시오. 침이 필요하다면 내 당장 얻어오리다."

"아, 아닙니다. 정말 자신 없습니다."

"자신이 없다면 침을 놓을 줄은 안단 말이구려."

"무슨 말씀을. 소인이 알기는 뭘 알겠사옵니까. 본시 침이란 몸이 극도로 쇠약한 때는 찌르지 않고, 배고픈 상태에선 찌르지 않고, 날이 한랭하면 찌르지 않습니다. 이 어른의 상태는 이런 법도와 다 어긋나 있습니다. 명재경각인 이런 위중한 환자에게 소인 같은 돌팔이가 무슨 침을 놓겠습니까."

"그래도…… 나도 환자의 용태는 좀 볼 줄 아오만…… 이대로 그냥 두면 반 시각도 넘기기 어려울 것 같은데…… 그렇지 않소?"

"……"

둘 사이에 무거운 침묵이 흘렀다.

승헌은 자기도 모르게 가슴께를 더듬어 속옷 안 목걸이에 달린 침통과 동그란 갑에 든 우황청심환을 만져보았다. 승헌에게 그것은 말라붙은 젊은 날의 꿈이었다. 대대로 내의원 의원을 배출해 온 집안에서 태어나 의원이 되어 궁궐에 들어가는 것을 숙명처럼 알고 살았던 그였다. 그러나 시험운이 없었던지 의과에 내리 4년을 떨어졌고 마지막 4년째엔 바로 밑의 동생

주헌이가 급제하면서 영영 과거와는 인연이 멀어지고 말았다. 그 뒤 마작과 화투로 소일하며 하릴없이 젊음은 시들었다. 30줄의 장년이 되어서야 운좋게 규장각 사령 자리가 얻어 걸리면서부터는 심심풀이로 아이들 고뿔이나 고쳐주는 외에는 침통을 잡는 일이 없었다.

나 같은 돌팔이가 무슨 침을……

그러나 정약용의 뜨거운 눈빛을 마주하자 승헌은 젊은 날의 웅지가 되살아나는 듯한 착각에 사로잡혔다. 침통을 더듬던 그의 손에 불끈 힘이 들어갔다.

"알겠사옵니다. 할 수 있는 것은 다해 봅지요. 거기 물그릇을 이리로."

"고맙소. 정말 고맙소."

승헌은 깨끗한 명주수건을 펼쳐 침을 벌려 놓고 숟가락으로 청심환을 물그릇에 으깨기 시작했다. 그때였다. 당상청 아래 뜨락에서 부산한 발소리와 함께 정약용을 부르는 노기가 섞인 고함 소리가 들려왔다.

"사암! 사암! 이 사람 어디 있나? 썩 나오지 못할까?"

승헌은 놀라 손을 멈추었다.

"걱정 말고 계속하게."

정약용은 승헌의 어깨를 짚으면서 단호한 목소리로 말했다.

그 순간 큰방의 방문이 쾅하고 부서질 듯 열리더니 키가 7척에 가깝고 턱수염이 사방으로 뻗은 40대의 당상관이 나타났다. 놀라 올려다보는 승헌의 눈에 운학(정2품)이 수놓인 비단 관복이 들어왔다.

형조판서 이조원(李朝遠)이었다.

"사암! 자네 정녕 미친 것이 아닌가? 이게 무슨 행패야! 행패가!"

"……"

"전옥서의 죄인을 빼돌려 관아의 주실에 눕혀 놓다니! 대체 형률의 지엄함을 어찌 보고 하는 짓인가! 오부(烏府:사헌부)에서 알면 당장 탄핵을 받아 목이 남아나지 못하리. 어서 죄인을 이리 넘겨주게."

"……"

"어허, 그래도 이 사람이? 여봐라, 옥장."

"예. 소인 대령이옵니다."

이 판서의 호령에 복명하며 방문 앞에 득달같이 대령하는 사람은 아까 옥사 안에서 보았던 그 구레나룻의 장교였다. 옥사에서 어디론가 사라진 뒤 이 판서에게 달려가 고자질을 한 모양이었다. 가만히 앉아 있는 약용의 눈에 꿈틀꿈틀 분노가 스쳐간다.

"뭣들 하고 있느냐? 어서 저 죄인을 포박하여……"

"대애감!"

그때까지 돌부처처럼 앉아 있던 정약용이 탕 하고 방바닥을 치며 일어섰다. 약용의 벼락 같은 호령에 그만 이조원의 말이 가로막히고 말았다. 일어서서 한 걸음 두 걸음 이조원에게로 다가가는 약용의 눈빛은 잔뜩 충혈되어 찌를 듯이 빛나고 있었다. 이조원은 그 서슬에 놀라 한 걸음 뒤로 물러섰다.

이를 지켜보던 승헌은 자기도 모르게 침을 꿀꺽 삼켰다.

"대감! 대감이야말로 어진 선비들을 핍박하여 주살한 죄를 어찌 감당하려 하시오! 대체 여기 이 어른이 뉘요? 전 영의정 번암 선생의 자제이시오. 대감은 이 명문가의 선비를 그 자택에서 무단히 잡아와 감옥에 처넣었소. 이틀 동안의 고문과 추위를 견디지 못해 이 어른의 가솔 세 사람들이 간밤에 얼어 죽었고 이 어른도 지금 사경을 헤매고 있소. 이것은 관권을 사칭한 사형이오, 사형(私刑)! 대감이야말로 형률의 지엄함을 어찌 알고 이러시오?"

"아아니, 이런 무, 무엄한…… 세, 세상에 이런 괘씸한…… 저, 저자의 집에서 『천주실의』와 십자가진 뭔지 하는 신앙기물들이 발견되었는데…… 너는 국법으로 금하는 서학쟁이들을 비호할 작정이냐!"

『천주실의(天主實義)』는 예수회 선교사이자 불세출의 중국학자였던 마태오 리치가 지은 가톨릭 교리서이다. 중국 유학자와 서양 선교사가 서로 논쟁하는 형식으로 된 이 교리서는 유학에 대한 해박한 지식과 정확한 이해 위에 씌어졌을 뿐만 아니라 소설처럼 재미가 있어 중국, 조선, 일본, 안남에 이르기까지 널리 읽혔다.

"대감이 발견했다는 그 신앙기물이란 것들이 이 어른의 것인지, 아니면 감옥에서 죽은 사람들의 것인지, 그도 저도 아니면 다른 사람의 것인지 아직 밝혀진 바가 없소이다. 혹여 백 번을 양보하여 그 『천주실의』란 책이 이 어른의 것이라고 합시다. 이마두(梨瑪竇:마태오 리치)의 『천주실의』가 우리나라에 들어와 읽힌 지 벌써 200년이오. 조야의 선비들이 읽지 않은 자가 없는 형편이오.

지금의 주상 전하께서도 세손 시절에 『천주실의』를 읽으시고 양이(洋夷)의 몸에서 이렇듯 우리 중화의 학예(學藝)를 깊이 헤아릴 줄 아는 학자가 나온 것이 갸륵하다 하셨소. 지난번 진산에서 윤모 등이 신주를 불태운 사건이 있은 후 세상의 여론이 비등하여 비록 서학책을 소지하는 것을 금하기는 했지만 그것이 죽을죄가 된단 말이오? 『천주실의』를 가지고 있었다는 것만으로 주상 전하께서 사부로 모시던 명재상의 유족들이 이렇듯 옥중에서 죽어야 하는지, 내 지금 입궐하여 주상 전하께 여쭤보겠소."

"사암, 자, 잠깐만……"

"비키시오!"

"아, 사암, 고정하시오. 우리 이렇게 흥분만 할 게 아니라 좀 차근차근 얘기를 나눠봅시다."

"글쎄, 비키시라니까요. 지금 의원이 진맥을 하고 있으니 방이나 비워주시오."

그러면서 정약용은 팔을 붙드는 이조원을 밀치고 나가버린다. 이조원은 당황한 눈으로 청심환을 개고 있는 방 안의 승헌을 보더니 열심히 정약용의 꽁무니를 따라가버린다.

방 안은 한바탕 회오리바람이 쓸고 지나간 것 같은 정적이 찾아왔다. 승헌은 일어나 활짝 열린 방문을 닫고 휴 하는 안도의 한숨을 내쉬었다.

다행이야. 다행.

이조원의 질린 얼굴을 보니 또 감옥으로 보내라고 하진 않겠군.

승헌은 누구를 막아선 듯이 방문에 등을 기대고 붉은 자물쇠가 달린 서류함과 그 위로 난 얇은 명장지(明障紙)의 미닫이창 쪽을 보고 섰다. 승헌에게 그것은 그냥 무심결에 취한 동작으로 아무 의미가 없는 것이었다. 그러나 그때 승헌은 깜짝 놀랐다. 미닫이창 한구석에 어려 있던 검은 그림자가 갑자기 사라져버리는 것이다.

아니, 누가 이 방을⋯⋯

승헌은 재빨리 누워 있는 채이숙의 발치를 돌아 사방탁자를 치우고 서류함 위의 미닫이창을 열었다. 미닫이창 밖은 아무도 없는 조그만 뜨락이었다. 승헌은 창 밖으로 길게 머리를 빼고 좌우를 두리번거렸다. 사람 그림자도 없고, 인기척도 들리지 않는다.

내가 잘못 본 것인가.

하고 생각했지만 그래도 마음 한구석이 찝찝해 오는 것을 참을 수 없다.

누가 이제까지 계속 이 방을 염탐하고 있었다면⋯⋯ 이거 점점 심상치 않군. 어서 할 일을 하고 여기를 떠나자.

다시 죄인의 머리맡에 앉은 승헌은 나무젓가락을 그의 입에 찔러 열고 숟가락으로 물에 갠 청심환을 떠서 넣었다. 청심환을 다 먹이고 나자 승헌은 한동안 환자의 안색을 살폈다.

"으, 으, 음."

한 차례 신음이 있은 뒤 환자는 다시 잠잠해졌다. 그러자 승헌은 이번엔 호침(毫針)을 들어 무릎과 팔꿈치 아래의 오수혈에다 세 번 찔러서 상하좌우로 돌리고 한 번 빼는 창구법(蒼龜法)으로 시침하기 시작했다. 머리의 두침혈에 찌르는 것이 더 좋겠으나 환자의 몸이 극도로 쇠약한 상태라 안전한 오수혈을 택한 것이었다.

시침이 끝나고 차 한 잔 마실 시간이 지났을까.

환자의 호흡이 가빠지더니 눈을 번쩍 떴다. 승헌은 환자의 사지를 주무르고 있다가 그것을 보고 기뻐 환자의 눈에 얼굴을 가져갔다. 그때였다. 그토록 쇠약한 몸의 어디에 그런 기력이 남아 있었는지 환자의 손이 승헌의 목덜미를 힘껏 움켜잡는 것이었다. 창졸간에 목덜미를 잡힌 승헌은 환자의 눈을 보고 깜짝 놀랐다. 눈동자의 초점이 풀어져 있었다. 이미 보이지도 들리지도 않는 상태에서 죽기 직전에 잠깐 의식이 돌아오는 회광반조(回光反照)를 시작하는 모양이다

"어, 어, 어르신……"

"여보게, 사암……"

"어르신, 저는 참의 대감이 아니라……"

"내가 하는 말을 잘 듣게. 지금 내가 하는 말은 우리 남인 전체의 우, 운명이…… 아니, 우, 우리 주상 전하의 목숨이 달려 있는 일이네. 아, 새 잡는 화살이 장치되어 위에 있고, 새그물이 펼쳐져 아래에 있으니…… 우리 어찌 살아남기를 기약할 수 있겠나. 하지만 전하만은 독수(毒手)를 면하셔야 하, 하리. 사…… 사암, 사암, 이것은 돌아가신 아버님과 나만 알고 있는 선대왕의 금등지사라네. 그러니까 임오년……"

환자의 목소리는 조금씩 조금씩 잦아들면서도 끝없이 이어져갔다. 곧 숨이 넘어갈 것 같은 몸을 아랑곳하지 않고 필사적으로 이야기를 전하는 환자의 얼굴은 처절하기까지 하다. 덜미가 잡힌 채 환자의 말을 듣는 승헌의 몸은 사시나무 떨리듯 떨렸다.

얼마가 지났을까.

환자의 무시무시한 이야기를 듣고 난 승헌의 의식에는 한 시각도 더 지난 듯이 느껴질 때였다. 당상청 마루가 쿵쿵 울리더니 정약용이 나타났다.

"모든 것이 잘됐네. 즉시 그 어른과 아낙을 석방하라는 이 판서의 재가

가 내렸다네."

"……"

"아니, 이 어른이?"

"지금 막 돌아가셨습니다."

3 운명보다 더 강한 것

무왕(武王)께서 돌아가시자 관숙이 여러 아우들과 더불어 주공(周公)을 참소하여 말하되, 주공이 왕위를 노려 장차 나이 어린 조카를 모해하리라 하더라. 주공께서 이 말을 듣고 소공 석(奭)과 태공 망(望)에게 이르시되 내가 섭정의 자리를 내놓고 물러가지 않으면 내란이 일어날 것이니, 그리 되면 우리 선대의 임금님들을 뵐 면목이 없다 하시고 동쪽으로 피신하셨다. 이렇게 죄인의 이름을 스스로 얻으셨다. 2년 뒤에 주공이 「올빼미(치효)」라는 시를 지어 임금께 바치니, 임금이 감히 공을 꾸짖지 못하셨다.

—『서경(書經)』 주서(周書) 금등편 4절

"참의 어른, 남의 인생이란 그저 하나의 구경거립지요. 사람이란 제각기 목에다 자기 팔자를 달고 태어나는 법 아니겠어요?"

"……"

"다 죽을 때가 따로 있다니까요. 그중에서도 제일 좋은 게 비명횡사죠. 아이고 죽겠다, 아이고 죽겠다 하며 죽는 것보다 난데없이 단숨에 죽는 게 백번 낫죠. 몇 년 더 살아봤자 뭐합니까? 부생약몽(浮生若夢: 뜬 인생 한바탕 꿈과 같다)이라. 어차피 허무한 걱정만 더 하는걸요."

"……"

"참의 대감은 그 어른한테 할 만큼 하셨어요. 아, 요즘 세상에 참의 어른 같은 분이."

"그만두게!"

정약용이 화가 난 목소리로 도학순(都學淳)을 꾸짖었다.

도학순은 머쓱해져서 하릴없이 귀밑머리를 긁적거렸고 도학순을 따라온 젊은 검률(檢律) 두 사람은 웃음을 참느라고 킥킥거렸다. 그 뒤에 조금 떨어져 서 있던 현승헌만이 착잡한 표정으로 무엇인가 혼자만의 생각에 빠져 있었다.

창덕궁 후원의 대문 앞이었다.

키가 작고 몸집이 땅땅한 도학순은 30년 넘게 형조에 출사하고 있는 노인이다. 형조에서는 내의원(內醫院)에서 치르는 의과와는 별도로, 검시(檢屍)에 전문성을 기하기 위해 검률로 특채하는 의원들이 있었다. 도학순은 그런 의원들의 최고참이었다. 그러나 제대로 선배 대접을 받지 못하는 것은 그 위인됨이 좀 황당한 때문이었다. 영감은 두주불사하는 애주가라 늘 코끝부터 눈자위 부근이 불그스레하고 눈은 반쯤 조는 듯이 감겨 있는데다, 하는 말마다 이치에 닿지 않아 자주 사람들의 웃음거리가 되곤 했다.

지금도 딴에는 약용을 위로한다는 말이 엇길로 나간 것이었다.

아까 채이숙의 죽음을 확인하는 순간 약용은 시체를 안고 꺼이꺼이 울다가 그만 혼절해 버렸다. 채이숙의 죽음은 약용의 가슴을 너무나 심하게 쥐어뜯어 놓았던 것이다. 늘 자신을 보호하고 격려해 주던 번암 선생, 그분의 하나밖에 없는 아들을 자기 관아에서 죽이고 말았으니.

"언제나 나를 믿고 의리를 지켜온 이 착한 사람을……"

채이숙은 평생 약용이 잘되기만 바랐던 사람이다. 약용은 가슴을 속속들이 도려내는 아픔을 느꼈다. 사람들이 달려들어 수족을 주무르고 물을 뿜어 다시 깨어난 후에도 약용의 의식은 온전한 것 같지 않았다. 알아들을 수 없는 말들을 중얼중얼하면서, 울다가 그치고 울다가 그치며 완전히 넋을 놓고 있었다. 약용이 이런 딱한 모습을 간신히 수습한 것은 대궐에서 나온 내금위 무사들 때문이었다.

〈형조참의는 시체를 검시할 검률들을 인솔하고 즉시 입궐하라〉는 어명이 내린 것이다. 검률들과 함께 형조를 나와 안국동 길을 따라 창덕궁 돈화문으로 향할 때서야 약용은 비로소 냉정을 되찾은 듯했다.

약용은 안국동 큰길을 같이 걸어가며 승헌으로부터 간밤의 사건에 대한 설명도 듣고 이인몽과 규장각에 피해가 없도록 선처해 달라는 부탁도 들었다. 죽기 전 장종오를 마지막으로 본 사람과 그때의 상태를 묻기도 했다. 그러나 그의 붉게 충혈된 눈엔 아직도 삭이지 못한 회한과 분노가 깊이 아로새겨져 있어 옆에 있는 사람들을 긴장시켰다.

약용의 일행은 돈화문을 지키는 병사들에게 비표를 보이고 입궐하여 인정전, 내의원 앞 큰길을 따라 바로 규장각이 있는 후원으로 왔다. 후원 정문부터는 아무나 들어갈 수가 없었다. 정조는 즉위 초 규장각이 있는 후원에 출입을 통제하고 꼭 들어갈 필요가 있을 때는 규장각 관리의 안내를 받도록 했다. 창덕궁 후원이 비밀스런 정원, 즉 비원(秘苑)이라 불리기 시작한 것은 이 무렵부터이다.

이들 일행은 지금 그 비원의 입구에서 안내자를 기다리고 있는 것이다.

이윽고 비원의 문이 열리고 대교 이인몽이 나타났다.

승헌은 이인몽의 안색이 백지장처럼 창백한 것을 보고 놀란다.

정약용을 안내해서 규장각 서고로 향하는 그의 걸음이 왠지 불안정하고 부자연스럽다. 정약용도 그것을 느꼈는지 어디 아프냐고 묻는다. 아니라고 대답하는 인몽의 목소리에 힘이 하나도 없다.

장종오가 죽은 현장인 서고는 이미 기둥을 돌아가며 새끼로 금줄이 쳐 있었다. 서고에 이르자 정약용과 도학순이 잠시 장종오의 시체를 보고 나왔다. 도학순과 다른 두 검률들은 보자기에 싸가지고 온 검시도구를 펼쳐놓고, 서고 뒷마당에 시체를 검시할 나무판을 마련한다. 사옹원의 가마솥에서 콩껍질 끓인 물을 얻어온다, 바쁘게 돌아다니며 부산을 떨었다.

정약용은 이인몽과 잠시 얘기를 나눈 뒤 혼자서 생각에 잠겨 주합루 쪽으로 가버렸다.

"저…… 대교 어른."

아까부터 뭐 마려운 강아지처럼 기회를 보던 현승헌이 드디어 인몽을 불러세웠다. 서고 앞에 그들 두 사람만이 남았을 때였다.

"응?"

"저…… 금, 금등지사가 뭡니까요?"

〈금등지사〉란 죽어가던 채이숙이 몇 번이나 반복한 말이었다.

학식이 짧은 승헌으로선 채이숙의 말에 심각한 사연이 있다는 것만 알았지 그 정확한 의미를 알 수는 없었다. 그렇다고 정약용에게 물어볼 수도 없었던 그는 이제까지 참았다가 만만한 이인몽의 소매를 붙든 것이다.

"금등지사(金縢之事)? 자네 『서경』을 안 읽었나?"

"예. 소인은 워낙 그런 공부엔 뜻이 없어놔서…… 『소학(小學)』이나 겨우 떼었습죠."

"금등지사란 『서경』 주서 금등편에 나오는 주공(周公)의 큰 덕에 관한 이야기일세. 주공은 주 무왕(武王)의 아우로 주나라가 은(殷)을 멸망시키고 천하를 통일하는 데 결정적인 공헌을 했고 백성들 사이에 명망이 높았네. 그래서 무왕이 죽자 성왕(成王)이 어린 나이로 천자에 즉위하고 주공이 섭정으로 나라를 다스리게 되었지. 그러나 무왕에게는 주공 단(旦)말고도 관(管), 채(蔡), 곽(霍)의 세 아우가 있었네. 이 세 아우는 주공의 출세를 시기하여 주공이 장차 어린 조카의 왕위를 빼앗을 것이라는 소문을 퍼뜨리기 시작했네. 주공은 이 소문을 듣고 밤잠을 못 자며 괴로워하다가 마침내 스스로 섭정을 사직하고, 동쪽을 정벌하고 오겠다며 떠나버렸네. 때문에 사람들은 주공에게 씌어진 혐의가 사실이었다고 오해하게 되었지. 휴……"

조용히 말을 이어가던 인몽은 거기서 한숨을 내쉰다. 안 그래도 안 좋은 얼굴빛이 더욱 어두워보인다. 발밑을 내려다보며 잠시 다른 걱정거리를 헤아리는 눈치다. 인몽이 다시 입을 열었다.

"그런데 얼마 뒤 우연히 무왕이 아직 살아 계실 당시의 일이 발견되었네. 나라에 심상치 않은 천재지변이 있어 그 이유를 알려고 옛날의 특별한 일들을 기록하여 넣어놓은 금등(金縢 : 금자물쇠가 달린 서류함)을 열어 보았을 때였지. 금등 안엔 옛날 무왕이 병으로 생명이 위태로웠을 때 주공이 무왕 대신 자신의 목숨을 바치겠다고 남몰래 천지신명께 빌었던 일의 전말이 기록되어 있었네. 이 기록을 본 성왕은 울며 〈옛적에 주공이 임금의 집에서 열심히 일하시던 모습을 보고도 나 나이 어린 사람이 미처 알지 못했다. 왕가를 위해 이토록 살신성인하고자 했던 어른을 의심한 것이 참으로 미안하다〉 하시고 주공을 복권시켰네."

"그게 전부인가요?"

인몽은 말없이 고개를 끄덕였다.

"저…… 그런 일이 우리 조정에도 있었나요? 〈선대왕마마의 금등지사〉라고 하면 그럼 뭘 말하는 거죠?"

인몽의 얼굴에 놀라움이 떠올랐다.

인몽은 잔뜩 긴장되는 눈초리로 주위를 살피더니 승헌의 소매를 잡아끌었다. 그들은 무엇에 쫓기는 사람처럼 서고 옆 잣나무 아래로 갔다.

"자네, 그 말 누구한테 들었나?"

"소, 소인은 얼결에 들어서 누군지 잘…… 그저 견문을 넓히려고 물어본 것입니다."

"아니, 내가 뭘 캐물으려는 것이 아니라…… 다른 사람에겐 그런 소리 하지 않는 것이 좋겠네. 〈선대왕마마의 금등지사〉는 너무나 미묘한 문제라 나도 잘 몰라. 조정 안에서도 그 일은 되도록 언급을 피하려 한다네. 다만 그 일 때문에 7년 전 대궐이 발칵 뒤집히고 채제공 대감과 김종수 대감이 한날 한시에 파직당했다는 것만 어렴풋이 알고 있다네. 그러니 자네도 괜한 화를 부르지 말게. 알겠나?"

"예, 여부가 있겠습니까."

"그럼, 이만 퇴궐하도록 하게. 간밤에 숙직까지 하고 여태도록 수고가 많았네. 어서 가보게."

"예, 하오면 이만."

인몽은 눈으로 총총히 사라지는 승헌을 배웅하다가 다시 한숨을 내쉬었다. 눈앞이 캄캄하다는 말이 오늘처럼 절실할 수 있을까. 충격에 충격이 겹쳐 숨쉬는 것조차 고단할 지경이다.

아까 내시 이경출에게 얻어맞아 정신을 잃었던 인몽은 그의 목소리를 듣고 달려온 정래에게 구출되었다. 정신을 차려보니 규장각 이문원의 직감실이었다. 인몽은 허겁지겁 일어나 장종오의 시체가 있는 서고로 달려갔다. 아니나다를까. 그동안 막연히 생각하던 『시경천견록』은 물론 새벽에 보았던 장종오의 공책 「시경천견록고」도 없었다. 필시 누가 가져간 것이 분명했다.

틀림없이 이놈이!

인몽은 즉시 도승지 민태혁(閔台赫)에게 보고하고 사람을 내금위로 보내어 내시 이경출의 체포를 요청했다. 그러나 인몽의 품고(稟告: 보고서)를 들고 갔던 정래는 내금위 위장(衛將) 황보찬(皇甫燦)을 만나고는 이마를 긁적거리며 돌아왔다.

"나리, 이 내관 지금 내시부에 없습니다요."

"없다니?"

"죽었습니다요. 내시감께서 진노하시며 이 내관에게 오늘 아침에 근무하는 장소를 무단히 이탈한 죄를 물어 목을 베셨다던뎁쇼. 조금 전에 내시부에서 통보가 와서 내금위 무사들이 검시를 했답니다요. 지금쯤은 내금위 무사들이 그 시체를 널쪽에 담아 궁 밖으로 내갔을 겁니다요."

"뭐라고……"

인몽은 기가 막혀 말이 나오지 않았다. 그제서야 인몽은 자기나 이경출 같은 사람들의 손이 닿지 않는 어떤 거대한 힘을 느끼기 시작했다. 지금 그 힘은 저 서고에 누워 있는 장종오의 시체를 중심으로 원을 그리며 돌고 있다.

인몽의 마음은 회오리바람에 시달리는 깃발처럼 격렬한 불안에 흔들리기 시작했다. 시체가 된 장종오의 모습, 장종오의 글들을 챙기라시던 전하의 눈빛, 정춘교의 호들갑스런 손짓, 이를 악물고 드잡이질을 하던 이경출의 얼굴…… 이 모든 단편적인 영상들이 불안의 폭풍우 속에서 뒤흔들렸다.

이건 그냥 넘어갈 일이 아니구나. 대궐 안에서 검서관이 죽고 선대왕마마의 어필이, 그것도 전하께서 특별히 지목해서 가져오라고 하신 어필이 도난당했다. 도저히 문책을 면치 못하리라.

따지고 보면 모든 것이 인몽 자신의 과오라고 하기는 힘들다. 장종오가 죽은 것도 그렇거니와 서고에 외부인이 침입한 일도 전적으로 검서관인 장종오의 책임하에 있기 때문이다. 그러나 자기 잘못은 화투패처럼 숨겨도 남의 잘못은 귤껍질처럼 까발기는 사람들이 그런 것을 헤아려줄 것인가.

인몽은 우울했다. 이제부터 자신의 주변에 먼지처럼 뽀얗게 일어날 논죄(論罪)의 소리가 무서워서가 아니었다.

인몽에게 주상 전하는 살아가는 의미의 전부였다. 이날 이때까지 오로지 충성 하나를 보람으로 알고 살아온 인생이었다. 사랑하는 아내를 내쫓은 것도, 파직을 당했을 때 온갖 모욕을 감수하며 서울에 남아 있던 것도, 가난한 시신(侍臣)으로 먹고 살기 힘든 박봉을 받으면서도 한 번도 돈이 되는 외직(外職)을 청하지 않은 것도 모두가 근왕(勤王)을 위해서가 아니었던가. 아, 이런 어처구니없는 일 때문에 그 모든 노력이 물거품으로 돌아가다니. 눈물이 날 것 같았다.

그러나 인몽은 방금 승헌에게 주공 단의 이야기를 해주면서 묘한 위안을 느꼈다.

주공. 지금으로부터 2500년 전인가? 아니, 아니, 2900년 전의 인물이다. 피할 수 없는 누명을 뒤집어쓰고, 세상의 모멸에 지쳐 신음하던 착하고 정의로운 섭정. 주공의 이야기는 인몽에게 세상에는 운명보다 더 강한 것이 있다는 사실을 가르쳐준다. 그것은…… 동요하지 않고 운명을 짊어지려는 용기다.

인생에는 피할 수 없는 것이 있다.

아무리 빌고 몸을 굽히고 피해도 나는 내가 존재하기를 원하지 않는 사람들을 피할 수는 없는 것이다. 그런 사람들에게는 당당하게 서서 당해 주어야 한다. 주공의 『서경』처럼 어딘가에 나의 결백을 담은 책이 있으리라. 아니, 그런 책을 내가 쓸 수도 있으리라. 그래, 운명은 앞서서 뜻 있는 자를 인도하는 것이지 뜻 있는 자의 멱살을 잡아 끄는 것은 아니다.

주공의 큰 덕과 결백은 2900년을 견뎠다.

다시 오랜 세월이 흐르면 오늘의 역사도 모두 사라져 옛말로나 되었을 날이 오리라. 나의 운명도 용기를 갖고 견디어 삭이면 그런 날들에 옛말이 되지 않겠는가. 끊임없는 변화에 내맡겨진 오늘을 위안하는 옛말의 영원함.

어쩌면 문왕, 무왕, 주공의 휘황한 시대는 사실이 아닐지도 모른다. 그러나 문제는 그런 것이 아니다.

중요한 것은 옛 시대를 분칠하는 우리의 꿈인 것이다.

옛 시대의 완벽함에 대한 꿈은 삶을 고상하게 만들고 삶의 여러 일들을 아름다움으로 채운다. 사람들은 사회에 어떤 새로운 형식을 창안해 낼 때조차 우선은 그것이 옛 시대의 선한 법칙을 재정립하는 것이라 믿거나, 아니면 단지 악습을 개선하는 것에 불과하다고 믿는다. 여기, 주공이 비범한 용기로 자신의 운명을 견디고 살아남았다는 믿음이 있다. 옛 시대의 완벽함에 대한 믿음이 있다. 우리는 그 믿음에 기대어 덧없는 현재를 위로하고 현재를 의미로 채운다. 현재의 과거적 충만인 것이다……

"도원이, 무슨 생각을 그렇게 열심히 하나?"

"예? 아, ……사암 선생님!"

어느새 정약용이 인몽의 앞에 와 있었다.

인몽도 기진맥진한 상태였지만 아침부터 많은 심고를 겪은 정약용도 물에 젖은 솜처럼 몸이 무거웠다. 서로의 눈에서 서로가 할 말이 산더미처럼 많은 상태임을 알 수 있었다.

"이야기는 나중에 하세. 좌상 대감이 오셨네."

"아!"

인몽은 벌떡 자신의 몽상을 털고 일어나 서고 앞으로 나아갔다.

좌의정 심환지 일행이 규장각 직각 서영보(徐榮輔)의 안내를 받으며 영화당 뒤쪽으로 난 길로부터 부용지로 들어오고 있었다. 심환지의 뒤로 우의정 겸 내의원 도제조 이시수(李時秀)와 훈련대장 이한풍(李漢豊)이, 그 뒤를 내의원 의원 백성일(白成一)과 정윤교(鄭允僑)가 따르고 있었다. 이인몽과 정약용은 감히 마음을 놓지 못하고 서둘러 그 앞으로 나아가 예를 표했다.

"검시는 어찌 되었느냐?"

"예, 아직 시작하지 않았습니다. 대감께서 오시길 기다리고 있었사옵니다."

심환지의 가늘게 빛나는 무표정한 눈이 정약용에게로 향했다.

상흔처럼 깊이 패인 주름, 회색의 차가운 빛을 띤 눈썹, 쭈글쭈글한 안면의 밑바닥으로 가늘고 작은 눈이 침몰할 것같이 껌벅거렸다. 일흔을 넘긴 나이 탓인지 입술이 주위가 일그러지고 이따금씩 경련을 일으키듯 떨고 있었지만 그 눈빛만은 형형하게 빛나고 있었다. 희로애락, 모든 감정들은 휘발해 버리고 집요한 욕망만이 주름투성이의 피부 밑바닥에 침전되어 있는 그런 눈이었다.

"만약에 돌림병이라면 큰일이니, 어서 서두르라."

"예."

"어젯밤의 장종오를 마지막으로 본 사람이 누구냐?"

"소생입니다."

인몽이 앞으로 나갔다.

"저녁을 같이 먹고 소인은 이문원에서, 장 검서관은 서고에서 각각 숙직을 했습니다."

"음……"

"저녁을 먹을 때까지만 해도 평소와 다름이 없었습니다. 평소보다 많이 웃고 밥도 두 그릇씩 비우는 것이 병이 있는 사람 같지 않았습니다."

"음, 병으로 죽은 것이 아니다?"

"황송하오나…… 아직 확실한 사인(死因)은 드러난 바 없습니다. 장 검서관이 어제 저녁까지 지극히 건강했던 것만은 사실입니다."

"그래?"

심환지의 쏘아붙이는 듯한 눈빛이 힐끗 인몽의 얼굴에 명멸했다. 그의 입술은 만족인지 비웃음인지 모를 묘한 미소를 흘리고 있었다. 인몽은 감히 그 얼굴을 마주보지 못하고 등을 굽혔다. 마치 그의 가늘고 작은 눈에 어떤 본능적인 위험이, 타인의 행복을 금방 견디기 힘든 무엇으로 만들어 버리는 어떤 사악한 힘이 존재하는 것만 같았다.

심환지는 아무 말 없이 서고를 향해 걷기 시작했다.

심환지는 말을 아끼는 성격으로 한 문장 이상의 말을 거의 하지 않는다. 언제나 위엄 있고 엄숙하게, 혹은 상대방을 탐색하는 듯이 모호하게 한 마디 던지고 말 뿐이다. 그의 이 같은 침묵은 굼떠 보이는 작은 눈과 메기처럼 크고 삐뚤어진 입이 만드는 광대같은 얼굴과 대비되어 기묘한 긴장감을 발산하고 있었다.

꼭 하회별신굿의 주인공 초랭이처럼 생긴 영감이 자세와 태도를 꼿꼿하게 고쳐잡고 과묵하게 버티고 있는 모습이라니. 그 위압적인 침묵은 아랫사람들에게 무시무시한 공포가 되었다. 그 메기 입에서 긴 논변이 터져나오는 날엔 '반드시' 라고 해도 좋을 만큼 체포와 처형의 피바람이 불어닥쳤기 때문이었다.

심환지가 서고 뒷마당에 도착하자 드디어 검시가 시작되었다.

도학순과 다른 두 사람의 검률들이 팔을 걷어붙이고 사옹원에서 가져온 콩껍질 끓인 뜨거운 물로 시체를 문질러 씻기 시작했다. 이렇게 씻으면 보통 상태에서는 보이지 않는 외상도 잘 드러난다.

뒷마당은 서고와 담 사이의 사방 대여섯 발짝밖에 되지 않는 좁은 공간이었다. 시체를 올려놓은 나무 문짝과 세 명의 검률, 검시 책임자인 정약용, 그리고 심환지 일행과 이인몽이 들어서자 발을 들여놓을 틈이 없을 정도다. 아슬아슬 한기가 돋을 날씨이건만 펄펄 끓인 물에서 피어오르는 김과 잔뜩 긴장하고 몸과 몸을 맞댄 사람들이 전하는 온기로 뒷마당은 후끈거리는 열기마저 느껴진다.

시체를 다 씻자 도학순은 찻잔만 한 크기의 돋보기를 들고 시체를 살펴보기 시작했다. 한 부분, 한 부분의 검시가 끝나면 그 부위의 이상 유무를 말했고 옆에 선 젊은이는 도학순의 진단을 검시장식(檢屍狀式)에 일일이 기입했다.

조선 왕조의 검시제도는 엄격하고 철저한 것으로 유명하다.

세종조에 간행된 『신주무원록』의 장식에 따라 육안으로 시체의 76개 부위를 검안하여 상태를 기입하고 검시척으로 외상의 크기를 재어 시체의 형태도(屍型圖)까지 작성한다. 1차 검시(初檢)와 2차 검시(復檢) 두 번을 필수적으로 하여, 의문의 살인이나 암매장이 발견된 그 장소의 책임자가 반드시 임검(臨檢)하게 했다. 임검을 꺼림칙하게 여겨 부하에게 맡기는 관리는 영원히 관직에서 추방하는 영불서용(永不敍用)의 처벌을 받았다.

한참 동안 시체의 목 안을 살펴보던 도학순이 드디어 허리를 펴고 심환지를 쳐다보았다.

"대감마님, 이 시체는 돌림병이 아니옵니다요."

"그래? 틀림없는 사실인가?"

"온역(瘟疫: 장티푸스)도, 두창(痘瘡: 천연두)도 아니올시다요. 목 안이 부은 것도 아니고, 머리 부위가 헐은 것도 아니며, 열병을 앓은 흔적도 없습니다요. 시체의 안색을 좀 보십시오. 군데군데 사반(死斑)이 생기기는 했사오나 오히려 하얗게 창백한 얼굴이 아닙니까요. 절대로 돌림병으로 죽은 것이 아닙니다요."

심환지는 같이 따라온 내의원 의원들에게 시선을 돌렸다. 시체 옆에 바짝 붙어 서서 도학순의 검시를 지켜보던 두 사람의 의원도 고개를 끄덕였다. 심환지는 다시 도학순을 재촉했다.

"그렇다면 사인은?"

"그, 글쎄, 그것이……"

도학순은 조금 전 시체의 입속으로 깊숙이 집어넣었다가 뺀, 끈이 달린 은절편을 들며 난처한 표정을 지었다. 순은으로 만들어진 그 절편은 조금도 변색되지 않았다.

"보시다시피 독극물로 죽은 것도 아니옵고, 일흔여섯 개 부위를 이 잡듯이 살폈으나 외상도 없습니다요."

"허어…… 말이 많구나! 그럼 귀신이 잡아갔다는 말이뇨? 날더러 검안(檢案)에 뭐라고 써서 올리란 말이냐?"

심환지의 이마에 핏줄이 꿈틀거렸다. 도학순은 목을 떨며 기어들어가는 목소리로 대답했다.

"그러면 이젠 부검을 하는 수밖에 없습니다요. 괜찮겠습니까요?"

"부검?"

심환지의 얼굴이 야릇하게 뒤틀리며 옆에 선 우의정 이시수와 직각 서영보를 돌아본다. 두 사람 역시 금방 곤혹스런 표정이 되더니 가타부타 말이 없다.

1차 검시와 2차 검시에서 사인이 확실히 밝혀지지 않을 때는 의혹이 풀릴 때까지 삼검, 사검, 오사(五査), 육사(六査)를 거듭하는 것이 원칙이다. 이 과정에서 무덤을 파고 매장된 시체를 다시 꺼내거나 시체에 칼을 대는 부검도 불사할 때가 있다. 그러나 이것은 어디까지나 일반인을 기준으로 한 것이었다. 장종오 같은 정5품 하대부(下大夫)에겐 죽은 이의 시신을 모독하는 검시부터가 면제될 수도 있었다. 어명으로 검시를 시작하기는 했으나 시신에 칼을 대는 부검까지 했다면 나중에 그 유족들에게 무슨 원망을 들을지 모르는 것이다.

심환지의 입술이 씰룩거리더니 나지막한 목소리가 입을 열었다.

"글쎄, 부검은 아무래도 좀 곤란한 것 같은데…… 여보게, 정 참의."

"예."

"여기까지 임검을 했으니 이 늙은이들은 이문원에 들어가 쉬겠네. 이후의 검시는 자네가 알아서 하고 검안의 초(草)를 잡아 이문원으로 보내게. 그리고 이 대장(大將)…… 아무래도 돌림병은 아니라니 훈련도감이 할 일은 없겠소. 퇴궐하여 소관 업무를 보시오."

훈련대장 이한풍의 표정이 대번에 밝아졌다.

재작년 전국적으로 창궐하여 수만 명의 목숨을 앗아간 돌림병 때문에 그 방역조치를 취하느라 엄청난 희생을 치른 훈련도감이었다. 이한풍은 짐짓 안쓰러운 표정으로 정약용을 격려하더니 나는 듯이 규장각을 떠나버렸다. 좌의정 심환지와 우의정 이시수는 서영보의 안내를 받아 규장각의 사무실 격인 이문원의 따뜻한 온돌방으로 들어갔다.

그리하여 서고의 뒷마당엔 정약용과 이인몽, 세 사람의 검률과 내의원 의원들만이 남았다. 난처한 결정을 떠맡은 정약용은 잠시 생각에 잠긴 표정으로 자기 턱을 쓰다듬었다.

"검서관의 시신에 칼을 댄다……는 것은 아무래도 곤란한 일이 아닐 수 없소. 그러나 이제 그것 말고는 사인을 알 도리가 없고, 주상 전하께서 직접 하명하신 검시를 이런 상태로 중단할 수도 없는 것 아니겠소. 시신을 도살된 가축처럼 다룰 수는 없으되 팔이나 다리를 째서 피를 뽑아보는 정도는 무방하리라 생각하오. 어떻소, 이 대교?"

"지당하신 분부이십니다."

"그러면 도 검률은 일단 채혈(採血)부터 해보시게."

"예."

도학순이 땀을 뻘뻘 흘리며 시체의 팔목 안쪽을 밖으로 돌려놓는다. 죽은 지 6시간이 지났는지 시체의 사후강직(死後强直)이 진행되고 있었다. 본래 검시는 이 사후경직이 끝나 시체가 풀어지면서 썩는 냄새가 풍기는 사후 24시간 뒤에 하는 것이다. 도학순 영감은 시체의 뻣뻣한 팔목을 돌려놓으면서 때이른 검시를 투덜거렸다. 이윽고 네 치 정도의 날카로운 칼이 시체의 팔목을 끊었다.

뚝뚝 떨어지는 피를 은그릇에 모은 다음 도학순은 한동안 그 빛깔을 살펴보더니 옆의 젊은이에게 식초 찌꺼기를 준비하라고 한다. 젊은이가 긴 무명 붕대에 병에 든 식초 찌꺼기를 묻혀 건네주자 도학순은 그것을 시체의 입가부터 목까지 칭칭 동여매었다. 그 일이 끝나자 다시 피그릇을 검사하고, 시체의 이맛살을 만지며 돋보기로 꼼꼼히 살펴본다. 시체를 뒤로 돌려 항문을 까발겨본다. 여러 가지 세부적인 조사를 계속했다.

이런 작업은 매우 지리하고 오래 걸렸다.

시간은 벌써 정오가 지나고 있었다. 인몽은 아침부터 누적된 팽팽한 긴장이 서서히 풀어지는 것을 느꼈다. 그러나 이제껏 물 한 모금 마시지 못한 인몽은 위장이 쓰려오고 갈증이 심해 서 있기도 힘들었다. 더욱이 시체의 목을 감은 붕대에서 풍기는 식초 냄새는 너무나 지독해 눈물이 찔끔찔끔 나고 숨쉬기가 어려웠다. 인몽은 염치없이 무거워지려는 눈꺼풀을 억지로 치켜뜨며 옆의 정약용을 훔쳐보았다.

정약용은 시체로부터 등을 돌린 채 서고 뒷마당으로 향해 있는 온돌 아궁이를 노려보고 있었다. 미간을 찌푸린 그의 얼굴에는 무엇인가 떨떠름한 의혹의 빛이 떠올라 있었다. 그러는 동안 젊은 관리가 시체의 목에 두른 붕대를 벗기고 도학순에게 뭔가 귓속말을 속삭였다.

"참의 어른, 아무래도 질식사인 것 같습니다요."

세 번째로 피그릇을 들여다보고 손가락으로 피를 만져본 도학순이 담담하게 말했다.

"질식사라……"

"피에 청록색 기운이 완연하고 도무지 응고가 되지 않사옵니다. 전형적으로 질식해서 죽은 사람의 피입죠. 하오나…… 누가 입이나 코를 수건 같은 것으로 막아 죽였다거나 목을 졸라 죽인 것 같지는 않사와요."

"그건 어떻게 알 수 있는가?"

"『백헌총요(百憲摠要)』를 보면 그런 식으로 교살(絞殺)된 시체는 5가지 특징이 나타납지요. 첫째, 시체의 얼굴에 부스럼 비슷한 푸른 점이 나타나고, 둘째, 식초 찌꺼기로 찜질하듯 그 부위를 감아두면 압박을 받은 부위가 붉게 나타나며, 셋째, 죽기 직전에 대변이 많이 나오며, 넷째, 혀 끝에 깨물어 터진 흔적이 있고, 다섯째, 이맛살이 상하로 경직되어 단단해져 있다는 겁니다. 그런데 이 시체는 그런 특징이 하나도 없습죠."

"음……"

"그러니 이 어른은 신병을 앓으시다가 갑자기 의식을 잃고 질식해서 죽은 것이죠. 에그, 딱한 일입죠."

"신병(身病)을 앓다가 질식해서 죽었다?"

정약용은 아직도 의문이 가시지 않는다는 얼굴로 물었다. 그런 정약용을 보고 도학순의 설명을 듣고 있던 내의원의 백성일이 한마디 거들었다.

"참의 어른, 그런 경우는 많사옵니다. 간질 발작을 하다가 체내의 음식물이 숨구멍을 막아 죽는다든지, 중풍으로 의식을 잃은 상태에서 얼굴이 요에 파묻힌다든지, 또 중풍이 바로 대뇌 뒤의 숨골에서 일어나 즉사한다든지 하면 질식사와 똑같은 증상이 나타나옵니다."

그러자 약용의 눈에 날카로운 빛이 스쳐갔다. 약용은 어깨를 펴며 순순히 고개를 끄덕였다. 그의 입가에 냉소가 스쳐간 것 같은 느낌은 인몽의 착각이었을까.

"음, 듣고 보니 그렇군…… 그럴 거요. 그럼, 검시는 여기서 마치기로 합시다. 도 영감은 방에 들어가 그렇게 검안의 초고를 작성하시오. 두 분 의원들도 수고가 많았소. 이 대교…… 이 대교는 여기 좀 남으시오."

정약용의 말이 떨어지자 두 사람의 내의원 의원들은 즉시 인사를 하고 떠났다. 도 영감은 아이구 잘됐다는 기색으로 엉경퀴즙을 바른 천으로 시체의 팔뚝을 묶어 피를 막더니 얼른 추운 뒷마당을 벗어나 서고의 온돌방으로 들어가버렸다. 젊은 검률 두 사람이 남아 검시도구들을 챙기고 삿자리를 거두려 하자 정약용은 손을 흔들며 말렸다.

"그만둬라. 시체에 옷도 입혀야 하고, 일이 많으니 일단 방에 들어가 몸이나 녹이고 다시 하자. 내 내관들을 시켜 사옹원에서 요깃거리라도 가져다 주마."

"예."

그렇게 두 검률까지 방으로 쫓아버리자 정약용은 목소리를 낮추어 이인몽을 불렀다.

"장종오가 죽어 있던 방의 아궁이가 이거지요?"

이대로 검시가 끝나나 보다 생각하던 인몽은 귀가 번쩍 뜨였다. 아궁이? 도시 영문을 가늠할 길 없는 얼굴로 정약용이 가리킨 쪽을 보니 그곳은 뒷벽 중앙의 불땀이 거의 잦아진 싸늘한 아궁이였다.

창덕궁의 온돌시설은 벽 바깥에 부뚜막을 만든 부뚜막아궁이 아니라 모두 땅밑을 파고 들어가 벽 안쪽에 불아궁을 낸 함실아궁이였다. 함실구멍마다 특별히 생산한 정교한 무늬의 쇳문이 달려 있어서, 밖에서는 그 안의 불목에 뭐가 들어 있는지를 알 수 없게 한 그런 것이었다. 인몽은 뒷벽에서 본 아궁이의 위치를 얼추 짐작하며 그렇다고 대답했다.

그러자 정약용은 불쏘시개로 쓰는 나무 작대기를 들더니 아궁이의 쇠문을 두들겨 열었다. 인몽도 쪼그리고 앉아 아궁이 속을 살펴보았다. 아궁이 속에는 모래가 들어 있었다. 사고현장을 맡은 정래가 시체의 부패를 염려하여 방의 불을 꺼버린 것 같았다. 정약용은 모래가 덮인 그 잿더미를 몇 번

뒤적이더니 무엇을 발견했는지 땅밑으로 꺼진 아궁이 앞으로 뛰어내렸다.

"선생님, 왜 그러십니까?"

"이걸 좀 보시게."

정약용은 아궁이 속으로부터 미처 타지 못한 시커먼 숯덩이 하나를 들어올렸다.

선생이 뭘 갖고 이러시는 것일까?

대궐에서 난방용으로 쓰는 시탄(柴炭 : 땔나무와 숯)이 뭐가 어쨌다는 것인가?

인몽은 영문을 모르고 자기 앞으로 내민 정약용의 손을 보았다. 그런데 눈앞에서 자세히 살펴보니 그 시커먼 덩어리는 숯덩이가 아니었다. 뭐랄까? 흙 같기도 하고 푸석푸석한 돌 같기도 한 시커먼 덩어리였는데 땔나무를 구워 만든 시탄이 아닌 것만은 확실했다.

인몽의 얼굴에 뭔가 깨달은 빛이 떠오르는 것을 확인한 정약용은 숯덩이를 자신의 코앞에 가져와 킁킁 냄새를 맡았다.

"선생님, 그게 뭡니까?"

"응, 자넨 쭉 내직(內職)에만 있어서 이걸 잘 모를 거야. 이건 함경도 길주 같은 곳에서 나는 석탄(石炭)이란 것일세."

"석탄?"

"석탄은 시탄보다 화력이 강하고 곳에 따라서는 산과 들에 얼마든지 널려 있어서 쉽게 민가의 난방용으로 쓸 수 있는 돌이지. 내가 작년에 영위사(迎慰使)로 나가 보니 평안도에도 더러 이것을 때는 집이 있더군. 그런데……"

"그런데……요?"

"이 돌에는 한 가지 결정적인 약점이 있어서 널리 보급되지 않고 있다네."

"……"

"바로 독연(毒煙)이야. 이 돌이 타는 연기에 무색무취의 독이 있는 거지. 밀폐된 방 안에서 한 시각(2시간)쯤 그 연기를 맡으면 누구라도 견딜 수 없다네. 항우장사라도 질식사하지 않을 수 없네."

"예에? 질식사!"

"그리고…… 이 냄새 좀 맡아보게."

"흠, 흠, 이건……?"

"그래. 누가 여기다 유황까지 발라놓았어. 방 안에서 이런 모진 독연을 맡았으니 반 시각도 못 돼 절명했을 거야."

인몽의 눈이 화등잔만 하게 커졌다.

인몽은 꼼짝도 하지 않았다. 이미 너무 놀라서 입도 떨어지지 않을 지경이었다. 아담이 독연을 맡고 죽었다고! 그러자 인몽의 팔다리는 얼음처럼 차가워지고 머리는 온통 그 석탄인지 뭔지 하는 것으로 불타는 듯했다. 인몽은 숨이 막히는 듯한 목소리로 말했다.

"그, 그러니까 누가 아, 아담을……"

"그렇다네. 이것은 교묘하게 꾸며진 독살일세."

인몽의 얼굴이 백지장처럼 하얗게 질리고 턱이 덜덜 떨리기 시작했다. 아침부터 불가사의한 번민의 그림자를 드리우며 이어지던 무서운 예감이 드디어 현실로 나타난 것이다. 인몽은 지금 오랫동안의 고통스런 의혹이 마침내 깨달음에 도달했을 때 느끼는 흥분, 고통이 뒤섞인 흥분을 맛보고 있었다.

"자, 고정하게. 우리 좀 걷기로 하지."

정약용이 인몽의 팔을 잡아끌며 서고 옆 봉모당 쪽으로 난 작은 오솔길로 인도했다. 그때 공포와 경악에 떠는 인몽의 뇌리에는 다시 어떤 의혹이 떠올랐다. 새로운 의혹이었다. 무언지 윤곽이 뚜렷하지 않은 이 의혹은 두터운 불안의 구름을 뭉게뭉게 피워 올리면서 대번에 인몽을 사로잡았다.

사암 정약용 선생, 이 사람은 어떻게 대번에 이런 것을 알아차렸을까. 이런 교묘한 살인을 단순히 추리로 알아낸다는 것이 자연스러운 일일까. 혹시…… 그러자 인몽은 숨이 막힐 것 같았다. 인몽은 곧 쓸데없는 상상을 지워버렸다.

인몽과 정약용 선생은 아주 가까운 사이였다.

10살 차이밖에 나지 않았지만 정약용 선생은 인몽에게 아버지와 같은 느낌을 주었다. 관직에 들어선 뒤 이미 어른 대접을 받는 인몽에겐 달리 스승이 없었다. 있다면 선생이 그의 유일한 스승인 셈이다. 선생은 인몽에게 그가 알고 있는 것을 모두 가르쳐주었고 인몽은 선생이 시키는 일이라면 무엇이든 마다하지 않았다.

물론 둘 사이에도 도저히 서로 공감할 수 없는 입장의 차이는 있었다. 정약용이 싫든 좋든 다른 당색들과 공존할 수밖에 없는 기호(畿湖) 남인이라면, 이인몽은 강보에 싸인 아이 때부터 노론이라면 궁흉극악한 천하의 악물(惡物)로 알고 자라온 영남(嶺南) 남인이었다. 그러나 선생은 인몽을 아꼈고 인몽 역시 선생의 높은 학문을 깊이 존경하고 있었다. 인몽이 지금 요직 중의 요직인 규장각까지 올라온 것도 선생의 아낌없는 지원이 없었다면 불가능한 일이었다. 그런 선생을 의심할 수야……

"선생님께선 어떻게 이런 기미를 알게 되셨습니까?"

"재작년 내가 곡산부사로 있을 때 부내에 장종오와 똑같은 시체가 생겨 내가 직접 그 검시를 임검한 일이 있네. 그때 비로소 석탄의 연기에 중독되면 사람이 죽는다는 걸 알게 되었지. 내가 그 시체를 떠올린 것은 아까 규장각에 도착하자마자 시체를 보러 서고의 직감실에 들어갔을 때였네. 시체가 누워 있는 아랫목 장판이 보통 이상으로 누렇게 달아 있었네. 만져보니 그 부분에 장판의 콩기름이 배어나오는 것이 바로 조금 전에 땐 불이야. 웬만한 숯불의 화력으로는 장판이 그렇게 달아오르지 않지. 나는 그래서 저 아궁이 안이 궁금해졌다네."

"……"

"작년에 내직으로 들어와 대궐을 출입하게 되었을 때 나는 대궐 안에서 사용하는 막대한 비용의 시탄을 값싼 석탄으로 바꿔보면 어떨까 생각한 적이 있네. 민가의 구들장이야 고막이바름도 허술하여 그 독연이 새어나오겠지만 대궐 안의 구들장은 장안의 소문난 장인들이 만든 것이니 석탄을 때도 괜찮지 않을까 생각했던 거지. 그러나 다시 찬찬히 조사해 본 결과 대궐 역시 민가와 다를 바 없다는 것을 알게 되었네. 그것은 온돌의 연기구멍 때문이었어. 민가의 굴뚝은 바로 벽에 붙어 있기 때문에 연도(煙道) 주변에 고막이바름이 다소 허술해도 연기가 잘 빠지지. 하지만 저길 좀 보게."

선생은 벽돌로 쌓아 만든 대궐의 큰 굴뚝들을 가리켰다.

"대궐의 온돌은 미관상의 고려 때문에 그 연도가 기단 밑을 관통하고 뒷마당을 건너서 담 너머에 있는 저 굴뚝들에 연결되게 되어 있네. 자연히 그 연도가 길며 연기구멍이 크고 연도와 연도 사이의 연결이 복잡해지지 않을 수 없다네. 시탄일 경우에는 아무 문제가 없지만 석탄의 독연은 나무 때는 연기보다 더 미세하기 때문에 이런 구조에서는 아무리 구들장 틈서리를 잘 메워도 새어나오기 마련이지."

"그렇다면 대체 누가 아담을 죽였을까요?"

"내가 자네에게 묻고 싶은 것이 바로 그 점일세. 뭐 짐작 가는 곳이 없는가?"

"글쎄올시다. 사실은······"

인몽은 더듬거리며 선생께 오늘 아침에 있었던 이경줄의 일과 장종오의 공책 「시경천견록고」가 사라진 일을 모두 이야기했다. 그런 일이 있은 뒤 이경줄이 갑자기 내시부에서 처형되었다는 이야기까지.

선생의 놀라움은 대단했다. 그러나 선생은 심각한 얼굴로 인몽의 이야기를 듣고 질문할 뿐 경솔하게 무슨 언급을 하지는 않았다.

"그렇다면······ 장종오는 대체 어젯밤에 무슨 일을 하고 있었는가?"

"장생은 어제로 사흘째 금직(禁職)을 하고 있었사옵니다. 무슨 일을 하고 있었는지는 저희들도 잘 모르옵니다. 그저 주상 전하의 특별한 명이 계셨다는 것 외에는. 장생은 식사도 자기 방으로 가져오게 했고, 일체 자신이 관장하는 서고에는 사람들을 들이지도 않았습니다. 어제 저녁 사옹원에서 저녁식사를 하고 있는데 장생이 왔습니다. 소생으로선 사흘 만에 처음 얼굴을 보는 것이었죠."

"사옹원에서 장종오가 무슨 말을 하던가?"

"개인적인 이야기가 대부분이었사옵니다. 남지(南池: 지금의 프라자호텔)에 있는 집이 외풍이 심해 견딜 수 없다는 이야기. 또 자식이라고 하나 있던 것이 죽고 나니 무후지죄(無後之罪)를 면할 길 없다는 이야기를 했사옵니다. 자신이야 굶주린 귀신이 돼도 아까울 것이 없으나 조상의 제사가 의탁할 곳 없이 되는 것이 걱정되어 잠이 오지 않는다고 하였습니다. 그러니 양자라도 들여야 할 텐데, 도무지."

"아, 알았네. 그런 것 말고 뭐 특별히 미심쩍다거나 이상한 느낌은 없었는가?"

"아뇨, 전혀. 어제 저녁에 장생은 뭔가 큰 근심이라도 덜어낸 사람처럼 기분이 좋고 말도 많았습니다. 저녁식사가 끝나자 같이 사옹원에서 나와 헤어졌구요. 그게 소생이 마지막으로 장생을 본 것이옵니다."

"음, 뭔가 큰 근심을 던 사람 같았다⋯⋯ 음, 아무튼 자넨 지금 발등에 불이 떨어졌네. 주상 전하의 어명이 지엄하시니 먼저 그 『시경천견록』이라는 책, 그것부터 찾아야 하네. 선대왕마마의 어필들을 봉안한 봉모당이라도 좀 뒤져보세. 어제 뭔가 큰 근심을 던 사람 같았다니 장생이 일을 다 끝내고 책을 제자리에 갖다 두었을지도 모르지 않는가."

"예, 그럼."

"아, 잠깐."

선생은 급히 걸음을 옮기는 인몽을 제지했다.

"그전에 우리가 같이 할 일이 있네. 우리는 먼저 도 영감이 작성한 검안의 초고를 들고 저기 이문원에 있는 좌상 대감께 가야 하네. 그런데 장생의 죽음에 대한 이 같은 사실들을…… 좌상 대감에게 보고를 하느냐 마느냐 하는 문제가 남아 있네."

"그것은 아니 되옵니다."

"아니 된다?"

"예, 내시감을 비롯하여 내시부의 많은 인물들은 모두 심 대감의 심복들입니다. 장생의 죽음에는 내시부가 연관된 것이 틀림없는데 어찌 그 심 대감에게 심중을 털어놓을 수 있겠습니까. 사정이 이러하니 이 문제는 먼저 주상 전하께 은밀히 보고드려야 하옵니다."

"아, 안 돼. 그것은 아니 되네. 이제 겨우 일의 실마리를 잡은 셈인데 어떻게 벌써 주상 전하께 고한단 말인가. 궁궐 안에서 관리를 독살한 것이 어디 이만저만한 일인가. 십중팔구 범인의 옷깃도 잡기 전에 풍파만 일으키고 말아. 그것만은 신중에 신중을 기해야 하네."

선생은 정색을 하고 인몽을 말렸다. 인몽은 내심 불만스러웠으나 고개를 끄덕일 수밖에 없었다.

"허어, 이 검안대로라면 심상히 넘어갈 일이 아니로다."

심환지가 검안의 초고를 책상 위에 내려놓으며 말했다.

그 앞에 부복해 있던 인몽은 적이 놀라며 옆에 있는 사암 선생을 돌아보았다. 그러나 사암 선생은 반쯤 눈을 감고 무표정한 얼굴로 앉아 있을 뿐이다. 여기는 심환지와 우의정 이시수가 좌정해 있는 이문원 사령실이었다.

"아무리 어명에 따라 금직한 것이라고 하나 궁궐엔 지엄한 법도가 있는 법. 감히 주상 전하의 침궁에서 제멋대로 자빠져 죽은 죄는 도저히 그냥 넘어갈 수 없도다. 마땅히 그 일족에게 여죄(餘罪)를 물어야 하리. 어떻소, 우상 대감? 이 일은 우리 늙은이들이 논책하지 않는다 해도 사헌부의 젊은 아이들이 가만있지 않을 것이오."

심환지는 단호한 얼굴로 이시수를 흘겨보며 물었다.

"예, 이치는 그러하오나……"

우의정 이시수는 하얗게 센 귀밑머리를 긁적거리며 난감한 표정을 지었다. 탐스러운 턱수염을 가슴까지 기른 차분한 인상의 노인이었다.

"그리까지 하시는 것은 너무 인정에 박하지 않을까 하옵니다. 신병으로 몸이 아픈 중에도 주상 전하의 어명을 받들어 금직을 서다가 이런 변고를 당하였으니 이는 그 사람이 충직한 끝에 저지른 허물이옵니다. 어찌 보면 이것은 순직이라고도……"

"아니, 우상은 무슨 말씀을 그렇게 하시오! 순직이라니? 모름지기 사대부란 시시로 자신의 마칠 때를 헤아려, 하늘을 두려워하고 후세를 삼가하면서 조용한 종명(終命)을 준비 하는 것이오. 하해와 같으신 성은을 입어 명색이 하대부의 반열에 오른 자의 마침이 어찌 이리 방자하단 말이오! 내 이 장종오란 자의 천예(賤隷)를 일찍이 알아 보았느니. 근정(根正)이라야 묘홍(苗紅)이지(뿌리가 발라야 싹도 제 색이다). 비천한 서얼의 뿌리가 어디로 가겠소? 전폐(殿陛:궁궐의 계단)의 높음은 하늘과 땅이 서로 친압(親狎)할 수 없음과 같거늘, 여기가 어디라고 제 더러운 시체를 눕힌단 말이오! 이는 마땅히 불경죄(不敬罪)로 다스려 그 부형(父兄)들을 치죄해야 할 것이오."

"대, 대감의 말씀이 옳사옵니다."

서릿발 같은 심환지의 기세에 우의정 이시수는 여지없이 후퇴하고 있었다. 그것을 보고 있노라니 인몽은 피가 발끝에서 머리끝으로 치솟았다. 이 찢어죽일 영감탱이가…… 뭐, 그 부형을 치죄하겠다고?

"아뢰옵기 황송하오나……"

인몽의 목소리는 듣기에 난처할 정도로 떨리고 있었다. 좀처럼 감정의 기복을 감추지 못하는, 그런 고지식한 성격이었던 것이다. 인몽은 마른침을 삼키며 주먹을 불끈 쥐었다.

"죽고 사는 것이 어디 사람의 마음대로 되는 일이옵니까? 검서관 장생의 일은 딱히 그 사람의 잘못이라고 볼 수만은 없는 점이 있사옵니다. 질식사에도 여러 가지가 있는 것 아니옵니까?"

인몽은 심환지의 눈을 정면으로 쏘아보며 대단히 암시적인 말을 한마디 던졌다. 그러자 심환지는 아무 반응이 없이 눈을 감았다. 곧이어 백발이 성성한 머리를 뒤로 젖히며 깊은 숨을 들이켠다. 뭔가 통한 것 같기도 하고 아닌 것 같기도 한 녹록지 않은 태도였다.

"질식사에도 여러 가지가 있다니, 그게 무슨 말인고?"

사람 좋은 이시수가 어리둥절한 표정으로 되물었다. 인몽은 내친김이라고 하며 몸을 내밀었다. 그러나 그때 옆에 있던 사암 선생이 인몽을 찌르며 그만두라는 눈짓을 했다. 동시에 심환지는 조용히 눈을 뜨며 큰소리로 중얼거렸다.

"그 말도 일리가 있네. 이런 변고가 어디 장종오 혼자의 죄이겠나! 요즘 들어 궁궐에 이런 해괴한 일이 일어나는 것은 모두가 선왕(先王)의 법도가 가벼이 여겨지고 있기 때문일세. 대체 이 창덕궁만 둘러봐도 그래. 애초에 후천지역(後天之易)을 좇아 궁궐을 지으신 선왕의 가르치심을 존신(尊信)하고 준수했다면 어찌 이런 재앙들이 생기겠는가 말일세. 다 45수의 9변이 흔들려 지귀(地鬼)가 격동한 탓일세."

격분하여 팔을 부르르 떨던 이인몽은 심환지의 너무나 절묘한 말솜씨에 그만 어안이 벙벙해졌다. 장종오는 스스로 죽은 것이 아니라 누군가 독살한 것이라는 암시를 심환지는 슬쩍 『주역』의 풍수론으로 덮어버린 것이다. 더구나 곰곰이 들어보면 이런 변고의 원인을 규장각을 중심으로 한 정조의 혁신정치로 떠넘기는 것이 아닌가.

심환지가 말하는 45수란, 우(禹)임금이 홍수를 다스리실 때 낙수(洛水)에서 나온 신성한 거북의 등에 있었다고 하는 낙서 45수(洛書四十五數)를 말하는 것이다. 『서경』 홍범(洪範)의 기원이 되고, 하도 10수(河圖十數)와 더불어 『주역』 팔괘(八卦)의 기본형이 되는 낙서 45수는,

```
4  9  2
3  5  7
8  1  6
```

의 정방형이다. 이는 가로, 세로, 대각선 어느 쪽으로 세 수를 더해도 모두 15가 나오는 정방형, 숫자가 어디에도 겹치지 않으면서 3곳의 기운이 가장 안정되게 존재할 수 있는 구조인 것이다. 중국은 예로부터 3이라는 숫자를 존재자의 가장 안정된 양식으로 여겼다. 때문에 3이 가장 안정되게 배치될 수 있는 낙서 45수는 우주의 가장 근원적인 상수(象數)로 유추되어 모든 건축의 기본형으로 삼았다. 이곳 창덕궁 역시 예외가 아니었다.

위의 45수에서 제일 아래 1은 창덕궁의 정전(正殿)인 인정전이다. 따라서 8 1 6은 정문인 돈화문에서 희정당에 이르는 정전들을 가리키며 그 위의 3 5 7은 대조전, 경훈각 등의 침전(寢殿)을 가리킨다. 맨 위의 4 9 2는 침전 뒤 주합루를 중심으로 한 후원(後苑) 공간을 가리킨다. 그렇다면 심환지가 말하는 45수의 9변이란 무엇인가.

말할 것도 없이 이곳 규장각이다.

정조께서는 애초에 선왕들의 유필을 봉안할 장소를 설치하겠다면서 규장각의 건물들을 짓기 시작했다. 그러나 그것은 조정의 논란을 피하기 위한 핑계였을 뿐이다. 정조는 봉모당, 이문원, 열고관, 서고 등 건물을 연년이 늘려가 규장각을 명실상부한 권부(權府)로 만들어갔다. 그러다 보니 자연히 낙서 45수의 9변을 지킬 수 없게 되었다.

심환지가 뜻밖에 이런 트집을 잡으며 화제를 돌리자 인몽은 말이 막힐 수밖에 없었다. 바늘을 문 물고기처럼 입을 벌리고 있는 인몽을 곁눈질하며 심환지는 더욱 은근해진 목소리로 말을 이었다.

"아까 말은 어디까지나 원칙이 그렇다는 것일세. 우상의 말씀도 계시고…… 장종오의 죄가 없다 할 순 없으나 어디까지나 일심으로 충성을 생각하던 끝에 나온 허물이니 관용적으로 처리해야겠지. 자네 말처럼 죽고 사는 것이 사람의 마음대로 되는 일도 아니고."

"……"

"자, 그럼 이 일은 이 정도로 마무리를 지으세. 내가 이 검안을 들고 가 주상 전하를 뵙겠소. 시체는 사람들의 이목이 있으니 저녁까지 두었다가 내수사(內需司)에서 관(棺)을 받아 운구하도록. 정 참의와 이 대교는 수고가 많았소. 그만 물러가시오."

인몽과 약용이 서로 얼굴을 쳐다보며 놀랐다. 심환지로선 너무나 극적인 후퇴가 아닌가. 낙서 45수에 땅귀신(地鬼)까지 들먹이며 횡설수설하더니 아까의 그 살기등등한 주장을 몽땅 철회해 버린 것이다. 아무튼 그렇다면 인몽과 약용에게 불만이 없었다.

"그럼 이만 물러가옵니다."

약용과 인몽이 물러가자 심환지의 입에선 껄끄러운 밭은기침이 터져나왔다. 그러나 웃는 것 같기도 하고 어딘가 속이 뒤틀린 것 같기도 한 그의 야릇한 표정은 도무지 심중을 헤아릴 수 없었다.

심환지는 이시수에게 이인몽의 신상에 대해 몇 가지를 물었다. 그러고 나서 두 사람은 검안을 들고 일어서서 이문원을 나왔다. 규장각 입구에서 이시수와 헤어진 심환지는 뒤도 돌아보지 않고 대조전 쪽으로 걸어갔다.

장종오의 검시결과를 보고하는 주상 전하와의 알현은 금방 끝났다.

다시 대조전을 나온 심환지는 어디가 아픈 것인지 희정당 왼편에 있는 내의원으로 들어간다. 곧바로 어두컴컴한 내의원 도제조실로 가서 좌정한 심환지는 옆방으로 난 곁문을 열었다. 그리곤 옆방의 짙은 어둠을 향해 혼잣말처럼 낮게 중얼거렸다.

"형조의 일은 어찌 되는가?"

그러자 옆방에서 문짝의 그림자에 반쯤 가리워진 사내의 얼굴이 나타났다. 짧고 짙은 송충이 같은 눈썹에 거무죽죽한 살갗이 힐끗 보이다 사라졌다.

"채이숙이 끝내 입을 열지 않고 죽었사옵니다."

"저런!"

"역시 정약용이 오늘 새벽에 찾아와 채이숙을 전옥서에서 빼내었사옵니다. 하오나 그러자마자 채이숙이 죽어버렸고 곧 이 판서가 끼여들어 있었기 때문에 두 사람이 별로 말을 나눌 기회는 없었습니다. 다만 한 가지 꺼림칙한 것은…… 규장각에서 온 아전 하나가 채이숙을 간병하느라 마지막까지 함께 있었사옵니다."

"아니, 규장각의 이속배가?"

"예, 사령 현승헌이란 놈입니다."

"대사헌은 뭐라고 하시더냐?"

"오히려 잘된 일이라고 하셨사옵니다."

"그래? 그러면 다행이다. 그런데…… 아까 네가 말하던 이인몽이란 아이 말이다……"

심환지의 얼굴이 사내의 귀 쪽으로 다가가더니 귓속말을 시작했다. 이토록 은밀한 곳에서도 다시 이중 삼중으로 경계심을 버리지 않는 용의주도함이었다. 이윽고 그 귓속말이 끝나자,

"그리고 그 이속배는…… 일단 좌포청으로 잡아들여라. 그리고 나는 지금 의정부로 간다. 이조판서더러 당장 나한테 오라고 해."

"알겠사옵니다."

사내가 심환지의 옆을 떠나 옆방의 방문을 열자 햇살이 그 얼굴을 드러내었다. 역시 내시부 상전 정춘교였다.

이조판서 서용수(徐龍壽)는 의정부 당상청의 소환을 받고 오만상을 찌푸렸다.

또 어느 영감이 펄펄 뛰고 있나 보군.

우의정 겸 내의원 도제조 이시수 밑에서 내의원 제조를 겸임하고 있는

서용수는 오늘 아침 늦잠을 자는 바람에 대궐에서 검시가 있는 줄 몰랐던 것이다.

간밤은 보은단골 기생 옥란(玉蘭)이를 새로 첩으로 들여앉힌 날이었다. 그 보드랍고 야드러진 수청에 밤새는 줄 모르고 노닐다가 잠을 깨보니 벌써 해가 중천에 떠 있었던 것이다. 나중에 들어보니 자기 대신 환갑을 바라보는 이시수 대감이 참석했다고 한다. 민망한 일이었다.

허나 사람이 좀 늦을 수도 있는 거지, 이제 와서 날더러 어쩌란 거야! 사람이 없으면 없는 대로 하는 거지.

서용수는 이렇게 뇌까리며 카악 침을 뱉었다. 이조 관아와 의정부 관아는 큰길을 사이에 두고 바로 마주보고 있었다. 가슴 한구석에 어찌 꺼림칙한 감정이 없으랴. 이조판서(정2품)와 의정부의 정승들(정1품)은 단순히 한 품계의 차이라고 생각될지 모르지만 내막은 그렇지가 않았다. 작금의 영의정 이병모(李秉模), 좌의정 심환지 모두가 칠십 줄의 노인들인 데 비해 서용수는 마흔네 살의 새파란 나이다. 나이도 나이려니와 학통상의 배분으로도 이 노인들은 서용수의 사숙조(師叔祖) 아니면 사백(師伯)이 되는 터수였다.

그 꼬장꼬장한 영감들이 종아리 걷으라고 하면 어쩐다?

벌써 맏손주를 본 중늙은이 서용수는 이런 웃지 못할 걱정을 하며 의정부 관아로 들어섰다. 당상청으로 다가서자 늙수그레한 사인(舍人)이 큰방을 향해 〈이조판서 납시오〉 어쩌구 기별하려 한다. 서용수는 황급히 팔을 흔들어 그의 입을 막고 멀리 쫓아보냈다.

"소생, 여중이(汝仲 : 서용수의 자) 여기 대령했사옵니다."

"올라오게."

큰방에서 들려오는 목소리는 좌의정 심환지였다.

아니, 하필 심 대감이야?

서용수는 속으로 오늘 일진이 사납다고 생각했다. 서용수와 심환지는 같은 노론 벽파이면서도 시쳇말로 배가 맞지 않는다고 할 만큼 사이가 나

3 운명보다 더 강한 것 111

빴다. 서용수에겐 10여 년 전의 인사이동 때 심환지를 찾아갔다가 문전에서 박대당한 씁쓸한 기억이 있었다. 단순히 그것 때문만은 아니겠지만 같은 연배들끼리 모이면 서용수는 심환지를 성토해 마지않았다.

사람이 말야, 사는 게 뭐라는 걸 좀 알아야지.

명색이 좌의정이란 사람이 아직도 저 돌다릿골 비 새는 초가집에 그냥 살다니. 저게 어디 우리 당의 원로대신이 할 짓이야? 그만큼 올라갔으면 됐지, 무슨 광영을 더 보겠다고 저 청승이람. 세상이 어디 저 혼자 깨끗하면 되는 거야? 세상이 이러하니 인생이 이러하지. 한 사람이 나는 청렴함네 하고 가만히 있으면, 어쩔 수 없이 옆사람이 궂은일 할 수밖에 없는 게 세상 돌아가는 이치 아니냐고.

상주목사, 개성유수, 경기관찰사 등 알짜배기 외직을 전전하면서 잠시도 자파(自派) 노론을 운영할 돈 걱정에서 자유롭지 않았던 서용수였다. 이조판서에 올라 노론의 모든 정치자금을 관리하게 된 지금은 더더욱 그러했다. 때문에 서용수는 스스로의 도덕성을 여봐란 듯이 내세우는 사람이 기질적으로 싫었다. 노론의 일당전제가 시작된 지 70여 년. 전국이 노론 명문가의 땅이다시피 한 지금이었다. 이런 태평성대에 유독 저 심환지만이 청백리를 자처하며 궁상을 떨고 있는 것이다. 우리 모두를 물먹이는 영감탱이.

그런 심환지가 요즘 또 무슨 일을 꾸미는지 그의 주변엔 사람들이 들끓었다. 호조판서 이재학, 예조판서 한용구, 형조판서 이조원을 비롯하여 훈련대장, 포도대장 같은 장신(將臣)들, 그뿐만 아니라 중군(中軍: 사단장), 천총(千摠: 연대장) 같은 장교들까지 심환지의 행보에 어른거리는 것이다. 저렇게 사람들을 모아 일을 꾸미면 돈 드는 일이 안 생길 수 있나? 평소엔 혼자 깨끗한 티를 다 내면서 때가 되면 또 내게 손 벌리겠지? 빌어먹을 영감탱이 같으니……

서용수가 입을 꽉 닫은 굳은 얼굴로 방에 들어서니 심환지는 와룡촛대

112

에 불을 밝히고 공문(公文)을 읽고 있었다. 이제 겨우 미시(未時: 오후 1시)가 갓 지난 대낮인데 방에 불을 밝히고도 눈을 가늘게 찌푸리고 있는 모습이 노안(老眼)이 심한 듯싶었다.

서용수는 그 집무를 방해하지 않으려고 조심스럽게 들어가 공손히 손을 모았으나 심환지는 앉으라는 말도 없었다. 서용수는 우물반자한 천장을 쳐다보며 또 완자창의 미닫이를 쳐다보며 도시 눈 줄 곳을 모르고 어물쩡거렸다. 이윽고 할 수 없이 자기 임의대로 절하며 문안을 여쭌다.

"대감, 존체 평안하시옵니까?"

"허어,……"

"?……"

"허어, 이 사람도 이제 죽을 때가 다됐군. 그 글씨 잘 쓰던 사람이 이렇게 필세(筆勢)가 떨어졌으니…… 쯧, 쯔."

심환지는 누구에게서 온 것인지 알 수 없는 공문을 들고 이렇게 혀를 차더니 서두르는 기색도 없이 수결을 한다. 서용수의 인사는 아예 들리지도 않는다는 태도였다. 수결한 문서를 밀어 놓더니 서류함에서 또 한 개의 공문을 꺼내 읽기 시작했다. 그렇게 두 개의 공문을 처리하고 나서야 심환지는 비로소 책상을 물리며 문갑 위에 놓여 있는 갈탕을 한 모금 마셨다.

"여보게 여중이……"

"예."

"인생 백 년, 늘 바람 앞에 등불 같아서 잠시도 마음을 놓을 수 없구먼. 사람이란 그저 문 닫고 집안에 들어앉아 거문고와 술에 정을 붙여야 하는 건데…… 어쩌다 환로(宦路)를 기웃거려 역사(役事)에 끌려다니다 보면 죽을 때까지 몸 고생, 마음 고생인 법이지……"

"……"

서용수는 침만 꿀꺽 삼키며 잠자코 앉아 있었다. 심환지가 이렇게 약한 소리를, 이렇게 사적인 감회를 토로하는 것은 생전 처음 본다. 혼잣소리 같기도 하고 배부른 푸념 같기도 한 것이, 뭐라고 참견할 여지가 없었다. 그러더니 심환지의 말투가 서서히 힐난조로 변해 갔다.

"내, 나이 70에 거울을 들여다보고 흰머리를 잘라가면서, 궁상스러이 젊은이들 사이에 섞여 당상(堂上)의 자리를 더럽히고 있으나, 어찌 이것이 좋아서 하는 짓이겠나? 마음 같아선 당장이라도 치사환향(致仕還鄉)하여 낚시나 다니고 싶으이. 그런데 내가 왜 이러구 있는 줄 아나? 자네들 하는 짓이 하도 답답하고 불안해서 물러갈 엄두가 나질 않는 거야!"

"……"

"지금 조정이 돌아가는 꼴을 좀 보게. 섶을 짊어지고 불에 뛰어드는 형국일세! 이 늙은 것은 벌써 북망산에 가야 했을 몸. 기력도 없고 시속에도 어두워 큰일을 당하면 아무짝에도 쓸모없는 법이지. 앞으로 닥칠 파란은 자네 같은 사람들이 감당해야 하리. 그런데도 자네들은 요즘 뭘 하고 있나? 도대체 무슨 배짱으로 모두 집에들 틀어박혀 나 몰라라 하고 있는 겐가?"

"황송하옵니다. 허, 헌데 앞으로 닥칠 파란이라고 하시면……"

서용수가 얼굴을 들어 심환지를 보았다. 심환지는 아무런 대답도 없이 무뚝뚝한 얼굴로 일어서더니 마당으로 난 완자창을 획 열어젖혔다. 당상청 앞 마당에서 애매하게 어리번거리던 이속이 있었나 보다. 심환지는 "썩 물러가라"고 벼락 같은 호통을 내지르더니 돌아와 타구에 가래침을 타악 뱉었다.

"자네는 이번 국혼(國婚)이 심상치 않다는 걸 모르나?"

국혼?

"예. 소생도 탐탁지는 않사옵니다……만, 허나 세자 저하의 취향이야 저희들이 어쩔 수 없는 것 아니옵니까?"

서용수는 짐짓 심각한 어조로 대답했으나 속으로는 피식 웃고 말았다. 아무래도 오늘 아침의 허물을 캐물으려는 것은 아닌 모양이다. 국혼? 그거라면 얼마든지 변명할 수 있지.

심환지가 이번 왕세자의 혼사에 대해 불만이 많은 줄은 어렴풋이 알고 있었다. 이번 세자빈 간택에서 심환지는 정조의 생부인 혜경궁 홍씨를 움직이고 내명부 곳곳에 여론을 조성해, 호조판서 이재학의 딸을 후원했었다. 그러나 막상 세자빈으로 내정된 것은 시파(時派)의 젊은 실력자인 김조순의 딸이었다. 뜻밖에도 올해 열한 살 되시는 왕세자(뒷날의 순조)께서 〈간택이고 뭐고 다 필요 없다〉〈김조순의 딸이 아니면 절대로 장가가지 않겠다〉고 나섰기 때문이다. 알고 보니 왕세자께선 지난해 8월 청나라 사신을 전송하고 오는 길에 우연히 김조순의 집에 들렀다가 한 살 연상인 그 규수를 보고 첫눈에 반했다는 것이었다.

그렇다면 도리없지.

아무튼 왕세자는 주상 전하께서 서른일곱이 넘어 천신만고 끝에 얻은 아들이다. 그 눈에 넣어도 아프지 않을 아들이 좋다는데 신하들의 군말이 무슨 소용이 있겠는가. 서용수는 그렇게 생각하며 웃어넘겼던 것이었다. 그런데……

"허어, 하나는 알고 둘은 모르는 소리. 김조순의 딸이 좋다고 하신 것은 세자 저하지만, 아이구, 네 뜻이 그러냐 하고 기다렸다는 듯이, 일사천리로 혼사를 진행시키신 것은 주상 전하야. 전하께선 복심(腹心)이 따로 있으시단 말일세."

"보, 복심이라뇨?"

"주상 전하의 생부인 사도세자께선 우리 노론 청류(淸流: 벽파)들을 비판하다가 반격을 받아 종국엔 미치광이로 몰려 죽었네. 따지고 보면 주상 전하에게 우리 노론 청류는 같은 하늘을 이고 살 수 없는 원수가 아닌가. 그럼에도 주상 전하는 우리 노론 청류들을 내치지 않고 포섭하여 왕정의 일각을 떠받치게 했네. 그 이유가 무엇 때문이었나……? 외척이야, 외척! 외척들을 제거하기 위해 우리가 필요했던 거야."

"……"

"알겠나? 주상 전하는 우리를 포섭하는 한편 홍인한, 정후겸, 김하재, 홍상간, 윤양로를 사사시키고 김구주, 홍낙임 같은 잔당들을 유배시켜 외척들을 모두 정리했네. 그 후에는 서원을 중심으로 한 재야 사림세력을 억누르기 위해 또 우리 노론 청류들이 필요했네. 우리가 명분을 빌려주는 동안 조정은 사림의 공기(公器)가 아니라, 주상 전하의 뜻대로 움직이는 사당(私黨)으로 변해 갔어. 전하께서 김종수, 윤시동, 채제공 세 사람의 재상을 선발하여 강한 재량권을 주고 지난 20년간 번갈아 국정을 보좌하게 하는 동안 사림(士林)은 완전히 허수아비가 되었단 말이야. 자, 이제 주상 전하의 눈이 어디로 향할 것 같은가?"

"그러시면…… 대감께선 이 다음엔 우리 차례가."

"그렇지! 이번 국혼이 그 증거일세. 외척의 전횡을 그토록 비판하시던 주상 전하께서 이집 저집 다 놔두고 하필이면 안동 김씨와 사돈을 맺은 이유가 뭐겠나? 안동 김씨라면 명문 중의 명문. 안 그래도 김상헌 이래 백여 년간 세도가 뜨르르한 집안인데 거기다가 장차 보위에 오를 세자의 장인을 만들어 날개까지 달아준 것이 아닌가. 이건 필시 호랑이를 불러들여 용을 잡으려는 계교야."

"무, 무슨 말씀이시온지? 소생도 그런 풍문을 듣지 않은 것은 아닙니다만…… 설마 그럴 리가 있사옵니까. 세상엔 민심이 있고 사림의 공의(公義)란 것이 있사옵니다. 그런 징토를 내리신다면 전하께서는 망조배부(忘祖背父)의 패역(悖逆)으로 몰려……, 아뢰옵기 망극하오나 당장에 반정(反正)이 일어날 것이옵니다. 지금 조정대신들의 7, 8할이 우리 노론 청류가 아니오이까?"

"답답한 소리. 바로 그 머릿수 많은 것만 믿고 설마설마 하며 지내온 덕분에 일이 이렇게까지 액색하게 된 것이야. 눈을 똑바로 뜨고 살펴보게. 우리가 지금 무슨 힘이 있나? 훈련도감을 비롯한 비변사 군대는 껍데기나 다름없고 실질적인 정예는 장용영이 모두 장악하고 있잖은가 말일세. 일단 일이 벌어지면 장용 내영은 훈련도감을 무장해제시키고 어가(御駕)를 호위할 것이며 장용 외영은 도성 일원을 포위하고 탈주하는 죄인들을 굴비 엮듯 엮을 것이야. 사림의 공의? 흥! 우물 안의 개구리 같은 소릴 하는군. 사림이 어디 우리 노론만 있는 줄 아나? 숙종조 때처럼 도산서원에 밀칙(密勅)이라도 내리는 날엔 영남 유생들 수백 명이 우리를 잡아 죽이라는 만인소(萬人疏)를 들고 상경할 텐데 그때는 사림의 공의가 대체 누구에게 있다고 할 텐가?"

"하오나…… 대감! 도대체 우리가 뭘 잘못했단 말씀이오이까? 명분이 없지 않사옵니까?"

서용수가 여전히 물러서지 않고 대꾸했다.

우리가 뭘 잘못했느냐고? 그 우직하리만큼 답답한 소리를 듣자 심환지는 얼굴을 돌리며 한숨을 내쉬었다. 가슴 한구석에 이런 젊은 것들에 대한 불만이 새삼 지글지글 끓기 시작했다.

"왜 명분이 없어. 자네는 7년 전, 저 임오화변(1762년 사도세자가 뒤주에 갇혀 죽은 사건)의 내막을 공개하고 그 원수를 토멸하라는 채제공의 상소를 벌써 잊었다는 겐가?"

"그것은 명분이 아니 되옵니다! 선대왕마마께선 주상 전하께 그 일로 아비의 복수를 하지 말도록 엄한 명령을 내리셨지 않으셨습니까? 주상 전하를 생부인 사도세자의 호적에서 빼내 백부인 효장세자의 아들로 만드신 것이 그 하나요. 보위에 오른 후에 생부에 대한 추존과 복수는 물론 이름조차 거론하지 않겠다는 맹세를 할아버지인 영조대왕 앞에서 하게 하시고, 만약 그 맹세를 어길 시에는 망조배부의 패역죄인이 되는 것이라고 선언하신 것이 그 둘이오. 주상 전하의 외조부인 홍봉한에게 사도세자를 죽게 만든 제일 큰 죄인은 외조부 그 자신이라고 자인케 한 것이 그 셋이며, 대왕대비 정순왕후를 왕실의 제일 어른으로 만들어 당신께서 승하하신 뒤에도 우리

3 운명보다 더 강한 것 117

노론 청류를 보호하도록 한 것이 그 넷입니다. 주상께서 선대왕의 이토록 지엄한 분부를 어기고 무모한 처분을 하오리까? 그것만은 구구히 심려하실 일이 아닌 줄 아옵니다."

"에잇, 이런 어리무던한 위인! 어째 그토록 모를꼬!"

"……"

"전하께서 그런 것을 가리실 분인가? 자네, 요즘 전하가 정신이 온전한 사람으로 보이나? 농암(김창협) 선생이 궁구하신 오묘한 심성의 진리를 속유(俗儒)의 말이라 욕하시고, 서계(박세당) 같은, 차마 입에 담기도 싫은 사문난적을 극구 칭찬하시는 것을 못 들었나?"

"그, 그것은 이 일과 성격이 다르옵니다."

"다르지 않아! 내 진작부터 전하의 학문이 이단에 가리워 미혹됨을 알아보았느니! 주자께서 정하신 사서(四書)를 놓아두고, 육경(六經)을 학문의 근본이라고 뻗대면서, 툭하면 우리들에게 속학(俗學)을 일삼는다고 화를 내시지 않는가? 어허, 감히 아득히 보이지도 않는 옛 시대를 들어 성현을 무함하고 경서를 헐뜯으면서도 그 죄에 빠짐을 깨닫지 못하시고, 그 돌보고 거리끼는 것이 없는 형편일세. 전하는 미쳤네. 선세자 저하의 아드님 아니신가. 그 아버지에 그 아들이지."

노론의 공식적인 입장은 사도세자를 미쳐서 죽은 사람으로 규정하는 것이었다. 아무리 그렇다고 이런 무엄한 말을 입에 담다니. 서용수의 얼굴이 하얗게 질린다.

"대, 대감, 말씀이 너무 지나치십니다……"

"듣기 싫네. 양현(兩賢 : 정자와 주자)의 가르침이 이런 화액(禍厄)에 처했는데 언제까지 자네 그 태평한 소리만 듣고 있으란 말인가. 세상엔 음양의 서로 다른 가림(分)이 있어, 군자가 있으면 반드시 소인이 있고, 정학(正學)이 있으면 반드시 이단(異端)이 있는 법일세. 지금 정사(正邪)의 가림이 임금과 신하라는 형세의 강약으로 의란(疑亂)되어, 군자와 정학이 약해지고 소인과 이단이 강해져 있지만 이 같은 혼란은 절대로 오래가지 못하네."

"대, 대감…… 누가 듣사옵니다."

목소리가 쥐어짜는 것같이 잦아지면서도 심환지의 눈빛은 칼날처럼 빛났다. 임금이 절대로 오래가지 못한다니, 어지간한 서용수도 심환지의 이 무참한 폭언에는 새삼 손이 떨렸다.

심환지.

심환지에 대한 두려움은 남인보다 오히려 자파인 노론에게 더했다. 하나의 목적을 위해 주도면밀하게 배려하고 구상해서, 실행에 이르면 모든 기회를 놓치지 않고 기민하게 움직이며, 거의 미친 사람처럼 몰아붙이는 심환지의 성격은 언제나 노론을 강경일변도로 몰아갔기 때문이다.

같은 벽파의 영수였던 김종수(金鍾秀)나 윤시동(尹蓍東)에겐 그래도 나름의 인간적인 매력이 있었고 시세에 따라 능수능란하게 변할 줄 아는 처세의 묘가 있었다. 그러나 이 사람 심환지에겐 그런 것이 성격적으로 결여되어 있었다. 더욱 곤란한 것은 김종수도, 윤시동도 죽고 없는 지금, 심환지의 한마디는 바로 노론의 〈공의〉가 된다는 사실이었다.

이런 사정 때문인지 심환지는 요즘의 야담류 역사소설에 철저한 악인으로 그려지고 있다. 어느 책을 들춰보아도 후세의 작가들은 심환지가 지휘했던 남인 숙청과 신유박해(1801)의 무자비한 천주교도 학살 등을 들어 그의 독선과 광기를 규탄하고 있는 것이다.

그러나 이 『취성록』을 번역하는 나의 생각은 좀 다르다.

후세가 평가하는 그의 〈잘못〉은 모두 이념적 정통을 지키려는 그의 열정으로부터 발원하고 있다. 사실 심환지는 새로운 시대를 주장하는 온갖 이단의 준동에 맞서서 자신의 온 힘과 온 정성을 바쳐 주자학의 정통을 수호하기 위해 헌신했던 사람이었다. 지금은 이해하기 어렵겠지만 〈서학은 이단이며 이단을 배우는 자는 역적〉이라고 했던 심환지의 신념은 당시 주자학에 깊이 침윤된 모든 사대부들이 공감한 것이었다. 온 나라 안의 선비들이 정통수호의 대의를 위해 그가 세운 공적과 수난을 지켜보았으니, 그는 그 일이야말로 인생의 유일한 기쁨이자 보람, 의무이자 영광이라고 생각했을 것이다.

물론 심환지가 노론을 영도했던 역대의 대학자들보다 객관적으로 더 뛰어난 인물이었다고는 할 수 없다. 그의 학식은 송시열, 이재 같은 선대는 물론이요, 김종수, 윤시동 같은 동년배들보다도 그 깊이와 폭에서 훨씬 뒤떨어졌고 그 거칠고 촌스러운 문장은 이천보나 유척기 같은 명재상들의 세련된 소(疏), 계(啓)에 비할 바가 아니다.

그러나 마흔두 살의 늦깎이로 문과에 급제한 뒤 4번의 유배를 겪었고, 헤아릴 수 없는 탄핵을 받았으며, 무수한 시비에 얽혀 들었던 심환지. 늦도록 세상에 나가지 못한 인고의 세월과 뒤이은 인생의 파란은 그에게 정치와 처세에 대한 탁월한 감각을 심어주었다. 그는 끊임없이 변화하는 정국을 시종일관 명확하게 파악하는 안목을 지니고 있었다. 그리하여 그는 언제나 보통 사람의 눈에는 보이지 않는 결정적인 순간을 빈틈없이 포착하여 활용하는 능력을 보여주었는데, 그것이 바로 지금과 같은 순간이 아닐까.

지금 목에 가래가 그렁그렁하는 그의 늙은 목소리는 정조와 노론이 서로 시비의 칼날을 맞댄 지점들을 정확하게 짚어가며, 오늘 아니면 내일로 닥친 정조의 노론토벌을 예언하고 있는 것이다. 정조와 노론의 갈등, 그것은 먼저 육경 중심주의와 사서 중심주의의 대립이었다.

"대체 육경(『시경』, 『서경』, 『주역』, 『춘추』, 『예기』, 『악기』)이 정학이라니, 그게 무슨 망령된 소린고. 2000년 전 진시황이 분서갱유한 이후로 육경은 민멸되어 쪼가리조차 찾을 수 없었네. 지금 전해 오는 육경이란 것이 한나라 선비들이 여기서 붙이고 저기서 베껴서 만든 가짜 책(僞書)임은 삼척동자도 다 아는 사실인데, 진실된 것을 얻으려는 학문은 육경을 종묘로 삼아야 한다(就實之學 寢廟於六經)고? 허어, 이런 눈먼 개가 짖는 말이 어찌 대조(大朝: 임금이 정사를 하는 곳)에서 흘러나온단 말인고.

한나라의 선비들은 도학의 근본에 밝지 못하여 혹은 운명을 예언하는 참위설에 흐르고, 혹은 길흉을 점치는 점쟁이 놀음에 빠지기 일쑤였네. 진실로 그들의 말은 몸을 닦는 방법과 세상을 경륜하는 법도로서 배울 것이 없거늘, 하물며 그 자들이 여기저기서 주워다 붙이고 돼먹지 않은 주석을 단 육경이 어찌 옛 성현의 진실한 자취라 할 수 있는가. 누가 뭐래도 학문의 정도(正道)는 여러 현인들이 꼬리를 물고 나타나 마침내 주부자(朱夫子)의 집대성이 있은 송나라 시대에 이르러 드러난 것이야."

"지당하신 말씀……"

"주자께서는 천 년에 전하지 않던 실마리를 깨우치셨네. 그리하여 감정을 억눌러 본성에 돌리는 것으로 학문의 기반을 삼으시고, 궁리(窮理)와 격물(格物)로써 나라를 다스리는 근본을 삼으셨네. 또 하나를 오로지하여 다른 곳에 나아감이 없는 것을 경(敬)으로 삼으시고, 이치에 맞고 사심이 없는 것을 인(仁)으로 삼으셨네. 가르침을 진실하고 간절하게 하시고, 상고하고 바로잡아 의심이 없게 하셨네. 주자께서 그 사설(邪說)들을 꺾어 없애고, 이단들을 널리 청소하여, 막힌 것을 틔우고, 숨은 것을 깨우쳐주신 공은 우임금의 아래에 있지 않다 해야 옳을 것이야. 주자의 가르치심, 이것이 처음이고 끝이야. 이것이 하나요 모든 것이야. 천하의 치란(治亂)을 좌우하는 것은 오로지 우리가 이것을 지키느냐 못 지키느냐에 있을 뿐일세. 알겠는가?"

"예……"

심환지의 말은 주자학의 정통을 수호하려는 늙은 선비의 비장한 사명감으로 충만해 있어서 서용수로서도 뭐라고 할 말이 없었다.

흔히 사서삼경이라고 묶어서 얘기하는 사서와 삼경은 그 성격이 다른 책들이다. 〈『시경』, 『서경』, 『주역』〉 같은 삼경(三經)이 주나라 시대, 즉 고대 중국 황금시대부터 전해 온 고경(古經)이라면, 〈『대학』, 『논어』, 『맹자』, 『중용』〉의 이른바 사서(四書) 체계는 송나라 시대 주자가 확립한 것으로 삼경보다 훨씬 후대에 교과서로 채택된 책들이다.

시, 서, 역 삼경의 특징은 성왕(聖王)이라는 존재로 수렴된다. 그 경전의 내용은 모두 요임금, 순임금, 우왕, 탕왕, 주 문왕, 주 무왕 등 옛 성왕이 실현시킨 어진 정치를 찬양하는 것이다. 그러므로『시경』,『서경』등은 지극히 공정하고 사사로움이 없는 하늘의 명령을 대리하여 구현하는 왕권의 휘황한 빛을 세속적인 일상 속에 실현된 유일한 초월성으로 받아들인다.

이에 비해 주자가 체계화한 사서의 특징은 왕권에 집중되어 있는 초월성을 보다 일반적이고 형이상학적인 모델 속으로 확산시킨 데 있다. 그리하여 왕의 치평지도(治平之道)를 중심으로 강조된 실천성 대신, 우주의 근원과 인간의 심성을 설명하는 이(理)와 기(氣)의 철학적 이념성이 도입되는 것이다.

이러한 차이점은 현실 정치에서 왕의 권위를 적극 옹호하는 왕권 중심주의와 예(禮)라는 보편적인 질서 아래서 왕과 사대부의 차이를 인정하지 않는 신권(臣權) 중심주의의 대립을 낳는다. 바로 지금 서로 정통성을 주장하고 있는 정조와 노론의 대립이 그것이었다.

서용수의 생각도 노론인 이상 그 기본적인 전제에서는 심환지와 다르지 않았다. 육경 고문의 거칠고 조잡한 옛 문장만을 진짜 문장이라고 우기고 세련된 새 문체를 쓰는 젊은 신하들을 견책하여 유배시킨 문체반정을 비롯하여, 옛 시대에 대한 정조의 숭배열에는 확실히 광적인 데가 있었다. 정조는 기회 있을 때마다『시경』의 성왕들을 입에 올리며, 오래되어 기울어가는 이 나라는 그 천명을 유신해야 한다고 역설한다.

유신(維新)?

흥!

서용수로서는 실로 코방귀가 나오는 발상이 아닐 수 없었다.

인간은 항상 자기가 살고 있는 세상이 가장 어렵고, 혼탁하며, 불완전하고, 비극적이라고 생각한다. 그리고 옛날에는 완전하고 깨끗한, 올바른 모습을 가진 세상이 있었다고 믿는다. 말하자면 그것이 〈요순우탕 문무주공〉의 시대다. 그 얼마나 유치한 생각인가. 실제로 존재하는 것은 모두 그 나름의 현실이기 때문에 항상 어렵고, 항상 혼탁하며, 항상 불완전하고 비극적인 법이다. 요순우탕 문무주공의 세상은 처음부터 없었고 앞으로도 없을 것이다. 이 세상은 결코 잘되어가지 않았으며, 잘되지 않고 있고, 앞으로도 잘되지 않을 것이다. 당연하지 않은가! 옛 시대란 언제나 몽롱한 대의명분이었으며 인생이란 언제나 그렇고 그런 추레한 외양간이었다. 일국의 군왕쯤 되는 다 큰 어른이 이런 실제의 인생과 소설을 구별하지 못하다니!

그러나 서용수는 주상 전하의 그런 허황한 숭배열과 이 문제는 다르다고 본다. 주상 전하가 어디 보통 사람인가. 그가 보통 기력, 보통 의지의 소유자였다면 벌써 누군가에게 시해되어 종묘의 귀신이 되어 있으리라.

20여 년 전 정조가 처음 즉위할 무렵만 해도 사도세자의 아들이 이렇게 오래 왕위를 지키리라고 생각하는 사람은 별로 없었다. 즉위 직후부터 10여 년간은 한 해에도 몇 번씩 자객이 담을 넘어 들어오고, 크고 작은 역적모의가 적발되며, 사림세력의 비판이 고조되는 시기였다. 그런 힘든 굽이를 정조는 당근과 채찍을 병행하며 유연하게 빠져나왔다. 즉위 초 송시열의 문묘 배향을 단행하여 노론의 환심을 산 것이 당근이라면, 측근인 홍국영을 이용하여 반역의 조짐을 보이는 정적들을 가차없이 제거한 것은 채찍이었다. 정조는 또 이 같은 숙청으로 벽파의 표적이 된 홍국영을 아무도 예기치 못한 상황에서 은퇴시킴으로써 노론의 불만을 무마하는 고도의 수완을 보이기도 했던 것이다.

그런 전하가……

"하오나, 대감. 지금 그렇게 전하를 탓하고만 계실 계제가 아니오이다. 시생의 생각으로는 전하께선 결코 용렬한 분이 아니오이다. 전하께서 만약 그런 무모한 처분을 내리신다면 반드시 선대왕마마의 엄한 분부가 사실과 다르다는 무슨 물증을 보이실 것입니다. 대감께서 그토록 저어하시는 것은 혹시……, 전하께서 무슨 물증을 가지고 계시다는 뜻입니까? 소상히 말씀해 주소서."

서용수의 말은 날카롭게 심환지의 불안이 소용돌이치는 핵심으로 파고들었다. 서용수 역시 아무것도 모르는 척 짐짓 흉물을 떨기도 하지만, 그냥 어리보기가 아니었다. 오히려 노론의 후기지수(後期之手)들 가운데선 둘째 가라면 서러워할 모사지재(謀事之才)인 것이다. 과연 정조를 유례없이 과격하게 비난하는 심환지의 말 속에서 심상치 않은 갈등을 눈치챈 것이다.

그러자 눈을 감고 침묵에 잠겨 있던 심환지가 입을 열기 시작했다. 언제부턴가 그의 입술은 눈에 띄게 떨고 있었다.

"물증…… 물증이 있지. 전하에겐 우리를 역적으로 몰아 목을 칠…… 아주 확실한 물증이 있다네."

4 의문의 책

신은 몇십 년 동안 마음을 썩이고 뼈를 앓으며 살고 싶지 않은 마음으로 있습니다. 그 간흉한 무리들이 사도세자를 참소하고 무고한 일은 천고에 있을 수 없는 반역이온대, 신이 아직 배를 가르고 간을 쪼개어 사리를 분명히 말하고 시비를 변론하여 천하 만세에 알리지 못하였으니 어찌 사정이 절박하지 않겠습니까. 전하께서 차마 들을 수 없다고 하여 듣지 않으시고 신이 차마 말할 수 없다고 하여 말하지 않아도, 세상 사람들이 그 차마 듣지 않으려 하시고 말하지 않으려 하는 전하의 마음과 신의 마음을 알아준다면 진실로 좋은 일일 것입니다. 그러나 어리석은 신은 죽을죄를 무릅쓰고 가만히 이렇게 생각합니다. 간흉한 무리들의 죄악이 숨겨지고 드러나지 않으며, 드러내 밝히는 일이 적적하게 들리는 바 없다면 백 대의 뒷세상에 장차 무엇으로써 신빙(信憑)을 삼겠습니까.

─채제공,「재화성유영 사영의정소
(在華城留營辭領議政疏)」
(정조실록 17년 5월 기미(己未)조/『번암집』26권)

"나리님들, 낮것상(점심) 받아곕쇼."

규장각 사령 주정래는 목을 이리저리 돌리며 봉모당 부근을 기웃거리고 있었다. 궁녀 한 사람이 사옹원에서 온 밥상을 들고 그 뒤를 따르고 있었다.

이 물귀신 같은 양반 어딜 간 거야?

아까부터 밥도 못 먹고 정약용과 이인몽을 찾고 있는 정래는 짜증이 나지 않을 수 없었다. 어제 같이 숙직을 한 현승헌이나 병구는 검시가 시작되기도 전에 다 퇴궐했다. 좌상, 우상 대감들도 벌써 가셨고 검시를 하러 들어왔던 검률들도 점심 먹고 나갔다. 그런데 이 대교는 유독 자기를 지목하여 기다리라고 하더니, 점심때가 다 지나도록 코빼기도 뵈지 않는 것이다.

아이 하나만 데리고 마누라도 없이 사는 양반이라 그런지, 이 대교는 도무지 집에 들어갈 생각을 하질 않는다. 물귀신! 자기가 그러니 남들도 다 그런 줄 아나 보지? 정래는 기다리다 못해 궁녀에게 밥상을 들려 예까지 온 것이다.

그때 봉모당 안에서 부스럭거리는 소리, 두런두런거리는 말소리가 들려왔다.

"대교 나리, 낮것상……"

그러자 쾅당 하고 봉모당 주실의 장지문이 열렸다.

이인몽이었다.

이인몽의 모습을 본 정래는 놀라서 눈이 휘둥그레졌다.

인몽은 관모를 벗고 관복을 벗어부친 차림으로 팔이며 어깨가 온통 먼지와 거미줄투성이였다. 안에서 무슨 일을 하는지 소매를 둥둥 걷은 인몽의 얼굴은 초조하고 초췌한 빛이 역력하였다.

봉모당(奉謨堂)은 선대왕마마의 책과 어필을 봉안해 둔 규장각의 부속시설로서 잡인의 출입이 금지된 곳이었다. 매년 봄, 가을로 임금이 왕세자와 더불어 엄숙히 제사를 올리는, 서고인 동시에 사당의 성격을 지닌 곳이다. 그런 지밀한 곳에서 이인몽이 맨상투에 맨저고리 바람으로 나타난 것이니 정래의 놀라움도 당연했다.

"자네 마침 잘 왔네. 물어볼 것이 있으니 이리 들어오게."

인몽은 손짓과 더불어 이렇게 정래를 부르더니, 밥상을 든 궁녀를 "생각 없으니 그대로 물리거라" 하여 밖으로 쫓아보냈다. 정래는 엉거주춤 봉모당 댓돌 아래 서서 난감한 표정을 지었다.

"하오나 대교 나리…… 소인은 존전(尊殿)에 들어갈 수가……"

"상관없으니 잠시 들어오게."

"나리, 봉모당은 선대왕마마께 제(祭)를 올리는 곳입니다요. 선대왕마마의 신령이 깃들인 곳을 감히 어찌……"

"……"

인몽의 눈꼬리가 이마 쪽으로 치켜올라갔다.

정래의 말은 선대왕마마의 제사를 지내는 신성한 곳을 두려워한다는 단순한 의미로 들리지 않았다. 정래의 말은 인몽을 배척하는 사람들이 수군거리는 〈이인몽은 서학쟁이〉라는 풍문을 상기시켰다.

아니, 나는 서학쟁이라서 제사를 올리는 존전을 삼가지 않는다는 말인가? 그 풍문으로 인해 오래 가슴을 앓아온 탓인지 인몽의 마음속엔 슬그머니 이런 자괴지심이 피어오르는 것이었다.

인몽은 약간 떨리는 목소리로 입을 열었다.

"이봐. 자네는 봉모당을 마치 잡귀를 섬기는 성황당처럼 알고 있구만. 공자께서 『중용』 제16조 귀신장(鬼神章)에 이르시기를 〈귀신이 찾아오는 것을 헤아릴 수 없는데 하물며 꺼려할 수 있겠는가〉 하셨네. 여기서 귀(鬼)는 음의 신령이고 신(神)은 양의 신령이라. 자고로 신령이란 따로이 존재하는 것이 아니라 음양의 두 가지 기(氣)가 움직이는 천지자연의 조화 그 자체인 것일세. 이곳이 잡귀들의 소굴이 아닌 다음에야 어찌 선대왕마마의 신령이 깃들여 있겠는가?"

"소인은 무슨 말씀이신지 모르겠사옵니다. 여기에 선대왕마마의 신령이 없다 하오시면 주상 전하께오서 이곳에 납시어 봄, 가을로 제사를 지내는 것은 무슨 연유이옵니까?"

"귀신이 나타나 제사에 응감(應感)하는 것은 장소의 문제가 아니라 오로지 제사를 지내는 사람의 성실함에 달린 것일세. 때문에 공자께서는 귀신장의 마지막에 이르시기를 〈은미한 것이 나타나니 성(誠)을 덮어 가리지 못함이 이와 같다〉 하셨네. 제사를 지내는 사람이 성실하고 경건한 자세로 정신을 집중하면 그 제사를 받는 것, 즉 귀신의 이(理)도 또한 집중되어 양양하게 흘러 움직이며 나타나, 무형한 것이 형체를 갖추고, 소리 없는 것이 소리를 내고, 마음이 없던 것이 마음이 있게 되는 것일세."

"귀신의 이가 흘러 움직이다니요? 소인 배운 것은 없사오나 이란 움직이지 않는 만물의 원리, 법칙이며, 기가 구체적인 성질과 모양을 가진 생멸하고 움직이는 것이라는 것쯤은 알고 있사옵니다. 어찌 귀신의 이가 없다가 생겨나 움직인다는 말씀입니까?"

"하 하 하, 자네가 이기론(理氣論)을 시비하다니…… 장한 일일세. 허나 이는 움직이지 않고 기가 움직이며, 이와 기가 서로 다르지 않다 운운하는 말은 모두 저 율곡 이씨(이이)를 떠받드는 무리들이 지어낸 궤변이야. 기만 움직이고 이는 움직이지 않는다면 만화(萬化)의 근원인 이는 허무한 공적(空寂)과 다름없이 될 것이 아닌가. 이와 기는 어디까지나 다른 것이니 사단(四端)의 마음은 이에서 나오고, 칠정(七情)의 감정은 기에서 나오게 되는 것일세. 알겠는가?"

"듣고 보니……"

"알았으면 이제 군소리 말고 들어오게."

정래는 더 이상 거부하지 못하고 눈살을 찌푸리며 봉모당 안으로 들어섰다.

봉모당 안은 곰팡이 낀 책에서 나는 듯한 쾨쾨한 냄새가 코를 찔렀다. 창문이 하나도 없는 탓에 보기만 해도 음침한, 어둡고 추운 방이었다.

방 중앙엔 서책들이 잔뜩 쌓인 서안들이 있고 서안을 에워싸듯이 한쪽 모서리를 벽에 댄 큰 서가가 좌우 네 개씩 들어차 있었다. 서안들 너머 정면 벽에는 벽에 바싹 붙은 자물쇠가 달린 책장이 두 개 있었는데 그 위에 두 벌의 관복과 관모가 놓여 있었다. 하나는 인몽의 것, 다른 하나는 정약용 선생의 것인 듯했다. 왼쪽 구석에 쪼그리고 앉아 서책을 살펴보던 정약용은 정래를 한번 힐끗 보고는 다시 책에 눈을 주었다.

어리둥절해 있는 정래에게 인몽이 착 가라앉은 목소리로 말을 걸었다.

"자네, 아침에 내가 금줄을 치고 서고를 지키라고 하던 일을 기억하나?"

"예, 그러믄입쇼."

"내가 떠난 뒤도 계속 서고에 있었겠지?"

"예…… 뭐, 대, 대략 그렇습죠."

해쓱한 인몽의 얼굴이 더욱 굳어졌다.

"대략 그렇다니? 내 자네를 탓하려는 것이 아닐세. 다만 물어보는 것이니 소상히 말해 보게나."

"사, 사실은 금줄로 쓸 새끼가 근처에 있어야 말이죠. 나리께서 나가신 뒤에 소인은 상의감까지 가서 새끼줄을 빌려왔습죠. 돌아와서는 그걸로 금줄을 치고, 그리구 또 방에 불이 있으면 시체에 안 좋을 것 같아서 아궁이의 불도 껐구요. 그러구는 겁이 나서 서고에 들어가진 않고 밖에서 서성거리는데 멀리 나리가 부르시는 소리를 들었습죠. 그래서 허둥지둥 달려가보니 나리께서 정신을 잃고 쓰러져 계셨지 않습니까요. 깜짝 놀라 업어다 이문원에 누이고 수족을 주물러드리고……"

"그래, 그땐 참 고마웠네. 자네가 아니었으면 내가 어찌 되었을지 모르…… 아니, 그러면 자네가 서고를 지키고 있었던 것은 겨우 차 한 잔 마실 시간밖에 안 되는군?"

"에, 예, 뭐…… 말하자면 그렇습죠."

"허, 그것 참……"

나이에 어울리지 않게 여자처럼 단아하던 인몽의 얼굴은 지금 고뇌와 피로가 역력히 그려져 있었다. 가늘고 선명한 눈썹과 큰 눈을 돋보이게 하던 구름같이 흰 살결도 오늘따라 푸석푸석하게 보인다. 속눈썹은 나뭇잎처럼 반듯한 콧날에 접해 있고 코는 얼굴 오른쪽의 절반쯤에 깊은 그늘을 던

4 의문의 책

지고 있었다. 작은 입은 약간 구부러져 입가의 진지한 곡선을 만들었다.

"자네, 장생이 금직을 선 사흘 동안 장생에게 무슨 특별한 말을 들은 적은 없나?"

인몽은 별로 기대도 하지 않고 지나가는 말처럼 물었다.

"아이구, 소인이야 어디 검서관 나으리의 말씀을 들을 시간이나 있습니까요. 이놈의 소임은 나리님들〔閣臣〕의 식사 수발이며, 업무에 소용되는 물품을 조달하는 것이온데 아시다시피 검서관 나으리는 서고에 혼자 계시고…… 아, 그러고 보니 딱 한 가지 생각나는 게 있습니다요."

정래는 옆에 있는 정약용을 의식한 듯 한껏 소리를 죽였다.

"사흘 전 소인이 저녁진지를 올리러 갔사온데 검서관께서 소인에게 물으시기를, 너희 중것〔中人〕들은 돌아가신 선세자 저하를 어찌 생각하느냐 하셨습니다."

"돌아가신 선세자 저하(사도세자)?"

"예."

그때 왼쪽 구석에 쪼그리고 앉아 있던 정약용이 긴장한 표정으로 다가와서 정래더러 이제 되었으니 그만 가보라고 했다. 정래가 다시 인몽의 눈치를 보자 인몽은 그저 허공을 쳐다보며 고개를 끄덕일 뿐이었다.

"나리님들, 하오면 낮것상은……"

"생각없으니 그만 되었네."

두 사람의 예사롭지 않은 기색을 눈치 채고 정래는 아무 말 없이 총총히 걸어 봉모당 밖으로 나갔다. 봉모당 주실의 장지문이 조용히 닫히는 소리가 들렸고 정래의 발자국 소리가 들렸다.

돌아가신 선세자 저하라니…… 인몽은 바닥 모를 무력감을 느끼며 고개를 떨구었다. 여기 봉모당의 어두운 방은 지금 인몽이 헤매는 미궁처럼 보인다. 심연 위에 또 심연. 어둠 위에 또 어둠.

뭔가 알 수 없는 사건이 진행되고 있다. 그러나 인몽은 그것이 무엇인지도 모르는 채 다만 번개처럼 빠른 속도로 달려가는 그 사건의 힘만을 느끼고 있는 것이다. 장종오의 죽음, 곧이어 일어난 이경출의 죽음, 조금 전에 정약용이 말해 준 채이숙의 죽음…… 인몽은 이 세 죽음들이 하나의 화살에 꿰어져 날아가는 환상을 본다. 거기다 또 30여 년 전에 돌아가신 선세자 저하라니.

인몽이 가장 충격을 받은 것은 역시 채이숙의 죽음이었다.

그저께 밤. 채이숙의 집에 형조판서 이조원의 명령을 받은 형리들이 들이닥쳐 그와 그 가솔들을 체포했다고 한다. 그리고 오늘 아침 채이숙이 추위와 고문에 못 이겨 죽었다는 것이다.

이건 보통 일이 아니다. 아무리 채제공이 죽은 후라고는 하나 아직 그의 소상(小祥: 죽은 지 1년 만에 치르는 제사)도 치르지 않은 상주를 감옥에서 죽게 만든 것은 엄청난 폭거가 아닌가. 인몽은 국상(國喪)에 버금가는 사림장(士林葬)으로, 화려하게 치러졌던 채제공의 장례를 기억하고 있다. 아직 주상 전하께서 보위에 계시고 채제공을 흠모하는 선비들이 조야에 가득한데…… 그의 관이 마르기도 전에 그 상주를 잡아죽인다?

노론이 제 무덤을 파는 짓이 아닌가. 이건 절대로 형조판서의 선에서 꾸며질 일이 아니다. 이런 무리를 감행할 정도라면 거기엔 무슨 심각한 사연이 있을 터이다. 혹시 장종오나 이경출의 죽음과도 무슨 관련이?

그러자 인몽은 이 모든 죽음들에 내재된 기만적인 비현실성에 몸을 떠는 것이었다. 무엇에 속고 있는지도 모르고 다만 속고 있다는 예감만을 느끼는 자의 끔찍한 공포.

그때 정약용 선생이 책 한 권을 내밀며 인몽의 어깨를 툭 쳤다.

"도원이, 이걸 좀 보게."

인몽이 그 내미는 책을 들여다보니 『영종기사(英宗紀事)』 제7책이었다. 『영종기사』란 선대왕마마 영조(영종)의 재위기간 동안에 있었던 치적과 저서들을 기록해 놓은 총 9권의 책이다. 그중 제7책은 영조 40년(1764)에서

43년(1767)까지의 기록을 담은 것. 인몽은 영문을 모르고 정약용이 펼쳐서 손가락으로 가리키는 대목을 읽었다.

〈영종 43년 9월 15일 술(戌)시. 상고람시경 친제시경천견록(上考覽詩經 親制詩經淺見錄 : 전하께서『시경』을 찬찬히 보시고 친히『시경천견록』을 지으시다.)〉

인몽이 깜짝 놀라 외쳤다.

"아, 정말『시경천견록』이란 책이 있긴 있군요!"

"글쎄……"

선생의 표정은 어두웠다. 인몽의 감격에도 불구하고 그는 이마를 찌푸리고『영종기사』의 그 대목만 뚫어지게 보고 있었다.

"뭔가 이상하네."

"무슨 말씀이시옵이까?"

"내가 다 뒤져보았네.『영조실록』에도,『승정원 일기』에도 선대왕마마 43년 9월 15일조엔 이런 말이 없네. 아주 개인적인 글이었기 때문에 그럴 수도 있겠지. 그러나 여기 이것도 좀 보게."

"아,『영종대왕 어필절목(英宗大王御筆節目)』이군요."

"그렇지. 실록청(實錄廳)에서『영조실록』을 만들 때 작성한 것일세. 선대왕마마께서 쓰신 모든 글과 책들의 목록이지. 그런데 여기에도『시경천견록』이란 책은 없네."

그제서야 인몽은 정약용 선생이 말하려는 바를 깨달았다. 약용과 인몽의 눈이 마주쳤다. 머리에 불이 들어오는 느낌이었다. 두 사람은 누가 먼저라고 할 것도 없이 봉모당의 미단이문을 열고 밖으로 나갔다.『영종기사』의 이 글씨를 조사하려는 것이다.

마당에는 햇살이 청명했다. 인몽은 책을 펼쳐 햇살을 향해 무슨 제물을 바치듯이 머리 위로 쳐들었다. 인몽은 한쪽 눈을 감고 그 〈상고람시경……〉으로 시작하는 대목을 옆으로 쳐다보았다. 인몽의 눈과 펼쳐진 책과 해가 빗금과도 같은 일직선상에 놓였다.

아, 과연!

"떠 있는가?"

"예, 그런 것 같사옵니다."

한지에 먹으로 쓴 글씨는 세월이 지남에 따라 한지에 배어들게 된다. 그래서 기존에 있었던 글씨 옆에 또 다른 글씨를 가필하면 그 배어든 정도의 차이 때문에 새로운 글씨가 더 도드라져 보이는 것이다. 문헌학자들은 그런 것을 〈글자가 떠(浮) 있다〉고 한다. 이것은 아무리 오래 묵힌 먹물을 쓰고 글씨가 비슷해도 감출 수 없는 단서였다.

이럴 수가.

인몽은 그 〈상고람시경 친제시경천견록〉이란 열두 글자와 『영종기사』의 다른 글자들을 비교해 보았다. 아무리 봐도 똑같은 한 사람의 글씨다. 돋보기를 들이대고 봐도 틀림없을 것이다. 그러나 이것은 분명 다른 사람이 원문의 빈칸에, 혹은 원문을 교묘하게 세초(洗草)하고 새로 덧붙인 글씨였다. 내가 아는 사람 중에 이 정도로 감쪽같이 모필을 할 사람은 한 사람밖에 없다.

장종오.

"선생님, 이건 장생이 한 짓이 아닐까요?"

"자네도 그렇게 생각하나?"

인몽은 숨을 깊이 들이마시면서 입을 다물었다. 두 사람의 놀란 눈빛 사이에서 끝간 곳 모를 침묵이 흘렀다.

도대체 뭐가 뭔지 영문을 알 수 없었다. 왜, 장종오는 왜 이런 짓을 했을까? 감히 선대왕마마의 기사(紀事)를 조작하다니…… 이것은 목이 열이라도 모자랄 중죄이다. 또 주상 전하는? 아침에 주상 전하가 하신 말씀은 또 무엇인가? 전하께선 애초에 존재하지도 않았던 선대왕마마의 어필, 말하자면 『시경천견록』이라는 가공(架空)의 책을 가져오라고 하신 것이 아닌가.

"내 생각엔……"

정약용 선생이 입을 열었다.

"그『시경천견록』이란 것이 혹시 주상 전하만 아시는 선대왕마마의 비문(秘文 : 문집에 싣지 않고 후손에게만 은밀하게 전하는 글)인지도 모르겠네. 정말 예삿일이 아니군."

"하오나 그렇다면 왜『영종기사』같은 곳에 이런 글을 써넣었을까요? 또〈시경천견록〉이라는 제목부터가 이상합니다. 『대학』이나『예기』처럼 직접 정치와 연관된 책에 대한 주석서라면 또 모르겠으나 그런데『시경』같은 문학작품에 대한 주석서를 굳이 비문으로 물려줄 이유가 없지 않습니까?"

"그거야 알 수 없지. 이렇게 은밀하게 사람을 죽일 만큼 심각한 이유가 있지 않은가."

정약용 선생은 봉모당으로 돌아서며 말을 이었다.

"아무튼 이제 그만 여기를 정리하고 나가세. 더 이상 봉모당을 뒤져보는 것은 부질없네. 『시경천견록』이란 책이 정말로 있었다면 그 책은 장종오가 살해될 때 이미 없어진 것이야. 자네가 짐작한 대로 이경출이 가져간 것이겠지."

"그럼, 이경출이 죽은 것은……?"

"휴, 죄는 대개 궁핍 때문이 아니라 포만 때문에 저질러진다네. 무엇을 가지려고 하는 사람이 아니라 무엇을 잃지 않으려고 하는 사람이 훨씬 더 쉽게 남을 죽이지. 이경출을 사주하여『시경천견록』을 훔쳐간 사람들은, 그 책으로 인해 무슨 피해를 볼 사람들이 아니겠나? 이경출이 자네에게 발각되자 필시 문제가 커질 것을 저어하여 그를 죽여서 입을 막은 것이겠지."

인몽은 말없이 고개를 끄덕이며 선생을 따라 봉모당 안으로 다시 들어갔다.

인몽은 우울한 표정으로 여기저기서 빼놓았던 책을 제자리에 꽂고 벗어둔 관복을 찾아 입었다. 그 일이 끝나자 두 사람은 책상 앞의 등받이 없는 의자에 걸터앉았다. 인몽은 축 처진 입술이 까칠까칠한 것을 혀끝으로 느졌다. 피로로 입술이 타들어가고 있었다.

가슴엔 착잡한 체념이 몰려왔다.

도리가 없구나. 죽은 이경출을 불러다 심문할 수도 없고…… 이젠 주상 전하께 엎드려 대죄(待罪)하는 수밖에. 가져오라시는 『시경천견록』이 없으니 무슨 말씀부터 올려야 하나. 그런데 그때 이인몽은 눈앞에 섬광이 지나간 듯한 느낌이 들었다.

그의 머리에 새로운 의혹이 떠오른 것이다.

"선생님!"

"?……"

"미처 생각하지 못한 것이 있습니다. 장종오가 죽었다는 말을 듣고 시생이 서고의 직감실에 들어갔을 때 『시경천견록』이란 책은 없었사옵니다. 장종오가 쓰던 「시경천견록고」라는 공책이 있었을 뿐입니다. 그 나머지 서안이나 연상에 여기저기 흩어져 있던 책들은 모두 눈에 익은 것들로 선생님이나 저나 잠결에 봐도 알 수 있는 『시경』의 주석서들이었습니다. 주자의 『시집전(詩集傳)』을 비롯하여 한나라 정현의 『모시전(毛詩箋)』, 당나라 공영달의 『모시정의(毛詩正義)』, 성백여의 『모시지설(毛詩指說)』, 송나라 왕응린의 『시고(詩考)』 같은 것들이었지요. 그러니까…… 선대왕마마의 어필이라는 『시경천견록』은 이미 장종오가 죽은 것이 알려져 소동이 벌어지기 전에 사라진 것이오이다."

"그런데?"

"그런데 이경출은 왜 다시 규장각에 들어왔을까요?"

"!……"

"이미 목적했던 『시경천견록』을 얻었는데 왜 위험을 무릅쓰고 다시 들어와 장종오의 「시경천견록고」라는 공책까지 가지고 가다가 제 눈에 띄었을까요?"

"음…… 확실히 이상한 일이로세."

"이경출의 태도로 미루어보면 그가 규장각 안에서 일어난 일들과 어떤 관계가 있는 것은 분명하옵니다. 그러나 이경출은 단지 장종오를 죽였을 뿐이며, 사라진 『시경천견록』과 그 공책은 제3의 인물이 가져간 것일 수도 있습니다. 만약 그렇지 않다면…… 이경출이 다시 들어온 것은……『시경천견록』이 애초에 범인들이 기대하던 그 책이 아니었기 때문이겠죠."

"그건 또 무슨 말인가?"

"범인들은 묘시가 되기 전 새벽에, 장종오가 질식되어 죽자마자 누구를 시켜 『시경천견록』을 빼돌렸습니다. 그런데 가지고 와서 검토해 본 결과 『시경천견록』에는 범인들이 기대하던 그런 내용이 전혀 없었습니다. 그래서 범인들은 다른 어떤 결정적인 자료가 있을 것이라 생각하고 이경출을 보내어 그것을 가져오게 했습니다. 말하자면 제가 주상 전하께 갔다 온 다음에 없어진 장종오의 공책「시경천견록고」이옵니다. 아, 일이 이렇게 될 줄 알았다면 그 공책을 한번 훑어보기나 할 것을…… 그저「올빼미」가 베껴져 있는 그 면만 힐끔 보고 말았으니."

"「올빼미」라니?"

"『시경』 빈풍편에 나오는「치효(올빼미)」말이오이다. 주공께서 관숙의 모함을 받아 동쪽으로 쫓겨가신 뒤 자신의 억울함을 노래에 담아 지었다는 그 시요. 왜『서경』주서 금등편에 그 금등의 사연이 적혀 있지 않습니까, 아!"

"왜 그러나?"

"아, 아무것도 아닙니다. 아까 아침에 제 밑에 있는 이속 하나가〈선대왕 마마의 금등지사〉가 뭐냐고 물었어요. 참 공교로운 일이군요.'"

"뭐라고! 혹시 그 사람 이름이 현승헌 아닌가? 내의원 의원 현주헌의 형이라는."

"예, 그렇습니다."

"아뿔싸!"

정약용은 신음소리와 함께 완전히 얼이 빠진 얼굴이 되었다. 뭔가 엄청난 잘못을 저지른 뒤 뒤늦게야 그것을 깨달은 아이처럼 그의 시선은 허공에 붙박여 몇 시간 전의 일들을 더듬고 있었다.

"왜 그러십니까, 선생님?"

"아침에 내가 채이숙 사형을 업어와 당상청에 뉘었을 때 사형께선 〈금등……〉 하시고 그만 정신을 잃어버리셨지. 나는 곧 숨이 넘어갈 것 같은 사형의 안색에 놀라서 그 〈금등……〉 하는 말이 무슨 뜻인지 새겨보지도 못하고 밖으로 뛰쳐나왔네. 그때 마침 당상청 앞에 있던 그 현승헌이란 사람이 침술을 좀 아는 것 같아 그에게 사형의 간병을 부탁했지. 그런데 그 자리에 형조판서 이조원이 들어와 나는 그와 같이 검상청 큰방으로 가게 되었네. 반 시각도 넘게 이 판서와 입씨름을 하고 돌아와보니 사형께서 돌아가셨지 뭔가. 그러니까 그 반 시각 동안은 사형과 그 현승헌이란 사람이 단 둘만 있었단 말일세."

"아니, 그럼……"

"틀림없이 사형이 죽기 전에 그 사람에게 무슨 말을 한 것이야."

"선대왕마마의 금등지사에 대해서 말이옵니까? 선생님…… 대체 그 선대왕마마의 금등지사라는 것이 무엇이오이까? 시생이 알고 있는 것은 그 일에 대해 엄한 함구령이 내려져 있다는 것과 계축년(1793)에 그 일이 거론되어 대궐이 발칵 뒤집히고 번암 선생과 김종수 대감이 같이 파직당했다는 것……입니다만."

인몽의 말은 정약용의 반응 때문에 어물쩍 말꼬리가 흐려졌다.

선대왕의 금등지사가 무엇이냐는 말을 듣자 정약용은 고개를 끄덕이는 척하면서도 자기도 모르게 눈살을 찌푸리며 고개를 숙이는 것이었다. 인몽은 입을 닫고 숨을 죽였다. 이윽고 정약용은 한숨과 함께 입을 열었다.

"과거란 강물처럼 흘러가버린 것 같지만 실은 철새처럼 영원히 돌아오는 것이라네. 누군들 인생의 불가피한 악을 피할 수 있겠나. 이미 죽은 자들의 명분을 위해 끊임없이 살아 있는 자의 목을 치는 이 오막살이 같은 인생을 말일세. 선대왕마마의 금등지사는 정말 슬프고 복잡한 일일세. 앞으로 어떤 피를 부를지 몰라. 부디 그것이 세월의 어두운 침묵 속에 묻혀 있었으면 좋으련만……"

정약용의 온화하고 선량해 보이는 얼굴에 짙은 우울이 깃들였다.

선생이 이렇게까지 심각해지자 인몽은 그 금등지사란 것이 더욱 궁금해졌다. 선생이 저러시는 것을 보면 역시 보통 일이 아니었다. 인몽이 어려울 때마다 언제나 몸에 밴 침묵으로 혹은 따뜻한 예지가 깃든 이야기로 위로하고 진정시키고 깨우쳐주던 선생이 아닌가. 인몽의 눈이 호기심과 열기로 달아올랐다. 생각이 사방으로 줄달음치고 맥박이 빨라지는 것을 느낄 수 있었다. 인몽의 거센 눈길에 무언의 독촉을 느끼며 사암 선생은 나지막한 목소리로 입을 열었다.

"선대왕마마의 금등지사는 돌아가신 선세자 저하에 대한 일이지. 허나…… 한두 마디로 다 설명할 수가 없네. 사실은 200년 전까지 거슬러 올라가는 이야기일세. 자네도 다 알고 있는 이야기지만."

"……"

200년 전 명종—선조조에 이르러 조정은 동인과 서인으로, 다시 남인, 북인, 노론, 소론의 4색으로 갈라져 격렬한 당쟁을 겪게 된다. 이 같은 현상은 주자학이 점차 절대적인 권위를 획득하면서 주자학의 배경이 된 송나라 시대의 문인 관료정치, 즉 붕당정치가 가장 이상적인 정치형태로 받아들여졌기 때문이다.

소위 붕당정치(朋黨政治).

사대부들이 서로의 정치적 견해에 따라 당을 나누고, 그 갈라진 붕당이 상호견제와 타협을 통해 왕도의 이상을 실천해 간다는 정치이념이었다.

그러나 날로 격화되는 당쟁 속에서 이 같은 이념은 잊혀지고 정치는 점차 피로 피를 씻는 복수극으로 타락해 갔다. 수많은 논쟁과 논쟁, 비방과 모함과 음모와 암투를 거쳐 숙종조 말에는 그 주도적인 세력이 드러나는데…… 그것은 뜻밖에도 노론이었다.

저 파란만장한 정치적 격동 속에서, 늘 왕과 충돌하여 갈등을 빚었던 노론이 오히려 살아남아 주도권을 쥐게 된 이유는 무엇인가.

"산림을 우대하고 국혼을 놓치지 마라(崇獎山林 勿失國婚)."

그것은 중요한 국면, 국면에서 이 같은 노론의 정치전략이 주효했기 때문이다. 산림, 즉 정치에 참여하지 않고 사원에 웅거하고 있는 재야 사대부들을 우대하여 여론을 등에 업을 것. 동시에 대왕대비, 왕대비, 왕비를 꼭 자파에서 배출하여 대궐 안에 강력한 보호세력을 만들어놓을 것. 특히 후자는 현실 정치의 맥락을 정확하게 짚은 것이 아닐 수 없었다. 내명부(內命婦)의 존장들이 노론의 딸들로 채워지자 그들에게 생사여탈권이 달려 있는 내시부의 내시들이 자연스럽게 수중에 들어왔다. 그리하여 노론은 왕을 중심으로 한 정치권의 모든 정보와 동향을 손바닥처럼 알게 된 것이다.

그런데 지금으로부터 111년 전, 그러니까 숙종 16년 경오년(1689) 이 같은 노론의 계산을 결정적으로 좌절시키는 사건이 발생한다.

기사환국(己巳換局).

스물여덟의 패기만만한 국왕 숙종은 송시열의 열렬한 추종자였던 민유중의 딸 인현왕후 민씨를 폐출하고, 83세의 노거물 송시열을 사사(賜死)한 다음, 한미한 역관의 딸 희빈 장씨를 왕비로 승격시키는 엄청난 처분을 단행한 것이다. 그리하여 대대적인 숙청이 이루어지고 남인이 집권한다. 노론으로서는 처음이자 마지막으로 맞이한 절체절명의 위기였다.

남인은 그 정치철학의 출발부터가 노론과 달랐다.

격렬한 당쟁으로 왕권이 약화되고 정치가 피로 피를 씻는 복수극으로 변해 가자, 남인들은 붕당정치의 이념 자체를 부정하게 되었다. 바로 윤선도(尹善道), 허목(許穆), 이현일(李玄逸), 오광운(吳光運) 같은 숙종조의 남인들이 그 대표적인 이론가들이다.

아득한 옛 시대, 애초에 공자께서 꿈꾸시던 정치는 무엇이던가.

그것은 〈붕당정치〉가 아니라 주 문왕과 주 무왕 같은 착하고 현명한 왕에게 권력이 집중되고, 그러한 왕의 교화에 의해 왕도가 구현되는 〈성왕정치(聖王政治)〉였다. 오늘날의 조정은 이 같은 공자님의 이상으로부터 얼마나 멀리 떨어져 있는가. 임금을 믿고 임금에게 힘을 주어야 한다. 왕권이 유명무실해지면 정치라는 것은 오로지 비방과 음모, 추악한 지분 갈라먹기 싸움으로 변할 뿐이다. 오늘날과 같은 상황에서 조정은 어떻게 민생을 돌보며, 어떻게 외적을 맞아 싸우겠는가.

이러한 생각을 가진 사람들에게 송시열의 제자들인 노론, 즉 〈예학에서 왕과 사대부의 차이는 없다(天下同禮)〉는 극단적인 주자학적 보편주의를 신봉하며 공공연하게 왕실의 대소사에 간섭하는 노론은 용서할 수 없는 역신(逆臣)이었다. 반대로 사대부는 임금의 외우(畏友)와 같은 위치에서 임금의 독재를 견제하고 임금을 사림의 공의로 이끌어야 한다고 생각하는 노론에게 남인은 임금의 권위에 아부하는 간신(奸臣), 조정의 공론을 따르지 않는 난신(亂臣), 임금의 잘못을 알고도 책하지 않는 기신(欺臣)이었다.

기사환국은 이 같은 남인과 노론의 화해할 수 없는 대립, 다시 말해 유교 근본주의와 주자학 중심주의의 대립을 표면화시킨 중세 철학사의 분기점이었다.

이인좌의 난은 바로 이 기사환국에서부터 예고된 것이었다.

갑술옥사(甲戌獄事)로 인현왕후가 복권되고 장희빈이 처형되는 또 한 차례의 격동을 겪고 난 숙종 43년. 숙종 이후의 왕위계승이 새롭게 문제가 되기 시작했다. 장희빈으로 인해 일대 피바람을 맞은 노론에게 그녀는 천하에 둘도 없는 요녀요 악물이었다.

"어찌 그런 요녀의 아들로 대통을 이을 수 있으리!"

이것은 노론 상하의 일치된 입장이었다.

노론은 장희빈 소생의 왕세자(뒷날의 경종) 대신 연잉군(뒷날의 영조)을 지지하게 된다. 왕세자는 성품이 온유하고 총명했으나 서른이 가깝도록 후사가 없고 자주 병치레를 하였다. 이 같은 왕세자의 앞날을 걱정한 나머지 숙종은 다수파인 노론에 대해 선수를 쓴다.

이른바 정유독대(丁酉獨對).

숙종은 사관과 승지를 물리치고 노론의 원로 이이명(李頤命)과 독대함으로써 조정의 이목을 집중시킨 뒤 〈세자를 연잉군으로 교체하는 것이 어떨까〉하고 운을 떼었다. 창졸간에 기습을 당한 이이명은 얼른 〈지당하신 말씀입니다〉 하지 못하고, 당연히 〈인정상, 30년 가까이 세자로 계시던 분을 버린다는 것이 좀……〉하고 머뭇거렸다. 숙종은 그것을 놓치지 않고 〈그렇군, 경의 말이 옳소〉하며 재빨리 이를 발표해 버렸다. 이이명의 의견을 받아들여 왕세자가 후계자임을 확인하고 후일을 부탁했다는 교지였다. 이어 숙종은 70여 년 전 노론(당시는 서인)의 미움을 받아 독살되었던 소현세자(효종의 형)의 후손들을 신원시켜줌으로써 아들이 없는 왕세자가 소현세자의 후손을 양자로 입양할 수 있는 길을 열어주었다.

숙종의 이런 백방에 걸친 노력 끝에 왕세자가 즉위하니 이분이 경종(景宗)이시다.

노론은 기사환국의 악몽이 재현되는 듯한 위기의식을 느꼈다.

초조해진 노론은 모두 들고일어나 즉위한 지 한 달도 안 된 경종에게 하루속히 연잉군을 왕위 계승자로 정해야 한다고 주장했다. 동생을 끔찍이 사랑하던 경종은 이를 받아들여 연잉군을 왕세제로 책봉했다. 그러나 노론은 그것에 만족하지 않고 다시 두 달 만에, 왕께서 몸이 약하시니 왕세제에게 대리청정을 시켜 모든 국정을 위임하라고 요구했다. 그야말로 빨리 왕위를 내놓으라는 협박이었다.

그러자…… 김일경이란 인물이 나타났다.

당쟁사의 회고가 이 대목에 이르자 정약용 선생은 한숨을 내쉬며 인몽의 눈치를 살폈다. 인몽도 열쩍은 웃음을 지으며 고개를 숙였다.

소론의 아계(亞溪) 김일경(金一鏡)은 같은 소론은 물론 남인들 사이에서도 좀처럼 합의를 볼 수 없는 묘한 인물이었다. 그를 권모술수에 능한 무자비한 세도가로 미워하는 정약용과 같은 사람이 있는가 하면 고금에 드문 큰 충신으로 그리워하는 이인몽과 같은 사람이 있었다.

몇 년 전 이인몽과 정약용 선생은 이 문제로 크게 싸운 적이 있었다. 같이 저녁을 먹고 난 뒤 이인좌의 난에 대해 이야기할 때였다. 우연히 화제가 경종조의 일로 옮겨졌는데 두 사람 그만 절교를 생각할 만큼 화가 나버렸다. 정약용과 이인몽은 지금 그때의 일을 생각하고 있는 것이다.

"이인좌의 난은 경종조에 그 뿌리가 있는 것이 아니옵니까?"

인몽이 이렇게 말할 때만 해도 두 사람은 주거니 받거니 즐겁게 술을 나누고 있었다.

"그렇지. 모든 것이 그 시절에 지나치게 피를 본 탓이지. 김일경 한 사람의 잘못이 소론과 남인의 모두를 옭아맨 것이야."

그 말을 듣자마자 인몽의 얼굴이 싸늘하게 굳어진 것이었다. 그러나 인몽의 사상이나 기질을 익히 알고 있는 정약용 선생도 그 점만은 양보하지 않았다.

"언젠가 자네는 그 사람을 다르게 말한 적이 있네만…… 그 사람의 그런 무자비한 옥사(獄事)만 없었어도,"

"무슨 말씀을! 나라가 나라다운 것은 군신간에 의리가 있기 때문이옵니다. 임금은 어디까지나 임금이요, 신하는 어디까지나 신하인 것입니다. 아계 김일경 선생이 뭘 잘못했단 말씀이옵니까? 당시의 노론들을 좀 생각해 보소서. 남의 신하 된 몸으로 대통을 잇는 것에 감 놔라 밤 놔라 하는 것도 망극한 일이거늘, 하물며 종묘에 고하고 왕홀을 받으신 엄연한 군부를, 즉위하자마자 빨리 왕위를 내놓으라고 협박하지 않았사옵니까. 그런 흉악하고 더러운 상소가 날마다 산더미처럼 쌓이는데 누구 하나 엎드려 바른 말을 하는 사람이 없었사옵니다. 오직 당시 동부승지이던 김일경 선생만 홀로 소매를 떨치고 달려가 눈물로써 간하였던 것입니다. 환갑이 된 병든 몸으로 감연히 발분하시어 저들의 흉기(凶機)를 응징하시고 종묘가 흔들리고 사직이 무너지는 위기를 막으신 것입니다. 선생님은 어찌 이를 폄하하시어, 사원(私怨)이라느니 무자비하다느니 한갓 아녀자 같은 말씀을 하십니까?"

"자네는 어찌 그렇게 외곬으로만 생각하는가? 공자께서『논어』이인(里仁)편에 이르시기를〈사람의 허물이 각각 그 당에 따라 다른 것이니, 허물을 보면 이에 어진 것을 알 것이니라〉하셨네. 아조(我朝)에 붕당이 나뉜 이래 남인에서 난 사람은 듣고 보는 것이 남인이며, 노론에서 난 사람은 듣고 보는 것이 노론일세. 상대방이 하는 일은 아무리 그 선함이 현저하여도 악이라 날조하며, 자기 편이 하는 일은 그 악함이 현저하여도 선이라 왜곡하네. 아버지가 아들을 가르치고, 형이 아우를 효유하는 것이 모두 이러한 허물을 벗어나지 못하니 어찌 시비의 그침이 있겠는가. 자기 당의 편협한 눈을 떠나 그 어짊(仁)으로 돌아가 생각해 보게. 모름지기 인정에 먼 것이 가장 천리에 어긋나거늘, 누대의 명문가 네 집안을 멸문시키고 젖먹이 어린 애까지 도륙한 김일경의 처사를 누가 잘했다 하리."

"망발이십니다. 세상의 치란(治亂)이 때에 따라 다르거늘 역적들을 탕척하는 마당에 무슨 놈에 어짊을 돌아본단 말씀입니까? 공자께서도『춘추』공양전(公羊傳)에 이르시기를〈남의 신하 된 자가 딴 마음을 먹으면 반드시 베어버려야 한다〉하셨사옵니다. 진실로 슬픈 일이나 당시의 노론 4대신과 같은 무리들은 남김없이 잡아죽여 그 삼족의 씨를 말리지 않으면, 나라와 사람의 도리가 어지러워지고 멸망에 이르게 되는 것을 도저히 구제할 수 없는 것이옵니다. 아계 김일경 선생은 임금을 임금으로 보지 않던 그 대역무도한 자들을 숙청하시고 이듬해 임금을 시역하려고 모의했던 그들의 잔당 170여 명을 처단하여 조정을 맑게 하셨사옵니다. 실로 선생과 같으신 분이 없었더라면 저 탐오(貪汚)한 무리들이 어찌 제 머리 위에 하늘이 있음을 알리이까?"

"허어, 자네 말대로라면 그런 충신이 왜 고문 끝에 비참하게 죽고 80년이 지난 지금까지도 역적의 누명을 뒤집어쓰고 있어야 한단 말인가. 자네는 엄연한 역사의 심판을 너무도 불신하고 있어."

"에에이, 더불어 이야기하고 싶지 않습니다. 고작 80년이 지났을 뿐이외다. 충절은 백대의 뒷세상에도 혁혁히 빛나는 법이거늘 선생은 어찌 말씀을 그리 가벼이 하십니까?"

인몽은 불같이 화를 내며 술상을 엎고 뛰쳐나오고 말았는데…… 모두 나이가 젊은 탓이었다. 그 뒤 인몽과 선생은 서로 말을 경계하여 민감한 문제들은 피해 버리곤 했다. 지금 같은 경우도 바로 그러하다. 선생의 이야기는 김일경의 대목을 피해 곧바로 이인좌의 난으로 넘어갔다.

갑진년(1724).

경종께서 재위 4년 만에 갑자기 돌아가신다.

이때 경종의 왕비 심씨의 동생으로, 경종의 임종을 지켜보았던 심유현(沈維賢)이 왕께서 독살되셨다고 증언한다. 왕께서는 구혈(九穴)에서 피를 쏟으셨고 안색은 새까맣게 변해 있었으며 핏빛 역시 검었다는 것이다. 이 증언은 일파만파의 엄청난 충격을 가져왔다.

이리하여 영조가 즉위하였으나 전국 곳곳에 경종의 독살에 대한 벽보가 나붙고 충청도와 평안도에서는 반군이 공공연하게 군사를 모집하는 사태가 일어난다. 이에 크게 놀란 영조는 삼군문(三軍門)에 비상령을 내려 도성을 방어하는 한편, 증오의 표적이 된 노론을 내몰고 소론을 등용하는 정미환국(1727)으로 민심을 무마하려 했다. 그러나 급기야 영조 4년(1728) 3월, 소론과 남인의 연합군이 청주성을 점령하면서 반란이 시작된다.

이것이 바로 이인좌(李麟佐)의 난이다.

청주를 점령한 반군의 주력부대는 〈군부의 복수와 역적의 토멸〉을 표방하며 군영 안에 경종의 위패를 설치하여 전군이 아침 저녁으로 곡배한다.

또 전국 각지에 격문을 띄워 영조를 폐하고 경종이 애초에 세자로 입양하기로 했던 소현세자의 증손 밀풍군 탄(坦)을 옹립할 뜻을 천명하고 의병의 궐기를 호소한다. 이리하여 남쪽에서는 경상도 거창, 안음, 합천, 함양, 상주, 전라도 태인이 반군에 가담되고, 북쪽에서는 평안병사 이사성(李思晟)이 군사를 일으켰으며 서울에서는 창덕궁의 방어를 명령받은 금군별장 남태징(南泰徵)이 호응하였다.

반군은 북상하여 목천, 청안, 진천을 거쳐 경기도 안성에서 병조판서 오명항(吳命恒)이 진두지휘하는 관군과 부딪쳤다. 그러나 3월 24일, 하루 낮밤의 격전 끝에 반란군은 대패. 주력부대를 궤멸시킨 관군은 파죽지세로 진격하여 거창의 반군을 소탕함으로써 진압을 마무리 지었다.

"난은 평정되었으되 난의 여파는 컸네. 반군이 전국 각지에 뿌린 격문은 경종의 죽음과 선대왕마마의 즉위를 둘러싼 불미스런 일들의 시말을 낱낱이 까발기는 것이었지. 또 거기에는 왜 숙종대왕께오서 끝까지 장희빈이 낳은 왕세자를 보호하시고 연잉군을 멀리하셨는지도 적혀 있었네. 결과적으로 이 모두가 80세로 돌아가시기 전까지 선대왕마마를 평생 따라다닌 멍에가 되었다네."

정약용은 이인좌의 난에서부터는 의식적으로 말을 조심하고 있었다.

아무튼 영조는 두 사람이 존경해 마지않는 주상 전하의 친조부이신 것이다.

숙종이 영조를 꺼려한 것은 그의 어머니 최씨가 궁중 나인들의 빨래를 해주는 종(무수리)이었다는 단순한 이유가 아니었다. 이미 관계를 가진 뒤에야 알게 된 것으로, 최씨는 처녀가 아니라 남편이 갓 죽은 과부였던 것이다. 신분의 비천함은 제쳐놓더라도, 과부를 후궁으로 맞이함은 전례가 없는 일이었다.

이인좌의 반군들은 여기에 한 걸음 더 나아가 영조가 숙종의 친아들이 아니라 죽은 전남편의 씨라고까지 주장했다. 이는 물론 최씨가 궁중에 들

4 의문의 책 145

어온 시기를 보아 터무니없는 이야기지만 영조는 이것으로 인해 평생토록 치유하지 못할 마음의 상처를 얻은 것이다.

　아무튼 이인좌의 난이 진압됨으로써 노론은 확실한 재집권에 성공한다.

　경종조에 노론의 왕권교체 음모를 저지했던 김일경은 유배되어 아들과 함께 사사되고 경종조에 죽은 노론의 4대신들은 복권된다. 그 후 20년간 노론은 스스로 영조를 즉위시킨 충신들로 자처하면서 득의의 나날을 보내게 된다.

　영조는 당색을 가리지 않고 인재를 등용한다는 탕평책을 표방하여 노론을 견제하려 했으나 전혀 효과가 없었다. 탕평책은 오히려 노론의 전제를 탕평의 미명으로 정당화시키는 장치로 타락했다. 노론은 왕이 자기들을 견제하려고 할 때마다 〈선왕(경종)의 사인(死因)에 관한 무고를 변명해 줄 사람이 누구입니까〉 하고 몰아세워 번번이 영조를 궁지에 빠뜨렸다.

　이것이 이른바 노론의 신임의리(辛壬義理)이다.

　경종이 즉위하던 〈신〉축년과 이듬해 〈임〉인년에 탄압을 무릅쓰고 영조를 옹호하여 오늘의 임금으로 만들어준 사람이 누구냐. 그때의 충신과 역적을 분명히 가리지 않는다면 이인좌의 난으로 유포된 경종시해의 무고를 어떻게 변명할 것이냐 하는 논리였다. 영조의 왕위 계승을 정당화하려면 노론에 의한 경종의 독살설을 유포하는 소론과 남인을 남김없이 제거해야 하는데 탕평(蕩平)이라니? 무슨 자다가 봉창 두드리는 소리냐는 것이었다.

　"그러나 선대왕 25년(1749) 노론은 갑자기 무서운 적이 나타났음을 깨달았네. 바로 시호를 사도(思悼)라 하신 선세자(先世子) 저하에게 대리청정의 교지가 내려진 것이지. 참으로 선세자 저하께서는 성격이 당차고 호방한데다, 강기가 대단한 어른이셨네."

　사도세자를 그리는 정약용 선생의 말을 듣자 인몽의 눈에 물기가 어렸다.

　얼마나 훌륭한 저군(儲君 : 세자의 자리에서 국정을 돌본 군주)이셨던고. 열네 살의 어린 나이로 대리청정을 하시면서 영의정 김재로(金在魯)에게 서슴없이 호통을 치셨던 사도세자. 어려서부터 효성이 지극하시어 선대왕마마의 신임이 두터웠고, 자질이 총명하시어 하나를 들으면 열을 아셨다고 한다.

이런 어른을 모함하여 죽인 뒤 노론은 허무맹랑한 거짓말을 날조하여 세간에 유포시켰다.

〈사도세자께오선 용력이 과단하시어 난폭한 짓을 자주 하는 데다 광증이 계셨다. 궁중의 나인들과 내시를 함부로 살해하는 등 횡포가 심했다. 그리하여 보다 못한 선대왕마마께서 뒤주에 가두어 자진케 하셨다〉는 것이다. 인몽은 죽은 이를 한 번 더 죽이는 그 참혹한 거짓말을 떠올리자 다시금 머리가 곤두서고 치가 떨렸다.

이대로 세월이 흘러간다면 누가 선세자 저하의 착하신 성덕을 알아줄꼬.

지금의 주상 전하께서 즉위하시기 바로 전해 15년 동안 보관해 오던 임오화변(임오년 사도세자가 뒤주에 갇혀 죽은 사건)의 모든 기록은 소각되었다. 노론은 그것도 모자라 승정원 일기를 비롯한 모든 관공서의 문서에서 임오화변과 관련된 문자를 낱낱이 세초했다. 이제 무슨 문헌이 있어 선세자의 진면목을 증언하겠는가.

이윽고 인몽은 눈물을 뚝뚝 흘리며 입을 열었다.

"저하의 죽음에 대해 세간에 퍼진 소문은 선생님도 아실 것입니다. 소생은 저 궁흉극악한 무리들이 지어낸 참혹한 거짓말을 생각하면 실로 숨쉬는 것이 부끄러울 뿐입니다. 저들은 선세자의 정신병이 악화되어 이성을 잃은 행동을 하기 시작한 것이 선대왕 30년(1754) 6월부터라고 하옵니다. 그러나 선세자 저하께서는 선대왕 25년부터 38년까지, 14년 동안이나 부왕을 대리하여 국정의 대소사를 처결하셨사옵니다. 대체 이 조정이 어떤 곳인데 미친 사람에게 국정을 다스리게 했단 말이옵니까. 대리청정의 자리는 아침에 일어날 때부터 저녁에 잘 때까지 꽉 짜여진 공무의 시간입니다. 그토록 오래 끌었던 광증이라면 경연이나, 도정(都政:인사문제에 대한 업무)이나 신하들과의 면담을 적은 관계기록들에서 보여야 하지 않겠사옵니까. 그러나 그 모든 기록들에 나타난 선세자 저하의 말씀은 참으로 경우에 밝으시고 영명하십니다."

"그거야 어디 이를 말인가……"

정약용 선생의 눈에도 처연한 추모의 빛이 역력했다.

사도세자의 병은 그가 너무나 영명하다는 것이었다.

사도세자는 대리청정을 시작하자마자 신임의리라는, 부친을 옭아맨 노론의 올가미를 통찰했다. 그리하여 노론의 전횡을 꾸짖고 소론이나 남인에 대한 정치적 보복을 절대로 윤허하지 않으셨다. 그러는 가운데 사도세자는 이제까지 노론의 공세에 밀려 물에 물 탄 듯 술에 술 탄 듯하는 온건파를 등용하여 정치적 혼란만 가중시킨 부친의 정책(완론 탕평)에 대해 비판적인 입장을 취하게 된다. 그는 강력한 임금이 당색이 뚜렷한 소신파들을 영도하는 준론 탕평을 구상했던 것이다.

이는 기득권 세력들을 견제하고 『서경』 주서 홍범(洪範)편에 나오는 진정한 탕평의 이념, 〈무편무당 왕도탕탕 무편무당 왕도평평(毋偏毋黨 王道蕩蕩 毋偏毋黨 王道平平)〉의 참뜻에 충실하려는 정책이었다. 그리하여 사도세자에게 마음으로부터 감복한 신하들이 나타나게 된다. 소론으로는 일찍이 이인좌의 난을 평정한 정난공신이며 암행어사로 유명했던 박문수, 남인으로는 채제공, 노론으로는 조현명 같은 인물들이다. 노론에서도 사도세자를 그냥 둬선 안 된다고 주장하는 〈벽파〉와, 사도세자의 탁월한 기량과 인품을 높이 평가하는 〈시파〉의 분열이 일어난다.

노론은 사도세자의 휘하에 이 같은 정적들이 속속 집결하여 재기의 기회를 노리는 현실에 경악을 금치 못했다. 그리하여 같이 촛불 앞에 앉아 책을 읽으며 밤이 새도록 얘기를 나눌 만큼 격의 없던 영조와 사도세자, 두 부자 사이를 이간하려는 책동이 시작되었다.

특히 김구주와 홍계희는 세자가 신임의리의 지중함을 알지 못한다는 명분을 내세워 자파의 수하들을 갖은 모함공세에 동원했다. 처음에는 영조도 노론의 무고를 믿지 않았고 그 저의를 꾸짖기까지 했다. 그러나 빗물도 잦으면 바위를 뚫는 법. 영조의 귀도 너무 오래 계속되는 다양한 모함에 젖어 들어 서서히 세자를 의심하기 시작한다. 세자 역시 성격이 호방한 만큼 그런 억울한 의심을 참을 수 없었고 결과적으로 부자간의 감정대립은 점점 험악해 갔다.

마침내 선대왕 38년(1762) 5월 보름.

사도세자는 격노한 선대왕 앞에 잡혀와 오뉴월 찌는 듯한 더위에 뒤주에 갇히게 된다. 그리하여 엿새 동안 찜통 같은 더위와 허기로 울부짖던 사도세자께서 숨을 거두신 것이 5월 21일. 보령 28세였다.

그러나 사도세자에 대한 모함이 언제까지고 숨겨질 수는 없는 일이었다. 사도세자가 죽은 지 일 년도 안 되어 영조는 그동안의 숨겨졌던 내막을 모두 알아버린다. 교묘한 모함에 속아 멀쩡한 아들을 죽여야 했던 아버지의 원통함이 어떠했을까. 억울하게 죽은 아들에 대한 영조의 슬픔은 사도세자의 묘를 건립하던 갑신년(1764)에 절정에 달했다.

그리하여 드디어 선대왕마마의 금등지사라는 사건이 일어난 것이다. 본사람이 거의 없는 이 사건은 인몽으로서도 생전 처음 듣는 것이었다.

"그해 9월…… 어느 깊은 가을 밤이었네. 선대왕마마께서는 승지, 사관(史官)은 물론 내관까지도 물리친 채 번암 채제공 선생과 독대하시고 손수 쓰신, 선세자 저하를 애도하는 자작시를 맡기셨네. 아울러 그 시를 쓰신 심정을 구술하여 번암 선생으로 하여금 받아쓰게 하셨지. 선대왕마마께서는 『서경』 주서 금등편에 나오는 주공의 고사를 본받아 세손께서 즉위할 먼 훗일까지 번암 선생이 그 시와 기록을 감춰두도록 하신 것일세."

"그러니까 36년 전의 일이군요…… 하오면 그 뒤 그 시와 기록은 어찌 되었사옵니까?"

"지난 계축년(1793) 6월까지 선대왕마마의 금등지사는 30년 동안이나 아무도 모르는 비밀이었네. 선대왕마마의 유지를 받은 채제공 선생을 제외하곤 말일세. 그런데 그 무렵 선생의 결심을 재촉하는 사건들이 계속 일어났네."

이른바 신해통공(辛亥通共)을 둘러싼 갈등이었다.

그 무렵은 조정은 노론 벽파의 우의정 김종수가 모친상을 당해 물러나고 남인의 채제공이 영의정 없는 좌의정으로 홀로 통솔하고 있었다. 경술년(1790) 가을, 추석이 되어도 도성 안에서 쌀이고, 과일이고 도무지 물건을 찾아볼 수 없는 도고(都賈 : 상품 품귀현상)가 일어난다. 채제공의 독상(獨相) 정부를 도괴시키려는 벽파의 호조판서 김문순(金文淳)이 시전 상인들을 조종하여 매점매석을 해버린 것이었다. 그러자 이듬해 2월 채제공은 시전 상인들의 특권(금난전권)을 폐지하고 자유 매매를 허용하는 신해통공을 공포해 버린다.

그로서는 평소부터 상공업을 장려하여 나라의 부를 쌓아야 한다는 소신을 펼친 것이었으나 보수적인 노론의 비난과 탄핵은 가일층 치열해진다. 채제공은 수원성 축성을 감독한다는 것을 빌미로 서울을 떠나버렸다. 그러던 중 수원에 있는 채제공에게 영의정을 제수한다는 전하의 교지가 내려온다.

드디어 때가 온 것인가. 채제공은 수원성에서 사도세자의 추모제를 올린 뒤 선대왕마마의 금등지사를 공개하시고 사도세자의 원수들을 남김없이 토멸할 것을 주장하는 유명한 상소를 쓴다. 그것이 「재화성유영 사영의 정소」이다.

"온 조정이 발칵 뒤집혔었지. 자네는 그때 영월에서 귀양살이를 하고 있었으니 잘 모를 걸세. 노론의 김종수와 심환지 두 대감은 간적 채제공의 목을 베라고 규장각 뜨락에 연일연야 엎드려 있었고 주상 전하께서는 밤잠을 못 자고 번민하셨네. 그런데 사건은 너무 갑자기 해결되어 버렸네. 상소가 올라온 지 나흘째 되던 날 밤 주상 전하께오서 김종수, 심환지, 채제공 세 대감을 불러 타이르셨다고 하네. 누구에게 무슨 말씀을 하셨는지는 아무도 몰라. 그 뒤 세 사람은 무슨 약속이라도 한 것처럼 그 일에 대해 입을 다물고 말았으니. 이상한 것은……"

"?……"

"나는 작년에 돌아가신 번암 선생의 글들을 정리하다가 「여영남사우서(與嶺南士友書)」라는, 선생께서 안동의 몇몇 지도적인 선비들에게 보내는 비밀편지를 몰래 보게 되었네. 거기엔 뜻밖에도 선대왕마마의 금등지사를 이루는 시가 적혀 있었네. 그것은 사도세자의 효성을 그리워하시고 그 죽음을 애통해 하시는 「혈삼동혜사(血衫桐兮詞)」라는 시였네."

"예에? 아니, 선대왕마마께서 맡기신 시와 기록을 외방의 선비들에게 공개했단 말씀이오이까? 설마 번암 선생께서 그렇게 경우에 어긋난 일을 하실 리가……"

"아니야. 여기엔 우리가 모르는 무슨 곡절이 있는 거야. 내 생각으론 아까 말한 그날 밤. 김종수, 심환지, 채제공 선생이 주상 전하 앞에 불려간 바로 그날 밤, 우리가 모르는 어떤 일이 벌어졌음에 틀림이 없네."

"우리가 모르는 어떤 일이라니요?"

"그러니까 내 생각엔 그날 밤 주상 전하께서는 그 「혈삼동혜사」라는 시를 공개하시고 노론의 두 영수에게…… 대단히 황송한 말이지만, 모종의 협박을 하신 것이 아닌가 싶네. 그러니 번암 선생께선 그 뒤 그 시가 노론에게 이미 널리 회람되었다고 생각하시고 동지인 영남 남인들에게도 알려야 한다고 생각하신 것이겠지."

"협박이라……"

"금등지사란 말을 생각해 보게. 선대왕마마께선 번암 선생에게 자작시를 주시면서 옛날 주공의 금등지사를 본받으려 하셨네. 주공의 금등지사란 이름이 알려지지 않은 어느 사관(史官)이 주공께서 무왕을 대신해 목숨을 바치려 했던 일을 기록하여 후일을 위해 금자물쇠가 달린 함 속에 보관한 일이 아닌가. 그러니 중요한 것은 어디까지나 선대왕의 고백을 번암 선생이 받아 적은 임오년 참극의 기록이네. 더욱이 선대왕마마의 자작시라는 것은 어디까지나 시일세. 시(詩)란 본디 비유와 암시로 실상을 휘둘러 표현하는 것이니 소상한 언급이 있을 수 없는 법일세. 그러나 번암 선생이 받아 적었다는 그 기록은 다르지. 그것은 시가 아닌 문(文)이니 선세자 저하의 흉수들에 대한 구체적인 언급이 있을 수 있지. 더구나 임오화변의 모든 기록이 소각된 지금, 그 기록은 임오년의 일을 증언할 단 하나의 물증이야. 주상 전하께선 김종수와 심환지에게 그 시만을 공개하시고 저들이 더 이상 대항한다면 더욱 결정적인 기록을 공개하여 일대 처분을 내리시겠다고 쐐기를 박은 것이 틀림없네."

"하, 하오면 대체 그「혈삼동혜사」라는 시는 어떤 것입니까?"

"그 시의 내용은…… 한번 외워볼까? 원체 짧고 특이한 시라 아직도 그 문장을 다 암기하고 있네.

〈피 묻은 상복이여, 피 묻은 상복이여/삭장(削杖) 지팡이여 삭장 지팡이여 그 누구의 것이었더뇨/이 일을 금등에 담아 천년을 간직한다 해도/나는 이 세상 제사지낸 자리마다 뉘우치리라 (血衫血衫 桐兮桐兮孰是/金藏千秋 予悔望祠之臺)〉 이게 전부라네."

"황송한 말이오나…… 무슨 무당의 주문 같군요. 도대체 그 수수께끼 같은 내용이 무슨 뜻입니까?"

"이 내용은 선대왕마마로 하여금 선세자 저하를 처단하시도록 선동했던 직접적인 계기를 암시한 것일세. 선세자 저하의 참극이 있던 그해 봄, 영조와 사도세자의 사이는 악화될 대로 악화되어 있었네. 그러던 어느 날 선대왕마마께선 총애하는 후궁 문숙의로부터 선세자 저하께서 동궁에 가짜 빈소를 차려 놓고 날마다 부왕이 빨리 죽기를 빌고 있다는 제보를 받았네. 격노한 선대왕마마께선 즉시 숙위소의 군사들을 보내어 동궁을 샅샅이 뒤지도록 하셨네. 그러자 아니나 다를까, 선세자 저하의 침실에서 혈삼과 동혜, 즉 피 묻은 상복과 삭장 지팡이(제사를 지낼 때 상주가 짚는 지팡이)가 발견되었네. 바로 그때 선대왕마마께서는 저 끔찍한 처분을 결심하신 것일세."

"아아니, 그러면 선세자 저하께서 그 망극한 죄를 범하신 것이 사실이었사옵니까?"

"무슨 소리! 참으로 교묘하게 조작된 모함이었지. 그 피 묻은 상복과 삭장 지팡이는 선대왕마마의 제사를 위한 것이 아니었네. 바로 정축년(1757) 선대왕마마의 정비(正妃)이신 정성왕후의 거상(居喪) 때 쓰던 것이었단 말일세. 정성왕후께서는 당신의 소생도 아닌 선세자 저하를 자애와 정성으로 끔찍이 보살펴주신 분이었네. 노론들의 갖은 음해공작 속에서 언제나 저하를 변호하셨지. 그런 어른이 돌아가셨으니 가뜩이나 효성을 하늘에서 타고나신 저하의 슬픔이 어떠했겠는가. 인산(因山: 국장) 때에는 관을 붙잡고 놓지 않으시며 부르짖고 곡읍(哭泣)하니 그 절절한 효성에 감복하지 않는 사람이 없었네. 그때 그 선세자 저하의 피눈물이 상복에 묻은 것일세.

정성왕후께서 돌아가신 뒤 내명부는 모두 노론 벽파들로 채워졌네. 저 사갈 같은 김한구의 딸 정순왕후가 선대왕마마의 계비로 들어앉았고, 명색이 아내라는 청승바가지 혜경궁 홍씨는 틈만 나면 친정의 음모가들에게 남편의 결점을 미주알고주알 일러바쳤네. 오죽했으면 주상 전하께서 즉위하시자마자 당신의 외가인 홍씨 집안을 제사를 이을 외사촌 한 사람만 남기고 모조리 도륙하셨겠나.

사정이 이러니 선세자 저하께서 얼마나 정성왕후 마마를 그리워하셨을꼬. 상기(喪期)를 마치게 되었을 때도 저하께선 남은 그리움과 애통함이 다하지 않아 그 피눈물 묻은 상복과 삭장을 차마 버리지 않으셨네. 본디 상복과 삭장은 불사르거나 묻어버려야 하는 것이지만 저하께선 매번 억울한 일을 당하실 때마다 그것을 내다보고는 눈물을 지으셨던 것일세. 이것을 간적과 요물들이 안팎으로 결탁하여 죄를 얽은 것이니 천하의 영주(英主)이신 선대왕마마께서도 어찌 속지 않으실 수 있었겠나.「혈삼동혜사」의 그 시구들은 선대왕마마께서 이러한 사정을 확연히 깨닫고 나신 뒤에 놀랍고 원통한 나머지 옷을 찢고 눈물을 흘리며 쓰신 것일세."

"아, 그렇게 된 것이군요……"

그때였다.

인몽과 사암 선생은 멀리 봉모당 밖에서 황급히 달려오는 발자국 소리를 들었다.

"대교 나리, 주상 전하께서 찾으십니다. 대교 나리……"

정약용과 이인몽은 얼른 관복을 챙겨 입고 문밖으로 나아갔다. 규장각 방직(房直)으로 일하는 재동이였다.

"나리, 대전(大殿)에서 내관이 왔습니다요. 아침에 하명하신 것을 가지고 속히 오라시는 분부라굽쇼."

"전하께서는 어느 처소에 계신다더냐?"

"희정당에 계시옵다 하더이다."

"알았느니라."

올 것이 왔구나.

인몽은 머리끝이 쭈뼛하는 느낌이다. 관복에 묻은 먼지를 털면서 정약용 선생을 바라보았다. 선생이 착잡한 표정으로 물었다.

"전하께서 그 『시경천견록』을 추궁하시면 어쩔 생각인가?"

"어쩌겠사옵니까. 저희 남인들은 나무에 비하면 뿌리가 외롭고 심은 것이 약한 담쟁이넝쿨이옵니다. 사면에 의지할 담장이 없고 오로지 전하의 호천망극한 은총으로 손바닥만 한 땅에 서리고 있지 않사옵니까. 어떠한 일이 닥치더라도 전하에게만은 말을 꾸밀 수 없사옵니다. 모든 것을 전하에게 털어놓고 전하의 뜻을 따를 생각이옵니다. 문책을 하시면 달게 죄를 받아야지요."

"그 말 참으로 장하이."

"그러면 이제 선생님께선……"

"나는 그 현승헌이라는 사람을 찾아가겠네. 사형께서 그 사람에게 무슨 말을 했는지 모르니 내가 미리 좀 만나봐야겠네."

"그리하소서."

"그리고…… 도원이 자네…… 헤어진 자네 아낙의 소식은 듣고 있는가?"

"예? 아니올시다. 그 사람 한동안은 집의 아이들을 보러 저 몰래 들르곤 했습니다만 최근 2, 3년간은 전혀. 그런데 왜 그러시옵니까?"

"아닐세. 오늘 하루에 유유(悠悠)한 만 가지 일을 어찌 다 얘기할 수 있겠나. 나중에 다시 얘기함세."

"……하오면 시생은 이만."

인몽은 봉모당 앞 화단에서 녹지 않은 눈을 집어 손을 씻더니 몸을 돌려 총총히 사라졌다. 사암 선생은 인몽의 뒷모습을 지켜보다가 자기도 모르게 혀를 찼다.

『주역』에 특히 정통했던 사암 정약용.

음양오행설 등 신비주의 역학에 물든 술수학(術數學)을 비판하고 고대 중국의 역수학(曆數學)적 고역(古易)을 부활시킨 그였다. 그런 학문적 바탕 위에 궁궐에 들어와 온갖 인물들의 영고성쇠(榮枯盛衰)와 화복요수(禍福夭壽)를 지켜보면서 사암은 관상에 대한 그 나름의 안목을 갖게 되었다. 그런 사암의 눈에 이인몽의 얼굴은 어딘지 모르게 섬뜩하고 위태로운 상(相)이었다.

양소유(揚少遊)가 현신한 것 같은 얼굴이다만……

이목구비는 번듯하나 코가 뾰족하고 살이 없으니 권세가 따르지 못할 상이며 턱이 원만하지 못하니 말년에 패할 상이었다. 화사하지만 전체적으로 약해 보이는 얼굴. 헐렁한 관복 아래 감춰진 육체도 말라 있음에 틀림이 없다. 저 젊은 사내의 마르고 섬세한 육체가 감당할 수 있는 것은 그저 책 읽는 행위뿐일 것이다.

도원이에게 그 전처 이야기를 해줬어야 하지 않을까?

채이숙과 같이 형조에 잡혀왔다가 오늘 아침에야 말씀이 아닌 몰골로 풀려난 그 아낙. 7년 전 인몽의 집에서 한 번 본 아낙의 얼굴을 약용은 전혀 몰라보았다. 하긴, 다 죽어가는, 그 쑥대머리에 때 낀 얼굴의 아낙네를 어떻게 7년 전에 한 번 언뜻 본 이인몽의 처였다고 짐작할 수 있었으리.

이인몽은 고향이 안동이었다.

집안에 얼마간의 여유가 있었던지 어릴 때부터 서울에 올라와 공부했고 서울에 사는 해남 윤씨 집에 장가를 들었다. 이 모두가 자식을 입신시켜 보려는 문중 누대의 열망이 반영된 일일 터이다. 그런데 곧 이 같은 문중의 기대에 찬물을 끼얹는 일이 발생했다. 그것은 인몽의 처가가 서학에 물들어 모두 천주교 신자가 되어버린 것이다. 인몽과 윤씨 부인 사이에 아들 둘이 태어난 뒤의 일이었다. 소문에 듣기로 인몽은 불같이 격노하여 아내를 쫓아내었다고 한다.

그전에는 그렇게 금슬 좋은 부부였다는데…… 〈아이를 가지면 충신의 부인은 만들지 말라(有身莫作忠臣婦)〉더니, 옛말이 하나도 그르지 않구나. 남편이야 나라의 법을 지키며 대의를 따른다지만 그 부인은 의지할 곳을 잃은 것이 아닌가.

약용의 눈에 인몽은 말과 행동이 다같이 가파르고 고지식한 사람이었다. 외곬으로 충성 하나만 생각하며 세상의 말들은 아랑곳하지 않는다. 자신의 마음만 믿고 곧게 가려고 하지만 세상은 그를 꺼려하고 좀처럼 신용하지 않는다.

그 처의 일만 해도 그렇다. 그토록 야박하게 소박까지 놓으며 스스로의 결백을 증명했건만 〈서학쟁이〉라는 풍문을 피할 수는 없었다. 윤씨가 소박을 당한 그해 을묘년(1795), 처가였던 윤씨가는 주문모 신부를 도주시킨 혐의로 가장이 처형되고 가산이 적몰되었다. 인몽 역시 그 때문에 다시 의금부에 끌려가 조사를 받았고 〈서학쟁이〉라는 혐의가 생겨버렸다…… 파란이 많은 사람이로군. 약용은 그런 생각들을 곱씹으며 현승헌의 집을 아는 사람을 찾아 이문원으로 걸어갔다.

그 무렵 현승헌은 종가(종로) 좌포청 옆에 있는 자신의 집에서 늦은 점심상을 받고 있었다. 시간은 이미 신시(申時: 오후 3시)가 넘었다. 궁궐에서 돌아오자마자 한잠 늘어지게 자고 난 뒤였다. 흐트러진 옷고름을 고쳐 매고 망건을 바로하며 잠시 있자니 며느리가 개다리소반에 밥상을 차려 들고 들어온다.

지난달에 들어온 새아기였다.

계란을 풀어 끓인 북어국, 김치, 깍두기 외에 별(別)로 소라조림이 올라온 밥상이 시아비를 물색없이 기쁘게 하고 또 미안하게 했다. 김이 모락모락 나는 갓 지은 밥이다. 마련없이 퍼질러 자는 시아비가 일어났는지 살피느라 계속 종종걸음으로 사랑채를 들락거렸음이 틀림없다. 숟가락을 잡으며 슬그머니 며느리의 안색을 살핀다.

"아가야, 잠이 모자라지 않느냐?"

"아니어요."

"우리 집은 깐깐한 반가(班家)가 아니니 더 이상 조석문안할 것 없다. 특히 새벽엔 부엌에도 나가야 되고 집안도 치워야 하는데, 날이 밝기 전부터 소세하고 옷 갈아입고 시부모 문안드리기가 어디 보통일이냐? 나도 어제처럼 밤을 궐내에서 보내는 날이 많으니 별로 긴하지 않고 번거롭기만 하다. 내일부턴 그만하고 묘시(卯時: 오전 5시)까지 푹 자도록 해라."

"아, 아니어요."

"아니긴, 어쩌 한 달 새에 얼굴이 많이 빠진 것 같구먼. 사돈어른이 욕하시겠는걸…… 할멈한텐 내가 이따 얘기하마."

"……"

"아범은 어디 갔누?"

"큰집에 갔사와요. 큰집에서 행랑채를 늘인다 해서 도와주러 갔사와요."

"그래? 작년에도 행랑을 늘였다더니…… 허, 살림이 불일 듯 일어나는 모양이구나."

아들은 약방을 낸 형님에게 의술을 배우러 다니고 있었다. 필운동에 있는 형님댁은 아침저녁으로 몰려드는 환자들로 날마다 문전성시를 이루고 있다 한다. 승헌은 북엇국을 훌훌 마시면서 눈을 가늘게 뜨고 잠시 형님댁을 생각한다. 그러다 윗목에 며느리가 앉아 있는 것을 보자 또 한마디 일렀다.

"허, 뭘 또 바라보고 있느냐. 그만 나가서 볼일 봐라. 어른이 식사하는 동안 며느리가 윗목에서 지켜보는 것도 다 쓰잘 데 없는 일. 우리 집은 그런 허례를 챙기지 않으니 그만두라는데도."

"예……"

며느리는 고개를 숙이고 말없이 모걸음쳐서 물러갔다.

새색시들은 1년 동안 노랑저고리에 다홍치마를 입고 날마다 장분을 물에 개어 화장을 한다. 그건 누구나 마찬가지건만 우리 새아기의 모습은 눈에 넣어도 아프지 않을 만큼 예쁘고 안쓰럽다.

허허, 딸네는 아무리 잘 키워도 손해라더니…… 여자로 태어난 것이 무슨 죈고. 부모 동기 멀리하고 생면부지 남의 집에 와서 저렇게 남의 부모 섬기느라 제 부모 은공도 못 갚는 신세가 되니.

승헌은 밥 한 그릇을 깨끗이 비워 상을 물린 다음 담뱃대를 꺼내 들었다.

밥상을 치우러 숭늉을 들고 들어온 며느리가 그것을 보고 무릎걸음으로 다가와 장죽의 대통에 담배를 꾹꾹 눌러 바치었다. 그리곤 종이를 말아 화로에서 불씨를 가져오더니 불을 붙여준다.

그렇게 며느리가 붙여준 담배를 콧구멍이 발심발심하니 피워 물자 승헌의 가슴속엔 허허로운 생각이 밀려온다.

며느리까지 보았는데…… 이제 이놈의 구실살이 그만둘 때가 되었지.

이 나이에 대궐을 드나들어 무슨 광영을 볼 것인가. 형님댁에서 환자들 침이나 놓아주면 시량(柴糧)은 해결될 것이고 배짱도 편할 것을…… 식자 우환이라, 다른 형제보다 글을 얼마 더한 것이 화근이었다. 서른이 될 무렵 승헌은 당시(唐詩)에 맛을 들여 옥계시사(玉溪詩社)라고 중인들이 모이는 시회를 들락거렸다. 그러다가 시사를 후원하는 좌참찬 이호민(李好敏) 대감의 눈에 들어 규장각에 들어간 것이 어언 10여 년 세월이었다.

물론 그동안 재미도 있고 보람도 있었다.

주상 전하를 먼발치에서나마 뫼시고, 여러 대신, 문사, 학자 들의 지우(知遇)를 입은 것도 황감한 일이었다. 그렇지만…… 오늘 아침 일을 좀 생각해 보라지. 먹은 밥이 다 올라올 것 같다.

그런 일에 연루되면 제 명(命)에 못 죽기 십상이야.

승헌은 눈을 가늘게 뜨고 방 안의 자욱한 담배 연기를 보며 그런 생각을 되뇌었다. 일이 이렇게 복잡하고 심각한 줄 알았다면…… 아까 새벽에 이인몽이 장 검서관의 죽음을 보고하겠다고 나설 때부터 말릴 것을.

사실 승헌은 그러고 싶었다.

어차피 없느니만 못한 불상사인데 꼭 그렇게 고지식하게만 처리할 필요가 없다고 본 것이다. 내금위의 군인들을 매수하여 후문으로 시체를 빼낼 수도 있는 것 아닌가? 시체를 장종오의 집으로 옮기고 장이 퇴궐한 뒤에 집에서 죽었다고 하면 간단히 끝날 일이다. 그러나 다만 남들의 눈이나 유족들로부터 나올 소문이 걱정되어 말없이 인몽의 지시를 따랐던 것이다.

드디어 사건은 공식화되었고 지금쯤이면 검시도 다 끝났을 것이다. 검시는 다 끝났겠지만 이건…… 아무래도 보통일이 아니야. 아침까지 희미한 예감으로 존재하던 재앙의 느낌은 형조 관아에서 죽은 채 승지의 말을 듣고부터 확실한 모습으로 떠올랐다.

그저께 밤. 채이숙의 집에 형조판서 이조원의 명령을 받은 형리들이 들이닥쳐 그와 그 가솔들을 체포했다. 채이숙은 악형과 추위로 신음하던 끝에 오늘 아침에 죽고 말았다. 표면상으로 보면 채이숙의 죽음은 우연이었다. 그러니까 숨이 넘어가는 채이숙의 마지막 말들을 듣기 전에는.

그리고 어젯밤. 창덕궁 규장각에서 장종오가 까닭을 알 수 없는 시체로 발견되었다. 그 당장엔 승헌뿐만 아니라 누구도 그 까닭을 알 수 없었다.

그러나 채이숙의 죽음을 생각하면 장종오의 죽음에도 역시 범상하지 않은 배경이 느껴진다.

에이, 모르는 게 약인 것을, 아는 것이 병이로다!

아까 채이숙에게 들은 말을 참의 대감께 전해 준다? 그러다가 일이 잘못되면 어쩌누? 최초의 발설자인 채이숙은 이미 죽었다. 결국 증인은 나 하나인 셈인데…… 승헌은 인두로 살을 지지고 압슬기로 다리를 마디마디 바스러뜨리는 끔찍한 국문(鞠問)의 광경을 떠올린다. 조금 전에 본 전옥서의 그 무시무시한 고문도구들. 에그, 생각만 해도 머리끝까지 피가 끓어오르고, 숨이 막히며, 턱이 경종(警鍾)처럼 덜덜 떨린다.

채이숙은 내가 정약용인 줄 알고 전한 말이었으니…… 도의상 정 참의에겐 알려줘야…… 정 참의는 좋은 사람이지……

아니, 내가 지금 무슨 생각을 하는 거냐. 세상에 끝까지 좋은 사람이 어디 있다고. 세상에 좋은 사람이란 둘밖에 없지. 하나는 죽은 사람, 다른 하나는 아직 태어나지 않은 사람이다. 나머지 모두는 언제 어느 귀신에 씌일지 모를 골칫거리인 것이다.

충(忠)과 역(逆)? 시(是)와 비(非)?

아이고, 나는 그런 것들을 위해 목숨을 걸 생각이 손톱만큼도 없다.

그런 것들은 다른 사람들이, 임금이나 양반들이 결정하는 것이다. 나는 그들이 그런 문제를 되도록 잘 결정하기 바란다. 나쁘게 정한다면 나는 계속, 언제까지라도, 안전한 쪽에 서 있겠다.

젊은 날엔 나도 칠래팔래 돌아다니며 그런 말들에 자주 혹하곤 했지.

그러나 이제는 선과 악, 대의와 불의라는 그런 허황한 선동엔 절대로 팔을 걷어붙이지 않을 것이다. 인생세간의 길(人間道)이란 그런 말장난보다 더 무겁고 더 실질적인 이치임을 깨달을 나이가 된 것이다. 말하자면 명실상부한 어른인 것이다.

사람들은 저마다 각기 다른 처지에서 맹렬하게 살고자 노력한다.

어떻게 그들의 기분과 마음이 똑같을 수 있겠는가. 어떤 사람에게 선한 것은 다른 어떤 사람에게 악하기 마련이다. 다만 부정할 수 없는 것은 그들이 모두 살려고 하며, 더 잘살려고 한다는 사실뿐이다. 겸허하게 몸을 낮추어 살기에 힘쓰고 인정(人情)이 이끄는 바에 따라 힘이 허락하는 한에서 남을 살리는 것, 그것이 인간도이다.

세월이 그와 오래 사귀어온 사람들에게 선물하는 이런 깨달음을 이제는 승헌도 알게 되었다. 왜 수고해 가며 자신이 충분히 이해하지도 못하는 원칙들을 옹호하려고 남을 헐뜯는 것인가. 누구를 만나든지 자기 자신의 실질적인 이해(利害)가 말해 주는 인과율에 따라 정확한 타산과 정중한 예의로써 대접하면 되는 것이 아닌가.

그것으로 좋지 않은가.

물론 삶에 대한 이 같은 태도를 비난하고, 우활한 명분만을 내세워 핏대를 올리는 사람들도 더러 있지. 양반들. 단순히 그런 것에 핏대를 올린다는 사실 하나로 잘먹고 잘살아야 할 근거를 삼는 자들.

그런 허황한 자들이 어찌 타락하지 않을 수 있으리. 저들이 세도(勢道)에 따라붙고, 당파에 치우치며, 권력에 아유구용(阿諛苟容)하지 않으면, 자나 깨나 놀고 먹으며 제 몸만 살찌울 궁리를 일삼는 것이 어찌 특별한 일이겠는가. 인생세간의 실질로부터 멀어진 까닭인 것이다.

저들의 허위의식, 헛된 도덕률들, 위선에 찬 예학들. 그들 삶의 중심에는 허영이, 불쌍한 자기도취가 있다. 구체적인 싸움은 하나도 전개하지 못하면서 이불을 뒤집어쓰고 만세를 부르는 족속들의 자기도취……

승헌이 이런 생각들을 헤아리고 있을 때 갑자기 대문간이 소연해진다.

어느 놈인지 대문을 소란스레 흔드는 소리, 고함을 지르는 소리가 들리고, 대문간에서 사랑으로 쫓아들어오는 며느리의 발소리가 들리는 것이다. 이윽고,

"아버님, 아버님, 저…… 좌포청에서 포교가 왔사와요."

4 의문의 책

하며 승헌을 찾는 며느리의 가녀린 음성이 자못 떨린다. 승헌이 깜짝 놀라 자리를 박차고 일어섰다. 장지문을 열어젖히니 계하(階下)에 며느리의 창망한 얼굴이 있다.

"뭐라고, 좌포청 포교? 허어, 우리 집에 포교가 무슨 볼일이 있다더냐?"

"아버님을 찾고 있사옵니다."

"거참, 괴이한 일이구나."

승헌이 비록 중인이나 손님이 오면 집안에서도 의관을 정제하고 맞이하는 예법은 사대부와 다르지 않았다. 서둘러 물색 두루마기를 찾아 걸치고 정자관을 쓰는데 문득 불길한 예감이 들었다. 혹시……

그러나 오복 조르듯이 들려오는 고함 소리에 승헌은 더 이상 꾸물거리지 못하고 냉큼 내려가 행랑 마당으로 나섰다. 대문은 벌써 활짝 열려 있고 행랑 마당에는 청색 철릭을 입고 칼을 든, 허우대가 훌쩍한 포교 한 사람이 승헌을 노려보고 있다. 대문 밖에는 그 후배로 따라온 포졸 둘이 보인다.

"대체 무슨 일이관데 위의(威儀)가 이토록 대단하시오?"

"영감이 규장각에 다니는 현 주사요?"

"그렇소만."

그러자 포교는 불문곡직하고 뒤를 돌아보며 "여봐라, 이놈을 얽어라" 하고 호령한다. 승헌이 멈칫하는 순간 대문 밖에 서 있던 포졸들이 득달같이 달려들어 오랏줄을 들이대었다.

"아니, 이게 무슨 행패냐! 이놈들아, 내가 뭘 잘못했다고 이런 야료를 부리느냐?"

그러자 포교는 승헌의 코앞에 〈이조훈령(吏曹訓令)〉이라 씌인 체포영장을 들이밀며 호통을 쳤다.

"이놈! 아직도 정신을 차리지 못했구나. 네놈이 관인(官印)을 위조하여 강화 외각으로 보내는 백미를 포탈하였다고 벌써 내수사(內需司)로부터 고변이 들어와 있느니라. 냉큼 따라오너라. 네놈을 문초하러 비변사 당상들께서 와 계시다."

"뭐, 뭐라고?"

강화도에 있는 규장각 외각에 보내는 백미?

이게 무슨 뚱딴지 같은 소리야?

너무나 뜻밖의 횡액을 당하고 보니 아무 느낌이 없고 그저 학질에 걸린 사람처럼 떨리기만 한다. 뭐라고 배짱을 튕겨볼 생심도 내기 전에 우악스런 포졸의 손이 오랏줄을 잡아당긴다. 그 서슬에 승헌의 몸이 대문 밖으로 끌려갈 때, 영감! 하고 안채에 있던 마누라가 기겁을 하며 버선발로 달려온다.

"아이고, 나리님들! 이게 무슨 행악이시오. 세상에 우리 영감이 무슨 죄가 있다고……"

마누라가 놀란 토끼눈을 하고 포교의 소매를 붙들었다. 승헌은 그제서야 정신을 차리고 때를 놓칠세라 마누라의 귀에 입을 가져간다. 도무지 무슨 연유인지 모르겠으니 재동 좌참찬댁이랑, 형님댁이랑, 남산골 이 대교댁이랑, 아는 곳에 두루 연통을 하라는 것이었다.

그러나 그것도 잠시. 창졸간에 대문을 나서자 골목 밖으로 끌려나와 몇 행보 할 것도 없이 엎어지면 코 닿을 자리가 좌포청이었다.

지금의 단성사 자리인 좌포청은 소위 〈중바닥〉이라고 하는 종가 정선방(貞善坊)이 시작하는 곳에 있다. 저마다 한 자리씩 관청에 연고를 터고 지내는 만큼 승헌은 이 중바닥 사람들이 좌포청에 잡혀갔다는 얘기를 이제껏 들어본 적이 없다. 승헌은 이 경황 없는 중에도 행여 이웃들이 이 봉욕을 볼세라 낯이 뜨거워지는 것을 느꼈다.

이윽고 포졸들이 하늘이 무너진 듯이 울며불며 따라붙는 마누라와 며느리를 밀어내고 포도청 문을 닫았다. 그리곤 다짜고짜 승헌을 끌고 옥청(獄廳) 앞으로 데리고 가는데 승헌은 좌포청 당상 위에 걸린 〈총무청(總武廳)〉이란 현판을 보고서 그제서야 이상한 생각이 들었다. 아니, 내수사 전량을

4 의문의 책

포탈했다면 의금부나 형조로 잡아 가둘 일이지, 도둑놈을 잡는 좌포청이라니…… 이건 대체 아귀가 맞지 않는데. 그런데 그런 생각을 챙기기가 무섭게 육모방망이가 머리로 날아들었다.

"이놈, 여기가 어디라고 뻣뻣드름하니 섰느냐! 아주 눈깔이 뒤통수에 달린 놈이로구나!"

어쩌구 하더니 이번엔 발길질이 복장으로 올라온다.

승헌의 늙은 몸이 견디지 못하고 그대로 땅바닥에 나뒹굴며 애구구, 큭, 큭, 기침을 걸게 쏟았다. 그런데 웬걸. 그저 그렇게 으레 한 번은 당하는 매조짐인 줄 알았는데 옥청 여기저기서 포졸 서넛이 설레발치며 뛰어나온다.

"이게 웬 도포짜리야, 이놈 아주 잘 걸렸다."

"요 옆 중바닥에 사는 구실아치래."

"중인 놈이 꼴같잖게 물색 도포라니. 개발에 편자다. 이놈아."

이렇게 수작들을 주고받으며 불문곡직하고 몽둥이질에, 짓밟고, 짓이기는 발길질이 끝도 없이 계속된다. 승헌의 머리가 터지고 입고 있던 두루마기는 갈래갈래 찢겨져 누더기가 된다.

"어구, 어구, 사, 사……람 살려."

마침내 피범벅이 된 입에서 새어나오던 비명도 잦아져갔다.

하늘이 노랗고 눈앞이 가물거리는 것이 저승길이 오락가락하는 것만 같다. 생전에 남에게 해코지한 일 없고, 궂은일 안 겪어본 승헌이 늘그막에 당하는 고초이니 오죽하랴. 그런데 또 어느 놈의 발길인지 목덜미 안쪽을 모질게 파고든다.

"어억!"

숨이 막힌 승헌이 눈을 하얗게 뒤집고 정신을 잃으려 할 때였다.

그제서야 좌포청 당사 안에서 숙청색 관복을 입고 으리으리한 운학 흉배를 한 당상관이 나오더니 그 무작스러운 포졸들에게 호통을 친다.

"이런 못된 놈들을 보게! 네 이놈들! 자고로 고신(拷訊 : 고문)은 문초의 절차를 밟아 하는 법이거늘…… 누구가 네놈들 맘대로 죄인에게 매타작을 하라더냐?"

갑자기 호통을 들은 포졸들은 어리둥절하여 서로 눈만 멀뚱거린다.

복색이나 풍신으로 보아 상당히 높은 양반 같은데 어째 자기네 상관한 테서 들은 것과 말이 맞지 않는 것이다. 그때 그 당상관의 뒤에서 도포를 입고 큰 갓을 쓴, 키가 육 척이 넘는 건장한 사내가 나타나더니 성큼성큼 댓돌 아래로 내려섰다.

범상치 않은 사내였다.

두 눈동자가 무지개를 뿜을 듯이 빛나고 있었다. 어딘지 모르게 살기가 서려 있어 보는 이의 생기를 위태롭게 만드는 그런 눈이었다. 한눈에 무예 자임을 알 수 있는 그런 사내였다. 팔짱을 끼듯이 가슴 쪽으로 품은 팔에는 보자기로 싼 길쭉한 장대 같은 것이 들려 있었는데 5척쯤 되는 꼿꼿한 모양이 필시 칠성검(七星劍)을 감추고 있는 듯했다.

"이놈들! 감히 어느 안전이라고 고개를 쳐드는 게냐. 이판(이조판서) 대감이시다."

사내의 무겁고 냉랭한 목소리가 울리자 포졸들은 그 서슬에 질려 무조건 머리부터 조아렸다. 굽신거리면서 생각해 보니 이조판서라면 좌포청 포도대장의 직속 상관 아닌가. 어마 뜨거워라, 잘못하다 경을 치겠다 싶은 생각이 들자 포졸들의 허리는 새우처럼 휘어졌다. 과연 대청에 서 있는 그 당상관은 이조판서 서용수였다. 서용수는 황송해 하는 포졸들을 보자 한결 결기 삭은 목소리로 말했다.

"죄인의 숨결이 끊어지진 않았느냐?"

"예. 대감마님, 이놈이 까살을 떠는 것입니다요. 쇤네들이 어찌 무단히 물고를 내겠습니까요."

"죄인을 깨워 방으로 데리고 오너라."

"예에? 이 흙투성이를요?"

그러자 아까의 사내가 다시 나섰다.

"잠자코 명을 받들어라. 웬 말대꾸가 이토록 낭자한가."

제길, 어디서 꼭 화적질 해먹던 것 같은 놈이…… 간밤에 꿈을 잘못 꾸었나, 난데없이 웬놈의 이조판서?

면박당한 포졸은 입이 남산만큼 튀어나와 욕을 씨부렁거린다. 그러나 주제에 무슨 수가 있겠는가. 포졸이 바가지에 찬물을 퍼다가 승헌의 얼굴에 뿌리자 뻣뻣하게 굳은 승헌의 몸이 부르르 떨며 으, 으, 하고 신음소리를 내었다. 그러거나 말거나 포졸들은 승헌의 사지를 하나씩 붙들더니 득달같이 대청으로 올라가 이조판서 대감이 나온 큰방 앞에 올려놓았다.

아까의 사내가 누구를 부르자 방 안에서 비슷한 도포 차림의 구레나룻을 기른 정체 모를 인물 셋이 나왔다. 사내의 눈짓을 받고 그들이 승헌을 데리고 들어가자 서용수는 포졸들을 돌아본다.

"수고했다. 그만 물러들 가고, 이 총무청 근처에는 일체 잡인의 출입을 금하렷다."

"예. 예."

한편, 온몸이 물 먹인 솜처럼 축 처져 있던 승헌은 갑자기 주위가 괴괴해진 것을 느끼며 눈을 떴다.

이쪽 끝에서 저쪽 끝까지 열 걸음도 넘을 듯한 방 안은 몹시 어두웠다. 벽에는 외풍을 막으려는지 겹겹이 방장(房帳)을 두르고 병풍을 쳤으며 창에는 짙은 회색에 검은 무늬가 수놓인 무렴자가 드리워 있었다. 천장에까지 찬바람을 막는 앙장(仰帳)을 달아 놓은 어두컴컴한 방 안에 세 사람이 앉아 있었는데, 그들은 믿어지지 않을 만큼 조용한 정적의 밑바닥에 잠겨 있었다.

승헌은 가물가물 감기는 눈을 억지로 치켜뜨며 그들을 바라보았다.

뜻밖에 승헌에게 가장 가까이 앉아 있는 사람은 형조판서 이조원이었다. 그 옆으로 남청색 무관복을 입고 전립을 쓴 머리가 허연 대장이 한 사람 있다.

그 뒤에는…… 그들 뒤의 상석에는 통영갓을 쓰고 옥색 비단도포를 입은 노인이 하나 좌정해 있었다. 그 갓 쓴 노인은 봉창으로 들어오는 햇빛을 등으로 받고 있어 얼굴이 잘 보이지 않았다. 다만 이쪽을 쏘아보고 있는 시선만이 아프게 느껴질 뿐이었다.

그때 아까 이 방에서 나와 매 맞는 승헌을 구해 준 당상관이 들어왔다.

승헌은 그제서야 그가 이조판서 서용수라는 것을 알았다. 그런데 서용수를 보느라 고개를 돌렸을 때 승헌은 비로소 자기 뒤에 엄장(嚴壯)이 크고 보자기에 싼 장대 같은 것을 든 네 명의 도포짜리들이 서 있는 것을 알았다. 아래를 내려다보는 그들의 눈빛은 승헌의 몸을 뚫을 듯이 날카로웠다. 승헌은 뭐라 말할 수 없는 으스스한 기운을 온몸으로 느끼며 눈을 돌려버렸다.

서용수가 형조판서의 오른쪽에 좌정하자 뒤에 시립하고 있던 도포짜리들 중 하나가 쓰러진 승헌을 붙들어 일으켜세웠다. 이윽고 형조판서 이조원이 승헌 쪽으로 고개를 내밀며 입을 열었다.

"네가 규장 내각의 호방(戶房) 사령 현승헌이냐?"

"그러하옵니다."

"이 감결은 네가 쓴 것이렷다?"

감결(甘結)이란 관청과 관청 사이에 오가는 내부 문건으로 아전들이 작성하는 것이었다. 승헌은 떨리는 팔을 추슬러 엉금엉금 기다시피 그 앞에 다가갔다. 이조원이 내민 감결에는 놀라운 내용이 씌어 있었다.

그것은 〈규장각 용채(用債)로 배당된 내수사 전량 중 백미 40석을 1월 1일부로 강화도 외각에 하달한다. 내수사 쇄마군장(刷馬軍將)은 1월 11일까지 강화외각 호방 사령에게 상기 공물을 배송할 것〉이라는 내용이었다. 기안자는 바로 승헌 자신으로 되어 있었고 규장각 제학의 직인이 찍히고 직각의 수결이 있는, 말하자면 나무랄 데 없는 공문이었다.

다만 놀라운 것은 승헌 자신이 이런 감결을 쓰기는커녕 본 적도 들은 적도 없다는 사실이었다.

"증거는 또 있다."

승헌의 얼굴에서 경악의 빛을 읽은 이조원은, 그러나 여전히 신랄한 목소리로 소리치며 승헌의 앞에 주먹만 한 돌멩이 크기의 물체를 던졌다. 승헌은 처음에 죽은 쥐인 줄 알고 몸이 찌릿했으나 쥐가 아니었다.

회색이 깃들인 황토색의 그 물체는 타원형처럼 생겼는데 한쪽 끝이 칼에 깨끗이 잘려나가 속을 들여다볼 수 있었다. 속은 꽉차 있었다. 가볍고 무른 것이 무 같은 무슨 식물의 열매 같았다. 승헌으로서는 생전 처음 보는 물건이었다.

"그 북저(北藷: 감자)는 규장각 이문원에 있는 네놈의 책상에서 나온 것이다. 이래도 시치미를 뗄 생각이냐!"

"예에? 이······이것이 북저라는 것입니까요?"

"어허, 그래도 이놈이!"

승헌은 등골이 오싹해지면서 식은땀이 흘렀다.

지금은 1800년 1월. 『오주연문장전산고』 등의 책에 감자가 소개되기 30년 전, 감자가 전국적으로 재배되기 120년 전이었으니 승헌이 감자를 몰라보는 것도 당연했다. 연경(燕京)에 다녀오는 사신들이 가끔 한 포대씩 가져오는 이 귀한 감자를 먹는 것이라 생각하는 사람은 없었다.

이 시기 감자는 청나라에서 나는 귀한 식물로, 도장을 위조하는 데 쓰인다고 알려져 있었다. 감자알에서 나오는 식물성 기름에는 도장의 인주와 비슷한 성분이 있다. 먼저 감자를 뜨겁게 찐 다음 한쪽 끝을 자르고 다른 문서의 진짜 도장이 찍힌 자리에 꾹 누른다. 도장에 묻은 인주가 감자에 배어들도록 하는 것이다. 그렇게 반 식경(食頃: 한 끼 밥 먹을 시간) 정도 누르고 있다가 떼어서 감자를 다시 촛불에 가열시킨다. 도장이 배어든 자리에 촉촉히 물기가 생기면 그걸 위조할 문서에다 누르고 또 반 식경 정도 있으면 똑같은 도장이 감쪽같이 찍히는 것이다.

이조원이 이 감자를 들이댈 때부터 승헌은 아래턱이 덜덜 떨렸다. 승헌은 그제서야 이것이 무슨 오해나 착오가 아니라 무슨 이유에선지 계획적으로 자신을 잡아 족치려는 함정이란 걸 알았던 것이다. 승헌의 머릿속은 경악과 공포로 실타래처럼 엉켜갔다. 누가 그 실타래의 끝을 잡아당기기만 해도 폭발해 버릴 것 같은 공포였다.

"이놈, 네가 내수사 및 강화 외각의 이속배들과 짜고 이렇듯 관인을 위조하여 규장각의 공물을 횡령하려 한 사실이 내수사의 고변으로 백일하에 드러났다. 관리로서 관인을 위조한 죄는 참수형에 해당한다는 것을 알고 있으렷다."

"대, 대감마님, 밝게 살펴주소서. 쉰네는 이 북저란 것을 말로만 들었지 생전 처음 보옵고, 이런 감결은 본 적도 들은 적도 없사옵니다. 세상에 어떻게 이런 일이……"

"닥쳐라. 이 간특한 놈! 이미 강화 외각의 사령이 사건의 전모를 실토하였거늘 이제 와서 발뺌할 수 있을 것 같으냐?"

"대, 대체 그자가 누구이오이까? 소원이오이다. 부디 쉰네와 대질을 시켜주소서. 누가 이런 말도 안 되는 감결을……"

"흥, 그놈이 아직까지 살아 있으면 우리가 네놈을 데리고 입씨름을 할 까닭이 있겠느냐. 이 감결을 내놓은 외각 사령놈은 어제 문초를 받던 끝에 장하(杖下)에 죽었다. 자, 설마 이만한 부정을 네놈 혼자 저지르지는 않았을 터. 네놈을 사주한 자가 누구냐? 어서 바른 대로 대라!"

"대감, 억울하옵니다……"

"이놈이, 그래도?"

이조원은 눈을 부릅뜨더니 노성을 터뜨렸다. 옆에 있는 전립 쓴 대장을 부른 것이다. 그러고 보니 그 사람은 포도대장 김재신(金宰愼)인 모양이다. 승헌은 뭐라고 할 말을 잃은 채 서서히 절망의 나락으로 떨어져갔다.

"여보시오, 김 대장. 이놈의 이 요약한 태도를 보니 쉽사리 이실직고할 것 같지 않소이다. 수하들에 명하시어 옥청에 형틀과 주리를 준비해 주시오."

"알겠습니다."

그때였다.

"아, 잠깐……"

이제까지 아무 말 없이 앉아 있던 서용수가 자세를 고쳐 앉으며 김재신을 손짓했다.

"경혼(景混 : 이조원의 자)은 성미가 급해서…… 아직 더 소상히 알아본 연후에 문초를 해도 늦지 않사오이다. 가짜 감결을 쓴 장본인이 바로 그 문서에 자신의 이름을 남겨 놓는다는 것이 아무래도 이상하지 않사옵니까? 어쩌면 죽은 강화 외각의 이속이 거짓 자백을 한 것인지도 모르오이다. 세상의 풍속이 점점 어지럽고 야박해져서 사람의 말이란 것이 선뜻 믿을 바가 없소이다. 다른 사람을 죄에 밀치고 모함하는 계략이 천천만만하니, 어찌 이 사람도 그런 함정에 빠진 것이 아니라고 단정할 수 있겠소? 여보게, 현주사…… 그렇지 않은가?"

자신을 변호하는 서용수의 은근한 목소리를 듣자 승헌은 감격을 금할 수 없었다. 서용수가 그저 지옥의 도산검림(刀山劍林)에서 만난 부처님처럼 느껴졌다. 승헌은 눈물을 쏟으며 울음을 터뜨렸다.

"진실로 그러하옵니다. 대감마님…… 진실로 그러하옵니다. 쇤네가 미치지 않은 다음에야 어찌 뻔히 제 죽을 짓을 하겠사옵니까?"

"그래, 그래…… 나도 그렇게 생각하네만, 여기 있는 형조판서께서는 자네의 이름을 듣자마자 그럴 줄 알았다고 하시는군. 자네, 저 남당(남인)의 불측한 자들과 잘 통한다면서? 오늘 아침에도 형조 관아로 정약용과 채이숙을 찾아갔다던데? 그래서 말인데, 혹시 그런 자들의 사주를 받을 수도 있겠구나…… 하는 생각도 드는군."

"예에? 처, 처, 천부당만부당하옵신 말씀이옵니다. 쇤네는 정 참의 어른을 오늘 처음 뵈었사옵니다. 쇤네는 형조 관아에 다만 심부름을 갔던 것이옵니다. 채 승지 나리께서 위독하시어 제가 잠시 간병을 했던 것이옵니다."

"그래? 허어, 그렇다면 또 이야기가 다르군. 김 대장, 그리고 형판 대감, 아무튼 내수사는 우리 이조의 속아문(屬衙門)이니 이번 사건의 최종적인 책임은 이 몸에게 있소이다. 내 이 사람과 같이 옆방에서 이 사건을 좀 자세히 의논해 보겠소. 괜찮겠지요, 형판 대감?"

"좋으실 대로 하시오. 허나 저놈의 간특한 꾀에 넘어가선 아니 될 것이오."

서용수는 손수 현승헌을 부축하더니 여닫이로 된 조그마한 방문을 열고 난간이 달린 툇마루를 걸어 옆방으로 데리고 갔다. 서용수에게 어깨를 부액받은 승헌은 황송하고 민망한 가운데 그에 대한 존경의 염이 물 끓듯 솟아올랐다. 아, 이판 대감은 나를 생전 처음 보는 것이 아닌가. 그런데도 이토록 밝게 살펴 보잘 것 없는 나를 구하려 하시다니, 과연 인인군자(仁人君子)로구나.

그 방은 세 평 남짓한 작은 방으로 옷을 거는 횃대 하나 외엔 아무런 가구도 없었다. 승헌은 그 한구석에 앉자마자,

"대감이 밝게 살펴주시는 은혜, 쇤네가 죽어도 잊지 못할 것이옵니다. 죽어 무덤에 들어갈지언정 꼭 결초보은하겠습니다. 섶을 지고 불에 뛰어들라 하셔도 따르겠사옵니다."

하며 눈물을 흘렸다.

"허 허 허, 뭘, 당연한 일을 가지고……"

서용수는 개의치 말라는 듯이 손을 휘휘 저으며 앉는다.

"대체 누가 자네를 무고했는지 그럴 만한 인물이나 한번 생각해 보게나. 아, 그리고……"

그러더니 서용수는 곧 난감하고 슬픈 얼굴이 되어 한숨을 내쉬었다. 승헌은 무슨 이야기가 나올지 전혀 가늠할 길 없어 불안한 눈을 하고 서용수를 바라보았다. 이윽고 서용수는 들릴 듯 말 듯한 낮은 목소리로 다시 입을 열었다.

"사실 저 방에선 사람들의 이목이 있어서 거짓말을 했네만, 승지 채이숙과 나는 당파를 떠나 막역한 사이였지. 세상에, 그 전도유망하던 사람이 서학쟁이가 되어 죽다니······"

그러는 서용수의 눈에는 희미하게 눈물이 어리는 것이었다.

승헌은 감격스러워 가슴이 환해지는 것 같았다. 역시 군자유 군자지붕(君子有 君子之朋)이라더니 좋은 사람에겐 좋은 친구가 있는 것이겠지. 승헌은 드디어 서용수를 완전히 신뢰하고 말았다.

"그런데······ 채이숙, 그 사람이 죽기 전에 마지막으로 무슨 말을 남긴 것은 없었나? 부인이나 아들, 또 유족들에 대해선 뭐라고 하던가? 유족들을 부탁했겠지? 그렇지 않나?"

"예, 저······ 그것이······"

그때 승헌의 본능적인 직감이 승헌 자신을 말렸다. 아무래도 채이숙의 말만은 털어놓아선 안 된다고, 뭐라고 말로 설명할 수 없는 어떤 느낌이 말하고 있는 것이었다. 서용수는 승헌의 얼굴에 떠오른 그 망설임을 즉시 간파했다.

"하긴, 부친은 영의정에, 자신은 우승지를 지낸 집안이니 나라에 관계된 중요한 말도 있었을 걸세. 그런 말이 있다면 나도 알아둬야지. 당금의 조정에서 채이숙의 충정을 알아줄 사람은 정말 나밖에 없을지도 몰라."

"······"

"자네가 내게 귀띔을 해준다면 사안에 따라선 지금과 같은 억울한 누명을 빨리 벗을 수도 있지 않겠나? 내겐 사람 보는 눈이 있다고 믿네. 자네가 노둔하게 그런 알량한 뇌물을 챙길 사람이 아니라고 봐."

그 마지막 말이 쐐기가 되었다. 승헌은 찔끔하더니 서용수를 쳐다보더니,
"말씀드리겠사옵니다."
하고 몸을 내미는 것이었다.
"말씀드리겠사옵니다. 대감 마님은 쇤네가 믿을 수 있는 어른이란 걸 알았습니다."
승헌이 조급하여 몸을 내밀자 서용수는 크게 고개를 끄덕였다. 짐짓 느긋한 듯이 웃고 있었지만, 사실 서용수의 얼굴은 온통 긴장되어 눈을 깜박이는 것도 잊고 승헌의 다음 말을 기다리는 것이었다.
"채 승지께선 의식이 혼몽하시어 옆에서 간병하는 쇤네를 정 참의 대감이라 착각하시고 몇 마디 이르셨사옵니다. 충역의 가름이 여기에 있고 주상 전하의 목숨이 여기에 달려 있다 하셨사옵니다. 그리고······ 〈선대왕마마의 금등지사〉와 관련된 일이라고 하셨사옵니다. 그러면서 주상 전하에게 이렇게 전해 달라고 부탁하셨사옵니다. 〈지엄하신 명을 받자옵고 소신은 금등지사의 원본을 마지막까지 보관하고 있었사오나, 얼마 전부터는 소신의 집도 안심할 수 없게 되었고 오늘에 이르러서는 소신의 천한 목숨을 보전할 길이 없게 되었사옵니다. 사세가 이러함에 소신은 형조의 관헌들에게 잡혀오기 전에 그 원본을 믿을 만한 사람을 시켜 천진암에 은거하고 있는 동지들의 손에 넘길 수밖에 없었사옵니다. 어명을 올바로 받들지 못한 죄 죽어 저승에 가서도 씻을 길 없사옵니다〉고 하는 말이셨사옵니다. 그리고······"
"그리고 또······"
서용수의 이마에 핏줄이 돋아나고 진땀이 흐르기 시작했다.
"〈지금 그 원본의 행방은 소신과 같이 투옥된 윤 소사(召史:남편 없는 여인)가 알고 있사옵니다. 전하께서는 그 아낙을 찾으소서〉 하고 말했습니다. 그리고······"
"윤, 윤 소사라······ 으음, 그리고 또, 또 뭔가?"

"마지막 말은 너무 소리가 작아서 미처 듣지 못했습니다. 〈선대왕마마의 금등지사는 이미 우리가 다 알고 있는……〉 쇤네는 거기까지 들은 것 같사옵니다. 그 말을 마지막으로 채 승지께선 숨을 거두셨구요."

"〈선대왕마마의 금등지사는 이미 우리가 다 알고 있는……〉이라고?"

"예. 거기까지는 분명히."

"으음……"

서용수는 울대를 기어오르는 놀란 기침을 가까스로 삼키며 입을 다물었다. 서용수의 얼굴빛이 달라지자 승헌은 대번에 가슴이 다시 죄어들었다. 아, 역시 일이 이만저만 지중한 것이 아니었구나, 하는 느낌과 아울러 앞날에 대한 두려움이 밀려오는 것이었다. 그러나 어지러워지는 승헌의 가슴속을 주질러 앉히기라도 하려는 듯이 서용수는 눅직한 한마디를 던진다.

"잘 말해 주었네. 내 자네 일은 잘 선처하도록 약조를 하리. 그러나 일이 일인만큼 자네를 당장 방면할 수는 없다는 걸 자네도 알 걸세. 형식적으로나마 잠시 옥청에 가둬두고 조사하는 시늉을 할 터이니, 춥고 불편하더라도 좀 참으시게."

"가, 감사하옵니다, 대감 마님."

그러자 서용수는 거듭 고개를 조아리는 승헌을 두고 일어서서 장지문을 잡았다. 다시 아까의 큰방으로 나가려는 것 같은데 뭔지 꺼림칙한 것이 있는 눈치다. 아니나 다를까.

"자네…… 혹시 그 이야기를 참의 정약용에게 일러주었는가?"

"아, 아니옵니다. 어디 그럴 시간이나 있었갑쇼. 쇤네는 참의 어른을 모시고 대궐에 들어가자마자 곧바로 퇴궐했사옵니다요."

그 순간 서용수의 입가에 싸늘한 웃음이 지나가는 것을 승헌은 보지 못했다.

"잘했네! 아주 잘했어. 이 일은 자꾸 말이 나면 좋지 않은 것이니 당분간은 자네와 나만 아는 것이 좋겠네."

"예, 예, 여부가 있겠사옵니까."

승헌을 두고 작은 방을 나오자 서용수는 방 밖에 대기하고 있던 구레나 룻의 사내에게 잘 지키라는 눈짓을 했다. 툇마루를 걸어 다시 큰방으로 들어오자 서용수의 얼굴은 다시 달라졌다.

심각하고 난감한 표정으로 자리에 앉더니 즉시 허리를 숙이고 무릎걸음으로 상석에 앉은 갓 쓴 노인에게 다가갔다. 어두운 방의 가장 어두운 벽 그늘에 기대어 눈을 감고 조는 듯 생각에 잠긴 듯 앉아 있는 그 노인은 다름 아닌 심환지였다. 서용수는 심환지의 오른쪽에 바싹 다가가자 손짓으로 다른 두 사람을 불렀다. 그리고 나직하고 긴장된 목소리로 심환지에게 방금 승헌의 말을 아뢰기 시작했다.

"뭐, 뭐라고, 윤 소사?"

옆에서 서용수의 말을 듣던 이조원이 소스라치게 놀란다.

"그렇다네. 아직 그 계집은 전옥서에 있겠지?"

"아, 아직이 뭔가. 그 정약용이란 위인이 오복 조르듯이 포달을 떠는 바람에…… 죽은 채이숙과 함께 아침에 방면했다네."

"뭐! 뭐라고, 방면? 그럼 지금 어디에 있는지 종적도 모른단 말인가?"

"글쎄, 난들……"

"대체 그 계집의 본색이 무엔가? 그 계집이 누구길래 채이숙이 그 중요한 책을 한갓 아녀자에게 맡겼단 말인가. 해괴한 일이 아닌가."

"그, 글쎄, 나는 온통 채이숙에 신경이 쏠려서…… 계집의 사증(辭證: 조사서류)을 살펴보지 못했네. 허나 사증도 어디 믿을 수 있는가? 호패도 없는 계집이고 보니, 죄인이 실토하는 대로 믿는 수밖에. 듣기로는 경기도 양주에 사는 과부라는 것 같기도 하고……"

"에잇, 지금 그걸 말이라고 하나!"

"그만둬!"

드디어 돌부처처럼 앉아 있던 심환지가 미간을 찌푸리며 꾸짖었다.

4 의문의 책 175

얼굴이 벌겋게 된 서용수는 끙 하고 신음이 터져나오려는 것을 참으며 얼굴을 돌렸고 이조원은 사추리에 뭐가 떨어진 사람처럼 고개를 떨구었다.

방 안에 무거운 침묵이 찾아왔다.

심환지를 에워싸듯이 앉은 세 명의 당상관과 방문 앞에 시립하고 선 정체 모를 네 명의 사내들 사이에는 숨소리도 흘러나오지 않았다.

심환지는 빼쩍 마른 마디진 손을 휘저어 허리를 기댈 사방침(四方枕)을 움켜잡았다. 우득 하며 그의 인생이 근심스레 앓는 소리가 뼈에서 뼈로 전해졌다. 피로하다. 심환지는 가쁜 숨을 몰아쉬며 진땀이 흐르고 있는 이조원의 이마를 힐끗 바라본다.

후학(後學)이 용렬쿠나.

저 어쩔 줄 모르는 꼴이라니⋯⋯ 우리 당도 정말 큰일이야. 세대가 한 번씩 내려갈수록 인사(人事)는 점점 자잘해지고 인지(人智)는 점점 더 천박해 간다.

아, 몽오(夢梧 : 김종수)라도 살아 있었으면.

심환지의 늙은 눈엔 씩씩하고 영기발랄했던 젊은 날의 청명당(淸名黨 : 영조 말엽에 결성된 노론 벽파의 비밀결사) 동지들이 선히 떠오른다. 김종수를 비롯하여, 윤시동, 윤급, 이명식, 남유용, 이득배, 송재경, 김상묵, 조정, 심이지, 임성주⋯⋯ 심환지의 추억은 이들의 무덤으로 가득 차 있다. 사람이란 과거의 노예. 늙으면 늙을수록 자기 안에, 그리고 자기 뒤에 유령들을 데리고 살아가는 것이다.

이토록 액색한 지경에 몰리고 보니 친구들의 그 기개 있고 가멸찬 모습이 너무나 그리워지는구나.

계축년(1793).

영의정을 제수받은 채제공으로부터 사도세자의 원수들을 토멸하라는 상소가 올라왔을 때 눈앞이 캄캄했었다. 아니 눈앞이 캄캄한 정도가 아니라 정신과 혼백이 짓찧어져 가루가 되는 것 같았다. 어디 심환지뿐이랴. 사도세자의 죽음에 연루된 무수한 집안들이 다 숨소리도 못 내고 벌벌 떨지 않았던가.

그때 벌벌 떠는 심환지를 격려하며 분연히 떨쳐일어난 사람이 김종수였다.

하여 김종수와 심환지 두 사람은 〈충역의 근본을 흐리고 무고한 조신(朝臣)들을 참소하는 간적 채제공의 목을 베소서〉 하는 상소를 올리고 주상 전하의 비답(批答)을 기다렸다. 만나주려고 하지도 않는 전하의 비답을 기다리며 물 한 모금 마시지 않고 규장각 영화당 앞뜰에서 이틀 낮 이틀 밤을 엎드려 있었던 것이다.

사흘째 되던 날 아침, 비답이 내렸다. 김종수와 심환지를 그날부로 파직한다는 것이었다. 그 전날 밤새도록 장맛비를 맞은 심환지는 그 자리에서 졸도하고 말았다. 이대로 끝장이라고 생각하자 하늘이 머리에 부딪히고 땅이 패여 무너지는 것 같았던 것이다.

심환지는 물밀려오는 과거의 기억들을 추스르며 담뱃대를 찾아 들었다.

그러나 그때도 몽오는 의연했어. 기절한 나를 깨우며 그 사람이 하던 말이 아직도 귀에 쟁쟁하구먼.

〈이보시게, 만포(晚圃 : 심환지). 선비의 기절(氣節)은 국가의 원기(元氣)일세. 충성스런 간언을 하다가 역적으로 몰려 죽는 일은 예로부터 비일비재하거늘 뭐가 무서운가. 우리들이 죽어 충(忠)과 역(逆)이 갈리지 않고, 명(名)과 실(實)이 어긋난 오늘날의 조정이 나라 안의 뜻 있는 선비들에게 알려진다면 이 얼마나 뜻 있는 일인가.〉

그땐 정말 둘 다 금부도사에게 끌려 전하의 친국(親鞫)을 받을 것 같았다.

그러나 그날 저녁이 다되었을 때 영의정 채제공 역시 파직한다는 교지가 내렸다. 한나절 동안 조정 안의 공기를 살핀 주상 전하가 결국 마음을 돌린 것이었다. 결국 그날 밤 한밤중이 되어서 어전에 불려나갔다. 그리하여 그 망극한 〈선대왕마마의 금등지사〉라는 것을 알게 된 것인데…… 아, 이제는 몽오도 없이 우매한 내가 나라의 운명을 짊어지게 되었구나. 내 가슴속 이 경경(耿耿)한 회포를 뉘가 알리. 그때 심환지의 상념을 흔들며 서용수가 입을 열었다.

"대감, 정히 일이 어렵게 되기는 하였으되 아주 망조가 든 것은 아닌 듯하오이다. 잘 생각해 보면 이 일의 해결에는 두 가지 방책이 있사옵니다."

"음……"

"하나는 도성 안을 이 잡듯이 뒤져서 그 윤 소사란 계집을 책과 함께 없애버리는 것이요, 둘은 그것을 빌미로 우리를 공격할 남인들을 서둘러 조정에서 제거해 버림이외다. 이 두 가지 방책을 같이 도모하시면 제 아무리 전하에게 딴 뜻이 있다 해도 고장난명(孤掌難鳴)이라, 과히 염려두어 계실 일이 아닌 줄 아옵니다."

"답답한 소리!……"

"예?"

심환지는 고개를 모로 꼬고 서용수를 외면하면서 들고 있던 담뱃대로 재떨이를 땅땅 두들겼다. 그 소리에 서용수는 등골이 시큰거리는 것 같았다.

"우리가 그러는 동안 주상 전하께서는 나 몰라라 팔짱만 끼고 계실 것 같은가? 지금쯤 주상 전하도 채이숙이 죽은 것을 아셨을 것인즉. 즉시 장용영의 금군들을 데리고 명덕동 연명헌(明德洞 戀明軒: 의정부시 수락산 속에 있는 만년의 채제공이 산 저택)으로 미행(微行)하실 것이니라."

"……"

"더구나 그 계집이 벌써 연명헌에 들어갔다면 호락호락 그대들에게 잡힐 성싶은가? 오늘이 바로 채제공의 소상일세! 오늘 그 집은 전국에서 몰려든 남인들로 미어터지고 있을 텐데 거기다 칼을 들이대고 계집을 내놓으라고 할 셈인가? 그렇게 실랑이를 벌이고 있을 때 주상 전하의 행차라도 나타나는 날엔 그대들은 그 자리에서 주살되는 것이야!"

"아, 아뢰옵기 황송하오나……"

형조판서 이조원이었다.

"일이 그렇지는 않을 것이오이다. 시생이 아침에 보았사온대 그 계집은 추위와 고문으로 거의 반송장이 된 몸이었사옵니다. 예서 명덕동까지는 30리 길. 성한 장정도 족히 반나절은 걸리는 길이오니 벌써 당도했을 이치가 없사옵니다. 뿐만 아니옵고 지금 별기대 아이들이 채이숙의 집으로 통하는 길목길목에 숨어 드나드는 인사들을 조사하고 있사오니 즉시 지시만 내리시면 그런 일은 미리 막을 수가 있사옵니다."

"으음……"

어두운 방 안에 심환지의 작고 가는 눈이 햇빛을 반사하는 칼날처럼 빛났다. 그의 담뱃대가 다시 땅땅 재떨이를 두들겼다.

"재겸이 거기 있느냐?"

"예."

방문 앞에 늘어선 사내들 가운데 아까의 거한이 무릎걸음으로 다가왔다.

"별기대 아이들은 지금 어디어디에 있느냐?"

"수락산 채이숙의 집 주변에 60여 명이 있사옵고 30여 명은 창덕궁 돈화문길 앞의 안가에서 대궐로부터 기별을 기다리고 있사오며 다방골 안가에 따로이 60여 명이 대기하고 있사옵니다."

"여기 형판 대감께서 그 계집의 용모파기를 주실 것이다. 그것을 가지고 도성 안을 이 잡듯이 뒤져라. 특히 이승훈의 집, 이인몽의 집, 오석충의 집, 정약전―정약용―정약현의 집, 권철신―권일신의 집, 이익운의 집, 홍낙민의 집 등등 경신회(庚申會 : 남인 서학파의 비밀결사) 일당의 집에는 집집마다 감시를 붙이고 출입하는 자들을 일일이 점검해라. 즉시 시행하렷다."

"예."

"그리고 김 대장."

"예."

"김 대장께서는 좌포청 아이들을 풀어 사대문의 군총들 옆에 따로이 수문군(守門軍)을 더 세우시고 술시(戌時 : 오후 7시)가 되면 성문을 굳게 닫으라

이르시오."

"예."

"형판, 형판은 사람을 보내 검률 도학순이를 이리로 불러주시오. 그 윤소산가 뭔가 하는 계집에 대해 들은 말이 있었을지 모르니. 그리고 이판께서는 다방골에 가 계시다가 상황이 변하는 대로 필요한 조치들을 취해 주시오. 나도 오늘밤은 이 좌포청 청사에서 대기할 것인즉."

"알겠습니다."

물 흐르듯 하는 심환지의 지휘에 방 안이 갑자기 술렁거렸다. 김재신이 즉시 전립을 고쳐매고 방을 나갔고, 방문 앞에 시립하고 있던 사내 하나가 용모파기를 그릴 도화서(圖畵署)의 화공을 부르러 뛰어갔다.

그때 재겸이라 불리운 키 큰 사내는 일어서려다 말고 서용수의 귀 가까이 얼굴을 가져갔다.

"대감마님······ 저 옆방에 있는 구실아치는 어찌하올지요."

서용수의 눈에 곤혹스런 빛이 떠올랐다. 잔잔한 우물에 던져진 돌멩이처럼 고뇌가 찌푸린 눈으로부터 얼굴 전체로 번져갔다.

이윽고 그는 벌써 반백이 다된 머리를 조아리며 한숨을 쉬었다.

"똥오줌을 받지 않는 알곡이 없고 악덕의 신세를 지지 않는 대의(大義)도 없는 법일세. 외상이 생기지 않게끔 죽여버리게. 혀를 잘라 스스로 자진(自盡)한 것처럼 꾸미도록. 시체는 따로이 쓸 데가 있으니 당분간 이곳에 보관하게. 나중에 사간헌과 사헌부 양사에서 시체를 찾으러 사람이 올 걸세."

5 용은 움직이다

> 아아, 불효소자 철천극지(徹天極地)할 원한을 안아
> 죽지 못하고 오늘에 와서 보니
> 옛날은 아득하여 완고한 바위와 같사옵니다.
> 아버님의 태어나심은 하늘이 나라의
> 큰 소망을 들어주신 것이었습니다.
> 소자 감히 여기에 무엇을 기필하겠습니까.
> 그런 후에 소자가 탄생한 것을 비로소 천하 후세에
> 길이 아뢸 수 있겠습니까.
> 인하여 붓을 들어 피눈물로 아버님의 현궁(玄宮)에
> 삼가 기록하는 글에 이르노니,
> 휘(諱)는 훤이시요, 자는 윤관이시오며,
> 숙종대왕의 손자이시고
> 영조대왕의 아드님이시옵니다.
> ─정조,「현륭원지(顯隆園誌)」(1789),
> 『홍재전서(장서각본)』권16

  도랑에는 쓰레기들이 빽빽이 처박힌 채 얼어붙어 있었다.
  겨울 오후의 희미한 햇살에 조금씩 녹기 시작한 도랑은 시큼한 음식 썩는 냄새와 똥오줌 냄새를 풍겼다. 도랑 옆 진흙 묻은 반자틀과 낮은 굴뚝이 세워진 집들에선 옴이 오르고 털이 빠진 개들과 눈이 짓무르고 때가 비늘처럼 벗겨지는 아이들이 까르륵거리며 나다니고 있었다. 아이들은 눈부신 비단 관복을 입은 서용수와 이조원이 나타나자 눈을 똥그랗게 떴다.
  합동에서 다방골로 빠지는 골목길이었다.

골목 막다른 곳에 있는 안가에 도착하자 두 사람은 즉시 큰방으로 모셔졌다. 안가의 행랑채와 안채에 평복을 입은 별기대(別騎隊: 훈련도감의 기마부대) 무사들이 숨소리도 없이 대기하고 있는 모습이 보였다.

서용수와 이조원은 무사들에게 태연을 가장하려고 애썼다.

그러나 막상 큰방 상석의 보료 위에 좌정하자 둘 사이에는 긴장된 침묵이 흐르기 시작했다.

"빌어먹을 영감탱이……"

이윽고 서용수가 허공을 흘겨보며 으르렁거렸다. 옆에 앉은 이조원이 그것을 보더니 빙긋이 웃으며 물었다.

"누구 말인가?"

"누구기는……"

단맛은 저희들이 혼자 보고 재앙은 모두 같이 당하자는 물귀신 같은 늙은이지.

서용수는 심환지에 대한 불만이 목구멍까지 치밀어오르는 것을 느꼈다. 사도세자가 죽고 10여 년이 흐른 뒤. 그의 아들인 정조가 왕위를 계승하는 것이 시간문제로 박두하자 노론은 너나할것없이 위기감에 사로잡혔다. 그리하여 사도세자의 일에 연루된 노론의 중진들은 홍계희, 김구주 등 드러난 흉수를 배제하고 청명당(淸名黨)이라는 60여 인의 비밀결사를 조직하여 생사를 같이하기로 했던 것이다.

즉위한 뒤 정조는 홍계희, 김구주 등을 처단했으나 감히 그 본류인 청명당에 대해선 손을 대지 못했었다. 이제부터 시작될 정조의 징토는 바로 이들을 과녁으로 삼을 것이다. 그 청명당 중 아직까지 살아 있는 사람은 이병모, 심환지…… 심환지가 저토록 안절부절못하는 것에는 다 자기 목이 달려 있기 때문이지.

경을 칠 늙다리들!

그러길래 왕통에 관계되는 일은 삼가해야 하는 것이거늘. 청의(淸義)니

사풍(士風)이니 저희 멋대로 잘난 척하며 이런 화근을 만들어 놓고는 되레 우리한테 큰소리라니!

이 차제에 아예 저 늙은 것들을 역모로 고변해 버리고 우리는 발을 빼? 아…… 정말 보통일이 아니군. 지금 방귀깨나 풍기는 우리 또래들은 모두 저들의 일가붙이요, 사돈이요, 제자인데. 옥사의 불똥이 이만저만하지 않을 것이다.

서용수의 가슴에 소용돌이치는 불안은 이조원도 마찬가지였다. 이조원은 정신과 혼백이 함께 날아가버린 듯 멍한 상태에 빠져 있었다. 일산(日傘)을 받치고 높은 수레 타는 사람은 근심도 큰 법이라더니. 형조판서에 서임되자마자 이런 일이……

방 안의 침묵은 무겁고 길게 드리웠다.

그때였다.

아주 가까운 곳에서 징소리가 울리더니 둥둥 하고 북소리가 일어난다.

악! 서용수는 속으로 비명을 지르며 후닥닥 일어나더니 집 밖으로 난 영창을 열어젖혔다. 어디냐? 어디선가 금군들이 오고 있다고 생각한 것이었다. 서용수의 옆으로 다가오는 이조원도 핏기가 사라졌다.

그러나 그 숨막힐 듯한 긴장은 곧 사라졌다.

둥둥 하는 북소리가 군영에서 쓰이는 그것이 아니라 열두 박자의 굿거리 장단임을 깨달았기 때문이다. 곧이어 방울소리가 나고 무당의 모자며 부채를 든 담황색 옷소매가 낮은 싸리나무 울타리 위로 보이기 시작했다. 이 안가에서 오른쪽으로 몇 칸 건너뛴 집에서 무당이 푸닥거리를 하고 있는 것이다.

이윽고 서용수가 영창에서 물러서더니 이조원을 돌아본다.

"경혼이…… 자네, 뒤주대왕 사당을 보았나?"

"응?……"

서용수의 뚱딴지 같은 물음에 이조원은 고개를 외로 꼴 뿐이었다.

"요즘 삼개, 용산 일원에는 뒤주대왕, 즉 사도세자를 무신(巫神)으로 모신 사당들이 유행처럼 번지고 있다 하네. 말하자면 공민왕이나 단종대왕 같은 왕신으로 모시는 것일세. 어리석은 백성들은 억울하게 죽어 크나큰 원한을 가진 왕의 귀신일수록 법력이 크다고 여기니 말이야. 그러나 그런 구복(求福)의 뜻 말고도 불쌍하게 죽은 사도세자의 원혼을 위로하고 싶다는 연민의 뜻도 있겠지."

"……"

"그런 백성들에게 사도세자를 참소해 죽인 진범들이 비로소 밝혀졌다고 하고 그 대역무도한 놈들을 징토하겠다는 어명이 내린다…… 일은 이렇게 되는 것이지."

"그러니까 여중이 자네는…… 전하께서 우리를 징토해도 저렇듯 사도세자를 불쌍히 여기는 백성들은 반발하지 않는단 말인가?"

"반발이 다 뭔가, 오히려 사필귀정이라며 기뻐할지도 모르지."

"으음…… 그래서, 여중이 자네는 어떻게 했으면 좋겠나?"

"이제는 정말 도리가 없으이. 이 차제에 아예 곪은 종기를 도려내는 심정으로 우리는 발을 빼는 것이 어떤가?"

"뭐라고?"

"『주역』 서괘전(序卦傳)에 이르기를 〈임금과 신하가 있은 후에 상하가 있으며, 상하가 있은 후에 예의가 있다(有君臣然後有上下 有上下然後禮義有所錯)〉하였네. 임금과 신하의 분별이 지중하니 남의 신하 된 몸으로 어쩌겠는가. 전하의 뜻을 좇는 수밖에. 지금의 전하께서 포악하고 방탕한 암군(暗君)이라면 또 몰라. 허나 지금 전하께서 어디 그러신가. 전하께서 즉위하신 후로 나라의 부(富)는 늘고 백성들의 살림은 기름이 흐르기 시작했네. 서북지방의 금을 캐어 왕실의 재정을 살찌웠고, 저수지들을 정비하여 삼남의 각 고을에 전답을 2배로 늘렸으며, 신해통공으로 시장을 번창케 했네. 자연히 지금 백성들은 전하를 어버이처럼 따르고 있네. 그러니……"

"닥쳐! 이 소인배 같으니!"

서용수는 깜짝 놀라 어깨를 뒤로 젖혔다. 좀처럼 화를 내는 법이 없는 이조원이 얼굴이 벌겋게 되어 고함을 지른 것이다. 좌우로 뻗은 이조원의 턱수염이 부르르 떨린다.

"마, 말이 너무 지나치지 않소!"

"지나치지 않아! 뭐가 어째, 백성들이 전하를 어버이처럼 따르고 있어? 지금의 전하께서 즉위하신 후로 나라의 대들보인 명문세가들 열에 아홉이 참벌을 면치 못했네. 그것도 모자라서 이제는 묵묵히 불만을 참고 종사해 온 우리 조정대신들까지 징치하겠다는 폭군. 그 폭군을 백성들이 따르고 있다고!"

"……"

"대저 임금이란 것이 무엇인가. 위로는 조종(祖宗)의 부탁하시는 바를 생각하고 아래로는 억조창생이 우러러 받드는 바를 굽어살펴, 두려워하고 조심하며 만기(萬機)를 부지런히 다스리는 자일세. 그런데도 지금의 주상 전하는 오직 자기 한 몸만을 보전하려 선왕의 법을 폐하고, 백성의 고혈을 긁어다 마땅히 후하게 할 곳을 박하게 하고 박하게 할 곳을 도리어 후하게 하고 있네. 생부라는 이유로 감히 선대왕마마께서 벌하신 사도세자를 추존하고, 그것을 빌미로 우리 청류들의 씨를 말리겠다는 그 독심(毒心)…… 전하의 어지러움이 이 지경에 이르렀거늘. 발을 빼? 전하께 달려가 고변이라도 하잔 말인가? 명색이 상대부(上大夫)의 반열에 있는 선비로서 어찌 그따위 소리가 나올 수 있는고!"

드디어 서용수도 화가 머리끝까지 치밀어올랐다.

"그래, 그럼 어쩌잔 말이오! 한강 백사장에서 바늘 찾기지, 어디서 그 계집을 찾는단 말인가? 결국 못 찾아서 전하께서 그 책을 손에 넣으신다면 어떡할 텐가. 정말 시역이라도 하잔 말이얏!"

시역(弑逆)!

듣고 있던 이조원의 안색이 변했다.

말을 한 서용수도 벼락을 맞은 듯 몸을 부르르 떨었다.

자신의 말에 자신이 당황한 것이다. 엉겁결에 말을 내뱉고 보니 온몸에 소름이 끼치면서 망건 편자에 식은땀이 방울방울 맺힌다. 시역, 임금을 죽인다는 것은 두 사람 모두가 절대로 입에 담을 수 없는 말이었다. 무엇이 두려워서가 아니다. 세상에 처음 눈뜬 아득한 어린 시절부터 배워온 교육의 힘 때문이었다.

그러나 그 말은 정말 현실이 되어 나타날지도 모른다.

지금 안절부절못하고 앉아 있는 두 사람의 뇌리를 짓누르는 공포는 바로 그것이었다. 시역은 가능하다. 그러기에 그것은 더욱 무섭고, 더욱 두려운 모종의 사태를 떠올리게 하는 것이다.

이윽고 이조원이 먼저 안색을 부드럽게 하고 사과했다.

"미안하오. 내가 과했던 것 같으니 이판께서 아량을 베푸시게."

"도, 도리어 내가 할 말씀을. 방금 한 말은 부디 못 들은 걸로 해 주시게."

"휴, 모든 것이 전하의 탓일세. 전하는 요즘 모든 국사를 규장각에서 결정하시고 조지(朝紙: 관용 신문)에 발표하지도 않으시네. 규장각 대교 같은 미관말직도 그림자처럼 전하를 따라다니면서 의견을 말하는데 명색이 조정대신인 우리들은 등대(登對)조차 제대로 할 수 없잖은가. 나도 전하를 가까이서 뵌 지가 한 달이 다돼가네그려."

"동감일세……"

"그러니…… 아까 그 말씀은 아예 생심도 내지 마시게. 이번 일은 고변 따위로 해결할 수 있는, 그런 만만한 것이 아닐세."

"딴은……"

서용수는 이번에도 순순히 고개를 끄덕였다.

그 말이 맞을지도 모르지.

전하의 욕심이 어찌 몇 사람 조정대신을 처단하는 데서 그치겠는가.

어릴 적부터 〈문왕께서 높은 곳에 계시어/하늘에 빛나시니/주(周)나라는 비록 오래된 나라이나/받은 바 천명을 유신하였네(其命維新)〉하는 『시경』 대아편 문왕을 즐겨 읊던 전하. 전하에게는 낡은 제도의 모순들을 해결하고 날로 피폐해 가는 나라를 거듭나게 하겠다는 오랜 유신의 꿈이 있었다.

어떻게 유신을 이룩할 것인가.

황극편(皇極編)(1790) 어제(御製) 서문에서 역설한 전하의 대답은 바로 〈황극(皇極)이 서야 한다〉는 것이다. 황극이란 『서경』 홍범편 제5주에 나오는 말로서, 나라 안의 당쟁과 갈등을 억제할 강력한 왕권을 뜻한다.

강력한 왕권의 출현, 정조는 그것만이 나라의 고질적인 병폐를 뿌리 뽑고 민생을 안정시킬 유일무이한 길이라고 주장한다. 만민은 임금 앞에 평등하다는 것. 청명이니, 공의니 하는 그럴듯한 명분으로 스스로의 권력욕을 포장하고 붕당을 획책하여, 백성들 위에 군림하려는 무리는 가차없이 처단하겠다는 것이었다.

노론의 입장에서 보면 이것은 터무니없는 궤변이 아닐 수 없다.

붕당(朋黨)이란 무엇인가?

군자에겐 군자의 벗이 있고 소인에겐 소인의 당이 있음(君子有君子之朋, 小人有小人之黨)은 주자께서 가르치신 것이다. 붕당은 필연적인 현상이요 인력으로 없어지는 것이 아니다. 옛날 영모전 소경대왕(永慕殿 昭敬大王 : 선조)께오서도 〈이이가 군자라면 그의 붕당이 있는 것이 걱정이 아니라 붕당이 적은 것이 걱정이다. 나도 주희(朱熹)의 말을 본받아 이이, 성혼의 당에 들겠노라〉 하셨다.

전하께서 지금 군자와 소인, 정통과 이단을 구별하지 않고 왕권만 강화하겠다고 하는 것은 실로 선왕을 폄하하고 공의를 무시하는 것이다. 시비를 미봉하고 충역을 가르지 않는 것이며, 한마디로 독재인 것이다. 전하는 지금 권력기반을 굳히는 데 눈이 어두워, 탕평의 명분으로 신하의 입을 막고 이권과 벼슬자리로 선비들을 낚고 있는 것이다……

서용수는 연전에 원로대신 이택징(李澤徵)이 분통을 터뜨리던 광경을 다시 떠올리지 않을 수 없다.

〈전하! 이 나라가 전하 한 사람의 나라이옵니까? 이 사직이 전하 한 사람의 사직이옵니까? 아니옵니다. 이 나라 400년 사직을 붙들어 지탱한 것은 사대부이옵니다. 고금에 드문 임진, 병자의 큰 국난을 치르고도 이 사직이 온전히 지탱된 것이 누구 때문입니까. 오로지 주자의 가르침을 받들어 대의를 태산보다 중히 여기고 목숨을 홍모(鴻毛)처럼 가볍게 던진 사림의 기절(氣節)이옵니다.

전하께서는 이 같은 사림의 공의를 멀리하시고 모든 국사를 규장각과 의논하여 처결하십니다. 규장각의 각신들은 전하를 믿고 공공연히 월권행위를 자행하고 있사옵니다. 신은 지금 죽기를 무릅쓰고 아룁니다. 규장각은 전하의 사각(私閣)이지 국가의 공공기관이 아니요, 규장각의 각신들은 전하의 사신(私臣)이지 이미 조정의 관리가 아니옵니다. 통촉하옵소서.〉

그럼에도 불구하고…… 전하는 대체 뭘 믿고 저리 하시는 것인가.

적서차별의 철폐, 노비제도의 혁파, 과거제도의 전면적인 개편, 상공업의 진흥, 그리고 궁극적으로 세제(稅制)의 개혁, 전하가 주창한 그 모든 정책들은 그때마다 조정대신들의 완강한 반대에 봉착했다. 그럼에도 불구하고 올해 벽두부터 전하의 유신을 알리는 움직임이 속속 나타나고 있는 것이다. 서둘러 마무리된 왕세자의 국혼은 말할 것도 없다. 며칠 전에는 누차 지적해 온 적서차별의 철폐와 노비제도의 혁파를 전하가 직접 감독하며 강력하게 추진하겠다는 뜻을 밝히셨다. 대체 뭘 믿고…… 역시 이야기는 선대왕마마의 금등지사로 귀결되는구나.

그때 방문 밖에서 부산한 발소리가 들렸다.

서용수와 이조원이 움찔하여 자세를 고쳐앉는데,

"대감마님, 소인 재겸이옵니다."

하는 듬직한 목소리와 함께 곧장 방문이 열렸다.

이어 방문 앞에 한 손을 짚고 부복한 것은 아까의 체구가 큰 무사였다. 한쪽 무릎을 꿇고 앉으니 서용수의 눈이 그의 가슴께에 가닿는다. 이쪽의 대답을 기다리지도 않고 기탄없이 방으로 들어오는 태도 하며, 자리에 앉으니 태산처럼 듬직한 풍모가 예사롭지 않다. 흐음, 병법을 아는 자는 동(動)함에 망설이지 않고 거(擧)함에 궁하지 않다더니…… 이름이 구재겸이라던가, 서용수는 그 범상치 않은 무사의 이목구비를 뜯어보았다.

그러나 형조판서 이조원은 이미 막역한 사이인 듯 거침없이 상황을 물었다.

"그 계집의 일은 어찌되었느냐?"

"아이들이 지금 용모파기를 들고 도성 안을 뒤지고 있사옵니다. 전옥서 형리들과 의금부 나장들에게도 시급히 잡아야 할 서학의 주구(走狗)라 하고 협조를 청했습니다. 그리고 경신회 일당들의 집집마다 감시를 붙여놓았습니다."

"음…… 대궐로부터의 연락은?"

"이 집으로 오기로 되어 있습니다."

"수고했네. 이판께선 이 아이를 아직 모르시지요. 재겸아, 이참에 정식으로 인사를 올리거라."

이조원은 방문 앞의 거한이 몸을 일으켜 넙죽 서용수에게 절하길 기다려 위인의 내력을 설명한다.

"아까 좌포청에서도 잠시 소개를 드렸소만 이 아이는 능성(綾城) 구문(具門)의 혈손, 재겸(在謙)이라고 하오. 지금 훈련도감의 별기대 기총(騎摠)으로 있소만 이런 내밀한 일을 같이 도모하기에 이만한 아이가 없소. 이판 대감께서 앞으로 잘 이끌어주시오."

"음, 그래요? 능성 구씨 문중이라면 혹시……?"

"그렇소. 죽은 훈련대장 구선복의 아들이오."

"저런……"

서용수는 침을 꿀꺽 삼키며 입을 다물었다.

능성 구씨는 인조반정 이후 200년간 대대로 군영대장을 배출해 온 조선 제일의 훈무세가(勳武世家)였다. 영조조에는 포도대장, 병마절도사, 통제사, 금위대장을 모두 이 집안에서 오로지한 적이 있을 만큼 군문에 발이 넓고 가전(家傳)의 무학이 출중했다. 14년 전, 정조는 영의정 김상철의 역모에 연루시켜 훈련대장 구선복과 그의 조카 명겸(明謙)을 장살(杖殺)함으로써 군에 대한 이 집안의 영향력을 결정적으로 거세하려 했다.

그러나 그 가문이 일시에 민멸되지는 않았다. 누대에 걸쳐 군에 뿌리내린 능성 구씨가의 인맥은 정조 혼자의 힘으로는 도저히 어쩔 수 없었던 것이다. 심지어 정조가 가장 신임하는 현(現) 장용영 대장 신대겸(申大謙)도 구선복의 당숙인 구성익(具聖益)의 사위였다. 따지고 보면 역적의 아들인 구재겸이 이렇듯 별기대를 통솔하는 총관(總官) 자리에 있지 않는가.

별기대는 이인좌의 난을 계기로 생겨난 훈련도감 직속의 기마부대다.

별기대는 별무사도시(別武士都試)라는 별도의 무과로 선발된 별무사(別武士)라는 무예자들로 편성된다. 보통 무과가 활쏘기 위주로 이루어지는 데 비해 별무사도시는 말타기 4개 과목 외에 월도(月刀), 이화창(梨花槍), 쌍검(雙劍) 등의 시험을 치른다.

본래 산지와 구릉이 많고 인가가 밀집된 우리나라는 그 특성상 활쏘기 이외의 무예가 발달될 수 없었다. 아무리 도, 검, 창, 곤을 숙달해 본들 나뭇가지나 바위 등 지형지물을 이용해 도망치며 계속 활을 쏘아대는 사람을 당할 수 없기 때문이다. 그런 까닭에 도, 창, 검을 시험쳐 뽑는 별기대는 우리나라의 얼마 안 되는 무예자들이 모두 지망하는 곳이었다.

그러나 이 부대는 자주 권신(權臣)들의 역모와 관련되면서 정조의 신임을 잃게 된다. 때문에 처음 궁궐의 담장을 순찰하는 임무를 맡았던 별기대는 정조 10년 이후에는 왕성으로부터 멀리 떨어진 홍례문 밖에 주둔하면서 도성 밖 순찰을 맡는 부대로 격하되었다. 집권 노론은 이러한 별기대의 불만을 이용하여 이들을 정치사찰에 활용하였다. 그리하여 궁궐 안의 정보는 내시부에서, 궁궐 밖의 정보는 별기대에서 각각 노론의 귀로 들어가는 것이었다.

이윽고 서용수가 입을 열었다.

"과연 일을 도모할 만한 인재이오…… 자네 올해 몇인가?"

"스물아홉이옵니다."

"장하이. 이렇듯 훌륭하게 장성한 자네를 보니 감개가 무량하네. 죽은 구 장군의 위의(威儀)와 풍모를 다시 보는 듯하구먼. 『예기』 곡례(曲禮)편에 이르기를 〈아버지의 원수와는 함께 이 세상에 살지 않아야 한다(父之讐, 弗與共戴天)〉고 했으니 자네도 여러 가지 생각이 많겠네만……"

사람을 어르고 선동하는 데는 제갈조조란 말을 듣는 서용수는 은근히 이렇게 구재겸을 퉁겨본다. 그런데 웬걸. 이건 솥뚜껑을 두드린 것 같은 반응이다.

"아니옵니다."

"?……"

"외람되오나 대장부의 분노는 공분이 아니어선 안 된다고 들었사옵니다. 저희 부친은 나라에 죄를 지은 몸. 소인이 어찌 가문의 사사로운 원한 때문에 딴생각을 품을 수 있겠사옵니까."

"……?"

갑자기 방 안의 분위기가 아연 경직되었다. 서용수는 너무도 뜻밖의 말에 관자놀이가 찌릿찌릿해지는 것을 느끼며 이조원을 돌아보았다. 입을 반쯤 벌린 이조원도 기가 막힌다는 얼굴이다. 그들의 시선은 다시 구재겸에게 옮겨졌다. 그러자 구재겸은 씨익 웃음을 머금은 늠연한 태도로 말을 이었다.

"하오나……"

"하오나?"

"삼가 나라를 생각하면 소인도 어찌 우심전전(憂心輾轉)을 금할 수 있겠사옵니까. 근자에 주상 전하께서는 군자를 내쫓고 아첨하는 소인배들을 높이기에 겨를이 없으시옵니다. 누대에 걸쳐 충성해 온 명가(名家)들을 멸문시키고 사림의 공의를 돌보지 않으시어 임금과 신하 사이의 의리가 땅에 떨어졌습니다. 전하의 총애를 등에 업은 방자한 무리들은 주자의 가르침을 능멸하고 이단의 사도(邪道)를 받들어 외모외환(外侮外患)을 꾀하니 나라의 위태로움이 어찌 이보다 더할 수 있겠사옵니까."

"허……"

구재겸의 절묘한 말솜씨에 감탄한 이조원이 한 손으로 무릎을 친다. 서용수의 얼굴에도 이놈 봐라 하는 빛이 번져가는데 구재겸은 모르는 척 말을 잇는다.

"이 같은 사직의 위태로움을 붙들고자 한다면 먼저 그 뿌리를 잘라내어야 하옵니다. 사람은 일대(一代), 사직은 만대(萬代)라 하였사옵니다. 황송무지한 말씀이오나……"

그러자 서용수가 외마디소리를 지르며 손을 흔들었다.

"아아, 구 총관! 됐네! 내 무슨 말인지 알겠네. 아직은 그런 말을 할 계제가 아닐세. 우리, 일의 선후를 분명히 하세. 지금 당장은 그 윤 소산가 뭔가 하는 계집을 잡아 선대왕마마의 금등지사를 되찾는 것이 중요하네. 만약 그것이 여의치 않을 때 그때……"

사람은 일대, 사직은 만대라…… 대나무를 쪼개는 듯한 말이군. 이 구재겸이라는 자…… 무장인 주제에 보통 인물이 아니로다. 서용수와 이조원 사이에는 은밀한 교감의 시선이 오고갔다. 그러자 반나절 동안 두 사람을 팽팽히 긴장시켰던 고민이 조금 부드럽게 느껴졌다. 구재겸은 그런 두 사람의 표정을 읽어가며 다시 입을 연다.

"예, 실은 그 점에 대해서 여쭈올 말씀이 있어 들렀습니다. 두 분 대감께오선 그 계집의 신분에 대해 뭔가 짚이는 것이 없으십니까?"

"음, 글쎄…… 대저 우리의 형전(刑典)이 가진 맹점이 그런 거지. 심문을 할 때 호패 찬 남자의 인적사항과 가계만 조사하고, 여자는 언제나 주범이 아닌 종범(從犯)으로 취급한단 말이야. 그러니 막상 이 같은 일이 벌어지고 보면 한강 백사장에서 바늘 찾는 격이 되는 걸세. 죽은 채이숙은 이런 법망의 구멍을 이용한 것일세."

"전옥서의 취조문을 보면 그 계집은 경기도 광주 땅 동면 하산곡동에 사는 상민의 과부 민간난(閔間暖)이라고 되어 있습니다. 제 수하를 급히 말을 달려 광주로 보내긴 했으나 이는 보나마나 거짓말인 것이 분명합니다. 채이숙이 그토록 귀중한 책을 내력도 모르는 상민의 과수댁에게 맡겼겠습니까? 그 계집은 필시 남인 서학파들 가운데도 아주 내력 있는 집안의 여자일 것이옵니다. 채이숙이 죽기 전에 한 말을 들으면 그 성씨 또한 민(閔)이 아니라 윤(尹)임이 분명합니다. 혹시 두 분 대감께서는 남인 서학파 중에 윤씨 성을 가진 집안을 모르시겠습니까?"

"음, 윤씨라……"

"아침에 형조에서 석방되었을 때 반죽음에 가까운 몸이었다고 들었습니다. 그런 몸으로 따로 어디를 찾아가겠습니까. 필경 집안의 연고가 있는 곳에 가서 몸을 숨겼을 터이니 여자의 신분만 알면 그 종적을 찾기는 여반장(如反掌)이올시다."

구재겸의 또랑또랑한 말에도 불구하고 서용수는 여전히 난감한 표정을 지었다.

"허나…… 내력 있는 윤씨들 가운데 서학에 물든 집안은 해남 윤씨, 파평 윤씨, 함안 윤씨 가릴 것 없이 허다하네. 성호(星湖) 이익의 문중에 출입하며 서학에 젖어든 인사들만 해도 열은 넘을걸. 소남 윤동규, 현파 윤흥서, 남고 윤지범, 윤지눌, 윤영희, 그리고 진산사건으로 죽은 윤지충, 을묘실포사건으로 죽은 윤유일, 또……"

"대감, 어렵게만 생각하실 일이 아니오이다. 신변의 위협을 느낀 채이숙은 금등지사의 원본을 경신회 일당들의 은신처인 천진암에 보내려고 하였사옵니다. 윤 소사라는 계집은 그 연락을 맡은 것입니다. 그러니 그 계집은 서학쟁이들과 단순히 관련 있는 집안이 아니라, 서학쟁이들의 소굴에 무상으로 드나들 수 있는 아주 신임이 두터운 집안의 여자가 아니겠습니까."

"음…… 그럴 법도 하네만."

서용수는 한 손으로 턱을 괴고 생각에 잠겼다. 꼼짝하지 않고 장판바닥의 한 점을 응시하며 그가 아는 남인들의 풀리지 않는 단서를, 무심히 지나쳤을지도 모를 사실을 떠올려보려고 애썼다.

그러나 딱히 짐작이 가는 사람을 발견하지 못한 채 고개를 들어 아까 열어놓은 영창을 바라본다. 영창 밖에는 어느덧 황혼이 깔리기 시작하고 있었다. 그때 마당 쪽에서 구재겸을 부르며 달려오는 소리가 들렸다.

"기총 나리, 기총 나리, 좌상 대감의 전갈이옵니다."

"무슨 일이야?"

구재겸이 거침없이 방문을 열어젖혔다.

아까 좌포청에서 구재겸과 같이 있던 세 명의 사내들 중 한 사람이었다. 축 늘어진 볼에 철사줄처럼 뻣뻣한 수염이 돋아 있는, 보기에도 험상궂은 사내였다. 사내는 구재겸과 두 판서들을 번갈아 쳐다보며 낮고 은밀한 목소리로 말했다.

"그 윤 소사란 계집의 본색을 알았사옵니다. 형조의 도학순 영감이 채이숙과 정약용이 나누던 말을 염탐했었는데…… 그 계집은 기주관 이인몽의 전처로서, 서학을 믿는다고 출문(黜門:이혼)당한 뒤 종적이 묘연했던 년이라 하옵니다."

"이인몽의 전처! 그러면……"

서용수가 놀라며 몸을 앞으로 내밀었다.

"그러면 을묘실포사건(1795년 형조에서 주문모 신부를 체포하려다 놓친 사건)으로 죽은 윤유일의 동생 아니냐?"

"그러하옵니다."

"과연…… 내 전하는 말을 들으니, 서학쟁이들은 자기 사교를 믿다 잡혀 죽은 자들을 순교했다 하여 아주 높이 친다느만. 윤유일이 그 순교인지 뭔지 했으니 그 집안은 서학쟁이들 사이에 자연히 명망이 높을 것이고 그 집안엔 과거에 벼슬한 자들이 많으니 채이숙과 밀통하기도 쉬웠을 것일세. 재겸이, 자넨 그러고 있을 게 아니라 형조로 가서 윤유일에 대한 조서(調書)를 찾아보게. 그 자는 역률(逆律)로 다스려진 만큼 자세한 가족사항과 주소가 다 조사되어 있을 것일세. 그 계집과 관련된 집안들을 일일이 뒤져봐."

서용수의 말을 듣던 구재겸이 고개를 끄덕였다.

이조원은 즉시 허리춤을 뒤져 형조판서의 관인(官印)이 든 붉은 비단주머니를 구재겸 앞에 던졌다.

"이것을 갖고 검상청을 담당하는 형조정랑 홍재찬이를 찾아가게. 윤유일에 대한 조서들을 내줄 걸세."

"알겠사옵니다."

구재겸은 예의 그 날카로운 눈초리로 두 사람을 한번 스윽 일별하더니 도장 주머니를 들고 나갔다.

"흐음, 구선복의 아들이라……"

서용수는 오른손으로 자신의 합죽한 입 주변에 붙은 살을 쓸어내리며 혼잣말을 중얼거렸다. 묵직한 눈꺼풀에 뒤덮여 거의 빛이 반사되지 않는 짙은 눈동자에서 미묘한 빛이 떠오르다 사라졌다. 이조원은 심기가 안정되지 않는지 서용수를 재촉한다.

"어떤가? 우리도 이러고 있을 게 아니라 좌포청으로 나가야 하지 않겠나?"

5 용은 움직이다

"음, 아직. 아직은 용(龍)이 움직이는 것을 지켜봐야지. 그보다도……"

서용수는 말끝을 흐리며 자기 앞에 있는 장판바닥 한곳을 응시했다. 혼자만의 골똘한 생각에 빠져버린 어두운 얼굴이다. 이조원은 친구가 더듬고 있는 번민의 내용을 헤아릴 수 없어 가슴이 답답해지기 시작했다.

"채이숙이 마지막으로 한 말 말일세……"

서용수가 다시 입을 열었다. 이조원은 갑자기 무슨 뚱딴지 같은 말을 하느냐는 표정으로 눈을 똥그랗게 떴다.

"채이숙이 마지막으로 했다는 말 기억나나?〈선대왕마마의 금등지사는 우리가 다 알고 있는……〉하다가 숨을 거두었다는 말."

"그런데?"

"그게 무슨 뜻일까?"

"그야…… 금등지사의 내용에 대한 이야기겠지. 허나 끝까지 듣지 못했다니 그걸 누가 알 수 있겠나."

"맞아. 틀림없이 금등지사의 내용에 대한 이야기일 거야. 우리가 왜 그 생각을 못 했지?"

"뭘? 뭘 말인가? 답답하이. 좀 알아듣게 설명해 보시게."

"방금 구재겸이를 보게. 저 같은 일개 무부도 자신의 사사로운 원한을 이야기할 때는 저렇듯 연막을 치고 빙빙 둘러서 마치 나라를 위한 공분인 양 분칠을 하네. 그러니 하물며 선대왕마마 같은 일국의 군부야 두말할 나위가 있겠는가?"

"그렇다면?"

"금등지사의 내용은 우리가 생각하던 그런 것이 아닌 것 같다는 거야. 대왕마마께서 어떻게 누구를 일일이 거명하여, 심 아무개, 김 아무개 등은 죽일 놈들이니 나중에 단단히 손을 봐라는 식으로 말할 수 있었겠나. 아무리 사도세자의 일이 애통하시고 아들을 모함한 자들에 대한 원한이 뼛속에 사무친다 하더라도, 그러면 그럴수록 더욱 그리 하실 수는 없었을 걸세."

"흐음……"

"선대왕마마의 금등지사는 우리가 다 알고 있는? 우리가 다 알고 있는 뭐란 말이지?"

우리가 다 알고 있는……

우리가 다 알고 있는……

이조원이 이마에 내천(川)자를 그린 채 서용수를 불렀다.

"여중이, 이 마당에 꼭 그걸 알아야 할 이유가 있나?"

"물론이지! 이보시게, 경혼이. 우리는 지금 앙앙불락(怏怏不樂)한 나머지 중요한 가능성을 간과하고 있네. 어쩌면…… 어쩌면 말일세. 선대왕마마의 금등지사는 아무것도 씌어 있지 않은 백지일지도 몰라."

"뭐, 뭐라고! 아니, 지금 무슨 소릴 하고 있는 겐가?"

"애초에 금등지사는 우리가 까맣게 모르고 있었던 일 아닌가. 계축년 채제공의 상소가 물의를 일으키자 주상 전하께서 채제공과 우리 김종수, 심환지 대감을 불러 그「혈삼동혜사」라는 시를 보여주면서 비로소 알게 된 것이야. 그날 밤 전하께선 종묘에서 정성왕후의 신위 밑에 감춰져 있던 시를 꺼내어 보여주시고 이것 말고도 따로이 임오화변의 사연을 구술하신 기록이 있다고 하셨네. 그러나 그것은 어디까지나 주상 전하의 말일 뿐일세. 우리 중에 누가 그걸 본 사람이라도 있단 말인가."

"그, 그렇다면……"

"전하께서 노리는 것은 선대왕마마의 금등지사 그 자체가 아니라 그것이 공개된다는 소리에 벌벌 떠는 우리의 불안인지도 모를 일."

"우리의 불안?"

"우리가 불안한 나머지 일으키게 될 시기상조의 도발 말일세. 전하에게 반대파를 일소할 기회를 줄……"

그러자 이조원은 눈을 크게 뜨고 허리를 꼿꼿하게 편 채 얼어붙어 버린 것 같았다.

전하가 노리는 것은 우리의 불안?
선대왕마마의 금등지사는 우리가 다 알고 있는?
그렇다면!
언제나 냉정을 잃지 않는 것이 훌륭한 선비임을 가르쳐온 혈통과 교육이 없었다면 이조원은 비명을 질렀을 것이다. 숨쉬는 것도 잊어버린 듯하던 이조원은 갑자기 자리에서 벌떡 일어났다.
"이러고 있을 때가 아니야! 여, 여중이, 난 대궐로 돌아가겠네."
"아니, 왜 그러나?"
"선대왕마마의 금등지사가 무엇인지 이제야 알 것 같네. 그런데…… 아! 그러면 그 책, 그 책을……"
그러면서 이조원은 말을 채 마치지도 않고 방을 뛰쳐나가는 것이었다.

창덕궁의 희정당 앞뜰엔 하아얀 눈꽃이 넘칠 듯이 만발해 있었다.
어제 아침에 내린 눈이었다. 전하께서는 왼손을 허리춤의 삽금대에 꽂고 허리를 딱 편 팽팽한 자세로 시선을 활짝 열린 여닫이창 밖 싱그러운 겨울 정원을 향하고 계셨다. 내쉬는 입김이 찬 공기에 하얗게 떴다 사라지는 것을 보면서 전하께선 옆에 모신 신하들이 상소문 읽어가는 소리를 듣고 있었다.
어릴 때부터 밤낮없이 매진한 학문은 정조의 눈을 상하게 했다. 작년부터 법국(法國: 프랑스)에서 만들었다는 돋보기 안경을 쓰곤 있었으나 한 시진도 못 되어 눈이 아프고 침침했다. 웬만한 상소문이나 장계는 이렇게 시봉한 신하들에게 대독을 시키지 않을 수 없었다.
지금 정조의 옆에는 기주관(記注官)으로 입시한 이인몽이 상소문들을 요령껏 요약해 읽느라 진땀을 흘리고 있다. 아까 봉모당에서 불려와 떠맡은 대독이 벌써 경시(庚時: 오후 5시)가 넘도록 끝나지 않는 것이다.
"전 사헌부 장령(掌令) 도재길(都在吉)의 상소입니다. 〈적처의 소생은 모두 적자가 되고 첩의 소생은 모두 서자가 됨은 종통(宗統)의 근본입니다. 우리의 관혼과 상제가 모두 이 같은 분별을 좇고 있사온데, 전하께서는 어찌 서자의 등용을 법으로 명시하시어 적서의 구별을 혁파하신다는 망령된 윤음을 내리시나이까. 이는 장차……〉"

"지도(知道 : 알아들었다)!"

전하께서는 여전히 창 밖을 보며 침울한 목소리로 대답하셨다.

임금의 대답을 들은 인몽은 상소문을 기사관(記事官) 홍석주(洪奭周)에게 넘긴다. 홍석주는 비답의 종이에 〈지도〉라고 쓰고 상소문 머리에도 붉은 글씨로 같이 쓴 뒤 다시 상석에 앉은 도승지에게 비답을 넘긴다. 도승지 민태혁은 임금의 직인을 비답에 찍었다. 이런 식으로 상소문들이 하나씩 낭독되었다.

그러는 사이 사이 인몽은 아까 규장각에서 들고 온 명주보자기를 들었다 놓고, 또 들었다가 놓았다. 그 명주 보자기 안에는 서고의 아궁이에서 가져온 석탄 덩어리들이 들어 있었다.

장생의 일을 말씀드려야 할 텐데……

오자마자 〈상소문을 좀 대독하라〉는 어명을 듣고 주저앉은 뒤 한 시각이 지나가고 있었다. 그때부터 계속 은밀히 보고 드릴 기회를 찾았으나 전하께서는 잠시도 쉴 듯을 보이지 않으셨다. 전하와 단둘이 마주하는 독대를 기대할 수는 없었다. 그러나 그렇다고 해도 지금 이곳은 너무 시신(侍臣)들이 많았다. 다섯 명의 승지들이 전하를 둘러싸고 있었고 두 명의 기사관, 승전내시 정춘교, 그리고 쉴 새 없이 들락거리며 문서를 들여오고 전하의 교지를 내가는 다른 승지들이 있었다.

어떻게 하지.

이렇게 딴생각을 하다가 인몽은 또 도승지의 눈총을 받는다. 인몽은 허둥지둥 다음 상소문을 들고 특별한 내용이 있는 부분을 찾아 읽는다.

"다음은 회덕 유생 양현기(梁賢基)의 상소입니다. 〈서얼을 허통(許通)하신

5 용은 움직이다 199

다는 발표가 있은 뒤로 이곳 회덕현(지금의 대전) 일원에선 여러 처첩 소생 간의 상속을 둘러싼 분쟁이 끊이질 않고 있나이다. 전하께서는 서얼을 차별하는 것이 중국에도 없는 악법이라 하시나 그것은 이치가 그렇지 않사옵니다. 예로부터 우리나라는 동거공재(同居共財)하는 중국과 달리 혼인을 하면 얼마의 가산(家産)을 떼주어 살림을 내보내는 분가별산(分家別産)의 상속례를 좇고 있사옵니다. 분가를 시킴에 적장자(嫡長子)를 우대한다는 원칙이 뚜렷한 지금도 말이 많아 분란과 소송이 끊이지 않고, 또 종가에 제향을 받들 가산도 항용 모자라거늘 하물며 이제 적자와 서자의 분별(嫡庶之分)을 없이하시면……)"

"우불(吁咈 : 그렇지 않다)!"

정조가 다시 인몽의 말을 가로막으며 대답했다.

그 음성엔 노기가 섞여 있어 대번에 좌중을 긴장시켰다. 도승지 민태혁을 비롯하여 좌승지 이서구(李書九), 우승지 이익운(李益雲), 좌부승지 정상우(鄭尙愚), 우부승지 서유문(徐有聞) 등 임금의 앞에 나란히 책상을 놓고 졸다시피 하던 시신들의 등이 일제히 꼿꼿하게 펴졌다.

모두들 하루 종일 계속된 집무에 지칠 대로 지쳐 있었던 것이다. 더구나 오늘 상소는 거의 다 정조의 교지를 반대하는 것들뿐이니 오죽 일할 맛이 없으랴.

올해 정월, 정조가 재차 천명한 일련의 개혁조치는 두 가지 구체적인 실천방 안을 갖고 있었다. 첫째는 서자들의 과거 응시자격을 인정하지 않았던 『경국대전』 예전(禮典) 제과조(諸科條)를 개정하여 유능한 서얼들이 출세할 수 있는 기회를 보장하겠다는 것. 둘째는 도성 안의 각 궁궐과 관공서에 소속된 공노비 6만 6천여 명의 노비문서를 소각하여 양민으로 만들겠다는 것이다. 그러자 그날 이후 지금까지 조정의 노론들뿐만 아니라 재야의 사림들로부터 빗발치는 상소가 이어지고 있는 것이다.

정신이 번뜩 든 시신들의 귀에 왕의 말이 들려왔다.

"조정에서 인재를 등용하는 데는 가림이 있을 수 없소. 오직 사람마다 가진 바 능력을 존중하여 그 재주에 따라 쓰는 것이오. 대체 조정에서 서자들을 차별없이 등용하는 것이 민가의 상속과 무슨 관계가 있단 말인고? 관계가 있어도 그렇지. 과인이 언제 적장자를 제치고 서자를 우대하라고 하던가? 적자에서 자손이 없을 경우에 양자를 들일 것이 아니요 서자가 있다면 서자가 가계를 계승함이 옳다고 한 것이 아니오."

전하의 말은 거기서 잠시 끊겼다.

말을 끊은 전하의 시선은 허공에 붙박여 움직이지 않았고 숨소리가 거칠었다. 너무도 당신의 뜻을 몰라 주는 선비들, 도무지 제 콧구멍에 들어가는 것밖에 모르는 촌것들이 밉고 답답하신 것이다.

그러는 동안 기사관 홍석주는 나는 듯이 붓을 놀려 〈우불〉이라고 하신 임금의 취지를 따라 적는다. 〈조정에서 현자를 등용하고 사람을 쓰는 것은 오직 재주에 따라 쓰는 것이다(立賢用人之道 惟才是用也). 조정의 일은 조정의 일이고 민가의 일은 민가의 일이니(朝廷自朝廷 鄕家自鄕家)……〉

홍석주가 쓰는 비답을 본 인몽은 다음 상소문을 읽기가 난감했다.

다음 상소문은 바로 〈조정의 일은 조정의 일, 민가의 일은 민가의 일〉이라는 정조의 논리로 서얼 소통을 반대하는 것이었다. 갈수록 태산이라고 할까. 어제 잠을 제대로 못 잔 탓인지 눈앞의 글자도 흐릿하게 보였다. 인몽은 정조의 핏발 선 눈을 안쓰럽게 올려다보며 마지막 상소문을 읽기 시작했다.

"다음은 의정부 우참찬 김우경(金宇璟)의 상소입니다. 〈조정의 일은 조정의 일이요 민가의 일은 민가의 일이옵니다. 서얼을 허통하시려는 전하의 세 가지 교지는 이 같은 분별을 좇아야 하오리다. 첫째, 서얼 역시 아비를 아비라 부르고 형을 형이라 부를 수 있게 하라 하심은 본래부터가 조정에서 금지한 것이 아니니 각 가정에서 알아서 하면 될 것입니다. 둘째, 적자가 없을 경우 서얼 역시 가계의 계승과 상속에 장자로서 대우받을 수 있다

하심도 각 가문에서 결정할 일입니다. 셋째, 서얼들의 벼슬길을 막지 마라 하오심은 이미 전하께서 즉위 초에 하명하신 바 있사오니 다시 재론하실 것이 못 되나이다……〉"

"뭣이!"

정조의 눈에서 살기 같은 것이 폭사되어 나왔다.

즉위 초에 하명하신 바이니 재론하지 말라니…… 이 얼마나 방자한 야유인가.

정조가 구차하게 또 교지를 내린 것도 서얼의 허통을 지시한 지 20년이 되도록 그것이 하나도 실현되지 않은 때문이 아닌가. 정유년(정조 1년) 처음 통청의 뜻을 밝힌 이래, 정조는 거의 매년 그 실행을 촉구했다. 그러나 행정 실무자들인 노론은 교지를 묵살하거나, 정 졸리다 못하면 〈가장령(假掌令)〉이니 〈가지평(假持平)〉이니 하는 듣기에도 우스꽝스런 벼슬을 따로 만들어 서얼을 임용하곤 했던 것이다. 그런저런 사정을 뻔히 아는 김우경의 상소는 초조해 하는 임금에 대한 공공연한 조롱이었다.

"계속 읽어라."

"예?"

"그것뿐이 아닐 것이다. 그 밑에도 더 읽어보아라."

정조의 꼭 다문 입이 꿈틀거렸다.

간신히 마지막 선에서 분노를 자제하는 용안을 우러러보자 인몽은 손발이 싸늘하게 얼며 전신이 뻣뻣하게 굳었다. 상소문으로 눈을 떨구니 〈전하 조정양족한심(殿下朝廷良足寒心)……〉으로 시작하는 다음 구절이 가시나 칼날처럼 느껴졌다.

"계, 계속 읽사옵니다. 〈전하의 조정은 실로 한심합니다. 나라의 기강이 위태로운 이런 사안에 대해 명색이 재상이라고 하는 사람들은 그저 제 한 몸 안돈하려는지 한마디 직간도 없습니다. 신이 죽을죄를 무릅쓰고 아뢰옵건대 서얼의 차별을 폐하심은 명분의 문제가 아니요 나라의 기틀을 뒤흔드는 큰 변고이옵니다. 그동안 역대 선왕들께서 과거의 응시를 금하신 자들이 비단 서얼만이 아니옵니다. 이제 서얼들에게 허통의 문을 열어주신다면 서북인, 송도인, 중인은 물론이요, 똥 푸는 노비, 소 잡는 백정까지 모두 그 억울함을 호소하고 나설 것입니다. 장차 전하께선 이런 분란을 어찌 감당하려 하십니까)."

인몽은 갑자기 땅! 하는 소리에 고개를 들었다.

분기탱천한 정조가 손바닥으로 문갑을 후려친 것이다.

"큰 변고? 변고? 저 머리 허연 늙은 놈이 감히 과인의 정책을 변고라고! 대체 제가 무엇이관대 이토록 말이 참람(僭濫)한고!"

임금의 타는 듯한 시선이 도승지 민태혁을 향했다.

아까부터 안절부절못하던 민태혁이 감히 임금을 마주보지 못하고 고개를 떨구었다. 김우경과 그는 사돈지간이었던 것이다. 민태혁의 어쩔 줄 모르는 모습을 보자 정조는 파르르 떨리는 입술을 깨물며 눈을 질끈 감았다. 한동안 좌중에는 숨소리도 들리지 않았다.

이윽고 진노가 섞인 임금의 말이 들려왔다.

"대저 임금이 무엇인고, 임금이? 우주는 천, 지, 인(天地人)의 삼재(三才)로 이루어지나니, 삼재는 10무극(十无極) 5황극(五皇極) 1태극(一太極)의 삼극(三極)이라. 만물이 10무극에서 나오나니 1태극인 사람은 천지조화의 끝이 되는 것이다. 1태극이 십퇴일진(十退一進)하여 5황극이 되매 세상에 임금이 나타난다. 임금이란 바로 황극인(皇極人), 땅의 이치를 드러내는 사람이다.

임금 된 자, 모름지기 강한 자를 억누르고 약한 자를 부축하여 탕탕평평(蕩蕩平平)한 땅의 이치를 좇느니라. 임금이 임금답지 아니하여 강한 이는 대대손손 특권을 누리며 전횡을 일삼고, 약한 이는 영영세세토록 핍박받아 그늘에서 눈물을 뿌린다면 임금이 있은들 무슨 보람이 있으며, 세상의 참된 질서를 논할 것이 있겠느냐? 아아, 강쇠(降衰)한 말기의 세상이 되매 세도(世道)가 날로 혼미해지고 온갖 거짓 정의와 거짓 질서가 기승을 부림이로다. 지금 적자니 서자니, 양반이니 종놈이니 하는 차별이 바로 그것 아니랴. 그런데도 저 늙은 놈은 선왕들께서 과거의 응시를 금하신 것이 서얼만이 아니라고? 허어, 옛날의 아름다운 법도 시속과 인정에 맞지 아니하면 경장(更張)해야 하거늘, 그게 무슨 아름다운 전사(前史)라고 왕왕이 떠드는고!"

"화, 황송하여이다."

전하의 열기 어린 시선이 다시 자기에게로 향하자 민태혁은 더욱 고개를 떨구며 손발을 떨었다.

인몽을 비롯한 시신들은 전하의 과격한 말에 간담이 서늘할 지경이었다. 또 한 차례 〈이단〉 운운하는 구설수가 퍼질 것이다. 예나 지금이나 전하의 사상은 노론의 사종(師宗)인 율곡 이이의 붕당정치 사상을 정면으로 거부하는 것이기 때문이다.

아, 율곡은 퇴계와 더불어 동방의 주자로 존숭되는 선정석학(先正碩學)이시다. 이 책 『취성록』을 번역하는 나, 후진말학이 어찌 감히 그 당색을 논하여 무멸할 수 있겠는가. 다만 전형적인 남인의 관점에서 씌어진 이 책의 이해를 돕기 위해 잠시 율곡과 퇴계의 차이점을 언급하지 않을 수 없으니 민망한 일이다.

율곡의 붕당정치 사상은 『율곡전서』 제15권의 〈논군도(論君道)〉에 잘 나타나 있다. 여기서 율곡은 송나라 신종(神宗)을 어두운 임금, 즉 혼군(昏君)이라고 비판했다. 〈삼대(三代)의 이상을 회복한다〉는 기치 아래 왕안석을 등용하여 왕권을 강화하고 강력한 개혁정치를 시도한 신종이 왜 혼군이란 말인가. 그것은 바로 지금 전하가 말한 것과 같은 탕평의 논리로 시비를 미봉(彌縫)하고 군자와 소인을 구별하지 않았기 때문이다. 율곡에 의하면 군주는 군자와 소인의 시비를 명확히 가려야 하며 그런 뒤에 스스로 군자의 당에 들어야 한다는 것이다. 이 같은 사상은 〈시무 7조책(時務七條策)〉으로 다시 체계화된다.

왕권에 대한 신권(臣權:사림)의 우위성을 암시하는 율곡의 〈시무 7조책〉은 퇴계의 〈무진 6조소(戊辰六條疏)〉와 대립된다. 퇴계는 〈무진 6조소〉 제4조에서 왕과 신하를 이(理)와 기(氣), 도심(道心)과 인심(人心)의 관계로 설명함으로써, 인심은 항상, 어떠한 경우에도 도심의 명령에 순종해야 한다는 원칙을 천명했다. 도심과 인심의 관계는 절대로 섞이거나 전도될 수 없으며, 그런 일이 있다면 사회는 윤리의 파멸과 정치의 타락이 초래된다는 것이다.

퇴계의 이기이원론(理氣二元論)은 정치 철학에서의 왕권 중심주의이다. 퇴계학이 도쿠가와 막부에 의해 국학으로 채택되고(기몬학파), 후일 구스모토(楠本碩水), 모토다(元田東野) 등에 의해 메이지 유신의 이념으로 발전한 것도 이 같은 왕권 중심주의적 성격에 힘입은 바 크다.

지금 정조의 입으로 피력되는 황극지도(皇極之道)의 탕평 사상은 『서경』 주서 홍범편에 대한 퇴계 학파의 해석을 좇고 있다.

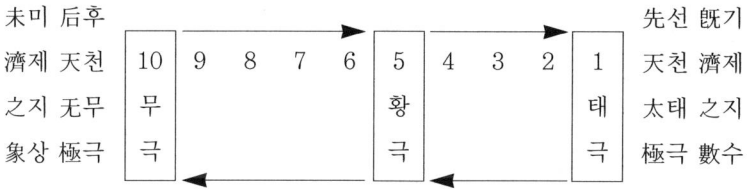

왼쪽의 〈미제지상〉이란 오지 않은 미래의 시간이며 오른쪽의 〈기제지수〉란 흘러간 과거의 시간이다. 이 과거와 미래의 시간은 〈5황극〉이라는 현재의 현존성에 통일된다. 간 것, 즉 과거를 드러내고 올 것, 즉 미래를 살핌(彰往而察來)으로써 만물을 시의에 맞게 발용(發用)하게 하는 주체인 〈5황극〉은 누구인가. 『주역』 계사전(繫辭傳)에 의하면 그것은 성인(聖人), 즉 군왕으로서 하늘의 이치를 자각한 자인 것이다(군왕이 아니면서 하늘의 이치를 자각한 자

는 현인. 합하여 성현이라 함 —역자).

그렇다면 성인이 나지 않아 〈5황극〉이 쇠미해지면 어떻게 되는가. 천지비(天地否 : ䷋)의 시대가 도래한다. 즉 천지의 운수가 막히고 시간의 주재자가 현재의 군왕으로부터 천도(天道)를 헤아리는 새로운 주체로 바뀌게 된다. 그리하여 필연적으로 천지비의 괘를 지천태(地天泰 : ䷊)의 괘로 돌려놓는 혁명이 도래하게 되는데 이것이 바로 60년 뒤 조선 전역을 피로 물들이는 동학혁명, 최제우의 후천개벽(後天開闢) 사상인 것이다.

그러나…… 지금 이 자리에 앉아 있는 시신 가운데 그토록 참담한 파국을 예감하는 사람은 아무도 없었다. 그도 그럴 것이 지금 이곳은 건가성세(乾嘉盛世)의 조선. 당시 조선은 국민들의 문자해득률, 서적출판의 분량, 국가재정의 자립성, 치안과 민원의 행정서비스 수준 등에서 세계 제일의 선진국가였다. 안으로는 조선중화(朝鮮中華)라는 문화적 자부심에 넘치고 밖으로는 사대교린(事大交隣)의 탁월한 외교로 전쟁이 뭔지 모르던 태평성대. 바다 멀리 서쪽은 천하대란(天下大亂). 연경을 다녀온 사신에 의하면 굶주린 백성들이 폭도화되어 저희 군왕과 왕비의 목을 베고, 피로 피를 씻는 대학살이 안팎에서 계속되는 차마 눈뜨고 볼 수 없는 난세라고 한다(프랑스대혁명을 말하는 듯함 — 역자).

사정이 이러하니 개혁을 향한 정조의 조급증이 가까운 시신들에게조차 괜히 평지풍파를 일으키는 히스테리 정도로 비친 것도 무리가 아니다. 오늘과 같은 선진국이, 정조가 죽고 노론이 정권을 농단한 지 불과 100년 만에 최저질의 후진국으로 전락하여 일본의 식민지가 되리라고 감히 누가 예상할 수 있었을까.

좀 참으시지…… 측근 중의 측근인 좌부승지 정상우도 그런 표정으로 얼굴을 찡그리고 있었다. 현실정치에서는 그토록 신중한 정조도 이런 학구적인 문제로 들어가면 사람이 달라진 것처럼 흥분하곤 했다. 시신들의 걱정은 아랑곳없이 기존의 선입견들을 사정없이 매도하곤 하는 것이다. 저것이 다 스스로의 학문을 너무 자신하는 지적 오만이지. 정상우는 속으로 혀를 찼다.

다만 그 옆에 앉은 이인몽만은 반한 여자를 쳐다보듯 정조의 번득이는 눈매를 바라보고 있었다.

아, 이 같은 임금님이 어느 세상에 또 있을까.

호학군주(好學君主)로 이름 높았던 세종대왕도 그 자신의 학식으로 집현전의 다른 신하들보다 월등했다고 할 수 있는 것은 음운학(音韻學) 정도였다. 그러나 정조의 학문은 다방면에 걸쳐 신하들이 넘볼 수 없는 높이를 자랑했다. 고문(古文) 13경에 대한 박학함은 상대를 찾아보기 힘들었고, 형정(刑政)과 재정(財政) 같은 행정실무에도 어떤 신하보다 밝았으며, 심지어 무학(武學)과 의학(醫學)에도 상당한 조예가 있었다.

때문에 정조대에 이르면 경연(經筵)이라는 제도도 바뀐다. 이제까지 경연은 학덕 높은 신하가 임금을 가르치는 제도였다. 후궁의 침소에서 밤새 질탕하게 놀다가 늦잠 자는 왕을 간신히 끌어와 강의를 하다 보면, 게슴츠레한 눈으로 앉아 있던 임금은 꾸벅꾸벅 졸기 일쑤였다. 정조는 그런 경연을 임금이 선생이 되어 20대 후반부터 30대에 이르는 똑똑한 신하들을 모아 가르치는 제도로 바꾸었다. 정조 5년(1781)부터 시작된 이른바 초계문신제(抄啓文臣制)가 그것이다.

정조는 혹독한 선생이었다.

정조가 내주는 숙제는 밤을 새워도 다 못해 갈 만큼 읽어야 할 책이 많았다. 그 책들은 정조 자신이 모두 숙독한 것이어서 불평도 눈가림도 용납되지 않았다. 때문에 경연이 있는 날이면 열의 여덟은 숙제를 못 해오거나 시험답안을 잘 못 써서 정조로부터 눈물이 찔끔 날 만큼 꾸중을 듣기 일쑤였다. 정조는 이런 과격하고 맹렬한 방법으로 노론 벽파 일색의 조정에 임금의 권위를 각인시켜 갔던 것이다.

……천 년에 한 번 만나기 어려운 성군이시다.

이런 전하에게 나는 문책을 당해 쫓겨난다.

이인몽은 석탄이 든 명주보자기를 보면서 그 생각을 했다. 가슴속에서 뭐라고 이름할 수 없는 고통이 표류하고 있었다. 인몽은 전하의 말씀이 오래 계속되길 빌었다. 이것이 마지막으로 임금을 뵙는 정청(政廳)인지도 모른다. 당장 내일부터 치죄(治罪)의 논의가 시작될지도…… 인몽은 괴롭기만 한 이 진실을 묻어버리고 싶은 강한 충동을 느꼈다. 전하의 말은 어느새 결론으로 치닫고 있었다.

"요순우탕 문무주공의 시대에 언제 이토록 무참한 신분의 족쇄가 있었던고. 과인의 눈에는 적자도 없고 서얼도 없으며 양반도 없고 종놈도 없느니. 치자(治者)와 피치자(被治者)의 분별은 임금과 백성만으로 충분한 것이야. 그대 조정대신들, 각 당파의 영수들이 모두 치자가 되고 그대들 밑에 있는 무수한 관리들이 모두 치자로 행세한다면 약한 백성들은 어떻게 살아가란 말이냐?"

"망극하여이다, 전하……"

"임금은 백성의 하늘이라. 하늘의 뜻은 오로지 만물을 살려서 키움에 있느니, 언제나 그 그늘진 곳을 비추고 그 메마른 곳을 적시지 않더냐. 귀하고 천함을 가리는 것은 사람들이 하는 것, 하늘은 오직 그 사람의 착함에 따라 한 가지 소리를 내는 것이라. 중인과 서얼, 서북인들에 대한 차별은 우리나라에만 있는 편벽된 일로 정녕코 과인의 뜻이 아니오. 누가 뭐라 해도 과인은 절대로 용납할 수 없으니 그리 알라."

말을 마친 정조는 냉정을 되찾았다. 그제서야 정조의 눈에 하루 종일 긴장하고 앉아 있던 승지들의 완연히 지친 얼굴이 들어왔다. 우승지 이익운의 뚱뚱하고 굼뜬 얼굴에는 벌써 졸음기가 배어 있었다.

"노비혁파와 서얼소통에 관한 상소는 이것이 마지막인가? 그럼 경들은 승정원으로 물러가 쉬다가 술시에 다시 모이도록 하시오. 과인은 지금부터 장용영에 내릴 유서(諭書: 왕의 군사관계 명령서)를 준비하겠소. 좌부승지와 도승지는 남으시오."

 그 말씀과 함께 전하는 몸을 일으켜 희정당 주실로 납시려 하신다. 희정당은 측근의 신하들과 정치를 논하는 6칸 크기의 이곳 접견실과 전하께서 개인적인 집무를 보시는 3칸 반 크기의 주실 두 개가 있었다. 군사관계의 명령은 아무리 승지라 할지라도 관계자 외엔 곁에 있을 수가 없었다. 담당인 좌부승지와 도승지가 고작인 것이다. 그러면…… 승지들이 몸을 일으켜 읍하고 나가자 인몽은 조용히 전하께 아뢰었다.

 "전하……"

 "무엇이냐?"

 "아침에 하명하옵신 장생의 일로 내밀히 아뢰올 말씀이 있사옵니다."

 "으음, 장종오의 일…… 잘 말해 주었다. 그럼 유서를 다 쓸 때까지 기주관은 잠시 기다리도록."

 "예."

 인몽은 희정당 주실로 들어가시는 전하께 허리를 숙이고 조용히 자기 자리에 다시 앉았다. 잠시 뒤 주실에서는 정상우에게 유서를 구술하는 전하의 목소리가 들릴 듯 말 듯 나지막이 흘러나왔다.

 〈작일(昨日) 현륭원(수원에 있는 사도세자의 묘) 행행(行幸)에 따른 군병들의 노고를 치하하는 바이다. 근왕근기(近王近畿)의 막중한 소임을 수행하는 장용대장 이하 장령들에 대한 과인의 지대한 관심과 기대는 과거나 현재나 또 장차에서나 변함이 없을 것이다. 동시에 과인은 장용영 군병들의 군용(軍容)과 사기에 대해 항상 세심한 관찰을 게을리 하지 않고 있다는 것을 명심해 주기 바라노라. 작일 현륭원 행행에서 살펴본 바……〉

 "뭐라고, 독살?"

 전하의 손가락 끝에서 들고 계시던 노르께한 종이 장부가 떨어졌다.

 균역청(均役廳)이 작성한 장용영의 결미(結米)장부였다. 전하께서는 쓰고 계시던 돋보기 안경을 벗고 맨얼굴로 인몽을 바라보셨다. 불그스레하게 약간 충혈된 전하의 용안에 어이없다는 빛이 떠올랐다. 전하께선 장용영의 조세장부들로 가득 찬 책상 옆에 얼어붙은 듯이 서 계셨다.

"독살이라니, 그게 무슨 말인고? 그럼 좌의정이 올린 검안은 어찌된 것이냐?"

"너무도 중대한 일이오라 미처 좌의정께는 말씀드리지 못하였사옵니다. 또 검안이 작성되고 나서야 확실한 증거를 발견하였사온지라……"

"독살이라니, 대체 누가 준 뭘 먹고, 무슨 독으로 죽었단 말이냐? 근거없이 낭설을 퍼뜨리는 것이라면 용서치 않겠다!"

"소신이 어찌 감히 어전에서 거짓을 고하겠나이까. 장생은 독을 먹고 죽은 것이 아니옵고……"

인몽은 준비하고 있던 명주보자기를 펼쳐 무릎걸음으로 주상 전하의 앞에 가져가 도승지 민태혁에게 내밀었다. 그것을 받아 주상 전하께 올리는 도승지의 긴장한 얼굴이 인몽의 눈에 들어왔다.

명주보자기 안에는 서고 직감실의 아궁이에서 가져온 그 석탄이란 것이 들어 있었다. 인몽은 정약용으로부터 들은 석탄의 독연에 대해 소상히 아뢰었다. 이어 아침에 있었던 이경출의 일을 아뢰었다. 규장각에서 나오는 이경출을 발견하였으나 놓쳐버렸고 그 직후 이경출은 피살되었다는 이야기였다. 그러자 옆에 있던 도승지 민태혁이 오늘 아침 바로 그런 사유로 이경출의 체포를 요청하는 인몽의 품고(稟告)가 있었다고 증언해 주었다.

"하여…… 아뢰옵기 망극하오나 하명하오신 선대왕마마의 어필은 끝내 찾지 못하였사옵니다. 이는 장생이 독살될 때 도난당한 것이라 여겨지옵니다만 작일 금직하면서 직무를 태만히 한 소신, 죄당만사(罪當萬死)이옵니다. 바라옵건대 신을 사직(司直)의 손에 넘기시어 엄중한 위벌(威罰)을 내려 주소서."

도승지 등이 시립한 방 안은 숨소리도 없이 조용해졌다. 이곳은 희정당의 오른편 주실. 장지문에 여과되어 들어온 햇빛만 3칸 반 크기(약 20평)의 넓은 방안에 괴괴하게 가득 차 있다. 반들반들한 장판에 반사된 빛이 굳게 다문 전하의 입을 아래로부터 비추고 있었다.

전하는 침착했다.

넓은 어깨 위에 자리잡은 엄격한 용안은 금방 평정을 회복하고 있었다. 그 평정은 말할 것도 없이 터질 듯한 긴장을 감춘 것이었다. 전하의 눈빛은 허공의 한 점을 쏘아보며 어떤 골똘한 생각을 따라가고 있었다. 아무도 전하의 생각을 짐작할 수 없었지만, 무엇일까, 잠시 고개를 숙인 전하의 얼굴에는 의미를 알 수 없는 웃음이 스쳐가는 것 같기도 했다.

그러나 곧 착잡한 감회가 솟아나 그런 의문들을 덮어버렸다. 인몽은 상투에 쓴 청동빛 소양관(小梁冠) 아래 이제는 희끗희끗해지기 시작하는 전하의 숱 많은 머리카락을 마지막으로 보고 눈을 감았다. 마음은 지극히 담담했다. 꼭 감은 눈꺼풀의 자줏빛 어둠 속에서 오래 정든 이 궁궐의 곳곳이, 돌아가신 채제공 선생의 얼굴이, 헤어진 아내의 모습이 언뜻언뜻 스쳐가는 것이었다. 그때 전하의 목소리가 들려왔다.

"도승지!"

"예."

"그 규장각에 들어왔다던 내시 이경출은 누가 처형했느냐?"

"내시감이옵니다. 내시들의 상벌은…… 내시감이 내규에 따라 행하도록 되어 있사옵니다."

"내시감, 밖에 내시감 있느냐. 당장 들라!"

전하의 목소리가 갑자기 매섭게 날이 서면서, 장지문의 창호지를 찢을 듯 울렸다. 도승지 민태혁과 좌부승지 정상우가 손발을 떨고 있었다. 그 옆에 시립한 우승지 이익운, 승전내시 정춘교도 마찬가지였다. 이미 모든 것을 각오한 인몽까지 어떤 무겁고 두터운 것이 사정없이 짓누르는 듯한 기분을 느꼈다. 전하는 무서웠다. 전하께서 한번 진노하시면 조정의 대소신

5 용은 움직이다 211

료들은 너나없이 무릎을 떨며 오금을 펴지 못했다. 전하에게는 항상 퍼질 듯한 한(恨)을 안으로 안으로 갈무리한 끝에 나타나는 독하고 집요한 기운이 있었다.

그런 전하께서 지금 노기 어린 목소리로 내시감을 부르고 있는 것이다.

내시감 서인성이 문을 열고 들어와 부복했다. 바로 방문 앞에 서 있어서 분위기를 다 짐작했을 서인성은, 그러나 조용하고 무표정한 얼굴이었다. 튀어나올 듯이 번쩍번쩍 빛나는 눈이 꾸부정하게 굽은 어깨 아래 도사리고 있었다.

"내시감, 오늘 아침에 내시부 상설 이경출을 벌주(伐誅)한 사실이 있느냐?"

"예, 그러하옵니다."

"무슨 이유로 벌주했느냐?"

"예, 그자는 인정전을 담당하는 수직내시로서 전일에 수차 소임을 팽개치고 맡은 자리를 이탈하여 주의도 주고 체벌도 한 바 있사옵니다. 그런데도 잘못을 뉘우치지 않고 오늘 아침 또 자리를 이탈하여 사시(巳時)가 넘도록 나타나지 않았사옵니다. 대조(大朝)를 모시는 내시부에서 어찌 이런 일이 있을 수 있겠사옵니까. 이런 일을 계속 방치한다면 기강이 무너져 위에서 아래를 단속할 수 없는 망극한 일들이 빚어질 것은 불을 보듯 환한 일이었사옵니다. 이에 천신이 그 자를 일벌백계로 다스려 다른 내관들에 본보기를 보이고자 하였사오니 어찌 조금이라도 사분(私憤)에서 나온 일이겠사옵니까. 통촉하여 주시옵소서."

인몽이 혀를 내두를 만한 능변이었다.

비원의 규장각은 내시들도 함부로 들어갈 수 없는 곳이니 이경출이 그리로 들어가서 찾을 수 없었다는 것은 말이 된다. 말을 마친 서인성은 얼굴색 하나 변하지 않고 태연하게 앉아 있었다. 그러나 전하의 추궁 역시 만만치는 않았다.

"알지 못할 일이로다. 미친놈이 아닌 다음에야 제 죽을 것을 뻔히 알면서 그런 터무니없는 짓을 할 리가 있겠느냐?"

"말씀하신 것처럼 이경출이는 평소부터 정신이 온전치 못하와 여러 차례 출궁시킬 것을 고려한 적이 있사옵니다."

"그런 온전치 못한 자가 종7품 상설(尙設)로, 지금까지 본궁의 정전인 인정전의 수직을 맡았단 말인고. 더욱 알지 못할 일이로다. 평소에는 그토록 엄격한 내시감도 특별히 관대하게 봐주는 자가 있었던 모양이군."

"화, 황송하옵니다. 출궁을 시켜도 마땅히 갈 곳이 없다 하기에 천신은 그 인생이 불쌍하와……"

"알겠다. 이경출이 인정전을 담당했다면 어제 규장각 서고에 불을 지핀 내시는 누구냐?"

"황송하옵니다. 천신의 소임은 400여 내관들을 통괄하는 것이오라 누가 언제 어디서 당번을 서는지는 확실히 모르고 있사옵니다. 즉시 나가서 알아오겠사옵니다."

서인성은 짐짓 당황한 척 몸을 일으키려 했다.

"잠깐!"

"……"

전하의 제지를 받는 서인성의 눈에 곤혹스러운 빛이 떠올랐다. 그런 서인성 앞에 툭하고 인몽의 명주보자기가 던져졌다.

"알아볼 필요 없다. 이 대교가 이미 보고했다. 어제 규장각 서고에 불을 지핀 자는 문오덕이라는 수직내시니라. 그런데 서고의 아궁이에서 그 유황을 칠한 석탄이 발견되었다. 검서관 장종오는 이것의 독연을 마시고 죽은 것이야. 내시감은 이 일을 어찌 생각하느냐?"

이미 전하의 전신에서 풍기는 기도(氣道)는 내시감 서인성을 향해 모아지고 있었다. 살기라고 할까. 온몸의 털구멍에서 적을 향해 바늘과 같이 곤두서는 기운 같은 것이었다.

5 용은 움직이다 213

지켜보고 있는 인몽은 오랜 시간이 지난 것 같은 느낌이 들었다. 그러나 사실은 굉장히 짧은 순간이 지났을 따름이다. 던져진 명주보자기에서 튕겨 나간 석탄 한 알이 방구석으로 굴러가는 소리가 들리고 그 소리가 멎는 그런 시간 사이였던 것이다.

이윽고, 라고 말할 정도도 아니었다. 서인성의 커다란 목소리가 그 순간의 고요를 깨뜨렸다.

"모함이옵니다! 전하."

"……"

"궁궐의 모든 아궁이는 내수사에서 지급된 시탄을 땔 뿐이옵니다. 천신은 이 대교가 가져온 이 석탄이란 것을 생전 처음 보았사옵니다. 이는 진실로 저희 내관들의 출물(出物)이 아니오라 다른 어떤 불측한 자가 꾸며낸 일이옵니다. 전하, 굽어 살펴주옵소서. 황차 저희들이 무엇 때문에 검서관을 독살한단 말씀이옵니까? 검서관과 저희 내관들은 종신토록 서로 다툴 일이 없는 사이옵니다."

서인성의 절절하게 떨리는 목소리와 표정은 감동적이었고 그 말에는 조리가 있었다. 그러나 불행하게도 전하를 감동시키지는 못했다. 전하의 목소리가 섬뜩하게 울려퍼졌다.

"그렇지도 않겠지."

"예?"

"그저께 밤 과인은 서고로 가서 검서관에게 몇 권의 서록(書錄)이 든 보자기를 맡겼다. 수원행궁에 갔다가 돌아올 때까지 그 서록들을 정리하라고 하면서 말이야. 그리고 아주 중요한 말을 한마디 했었다. 그 서록들이 선대왕마마의 금등지사를 이루는 것이라는 말을 말이야. 그때 과인의 주변엔 아무도 없었지. 바로 내시감! 너를 빼고는 말이야!"

"처, 처, 천신은 전혀 기억이……"

그 순간 이인몽과 시신들은 너무나 놀라 자기 눈을 의심했다. 전하의 무지막지한 발길질이 서인성의 턱으로 날아들었던 것이다. 서인성의 몸이 몇 발짝 뒤로 다람쥐처럼 굴러갔다. 입술이 터져 피가 흐르고 있었다.

"네 이놈!"

거목을 때리는 벼락의 굉음처럼 단전에서 내지르는 전하의 고함 소리가 방 안을 쩌렁쩌렁 울렸다.

"왕장(王章 : 왕의 법)의 거울이 일월처럼 밝거늘 어디서 말을 꾸미려느냐! 전임 내시감 김헌(金憲)이 죽었을 때, 과인이 유독 네놈을 지목하여 내시감으로 삼은 연유를 네가 아느냐? 바로 네가 안으로 대왕대비전의 용졸(庸拙)한 무리와 통하고, 밖으로 임금을 환롱(幻弄)하려는 불신지배(不臣之輩)와 말을 맞추고 있음을 알았기 때문이었다. 과인은 너를 오히려 측근에 두어 역적들이 스스로 하늘의 그물에 뛰어들기를 기다리고 있었느니라. 과인이 그저께 검서관에게 한 말은 바로 네놈이 들으라고 한 것이거늘 이제 와서 빠져나갈 수 있을 성싶으냐!"

"아······"

내시감 서인성의 얼굴이 흙빛으로 변했다.

충격을 받은 것은 내시감뿐만이 아니었다. 노한 파도가 큰 바위를 때린 듯 인몽의 마음은 놀라 천 갈래, 만 갈래의 물방울로 흩어졌다. 전하는······

언젠가 인몽에게 경고하던 사암 선생의 말이 귓전에 울리는 것 같았다.

〈도원이, 전하를 너무 믿지 말게. 내가 우부승지로 있어 봐서 잘 아네. 전하께서는 측근에 있는 사람들 누구에게나 '완전히 믿고 맡긴다'는 확신을 심어주시지. 그러나 전하는 사실 누구도 믿지 않으시네. 절대로 믿지 않으시지. 전하를 위해 물불을 가리지 않던 저 홍국영(洪國榮)의 말로를 생각해 보게. 전하는 언제나 사람을 키우면서 동시에 그 사람을 잘라버릴 약점을 찾고 그 사람을 탄핵할 경쟁자를 같이 키우시네. 전하는 그런 분일세. 사실 그런 분이 아니었다면 전하는 벌써 이 세상 사람이 아닐지도 모르지.〉

전하는 무서운 분이야.

무엇에 홀린 것처럼 앉아 있는 인몽의 귀로 다시 쩌렁쩌렁한 전하의 목소리가 들렸다.

"듣거라, 내금위의 무감(武監)은 들어와 영을 받들라."

그러자 숨돌릴 틈도 없이 희정당 뜰 안으로 어지러운 발자국 소리가 들려왔다. 전하께서는 성큼성큼 앞으로 걸어가 미닫이 장지문을 손수 열었다.

"청명(請命)!"

내금위 위장(衛將) 황보찬, 김형균, 이창욱의 세 사람이 희정당의 월대(月臺) 아래, 노박덩굴나무가 심어진 화단으로 달려와 부복했다. 불붙는 듯한 진홍색 철릭에 내금위 대령무예청(待令武藝廳)을 상징하는 호랑이 수염 꽂힌 황초립을 쓰고 있었다. 아까 희정당 안에서 고함소리가 나자 미리 문 앞으로 달려와 대기하고 있었던 것이다.

"여기 이자를 포박하여 (장용영) 내영 감옥에 가두어라."

"존명(尊命)!"

"좌부승지, 그대를 추국관(推鞫官)에 명한다. 이자를 엄중히 문초하여 장종오와 이경출을 죽인 진상을 밝히고 그것을 사주한 배후인물을 캐내도록 하라. 이는 왕기(王機)에 관련된 중대한 범죄이니 추호도 사정을 두지 말라."

"예."

그런데 그때였다.

좌부승지 정상우가 어명을 듣기 위해 몸을 앞으로 내밀 때였다.

인몽은 참담한 얼굴로 엎드려 있던 내시감 서인성의 눈에 결연한 빛이 떠오르는 것을 보았다. 그 눈빛에는 자신을 기다리는 고문에 대한 공포와 절망, 그리고 무엇보다도 이글이글 끓는 분노가 서려 있었다. 전하의 시선은 좌부승지 정상우에게 가 있었다. 엎드려 있던 서인성은 그런 전하를 바라보며 무릎을 방바닥에 댄 채로 몸을 일으켰다.

인몽의 머리에 언젠가 본 투계(鬪鷄)의 모습이 번개처럼 스쳐갔다.

수탉이 목을 움츠리고 엎드릴 때 깃털은 수평으로 곤두서고 그 색깔은 구릿빛에서 갈색으로 변한다. 그러나 수탉이 다시 목을 늘이고 일어나면 깃털은 다시 눕고 색깔은 반짝이는 밝은 구릿빛이 된다. 그 구릿빛 깃털을 퍼득이며, 적을 할퀴려고 발을 원을 그리듯 움직이며, 발가락들을 펼친다. 튀어나온 발톱, 그 위로 물결치는 수없는 잔주름들…… 불길한 예감에 등골이 오싹해졌다.

서인성은 방바닥에 원을 그리듯이 소맷자락을 몇 번 돌렸다. 팔목에 감춰진 삼재검(三才劍)의 끈이 다 풀리자 서인성은 온몸의 털에 확 불이 붙는 것 같은 열기를 느꼈다. 주상의 함정에 빠진 이상 애초부터 살아남기는 틀린 일이었다. 장용영에서 끔찍한 고문을 당하다가 장하(杖下)에 죽느니 차라리…… 대왕대비께서 내 뒤(立後)는 훌륭하게 세워주리라. 이윽고,

"천주(天誅)!"

서인성의 입에서 날카로운 기합이 터져나왔다. 서인성의 양쪽 소매로부터 번쩍하는 빛이 맹렬한 기세로 불과 여덟 걸음 앞에 있는 주상 전하를 향해 날아갔다. 그러나…… 서인성의 출수(出手)는 간발의 차이로 시기를 놓쳐버렸다. 자리를 박차고 튀어오른 인몽의 몸이 서인성의 오른쪽 허리와 어깨에 맹렬하게 부딪혔기 때문이다.

꽝.

서인성의 양손에서 튕겨나간 빛은 정조의 목을 빗나가 그 왼편에 있는 장지문을 박살내었다. 두 개의 단검이었다. 동시에 서인성의 몸은 인몽에 의해 방의 왼쪽으로 밀려 넘어졌다. 인몽에겐 아무런 논리적인 생각도 없었다. 인몽은 몸을 일으킨 서인성의 얼굴에서 앙다문 입을 보는 순간 자기도 모르게 몸을 던진 것이었다. 다만 〈안 돼!〉 하는 외마디만이 머릿속을 울리고 있었다.

서인성을 쓰러뜨린 뒤에도 인몽은 서인성이 던진 것이 무엇인지 보지

못했다. 다급한 인몽은 서인성의 팔을 잡고 짓누르려고 정신없이 버둥거렸다. 그러나 내시감 서인성은 이인몽 같은 사람이 제압할 수 있는 상대가 아니었다. 서인성도, 아침에 죽은 이경출도 모두 무예에 정통한 시위 내시 출신들이었다. 서인성의 팔꿈치가 재빨리 인몽의 이마에 있는 태양혈을 후려치자 인몽은 머리가 빠개지듯 아파오며 눈을 뜰 수가 없었다.

인몽을 차던지고 일어난 서인성은 무엇을 당기듯이 오른손을 거두어들이며 다급하게 왼손을 휘둘렀다. 다음 순간 벽을 등지고 선 서인성의 양손엔 칼자루에 가죽끈이 달린 이상한 단검이 들려 있었다.

삼재검.

칼등에 노루뿔처럼 뾰족한 작은 칼날이 하나 더 나 있고, 칼자루 끝의 구멍에 8자 정도의 가죽끈이 달려 던지는 이의 손목에 연결된 삼재검이었다. 삼재검은 끝까지 강하게 내지른 주먹보다 내질렀다가 살짝 당기거나 휘돌리는 주먹이 훨씬 파괴력이 크다는 원리를 이용한 일종의 비검(飛劍)이었다. 큰 칼날은 목표를 관통하며 작은 칼날은 상처를 크게 한다. 끈이 달려 있어 얼마든지 던졌다가 다시 회수할 수 있었다.

방 안에 있던 사람들은 모두 자기 눈을 의심하며 얼굴이 하얗게 질려버렸다.

도저히 있을 수 없는, 너무나 기가 막힌 사태였다. 임금을 가장 가까이서 모시는 내시감이 지금 시역을 꾀하는 것이 아닌가. 전하께서 급히 반대편 벽으로 피하셨다. 무의식중에 몸으로 임금을 엄호하면서 뒷걸음질치는 좌부승지 정상우, 도승지 민태혁, 우승지 이익운 세 사람은 모두 손발이 얼어붙는 것 같았다.

"역석!"

그 순간 위장 황보찬과 김형균이 방으로 뛰어들며 서인성의 진로를 가로막았다. 별운검(別雲劍)을 뽑아 들고 황초립을 목 뒤로 벗어 건 살기등등한 기세였다. 두 위장의 칼끝은 가차없이 서인성의 어깨를 노리며 날아들었다.

"흥!"

서인성은 싸늘한 냉소를 날리며 한 발짝 뒤로 껑충 물러난다. 서인성의 칼을 쥔 두 손이 안에서 밖으로 곡선을 그리면서 움직였다. 완전히 자세를 잡고 자신있게 던진 이번의 출수는 눈에 보이지 않을 만큼 빨랐다.

오른쪽 단검은 위장 황보찬의 오른쪽 가슴을 꿰뚫었고 왼쪽 단검은 위장 김형균의 오른쪽 다리 종지뼈 위에 가 박혔다. 그것뿐이라면 둘 다 치명적인 상처라고 할 수는 없었다. 거리가 너무 가까워 던진 칼에 가속이 붙지 않았기 때문이다. 그러나 단검이 목표를 관통하는 순간 서인성은 두 손을 불가사의하게 비틀었다. 그러자 몸을 꿰뚫은 단검은 크게 한번 휘저어지면서 각각 국그릇만 한 상처를 만들고 다시 뽑혀 서인성의 손으로 되돌아갔다.

"아아악!"

"아윽!"

두 위장은 몸에 분수 같은 피를 내뿜으며 속절없이 방바닥에 나뒹굴었다. 그러나 방 안에 있는 사람들은 두 위장을 눈여겨볼 여유가 없었다. 서인성의 손으로 돌아온 두 개의 삼재검은 곧바로 다시 정조의 목과 가슴을 향해 날아갔기 때문이다. 우승지 이익운 등이 사색이 되어 팔을 펼치며 몸으로 그 칼을 막았다.

바로 그때 밖에 있던 또 한 사람의 위장 이창욱이 장지문을 부수고 뛰어들었다. 서인성은 옆으로 몸을 날려 이창욱의 칼을 피하면서 막 이익운을 꿰뚫어 요절낼 듯하던 삼재검을 재빨리 회수했다. 그러나 이번엔 사정이 달랐다. 이창욱의 별운검은 위로 아래로 파도치듯 서인성을 몰아가면서 눈 깜짝할 사이에 무려 일곱 번의 파공성을 일으켰다.

칼과 칼이 부딪히는 날카로운 굉음이 거듭 일어났다.

벽 쪽으로 몰리던 서인성은 오른팔과 왼쪽 허리에 숯불로 지지는 듯이 통증을 느꼈다. 베어버린 것이다.

"끄어억!"

쥐어짜는 듯한 신음 소리와 함께 걷잡을 수 없는 패색의 절망이 서인성을 뒤덮었다. 그 순간 서인성은 핏줄, 살, 손톱, 머리털, 목숨에 달려 있는 모든 것은 속눈썹 하나까지 모조리 격탕되어 목숨을 지키려고 발버둥치는 것을 느꼈다. 서인성은 이를 악물고 몸을 왼쪽으로 던지며 왼쪽 무릎을 굽히고 왼손의 삼재검을 쭉 뻗어 이창욱의 요하(腰下)를 찔러갔다. 그러나 대상단(大上段)으로 높이 치켜들렸던 이창욱의 별운검은 이미 바람을 가르며 아래로 떨어지고 있었다.

퍽.

막대기로 빨랫줄에 늘어뜨린 이불을 치는 것 같은 둔탁한 소리가 났다. 비명소리도 들리지 않았다. 서인성의 몸은 오른쪽 목덜미로부터 왼쪽 젖가슴까지 깊숙이 베어졌다. 몸체로부터 떨어지려는 목은 천장까지 핏줄기를 뿜으면서 부서진 장지문 쪽으로 쓰러졌다. 콸콸 쏟아지는 피는 장판바닥을 금방 흥건하게 적셨다. 서인성의 피는 반대편 벽에 쓰러져 있던 인몽의 얼굴까지 튀어왔다.

그리고…… 방 안에 터질 듯한 정적이 쳐들어왔다.

이제까지의 그 촉급한 소음들은 환청처럼 웅웅거리다 사라졌다. 인몽은 손발이 물처럼 녹아 땅 속으로 스며드는 것 같았다.

방 안에 있는 모든 사람은 방금 눈앞에 벌어진 너무도 비현실적인 풍경에 압도되어 있었다. 다만 한 사람, 전하만 빼고. 그 모든 얼어붙은 얼굴 사이에서 전하의 얼굴은 차라리 비현실적으로 보였다. 인몽은 이마의 주름살이 좁혀진 슬픈 듯, 혹은 실망한 듯한 전하의 얼굴이 사람들 사이에서 걸어나오는 것을 멍청히 바라보았다.

전하는 버선을 핏물에 적시며 걸어와 서인성의 시체 앞에 섰다.

충격을 받은 얼굴이었으나 그럼에도 불구하고 사태를 장악하고 책임지는 사람의 얼굴이었다.

"죽여……버렸는가?"

전하의 첫마디엔 숨길 수 없는 실망이 배어나왔다. 그러나 금방 표정을 엄숙하게 하고 영을 내리셨다.

"희정문, 선평문을 닫아라!"

"……"

"도승지, 지금 희정당 경내에 있는 모든 사람들의 이름을 적고 엄중히 함구령을 내리도록 하라. 만약 별명(別命)이 있기 전까지 말이 조금이라도 밖으로 나가면, 어느 누가 입을 놀렸건 명단에 있는 자들은 모조리 목을 베겠다. 다친 무감들은 즉시 내의원으로 데려가고 이 방은 도배를 하되 이 모든 일은 지금 이 자리에 있는 내관과 나인들만 시키도록. 도배가 끝날 동안 정무는 인정전에서 보겠노라. 다른 승지들은 가지고 갈 문서를 챙기라."

그제서야 위장 이창욱이 잠에서 깨어난 듯이 칼을 옆으로 던지며 피가 괴인 장판바닥에 납작 엎드렸다.

"전하, 죽여주소서!"

"……"

"소장(小將)이 불충하와 역적의 검인(劍刃: 칼날)을 보시게 하였사옵니다. 죽여주시옵소서."

"전하, 죽여주시옵소서."

그러자 주위에 있던 시신들이 잇달아 엎드려 대죄(待罪)를 했다. 인몽은 그 소리들을 꿈결처럼 들으며 어질어질 흔들리는 몸을 일으켜 전하를 향해 엎드렸다.

"자네는 만고(萬古)의 충신일세!"

우승지 이익운이 두 손을 비비며 터질 듯이 웃었다.

"도원이, 이건 정말 천재일우, 천재일우(千載一遇)의 기회야."

그는 뚱뚱하게 살찐 그 엄청난 몸을 떨며 중얼중얼 기쁨을 이기지 못하고 있다. 이곳은 돈화문 바로 앞에 위치한 승정원. 우승지 이익운의 방이었다. 아직 해가 떨어지지는 않았지만 나비 모양의 가리개가 붙은 방문 앞 촛대엔 불이 밝혀져 있었다.

"얼마나 장한 일인가. 자네는 지금 시역을 꾀하는 간흉한 무리로부터 주상 전하를 구한 것이야. 이것은 전하께서 오매불망하시던 유신을 단숨에 밀어붙일 수 있는 호재 중에 호재일세."

"……"

"먼저 각 선공감, 사재감, 상의감 등 각 사감(司監)의 내시들을 제외한 내시부 직속의 내시 200여 명을 모조리 옮아다 서적(徐賊:서인성)의 여당(餘黨)을 캐내야 하네. 그리고 이 내시놈들을 사주한 권신을 엮어 조정에 일대 숙청을 단행해야 하네."

"선생님, 누가 듣사옵니다."

"들을 테면 들으라고 해. 이건 시역이야, 시역! 이제 제깐 놈들이 하늘로 솟구치고 땅으로 꺼지지 않는 다음에야 빠져나갈 구멍이 있을 성싶은가?"

이익운은 허연 머리를 흔들며 오히려 더 큰소리를 내었다.

당년 쉰세 살의 이익운(李益雲).

번암 선생이 집에 데려다 가르친 직전(直傳) 제자로, 나이로 보나, 풍채로 보나 중후한 남인의 중진이었다. 그러나 이익운은 정치를 하기엔 너무 사람이 좋고 다혈질인 것이 흠이었다. 정조 6년(1782) 스승인 채제공을 공격하는 노론 벽파들에게 욕설을 퍼붓다가 파직된 것을 시발로, 전하께서 임석하신 연석에서 술주정을 하여 흑산도로 유배되는 등 어처구니없는 말썽이 끊이지 않았다. 그런 이익운이 정조 18년(1794) 이후 계속 승정원에 있는 것에 대해 전하께서는

"계수(季受:이익운의 자)는 계속 내 옆에 둬야 해. 도무지 마음이 놓이지 않아서 말야."

하시며 껄껄 웃으셨다고 한다. 인품은 의리가 강하고 물욕이 없는 이익

운을 무척 좋아했다. 그러나 오늘은 왠지 그의 말에 맞장구를 칠 기분이 아니었다. 아니 지금 이마에 내천자를 그리고 있는 인몽은 그의 단순함에 화를 내고 있는지도 모르겠다.

인몽은 우울한 얼굴로 고개를 떨구었다. 아까 서인성에게 맞은 머리가 깨어질 듯이 아파왔다. 그 아픔 속으로 녹아들면서 인몽의 의식은 눈앞의 삶이 꿈결처럼 느껴지기 시작했다. 짧지 않은 인생 동안 한 번도 예상하지 못한 야릇하고 낯선 생(生)이 오늘 새벽부터 인몽의 앞에 소용돌이치고 있었다. 그리고 방금 서인성의 사건.

충성, 충의, 충절…… 인생의 성스러운 인과율(因果律)들이 뿌리째 흔들리고 있었다.

장종오의 진상을 보고하고 『시경천견록』이 분실되었다고 아뢰었을 때 인몽은 모든 책벌을 각오했다. 임금께서는 성명하시고 나의 죄는 죽어 마땅하다(天王聖明 臣罪當誅), 그저 한유의 그 말을 되뇌일 뿐 어찌 딴생각이 있었겠는가. 그런데 이 모든 일을 전하께서 꾸미고 조종한 것이었다니. 인몽은 똥물을 들이켠 듯한 불쾌감에 몸을 떨었다.

추악하다.

눈가가 따끔따끔해지더니 인몽의 눈에서 눈물이 흘렀다. 이날 이때까지 무엇을 바라고 살아왔던가. 아름답게 살고 싶다는 바람. 착한 임금께 외곬으로 충성하며 아름답게 살고 싶다는 꿈은 덧없는 낙엽이 되었다. 인몽은 자신이 건너야 할 삶의 심연이 오늘처럼 똑똑히 보인 적이 없었다. 추악한 사람들이 전하에게 추악한 행동을 했으며 전하 자신도 더러워졌다. 더러워진 전하에게 충성하며 인몽도 더러워질 것이다.

서인성의 턱을 걷어차던 전하의 망측한 모습, 전하에게 칼을 휘두르던 서인성의 앙다문 입, 그리고 전하의 말. 아아 〈과인은 너를 오히려 측근에 두어 역적들이 스스로 하늘의 그물에 뛰어들기를 기다리고 있었〉다니……
아, 그런 추악한 권모술수를, 그렇다면 도대체 전하와 노론이 뭐가 다르단 말인가. 인몽은 일그러진 얼굴로 손톱을 물어뜯었다.
"나는 요즘 주상 전하가 걱정되어 견딜 수가 없네."
이익운은 그런 인몽을 무시하며 말을 이었다.
"전하가 걱정되신다니오?"
"임금의 자리는 외외탕탕(巍巍蕩蕩)이라. 지극히 높고 높으니, 그 형세가 심히 위태하여 보존하기 어렵네. 그런 자리에서 발분하여 개혁을 추구하는 임금에겐 늘 암살과 시해의 위협이 따르나니 이는 벌집을 쑤시면 벌이 달려드는 이치와 같네. 그런즉 임금은 절대로 자신이 개혁의 주체라고 자임해선 아니 되네. 그런 미움받이 역할일랑 총애하는 심복에게 떠넘기고 자신은 늘 그 심복을 타이르며 혜택을 베푸는 입장에 서야 하는 거야. 말하자면 송나라 신종과 왕안석, 우리 중종대왕과 조광조 선생 같은 관계지. 그런데 지금 우리 전하께선 어떠신가. 채제공 선생은 돌아가셨고, 정민시 대감은 별세가 오늘내일일세. 이가환이는 서학파로 몰려 실세했으며, 김조순은 아직도 젊어 기반이 불안해. 이렇게 사방이 허전하니 전하께선 할 수 없이 스스로 팔을 걷어붙이고 계시네. 정말 오늘 일은 구우일모(九牛一毛: 여러 마리 소의 털 중에 한 가닥 털)에 불과해. 얼마 안 있어 정말 무서운 일이 닥칠지도 모르네."

"……"

"그러니 이번 일은 전하에게 천재일우의 기회일세. 이를 계기로 적당(賊黨)을 발본색원한 다음, 조정을 완전히 개편하여 전하의 친위세력을 확실히 심어야 하네."

"하오나 일이…… 그렇게 쉽지가 않사옵니다. 지금 당장 내시들을 잡아다 적당을 토설하라고 족쳐보소서. 범인인 서인성은 벌써 죽어버렸고, 공모자도 분명치 않습니다. 이런저런 심증만으로 적당들을 다 잡아낼 수 있겠습니까. 섣불리 시작했다간 일은 되지 않고 벌집만 쑤시게 됩니다. 보나마나 대왕대비 김씨가 또 길길이 날뛰며 선왕의 사직지신(社稷之臣)들을 음해하려느냐, 나는 그 꼴 못 보니 내처 사저(私邸)로 나가겠다 하며 옥박지를 것이 뻔합니다. 그러면 노론은 한술 더 떠서 전하께서 당신의 할마마마를 폐서인하려 한다는 망극한 소문을 퍼뜨리고, 유림에서 전하의 불효를 문책하는 상소가 쏟아집니다. 판의금부사 이재간(李在簡)의 사건, 은언군(恩彦君)의 사건, 그동안 어디 한두 번 겪어보셨사옵니까."

"음……"

"아까 전하께서 그토록 엄히 함구령을 내리신 것도 이런저런 사정들을 헤아리신 것인 듯하옵니다. 전하께서 무슨 복안을 가지고 계실 터이니 저희들은 그저 잠자코 기다리는 것이 좋겠사옵니다."

"복안이라니, 달리 무슨 짐작 가는 것이라도 있는가."

"아니올시다. 소생 같은 미관말직이 무슨. 다만 오늘 아침 사암 선생과 이야기를 나누면서 문득 떠오른 생각이온데…… 아무래도 전하께서는 당신의 실부이신 선세자 저하의 일을 생각하시는 듯합니다."

"선세자 저하?"

"예, 백성들은 참혹하게 돌아가신 선세자 저하를 동정하고 있사옵니다. 이때 선세자 저하에게 씌워진 죄가 무고였음을 밝히고 이분을 군왕으로 추존합니다. 그리고 저항하는 노론 벽파들을 군왕을 시역한 적당으로 다스려 남김없이 숙청해 버리시려는 것이 아니올지요. 제 어리석은 생각에는…… 전하께서 역설하시는 유신이란 군왕으로부터의 개혁이옵니다. 조정대신들이 거의 모두 반대하는 상황에서 유신을 행하려면, 불합리하고 심정적인 민심, 이 민심에 호소하여 여론을 등에 업을 수밖에 없사옵니다. 그러자면 역시 그 문제가……"

"글쎄, 선세자 저하에게 씌워진 죄가 무고였다는 사실은 이미 상당히 밝혀져 있네만…… 돌아가신 선대왕마마께서 사직의 대역죄인으로 몰아 그 이름을 거론하는 것도 국금(國禁)으로 막으신 분을 군왕으로까지 추존할 수 있겠는가?"

"하오나 반드시 불가능하지도 않을 듯하옵니다. 사실은 오늘 아침에 선대왕마마의 금등지사에 대한 얘기가 있었사온데……"

인몽이 이익운에게 정약용과의 밀담을 털어놓으려 몸을 숙일 때였다.

"이 대교! 이 대교! 이 대교 여기 있는가?"

승정원의 마루가 맹렬하게 쿵쾅거리며 인몽을 부르는 다급한 목소리가 들려왔다. 좌부승지 정상우의 목소리였다. 이익운과 인몽이 놀라 일어나 즉시 방문을 열고 마루를 깐 통로로 나갔다.

"대감, 이곳이옵니다. 무슨 일이시옵니까?"

"아, 이 대교…… 빨리, 인정전으로 가보게."

"예?"

"주상 전하께서 부르시네."

말을 전하는 정상우의 얼굴은 핏기가 사라져 있었다. 인몽을 쳐다보는 그의 눈빛에 안쓰러운 빛이 떠올라 있었다. 뒤따라온 이익운이 그런 정상우를 다그쳤다.

"보정(保貞: 정상우의 자)이 대체 무슨 일인가. 전하께 무슨 변고라도 생겼단 말인가?"

"그런 것이 아니옵고…… 도승지께서 사간원과 사헌부에서 올라온 상소를 진주했사온대 전하께서 그걸 보시고……"

"아아니, 이런 정신 나간 영감이 있나? 방금 시역을 하려는 역적이 주살된 판에 무슨 놈이 상소 따위를 진주하고 있는 게야! 어허, 이 나라 종묘사직이 오로지 전하의 옥체에 의탁하고 있거늘! 당장 내전으로 들어가시어 놀란 심기를 다스리시고 천금 같은 옥체를 보양하셔야 할 터에 상소라니! 더구나 무슨 상소를 정원(政院: 승정원)의 논의도 없이 그대로 올린단 말이야?"

"사간원, 사헌부의 상소는 본래 정원을 거치지 않는 법이 아니오이까. 대감, 지금 그런 걸 따지실 때가 아니오이다. 자, 이 대교, 이리로!"

정상우가 이인몽의 손목을 잡더니 허겁지겁 대청으로 나아가 신발부터 신겼다. 인몽이 영문을 모르고 신발을 꿰자 그는 승정원에서 인정전으로 통하는 쪽문을 손수 열면서 인몽을 다그쳤다. 대전으로 들어가는 인정전 서행각은 엄숙한 침묵에 싸여 있었다.

서행각 통로로 들어서자 인몽은 어디서 불길이 타오르는 것 같은 답답한 공기를 느꼈다. 그의 폐에서 짙은 피곤이 새어나왔다. 주위는 강하고 독하고 완고한 냄새를 풍기고 있었다. 공기가 너무 희박하여 감각이 질식될 것 같은 느낌이다. 이제…… 또 어떤 바람결에 불려가는 것인가. 곧 해가 질 어둑어둑한 시간이다. 이렇게 늦게 인정전에 불려간 적은 한 번도 없었는데. 인몽은 암초와 파선을 향해 나아가는 돛대 부러진 배를 생각했다.

도대체 무슨 일인가.

서행각의 끝에서 인몽은 정상우에게 그 연유를 물으려고 그의 소매를 잡았다. 그러나 그때,

"금군별장을 불러라!"

인정전 안에서 으르렁거리는 듯한 목소리가 들렸다. 전하였다. 곧이어 중앙간이 열리며 갓신을 신으신 전하께서 성큼 대전 밖의 월대로 내려서시는 것이 보였다.

전하의 용안을 우러러본 인몽은 놀라움과 두려움에 숨을 삼켰다. 전하의 용안은 누구를 향한 것인지 알 수 없는 분노가 서려 시뻘겋게 변해 있던 것이다. 입은 한일자로 굳게 닫혀 있었으나 광대뼈와 눈가는 열기에 휩싸여 술을 마신 것처럼 붉으셨다. 무지개를 뿜을 것 같은 전하의 두 눈은 정면의 먼 허공에 못박혀 있어 바로 지척에 다가온 인몽을 보지 못했다.

"지밀상궁!"

가슴이 조여드는 것 같았다. 전하의 어성이 다시금 사방을 제압하며 울려퍼졌다. 월대 우측에 서 있던 지밀상궁 한씨가 구르듯이 달려왔다.

"군복, 말, 활, 칼을 대령하라."

뜻밖의 분부에 한 상궁은 잠시 흠칫했다. 그러나 한 상궁 역시 예사롭지 않은 분위기를 눈치 채고 두말없이 내전으로 달려갔다. 인정전 중앙의 월대에 선 정조를 중심으로 사람들의 움직임이 동심원처럼 퍼져간다. 인몽은 좌부승지 정상우와 함께 대체 뭐가 뭔지 알 수 없는 그 동심원의 복판에 서 있었다.

이게 어찌된 일일까. 그러나 미처 헤아려볼 여유도 없이 인정문 쪽이 소란스러워졌다. 금제 혁대에 칼자루 튀기는 소리를 요란하게 울리면서 붉은 철릭을 입은 무장이 뛰어들어온 것이다. 곧장 전정(前廷)의 판석(板石) 위를 나는 듯이 달려온다.

"청명!"

오른쪽 무릎과 오른손을 땅에 짚고 산이 무너지듯 임금 앞에 부복한 그 무장은 장용영의 실질적인 지휘자인 금군별장 권오상(權五相)이었다. 어깨가 황소처럼 들썩거린다. 대기하고 있던 돈화문 안쪽의 숙위소로부터 한달음에 달려온 것이다.

"선기장(善騎將 : 선기대의 기총) 강호은을 시켜 형조판서 이조원과 형조참판 김명익, 형조참의 정약용을 체포토록 하라."

"존명!"

"그리고 지금 즉시 숙위하는 선기대(善騎隊 : 장용영의 기마부대)에서 30명을 추려 별시위(別侍衛)를 편성하라. 술시까지 저녁과 말먹이를 먹이고 금호문(金虎門 : 창덕궁 서쪽 문) 앞에 대기시키도록."

"하오면…… 어느 곳으로 납시오이까?"

"명덕산에 있는 채이숙의 사저이니라. 어서 물러가 차비를 하렷다."

권오상은 앙연히 가슴을 젖혀 한번 정조를 우러러보고,

"존명!"

튕기듯이 일어서 다시 인정문 밖으로 달려나갔다.

인몽은 자기도 모르게 좌부승지 정상우를 돌아보았다. 그러나 정상우

역시 이해할 수 없다는 표정이었다. 그제서야 전하께서 당신의 오른쪽에 인몽이 시립하고 있음을 아셨다.

"기주관!"

"예."

전하의 얼굴은 어둡고 심각했다. 이인몽을 〈기주관〉이라고 딱딱하게 부르는 것도 드문 일이었다.

"따라오라."

"예."

지밀상궁 한씨와 나인들이 동행각을 통해 인정전 경내로 들어서고 있었다. 전하의 적갈색 구군복과 전립이 든 보자기를 받쳐들고 어검(御劍), 어궁(御弓)을 모시고 있었다. 정조는 그들의 행렬을 힐끗 보시더니 다시 대전 안으로 발을 돌리셨다.

대전 안에는 도승지 민태혁과 좌부승지 이서구, 동부승지 조홍엄(趙弘嚴)만이 있었다. 내관도 기사관도 보이지 않았다. 전하께서 눈짓을 하자 동부승지 조홍엄이 상소문 하나가 놓인 붉은 쟁반을 들고 와 인몽에게 건네주었다. 그 상소문은 부피부터가 예사롭지 않았다. 봉투에 넣은 종이가 아니라 두루마리였던 것이다. 상소문을 두루마리로 말아서 올리는 것은 대개 여러 사람이 연명(連名)한 것으로, 그만큼 사안이 중요한 것이라 할 수 있다.

인몽이 영문을 모르고 전하를 우러러보니 전하께서는 어서 읽어보라는 손짓을 하신다.

인몽은 전하의 오른쪽에 무릎을 꿇고 앉아 〈상전개절(上前開切 : 전하 앞에서 열어보소서)〉이라고 씌어 있는 앞쪽을 잡고 두루마리를 펼쳤다. 그 순간 인몽은 등에 숯불이 퍼부어진 듯이 놀라며 허리를 폈다. 그의 눈이 등잔만 해지더니 그 여자같이 가늘고 흰 손가락들이 덜덜 떨렸다.

그도 그럴 것이 그 상소의 제목은 〈정약용, 이인몽을 엄히 국문하시기를 주청하는 글(請嚴鞫丁若鏞李人夢疏)〉이었던 것이다. 인몽은 핏기가 사라져 완전히 백지장 같은 얼굴로 상소를 읽어가기 시작했다.

〈사헌부 사간원 양사 복합으로 아뢰옵니다. 나라가 나라답게 되는 것은 기강이 있기 때문이옵니다. 기강이 서면 나라는 흥하고 기강이 무너지면 나라는 쇠합니다. 하여 옛 성인들께오서 중언부언하며 기강의 중요함을 역설하신 것이 한두 번이 아니옵니다.

아조(我朝)가 문치(文治)로서 나라를 세운 이래로 조종의 성세에 그 문물의 빛남은, 가히 공자께서 그리시던 주나라의 서울을 보는 듯 하였사옵니다. 그런데 불행히도 근세에 이르러 도의는 날로 강쇠하고 이단과 사학은 날로 불어나서, 도무지 나라의 기강이라는 것이 무엇인지 알 수 없게 되었나이다.

아아, 진실로 통탄할 일이옵니다. 저희 양사에서 계주(啓奏)를 올려 이단과 사학을 물리치실 것을 주청한 것이 무릇 몇 번입니까. 하늘의 그물이 진실로 너무 성글어 그 징토의 논의가 혹 일어나기도 하고 혹 그치기도 하면서 몇 해가 그냥 지나는 동안에 아직 한 사람의 적당도 주살하지 못하였더니, 이제 이단의 독 오른 이빨이 조정의 기강을 물어뜯기에 이르렀습니다.

신등이 엎드려 듣기를, 정약용은 오늘 형조판서의 명으로 잡아 가둔 죄인 채이숙을 제 마음대로 빼돌려 모살(謀殺)하였다 합니다. 여기에는 시임(時任) 규장각 대교 이인몽도 관련되어 있습니다. 이들 궁흉극악한 이단의 죄악이 어쩌면 이토록 방자하고 패려할 수 있단 말입니까. 기강의 지중함을 돌아보지 않고, 왕법의 지엄함을 돌아보지 않는 이 무리들의 뿌리가 바로 이단의 사설(邪設)에 있으니, 신등은 오로지 두렵고 무서워 숨이 가쁘고 담이 떨리옵니다.〉

머리 위에 벼락이 내리친 것 같았다.

대체 누가 이런 소름끼치는 공소장을…… 인몽은 공포에 질린 눈으로 전하를 바라보았다. 그러나 전하는 인몽을 보고 있지 않았다. 전하께서는 익선관과 곤룡포를 벗고 지밀상궁이 가져온 군복으로 갈아입으시며 좌부승지 정상우의 진주(陳奏)를 듣고 계셨다.

"전하, 아니 되옵니다."

"……"

"이제 곧 밤이옵니다. 지존하신 임금의 몸으로 이런 야심한 시각에 멀리 명덕산까지 납시는 것은 위험천만한 일이옵니다. 더구나 오늘 서적의 천인 공노할 음모가 있었사옵니다. 이런 야밤에 별시위 30명만 거느리고 잠행한다 하시다니요, 경홀(輕忽)하기 짝이 없으신 분부이시옵니다. 다시 한 번 생각하시어 명을 거두어주소서."

"전하, 좌부승지의 말이 옳사옵니다. 명을 거두어주소서."

"여러 말 말라. 채이숙의 집에서 시급히 확인해야 할 일이 있으니."

"명을 거두어주소서."

"시끄럽다!"

이런 군신간의 실랑이는 끝날 것 같지 않았다. 갈피를 잡지 못한 인몽의 시선은 다시 상소문으로 떨어졌다.

〈약용과 인몽은 모두 이단에 물든 자로서 이들의 천 가지 요망함과 만 가지 불측함은 종이에 이루 다 기록하기 어렵습니다.

약용의 집안은 세상이 다 아는 사학의 소굴입니다. 신해년(1791)에 전라도 진산에서 그 어미의 신주를 불사르고 제사를 폐한 천고의 패륜아 윤지충은 약용의 외사촌이며, 청나라에 가 세례를 받고 돌아온 사학의 괴수 이승훈은 약용의 자형입니다. 약용의 형제들이 사학을 신봉함과 약용 자신이 왕년에 사학을 신봉한 사실은 이미 수차에 걸친 탄핵에서 밝혀진 바 있사옵니다. 약용이 비록 사세에 못 이겨 이단의 사설과 절의했다고 변명하곤 있으나 모두가 간흉한 거짓말입니다. 약용의 무리가 있음으로 하여 사학과 이단의 책동이 그치지 않음은 만백성이 눈뜨고 보는 바입니다.

죄인 채이숙이 체포되어 그 동안 이단에 젖어온 제 본색이 탄로나게 되자, 약용은 추조(秋曹: 형조)의 당상이라는 지위를 악용하여 죄인을 빼돌린 뒤 죽여 없애버렸습니다. 전옥서에서 형조로 보내온 첩보(牒報)를 보면 약용은 저지하는 옥장을 윽박질러 채이숙을 추조 당상청으로 업어간 뒤 당상청 주실에 이인몽이 보낸 이속배 하나를 빼고는 아무도 들어오지 못하게 했다 합니다. 잠시 후 약용이 죄인이 죽었다 하며 뛰쳐나왔는데 조금 전까지만 해도 멀쩡하던 죄인이 왜 죽었는지 어떻게 죽었는지 아무도 본 사람이 없습니다. 이는 실로 약용과 인몽의 무리가 제 본색을 감추고자 죽여 입을 막은 것이 아니고 무엇이겠나이까.

아아, 약용은 임금의 권애(眷愛)와 우우(優遇)가 어떠하며, 벼슬의 높음이 어떠합니까. 그런데도 약용은 자신의 영달에 급급하여 흉악하고 더러운 꾀로 이처럼 천인공노할 죄를 저질렀나이다. 그러나 임금의 천경(天鏡)이 일월처럼 밝게 비추시니 어찌 그 역절(逆節)과 간세(奸細)가 감춰질 수 있겠습니까.

인몽의 일에 이르러서는 신등이 말을 아낄 수 없나이다.

죄인 채이숙과 같이 투옥되었다가 약용의 농간으로 풀려난 윤상아(尹嬌娥)라는 계집은 인몽의 전처입니다. 부부의 정리란 남다른 것이요 재앙과 복락에 같이하는 것이니 인몽의 본색을 속속들이 알기로 그 처와 같은 이가 있겠습니까. 그 아낙이 오늘 아침 형조에서 풀려난 뒤로 행적이 묘연하니 인몽이 약용과 공모하여 빼돌린 것을 알 수 있습니다. 세상에 어찌 이런 일이 일어날 수 있단 말입니까. 신등은 정부를 설치한 이래로 400년 동안 이같이 해괴한 일이 있다는 것을 아직 듣지 못했습니다.

인몽의 처당(妻黨)은 온 집안이 이단을 사모하는 자들입니다. 을묘년 (1795) 조정에서 이들의 소굴을 엄중히 핵실했을 때 갖은 요망한 수단으로 관헌들을 속이고 서교승(西敎僧 : 1794년 밀입국한 주문모 신부를 말함)을 빼돌렸던 윤유일은 인몽의 처남입니다. 당시 조정에선 윤유일, 최인길, 지황을 체포하여 서교승의 행방을 알아내고자 하였는데 문초를 받던 이들 셋이 한날 한시에 갑자기 옥중에서 죽어 그 적당의 명단을 밝혀내지 못했던 것은 전하께서도 익히 아시는 일입니다. 이 또한 채제공의 사주를 받은 이승훈—이가환—정약용이 은밀히 저들의 수하를 독살하여 입을 막은 것입니다. 죄인들이 불시에 죽지 않고 적당의 실체를 토설했다면 어찌 인몽과 같은 자가 무사할 수 있었겠나이까.

 신등이 엎드려 살펴보건대 조정의 젊은 신료들 가운데 사리(私利)를 좇아 임금을 기망하며 나라를 등지는 자로서 인몽과 같은 자는 없습니다. 오늘 흉악한 꾀를 꾸며 약용의 범죄를 부추기고 수하를 조종하여 채이숙을 모살하도록 도운 것은 인몽의 평소 행적으로 미루어 보아 너무도 명백하옵니다.

 대체로 인몽의 간교한 몸가짐은 천만 가지로 변화가 무쌍합니다.

 인몽은 본시 궁벽한 촌구석의 한사(寒士)로 대대로 성조(聖朝)의 교화에 티끌만 한 보탬도 없었던 자이옵니다. 그런 자가 모기다리(蚊脚)만 한 시권의 글발이나마 외워 벼슬길에 오를 수 있었던 것은 오로지 서울에 있던 처족의 힘입니다. 이에 인몽은 쓰러지듯 자기의 배운 바를 버리고 이단을 좇았습니다. 강남(江南)에서 이단의 무리와 교제하며 조정을 비방하였으며 황천(皇天: 임금)을 빙자하여 암암리에 대왕대비를 모해하려 하였습니다. 그럼에도 죽지 않고 유배에 그친 것은 전하께서 하해와 같으신 성덕으로 그 젊은 나이를 불쌍히 여기신 때문이옵니다.

 유배 중에도 인몽은 안으로 사설을 머금고 겉으로 삼대(三代)의 도를 논하는 사특함을 버리지 않았습니다. 그 휼계(譎計)를 짐작한 금부가 다시 잡아들이려 하자 인몽은 얼른 아내를 내쫓아 꼬리를 감추고, 이단에 물든 처가와 결별했다고 떠들어대었습니다. 이 어찌 가증스럽지 않겠습니까.

 몸이 산림에 있으면서 이단에 물든 자들은 죽는 것을 꺼리지 아니하기 때문에 쉽사리 잡아 처벌할 수 있지만, 인몽과 같이 몸이 조정에 있으면서 이단에 물든 자들은 이렇듯 영달을 꾀하여 그 본색을 숨기기 때문에 분별하기 어렵습니다. 이들 꼬리가 잡히지 않는 무리들만 하더라도 이미 숨은 근심과 긴 염려가 있사온대 전하께서는 인몽과 같이 드러난 자를 측근에 등용하시어 오히려 그 간사한 싹을 키워오셨습니다.

인의(仁義)를 틀어막아 세상을 현혹시키고 사람을 속이는 말이 어느 시대에고 없으리요마는 세상에 서양의 사학과 같이 참혹한 것은 없습니다. 이 사학에 물든 무리들은 국법을 좇아, 아주 모조리 죽여 없애서 절대로 살려두지 않는다는 뜻을 보이시지 않으면, 선배와 후배, 아비와 아들이 모래밭에 무씨를 부린 듯 잇달아 돋아나 도무지 그 뿌리를 끊어버릴 도리가 없습니다.

오늘 이 무리들의 하늘에 사무치는 죄상은 낱낱이 드러났습니다. 지금 당장에 밝게 가려내어 엄중히 벌하시지 않는다면 신등은 이 흉악하고 더러운 이단의 소굴을 깨뜨릴 시기가 다시는 없을 것이라 생각합니다. 전하께오서는 약용과 인몽을 국법을 좇아 엄히 국문하시고 징토를 내리시어 저 이단의 말에 익어 기강과 윤상(倫常)의 지엄함을 돌아보지 않는 대역죄인들에게 하늘의 무서움을 알게 하소서. 엎드려 성지(聖旨)를 기다리나이다.〉

아무 생각도 나지 않았다.

상소문은 너무 많은 충격을 던져주면서 인몽을 꼼짝달싹할 수 없는 경악의 소용돌이로 몰아넣은 것이다.

경악.

완전한 경악이었다. 상아, 상아가, 아내가 서울에 와 있었다니, 형조 관아에 잡혀 있었다니, 그, 그리고 사암 선생이 채이숙을 죽였다니. 그리고 내가, 세상에 이 내가…… 죽음이 머리카락을 쥐고 흔드는 것 같다. 인몽의 가슴속에 터질 듯한 흥분이 메아리쳤다.

혼자 있었다면 인몽은 두 팔을 도리깨질하듯 내저으며 이 사악한 세상에 대해 미친 듯이 분노를 터뜨렸으리라. 아니, 어쩌면 슬프고 고통스런 울음 소리를 길게 내며 정신을 잃었을지도 모른다. 그러나 지금 인몽은 자기 앞의 상소문을 그저 파리하고 멍한 표정으로 바라볼 뿐이다. 얼이 빠진 것 같다. 아니, 인몽의 영혼이 겁에 질려 움츠러든 나머지 창밖의 눈꽃처럼 결빙해 버린지도 몰랐다.

그런 인몽의 옆으로 언제 따라 들어왔는지 우승지 이익운이 조심스럽게 무릎걸음으로 다가왔다. 이익운은 인몽이 읽은 상소문을 집어들더니 읽어 내려갔다. 이익운의 굵은 목에서 꿀꺽 침 삼키는 소리가 났다.

"기주관."

그때 군복을 다 차려입으신 전하께서 인몽을 불렀다. 그러나 전하의 말씀은 인몽에게 먼 곳의 소음처럼 들려왔다. 혓바닥이 가슴속을 격탕시키는 공포과 분노에 휘말려 도무지 움직이지 않는 것이다. 전하께서는 인몽의 앞에 서 계셨다. 팔짱을 끼고 두 다리를 벌려 디딘 결연한 자세였다.

"기주관!"

"예, 저, 전하."

"이것이 대체 어찌된 일이냐?"

임금의 옥음(玉音)은 마치 신음소리처럼 낮고 처절했다. 인몽의 표정은 더욱 굳어졌다.

"전하, 이것은 전혀 사실이 아니옵니다! 무고이옵니다, 전하."

"그럼, 아침에 네가 형조에 보낸 이속배란 건 뭐냐?"

"그것은 형조에 장종오의 일을 알리러 보낸 것이옵니다. 소신은 그때까지 채이숙이 형조에 잡혀온 사실도 모르고 있었사옵니다, 전하."

인몽의 목소리도 사뭇 처량하게 떨렸다. 그때 이익운이 황소만 한 몸을 조아리며 정약용과 이인몽을 변호하고 나섰다.

"전하, 이 대교의 말이 옳사옵니다. 이것은 있을 수 없는 일이옵니다. 미용(美庸:정약용의 자)이나 이 대교가 어찌 번암 선생의 유자(遺子)를 모살할 수 있단 말입니까. 차라리 자신의 삼족이 멸할지언정 이런 죄를 저지를 사람들이 아니옵니다."

그러나 전하의 추궁은 서릿발 같았다.

"우승지는 잠자코 있으라. 있을 수 없다고 해서 될 일이 아니다. 과인이 직접 내금위 무감들을 보내어 형조의 검률들을 불렀는데 도원이는 무엇 때문에 따로 사람을 보내 형조에 알렸단 말이냐."

인몽은 말이 막혔다. 그러나 지금 무엇을 감추고 숨길 때가 아니라는 것만은 분명했다.

"전하, 통촉해 주소서. 신이 형조에 이속을 보낸 것은 정참의 약용에게 따로이 알리러 보낸 것입니다. 약용은 작년에 탄핵을 받은 이후로 관아에 잘 출사하지도 않아…… 그렇게 알리지 않으면 장생의 사건이 다른 사람의 손에서 내사될 것이라 생각했습니다. 신은 간밤에 숙직을 책임진 자로서, 이 사건을 원만히 수습하고자…… 꼭 약용이 사건을 맡아주길 바랐던 것이옵니다."

인몽의 고뇌에 찬 변명은 거기서 끊어졌다.

아, 추하구나. 이런 비루한 변명까지 늘어놓다니. 인몽은 자신이 너무 비참하게 느껴졌다.

온갖 모습으로 가리워진 인생의 구름이여.

나는 처음부터 남들이 파놓은 함정에 몸을 내맡길 팔자를 타고났더란 말이냐.

어쩌면 이렇게도 내 어설픈 행실 하나하나는 매번 최악의 증오와 시기, 모멸과 농락으로 돌아오는가. 또 이런 누명을 뒤집어쓰고 보니 인생의 온갖 일들이 실수와 우행(愚行) 아닌 것이 없구나. 남들은 나이가 들수록 연륜을 다져 인생의 곤란과 불행을 꿰뚫어본다고들 한다. 그런데 우둔한 나는 예나 지금이나 말 많은 세상에 모략의 꼬투리나 제공하면서 공허한 고통만 쥐어짜고 있구나.

인몽은 울음이 터져나오는 것을 참으려 입을 앙다물었다. 상소문에 나온 온갖 왜곡된 과거들이 음울하고 쓰라린 상처를 헤집고 홍수처럼 밀려왔다. 정조는 인몽의 그 우두망찰한 모습에 눈살을 찌푸리셨다.

"한 가지만 더 묻겠다. 오늘 아침 형조에서 채이숙이 죽은 일을 너는 알고 있었느냐?"

"자, 자세히는 모르오나 장생의 검시를 하러온 약용에게 들었사옵니다."

"왜 그것부터 알리지 않았느냐!"

"……"

"네놈은 일의 경중도 모르느냐! 만사를 제쳐놓고 채이숙의 일부터 보고해야 할 것 아니야!"

"주, 죽을죄를……"

"이 시위소찬하는 위인들아(尸位素餐之輩: 밥버러지)! 그대들은 이제껏 뭘 하고 있었는고? 짐의 고굉지신(股肱之臣: 팔다리와 같은 신하)이 쥐도 새도 모르게 감옥에서 죽도록 어디서 뭘 하고 있었냔 말이다!"

드디어 불똥은 사방으로 튀기 시작했다.

민태혁, 이서구, 이익운, 정상우, 조홍엄 등 좌우에 시립한 승지들이 사시나무처럼 떨었다. 6승지들은 6조분장(六曹分掌)의 책임이 있었다. 말하자면 도승지는 이조를, 좌승지는 호조를, 우승지는 예조를, 좌부승지는 병조를, 우부승지는 형조를, 동부승지는 공조를 각각 관장하는 것이다. 그렇다면 직접적인 책임은 형조를 관장하는 우부승지 서유문(徐有聞)에게 있을 터인데 유독 이 자리에 그만은 보이지 않았다. 인몽은 알 수 없었지만 벌써 전하의 호통을 듣고 형조에서 취조한 채이숙의 조서(調書)를 가지러 궁궐 밖으로 달려간 뒤였던 것이다.

"전하, 망극하……"

"닥쳐라! 도대체 채이숙이 형조의 전옥서에 잡혀 있다는 말을 이 상소문을 읽고 처음 알다니, 이것이 있을 수나 있는 일이냐. 대체 어느 놈이, 누구 마음대로 잡아 가뒀단 말이냐? 좌승지, 설마 그대도 모른다고는 못 하겠지?"

전하의 지적은 날카로웠다.

지금까지 전하가 이 일을 모르고 있었다는 것은 아무래도 이상했다. 좌승지 이서구는 전옥서의 부제조(副提調)를 겸임하고 있다. 좌승지는 왜 전

5 용은 움직이다 237

하에게 채이숙의 일을 알리지 않았을까. 아무리 전하께서 서울을 비우시고 수원행궁으로 납신 지난 사흘 동안 일어난 사건이긴 해도, 적어도 오늘 아침에는 보고가 되었어야 할 일이 아닌가.

"신에게 엄벌을 내려주소서. 아직까지 전옥서로부터의 보고를 검토하지 못하였사옵니다. 신의 태만한 죄, 백 번 죽어 마땅하옵니다."

인몽은 모든 책임을 자기 혼자 뒤집어쓰겠다고 나서는 이서구를 보자 등골이 오싹해졌다.

아니, 저자까지?

인몽은 새삼 이 모든 사건의 배후에 도사리고 있는 적당들의 실체가 무시무시하게 느껴졌다. 인몽은 지금까지 채이숙을 투옥시켜 죽게 만든 자들이 좌의정 심환지를 중심으로 한 일련의 수구 세력들이라 은근히 짐작하고 있었다. 그러나 어쩌면…… 적들은 인몽이 생각하는 그 정도가 아닌 것 같다.

노론 벽파 내부에는 서로 다른 세 파벌이 있다. 그 하나가 영의정 이병모, 좌의정 심환지를 중심으로 병조판서 조엄관, 호조판서 이재학, 형조판서 이조원 등으로 이어지는 골수 보수파. 그 둘은 우의정 이시수, 이조판서 서용수, 공조판서 홍억 등으로 묶이는 전하의 개혁에 가능한 한 타협하려는 온건 보수파. 그 셋은 적극적으로 개혁에 동참해야 한다고 주장하는 소위 북학파(北學派), 바로 연암(燕巖 : 박지원)의 일당들이었다.

장용영 오위장(五衛將) 박제가와 함께 북학파의 중심 인물인 현임 좌승지 이서구. 그가 전하의 추궁을 자신의 태만 탓으로 돌리며 은근히 사건의 실체를 은폐하고 있는 것이다. 설마 북학파까지…… 아니, 그럴 거야. 이 일은 노론 벽파의 세 파벌이 모두 공모한 일이 틀림없어.

아, 이인몽은 역시 어쩔 수 없는 남인이었다.

의심암귀(疑心暗鬼)라는 말이 있다. 마음에 의심하는 바가 있으면 점점 더 망상이 생긴다는 말이다. 놀라고 당황한 끝이라 인몽은 노론 모두가 자기를 해하려는 적당처럼 여겨지는 것이다. 설마하니 북학파까지 보수파들의 수족이 되어 움직였을 리가 있을까. 물론 인몽의 의심이 전혀 근거가 없는 것은 아니다.

북학파들은 중국의 앞선 문물을 수용하여 여러 제도를 개혁해야 한다고 부르짖으며 표면상 전하의 개혁에 동참하고 있었다. 그러나 북학파의 본질은 모두 나면서부터 뼛속까지 권력의 단맛에 취한 특권계급들이었다. 북학파가 중국 연경을 다녀올 수 있었던 것도 집안이 모두 노론 벽파의 핵심인물들이었기 때문이다. 따라서 그들이 생각하는 개혁은 전하께서 구상하는 유신과 근본적으로 달랐다. 전하께서 원하시는 유신은 어디까지나 성왕정치(聖王政治)였다. 스스로 요순우탕과 같은 성왕이 되어 개혁을 주도하시려는 것이다. 그러나 북학파들의 생각은 달랐다.

지금 요호부민(饒戶富民: 돈을 가진 평민)의 세상이 오고 있다. 아비대까지 정승판서를 지내던 문벌세족이 자식대에 이르러 농투성이, 장돌뱅이가 되는 것이 비일비재한 세상이다. 수레재(車峴)나 두뭇개(豆毛浦)에는 몇 년 전까지 노비이던 자들이 돈으로 족보를 사고 유학, 진사를 사칭하건만 누구 하나 아랑곳하는 사람이 없는 실정이다. 이런 격동기에 왕정을 유지하려면 임금과 요호부민들 사이에 강력한 사대부가 개입하여 양자를 중재할 수밖에 없다······

말하자면 북학파의 입장은 시속(時俗)의 변화에 맞추어 개혁은 하되 개혁의 주도권은 여전히 경화사족(京華士族)인 자신들이 잡아야 한다는 것이다. 사정이 이러하니 이인몽이 북학파를 사갈시하는 것도 당연했다. 인몽에게 그것은 똥 묻은 놈이 겨 묻은 놈을 개혁하겠다는 소리며, 개혁의 대상이 개혁의 주체가 되겠다는 소리였다.

서학을 받아들여서까지 개혁을 하겠다는 남인의 일부 과격파들은 나름대로 이해가 간다. 그러나 북학파들은 강력한 현실 권력의 중심인 왕도, 종교적인 호소력을 가진 서학도 없이 개혁을 하겠다는 것이었다. 도대체 무슨 힘에 기대어 개혁을 하겠단 말인가. 이 개혁의 가면을 쓴 교활한 보수파들…… 흥분한 인몽은 이렇게 혼자 치를 떠는 것이었다.
그러나 전하는 좌승지 이서구의 혐의를 추궁하지 않으신다.
마음이 너무 바빠 간과해 버리시는 것이다. 인몽은 오늘처럼 흐트러진 전하를 한 번도 본 일이 없었다. 채이숙의 말이 나오면서부터 전하의 용안에는 야릇한 초조와 방향을 잡을 수 없는 분노가 복잡하게 뒤섞여 있었다.
"꼴도 보기 싫다. 모두들 물러가라!"
도승지 민태혁을 비롯한 시신들은 얼른 보자기에 서류들을 챙기더니 발뒤꿈치를 들고 인정전을 빠져나갔다. 이들이 다 사라질 때까지 전하께선 꼼짝도 하지 않고 자기 숨소리를 세고 있었다.
"아니, 왜 물러가지 않는고?"
정조는 그대로 부복하고 있는 인몽을 보고 다시 호통을 치신다. 물러가라니, 어디로 물러가란 말인가? 고지식한 인몽은 어쩔 줄을 몰라 울고 싶을 지경이다. 방금 문제의 정약용을 이조원, 김명익과 함께 체포하라 하시지 않았는가? 똑같이 탄핵을 받은 자기더러, 그러면 집으로 돌아가란 말인가?
"전하, 신은 지금 양사의 탄핵을 받아 대죄를 해야 할 몸이옵니다. 전하께오서는 신을 사직(司直)의 손에 넘기시어 조사를 하셔야 하옵니다."
"……"
그제서야 전하의 얼굴에 뭐라고 표현할 길 없는 독특한 표정이 떠올랐다. 전하의 미간에 잡힌 주름이 묘한 곡선을 그리면서 떨렸다. 그런 용안을 우러러보자 인몽은 만감이 교차하는 것을 느꼈다. 이젠 정말 마지막이다. 벌을 받든, 풀려나든 이런 참소를 받고는 더 있을 수가 없는 것이다.
"양사에서 올린 상소를 보오니 신에 대한 참소가 더할 수 없는 극도에 이르러 신의 명예는 짓밟히고 찢겨져 더럽혀진 찌꺼기와 같이 되었사옵니다. 이에 신의 가냘프고 슬픈, 죽어가는 소리는 신이 들어도 부끄럽기만 하옵니다. 신이 어전에서 더 무슨 변명의 말씀을 아뢰겠사옵니까.
신은 본래 외롭고 천한 쓸모없는 자로, 성품이 못나고 편협하와 시속에

합하지 못하는 줄 스스로 아옵니다. 그런데도 전하께서는 무엇을 어여삐
보셨는지 신을 더럽다 아니 하시고 황송하게도 빛나는 벼슬길에 올리시어
측근에 두셨사옵니다. 실로 그 은총이 사사로운 분수에 넘치옵니다. 신은
견마의 충성으로 뼈를 깎고 살을 갈아도 전하의 하해와 같은 은총을 보답
하지 못할 것입니다.

하오나 오늘 이처럼 욕된 참소로 전하의 성총에 누를 끼쳤사오니 이는
그 외람됨에 사죄(死罪)를 더한 것이옵니다. 신을 약용과 더불어 옥에 가두
시고 조정의 공론에 부쳐 엄벌하소서. 신은 의당 말라죽어야 할 죄인이옵
니다. 마땅히 목이 베이는 견책을 기다리고 요행히 목숨을 보전한다면, 멀
리 도성을 떠나 신의 분수에 따라 밭을 갈아 먹고 샘을 파서 마시며, 길이
착한 세상의 도망한 백성이 되겠사옵니다."

인몽은 자기도 모르게 마룻바닥에 이마를 찧었다. 〈굽어 살펴주시옵소
서〉하는 말이 입 안에서 웅얼거리며 으, 으, 하는 울음이 되었다. 그러나,

"그치지 못할까!"

"?······"

"선비의 심지는 넓고 크고 굳세고 강해야 하거늘 이 무슨 추태인고. 『논
어』에 이르기를 〈선비의 책임은 중하고 갈 길은 멀다〉고 했다. 선비는 어진
것을 행하기를 자기의 소임으로 하니 그 책임이 중하고 자기의 소임을 죽
은 뒤에나 면할 수 있으니 그 갈 길이 멀다. 뭘 잘했다고 세상이 다 끝장난
듯이 시끄럽게 울부짖는고. 오늘은 그만 퇴궐하라. 내일 의금부의 취조를
대비하여 이 상소문에 관한 자세한 해명을 서면(書面)으로 작성해 두는 것
이 좋을 것이다. 너의 혐의는 너무나 막중하여 과인으로서도 어쩔 수가 없
구나."

"망극하옵니다······ 전하."

인몽은 다시금 콧등이 찡해 오는 것을 느꼈다.

6 쓰라린 기억들

오늘날 선비들은 점점 더 타락하고 문풍은 날로 비리해지고 있다. 비단 사대부의 경우만 보더라도 사람들이 모두 패관소품(稗官小品 : 소설)의 문체를 모방하여 경전의 오묘한 경지는 한낱 쓸데없는 물건으로 취급하고 있는 것이다. 이는 부박하고 얕으며 기이하고 해괴한 것이 전혀 고인(古人)의 문체가 아니며, 애절하고 을씨년스럽고 경박한 것이 전혀 치세(治世)의 소리가 아니다. …(중략)… 성균관의 시험답안 중에 한 자라도 패관소품을 모방한 것이 있다면 비록 그 글이 만편주옥(滿篇珠玉)이라도 물리쳐 버리도록 하라. 또 그것을 쓴 자는 이름을 발표하고 영원히 과거를 정거(停擧)시켜 추호도 용서하지 말아야 한다.

—정조,「문체 문제에 대한 교지」,
『정조실록』정조 16년(1792) 10월 갑신(甲申)조

(전하의 문체반정이 있은 후로) 작은 문장 하나라도 약간만 새롭거나 한 글자도 기이함이 있으면 문득 문기를 옛 글에 이런 말이 있느냐 합니다. 없다고 하면 발끈 화를 낸 얼굴로 어찌 감히 그리 하느냐 합니다. 오호라, 옛날에 이미 그렇게 쓴 것이 있다고 하면 제가 무엇 하러 또 그렇게 되풀이하겠사옵니까.

—박지원,「녹천관집 서문」중
이서구의 말을 인용한 대목,『연암집』권7

돈화문 밖을 나서니 벌써 하늘이 어둑어둑해 오는 저녁이었다
하루의 마지막 햇빛이 서쪽 하늘 끝에 붉은 병풍처럼 드리워져 있었다. 종묘의 담벼락을 끼고 파조교 다리를 향해 걸어 내려오던 인몽은 갑자기 걸음을 멈추고 소매로 낯을 가렸다. 거세게 불어닥친 찬 바람이 부연 모래 먼지를 하늘로 몰아붙이고 있었다. 썩다 만 누우런 낙엽 하나가 팽글팽글 춤추면서 화초담을 친 번듯한 솟을대문집 안으로 날리어갔다.
인몽은 목덜미로부터 머리끝까지 치밀어오르는 신열을 느꼈다.
맹렬한 기침이 터져나왔다. 휘청거리는 발목을 추스르며 왼손으로 종묘에 붙어선 가로수를 붙잡았다.
온몸이 떨리고 오한이 느껴졌다.
그러고 보니 하루 종일 먹은 것도 마신 것도 없다. 지치고 허기진 끝에 고뿔이 든 것인가. 발 아래를 내려다보니 종묘 담 너머까지 뻗친 뻬죽한 가로수 그림자에 초라한 자신의 그림자가 흐물거리고 있었다. 낙엽 하나가 스 스 스 그림자 안으로 쓸려 들어왔다. 모진 바람에 뒹구는 낙엽이, 아니 바람에 매달려 티끌 가득한 이 세상을 허덕이는 낙엽이……
이 나라는 이제 어떻게 될까.
기군망상(欺君罔上)하는 무리들이 이제는 정녕 하늘이 무서운 줄 모르는구나. 내가 번암 선생의 아들을 모살했다니. 그런 뻔뻔스런 거짓말을…… 아, 그러나 티끌이 날아 흰옷을 더럽힘이여. 설사 무고라고 밝혀진들 이런 혐의를 받고서야 어떻게 세상 사람들을 대할까.
인몽은 술에 취한 것처럼 우울한 몽상의 물결 속으로 휩싸여 들어갔다. 소용돌이치는…… 추억. 그 물결 끝간 곳에서 헤어진 아내의 얼굴이 희미하게 떠올라왔다. 여보…… 이 추위에 형조에 잡혀 있었다니. 이런 사나운 날씨에…… 내가 당신과 함께 있었다면…… 아니, 함께 있어도 별 수 없었겠지.
여보, 미안하오.

나는 정말 안 되나 보오. 벼슬을 하지 않고 숨어 살며 학문을 계속했다면 얼마나 좋았겠소. 산림(山林)이라 불리는 그런 생활에는 식자(識者)의 숙명에 몸을 맡긴 현명한 포기가 있으니. 왕실을 걱정하고 세상을 걱정하면서도 아득한 육경 고문의 세계를 헤매는 자의 선량한 직무유기가…… 그랬으면 당신과 헤어지지 않아도 되었을 텐데. 벼슬길에 나선 뒤로 언제 한 번 마음 편한 날이 있었소. 늘 모자라는 재주에 짐만 무거웠더니 결국은 속절없이 무너지는구려. 아무리 스스로 신칙(申飭)하고 조심하려 해도 나는 정말 안 되나 보오.

인몽은 고개를 들어 멀리 가까이 하나 둘씩 등불이 켜지는 거리를 바라보았다. 이윽고 인몽은 가로수 옆을 떠나 발걸음을 옮기기 시작했다.

황혼에 물들어 인적이 끊어지고 있는 거리. 그 길 위로 해쓱한 그림자가 떠서 흐르고 있었다. 청학동 남소영(南小營 : 지금의 남산 숭의여자대학 자리) 옆에 있는 집까지 가면 완전히 어두워질 것 같았다. 어디에나 보이는 것은 미처 걷히지 않은 겨울의 그림자뿐. 매서운 북풍에 전신을 떠는 겨울나무들, 여기저기 떨어지는 나뭇잎만 을씨년스럽다. 이 저녁의 길거리는 낯이 익구나. 늘 겨울해 저물녘의 인생을 살아가는 내 모습 같다. 여명의 꿈이여, 투명한 봄날 아침의 하늘이여, 언제나 먼 곳에 있는 것들이여.

쿨럭쿨럭 기침을 하며 인몽은 묵묵히 자기 발끝만 보고 걸었다.

그런데 그때.

하늘에서 으어엉, 으어엉 하는 섬뜩한 울음소리가 들려왔다. 놀라 쳐다보니 멀리 종묘의 나뭇가지에서 흉물스럽게 생긴 시커먼 올빼미가 울고 있었다. 그 소리는 마치 지각을 뚫고 지옥에서 들려오는 망령의 울부짖음 같았다. 아니, 그 송장을 뜯어먹는 마귀의 아우성 같기도 했다.

올빼미!

도성 안에서는 보이는 대로 잡아버리는 저 흉조(凶鳥)가 어떻게 종묘 안에서…… 인몽은 갑자기 턱이 덜덜 떨렸다. 몸이 부실한 탓일까, 그러자 인몽의 머리엔 뭔가 잡힐 듯 말 듯 스쳐 지나가는 이상한 느낌들이 있었다. 인몽의 귓전에 어려서 읽은 이하(李賀)의 시「신현곡(神絃曲)」이 윙윙거렸다.

해가 지고 어둠이 깔리면 귀신들이 온다…… 바람에 불려 말을 타고 구름을 차면서. 땅에서는 풍악이 일고, 우는 듯 흐느끼는 듯 비파소리, 닐리리 피리소리. 무당은 사르르 치마를 땅에 끌어 춤을 추고, 계수나무 잎사귀 바람에 떨며 계수나무 열매는 떨어지고, 살쾡이는 피를 토하며 울고, 여우는 겁에 질려 죽는다…… 벽에 그린 용을 타고 금빛 꼬리 뒤틀며 비의 신(神)이 못 속으로 들어갈 때…… 백 년 묵은 올빼미는 귀신이 된다…… 고목에 사는 음침한 고목의 귀신…… 그 울음 소리, 그 푸른 눈빛, 둥우리에 사위롭다…… 아, 인몽의 침침한 눈에 서서히 어둠 속으로 섞여드는 자신의 그림자가 야릇하고 창백하게 보이기 시작했다.

그림자에선 시장 골목의 생선 썩는 냄새가 났다. 어둠에 녹아 흐늘흐늘 비린내 나는, 슬프고 절절한, 참으로 견딜 수 없는 불쌍한 냄새다. 해가 지고 어둠이 깔리면 귀신들이 온다…… 바람에 불려 말을 타고 구름을 차면서. 땅에서는 풍악이 일고, 우는 듯 흐느끼는 듯…… 해가 지고 어둠이 깔리면 귀신들이 온다. 바람에 불려……

인몽의 생각은 지금 어떤 깨달음을 향해 돌진하고 있었다. 아, 그러나 그의 발을 묶고 그의 추리를 방해하며 그의 의지와는 반대방향으로 그를 끌고가는 이 알 수 없는 공포는 무엇일까. 어떤 두려움과 떨림이 뜨거운 아지랑이처럼 손에 잡힐 듯이 피어올랐다. 올빼미…… 올빼미……〈올빼미〉!

아! 장종오의 공책「시경천견록고」에 씌어 있던 그 시「올빼미」! 장종오가 보았을『시경천견록』이란 책은 선대왕마마께서 쓰신 것이다. 그것이 틀림없다면 선대왕마마께선 그 책에서「올빼미」라는 시에 대해 어떤 언급을 하신 것이 아닐까? 선대왕마마와〈올빼미〉? 선대왕마마와〈올빼미〉…… 가만히 머릿속에서『시경』의 책장을 넘겨 빈풍편 두 번째에 나오는 시「올빼미」를 더듬어가던 인몽은 깜짝 놀란다

내 자식을 잡아먹었거든 내 둥우린 헐지 마라…… 뽕뿌리를 벗겨다가 창과 문을 엮었더니…… 이제 너희 낮은 백성이 감히 나를 모욕하느냐…… 이제 너희 낮은 백성이 감히 나를…… 이럴 수가,「올빼미」의 내용은 선대왕마마의 생애와 똑같지 않은가!

　　올빼미야 올빼미야
　　내 자식을 잡아먹었거든
　　내 둥우린 헐지 마라.
　　알뜰살뜰 길러낸
　　어린 자식 불쌍하다

　　하늘 흐려 비 오기 전
　　뽕뿌리를 벗겨다가
　　창과 문을 엮었더니
　　이제 너희 낮은 백성이
　　감히 나를 모욕하느냐

　　이 두 손을 바삐 놀려
　　갈대 이삭 뽑아다가
　　하루 모으고 이틀 모으고
　　입부리도 병들었네
　　내가 쉴 곳 없었기에

　　내 날개는 늘어지고
　　내 꼬리는 맥빠졌네
　　내 둥우리 위태롭게

비바람이 흔드나니
슬픈 울음 절로 나네

『시경』 빈풍편의 시 「올빼미」는 모든 날짐승들의 제왕인 독수리가 자신의 자식을 앗아간 올빼미를 증오하며 원통해 하는 내용이다. 산란기의 올빼미는 독수리의 둥지로 찾아가 그 알들을 둥지 밑으로 떨어뜨려 죽여버리고 자신의 알을 그 둥지에서 낳는다. 그러면 독수리는 그 알을 자신의 알인 줄 알고 기르게 되는데 올빼미 새끼가 다 자란 나중에야 진상을 깨닫게 되는 것이다. 이 시의 작자인 주공은 이 올빼미의 비유를 통해 자기 집안을 거덜내고 자신을 동쪽으로 쫓아버린 세 명의 못된 아우들을 비난했다.

그런데 정말 공교로운 것은 이 시가 하나하나 선대왕마마의 일들과 상응한다는 것이다.

〈올빼미야 올빼미야/내 자식을 잡아먹었거든/내 둥우리 헐지 마라/알뜰살뜰 길러낸/어린 자식 불쌍하다〉란 마치 선대왕께서 노론의 음모에 속아 자식인 사도세자를 죽인 일을 한탄하는 대목 같다. 그런데도 노론은 이제 왕권의 기반, 즉 〈내 둥우리〉까지 헐어내려 하고 있다.

〈하늘 흐려 비 오기 전/뽕뿌리를 벗겨다가/창과 문을 엮었더니〉라는 말은 왕세제 때부터 당쟁에 휘말려 온갖 파란과 풍파를 겪으면서 즉위한 일을 암시한다고 볼 수 있다.

이인좌의 난 이후 영조는 백성들의 신망을 얻기 위해 밤잠을 못 자고 노심초사했다. 안으로는 탕평책을 실시하여 4색의 대립을 무마하고 밖으로는 균역법, 환곡분류법을 실시하여 백성들을 살찌웠다. 가뭄 때 먹을 구황식량을 백방으로 찾아 일본에서 고구마를 들여온 것도 선대왕 때의 일이다. 〈이 두 손을 바삐 놀려…… 내가 쉴 곳 없었기에〉라는 대목은 이 같은 제왕의 고충이 아닌가.

그러나 이 같은 노력도 헛되어 채제공에게 금등지사를 구술할 무렵엔 영조의 나이 일흔한 살. 대통을 이을 아들을 자신의 손으로 죽여 버렸고, 자신은 노쇠하여 나날이 일당 전제를 향해 치닫는 노론을 견제할 힘이 없었다. 실로 〈내 날개는 늘어지고/내 꼬리는 맥빠졌네/내 둥우리 위태롭게/비바람이 흔드나니/슬픈 울음 절로 나네〉라는 심정 그대로가 아니겠는가.

그러나…… 대체 이게 뭘 의미하는 거지?

도대체 『시경』 빈풍편의 시 「올빼미」의 내용이 선대왕마마의 생애와 유사하다는 것이 무얼 의미하는 거지. 우연의 일치인가? 우연의 일치…… 그래, 나의 지나친 억측일 수도 있지. 꼭 「올빼미」가 그런 식으로 해석된다는 법이 어디 있는가. 그러나 하필 왜 그 시가 장종오의 「시경천견록고」에? 우연의 일치치고는 뭔가 좀 이상하지 않은가. 뭔가……

그러나 그 뭔가 잡힐 듯 잡힐 듯하던 생각의 실마리는 끝내 풀리지 않았다.

인몽은 맥이 빠져버렸다.

신경이 너무 예민해진 탓일 거야. 나는 평소에도 올빼미를 아주 무서워했으니. 옛날 의금부에 갇혀 고문을 받으면서 듣던 그 올빼미 소리는 정말 무시무시했지. 인몽은 씁쓸하게 웃으며 옛날 일들을 회상했다. 문득 아까 읽은 상소문의 한 부분이 떠올랐다.

〈대체로 인몽의 간교한 몸가짐은 천만가지로 변화가 무쌍합니다(盖其持身之奸計 千萬變化)〉…… 울컥, 속에서 가래 같은 것이 올라왔다.

그들에겐 어떤 꼬투리가 생기면 그것을 발판 삼아 층계를 오르듯 논리를 비약시켜, 폐일언(蔽一言)하고 흰 것을 검은 것으로 만들어 버리는 비상한 재주가 있었다. 능변을 무기 삼아 자기가 확신하지도 못하는 원칙들을 남에게 강요하면서 남의 변명 따위는 아랑곳하지 않는 신념 또한 그들의 미덕이었다.

〈……대체로 인몽의 간교한 몸가짐은 천만가지로 변화가 무쌍합니다.

인몽은 본시 궁벽한 촌구석의 한사(寒士)로 대대로 성조(聖朝)의 교화에 티끌만 한 보탬도 없었던 자이옵니다. 그런 자가 모기다리[蚊脚]만 한 시권의 글발이나마 외워 벼슬길에 오를 수 있었던 것은 오로지 서울에 있던 처족의 힘입니다. 이에 인몽은 쓰러지듯 자기의 배운 바를 버리고 이단을 좇았습니다. 강남(江南)에서 이단의 무리와 교제하며 조정을 비방하였으며 황천(皇天: 임금)을 빙자하여 암암리에 대왕대비를 모해하려 하였습니다. 그럼에도 죽이지 않고 유배에 그친 것은 전하께서 하해와 같으신 성덕으로 그 젊은 나이를 불쌍히 여기신 때문이옵니다.

유배 중에도 인몽은 안으로 사설(邪說)을 머금고 겉으로 삼대(三代)의 도를 논하는 사특함을 버리지 않았습니다. 그 휼계(譎計)를 짐작한 금부가 다시 잡아들이려 하자 인몽은 얼른 아내를 내쫓아 꼬리를 감추고, 이단에 물든 처가와 결별했다고 떠들어대었습니다. 이 어찌 가증스럽지 않겠습니까……〉

이야기는 8년 전으로 거슬러 올라간다.

당시 정조는 서학 문제로 골머리를 앓고 있었다. 서학 때문에 크고 작은 옥사가 연이어 일어나자 서학파를 비호하던 정조가 궁지에 몰리게 된 것이다. 일찍이 정조는 서학에 대해〈그 (이단에 물든) 사람은 사람으로 대우하고 다만 그 책을 불태우라(人其人 火其書)〉는 교지를 내린 바 있다. 이는 한유(韓愈)의 말을 인용한 것으로 이단에 대한 정통 수호의 방법 중 가장 온건한 것이었다. 그럴 수밖에 없는 것이 문제가 된 서학파란 바로 정조가 노론을 견제하기 위해 길러온 남인들이었던 것이다. 이에 고심에 고심을 거듭하던 정조는 임자년(1792) 문체반정(文體反正)이라는 극적인 정국의 반전을 도출해 낸다.

문체반정이란 한마디로 말해서 타락한 명, 청대의 문체를 일소하고『시경』,『서경』,『주역』등 순수한 육경 고문의 문체로 돌아가자는 것이다

정조께서는 서학의 폐해는 표면적인 것이며 서학보다 훨씬 더 위험하고

그릇된 이단은 시내암의 『수호전』, 나관중의 『삼국지연의』 같은 명, 청대의 소설 문체(패관소품체)라고 말씀하셨다. 왜냐하면 문체는 세도(世道), 즉 세상의 풍속 도덕과 밀접한 관계가 있어서, 나쁜 문체는 문풍을 병들게 하고 인심을 어지럽혀 사람들로 하여금 올바른 학문에 귀의하지 못하기 때문이다. 서학은 올바른 학문이 서면 자연히 없어질 것이지만, 패관소품의 문체에 대한 탐닉은 〈사람들을 이적(夷狄)과 금수(禽獸)로 타락시켜〉 인륜을 부정하게 한다는 것이다.

정조는 이 같은 논리로 노론을 몰아붙이면서 정국의 주도권을 회복해갔다. 먼저 패관소품체로 응제문을 올린 이옥에 대해 영원히 과거를 정거(停擧)하고 삼랑진에 유배시켰다. 이어 정조는 임자년(1792)에 남공철, 이상황, 심상규, 박지원 등 노론 벽파에 형성된 문풍을 〈패관소품체〉라 낙인 찍어 잇따른 파직과 견책 처분을 내렸다. 견책을 받은 신하들은 근신하면서 순수한 고문체로 속죄의 뜻을 표명하는 자송문(自訟文)을 지어 바쳐야 했다. 이에 박지원처럼 정조의 하교를 묵살하는 저항파와 이덕무 같은 순응파가 갈리어진다.

이 무렵 정7품 승문원 박사(承文院博士)로 있던 이인몽은 갑작스런 어명을 받들고 연암 박지원을 찾게 되었다.

『열하일기』를 읽은 정조가 패관소품체의 원조(原祖)로 낙인 찍은 박지원. 그자를 힐문(詰問)하고 자송문을 받아오라는 어명이었다.

병세가 위독했던 이덕무도 계축년(1793) 1월 24일 간신히 자송문을 지어 올리고 그 이튿날 임종했다. 그런데 정조가 〈문풍 부진(不振), 사습(士習) 퇴폐의 원인이 모두 이놈에게 있다〉고 규정한 박지원만이 아직도 자송문을 제출하지 않고 있었던 것이다. 인몽으로선 일종의 악역을 떠맡은 셈이었는데…… 이 박지원을 만나고부터 자신의 인생이 그토록 동요하게 될 줄은 꿈에도 알지 못했다.

인몽이 안의현감으로 있는 박지원을 찾아 지리산 안의현에 도착한 것은 계축년 2월 11일. 맑은 햇빛이 내리쬐이고 때까치 소리 청명한 겨울 아침이었다. 그의 아들 박종채(朴宗采)가 동구 밖까지 마중나와 있었다.

인몽은 인사를 끝내자마자 본론으로 들어갔다.

"연암(燕巖) 선생님, 왜 쓸데없는 고집을 부리십니까? 전하께서 몹시 진노해 계십니다. 어서 자송문을 쓰시고 귀복하심이 옳을 줄 아옵니다."

"허허허, 고집을 부리다니요, 당치 않으신 말씀! 안 쓰는 것이 아니라 못 쓰는 것이외다. 나라는 위인은 본시 성미가 더러워 글로 장난을 치며 남의 웃음거리나 보태는 짓은 잘해도, 이렇듯 주상 전하께 올리는 고상한 글에는 도무지 손이 떨려 붓이 움직이지 않는단 말이오. 이 늙은이의 사정을 좀 이해해주오. 세상일이 매양 뜻과 같지 아니하니 내 시름을 견디기 어려워, 아무 실속도 없는 말들을 끄적거리기 시작한 것이 그만 잘못에 잘못을 거듭하여 패관소품체가 되고, 저런 『열하일기』가 된 거요. 그것이 이리 구르고 저리 굴러 항간의 인기를 끌게 될 줄이야 누가 알았겠소. 아아, 진실로 천하고 더럽도다. 어쩌다 장독이나 덮고 문풍지나 떼울 하찮은 글을 끄적거려 스스로를 망치고 세상의 문풍(文風)을 그르쳤구나. 아, 나는 정녕 성조(聖朝)의 교화를 해치는 못된 백성이요, 문단(文壇)의 쓰레기로다. 자자, 어서 술이나 한잔 하시오."

박지원은 아들을 시켜 연신 술을 권하며 이렇게 너스레를 떨었다. 그러나 인몽은 속지 않았다. 자송문을 독촉하러 온 사람들이 벌써 몇 번이나 이런 수작에 넘어가 그냥 돌아갔기 때문이다.

"연암 선생님!"

"허허, 귀 떨어지겠소. 왜 그러시오."

"정말 이러시렵니까. 그런 말씀으로 전하를 기망(欺罔)하신 것이 벌써 몇 번입니까. 선생께서 뒤에서 〈문체반정이란 천기(天機)를 저버리고, 옛사람의 묵은 말을 도습(盜襲)하자는 것이다〉 하며 공공연히 비방하고 다니시는 것을 전하께서 모르는 줄 아십니까. 어쩌려고 이러십니까? 정녕 전하의 문체책(文體策)을 끝까지 조롱하겠다는 뜻입니까? 여러 말씀 마시고 당장 순정(純正)한 고문으로 한 부의 자송문을 만들어 주세요. 이번 독촉이 마지막이란 걸 아셔야 합니다."

인몽의 그 말에는 어지간한 박지원도 얼굴색이 달라졌다. 옆에 앉은 그의 아들 박종채도 눈썹을 치켜뜬 채 천장을 바라보며 눈만 껌뻑거리고 있었다. 두 사람 모두 상황이 이토록 심각한 줄은 몰랐을 것이다. 그러나 박지원은 역시 그릇이 다른 인물이었다. 얼른 마음을 가라앉힌 박지원이 조용히 말했다.

"전하를 비방하다니요, 누가 그런 모함을 했는지 모르나 사실이 아니오이다. 일전에 제자들에게 천기(天機)를 강조하면서 사람마다 느끼는 정(情)이 다르다는 말을 한 적은 있소. 주자께서도 『시집전(詩集傳)』 서문에 이르시기를 〈시란 사람의 마음이 사물에 감응하여 말로서 표현된 나머지니라(詩者 人心之感物而形於言之餘也)〉 하셨지 않소? 하늘이 사람의 마음에 부여한 바 성(性)은 깨끗하고 같으되 성이 사물에 감응하여 일어나는 정(情)은 사람마다 다르니 글에는 자연스럽게 나타나는 독창의 묘(妙)가 있는 것이 아니오. 그런 것을 억지로 옛사람의 체를 본뜨고 그 어구를 베껴 억누를 필요는 없다고 한 것이오이다."

인몽이 다시 입을 열었다.

"주자께서 성정(性情)으로 시를 논하신 것이 정(情)의 다름을 말하신 것이 아니지 않사옵니까? 주자께선 다만 성정이란 말로 사람을 온유돈후(溫柔敦厚)하게 하고 존심양성(存心養性)하게 하는 시의 효용을 강조하신 것입니다. 오히려 시의 이상은 자기의 다름을 감추는 데 있습니다. 시인은 천하의 치란을 말하고 부부의 인륜을 밝히는 일에 붓을 빌려주어 그 원망하거나 사모하는 간절한 뜻을 더하는 것이니, 궁극에 가면 시인의 실체는 잊혀지고 그 노래의 여운과 음향만이 동풍에 불리워 전하는 것입니다. 시인은 사라지고 시가 남는다는 것. 이것이 『시경』의 사상, 문체반정을 말씀하시는 전하의 사상입니다."

"자기의 다름을 감춘다? 글쎄, 그 다름을 감추고 고문으로 돌아가자는 말이 고문의 구절을 여기저기 베껴 쓰는 의고문(擬古文)을 쓰자는 말과 뭐가 다르단 말이오? 그렇게 되면 사람마다 자연스럽게 우러나는 감정을 어찌 다 절절히 드러낼 수 있겠소. 이 박사. 이 박사는 아직 젊어서 세상을 몰라요. 세상에는 차마 자기를 감출 수 없는 괴로움이 많은 법이오. 전하께선 패관소품의 문장들이 고신얼자들(孤臣孼子 : 버림받은 신하와 비천한 첩의 자식)의 서글퍼하고 괴로워하는 소리를 담아 세도(世道)에 해롭다고 하시나 그것이 어디 인위적으로 그렇게 된 것이오? 인간의 정리에 누군들 괴롭게 울부짖는 것을 좋아하겠소? 이는 춥고 배고픔이 절박하게 만든 것이며, 번다한 형법(刑法)이 핍박한 것이며, 감분(感憤)이 격하게 한 것이며, 세상의 어지러움이 시킨 것이 아니오?"

이 같은 박지원의 말은 이제까지의 글쓰기 방식 자체를 부정하는 것이었다. 이제까지의 글들은 사서 삼경을 비롯하여, 한대의 사류(史類)와 부, 당송팔가문, 이백과 두보의 당시까지도 『시경』을 비롯한 옛글의 차용을 근본으로 하고 있으니, 이를 용사(用事)라 한다. 『춘추좌전(春秋左傳)』혜공 28년조부터 〈시를 노래함에 단장으로 뜻을 취한다(斷章取義)〉는 말이 보인다. 이 뜻을 취한다 함은 곧 부시(賦詩)와 인시(引詩)로, 『시경』에서 문장을 끌어와 자기 문맥에 맞게 변용하여 씀으로써 시의(詩意)를 풍부하게 하고 글의 기(氣)를 배가하는 것이다.

그러나 이 같은 글쓰기 방식은 박지원에서 시작하는 새로운 시대의 대두와 함께 사라져 가고 있었다. 북학파를 비롯한 노론은 이미 있었던 옛글의 문장에 기대어 자신의 뜻을 표현하는 것을 인정하지 않았다. 모든 문장은 그 문장을 말하는 사람에게 환원되며 그것이 하늘이 품부한 바 천기를 온전히 하는 길이었다.

정조의 문체반정은 이 같은 역사의 흐름을 돌려놓으려는 것이었다. 그토록 노회한 정조도 유독 이 문제에서만은 히스테리컬하다고 할 만큼 강경한 태도를 보였다. 정조의 이 알 수 없는 강경함은 이 〈취성록〉의 끝에서야 그 이유가 밝혀지는데…… 어쨌든 당시의 인몽은 정조의 사상을 순수하게 액면 그대로 받아들이고 있었다.

"그러나 그런 생각은 이제까지의 문학을 뿌리째 부정하는 것이 아니옵니까. 문장이란 아득한 옛날부터 시대적 지혜에 의해 보존되어 왔습니다. 무릇 선비의 문학이란 그 같은 전통을 배워 화평한 가락으로 요순(堯舜)의 덕화를 그리며 「대아(大雅 : 『시경』의 일부)」와 같은 말로 임금을 깨우쳐 국가의 성세를 도움이 그 본분이옵니다. 육경 고문의 참뜻이 여기에 있거늘, 선생께선 어찌 한갓된 사사로움으로 자기를 드러내는 것을 문학이라 하시옵니까?"

"육경 고문……"

박지원의 쭈글쭈글한 볼이 꿈틀거렸다. 그의 얼굴에 사나운 눈빛이 떠올랐다.

"한 마디 묻겠소! 이 박사는 입만 벌리면 육경 고문, 육경 고문하는데, 세상에 그렇게 고상한 고문(古文)이 어디 따로 있는 거요? 『시경』, 『서경』, 『주역』도 다 그 시대엔 시정(市井)의 속된 글이요, 금문(今文)이 아니오? 『시경』의 시들은 호경(鎬京 : 주나라의 서울)의 저잣거리에서 불리던 유행가였고, 『서경』은 백성들이 구송(口誦)하는 왕실의 이야기책이었으며, 『주역』은 위로는 주 왕실의 신관(神官)으로부터 아래로는 시장바닥의 점쟁이들까지 들춰보는 점복술책이었소. 그나마 그것이 다 온전한 주나라의 글이라면 또 몰라. 아무튼 주나라 시대는 공자께서도 『논어』 전편에 걸쳐 그리워하셨으니. 허나……"

"……"

"지금의 육경 고문이란 것이 한나라 선비들이 짜깁기한 가짜 책(僞書)이란 사실은 삼척동자도 다 알아. 애초에 『서경』의 원본은 한나라 문제가 사라진 옛 경전들을 널리 찾았을 때 박사 복생이 일부는 기억으로 구술하고, 일부는 여기 저기서 모아 만든 것 아닌가. 그나마 29편밖에 없는 것이었지. 그 뒤 한나라 경제 때 공자의 후손 공안국이 진짜 고문으로 된 『서경』을 자기 집 벽을 헐다가 발견했다고 내놓았으나 가짜였고, 한나라 성제 때는 장패가 102편에 달하는 『서경』을 내놓았으나 역시 가짜였소. 지금 우리가 읽는 『서경』은 동진 시대의 학자 매색이 내놓은 『서경』으로, 기존의 29편을 33편으로 늘리고 다시 25편을 추가한 것이오. 그런데 청나라의 염약거, 혜동은 이 매색의 『서경』 역시 가짜임을 밝히고 있지 않소. 육경이 거의 다 이런 식인데 육경 고문으로 돌아가자고? 훙, 그게 무슨 촉(蜀)나라 개가 해(日) 보고 짖는 소리냐고."

드디어 인몽의 인내심도 한계에 달했다. 아직도 혈기방장한 스물두 살이 아니던가.

"뭐라구요! 이제 보니 선생께선 전하의 문체반정을 처음부터 반대하고 계시질 않소이까! 그러고도 아까는 짐짓 반성하는 척하시다니. 그, 그 견식의 간사함과 의논의 그릇됨이 어찌 이럴 수 있단 말이오! 전하께선 작금의 타락한 문풍에 혁연히 노하시어 영명과감하신 결단으로 이를 처단하려 하시오. 정녕 선생께선 이 같은 징토를 받아야 속이 시원하겠단 말씀이오?"

"처단? 징토? 죽고 사는 것은 하늘에 달린 일. 사람은 그저 묵묵히 제 소신대로 사는 것이오. 내 피가 뛰는 가슴으로 느끼고 내 머리로 생각한 것이 그렇거늘, 날더러 어쩌란 말이야? 내 말에 뭐 틀린 것이라도 있나?"

어쩐지 노인과 청년의 나이가 전도된 것 같은 느낌이다. 하긴 후일 조선의 근대 문학을 열어 놓은 불세출의 진보적 사상가로 고평되는 노인 박지원과 근대적인 것을 처음부터 거부하는 보수파 청년 이인몽 사이의 논쟁인 것이다.

"틀린 것이 있느냐니오? 선생은 썩어빠진 청나라 고증학(考證學)에 머리

끝까지 젖어 있소. 모든 글을 저자(著者)라는 하나의 기원(起源)으로 환원시키려는 생각 말이오. 매색의 『서경』은 1500년 동안 중국, 조선, 일본, 안남에 널리 읽혔소. 그러면 염약거의 말처럼 천하의 사람들이 전부 바보라서 1000여 년 동안 매색의 장난에 속아왔단 말이오? 천만에! 매색이 추가했다는 그 25편도 널리 옛글을 상고하여 그중에서 근거 있는 것만을 골라 좇았다면, 설사 그걸 전부 매색이 썼다 한들 무슨 잘못이 있겠소?『서경』의 말들을 매색이 아니라 공자께서 직접 쓰셨다고 한들 그 말들이 전부 공자께서 창작하신 것이겠소? 말들의 기원(起源)을 추적하고자 하면 할수록 그 기원은 점점 더 후퇴해요. 우리가 알 수 있는 것은 희미한 저자의 관념, 그리고 그 관념이 역사와 맺어온 상상적인 관계뿐이오. 말하자면 옛 시대의 완벽함에 대한 환상과 존숭이란 말이오."

"아, 아, 그만두게. 나는 과연 머리가 썩어 무슨 말인지 하나도 모르겠어. 여봐라, 종채야. 너 나가서 술이나 더 가져오거라."

인몽과 박지원은 그렇게 설전(舌戰)을 벌이며 하루 종일 싸웠다. 싸우다 술 마시고, 싸우다 술 마시기를 어두워질 때까지 계속했는데. 드디어는 두 사람 모두 대취하고 말았다. 그날 인몽은 박지원으로부터 깊은 인상을 받았다. 인몽은 이렇게 귀여운 노인을 생전 처음 보았다. 솔직하고, 호방하고, 박학하며, 정력적이고, 인몽의 서슬 퍼런 추궁에도 뻔뻔스럽다 싶을 만큼 명랑했다. 급기야 밤이 이슥하자 박지원은 이런 말까지 했다.

"이봐, 이 박사. 임자한테 내 까놓고 말하지. 나 이렇게 계속 뻗대면서 그 자송문 안 쓰고 넘어갈려구 해. 좀 봐 줘."

"예? 아, 안 됩니다!"

"안 되긴 뭐가 안 돼. 이까짓 것 다 체면 때문에 이러는 건데…… 전하와 나는 서로 처지가 달라요. 전하께선 워낙 공사다망(公事多忙)하신 분이니 좀 잊어버린 척 넘어가 주실 수도 있잖아. 하지만 내가 그 자송문을 쓰면 어떻게 되느냐. 『열하일기』? 전하의 눈엔 그게 갈 데 없는 패관소품 잡문처럼 보일지 모르나 내겐 일생과 맞바꾼 고집의 탑일세. 이제 북망산에 갈 날도 얼마 남지 않았는데, 날더러 그게 전부 헛짓이었다고 자인하고 죽으란 말인가?"

"아니, 저 뭐 꼭 그렇게 생각하실 것까지야……"

"그러니 이 박사가 좀 봐 줘. 자네 이 늙은이가 불쌍하지도 않나? 내 명색이 지돈녕부사 박필균의 손잘세. 전하께서 홍국영을 내세워 벽파라면 모조리 주살하는 통에 젊어서는 황해도로, 평안도로 도망다니기 바빴어요. 아, 〈한 번 귀하고 한 번 천하게 되니 세상의 사귀는 정을 비로소 볼 수 있다(一貴一賤 交情乃見)〉 함이 어찌 비단 한나라 적공(翟公)만의 말이겠나. 신세가 일변하니 죽었는지 살았는지 묻는 친구가 없었네. 간신히 간신히 연명해 목숨을 건졌나 싶을 때는 벌써 집안이 기울었지. 자네 서울 보은동 우리 집 가봤나? 그 짧은 서까래와 성긴 지붕이 어디 풍우(風雨)나 덜겠던가? 아무리 가난은 선비의 상사(常事)라지만 내 쉰다섯이 되도록 그 모양 그 꼴이었어요. 간신히 이 눈먼 현감 자리 하나 얻어 걸려 굶어죽을 걱정을 면하고 나니 내일 모레 환갑일세. 내가 돈을 모았나, 그렇다고 벼슬로 현달하기를 했나. 그저 한 가지 위안은 평생토록 열심히 글을 써서 문필을 남긴 것인데. 이제 와서 내 손으로 똥칠을 하란 말인가!"

"서, 선생님, 고정하십시오. 꼭 그렇게 생각하실 것까지야……"

"하하하. 그래, 그래. 자네는 역시 뭔가 통하는 데가 있어. 자 자, 한 잔 받으라고."

인몽은 자기도 모르게 조금씩 후퇴하는 자신을 느끼며 당혹감을 금치 못했다. 사실 인몽은 당황하고 있었다. 체면도, 가식도 없이 모든 것을 툭 털어 놓고 매달리는 박지원이었다. 새로운 깨달음이 인몽의 머리를 지배하게 되었다.

아, 노론 벽파라고 해서 전부 나쁜 것은 아니구나.

엄마 젖을 뗄 때부터 노론(老論), 하면 권모술수, 가렴주구, 기군망상, 음험, 잔인, 탐욕, 비리…… 등등 모든 악덕의 대명사로 알고 자란 인몽이었다. 그런 인몽에게 박지원의 꿋꿋한 소신과 꾸밈없는 천진성은 너무도 신선한 충격이었던 것이다.

물론 인몽이 박지원의 생각에 동의한 것은 아니었다. 인몽은 박지원으로부터 비롯된 경박하고 저질스러운 문풍에 대한 혐오감을 죽을 때까지 버리지 않았다. 그러나 인몽은 누구도 자신의 시대를 선택해서 살 수 없다는 것을 알고 있었다. 사람은 누구나 주어진 시대를 최선을 다해서 살 뿐이다. 박지원이 안으로 자신의 신념을 간직하면서도 겉으로는 〈나는 못된 백성이요 문단의 쓰레기〉라고 못난이 소리를 하며 살아남으려는 것처럼. 그렇다면 인몽도 그들의 생각을 어느 정도는 인정해 줘야 하지 않을까. 그들도 인몽에게 주어진 시대의 일부인 것이다.

감동한 것인지, 아니면 노회한 박지원의 술수에 넘어간 것인지 인몽 자신도 확신할 수 없었다. 아무튼 인몽은 그 이튿날 빈손으로 돌아갔다. 빈손으로 돌아갔을 뿐만 아니라 전하께 이것저것 박지원을 감싸는 변명까지 늘어놓았다.

"전하, 연암은 연일연야 술독에 빠져 있어 수전(手戰 : 손의 경련)이 생기고 정신이 혼미하옵고……"

그렇게 거짓말을 했던 것인데, 인몽에겐 실로 엄청난 일이었다. 전하에게, 다른 사람이 아닌 주상 전하에게 거짓말을 한 것이다.

전하는 그 말을 그대로 믿어주셨고 연암에 대한 정조의 힐문은 인몽의 차례에서 끝났다. 그러나 문제는 그 다음에 일어난 인몽 자신의 혼란이었다.

인몽은 깊은 우울증에 사로잡혔다.

갑자기 모든 것이 공허하게 보이고, 모든 일이 시시하게 느껴졌다. 돌아보면 꼭 무엇에 들씌운 것 같은 상태였다. 온몸에 피가 빠져나간 것처럼 기력이 없어졌다. 이런 저런 허무한 생각들이 음습한 비구름처럼 인몽을 짓누르게 되었다.

이렇게 살아서 뭘 한단 말이냐. 저 노론의 쓸모없는 늙은이 때문에 전하께 거짓말까지 하고. 나는 무엇 하러 서울에 올라왔던가. 무엇 하러 조정에서 일어나는 쓸데없는 일들에 오만 가지 신경을 쓰며, 악착같이 돌아다니며 사람들을 만나고, 잠시도 쉴 틈 없이 마음을 혹사하는가.

밥을 먹다가도 이런 생각이 나면 뱃속이 트릿해졌다. 이것은 스스로의 원칙을 스스로 무너뜨린 데서 오는 충격이었다.

아름답게 살고 싶다!

인몽의 원칙은 그것이었다. 인몽은 자신의 삶이 하나의 고귀한 목적을 향해 타오르는 불꽃이라고 생각했다. 그 고귀한 목적이란 임금의 권위를 회복시킴으로써 만민을 안도하게 하고 천하를 태평하게 만드는 것이었다.

본(本)이 어지러우면 말(末)이 흩어진다.

천하의 치란(治亂)은 질서 속에 있다. 질서란 일군만민(一君萬民). 하나의 임금과 평등한 만민으로 이룩되는 것. 임금의 권위가 사라지니 질서가 붕괴되고, 질서가 붕괴되니 세상은 어지러워진 것이다.

인몽은 현실의 불합리와 불완전을 이렇게 이해했다. 그는 전형적인 영남 남인이었던 것이다. 군부(君父)의 뜻을 따르는 것 그것이 선이며, 군부의 뜻에 반하는 것 그것은 악(惡)이요 역(逆)이었다. 그는 지극히 순수한 마음에서 임금이 유명무실해지고 노론의 세도가들이 전횡하는 현실을 분노했다. 그리고 자신은 착한 임금을 받들어 온갖 불충한 짓을 자행하고 있는 간악한 노론을 응징하기 위해 살고 있다고 자신했다.

그러나 박지원과의 만남은 그런 인몽의 자부심에 찬물을 끼얹었다. 자신의 원칙으로 보면 그것은 악당과 타협하여 착한 임금을 기만한 것이었다.

물론 이런 일은 살다 보면 충분히 있을 수 있는 일이다. 삶이란 언제나 흔들리고 동요하는 어떤 것, 끊임없이 원칙과 현실이 어긋나는 어떤 것이 아닐까. 그러나 인몽은 아직 그런 이해를 바랄 수 있는 나이가 아니었다. 자기 자신이 원칙에 어긋난다는 사실을 납득할 수가 없는 것이다. 있어서는 안 되는 일이라고 화를 내고 있는 것이다.

급기야 인몽의 마음엔 자신의 남겨진 생에 대한 차분한 경멸이 떠올랐다.

사직하고 고향에 내려가 버릴까?

가만히 앉아 그런 생각을 하자 가슴속에서 거칠게 파도가 일어났다. 그래, 세상이 나를 보는 눈은 그렇게 후한 것이 못된다. 나의 재주는 모자라고 나의 문장은 얕다. 그런데도 어린 나이에 분수에 넘치는 직책을 맡고 있다. 나라는 인간의 천성이 남보다 몇 배나 겉치레를 좋아하기 때문이다. 스스로의 능력에 맞는지도 헤아리지 않고 뭐든지 덮어놓고 해내려고 하는 것이다. 어찌 재앙이 없겠는가. 아, 큰 욕을 보기 전에 몸을 빼는 것이 현명하다. 비참한 꼴이 되고 난 다음에는 빠져나가고 싶어도 빠져나갈 수 없을 것이다.

한쪽으로 기울기 시작한 생각은 점점 골똘하게 되어가기 마련이다. 희미한 촛불 아래서 피로와 우울과 씁쓸한 선량함이 뒤섞인 그런 생각들을 곱씹다 보면 어느덧 첫 닭이 울곤 했다.

그런데 어느 날 인몽의 그 허한 마음을 깨끗이 날려버리는 일이 벌어졌다. 한밤중에 인몽의 집으로 예조좌랑 이관규(李寬奎)와 홍문관 교리 오석중(吳錫中)이 찾아온 것이다. 무슨 일로 오셨느냐는 인몽의 물음에 묵묵히 앉아 있던 이관규는 조용히 『시경』 대아(大雅)편의 「첨앙(瞻仰)」을 읊조리는 것이었다.

"철부성성(哲夫成城)이요 철부경성(哲婦傾城)이라······"

남자가 똑똑하면 나라를 이루고
여자가 똑똑하면 나라를 망치도다
아 저기 똑똑한 여자는
올빼미나 부엉이 같은 짓을 하는구나
여자에게 긴 혀가 있어 말이 많으면

반드시 나라의 화근이 되리라

자신의 뜻을 『시경』의 시를 읊조려 암시하는 이런 것을 부시(賦詩)라고 한다. 인몽은 비로소 이관규가 무시무시한 계획을 암시하고 있음을 알았다.
"대, 대왕대비를 죽여버리자는 말씀이십니까?"
"쉿!"
오석중이 은밀히 밖을 살피고 이관규가 인몽에게 귓속말을 속삭이기 시작했다.
"바로 그것일세. 모든 조정 대신들이 전하의 어명보다 그 요물의 말을 더 무서워하니 그걸 그냥 두고선 전하의 개혁은 백년하청일세. 더구나 요즘 그것이 안팎을 들쑤시고 다니는 행태가 예사롭지 않아. 이대로 가만히 있다간 우리 남인들은 모두 서학파로 몰려 참수될지도 모르네. 이건 우리 두 사람의 생각일세. 자네에게 제일 먼저 의논을 하러 온 것이니 우리 세 사람 밖에는 모르는 일이야. 나중에 시기가 임박하면 정헌(貞軒:이가환) 선생, 복암(伏菴:이기양) 선생과도 상의를 해야겠지. 그런데 자네 생각은 어떤가."
인몽은 가슴이 설렜다. 그들의 말 한 마디에 지난 몇 달 동안의 우울이 씻은 듯이 사라졌다.
영조의 계비로 정조에겐 할머니뻘 되는 대왕대비 정순왕후 김씨.
정조보다 불과 2살 연상이었으나 아무튼 할머니로, 왕실의 가장 높은 존장이었다. 정순왕후가 어떤 사람이었는가는 그녀가 남긴 언문 교지를 읽으면 잘 알 수 있다. 정순왕후의 언문교지는 조정 대신들의 신분을 막론하고 모두 〈너〉로 시작한다. 〈경(卿)에게 이르노니…… 부탁하오〉가 아니라 〈너는 마땅히…… 하렸다〉인 것이다. 노론 벽파 출신으로 천성이 오만방자한 위에, 정조로부터 매서운 반발을 받은 반작용으로 더욱 맹렬한 벽파의 보호자가 되었다.
조선 왕실에 있어 이 여인의 의미는 실로 임진왜란과 맞먹는다고 할 수 있다.

먼저 영조와 사도세자의 사이를 이간하여 사도세자를 비명횡사하게 했을 뿐만 아니라, 이후에도 세자를 동정하는 시파를 탄압하고 벽파를 옹호했다. 정조의 형제들인 은신군, 은전군을 역모로 몰아 죽이고 정조가 죽은 뒤엔 은언군을 서학파로 몰아 사사했다. 이가환을 위시한 서학파들을 처형하고 채제공의 관직을 추탈한 것도 물론 이 여인이다.

아, 가뜩이나 후사가 드물었던 조선의 왕통은 정순왕후로 인해 씨가 마르다시피 했던 것이니, 잠시 이 시기 왕실의 종친들을 살펴보자.

(1793년 현재)

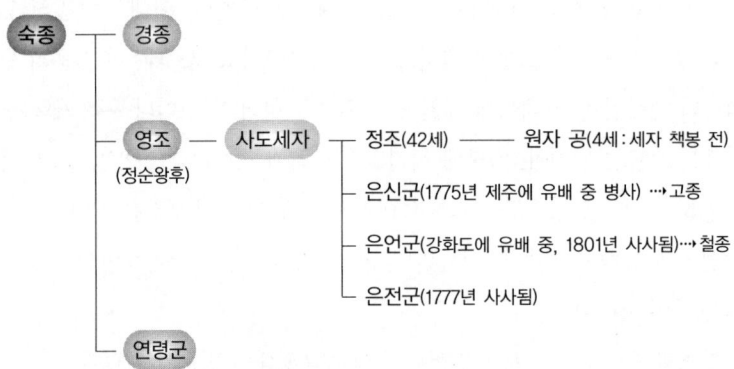

뒤에 나오지만 이인몽은 정순왕후가 자신에게 강한 원한을 가진 사도세자의 아들들을 모두 죽이고 먼 종친인 연령군의 증손자를 왕위에 올리려 했다고 주장한다. 영조 말에 은신군, 은언군을 제주로 유배시킨 것, 정조가 어명으로 반대한 은언군의 강화도 유배를 정순왕후가 직접 조정에 지시하여 관철시킨 것 등을 보면 수긍이 가지 않는 것도 아니다. 원자 공(후일 순조)의 탄생으로 이 같은 계획은 수포로 돌아갔으나 조선 왕조의 붕괴에 끼친 정순왕후의 공헌(?)은 지대하다. 그 이후 목숨의 위협을 느낀 왕족들은

미천한 농투성이처럼 산골과 섬에 숨어 살아야 했으니 왕실의 실추된 권위는 어떠했으며 그 왕손들의 교육은 어떠했을까. 강화도에서 나무를 하다 잡혀와 왕위에 오른 철종이었고, 미친 사람 행세를 하며 겨우겨우 목숨을 부지했던 대원군이었다.

인몽은 조금도 망설이지 않고 찬성했다.

"물론 찬성입니다. 하오나 어떤 방법으로 죽일 생각이십니까?"

"대왕대비전에 줄이 닿는 궁녀가 있네. 그 아이를 사주하여 독살(毒殺)하는 것이 좋겠네."

"예에? 그런 속임수를! 그건 안 됩니다."

"안 되다니?"

"의에도 영웅의 대의(大義)가 있고 필부의 소의(小義)가 있다고 했습니다. 두 분께선 옛날 장자방(張子房: 장량)이 한때의 원통함을 못 이겨 창해역사와 함께 진시황을 암살하려다 실패한 일을 모르십니까. 영웅이 소의를 취한 것입니다. 자방이 세상을 뒤덮을 만한 재능으로 이윤(伊尹)이나 태공망(太公望) 같은 명재상들의 계략을 생각하지 않고, 한갓 형가(荊軻)나 섭정(攝政) 같은 자객들의 계략을 쓰고도 죽지 않은 것은 요행일 뿐입니다. 지금 두 분 선생께서 취하시려는 계략은 장자방의 잘못을 답습하는 것입니다. 만약 실패한다면 천추(千秋)에 더러운 이름을 남기게 될 것이며 설사 성공한다 해도 대왕대비를 받들던 간흉한 무리들이 가만히 당하고만 있으리라는 보장이 없습니다."

"그러면 자넨 어떻게 해야 한단 말인가?"

인몽은 흥분으로 달아오른 얼굴을 숙이며 잠시 침묵에 잠겼다. 심장이 펄떡펄떡 뛰고 있었다. 인몽도 오랫동안 이들과 똑같은 생각을 하고 있었다. 생각은 있었다. 그러나 그것은 죽음을 각오해야 하는 방법이었다.

죽음…… 이제 겨우 스물두 살, 이라고 생각하자 목에 싸아하는 아픔이 피어올랐다. 참된 인간이란 생명을 주옥같이 소중히 여기며 진짜 목숨을 걸고 할 일을 찾아 행하는 사람을 말한다. 진실로 이것이 목숨을 걸 만한 일인가?

"저에게 생각이 있사옵니다."

드디어 결단을 내린 인몽이 입을 열었다.

"대왕대비의 육촌 오라비 김관주를 역모(逆謀)로 몰아 거세하는 것입니다."

"뭐라고? 안 돼. 그건 너무 위험하네."

이관규가 정색을 하고 손을 흔들었다.

"위험하다는 것은 시생도 아옵니다. 그러나 상소를 올려 전하께 김관주의 역심(逆心)을 고하고 이를 징토하도록 하는 것이 제일 떳떳하고 바른 방법입니다. 김관주만 거세하면 우리는 그에 연루하여 대왕대비를 폐서인(廢庶人)시킬 수 있습니다."

대왕대비의 사촌오빠 김관주. 김구주와 더불어 1772년 청명당(淸名黨) 사건의 주모자로 지목된 인물이다. 대왕대비의 측근 중의 측근으로 정조로부터 유배, 투옥 등 끊임없는 견제를 받았다. 김종수, 윤시동, 심환지 등이 벽파의 드러난 영수라면, 김관주는 보이지 않는 실세였다.

"그러나 그런 상소를 올리면 조정 대신들이 모두 들고 일어날 걸세. 대왕대비는 천하의 근심 가운데 가장 어찌할 수 없는 화근(禍根)이야. 천하는 그 안에 참으로 예측할 수 없는 화근을 머금고 있으나 겉으로는 어디까지나 태평무사하게 보이네. 그러니 그것을 상소로 드러내어 처치하려 한다면 천하는 태평의 안락함에 젖어 있으므로 그 말을 신용해 주지 않는 걸세. 연전에 자네와 같은 안동 유생 이도현(李道顯)이 똑같은 상소를 올렸다가 고문 끝에 죽은 일을 모르는가?"

"당연히 상소를 올리는 사람은 간적(奸敵)과 더불어 같이 죽을 각오를 해야 합니다. 그 상소는 제가 쓰겠습니다. 하하, 설마 죽기까지야 하겠습니까. 이도현 선생이 죽을 때에 비하면 전하의 고약(孤弱)한 입지도 많이 나

아지셨으니까요."

인몽은 억지로 웃음을 지었다.

"그렇다면 김관주를 역모로 몰 근거는 있나? 어찌 되었든 이 일은 서둘러야 하네. 왕실을 바로잡고 사직을 안정시키며 다가올 법난(法難)으로부터 교우(敎友)들을 구제할 길은 오로지 이 길밖에 없네."

독실한 천주교 신자인 이관규는 이렇게 초조함을 감추지 못했다.

"정순왕후가 왕좌(王座)를 갈아치우려 한다는 말이 난 지 벌써 오래입니다. 설마 김관주가 아무 일 없이 엎드려 있겠습니까? 사람을 시켜 그 집을 계속 지켜보면 반드시 꼬리가 잡힐 겁니다."

이관규, 오석중, 이인몽 사이의 담합은 이렇게 이루어졌다. 아까 상소문에서 〈이단의 무리와 교제하며 조정을 비방하였으며, 황천을 빙자하여 암암리에 대왕대비를 모해하려 하였습니다(近就異端 爲讒朝庭, 竊憑皇天 暗謀先王后)〉는 대목이 바로 이것이다.

그로부터 두 달 동안 이관규는 사람을 풀어 김관주의 집을 출입하는 사람들을 미행했다. 아니나 다를까. 세 사람은 김관주의 집에서 나온 신원 미상의 선비가 수원에 있는 연령군(延齡君)의 증손, 이조민(李曺岷:3대가 지나면 군의 칭호가 끊어짐 역자)의 집으로 들어가는 것을 탐지하게 되었다.

인몽은 지체하지 않고 붓을 들었다.

이미 모든 신변을 정리하고 둘째아들을 안동으로 내려보낸 뒤였다. 최악의 경우에도 대가 끊기는 위험은 피해야 했다. 맏아들 준기는 할 수 없지만 둘째아들 준영은 어떻게 몸을 숨겨 살 수도 있으리라.

〈엎드려 아뢰옵니다. 성명(聖明)께옵서 좋은 시책과 어진 정사가 날로 더해지시어 온 나라가 크게 즐거워하매 그 기쁨 다함이 없습니다.

지난해 성명께옵서 옥당에 문체에 관한 책문(策文)을 내리시어 오늘날의 타락한 문풍(文風)을 바로잡고자 하신 일은 참으로 천년에 한 번 만나는 일이라 하겠습니다. 문학의 교화하는 힘으로 세상의 어그러진 의리(義理)를 펴려 하심은 제왕의 장한 일이오나, 적막하옵게도 이 같은 책문을 내리신 일은 고금에 보지 못하던 것이옵니다. 생각하오매 이렇듯 어진 임금의 세상에는 착하고 능력 있는 사람이 벼슬에 올라 각기 그 충성과 지혜를 바쳐 백성들을 건지고 다스리며, 불의하고 간사한 무리들은 들로 물러가 그 몸을 움츠리고 목을 보존함이 거취(去就)의 근본입니다.

아, 하온데 이것이 어찌된 일이옵니까.

지금 왕실에는 간세(奸細)한 무리들의 당여(黨餘:끄나풀)가 있어 안으로 전하의 시책을 핍박하고 밖으로 비밀한 기도와 흉칙한 음모를 꾸미고 있사옵니다. 전하, 측근에서 일어나는 흉기(凶機)를 밝히 살피시옵소서. 지금 대왕대비의 족당 관주는 사리사욕에 눈이 어두운 외척(外戚)과 세경(世卿)을 규합하고 종친 조민(曹岷)과 결탁하여 하늘에 사무치는 죄를 저지르고 있사옵니다……〉

그러나 이인몽은 그 상소문을 올리기 직전 체포되었다.

"승문원 박사 이인몽, 의심스러운 점이 있으니 동행하자."

하는 소리와 함께 준비한 가마에 처넣어져 끌려간 곳이 의금부 취조실. 인몽은 그곳에서 대들보에 꺼꾸로 매달려 매질을 당했다.

흉언(凶言)의 배후를 실토하라는 것이었다.

인몽은 그제서야 일이 완전히 탄로났음을 알았다.

벌써부터 이인몽을 예의주시하던 노론이 선수를 친 것이다. 인몽이 이관규, 오석중과 의논한 상소문의 내용은 노론 쪽으로 새어 나가, 대사헌 권유(權侑)에 의해 〈이인몽의 흉언〉으로 돌변했다. 권유는 전하께 김관주의 역모에 대한 이야기를 모두 빼고 대왕대비에 대한 비난 부분만을 〈조정에 떠돌고 있는 흉언〉으로 보고한 것이다. 인몽으로선 미처 상상도 하지 못한 노론의 대응이었다. 이관규와 오석중이 진상을 밝히려고 노력했으나 그것은 이미 모든 상황이 끝난 뒤로, 그들의 쓸데없는 희생만을 더했을 뿐이었다.

이틀째 되는 날 고문자들은 인몽의 발을 대들보에 붙이고 발등에 여섯 치짜리 대못을 박았다. 인몽은 비명을 지르다 혼절해 버렸다. 이렇게 속절없이 죽는구나 싶었는데 이미 정조의 어명이 내린 것을 알게 되었다. 인몽은 강원도 영월로, 이관규는 전라도 광양으로, 오석중은 함경도 종성으로 각각 유배령이 떨어진 것이다. 어명을 봉행(奉行)한 노론은 인몽이 유배가는 도중에 노독(路毒)으로 죽도록 발을 망가뜨려 놓은 것이다. 인몽은 치를 떨며 서울을 떠났다.

발의 출혈은 극심하였다. 간신히 출혈은 멈추었으나 한여름이라 이내 곪기 시작했다. 한 가지 다행한 것은 인몽을 호송한 의금부 나장이 착한 사람이었다는 것이다. 아내는 돈을 마련하여 노새를 사왔다. 나장과 나졸들에게도 얼마간의 돈을 주었다. 그 덕분에 인몽은 도성을 벗어나고부터는 노새를 탈 수 있었다. 인몽은 간신히 숨만 붙어 있는 상태로 영월에 도착하여 단종이 유배되었다는 청령포 옆 태화산 중턱에 위리안치(圍籬安置)되었다.

인몽이 유배되었던 시기는 남인의 공세기였다.

경술년(1790)에서 을묘년(1795)까지, 이 5년 동안 노론은 남인에 의해 괴멸될지도 모른다는 위기의식을 느꼈다. 채제공의 독상(獨相)정부가 출범하고, 수원성 축성이 본격화되었으며, 신해통공으로 시전상인들로부터 들어오던 돈줄이 말라버렸다. 문체반정으로 노론의 젊은 문신들이 파직되었고, 채제공의 상소를 필두로 노론의 토역(討逆)을 주장하는 남인들의 공세가 시작되었으며, 채제공을 처벌하라고 주장하던 벽파의 영수 김종수가 유배되기까지 했다. 인몽이 불과 1년 만에 해배(解配)되어 돌아온 것은 이 같은 시대적 상황 때문이었다.

갑인년(1794) 9월. 서울에 돌아온 인몽은 두문불출하고 근신했다.

몸도 완전히 완쾌되지 않았지만 그 때문만은 아니었다. 아, 〈한 번 귀하고 한 번 천하게 되니 세상의 사귀는 정을 비로소 볼 수 있다(一貴一賤 交情乃見)〉는 말이 어찌 비단 연암 박지원만의 말이리요. 인몽이 한 번 욕됨을 당하여 노론의 지목을 받으매 멀고 가까운 곳에 사는 친구들 중에 죽었는가 살았는가를 묻는 이가 없었다.

인몽이 정약용의 죽란사(竹蘭舍)를 알게 된 것은 그 이듬해, 을묘년(1795) 봄이었다. 죽란사란 정약용의 집에 있는 정자로, 정약용과 채홍원(채이숙)을 중심으로 이유수, 홍시제, 윤지눌, 한치응, 한백원…… 등 서학에 관심을 갖는 남인의 신진 관료들이 모이고 있었다. 모두 좋은 사람들이었다. 드러내지 않은 가운데 인몽을 위안하려는 배려가 있었다. 그 을묘년의 봄을 생각하면 인몽은 지금도 가슴 저미는 슬픔을 느낀다.

세상은 베어낸 풀포기처럼 흐트러지며 먼지와 티끌에 쓸리어갔다. 그 시절 막걸리 서로 권하며 저녁 노을을 완상(玩賞)하던 벗님들 언제나 다시 모일 수 있을까. 술만 취하면 뒤로 벌렁 자빠지며 코맹맹이 소리로 읊어대던 윤지눌 형의 그 〈송이원귀반곡서(送李愿歸盤谷序 — 한유)〉가 아직도 귀에 쟁쟁하구나.

"에에라, 바안곡(盤谷)은 나의 거처, 반곡의 땅은 나의 밭, 반곡의 샘물은 목욕에도 산보에도 좋아라아, 반곡은 험준하니 뉘라서 나와 땅을 다투리이, 반곡은 깊숙하고 넓어 여유가 있네. 아아, 반곡의 즐거움, 즐거움 다함이 없네……"

나 같은 때를 만나지 못한 대장부가 세상이 잘 다스려지건 어지러워지건 알 게 무어냐. 고관들 눈치 보며 추하게 살기 싫다. 나는 반곡으로 갈란다…… 이런 내용이었는데 입가에 밥풀처럼 붙은 수염을 씰룩거리며 익살스럽게 부르는 윤지눌의 노래는 정말 기가 막혔다. 모두들 배꼽을 잡고 웃고 나면, 한치응이 거문고를 끌어 퉁겼고, 이유수는 술타령을 하거나 아예 직접 술을 사러 나가곤 했었지.

그러다 해가 저물고 저녁이 오면 정약용 선생의 부인 홍씨가 밥상을 차려왔다. 당시 가난한 선비의 집에 별다른 반찬이 있을 리 없었다. 그저 거친 밥 한 그릇에 김치와 취나물, 많아야 네 순배쯤 돌아갈 술이 전부지만 정약용의 집은 그것도 매일 이어지면 부담스러운 그런 살림이었다. 그러나 인몽을 빼면 주인이나 객이나 누구도 홍씨 부인의 그런 고민을 아랑곳하지 않았다.

"쓸데없는 소리허구 있네. 접빈객(接賓客)의 도리란 원래 이런 거야. 모이는 횟수가 잦을수록 음식물은 더욱 박해지고 정은 더욱 두터워지는 것이 진짜 선비들의 사귐이지. 아주머니, 식은 밥이라도 있으면 내오세요."

언젠가 인몽이 저녁을 사양하자 이유수가 면박을 주면서 하던 말이었다. 그러나 이런 따뜻한 분위기 속에 인몽이 조금씩 용기를 찾아갈 무렵 을묘실포사건(乙卯失捕事件)이 터졌다.

을묘실포사건이란 형조에서 중국인 신부 주문모(周文謨)를 잡으려다 놓치고 최인길, 지황, 윤유일 등 조선천주교회의 지도자들을 대신 체포한 사건을 말한다. 체포된 세 사람은 꼬박 하루 동안 잔혹한 고문을 받다가 죽어 버렸다. 그러자 노론은 이 갑작스런 죽음이 남인 서학파들의 소행이라고 몰아붙였다. 채제공의 사주를 받은 이가환·정약용·이승훈 등이 뒤에서 형리들을 조종해 죄인들을 독살, 살인멸구(殺人滅口)했다는 것이다. 정조는 듣지 않았으나 부사과 박장설(朴長卨)을 필두로 한 노론의 탄핵이 연일연야 계속되었고 소설보다 더 그럴듯한 정황 증거들이 제시되었다.

이는 결국 정약용의 죽란사를 중심으로 한 남인들을 숙청하려는 음모였다.

정약용은 엄중한 국문을 받게 되었다. 죽란사의 여러 인사들도 연루되었으나 가장 위험한 사람은 죽은 윤유일의 매부인 이인몽이었다. 이인몽 부부야말로 을묘실포사건으로 죽은 세 사람과 죽란사의 결탁을 조작할 수 있는 결정적인 증거였다. 더구나 상아는 친정의 영향으로 오래 전부터 독실한 교인이 되어 있었다.

사건이 터지던 그날로 인몽은 아내의 출처(黜妻)를 결심하지 않을 수 없었다. 부부중 어느 한쪽의 가문이 큰 죄를 범하여 처벌되었을 때 부부가 사정파의(事情罷議:합의이혼)하여 연좌의 책임을 면하는 것을 〈이이(離弛)〉라고 한다. 이이는 사대부 집안의 관례였다.

아, 그러나 붓과 벼루를 내밀면서 부들부들 떨리던 아내의 손. 그것을 받아 할급휴서(割給休書 : 재산 분할을 명시한 이혼장)를 적으며 인몽이 흘리던 눈물. 열네 살에 결혼하여 두 아들을 낳고 더할 나위 없이 의좋게 살아온 세월이었다. 이 종이 쪼가리 하나로 우리 부부의 11년에 걸친 화목(和睦)이 사라진다…… 두 사람은 어린애처럼 어깨를 흔들며 울었다.

아이들은 안동의 본가로, 인몽은 가회동의 셋집으로, 친정으로 돌아가는 아내에겐 이태원의 집을 주었다.

물론 일은 그것으로 끝나지 않았다.

정약용이 잡혀가고, 이가환, 이승훈 등이 잇달아 잡혀간 뒤 인몽도 의금부에 압송되었다. 2년 만에 의금부 취조실을 다시 겪게 된 것이다. 인몽은 몇 번이나 기절했다. 그럴 때마다 그들은 물을 끼얹어 정신을 차리게 하고는 하루 동안 감옥 안에 처넣었다가 또다시 고문했다.

어서 세 용의자를 독살한 죄상을 자백하라는 것이었다.

그러나 하지도 않은 일을 어떻게 자백하란 말인가. 그들은 〈서학은 이단이며 이단을 연구하는 자는 역적〉이라는 확신을 가지고 있었다. 인몽은 자신들의 서학 연구가 국부민안(國富民安)의 길이라는 확신을 가지고 있었다. 두 확신 사이에는 서로에 대한 끝없는 의심과 부정만이 있을 뿐이었다.

인몽의 심문을 맡은 위관(委官)은 당시 우의정 이병모(李秉模)였다.

"맹자께서 이르시되 〈성스러운 임금이 나지 아니하면 제후가 방자하며, 선비들이 의론을 삐뚤게 하며, 양주와 묵적의 말이 천하에 가득하여 천하의 말이 양주에게 돌아가지 않으면 묵적에게 돌아간다〉고 하셨다. 지금이 과연 그러한 때이다. 내 서학서를 읽어본즉 야소(耶蘇)는 바로 묵적(墨翟)의 제자라. 〈네 이웃을 널리 사랑하라〉 운운하며 임금에 대한 충성과 아비에 대한 효도를 겸애(兼愛)의 아래에 두지 않았더냐. 명색이 문학(文學)을 배운 것들이 어찌 이런 이단의 요망함을 모를꼬. 이는 겉으로 성스러운 임금을 부르면서 속으로 퇴폐한 오랑캐의 풍속을 섬김이다. 그 표리부동함이 어찌 이럴 수 있단 말이냐?"

심문을 받을 무렵엔 인몽은 고문 때문에 몸을 가눌 수 없을 지경이었다. 그러나 인몽은 남은 기력을 다해 가며 독하게 굴었다.

"표리부동이라니, 하나는 알고 둘은 모르시는 말씀이오. 서학의 가르침이 겉보기에는 이단과 같으나 그 뿌리로 내려가면 하, 은, 주 삼대(三代)의 교화와 상통하오. 성인께서 가르치신 하늘은 원래 세 가지가 있었으니 하나는 자연(自然)의 하늘이요, 둘은 역리(易理)의 하늘이요, 셋은 상제(上帝)의 하늘이오. 그런데 주자에 이르러 〈성은 곧 이다(性卽理)〉 하여 역리(易理)의 하늘만 남게 되었소. 그 결과 착한 자에게 복을 주시고 음흉한 자에게 화를 내리시는 하늘(主宰天: 주재천=상제의 하늘) 대신, 애매몽롱한 관념의 하늘(易理天: 역리천)만이 강요된 것이오."

"……"

"풀 베는 아이와 물 긷는 아낙네, 쑥대머리에 때 낀 얼굴로 못된 짓을 하는 백성들이 그런 어렵고 아리송한 하늘을 어떻게 안단 말이오? 옛 사람들이 실심(實心)으로 하늘을 섬기고 실심으로 신명(神命)을 섬긴 것은 그 섬기는 하늘이 알기 쉽고 단순했기 때문이오. 『시경』에 이르기를 〈두려운 천명(天命)이여 때로 보호해 주사이다〉 하였는데 이것이 바로 그 상제의 하늘을 말함이오. 우리가 서학서를 읽은 것은 야소를 믿고 떠받들려는 것이 아니오. 육경 고문의 참뜻으로 돌아가 착한 자에게 복을 내리시고 악한 자를 응징하시는 그 상제의 하늘을 알려는 것이오."

"닥쳐라. 감히 네놈이 주부자(朱夫子: 주자에 대한 극존칭)를 비판하다니. 오냐, 이단에 물들어 경학을 저버리는 놈이 어찌 성현을 존숭할 줄 알리. 네놈은 정녕 사문난적(斯文亂賊)이로다. 광화문 앞에서 사지를 찢어 죽인 윤휴, 박세당의 일을 네가 모르느냐!"

"뭐가 사문난적이고, 뭐가 성현을 조롱했단 말이오. 예로부터 요순우탕(堯舜禹湯) 같은 성왕께오선 나라를 부강하게 하고 백성들을 먹여 살릴 이용후생(利用厚生)의 방도를 생각하셨소. 성왕들께선 먼저 공업을 일으켜 그릇을 넉넉하게 하시고, 장사의 길을 열어 있는 것과 없는 것을 교환하게 하시고, 약을 만들어 요사(夭死)함을 구제하신 것이오. 그런 연후에야 비로소 예의를 마련하여 상하의 질서를 정하시고, 음악을 지어 마음의 우울함을 풀게 하시고, 형법을 만들어 거칠고 사나운 자를 억누르셨소. 그런데 우리나라는 어떠하오."

"……"

"우리는 동방의 큰 번국(藩國)이면서도 극도로 가난하여 주상 전하까지 무명옷을 입으시고 절약에 절약을 거듭해도 해마다 나라에 돈이 마르는 형편이오. 백성들 대다수는 쌀밥은커녕 보리나 고구마도 마음껏 먹지 못하지를 않소. 이토록 실용(實用)에 어두워 진실로 이용후생의 학문은 서학보다 우리가 한 치만큼도 나은 것이 없거늘, 그렇게 무조건 서학을 배척하심이 정말 옳은 일이오? 우리가 서학을 공부하는 마음은 이 땅에 성왕을 받들어 모시려는 그 마음이오. 유신(維新)은 염불이 아니외다. 유신이란 백성들을 잘 먹이고 잘 재우고 잘 입히는 일이오. 어떤 아름다운 명분도 백성을 먹이고 입히는 일에 우선할 수는 없소."

"닥쳐라! 아무래도 이 놈은 매가 부족한 것 같다."

마침내 인몽에겐 주뢰장(朱牢杖)이 쓰였다. 소위 〈주리를 튼다〉는 것으로, 다리 사이에 막대기를 넣고 정강이의 뼈와 살 사이를 비틀어 짓이기는 것이다. 인몽은 아귀처럼 울부짖다가 의식을 잃어갔다.

이 대목에서 우리는 잠시 인몽이 말한 〈유신〉이란 개념을 정리할 필요가 있다.

오늘날의 시각으로 보면 일심으로 왕권 강화를 꿈꾸는 이인몽의 맹목적인 근왕주의(勤王主義)는 역사의 흐름을 역행하는 사상으로 보인다. 그리고 왕권에 반대하던 노론의 관점이 일층 진보적인 것으로 평가될 수도 있을 것이다.

그러나 돌이켜 생각하면 역사의 흐름이란 무엇인가. 정조가 시해되고 일제에 의해 망하기까지 100년간 우리의 역사는 성왕이 사라진 뒤의 난세, 바로 그것이었다. 살인적인 가렴주구, 아전들의 횡포, 끊임없는 천주교도 학살, 유랑하는 농민들, 흉년, 기근, 전염병, 대화재, 대홍수, 박대성의 난, 홍경래의 난, 제주 민란, 식량 폭동, 공노비들의 폭동, 서얼들의 소요, 채희재의 난, 삼남의 대민란, 금위영 군인들의 폭동, 동학란, 외세의 개입, 그리고 개화기의 엄청난 혼란과 망국.

우리는 그 〈진보적〉이라는 입헌 정치를 못해서 망한 것이 아니라 홍재 유신, 즉 정조의 절대왕정을 수립하지 못해서 망한 것이다.

후진적인 여건에서 분발하여 자주적인 민족 국가를 수립했던 모든 나라는 절대주의 국가의 시기를 거친다. 대내적으로 강력한 통치 원리로 무장하고 대외적으로 자국의 국익을 배타적으로 주장하는 과도기가 필요한 것이다. 메이지 유신이 있었기에 근대 일본이 있을 수 있었다. 일본이라는 근대 국가는 〈고쿠다이(國體)〉라는 절대 왕정과 영국에서 수입한 의회주의 헌법으로 이룩되었다. 그리고 이후 80여 년간 후자보다 전자에 매달려 서구 열강의 압력과 싸워온 것이다.

홍재 유신이 실패함으로써 우리 민족사는 160년이나 후퇴했다. 우리의 불행은 정조의 홍재 유신 대신, 박정희의 10월 유신을 경험해야 했다는 사실이다. 그야말로 권주를 마다하고 벌주를 받은 것으로, 현명한 왕법이 지배하는 절대왕정 대신, 조야하고 참혹한 개발 독재를 겪은 것이다.

〈유신〉이란 말은 이인몽의 시대에만 가능한 사상이다. 유신이란 주인에게 국가의 전제적인 권력을 되돌려주어 체제를 일신하는 것을 말한다. 민주주의 시대에는 유신(維新)이 있을 수 없다. 아시다시피 국민 모두가 주인(민주)이라는 말은 일종의 지적 궤변으로, 결국 아무도 주인이 아니라는 말과 같기 때문이다. 대통령이란 〈당신 뽑아줄 테니 한번 잘 해보시오〉 하고 만든 헌법상의 통치권자이지 주인이 아니다. 그러나 이인몽의 시대는 다르다.

정조는 명실상부한 국가의 주인인 것이다.

주나라 문왕이 사목(司牧: 기르는 자)이라 부른 사대부는 주인으로부터 약간의 권리를 얻어 주인의 백성을 맡아 기르는 자이다. 때문에 주인은 사목이 썩었을 때 언제라도 위임했던 권리를 되찾을 수 있는 것이다. 서학(西學)과 근왕(勤王)이라는 이인몽의 사상은 이 같은 시대적 여건 속에서 생각해야 한다.

아무튼 의금부에서 그렇게 욕을 당하던 인몽은 일주일 만에 갑자기 석방되었다. 노론 수뇌부가 사건을 조기에 수습하는 쪽으로 마음을 바꾼 것이다. 증거가 없는 데다 인몽을 비롯한 혐의자들이 워낙 완강하게 부인하였기 때문이다. 감히 서학을 적극 옹호한 인몽의 경우는 참으로 다행이었다. 서학 옹호 자체만으로도 중죄였으나 애초에 심문의 방향이 너무 달랐던 것이다.

이인몽은 무혐의로 석방, 이승훈은 예산에 유배, 이가환은 충주목사로, 정약용은 정7품 금정찰방으로 각각 네 계급씩 강등, 좌천되었다.

그것으로…… 죽란사의 모임도 끝났다. 애초부터 정조의 왕권 강화를 뒷받침할 정치적 결사를 지향하던 죽란사의 동지들은 서릿발 같은 노론의 탄핵을 피해 뿔뿔이 흩어졌다. 도성 밖에 문을 닫아걸고 칩거하거나, 연고가 있는 시골을 찾아 낙향했다. 이도 저도 못하는 사람들은 지조를 꺾고 전향하여 노론에 빌붙어야 했다. 생각하면 지금도 가슴이 써늘해오는 죽란사의 마지막이었다.

그때…… 인몽의 회상은 거기서 끊어졌다.
머리 뒤쪽지로부터 누구의 시선인 듯한 이상한 기운을 느낀 것이다.

인몽의 발길은 어느덧 종로 피맛골(避馬洞)의 장국밥집을 지나 수표교 건너 색주가 골목에 이르고 있었다. 인몽은 흠칫 걸음을 멈추고 뒤쪽을 돌아보았다.

아?

이상한 놈들이 있다.

수표교를 사이에 둔 청계천 저쪽이었다. 둘 아니면 셋. 뒤에서 움직이던 사람 그림자들이 갑자기 처마 밑으로 흩어지는 것이다. 인몽은 자신이 미행당하고 있다는 것을 깨달았다. 어디서 나온 놈들인가. 인몽은 눈을 가늘게 뜨고 발돋움을 하여 뒤를 살폈다. 그러나 곧 캄캄한 어둠에 묻혀 종적이 보이지 않았다. 아무튼 어정쩡한 시각이었다. 어둠이 깔려 있었지만 아직 등롱(燈籠)을 든 행인들이 나올 때는 아니었다.

인몽은 모르는 척 다시 걷기 시작했다.

뒤를 밟는 발소리가 다시 느껴졌다. 인몽은 걸음을 빨리 했다. 수표다리 길(지금의 을지로3가역에서 충무로2가와 3가 사이로 뻗은 길)은 얼어붙어 미끄러웠다. 매서운 바람이 쌩 하고 지나간다. 그 바람을 맞받으며 인몽은 정신없이 걸었다. 멀리 남산의 하늘에서 별빛이 돋아오고 있었다.

그런데 진고개(충무로) 어름에 이르렀을 때 인몽은 맞은편에서 뛰듯이 걸어오는 예닐곱 명의 궐자들과 마주쳤다. 옥색 중치막을 입고 백립을 쓴 험상궂게 생긴 길잡이 둘이 등롱을 들고 있었다. 청단령의 별감복을 입고 칼을 든 자, 두루마기를 입고 부채를 든 자들의 중심에 관복을 입은 늙수그레한 인물이 보였다. 이 청계천 남쪽에는 보기 드문 고관의 행차가 아닌가. 이상하다⋯⋯고 고개를 갸웃거릴 때 인몽은 그 관복 입은 주인공의 얼굴을 보았다.

뜻밖에도 그 사람은 이조판서 서용수였다.

인몽이 놀라서 황급히 길옆으로 비키며 허리를 숙였다. 아니, 이조판서 서용수가 무슨 일로 이 냄새 나는 빈촌을? 대단한 멋쟁이로 비단이 아니면

6 쓰라린 기억들 275

입지 않으며, 품속에 사향을 넣고 다니는 서용수였다.

그때 서용수도 인몽과 정면으로 눈이 마주쳤다. 서용수는 인몽이 등과하던 해의 독권관(讀券官 : 전형위원)으로 인몽의 얼굴을 잘 알고 있었다. 서용수가 주춤 멈춰서서 인몽을 바라보자 그를 호종하던 일행들이 일제히 고개를 돌려 인몽을 쳐다보았다. 인몽은 별 수 없이 한 걸음 다가가 예를 표하지 않을 수 없었다.

"대감, 별래 무양(無恙)하시옵니까?"

"이 대교 아닌가……"

등롱에 비친 서용수의 얼굴에는 당황한 빛이 감돌고 있었다. 무슨 까닭인지 입술이 부자연스럽게 떨리고 있었다.

"자, 자네가 어떻게 여길?"

"예, 퇴궐하여 집으로 돌아가는 중입니다."

"허, 그, 그렇지. 허허, 이제야 퇴궐을 하는구먼. 수고가 많네. 허허."

인몽은 서용수의 옆얼굴에 식은땀이 돋는 것을 보았다.

"이 야심한 시각에 어인 행차이시옵니까?"

"응? 아, 나 말인가? 하하하, 극옹(屐翁 : 예조판서 이만수)의 사랑방에 자란(紫蘭)이 몇 송이 피었다고 해서 말이야. 하하하, 문향(聞香 : 난의 향기를 맡음)하러 가는 길일세. 아, 사람이 세상을 살매 친구를 버리면 즐거움이 없는 법이에요. 그러니 그저 청향 청담 청소성(淸香淸談淸笑聲)이라. 그저 부지런히 서로 문지방을 넘나드니며 함께 어울려 사는 것이 몸을 굽힘이 아니요, 그윽한 난향 앞에 시부(詩賦)를 짓고 우스갯소리를 하는 것이 쓸데없는 장난이 아니라네. 그렇지 않은가. 험, 험, 그럼, 난 이만."

인몽은 서용수의 다변(多辯)에 그만 멍해져 버렸다. 웃음과 헛기침과 손짓을 섞어가며 서용수는 다다다 철포 총알처럼 이렇게 응수하더니 뒤도 돌아보지 않고 바삐 가버렸다. 인몽은 고개를 갸웃거리지 않을 수 없었다. 서용수 대감의 집은 호동(지금의 종묘 옆 원남동 로터리)이다. 도대체 어디서 어디로 문향을 간다는 것인가.

인몽은 얼어붙은 듯 그 자리에 서서 서용수의 뒷모습을 지켜보다가 다시 발길을 옮겼다.

인몽이 청학동 남소영(南小營)에 있는 집에 도착했을 때는 달이 떠 있었다.

하늘엔 별이 총총했지만 담배연기 같은 안개가 남산 산비탈을 기어오르고 있었다. 멀리 전나무들은 삭풍에 흔들리며 창백한 하늘에 검은 그림자를 드리웠다. 인몽의 집 앞에 있는 손바닥만 한 채소밭에는 미처 뽑지 않은 무가 몇 포기 찬바람을 맞아 파랗게 쪼그라든 채 달빛에 젖고 있었다.

채소밭과 집 사이에는 야트막한 돌담이 가로놓여 있고 돌담 가운데는 기와 대신 초가를 얹은 1칸짜리 평대문이 달려 있다. 인몽의 집은 걸을 때마다 마루가 삐걱거리는 방 3칸의 고옥이었다. 행랑채도 없고 안채와 사랑채의 구색만 겨우 갖춘 집이지만 이나마 인몽의 처지엔 과분했다. 재작년 예문관 봉교로 다시 등용되었을 때 과천의 집을 팔고, 안동의 본가에서 또 얼마간 보태어 1만 전(錢)에 세든 집이었다.

집안에선 희미한 불빛이 새어나오고 있었다.

아이들의 방이 있는 안채 쪽이었다. 그러나 평소에 들리던 아이들의 글 읽는 소리도 없고 집안은 텅 빈 듯이 요요적적(寥寥寂寂)이었다.

"기아(起兒)야."

아들을 부르는 인몽의 목소리가 쥐어짜는 듯이 갈라졌다. 온몸이 펄펄 끓어오르는 신열 때문이었다. 지친 몸은 뼛속까지 얼어드는데 목이며 얼굴은 불덩이 같다. 역시 신열 때문인지 눈의 초점이 흐릿하게 풀어졌다.

"기아야."

인몽은 안에서 두런대는 사람 소리가 나는 듯한 환청을 들었다. 언제나처럼 올해로 열한 살이 되는 맏아들 준기가 짚신을 끌며 바삐 대문으로 달려오는 소리가…… 그러나 그것은 잠깐 동안의 착각이었다.

6 쓰라린 기억들

집안에는 아무런 인기척이 없었다. 갑자기 엄습하는 불안에 인몽은 가슴이 덜컥 내려앉았다. 대문을 밀어보았다. 끼끼끽. 창자를 쥐어뜯는 것 같은 요란한 소리가 났다. 닫힌 줄 알았던 대문이 맥없이 열리는 것이다.
"앗!"
집안을 들여다본 인몽의 얼굴이 흙빛으로 변했다. 머리가 몽둥이로 얻어맞은 것처럼 아프다.
집안의 문짝이란 문짝은 죄다 부서져 마당에 뒹굴고 있고 대문에서 보이는 사랑방 천장은 칼질을 당해 갈가리 찢겨져 있었다. 책들은 마루며 마당 곳곳에 흩어져 있고, 이불장을 비롯한 가구들도 마루와 마당에 여기저기 널려 있다.
그것뿐만 아니다. 글자 그대로의 쑥대밭이었다. 마당이 아예 쟁기로 갈아엎은 듯이 벌건 흙을 드러내고 파헤쳐져 있는 것이다. 어쩌면 이럴 수 있을까 싶을 정도로 구석구석까지 쇠꼬챙이 같은 것을 쑤셔댄 모습이었다.
"기아야! 영아(榮兒)야! 아지매! 장곤아!"
큰아들과 둘째아들, 집안 아지매와 종놈 장곤이를 부르는 인몽의 목소리가 텅 빈 집안에 비명처럼 메아리쳤다. 미친 듯이 마당으로 들어서던 인몽은 무엇에 발이 걸려 그대로 앞으로 꼬꾸라졌다. 물장수가 정기적으로 가져다 주는 물통이었다. 반쯤 살얼음이 얼어 있던 물통이 뒤집혀 쏟아지며 물이 인몽의 바지를 적셨다. 그러나 인몽은 축축한 물기마저 느껴지지 않았다. 눈앞의 충격적인 풍경은 인몽의 오감을 일시나마 마비시킨 것 같았다.
하루의 운수를 논할 때 누경풍상(累經風霜)이란 말이 있다.
찬바람 위에 서리를 쌓는 형국으로 갈수록 계속 고난이 겹치는 날을 이른다. 바로 인몽의 오늘 같은 날이 아닐까.
"기아야, 영아야……"
눈앞이 흐릿해졌다. 인몽은 어느 사이엔지 가물가물 의식이 사라지는 자신을 보고 있었다. 하루 종일 강인하게 버텨온 가죽처럼 질긴 영혼도 여기에 이르러선 거의 찢어질 것만 같았다. 사라진 식구들에 대한 걱정, 하루 종일 악몽을 꾸고 있는 것 같은 몽롱함, 모두 죽어버린 세상에 홀로 남은 것 같은 상심 같은 것이 뒤범벅이 되어 팔에서 어깨로 목으로 싸늘한 경련을 일으킨다.

아, 이 악몽이 하룻밤의 꿈이라면.

그러나 그때 허우적거리듯이 뻗친 인몽의 손에 무엇인가가 딸각하고 닿았다. 식구들이 밤길을 걸을 때 쓰는 등롱이었다. 종이 한쪽이 찢겨져 대오리 살이 드러나 있었다. 등롱이 그냥 마당에 팽개쳐져 있는 것을 보자 인몽은 정신이 번쩍 들었다.

뭘 하고 있느냐. 이대로 자빠져 있으면 어쩌자는 말이냐.

인몽은 품속의 부싯돌을 꺼냈다. 등롱에 불을 붙이자 인몽은 그걸 들고 안방으로 들어갔다. 안방은 무슨 귀신이 사는 흉가처럼 더 처참했다. 천장을 온통 칼질하고도 모자라 방구들까지 헤집어놓은 것이다. 구석구석을 들쑤시며 급하게 무엇을 찾으려 뒤진 흔적이었다.

그때였다. 인몽은 안방 봉창을 통해 흙담 너머에서 들어오는 생선 굽는 냄새를 맡았다. 남소영(南小營)에 나가는 박 초관(哨官)의 집이었다. 인몽의 집에 손님들이 오면 좁은 사랑에 다 잘 수 없어 안방을 비우고 식구들이 자러 가는 가까운 이웃집이었다. 인몽은 등롱을 들고 뒤꼍으로 통하는 격살문을 열고 나와 박 초관의 집과 사이한 흙담으로 다가갔다.

"노모님, 노모님."

아내를 출문한 뒤 인몽의 집에는 감천 아지매라는 일가 어른이 와 계셨다. 이 어른은 영양 감천의 낙안(樂安) 오(吳)씨 문중에 시집갔다가 돌림병으로 시댁이 몰사하여 친정에 돌아와 계시던 과수댁인데, 4년 전부터 인몽의 서울살이를 돌보고 계셨다. 마침 이 이웃집에도 감천 아지매와 나이가 비슷한 박 초관의 노모님이 계셔서 두 노인이 서로 말벗이 되고 있었다. 인몽은 흙

6 쓰라린 기억들 279

담 위로 고개를 내밀고 지금 이 박 초관의 노모를 부르고 있는 것이다.

"대교 나리요?"

마치 기다리고 있었다는 듯이 이웃집 안채에서 두 아낙이 방문을 열고 나왔다. 박 초관의 노친네와 안사람이었다. 허연 머리에 허리가 꼬부라진 노친네가 짚신을 꿰고 구르듯이 담으로 달려왔다.

"아이구, 이 양반아…… 어디 갔다 인제 오시오?"

노친네는 거미줄을 뒤집어쓴 듯이 주름살 가득한 얼굴에 울상을 지으며 말했다. 그 목소리는 잔뜩 겁에 질려 떨리고 있었다.

"노모님, 대체 저희 집에 무슨 일이 있었습니까? 식구들은 다 어디 갔구요?"

"낮에 댁의 내실이라는 사람이 아이들 외숙과 같이 왔어요."

"예? 제 내자(內子)가요?"

인몽이 화들짝 놀라 일어나며 물었다. 상아가 이 집에 왔었단 말인가? 더구나 아이들 외숙이라니. 서울에 아이들의 외숙, 즉 인몽의 처남이 있을 리 없다. 인몽의 전처 상아는 2남 1녀 중의 외동딸이었다. 그러나 을묘년 손위 처남인 윤유일은 역률로 몰려 죽었고, 손아래 처남은 유배되었으며, 가산은 적몰되고 집안은 도성 밖, 전리(田里)로 방축되었었다.

"몰라. 내야 댁의 내실(內室)이며 처가붙이들을 어찌 알겠소. 그저 박실댁(朴谷宅 : 감천 아지매라는 사람의 택호인 듯함 - 역자)이가 그렇다고 하니 그런 줄 안 거지."

"그래서요, 애들이랑 애들 엄마는 어떻게 됐습니까?"

"말도 말게. 애들 엄마 신색이 말이 아니더만. 눈이 떼꾼하고 머리며 옷이 온통 너부데데한 것이 병든 거지꼴이야. 애들이 달려들어 손발을 주무르고 박실댁이는 미음을 끓이고 우리집에서 금창약을 얻어가고 온통 수선을 피웠지. 아, 그런데 갑자기 저물녘쯤에 좌포청에서 나왔다는 포졸들 수십 명이 자네 집에 들이닥치지 뭔가. 아이구 그 사람들뿐만 아니에요. 얼마

안 있으니 도포를 입은 장정들도 수십 명 와서 자네 집을 이 잡듯이 뒤지던 걸. 자네 내실은 미리 낌새를 알아채고 이리, 이 담장으로 해서 우리집으로 숨었네. 이 할미가 얼른 다락에 숨겼다가 한 차례 풍파가 지나간 뒤에 도망시켰지. 그런데 그 포졸이며 장정들이 애들이며 박실댁이를 잡아가버렸네."

"뭐라구요!"

"세상에, 내 육십 평생 이런 희한한 일은 처음 보우. 나는 새도 떨어뜨린다는 각신(閣臣)의 집에 이런 날벼락이 떨어질 줄 어찌 알았누. 아무래도 댁의 내실이 무슨 큰일을 저지른개벼."

아이들!

눈썹이 치켜올라가고 머리끝이 쭈뼛 곤두섰다.

기진맥진해 있던 인몽의 몸에 분노로 달구어진 새로운 피가 흐르는 것 같았다. 나쁜 놈들! 세상사에 지쳐 스스로가 패배자처럼 느껴질 때마다 사무치게 절실하던 자식의 체온. 그 따뜻함 속에 패배한 자신을 보상해 줄 새로운 역사가 있으리라고 자위하는 아비 된 자의 보람마저 빼앗아가는가. 인몽은 고맙다는 말마저 잊어버리고 흙담을 돌아섰다. 잡혀간 아이들을 찾아와야 한다는 맹목적인 의지뿐 아무 생각도 나지 않았다.

"여보, 여보, 대교 나리 잠깐만. 여기 자네 내실이 뭘 써놓고 갔는데……"

"예?"

"이걸 좀 보우."

박 초관의 노친네는 저고리깃 속으로 손을 넣어 반쯤 찢어진 종이 쪽지를 하나 꺼내었다. 인몽이 그것을 받아 등롱을 갖다 대었다. 그 종이에는 부뚜막에 뒹구는 타다 만 장작 같은 것으로 쓴 열 개의 글자가 있었다. 검댕이 지워져 희미했지만 한참을 들여다보자 무슨 말인지 알 수 있었다.

관리가 사람을 잡으러 왔습니다. 집을 떠나 수죽에 의지합니다.

(有吏捕捉人 辭家倚脩竹)

수죽(脩竹)? 긴 대나무?

아, 정재(定齋) 유치명! 세검정에 있는 유치명의 집에 가겠다는 소리구나.

인몽은 아내의 슬기로움에 새삼 감탄했다. 아내는 쪽지가 추적자의 손에 들어가도 괜찮을 인몽과 자신만이 아는 용어를 사용한 것이다.

인몽이 드나들던 죽란사의 선비들이 하루는 안식구들을 불러 화전놀이를 한 적이 있었다. 그날 집으로 돌아온 상아는 거기 모였던 인몽의 지인들에게 모두 죽란사의 죽(竹) 자를 붙여 별명을 지었던 것이다. 얼굴이 검은 이유수는 오죽(烏竹), 담배를 많이 피는 윤지눌은 장죽(長竹), 홍시제는 청승맞게 생겼다고 상장죽(喪杖竹), 키가 큰 유치명은 수죽(脩竹) 하는 식이었다.

정재 유치명(柳致明)은 그 죽란사의 사람들 중 아직도 소식이 오가는 유일한 사람이다. 인몽보다 5살 연하로 아직 대과를 치르지 않은 유치명은 같은 안동 출신으로 인몽과는 내외가 다같이 친했다. 정재의 집은 홍지문 밖 세검정 인근의 조용한 동네. 상아가 무사히 거기 도착했다면 안심인데…… 그런데 인몽이 그렇게 생각하며 한숨을 내쉴 때였다.

"주인장 계시오?"

끼끼기 대문 열리는 소리와 함께 그렇게 인몽을 부르는 소리가 들렸다. 그러자 흙담 너머로 인몽을 지켜보던 박 초관댁 노친네와 며느리는 목을 움츠리며 슬금슬금 자기집 안채로 달아나버렸다. 인몽은 등롱을 들고 집을 돌아 마당으로 나갔다.

도포를 입고 큰 갓을 쓴 후리후리한 키의 사나이가 대문 앞에 서 있었다. 늠름하게 큰 체격이었다. 인몽이 마당으로 나서자 그 사내는 상체를 곧바로 세우고 천천히 문으로 들어섰다. 그 왼손에는 세 자 여섯 치의 요도(腰刀)가 들려 있었는데 그것은 마치 팔의 일부인 것처럼 자연스러워 보였다.

천성적인 위엄이 넘치는 몸가짐이었다.
"내가 주인이오만 뉘시오?"
누구지?
어디선가 한 번 본 사람인데…… 인몽은 등롱을 치켜들어 사내의 얼굴 높이를 비추었다. 콧날이 반듯하고 입술이 가냘픈 사내의 얼굴은 어딘지 모르게 찼다. 두뇌의 날카로움이 그대로 나타나 있는 얼굴이었다.
"오랜만이오. 이 박사, 아니 이젠 이 대교라고 불러야 되겠지."
"다, 당신은!"
등롱의 불빛 앞으로 성큼 다가서는 사내를 알아보자 인몽의 얼굴엔 핏기가 사라졌다. 이자는 구재겸! 관자놀이의 핏줄이 파득파득 뛰었다. 인몽과 구재겸은 서로의 숨소리를 들으며 서 있었다. 허연 입김이 양쪽에서 피어올랐다.
"무슨 일이오, 이 밤중에?"
"하아하하하, 뭘 그리 놀라시오. 오늘 댁에 큰 액운이 닥친 것 같아 불초(不肖) 좀 도와드리러 왔소이다."
"필요 없소! 무슨 흰소릴 하는 거요!"
인몽이 펄쩍 뛰며 부르짖었다. 등롱을 든 팔이 부들부들 떨리고 있었다. 인몽은 살갗 위로 뱀이 기어가는 것 같은 불쾌감을 느꼈다. 구재겸은 을묘실포사건 때 인몽을 고문한 바로 그 금부도사(禁府都事 : 의금부의 6품직)였던 것이다. 인몽은 새파랗게 질린 얼굴로 그를 응시하더니 어깨를 부르르 떨었다.
"도와주다니? 왕년의 금부도사께서 시생에게 뭘 도와주시겠단 말이오? 듣자니 근래 별기대 기총으로 영전하셨다고……"
"허허, 영전은 무슨, 다들 도와주신 덕분이지요. 옛날 그 의금부에서의 일은 미안하게 됐소이다. 그때야 다 나라에서 시킨 일이니 낸들 어쩔 수 있었겠소? 나라는 사람은 이 대교께서 생각하듯이 그렇게 나쁜 놈은 아니오.

세상일이란 인인성사(因人成事 : 다른 사람으로 인해 일을 이룸). 나 같은 사람도 혹여 도움이 되는지 어찌 알겠소. 지금 이 집안엔 이 대교의 식솔들이 없소. 이 몸이 그 행방을 알고 있으니 이 대교의 식솔들을 찾아주고 싶소이다."

"우리 아이들은 어디로 끌려갔소? 지금 어디에 있느냐 말이오."

"자, 일이 몹시 급하게 되었으니 자세한 이야기는 같이 가면서 얘기합시다. 밖에 말을 대기시켜 놓았소."

"가다니, 어디를?"

"하하하, 명덕산 연명헌, 채제공 대감의 집이오. 오늘부터 채 대감의 소상이니 어차피 이 대교께서도 한번 문상을 가야 할 곳이 아니오. 이 기회에 같이 문상을 하시고 조금만 우리를 도와주신다면 즉시 이 대교의 식솔들을 돌려드리고 이 집에서 일어난 불상사에 대해 금전적인 보상도 해드릴 생각이오."

그 말을 듣자 인몽의 얼굴이 금방 싸늘하게 굳어졌다.

"닥쳐라! 그러고 보니 내 아이들을 잡아간 것은 바로 네놈의 짓이로구나. 백주 대낮에 조정 관헌의 사저에 침입하여 그 죄 없는 식솔들을 포박해 가다니, 정녕 네놈이 죽고 싶어 환장한 게로구나! 당장 흰소리 집어치우고 내 아이들을 내놓지 못할까?"

인몽은 당장에라도 구재겸을 씹어먹을 듯 격한 소리를 토해 내었다. 그러나 구재겸은 눈썹 하나 까딱하지 않았다. 그저 빙글빙글 웃을 뿐이었다. 그러나 그 웃는 눈이 인몽으로부터 마루로 돌아간다 싶은 순간, 툭 하며 인몽의 사모(紗帽)가 날아가고 목에 싸늘한 것이 와닿았다.

구재겸의 요도였다. 칼등으로 인몽의 사모를 쳐서 날리고 다시 휘둘러 칼날을 인몽의 목에 들이댄 것이다. 인몽은 그 재빠름에 놀라 식은땀을 흘렸다. 칼을 뽑는 것조차 보지 못했던 것이다.

"권주(勸酒)를 마다하고 벌주(罰酒)를 마실 생각이냐? 자, 바보 같은 소리

작작하고 얌전히 따라와!"

"못 한다."

"뭣이?"

구재겸의 눈에 분노가 부글부글 끓고 있었다.

인몽은 공포로 몸이 얼어붙었다. 인몽의 목에 들이댄 시퍼렇게 날이 선 칼날이 떨리면서 생채기를 내었다. 구재겸의 솜씨라면 손목의 힘만으로 간단히 인몽의 목을 날릴 수 있을 것이다. 인몽은 뒤쪽으로 피하고 싶은 충동을 필사적으로 자제하며, 조용하고 담담한 시선으로 구재겸을 마주보았다.

믿을 수 없을 만큼 오랜 시간이 흐른 것 같았다.

구재겸은 인몽의 목으로부터 천천히 칼을 치우며 다시 씨익 웃었다.

"뭔가 착각하시나 본데…… 사실 나는 임자를 데리고 가는 데 별로 흥미가 없어. 임자가 가든 안 가든 우리는 우리대로 일을 할 수 있어. 다만 어떤 높은 분이 조용히, 모나지 않게 처리하라고 해서 임자랑 이런 밥맛없는 입씨름을 하고 있는 거야. 가기 싫으면 관두라구. 그 대신, 나도 임자의 자식 새끼들이 어떻게 될지 보장할 수 없어!"

"이, 이 불령부도(不逞不逞)한 놈들아…… 내 자식들을 어쩌겠단 말이냐? 내 당장 입궐하여 네놈들의 소행을 주상께 낱낱이 고하겠다."

"흐흐흐, 자꾸 허풍 떨지 마. 임자는 지금 그렇게 신변이 여유롭지 못할 텐데? 이제 입궐은커녕 내일이라도 당장 의금부에 끌려가 조사를 받아야 할 처지가 아니야? 내 분명히 약속하지만…… 이 일만 협조를 해주면 오늘 저녁의 상소 역시 임자에게 좋게 처리해 드리지."

"……"

인몽은 놀라서 입이 다물어지지 않았다. 도대체 이자가 어떻게 그런 것까지 알고 있을까. 구재겸은 인몽의 그 질린 얼굴을 보더니 만족한 웃음을 지으며 칼을 칼집으로 거두었다. 인몽이 진땀을 흘리며 구재겸에게 물었다.

"이, 일이라니, 그 일이란 것이 대체 무엇이오?"

"핫핫하, 진작 그럴 일이지. 자, 가면서 얘기하자구."

구재겸은 손뼉을 쳐서 사람들을 불렀다.

구재겸과 비슷한 체격의 무사들이 들어오더니 다짜고짜 인몽의 관복을 벗기고 도포와 갓으로 갈아입혔다. 그들의 손에 꼭두각시처럼 다뤄지면서 인몽은 수치와 굴욕감에 입술을 깨물었다. 이렇게 무력해도 좋단 말인가. 이런 무의무신(無義無信)한 놈들에게 정녕 이렇게…… 그러나 더 생각할 여유도 없이 두 무사들이 인몽의 팔을 하나씩 잡아채고 끌고 나갔다. 그 거침없는 행동을 보니 아이들의 목숨이 달려 있다는 소리가 단순한 협박처럼 들리지가 않았다.

그리고…… 아내가 정말 정재의 집에 숨어 있다면 내가 순순히 이 자들을 따라 명덕산으로 가는 것이 아내에게 좋지 않을까. 죽더라도 명덕산에서 죽자!

그런데 대문 밖으로 끌려나간 인몽은 집 앞 채소밭을 메운 말과 사람들에 놀랐다. 별기대의 푸른 철릭을 입은 10여 기의 기마병과 평복을 입은 세 사람의 무사가 열 필의 말을 끌고 대기하고 있었다. 모두 체격이 큰 호마(胡馬:몽고말)다.

"저걸 타라구."

구재겸이 유일하게 다래(안장 아래 양쪽으로 말 탄 사람의 옷에 흙이 튀지 않도록 대는 덮개)가 달린 말을 가리켰다. 인몽이 그 말에 다가가자 입을 꽉 다문 무뚝뚝한 얼굴의 무사 한 사람이 발걸이 등자(鐙子)를 잡아주었다. 그 등자를 밟으려던 인몽은 흠칫 놀랐다. 등자며 재갈에 모두 천이 감겨 있었다. 쭈뼛거리며 말에 오르자 그 사람이 안장 뒤쪽으로 오르며 인몽의 몸을 감싸듯이 고삐를 쥐었다.

"나도 말은 몰 줄 안다."

인몽이 볼멘소리로 항의했다. 이렇게 불편해서야 어떻게 가겠냐는 소리였다. 구재겸은 피식 웃으며 들은 척 만 척 자기 말에 오른다. 푸른 철릭을 입은 부하에게서 요도를 받아든 구재겸은 몇 걸음 앞으로 말을 걸리더니 일행을 돌아보았다.

"모두들 잘 들어라. 홍인문(興仁門 : 동대문) 밖 동관묘에서 본대와 합류한다. 모두 말발굽에 편자는 다 떼었으렷다?"

"예."

"출발하라!"

별기대의 마표(馬標)를 꽂은 기마병이 앞으로 달려나갔다. 그 뒤를 두어 마장 간격으로 한 사람씩 뒤따른다. 인몽은 이들의 치밀함에 새삼 놀랐다. 소리를 죽이기 위해 등자와 재갈에 천을 감고, 말발굽 소리를 없애려 편자까지 뗀 야행(夜行)인 것이다. 하나같이 긴장한 얼굴로 일체 군말이 없었다. 서울에서 명덕산으로 가는 길은 하나밖에 없었다. 홍인문 밖 동관묘를 거쳐 안암 개울로, 거기서 다시 제기마루를 거쳐 북바위(鼓岩 : 종암동)를 지나 물너미고개(水踰峴 : 수유리)를 넘으면 명덕산 자락에 닿는 것이다. 인몽은 그 밤길의 아득함에 몸서리를 쳤다. 말로 달려도 1각 반(3시간)은 족히 넘을 거리였다. 그때 인몽을 태운 말이 갈기를 떨치며 출발했다.

인몽은 고향을 떠난 뒤로 말을 타보지 못했다.

10년 만에 말고삐를 잡는 것이다. 그러나 인몽을 태운 무사는 내리막길에서도 속도를 늦추기는커녕 전속력으로 말을 달렸다. 안장이 좌우로 요동을 치고 발걸이 등자와 다래가 부딪혀 온갖 소리를 다 내었다. 인몽은 속이 매슥거리기 시작했다. 아까부터 신열이 들끓던 몸에 무리가 가자 눈앞이 흐릿해 왔다. 가끔 길이 좁아져 고삐를 늦추고 속도를 줄이지 않았다면 그대로 정신을 잃었을 것이다.

인몽은 입술을 피가 나도록 깨물고 달아나려는 의식을 필사적으로 다잡았다. 좀 천천히 가 달라고 말하고 싶었으나 약한 꼴을 보이기 싫었다.

"이봐, 대교 나리, 괜찮나? 곧 쓰러질 것 같구만."

옆으로 말을 몰아온 구재겸이 인몽에게 말을 걸었다. 언제부턴가 아예 반

말지거리를 하는 그의 얼굴은 5년 전 인몽을 닦달하던 그 표정 그대로였다.

"괜······찮다."

인몽은 숨을 몰아쉬며 토하듯이 말을 내뱉었다. 어둠 속으로 잠겨드는 의식을 다잡으며 모호하고 흐릿한 말을 더듬거리고 있는 인몽의 얼굴 역시 5년 전과 다를 바 없었다. 구재겸은 머리를 풀어헤친 채 얼굴의 절반은 검붉은 피로, 나머지 절반은 시퍼런 멍으로 물든 귀신 같은 모습으로 악바리처럼 저항하던 5년 전의 그 바보 같은 선비를 생각하며 새삼 아연해졌다.

"사람이란 말이지······"

구재겸이 고삐를 당겨 속력을 줄이며 혼잣말처럼 중얼거렸다. 인몽이 탄 말도 그에 맞추어 천천히 걷기 시작했다.

"지각(知覺)이 단순할 때 알고 있던 사실에 요령 있게 머물러 있는 게 좋아. 자꾸 골똘하게 생각해서 나아지는 게 뭐가 있겠어. 대체 지금쯤은 썩어 백골이 되었을 그 미치광이 선세자의 일을 들춰서 어쩌자는 말이야. 오죽하면 애비가 아들을 잡아죽였을까. 다 죽일 만한 이유가 있는 거지."

"이, 이 무엄한 놈! 이 역적놈아!"

인몽은 기가 막혀 고함을 지르면서도 언뜻 가슴에 와닿는 말이 있었다. 방금 〈미치광이 선세자의 일을 들춰내서 어쩌자는 말이냐〉고 했다. 오늘 우리집에서 일어난 일들이 선대왕의 금등지사와 무슨 관련이 있단 말인가? 그러나 그런 생각을 정리하기도 전에 구재겸의 말이 이어졌다.

"역적? 홍, 뭐가 순(順)이고 뭐가 역(逆)이란 말이냐! 위로 선왕께서 당부하신 바를 준신하여 따름이 임금의 순이요, 사사로이 발분하여 법도를 거스르고 아래를 각박하게 함은 임금의 역이다. 지금, 임금이 순역의 가름을 뒤집어 군신의 의리가 끊어지고 상하의 윤상(倫常)이 어지러워졌다. 백성들은 언제 난리가 날까 전전긍긍 생업의 뜻을 잃고 있지 않느냐. 임금이 도저히 다른 사람의 위에 올라 중인을 대신할 만한 자(升以代人)가 아니라면 이를 벌(伐)하는 것이 순인 것이다. 너는 『맹자』도 읽지 않았느냐. 맹자께서 이르시되, 〈천하에는 백성이 가장 귀중하고 사직이 그 다음이며 군주는 가장 가볍다(民爲貴 社稷次之 君爲輕)〉고 하셨다."

"무, 무엄한……"

"충신은 불사이군(不事二君)이요 열녀는 불경이부(不更二夫)라 했다. 사람의 일생에는 적게는 세 임금, 많게는 다섯 임금이 바뀌기 마련이거늘 어찌 두 임금을 섬기지 않는다는 말인가. 그것은 사람은 바뀌어도 선왕의 법도는 늠연히 계승되어 선왕과 현왕이 하나이기 때문이다. 그 사람이 다르고 현우(賢愚)의 차이가 있을지언정 그 법도는 하나이니 선왕의 신하는 곧 현왕의 신하가 되는 것이다. 이것이 신하가 임금께 충성을 바치는 근본이다. 그런데 홍재(弘齋:정조)는 어떻더냐? 즉위하자마자 선대왕께서 애지중지 기르신 신하들을 도륙하고 그 집안을 멸문시킨 것이 얼마냐? 누대의 충성스런 군인들을 누명을 씌워 장살한 것이 또 얼마냐? 선대왕께서 거론하지도 말라고 하신 미치광이 선세자의 일을 입에 올렸을 뿐만 아니라, 시호를 내리고 능을 만들고, 화성을 쌓고, 한 달이 멀다하고 능행을 다닌다. 그것은 공공연히 선왕의 법도를 능멸하고 신하들을 위협하는 것이 아니고 무엇이랴. 군신간에 의리(義理)가 있음에 충역(忠逆)의 가름이 있다고 했다. 저런 무도한 폭군(暴君) 놈에게 역적은 무슨 역적!"

"닥쳐라. 이 역적놈아!"

인몽은 말 위에서 고개를 옆으로 빼고 악을 썼다. 구재겸의 말을 끝까지 들었다면 인몽은 지금 자신에게 일어나고 있는 이 수수께끼 같은 납치극에 대해 중요한 시사를 받았으리라. 그러나 인몽은 너무 분기탱천한 나머지 완전히 자기를 잊어버렸다.

"너 같은 놈이 건극(建極)을 하시려는 전하의 성지를 어찌 짐작이나 하겠느냐! 황극(皇極)을 세워야 한단 말이다, 황극을. 천하의 근심은 나뉘는 것보다 더 큰 근심이 없고, 천하의 어려움 또한 나뉘는 것보다 더 큰 어려움이 없다. 하(夏), 은(殷), 주(周) 3대의 태평성세에는 위로는 조정이, 아래로는 민중이, 밖으로는 사해(四海)가 모두 그 마음을 한가지로 하여 그 극(極)에 귀일했었다. 이때는 오로지 하나뿐이었다. 일군만민(一君萬民)! 하나의 임금 아래 평등한 만민! 한나라의 백성으로 태어나 우리가 알아야 할 진리는 이것뿐이야. 그런데 우리나라는 어떻더냐. 붕당이 생겨나 하나가 4색으로 나뉘더니, 4색은 극단적인 당파싸움으로 치달았다."

"……"

"그 결과 나타난 것이 바로 너희 놈들, 너희 노론이라는 특권계급이야. 감히 황천(皇天: 임금)으로부터 통치의 대권을 도적질하여 치자(治者)를 참칭하고, 백성들 위에 앉아 대대로 가렴주구를 일삼는 너희 망국의 무리들! 당리당략에 몰두하여 충군(忠君)의 지성(至誠)이 없고, 사리사욕에 전념하여 애민(愛民)의 인정이 없는 너희 난신적자들! 오호라! 성명(聖明)이 일월처럼 밝으시니 언제까지 너희 그 개 같은 목이 붙어 있겠느냐. 이제 곧 파사현정(破邪顯正), 유신이 시작되리라."

그러자 갑자기 말발굽 소리가 촉급해진다 싶더니 인몽의 옆얼굴에 퍽 하는 충격이 왔다. 구재겸이 다가와 칼자루로 인몽을 후려갈긴 것이다. 인몽은 눈앞에 번갯불이 튀는 것을 느끼며 말 위에서 정신을 잃었다.

"입만 까진 놈! 앞으로 또 떠들면 이렇게 한 대씩 갈겨버렷."

"예."

인몽을 태운 무사가 무표정하게 대답했다. 분노로 얼굴이 푸르딩딩하게 변한 구재겸은 먼지를 일으키며 앞으로 말을 몰아갔다.

7 금등지사의 비밀

하나라, 은나라, 주나라 3대에는 이(理)가 승했고, 3대 이후에는 기(氣)가 승하였다. 요임금 순임금께서는 〈이〉의 세계에 사셨고 공자, 맹자, 정자, 주자께서는 〈기〉의 세계에 사셨나니라.

성왕과 어진 신하가 만나매 왕도(王道)가 행해진 것이 〈이〉의 세계라. 요임금 순임금이 있으매 고요, 우 같은 신하가 있었고 탕왕과 무왕이 있음에 이윤과 주공 같은 신하가 있었다. 그러나 〈기〉의 세계는 그렇지 않아 공자, 맹자, 정자, 주자 같은 어진 신하가 있어도 그 임금을 만나지 못하니 천하에 왕도가 행해지지 못하였도다.

〈기〉의 세계 점점 타락하매 우리 임금께선 말세에 가까운 〈사(私)〉의 세계에 사시도다. 이런 말세에 처하여 너희는 임금을 천리(天理)와 같이 믿으라. 정암 조광조 선생은 왕을 보필할 인재이셨고 중종 대왕께선 그 어짊을 알아주신 성왕이샸다. 어진 신하와 임금이 만나 한 번 왕도를 펴매 풍속이 변하고 교화가 사방을 진동했도다. 아아, 왕도가 행해지지 못한 삼대 이후의 천수백 년간이 천하에 왕도가 행해지는 하루만도 못하나니라. 왕도가 행해지니 어두운 세상 다시 밝아지고 올바른 〈이〉가 〈기〉를 뿌리내리리라.

네 마음이 천리(天理)에 순응한다면 임금을 믿기를 천리와 같이하라. 임금을 믿는 것 그것이 천리니라.

―오광운, 「기묘록 후서」(1743) 『약산만고』 제15권 및
『영조실록』 영조 19년 4월 갑오조

"여보!"

갑자기 말발굽 소리가 사라졌다. 아무것도 보이지 않는 침묵이 인몽을 가로막았다. 그러나 그 침묵은 막 허물어지려는 돌탑처럼 위태로웠다.

"여보!"

눈을 뜨자 인몽은 숨이 막힐 듯한 충격을 느꼈다.

이곳은?

분별할 수도 없을 만큼 낯선 시간이 순식간에 인몽을 휘감아 들어왔다. 여기가 어디지? 누군가가 인몽을 들여다보고 있었다. 그 사람을 보자 인몽은 소스라치게 놀라며 벌떡 일어났다. 인몽의 눈앞에는 바로 아내의 반짝이는 눈동자가 있었던 것이다.

"아......"

"여보, 너무 기진(氣盡)하셨군요. 꿈을 꾸시면서 계속 헛소리를 하시고…… 자, 이거라도 좀 자시고 주무셔요."

인몽은 멍한 얼굴로 상아가 쟁반에 받쳐 내미는 감주 그릇을 보았.

그 하아얀 그릇은 인몽을 압도해 버린 지금 이 낯선 시간처럼 보인다. 인몽은 이 하아얀 시간과 지금까지 하루 종일 헤매고 다닌 그 파르스름한 시간 사이에서 갈팡질팡하고 있다. 인몽의 코는 아직 그 꿈속의 공기를 들이마시고 있다.

인몽은 멍청히 고개를 돌려 방문 밖을 보았다. 여름밤이었다. 문 밖에선 언제부턴가 비가 내리고 있었다. 흐득흐득 대기를 가르는 빗발의 찬 기운에 흐릿한 등잔불이 흔들리고 있었다. 마당 한켠에 묶어 세워 놓은 짚단과 수수깡들이 벌써 번거름하게 젖어 있었다. 여름밤 인몽의 과천집에 있는 사랑방이었다.

대체 어찌된 일일까?

조금 전까지 나는 구재겸이란 자에게 고함을 지르고 있었는데?

내가 죽은 것인가?

죽어서 저승에 온 것인가? 아니, 죽어서 저승으로 가기 전에 혼백이 마지막으로 한 번 애타게 그리던 사람을 찾아온다는 바로 그것인가? 인몽은 이경량(李景亮)의 장편소설 『이장무전(李章武傳)』에 나오는 혼백의 말을 떠올렸다.

    은하수는 이미 기울었는데
    영혼은 더 머무르려 하네
    그대여
    한 번만 더 안아주세요
    이제는
    이 세상 끝나도록
    영원히 이별이에요
     河漢已傾斜 神魂欲超越
     顧郎更廻抱 終天從此訣

그러나 인몽은 혼백이 아니었다. 자신의 손바닥에 땀이 배어 있는 것이다. 삼베이불을 밀치고 일어난 인몽의 목이며 가슴은 온통 번들거리는 땀으로 더러워져 있었다.
"나쁜 꿈을 꾸셨나 봐요."
"응? 응……"
"왜 그리 놀라세요. 아휴, 이 땀 좀 봐."
아내는 웃으며 저고리 섶에서 손바닥만 한 무명수건을 꺼내 인몽의 얼굴을 훔친다. 인몽은 눈을 가늘게 뜨고 미간을 찌푸리며 아내가 내민 감주 그릇을 달게 비웠다. 그러나 아직도 아내의 얼굴이 이상한 그림자처럼 보인다.
"날이 더워서 기가 쇠하신 거예요. 비님이 오셔도 이렇게 더우니……"
"여보……"

"네?"

"나쁜 꿈을 꾸었소. 아주 악몽을…… 생각해 보니 지금보다…… 한 5, 6년 훗날인 것 같은데 내가 다시 관직에 나아가 있었소."

"네에? 지금부터 5, 6년 뒤에요? 호호호, 그래, 그러면 무슨 벼슬에 올라 계시던가요?"

"웃지 마오. 하루 낮, 하룻밤 동안의 일이 보였는데 아주 흉흉했어요. 꼭 생시 같았거든. 나는 다시 조정에 등용되어 규장각 대교 노릇을 하고 있고…… 당신은 서학쟁이라고 우리 집안에서 쫓겨나 종적을 모르는 처지가 되어 있었소."

"어머!"

"겨울 아침이었소. 잠에서 깨어나니 장종오가 대궐 안에서 죽어 있었어요. 갑자기 사암 선생이 나타나서 말씀하시길 채이숙 선생이 돌아가셨다더군. 나는 주상 전하 앞에 불려나갔소. 거기엔 내가 채이숙 선생을 죽였다고 모함하는 상소가 올라와 있었어. 나는 온몸이 아프고 열이 났소. 그런데 흉악한 자들이 집에 들어와 나를 말에 태워 납치해 갔소. 사방에서 붉은 구름이 몰려왔소. 아무것도 볼 수가 없었어요. 그놈들의 말에 태워져 정신없이 어디로 달려가는데 당신이…… 당신이 나를 깨운 거요. 도대체 이게 어찌 된 일일까?"

"서방님도 참, 어린애처럼…… 그저 한여름밤의 꿈이잖아요?"

"그저 꿈이라니!"

인몽이 미간을 찌푸리며 벌컥 역정을 내었다.

"정말 생시 같았다니까. 여보…… 한순간의 꿈은 그 사람의 하루와 같아요. 하루는 그 사람의 전생애와 같고. 당신도 점을 치면서 『주역』에서 괘효(卦爻)를 뽑아보았을 거요. 꿈은 그 사람의 전생애의 괘효란 말이오."

"무슨 말씀인지 잘……"

"사람의 살이(生)라는 것이 무엇이오? 아침에 자리에서 일어남은 사람의 태어남이요, 밥을 먹고 존양(存養)함은 학문을 배움이요, 오전에 일을 계획함은 소년의 입지(立志)요, 대낮에 일을 도모함은 청장년의 경업(經業)이요, 일이 뜻과 같지 못함은 노년의 회한(悔恨)이며, 일을 내일로 미루고 잠자리에 드는 것은 자식을 두고 종생(終生)함인 것이오. 사람의 전생애는 하루와 같소. 또 하루에 일어나는 일들은 한 순간의 생생한 꿈과 같소. 왜냐하면 전생애와 하루와 한 순간의 꿈 사이에는 시간의 길이만 다를 뿐 하나의 상사성(相似性)이 존재하기 때문이오."

"상사성?"

"모양이 동일하단 말이오. 인생의 모든 일들엔 극히 작은 하나의 쾌효로 환원될 수 있는 유비(類比)적 동일성이 있다는 것. 이것이 복희씨께서 역(易)을 말씀하신 바탕이었소. 역의 사상이란 이런 원인 때문에 이런 결과가 있다는 말로 인생을 설명할 수 없다는 것이오. 우리의 삶은 마치 밤하늘에 쏘는 폭죽처럼 서로 연관없이 동시다발적으로 벌어지는 일련의 사건들로 이루어지오. 하나의 사건은 그 뒤에 오는 사건들을 전혀 예측할 수 없는 방식으로 변화시키고, 심지어는 완전히 해체시켜버리기까지 하오. 다만 우리가 알 수 있는 것은 그런 사건들 속에 반복되는 우연의 유비(類比)들, 우연의 유비적 조화뿐이오. 물론…… 당신이 믿는 서학의 가르침은 또 다르오."

"그렇군요. 저희 신부님은 그런 말씀을 안 하셨던 것 같아요. 우연이 반복되다니…… 그것도 영원히? 그럼, 천주께서 말씀하신 구원과 영생은 어떻게 되는 거지요?"

이미 친정의 영향으로 독실한 천주교 신자가 된 상아.

상아의 신앙은 복희씨 운운하는 남편의 말을 받아들이기 어려웠다. 우상숭배가 아닌가. 서학서를 읽고 연구하면서도 그 신앙엔 진지하게 몰입하려 하지 않는 남편이 안타까울 뿐이었다.

"서학의 가르침은 사람의 역사가 직선적으로 발전한다고 믿는 데 있소. 말하자면 최초에 원죄가 있었고, 그 때문에 낙원에서 추방되었으며, 상제

(上帝)의 아들 야소(郎蘇)가 그 같은 인간의 죄를 대속하여 죽었고, 야소의 재림과 더불어 죄 많은 역사는 구원되고 믿는 자들은 영생을 얻는다는 생각이오. 그렇지 않소?"

상아가 순순히 고개를 끄덕였다.

"하지만 우리 중화의 사상은 근본적으로 사실주의(事實主義)에 입각하고 있소. 그래서 『논어』를 읽은 사람은 서학의 그런 가르침들이 처음부터 허황하게 느껴지는 것이라오. 사실과 정확하게 부합하지 않는 가설은 우리 중화의 선비들에게 용납되지 않아요. 천지간에 재앙과 상서로움은 수만 가지나 되고 인간의 화복(禍福)은 불분명하여 도저히 알 수 없는 것이오. 어찌 한 가지 특별한 사건과 한 번의 사나운 기운이 바탕이 되어 그 하나하나로 화복에 상응하겠소."

"하지만 서방님께서도 늘 복희씨를 말씀하시고, 우리 왕조는 요순우탕의 지고한 옛 시대로 돌아가야 한다고 하시잖아요. 저는 그런 어려운 말보다 성경의 말씀이 더 알기 쉽고 옳은 것 같아요. 옛 시대와 태초의 낙원이 뭐가 다른가요?"

"물론 우리 중화도 하늘 아래 새로운 것은 없으며, 가장 완전한 아름다움은 옛 시대(古)에 완성된 것이라 생각하오. 공자님께서 『논어』 술이(述而)편에 이르신 〈설명은 할 뿐 새로 짓지 않는다(述而不作)〉는 말은 바로 예로부터 이어온 시대적 지혜에 대한 당대의 겸손을 가르치신 것이오. 그러나 우리가 말하는 옛 시대가 역사의 모든 의미가 환원되는 〈근원〉은 아니오. 성경이 말하는 〈태초〉나 〈원죄〉는 아니란 말이오. 옛 시대란 〈성인이 주재하신 시대〉라는 이념적인 의미일 뿐, 그 완결된 내용은 없는 〈텅 빈 중심〉이오. 지금 우리 전하께서 성왕정치를 천명하시고 옛 시대를 상고(尙古)하시는 것은, 옛 시대를 그대로 재현하는 복고(復古)를 하자는 것이 아니라 옛 시대로 표방된 그 텅 빈 중심, 유비적 조화를 다시 재현하자는 것이오."

"……"

"우리 시대는 이미 어두워지고 있소. 육경을 부정하고, 황극을 부정하는 난신적자들이 빠른 속도로 세력을 키워가고 있소. 그들의 음모는 완성되지 않았지만 그 흉맹한 세력들은 더욱더 커질 것이오. 하루속히 황극이 바로 서야 하오. 황극이……"

인몽은 말을 멈추고 벽에 늘 붙여두는 홍범구주(洪範九疇 : 황극을 중심으로 천하를 통치하는 9가지 방법을 기술한 『서경』 홍범편의 도표 - 역자)의 그림 쪽으로 시선을 돌렸다.

그런데 이게 웬일까?

벽이 있어야 할 곳에는 칠흑 같은 어둠뿐이다. 인몽은 깜짝 놀라 사방을 돌아본다.

그때.

옆구리에 찌르르한 통증이 일어나며 귓전에 거친 사내의 목소리가 들렸다.

"일어나!"

눈을 뜨자 자신을 걷어차고 있는 사내가 보였다.

구재겸이었다. 마치 기억의 저편에서 비쳐오는 것 같은 희미한 광채가 그의 눈에 차갑게 번득이고 있었다.

"여기가 네 집 안방인 줄 아나?"

인몽은 문밖으로부터 불어오는 얼음처럼 찬바람을 느꼈다. 인몽은 잠시 막막한 공포감으로 치를 떨며 아무 생각도, 아무런 움직임도 취할 수 없었다. 그러다가 인몽은 문득 조금 전 자신이 물너미고개(水踰峴)의 주막에 도착하여 봉놋방에 들어왔던 사실을 깨달았다. 고열과 피로에 못 이겨 봉놋방의 벽에 기대었다가 깜빡 잠이 든 것이었다.

그러면 방금 상아를 본 것이 꿈이란 말인가?

인몽은 불안과 의혹의 촉수를 드리우고 사방을 둘러보았다. 역시…… 너무나 현실적인 벽이며 장판, 그리고 저 밉살스런 구재겸의 얼굴이다.

"왜 그래?"

인몽이 목이 메인 소리로 퉁명스럽게 물었다.

구재겸이 뚝배기에 담긴 김이 모락모락 나는 장국밥 한 그릇을 내밀었다. 그냥 이 자리에서 퍼먹으라는 듯 숟가락이 비스듬히 꽂혀 있었다. 인몽의 가슴속에 모래를 끼얹은 듯한 갈등이 일어났다. 입 안에 대번 군침이 괸다. 하루 종일 굶은 창자가 비명을 지르고 있는 것이다. 그러나…… 인몽은 꿀꺽 침을 삼키며 고개를 외면했다. 어떻게 이런 역적놈의 밥을 먹을 수 있겠는가.

"필요 없다!"

"흥, 굶어죽어도 양반이라더니. 사흘 굶은 낯짝을 하고 가리기는……"

구재겸은 뚝배기가 부서져라 탁 놓더니 뒤도 돌아보지 않고 가버렸다. 인몽은 무릎걸음으로 방문 앞까지 가서 걸어가는 그의 뒷모습을 지켜보았다.

이곳은 멀리 명덕산이 바라보이는 물너미고개의 주막.

50명은 족히 될 것 같은 별기대 기마병들이 속속 집결하여 장국밥을 먹고 있었다. 칼과 활, 철포(총)까지 보인다. 호랑이라도 잡을 만한 중무장이다. 이 자들이 모두 명덕산으로? 도대체 어쩌겠다는 것인가. 채제공 선생의 소상에 모인 사람들을 도륙하기라도 하겠단 말인가. 이만한 병력을 동원할 만큼 중요한 문서란 무엇인가? 혹시…… 선대왕마마의 금등지사? 설마. 그것이 왜 이런 곳에?

인몽은 그 바닥에 앉아 무릎에 팔꿈치를 괴고 두 손으로 얼굴을 감싸고는 생각을 정리해 보려고 애썼다. 그러나 그것은 마음뿐. 콧속으로 스며드는 얼큰한 장국밥의 냄새는 도무지 생각이 모이도록 놔두지 않았다. 몸의 마디마디가 참을 수 없이 떨리고 있다. 이마는 땀투성인데 그것이 묘하게 차가웠다. 저거라도 먹으면…… 인몽은 마음을 바꾸었다. 먹어야 한다. 먹어야 이 역적놈들의 음모를 막을 것이 아닌가. 먹어야 충성을 할 수 있다.

인몽은 잠든 아이를 안듯이 조심스럽게 두 손으로 뚝배기를 끌어당겼다.

한 숟가락을 떠넣자 밥이 입 안에서 녹아없어지는 것 같았다. 뜨겁게 데워져 흐물흐물해진 국밥의 파, 건더기들이 산해진미처럼 느껴졌다. 인몽은 국물 한 방울이라도 흘릴세라 정신없이 국밥을 퍼먹었다. 밥알 하나 남기지 않고 게걸스럽게 먹고 나자 인몽은 자신이 새삼 한심해졌다.

인생이란 정말 야릇한 것이야.

하루 세끼 밥을 챙겨 먹으려는 습관의 이 무서운 힘은 어디서 오는 것인가. 스스로의 선택으로 세상에 나온 것도 아니건만 일단 태어난 다음에는 살겠다, 살아남겠다는 맹목적인 의지를 불태운다. 애초에 살겠다는 의지, 그 생의 근원적인 건립이 있고 그 위에 또 나날의 희로애락이 쌓여 생활이 이루어지는 것이다. 이 괴상한 과정들이 반복된 끝에 차츰 습관이라는 것이 나타나고, 뭔가 사람살이의 질서다운 것이 생겨났으리라.

국밥 그릇을 바닥에 내려놓았을 때 인몽은 구재겸을 보았다. 어느새 다시 돌아왔는지 봉놋방 앞 툇마루에 걸터앉아 이쪽을 보며 히죽히죽 웃고 있는 것이다. 인몽은 얼굴이 확 붉어졌다. 그런 인몽을 보고 구재겸은 호기 있는 웃음을 터뜨렸다.

"핫하하, 함포고복(含哺鼓腹)인데 제력하유어아재(帝力何有於我哉)요(내가 배부르고 즐거운데 제왕이란 것이 내게 무엇인가. 「격양가」의 유명한 구절─역자). 핫하하, 인생이란 목구멍에서 시작하여 똥구멍으로 끝나는 거야. 두 구멍 사이에 밥이 좀 차면 그제서야 머리가 움직여 충역이니 뭐니 장식을 달아주는 게 인생이야. 무슨 소린지 알겠나?"

"……"

"너희 남인들은 도대체 뭘 모르는 촌놈들이라…… 그저 명분만 치켜들고 입만 나불거리면 세상이 바뀌는 줄 알거든. 관념에 순사(殉死)한다는 말이 바로 네놈들을 두고 하는 소리지."

인몽은 중얼중얼 태연히 이야기를 늘어놓는 구재겸을 보며 불안해졌다. 이자가 왜 이렇게 여유를 부리고 있을까. 벌써 자정이 넘은 한밤중이다.

그런데도 구재겸은 부하들에게 장국밥까지 돌리며 이곳에서 뭉그적거리고 있는 것이다.

　비관적인 몽상이 머릿속에 검은 날개를 펴기 시작했다. 이 자들은 주상 전하께서 명덕산으로 향하신 것을 모르고 있단 말인가. 뻔히 알면서도 전하의 재가를 받지 않은 병력을 동원하다니. 도대체 뭘 믿고 이렇게…… 그때였다. 말 울음소리가 들리고 주막 바깥이 소란스러워지더니 도포를 입은 구레나룻의 사내 하나가 구르듯이 봉놋방 쪽으로 달려왔다.

　"총관 어른, 도성 안을 수색하고 있는 3초(哨) 4초(哨)와 의금부 사람들에게서 전령이 왔습니다."

　"알았다!"

　구재겸이 고양이처럼 날쌔게 일어나더니 주막 입구를 향해 달려갔다.

　도성 안?

　인몽의 머리에 불안의 가시가 날아와 박혔다. 구재겸의 발소리가 멀어지자 인몽은 맨발로 봉놋방을 나가 겹겹이 싸릿대를 얽어놓은 주막의 울타리로 다가갔다. 몸을 숙여 울타리에 바싹 붙이고 살금살금 입구 쪽으로 다가가자 구재겸의 목소리가 희미하게 들리기 시작했다.

　"아직도 못 찾았다고?"

　"예, 말씀하신 윤유일의 옛집은 물론, 이승훈의 집, 오석충의 집, 정약종의 집, 권철신·권일신의 집, 홍낙민의 집을 샅샅이 수색하였사옵고, 이익운, 정약용, 이가환 등 고관들의 집에는 감시를 붙여놓았습니다만."

　"바보 같은 놈들! 손바닥만 한 도성에서 80명이 하루 종일을 설치고도 그깟 여편네 하나 못 잡다니!"

　"화, 황송……"

　"도성 밖을 벗어난 것은 아니겠지?"

　"그, 그것이……"

　"뭐냐? 너희를 책하지 않을 터이니 바른 대로 일러라!"

"사대문(四大門)에는 각각 감시를 세워 엄중히 수배했사오나 다른 작은 문들에는 미처 손이 돌아가지 않아서…… 하오나 술시 이후에는 틀림없이 모두 닫게 하였사옵니다."

"으음!"

인몽은 그들이 입에 올리는 〈계집〉이 상아란 것을 직감했다. 온몸이 귀가 되어 싸리 울타리 밖으로 향했다.

"바보 같은 놈들! 십중팔구 도성을 벗어났어. 그렇다면…… 여봐라, 종사관(從事官 : 군대 내에 업무를 관장하는 문관―역자)! 종사관!"

구재겸이 다급한 목소리로 주막 안의 사람을 불렀다. 주막 안에서 양태가 좁은 작은 갓을 쓴 중늙은이 하나가 짚신을 거꾸로 신고 부리나케 달려 나왔다.

"부르셨사옵니까?"

"크건 작건 서학에 연루된 남인들의 집은 다 뒤졌다. 그런데도 계집이 없단다. 이건 아무래도 다른 쪽으로 샌 거야. 서학과 관련은 없어도 이인몽의 집안과 친하게 지낸 자들은 누가 있느냐?"

"많지요. 그자는 일찍부터 벼슬살이를 시작해서 비교적 발이 넓습죠."

"이놈아! 그냥 안면을 아는 자들은 빼고, 도성 주변에 비비대면서도 그 계집이 몸을 숨길 만한 집안이 어디냔 말이다."

종사관이 바쁘게 장부를 넘기는 소리가 들리더니……

"이 보고서에 의하면 이인몽의 가문과 절친한 집안은 네 곳입니요. 그나마 요즈음은 서로 왕래가 드물다고 적혀 있사옵니다만. 전 사헌부 장령 이유수…… 관철동 장목교 앞에 살고 있사옵니다. 전 사헌부 지평 홍시제…… 두모포 한강진 나루에 살고 있사옵니다. 전 병조좌랑 윤지눌…… 서대문 앞 쇄문동에 살고 있사옵니다. 진사 유치명…… 세검정 총융청 옆에 살고 있사옵니다."

"유치명? 유치명이 누구야?"

인몽의 가슴이 덜컥 내려앉았다.

"예, 대산 이상정의 손서(孫壻)에, 손재 남한조의 제자라는 자이온데 대과를 치르려고 몇 년 전 상경한 것으로 되어 있습죠……"

"그러면, 안동 촌놈이 아니냐?"

"예? 아, 예. 그렇습죠."

"그놈! 그놈이 수상해. 세검정이라면 4명 가운데 이곳 명덕산과 제일 가깝단 말이야. 게다가 이인몽과 지연 학연까지…… 여봐라! 전령!"

"예."

"종사관이 적어주는 4명의 주소를 들고, 여기 이 유치명이란 놈부터 족쳐봐. 집안식구들을 일일이 확인하고 그 집 주변까지 탐문하도록!"

이 극악한 놈들! 인몽은 몸서리를 치며 몸을 일으켰다. 울타리 너머로 구재겸의 명령을 받고 돌아서는 전령들이 보였다. 그러나 인몽은 금방 자신의 실수를 깨닫고 다시 몸을 수그렸다.

여기서 내가 나서면 저자의 추리가 옳다고 확인해 주는 것이 아닌가.

인몽이 발길을 돌려 봉놋방으로 되돌아가려 할 때 종사관의 목소리가 들렸다.

"저, 총관 어른…… 저희들을 붙들고 이러실 게 아니라 저 이인몽을 족쳐보시면……"

"아니야. 그놈은 어제 대궐에서 숙직을 하고 돌아오자마자 우리에게 잡혀왔으니 아무것도 몰라. 게다가…… 그놈은 잡아 족친다고 입을 열 위인이 아니야. 따로 쓸 데가 있지. 자, 이제 올 것은 다 왔으니 출발하자. 태릉(泰陵) 너머까지는 계속 말을 타고 간다. 모두들 준비시켜라."

종사관과 구재겸이 다시 주막 안으로 부산하게 들어오는 소리가 들렸다.

인몽은 집의 그림자에 몸을 숨기며 재빨리 봉놋방 앞으로 돌아왔다.

아, 어떻게 해야 하나.

치욕을 참고 이곳까지 따라온 보람이 허무하게 끝나는 순간이다. 곧 유치명의 집으로 별기대가 보내질 텐데 그는 아무런 방도도 없었다. 하릴없이 땀만 줄줄 흘리며 인몽은 위험에 처한 아내를 안타깝게 그렸다. 견디기 힘든 절망과 공포에 입 안이 바싹 말랐다. 그런데 그때 주막의 허드렛일을 거드는 떠꺼머리 총각 하나가 인몽의 옆을 바삐 지나갔다. 인몽의 눈에 불이 당겨졌다.

"이보게, 총각, 총각!"

한 손으로 다급히 손짓하며 인몽의 다른 손은 괴춤의 지갑을 끈째로 잡아당기고 있었다.

나직한 폭포 소리 같았다. 아니 어떤 신비스러운 벌레가 우는 소리 같았다. 상아는 설핏 든 잠에서 깨어났다.

진사 유치명의 부인 평산 신씨(平山 申氏)가 방문 앞 베틀에 앉아 있었다. 등잔불에 비친 신씨의 그림자는 장지문에 삼각돛 같은 그림자를 드리우고 있었다. 신씨의 베를 낚는 손이 빠르게 좌우로 움직이는 것이 보였다. 쉬익, 쉬익, 신씨의 손에 들린 북이 베를 지날 때마다 그 벌레 우는 소리가 가물거렸다. 도투마리에 감긴 삼줄기에서 안동포 특유의 좁쌀풀 냄새가 풍겨왔다.

"아우님은…… 살림꾼이야."

"그래 보이, 세 식구 살림이시더. 고향에서 시집살이하던 것에 비하면 이건 아무것도 아이라예."

아직 사투리를 못 삭인 신씨의 소박한 목소리는, 그러나 가늘게 떨리고 있었다. 무슨 불길한 생각이 옥죄어오는 듯 자꾸 장지문 밖을 살피는 기색이었다.

"성님 주무시이소. 하루 종일 기진하시지 않았니껴. 지 걱정은 마시고. 지는 주인 양반이 오실 때까지 베나 낚을 생각이이더."

"같이…… 일어나 있을까. 요즈음은 잠이 들면 자꾸 헛것이 보여서."

"헛것이라고요?"

"우리집 양반이 자꾸 보여."

"호호호, 아이구 뭐라카시노, 이 대교 어른요? 호호…… 그래, 이 대교 어른이 뭐라카시더니껴?"

"나는 벌써 죽었다고, 이미 죽은 사람이라고 말씀하시지…… 꿈에서."

"예에?"

신씨 부인이 놀라 고개를 돌려 상아를 쳐다보았다.

상아는 조용히 고개를 숙인 채 질화로를 응시하고 있다. 새로 지펴놓은 숯불이 빨갛게 질화로 안에서 타오르고 있었다. 숯불을 응시하는 상아의 눈동자는 그 빛을 받아 빨간 석류알처럼 빛난다. 그 눈동자와 어우러진 상아의 야윈 얼굴은 이 세상 사람 같지 않은 귀기를 띠고 있었다. 신씨는 뼛속까지 으스스해지는 느낌이다.

얄궂은 사교를 믿는다더니…… 미친 것이 아닐까.

신씨는 상아를 집에 들인 것을 거듭 후회했다.

상아가 친정 동생의 부축을 받으며 유치명의 집에 나타난 것은 유진사와 신씨가 저녁상을 물릴 무렵이었다. 두 젊은 양주가 당황한 것은 당연하다. 오랫동안 성님 아우님 하며 지냈던 이 대교댁이었으나 무턱대고 반길 수만은 없는 사람이 아닌가. 국금의 서학을 믿어 관에 쫓기고 있는 사람, 개종을 권하는 이 대교를 매섭게 거부한 끝에 가문에서 출처되었다고 알려진 사람이었다. 그러나 두 사람은 차마 상아를 축객할 수 없었다. 그녀의 당장이라도 쓰러질 것 같은 병색 때문이었다.

그러나 상아를 안방으로 안내한 뒤 들은 이야기는 너무 엄청난 것이었다. 전하께서 채제공 대감댁에 맡기신 금등지사의 이야기.

작년 채제공 대감께서 돌아가시자 이를 보관할 책임이 채이숙에게 돌아간 것은 얼추 짐작이 갔다. 그러나 그 어른이 갑작스럽게 형조에 끌려가 돌아가시고, 그 어른이 돌아가시기 직전 금등지사를 숨겨둔 장소를 이 대교

댁에게 알렸으며, 그 금등지사를 찾은 이 대교댁이 노론에 쫓긴 끝에 이 집까지 찾아왔다니…… 오늘 벌어진 일은 소박하게 살아가는 이 부부의 상상을 초월하는 일이었다. 이야기를 듣고 있던 두 사람은 서로 마주보며 몸을 부르르 떨 수밖에 없었다. 그러나 상아가,

"진사 어른, 이것이 전하께서 채 정승댁에 맡기신 금등지사예요. 부디 이걸 명덕산까지 전달해 주세요. 정경부인(貞敬夫人)께 전하시면 부인께서 이 망극한 일을 주상 전하께 주달하실 것이어요."

하며 간곡하게 머리를 숙일 때 신씨 부인은 이것이 끔찍한 부탁이란 것을 직감했다. 남편도 황극지도(皇極之道)에 목숨을 바치기로 맹세한 사람의 하나였다. 아직 젊은 남편이 이토록 중차대한 일을 못하겠다고 할 수 있겠는가. 그러나 상대방은 정3품 동부승지를 지낸 채이숙 어른도 예사로 죽여 없애는 노론. 백면서생인 우리 남편이야……

"알겠습니다."

묵묵히 듣고만 있던 유치명은 그 말 한 마디뿐이었다. 부리나케 의관을 차려입더니 즉시 상아가 내민 보따리를 들고 집을 나가버렸다.

그때가 건시(乾時 : 저녁 8시).

자정이 가까워오는 지금쯤은 명덕산의 채 정승댁에 도착했을 것이다. 만약 도착하지 않았다면…… 그 생각을 하자 신씨는 안타까움에 눈물이 핑 도는 것이었다.

그런 신씨의 속을 아는지 모르는지 상아는 눈을 내리깔고 깊은 생각에 잠겨 있었다. 아니, 비몽사몽간에 넋빠진 눈으로 그저 모든 것을 체념하고 있는지도 몰랐다.

감옥에서 얻은 상처들과 집요한 추적이 가져온 불안과 공포가 그녀의 원기를 다 앗아간 것 같았다. 아, 뜬세상 저리고 아픔이여. 그녀는 오랫동안 예견해 온 운명이 한 걸음 한 걸음 다가오고 있는 것을 느낀다.

물론 사람의 일이란 함부로 절망할 수 없는 것인 줄은 상아도 알고 있다.

절대로 위안받지 못하리라 믿었던 슬픔들도 돌이켜보면 어느덧 기억의 갈피 속에서 빛 바래간다. 아무리 뼈아픈 실패도, 또 아무리 가슴이 터질 듯한 괴로움도, 세월이 가면, 세월이 가면, 모든 것은 저물어가는 노을의 안온함으로 따뜻하게 물들어가는 것이다. 살 수만 있다면, 살아남을 수만 있다면…… 오늘 이 무서운 일들도 그러하리라. 하회별신굿의 가면들처럼 우스꽝스런 몸짓을 하며 낯익은 삶의 얼굴들 속으로 섞여가리라.

그러나 아무래도 이번만은 무사히 넘어갈 것 같지가 않다.

상아는 지금 자신이 물려받은 짐을 감당하기엔 스스로가 너무 왜소하다는 사실을 마음속 깊이 알고 있었다. 이 나라 사직의 존망이 달린 일이라니…… 채이숙 선생의 마지막 말을 떠올리면 머리가 빠개질 것처럼 아파온다. 나같이 하찮은 아낙네가 이런 어마어마한 일에 말려들다니. 그리고 오늘의 이 숨가쁜 도망. 나는 이제 틀렸어. 봄날의 서리처럼 희망이 없어.

상아는 며칠째 밤마다 똑같은 악몽을 꾸고 있었다. 그것은 상아 자신의 죽음을 알려주는 남편의 꿈이었다.

정신을 차려보면 상아는 나무도 풀도 없는 황량한 대지를 헤매고 있다.

주위를 돌아보면 돌풍이 일어나 눈동자를 할퀼 듯이 쏟아진다. 어두운 평원 저편에서 소름 끼치는 통곡 소리, 늑대들의 울부짖는 소리가 들려오고 상아는 겁에 질려 정처없이 앞으로 달린다.

나는 죽은 것일까. 죽어서 말로만 듣던 요단강을 건너온 것일까. 상아는 가슴속에 깃들인 말할 수 없는 어떤 감정에 이끌려 성경을 외기도 한다. 〈주의 살이 나를 찌르고, 주의 손이 나를 심히 누르시나이다, 내가 아프고, 심히 구부러졌으며, 종일토록 슬픈 중에 다니나이다, 내 허리에 열기가 가득하고, 내 살에 성한 곳이 없나이다, 내 심장이 뛰고, 내 기력이 쇠하여, 내 눈의 빛도 나를 떠났나이다……〉 그러면 목이며 가슴이 온통 번들거리는 땀으로 더러워진 남편이 나타난다. 남편의 얼굴은 명부(冥府: 저승)에서 온 사람처럼 해쓱하다. 남편은 의심을 가득 품은 이상한 눈으로 상아를 본다.

"꿈에 당신이 죽는 것을 보았는데……"

"네?"

"당신이 머리를 풀어헤치고 무엇엔가 쫓기고 있었지. 나는 당신을 부르며 달려갔소. 그러자 사방에서 말 울음소리가 들리고 어두워졌소. 나는 당신을 잃어버리고 이리저리 헤매다 어떤 집에 들어갔지. 그 집 마당에는 비가 내리고 있었고, 마당에 등잔불을 단 초롱이 밝혀져 있었는데 흐득흐득 내리는 빗발에 등잔불이 흐릿하게 흔들리고 있었지. 마당 한켠에는 벌써 빗물에 번거름하게 젖은 짚단과 수수깡들이 세워져 있고…… 그 옆에 당신이 죽어 있었소. 온몸에 칼을 맞고 말이오."

남편의 말은 거기서 끊어진다. 어둠이 조수처럼 밀려와 남편을 덮어버린다. 그리곤 뭐라고 기억할 수 없는 무수한 환상들이 걷잡을 수 없이 일어난다. 아, 뜬세상 저리고 아픔이여.

그 답답한 생각들을 떨쳐버리려 상아가 이마를 흔들 때였다.

"마님! 마님! 일어나 기신교?"

상아의 깊은 상념은 갑자기 방문 앞에서 들리는 다급한 목소리에 끊어졌다. 한 호흡 상간에 그 다급한 목소리의 주인공을 깨닫자 상아는 불에 덴 듯이 일어나 방문을 열었다. 툇마루 앞에 아까 인몽의 집에서 도망칠 때 데리고 온 종 장곤이의 새까만 얼굴이 있었다.

"무슨 일이냐?"

장곤이는 볼품없이 깡마른 체구를 벌벌 떨며 우두망찰 서 있었다. 겁에 질려 말소리조차 얼어붙었는지 그저 그 조그만한 쥐눈으로 대문 밖을 눈짓하는 것이다. 그 눈길을 따라 대문 밖을 바라보다가 상아는 가슴이 철렁 내려앉았다. 집 밖 골목 어귀에서 여러 사람의 수군거리는 소리, 말 울음소리, 말발굽 소리가 희미하게 들려오고 있었다.

히이이잉.

말 울음소리는 고요한 밤공기를 타고 크게 울려퍼지며 차츰 가까워졌다. 상아의 옆으로 다가온 신씨 부인은 완전히 겁에 질린 얼굴로 소리 없는 비명을 지르고 있었다.

"서, 성님, 웬 사람들일까요, 이 밤중에?"

"글쎄……"

옷고름을 고쳐 매는 상아의 얼굴도 똑같이 파랗게 질려 있었다. 상아는 다시 방 안으로 돌아가 옷가지와 돈이 든 자신의 보따리를 들고 나왔다. 공포와 긴장이 금방 되살아나 쩌릿쩌릿 핏줄을 타고 흘렀다. 그때 상아의 시선은 횃불의 희미한 잔광으로 드러나는 이 집 마당의 한쪽에 고정되었다. 번쩍하는 섬광과도 같은 충격이 상아의 가슴에 칼날처럼 날아들었다. 보따리를 들고 저고리 고름 앞으로 모아쥔 상아의 손이 바들바들 떨리기 시작했다.

"성님, 왜 그러셔요?"

신씨 부인의 시선이 상아의 그것을 따라 마당으로 향했다.

마당에는 주인 유치명을 기다리는 초롱이 밝혀져 있었다. 바람이 불어 초롱의 등잔불은 흐릿하게 흔들리고 있었다. 상아의 시선이 머무는 마당 한켠에는 그저께 내린 눈이 녹아 번거름하게 젖은 짚단과 수수깡들이 있었다

이럴 수가!

상아는 자신이 심연의 가장자리에 서 있음을 알았다.

마당의 등잔불, 젖은 짚단과 수수깡, 사방에서 들리는 말 울음소리…… 꿈속에서 남편이 보았다는 그 집이 바로 이 집이야!

상아는 이 공포스런 깨달음에 맞서 정신을 잃지 않으려고 애썼다. 눈앞이 어찔어찔하며 반딧불 같은 불빛의 환영이 어른거렸던 것이다. 오, 천주님…… 그러나 잠시 뒤 슬프고 처연한 체념이 떠올랐다.

상아는 입술을 깨물며 흥분을 억눌렀다. 말 울음 소리가 집 앞으로 바짝 가까워졌다. 횃불이 보였다. 대문을 중심으로 담벽 너머의 어둠 속에 붉은

구름 같은 횃불들이 타오르고 있었다.

"아우님, 어서 몸을 피하시오. 저이들은 나를 잡으러 온 사람들일세. 장곤아, 어서 마님을 모셔라."

"네에? 그렇다면 저보다도 성님이……"

"아니야. 아이를 데리고 어서. 늦으면 아우님까지……"

상아가 결연한 표정으로 신씨 부인을 떠밀었다. 잡히면 그 자리에서 죽어! 신씨 부인이 상아의 얼굴에서 그 말 없는 말을 읽었을 때,

"이리 오너라!"

꽝. 꽝. 무슨 몽둥이 같은 것으로 대문을 두드리는 소리와 함께 거친 목소리가 들렸다.

모든 것이 분명해졌다. 신씨 부인은 구르듯이 달려가 4살 먹은 외아들을 들쳐 안더니 안방에 난 작은 문을 열고 버선발로 뒷마당으로 나갔다. 장곤이가 낫으로 울타리 옆을 쳐서 개구멍을 만들었다. 그러나 신씨 부인은 상아를 버리고 가는 것이 마음에 걸려 차마 나가지 못하고 이쪽을 돌아본다. 상아가 어서 가라고 손짓을 할 때,

"냉큼 문을 열지 못할까!"

하는 고함 소리와 함께 식식하는 기분 나쁜 숨소리 같은, 흐릿한 소리가 들렸다. 쇠꼬챙이 같은 것을 집어넣어 대문 옆 울타리를 부수고 있는 것이다. 곧이어 울타리가 요란한 소리를 내며 떨어져나갔다. 상아는 아무 소리 없이 마당의 댓돌로 내려가 신을 찾아 신었다. 이윽고 대문이 열리고 푸른 철릭을 입은 사람들이 마당으로 쏟아져 들어왔다.

"여염집 울타리를 부수고 난입하다니, 이 무슨 화적질이오?"

"닥쳐라! 우리는 의금부에서 나온 사람들이다. 이 집에 서학쟁이 여편네가 숨어 있다는 제보가 들어왔다."

소리를 지르며 상아의 앞으로 나서던 초관이 금방 고개를 갸웃거리더니 손에 든 두루마리를 펼쳤다. 두루마리에는 한지 위에 여인네의 얼굴이 그

려져 있었다. 초관의 날카롭고 냉혹한 눈동자가 그림과 상아의 얼굴을 번갈아 쳐다본다. 그를 에워싼 칼을 든 군인들 역시 그림을 힐끗거리며 집어 삼키기라도 할 듯이 상아를 노려보았다. 상아는 조용히 눈을 감다가 다시 떴다.

"그 아낙이 바로 나요."

유치명의 집에 의금부와 별기대의 무사들이 난입할 무렵 인몽은 수락산 명덕동 입구에 도착하고 있었다.

"하마(下馬)하라! 여기부터 걸어간다."

구재겸이 소리쳤다.

인몽은 어떻게 물너미고개에서 예까지 왔는지 잠시 망연한 느낌이었다. 인몽의 머릿속은 줄곧 하나의 생각뿐이었다. 주막집의 그 총각이 무사히 상아에게 갔을까. 인몽은 그것을 상아가 믿는 상제(上帝 : 하나님)에게도 빌었다. 인몽이 세검정까지 보낸 주막집 총각은 길목을 막고 있는 포졸들에 쫓겨 기겁을 하고 달아나버린 뒤였으나, 인몽은 그것을 모르고 있었다. 지금 인몽이 떨리는 다리에 힘을 주고 있는 것은 그 한 가닥 희망 때문이었다.

명덕동 입구는 한가히 바둑 두는 재미에 〈도끼 자루가 썩는(爛柯)〉 줄 모른다는 난가대. 일행은 몇 명을 난가대에 남겨 말을 맡기고, 경사진 벼랑을 따라 절벽에 늘어진 칡넝쿨을 잡고 올라가기 시작했다.

명덕동은 수락산의 여러 봉우리들이 동그란 고리처럼 에워싸고 있는 4천 평 남짓한 분지이다. 산골짜기 깊은 곳에 위치한 그 동그란 고리에 약간 터진 부분이 있으니 그곳이 난가대에서 동부(洞府)로 들어가는 길인 것이다.

벼랑을 지나자 거대한 나무들이 빽빽이 밀생한 숲이었다. 달이 떠 있지만 나무밑동과 가지가 길 위에 어둠을 내려뜨리며 사람을 위협했다. 얼마 올라가지 않아 인몽은 헉헉거리며 거친 숨을 내쉬기 시작했다. 두 다리가 납덩이 같았다. 길 양쪽의 나무들과 덤불들을 사운대는 찬바람 소리에 눈꺼풀이 저절로 무거워졌다. 인몽은 자신이 마치 깨어날 수 없는 무시무시한 악몽 속을 헤매고 있다는 생각이 들었다.

외로운 짐승이 사납게 울부짖는 듯한 소리가 바람결에 실려왔다. 인몽은 놀라 움찔 걸음을 멈추었다. 그 소리는 높이 올라가다가 낮아지더니 마지막으로 찢어질 듯한 고음을 내고 끝났다. 인몽은 자기 옆으로 걸어오는 구재겸의 소매를 붙들었다.

"구 총관. 나를 이렇게…… 연명헌으로 데려가서 어쩌겠다는 건가? 이유나 알고 가세. 그것도 모르고 이렇게 어적어적 따라갈 수는 없지 않은가."

"허……"

"선비는 많은 말을 하려고 애쓰지 않지만 자기가 하는 말은 반드시 알고, 많은 일을 행하려고 애쓰지 않지만, 자기가 행하는 일은 반드시 자세히 알아서 행한다고 했네."

"『공자가어(孔子家語)』에 나오는 말이구먼. 조오은 말이지."

험상궂게 생긴 이 구재겸이란 사내에겐 의외로 광대 기질이 있었다. 그러나 인몽은 먼 곳을 쳐다보며 짐짓 고개를 끄덕이는 구재겸이 목이라도 조르고 싶을 만큼 미웠다. 그런 눈치를 아는지 모르는지 구재겸은 인몽의 곁에 바싹 붙어서며 인몽의 팔을 끌고 다시 걸음을 옮기기 시작했다.

"임자가 할 일…… 아무것도 없어."

"아무것도 없다니?"

"상갓집에 문상도 안 가봤나? 임자는 그냥 그 집에 가서 문상을 하고, 상주를 만나보고, 거기 온 자네 친구들이랑 만나서 놀면 돼. 나머지는 우리가 알아서 한다."

"그게 무슨 말도 안 되는 소리요! 당신, 정말 이런 식으로 나올 거요!"

그 순간 구재겸과 인몽의 시선은 칼날처럼 번득이며 서로를 꿰뚫는 것 같았다. 그러나 이번에도 구재겸이 물러섰다.

"허어, 정말이라니까 그러네. 임자도 이 모든 횡액이 임자의 내실 때문인 줄은 알겠지? 임자의 내실은 지금 관에서 찾고 있는 중요한 문서를 가지고 있소. 오늘 아침 형조에서 그걸 가지고 사라지는 바람에 지금 온 관아가 발칵 뒤집혔단 말이야."

"관에서 찾는 중요한 문서? 지금 선대왕마마의 금등지사를 말하고 있는 것 아닌가?"

"역시 규장각에 있는 사람이라 감이 빠르구만. 그 미친 개 같은 주상도 오늘 하루 종일 그걸 찾고 있었겠지?"

"아니, 어떻게 집사람 같은 아낙네가 그런 막중한 문서를 가지고 있단 말인가? 당신네들이 뭘 잘못 알아도 한참 잘못 안 것이 아니야!"

"홍, 답답한 양반 같으니. 이왕 이렇게 되었으니 좀 알려주지. 우리는 벌써 7년 전부터 그 금등지사를 찾고 있었네. 그런데 여태까지 우리는 그것이 창덕궁의 어떤 곳에 감춰진 줄 알았지. 7년 전, 주상이 종묘에 있는 정성왕후의 신주 밑에서「삭장동혜사」를 꺼내 보여준 것 때문에 그만 그런 쪽으로 머리가 굳어버린 거지. 그래서 우리는 내시들과 상궁, 나인들을 시켜 창덕궁의 돌맹이 하나, 풀 한 포기까지 샅샅이 뒤졌네."

"……"

"그러나 교활한 주상은 우리의 그런 계산을 훤히 꿰뚫어보고 있었던 거야. 7년 전 채제공의 상소가 올라와 한바탕 소동이 일어난 직후 대궐 안 어디에 숨겨져 있던 금등지사는 채제공의 집으로 옮겨졌어. 1년 전 채제공이 죽자 금등지사를 보관할 책임은 그 상속자인 채이숙에게 같이 상속되었지. 우리는 그런 사정을 불과 한 달 전에야 알았어. 주상이 양위를 단행하여 상왕이 되려는 이제야 말야. 그러니 어떡하겠나? 주상이 수원행궁으로 가서 서울을 비우는 틈을 노려 무조건 채이숙을 잡아올 수밖에."

"짐승만도 못한 놈들……"

구재겸의 말을 듣던 인몽은 지독한 전율을 느꼈다. 그런 사정들을 전혀 눈치도 채지 못하고 있었다는 경악과 함께, 이런 말을 풍문을 전하듯 태연히 말하는 구재겸의 태도에 대한 경악이었다. 나를…… 벨 생각이구나. 쥐도 새도 모르게 죽여서 묻어버릴 작정으로 이렇게 다 말해 버리는 것이리라. 이 찢어죽일 놈들!

구재겸은 인몽의 떨리는 손을 힐끗 보았다. 전율, 꼼꼼한 계산, 공포, 순간적인 살의, 구재겸은 지금 인몽의 가슴속에 교차하고 있는 그런 감정들을 낱낱이 다 간파하고 있었다. 그러나 겉으로는 어디까지나 무심하게 말을 잇는다.

"그런데 일이 참 수월하게 풀리더군. 이거, 없는 죄라도 만들어서 어떻게든 채이숙을 엮어넣어야겠다고 똥줄이 타는 판인데, 채이숙이 제 손으로 꼬투리를 만들어주지 않겠어? 바로 며칠 전 채이숙의 집에 유숙하러 온 사람들이 아무래도 천진암에서 온 서학쟁이들 같다는 거야. 당장 이리로 달려와 채이숙과 그 길손이란 것들을 잡아 처넣었지. 이 명덕산은 완전히 봉쇄해서 그 식구들을 묶어두고 말야. 임자의 여편네는 바로 그때 채이숙과 같이 잡혀온 천진암의 길손이었던 거야."

"으음……"

"그런데 또 문제가 생겼어요. 주상이 수원행궁으로 행차하기 전날 내시감을 통해 우리에게 역정보를 흘린 거야. 금등지사가 규장각에 있다고 말이야. 우리는 정말 미칠 지경이었지. 그 정보를 전해 들은 것은 채이숙을 잡아넣고 난 다음이었으니 말이야. 사실 채이숙이 금등지사를 가지고 있다는 확증도 없었거든. 게다가 본인이 완강히 부인하니…… 어떡하겠나? 이러지도 저러지도 못하고 망설이다가 주상이 수원에서 환궁한 어젯밤에야 장종오를 죽이고 주상이 맡겼다는 그 책을 가져와 보자는 결정을 내린 거야."

"그것이 『시경천견록』이라는 책이었겠지. 그런데 그 책이 금등지사의 원본이 아니란 말인가?"

"모르지, 나는. 그 일은 내시부에서 알아서 한 일이니. 하여튼 금등지사의 원본은 아니야. 그게 원본이라면 대감들이 저렇게 부뚜막에 올라온 물고기처럼 안절부절못할 리가 없지 않은가."

"대체 구 총관이 말하는 그 대감들이란 누군가?"

"쉿!"

구재겸이 인몽을 제지하더니 성큼성큼 행렬의 선두로 걸어갔다. 어느새 행렬이 연명헌이 바라보이는 와룡폭포 상류에 도착한 것이다.

"총관 어른!"

어둠 속에서 도포를 차려입고 큰 갓을 쓴, 그러나 글 읽는 선비 같지는 않은 사람이 허겁지겁 달려나왔다.

"총관 어른, 큰일났습니다."

큰 갓을 쓴 사내는 연명헌 여기저기를 손으로 가리키며 낮고 빠른 귓속말로 구재겸에게 소곤거렸다. 구재겸의 얼굴에도 당황한 빛이 역력했다. 연신 고개를 끄덕이며 사내의 말을 듣고 있던 구재겸은 이윽고,

"2초(哨)는 돌아가 저 보이지 않는 어귀에 잠복하라. 춥더라도 모닥불을 피워선 안 된다. 1초는 3인 1조가 되어 연명헌 안팎 각각 맡은 장소로 잠입하라."

부하들을 돌아보며 단호한 어조로 지시했다.

"한수! 좌상 대감께서 연명헌 본당에 가셨다. 너희 조는 좌상 대감을 호종하라. 그리고 동표! 너희 조는 나를 따라와!"

명령을 받은 40여 명의 무사들이 소리도 없이 산지사방으로 흩어진다. 구재겸은 다시 성큼성큼 걸어와 인몽의 팔을 잡아끌었다. 그는 조금도 망설이지 않고 와룡폭포로 흘러가는 물길을 따라 연명헌 쪽으로 인몽을 이끈다.

"이 대교! 애초에 임자를 데려온 것은 낚싯밥으로 쓰려던 것이었지. 하지만 이제 일이 급박하게 되었으니 아주 확실하게 협조를 해줘야겠어. 자, 나랑 같이 남인들이 모여 있는 곳으로 가세."

낚싯밥?

인몽의 얼굴에 확하고 열기가 올랐다. 인몽도 눈치가 빨랐다. 그 말의 의미가 금방 머리에 와닿았던 것이다.

시간이 이토록 지연된 이상 상아가 금등지사를 다른 인물에게 넘겼을 가능성이 많았다. 그러나 누가 금등지사를 입수했건, 그는 오늘 도성 안의 남인들이 다 모이는 채제공의 소상에 오지 않을 수 없을 것이다. 그렇다면 그자는 금등지사를 넘겨준 상아의 남편이자, 주상 전하의 측근지신인 이인몽을 찾아오지 않겠는가. 이인몽만 끌고 다니면…… 하는 것이 구재겸의 계산인 것이었던 것이다.

그러나 방금 연명헌의 동정을 살피던 부하의 보고는 그 계산을 무색하게 했다.

아무래도 연명헌에 모인 남인들에게 금등지사가 전해진 것 같다는 것이다. 이곳저곳에 흩어져 있던 남인의 중진들이 갑자기 연명헌 본당으로 모였다는 것. 그 보고를 받은 심환지도 본당으로 달려가 억지로 남인들 사이에 끼어 앉았다는 것이다. 일이 이렇게 되면……

"이렇게 되면 금등지사를 주상 전하께 전달하려고 하는 중간에 가로채지 않을 수 없다. 임자는 남인들 사이에 끼여 있다가 자원해서 그 전달의 책임을 맡아야 해. 아무튼 임자는 측근지신이니 말이야."

"어, 어림도 없는 수작을. 주상 전하께서는 이 코앞에 와 계시다. 어디 네놈들의 계산대로 될 것 같으냐?"

"닥쳐! 만약 일이 틀어지면 너의 두 아이 새끼를 죽여 까마귀밥으로 삼겠다! 네놈은 뒤를 기약할 것도 없어!"

구재겸은 도포자락 안에 숨긴 짧은 요도를 흔들며 매서운 살기를 드러내었다. 인몽은 일시 기가 질려 눈을 내리깔았다. 그때 50보도 채 안 되는 거리에 6칸 높이로 솟은 백향루와 적취정, 연명헌이 보이기 시작했다.

연명헌과 적취정은 남인들에게, 멀리 춘성당은 노론과 소론의 드문 문상객들에게 각각 배당되어 있었다. 심환지는 방금 춘성당에서 남인들이 있는 연명헌으로 달려간 것이다.

인몽은 구재겸에게 떠밀리며 연명헌 쪽으로 걸었다.

연명헌의 장원(莊園)은 5동의 건물로 이루어져 있다. 멀리 북쪽 산기슭에 들어선 조촐한 살림집, 그 훨씬 아래 장원의 중심인 연명헌, 연명헌을 마주보고 있는 적취정, 그 옆의 연못 광영지에 들어선 백향루, 그리고 연명헌 서쪽의 복숭아밭을 지나 자리잡은 춘성당이 그것이다. 5동이라곤 하지만 다 팔아도 도성 안에 번듯한 집을 사기 어려울 것 같은 검소한 장원. 이것이 채제공이 56년에 걸친 관직생활 끝에 그 일족에 남긴 재산의 전부다.

30여 년 정승, 판서를 역임하는 동안 채제공이 늙은 부모를 모시고 살던 서울 보은동의 집 매선당은 셋집이었다. 그 집에는 이런 일화가 전한다.

채제공이 우의정에 임명되어 처음 재상의 지위에 오른 정조 12년(1788). 법에 따라 군기시(軍器寺) 소속의 공노비 열 명이 우의정 채제공 댁에 배당되었는데 그 노비들은 모두 그날로 돌아왔다. 재상 댁에서 양식도 부족하고, 재울 방도 없으니 돌아가라고 하더라는 것이다. 군기시 판관(判官)이 하도 어이가 없어 그 보은동 집에 직접 가보니, 정말 손바닥만 한 집에 오갈 데 없는 일가붙이며 곁식구들이 바글바글하더라고 한다. 노비 먹일 양식이 없다는 말이 이해가 가더라는 것이다. 당시 우의정의 녹봉은 1년에 쌀 30석 6두와 콩 16석. 어른 한 사람이 1년에 1석 반에서 2석의 쌀을 먹는다고 계산하면 다른 가용(家用)을 일체 제하고도 20명 정도를 간신히 부양하는 살림이었을 것이다.

그런 채제공이 일흔여섯 살로 은퇴하면서(1795) 살림 일체를 정리하여 장만한 것이 이 궁벽한 산골의 연명헌(戀明軒)이다. 후일 사람들은 그 이름을 곱씹어보고 비장한 느낌을 가지리라. 연명헌이란 〈궁하거나 현달하거나 밝으신 임금을 생각하여, 농사짓고 누에치는 일도 도성 가까운 들에서 하네(窮達戀明主 耕桑亦近郊))라는 시에서 나온 것. 정조의 위태로운 신변이 걱정되어 차마 멀리 안전한 곳으로 은거하지 못했던 늙은 신하의 마음이 애처롭다. 얼마 못 가 채제공의 관직은 추탈되고 자손들은 모진 고초를 겪었으며, 식솔들은 뿔뿔이 흩어져 이곳 연명헌은 완전히 폐허가 될 운명이었으니.

물론 지금 연명헌으로 들어서는 인몽은 그런 미래를 알 리 없었다.

지금 사람들이 북적거리는 연명헌 일대는 여느 대갓집의 소상날에 못지 않았다. 이 밤중까지 남아 있는 사람들도 100명은 넘을 듯싶었다. 방방이 문상객들로 꽉 차 있었는데 이인몽 또래의 연배가 낮은 이들은 차일을 치고 모닥불을 피운 마당까지 밀려와 있었다. 이렇게 많은 사람들에도 불구하고 여느 소상집 같지 않게 장내는 물을 끼얹은 듯 조용했다. 물론 채이숙의 비극적인 죽음 때문이리라. 주상 전하께선 어디에 계실까?

"이게 누구야, 도원이 아닌가?"

연명헌과 적취정이 마주 보고 있는 큰 마당으로 인몽이 들어서자 여기저기서 부르는 소리가 들려왔다. 안동에서 올라온 젊은 영남 남인들이었다. 개중에는 도산서원에서 동문수학하던 어린 시절의 친구들도 있었다. 그러나 인몽은 지금 일일이 예를 차릴 여유가 없었다. 잘못하다간 애매한 사람이 인몽의 등뒤에서 눈을 번뜩이고 있는 자들에게 화를 당할 형국이었다.

그러나 사람들 가운데 좌중을 헤치고 급히 걸어와 인몽의 소맷자락을 잡는 선비가 있었다.

"여보게, 도원이! 어디를 그리 급히 가나? 날세! 나 정원(鼎原)이야!"

"아, 아니, 형님!"

그 총망 중에도 인몽의 얼굴에 반가움이 떠올랐다.

그것은 단순히 오랜만에 만난 반가움뿐만이 아니었다. 자(字)를 정원이라고 밝힌 이 사람의 이름은 김유중(金裕重). 안동 예안의 외내(烏川)에 사는 광산 김씨(光山 金氏)가의 젊은 당주로, 안동 임동의 한들(大坪)에 사는 유치명과 김유중, 그리고 이인몽 세 사람은 모두 엎어지면 코 닿을 거리에 살던 이웃 사람들이었다.

"성백(誠伯 : 유치명의 자)이 혹시 못 보셨습니까?"

인몽은 자기도 모르게 터져나오는 그 말을 억지로 삼키느라 목젖이 크게 움직였다. 인몽의 뒤에 바싹 붙은 구재겸과 그 부하들이 수상쩍다는 듯이 눈치를 살피기 시작했다. 인몽은 기회를 노리며 김유중을 응대하기 시작했다.

"혀, 형님께선 어떻게 이 먼 길을 오셨습니까?"

"사람은 가볍고 예절은 중하지 않은가. 연전에 문숙공(文肅公 : 채제공의 시호)께선 병환 중에도 우리 집안을 위해 글을 써주셨지(채제공이 외내의 광산 김씨가에 대해 쓴 『운암일고서(雲巖逸稿序)』(1783)를 말하는 듯함—역자). 어찌 이만한 예도 갖추지 않을 수 있겠나?"

"그, 그렇군요. 헌데 이 집 상주가……"

"그러게 말일세. 대체 이 경우 바른 가문에 이게 무슨 날벼락인가? 문숙공의 소상날에 그 상주의 초상이라니, 죽일 놈들!"

김유중의 얼굴이 처연하게 일그러졌다. 그의 눈에는 불길이 이글거리고 있었다.

"천도(天道)의 이지러짐이 어찌 이럴 수가 있단 말인가! 하늘이 착한 사람의 편을 든다는 말이 참으로 빈말이로세. 매사에 조신하시고 바른 길만 가며 공정한 일이 아니면 여간해서 화도 내시지 않던 어른이 느닷없이 서학쟁이로 몰려 돌아가시고, 사사건건 작당하여 남에게 못할 짓만 하고 포학을 일삼은 개자식들은 그 부귀영화가 대대손손 이어지다니…… 이런 빌어먹을 세상이 또 어디 있겠나?"

"이, 이를 말씀이옵니까. 하온데 형님……"

얼른 김유중의 말을 끊으며 인몽이 물었다.

"조상(弔喪 : 상주가 문상객들을 만나 조문을 받는 절차)은 누가 하고 있사옵니까?"

"아직 시작도 하지 않았네."

"시작도 하지 않다니요?"

"아직 채이숙 선생의 시신이 도착하지 않았어. 형조에서 오늘 아침에 시신을 찾아가라고 기별이 왔네. 선생의 맏자제가 울며불며 천구(遷柩: 시체를 사당에 옮김)를 하러 서울로 갔는데 가보니 또 사헌부와 사간원에서 사람들이 나와 검시를 해야 한다고 시체를 내주지 않는다는 걸세. 그 어른의 죽음에 의혹이 있다고 말일세. 하루 종일 실랑이를 하다가 날이 저물어 서울로 간 맏이랑 집안 어른들이 오늘밤은 거기서 머무는 모양일세. 지금 상청(喪廳)에는 문숙공의 신위뿐일세. 임시로 둘째손자가 상주가 되어 전제(奠祭)는 벌써 지냈고 조금 이따가 새벽에 소상제를 올릴 걸세."

"정경부인께선……"

"정경부인께선 지금 인사불성이시네."

"예?"

"무리도 아니지. 팔십이 넘으신 노부인께서 이런 횡액을 당하시고 어떻게 신색이 온전하시겠나? 며칠 전에 졸도하셨는데 아직도 신혼(神昏: 의식을 잃음)이신 모양일세."

인몽의 안색이 잿빛으로 변했다.

채제공 선생의 부인 동복(同福) 오씨는 약산(藥山) 오광운(吳光運)의 질녀였다. 약산 오광운은 갈암 이현일과 미수 허목의 사상을 계승하여 1729년 〈강력한 왕권이 각 당파의 강경파(峻論)들을 장악하여 탕평을 추진한다〉는 소위 〈준론탕평〉의 구상을 최초로 제시한 영조시대의 남인 영수. 그의 사상은 다시 번암 채제공에게 계승되어 그 뒤 70여 년간 노론을 견제하는 남인들의 사상적 기반이 된다. 그러니만큼 남인들 사이에 노부인 오씨의 비중은 막대했다. 노부인께서 여기 모인 남인들에게 오늘 일들의 진상을 설파하시면 사태는 급진전한다. 명약관화한 사실이다. 아까 신하들의 만류를 뿌리치고 극구 명덕산에 가겠다고 고집하시던 주상 전하도 결국은 이 노부인을 만나려던 것이 아니었던가. 채제공 선생께 맡겨진 금등지사의 행방도 노부인만은 알고 계실 터이다.

그런데 이 중요한 날에 정경부인께서 인사불성이라니…… 인몽의 기대가 또 하나 좌절되어버린 것이다. 인몽은 입술이 타들어가는 것 같은 초조감을 느끼며 사방을 두리번거렸다. 대체 주상 전하께선 어디에 계신가? 여기 와 계시기는 한 것일까?

그때 인몽의 뒤에 선 구재겸의 신경은 바늘 끝처럼 곤두서 있었다. 그는 지금 부하로부터 중대한 보고를 들은 것이다.

주상 전하가 지금 이 연명헌에 와 있다는 것. 조금 전 장용영의 별시위들과 함께 조용히 찾아와 신분을 숨기고 저 산기슭의 살림집으로 들었다고 한다. 전혀 예기치 못한 사태였다. 대궐로부터의 연락은 구재겸이 인몽의 집 쪽으로 나오면서 끊어졌기 때문이다.

구재겸은 긴장 때문에 입 안의 혀가 돌처럼 딱딱하게 느껴질 지경이다. 물론 시의적절하고 간단명료한 지시를 내리기는 했다. 연명헌 본당으로부터 빠져나가는 남인들을 하나씩 맡아 미행하라는 것이었다. 그자가 주상 전하에게 가려 한다는 확신이 들면 수단과 방법을 가리지 말고 막도록.

그러나 말로 하자면 쉽다. 그 실천은…… 과연 사태가 자기 뜻대로 진행될 것인지. 엄청난 불안이 구재겸을 옥죄어오는 것이다. 지금까지 구재겸은 안절부절못하는 대감들을 보면서도 사태를 낙관하고 있었다.

첫째, 그 상아라는 계집이 잡힐 것이다.

둘째, 만약 잡히지 않더라도 채제공의 소상에서 금등지사를 가진 자를 찾을 수 있다.

셋째, 이도저도 다 못 한다 할지라도 대궐에서 주상에게 접근하려는 움직임을 충분히 통제할 수 있다.

그런데 지금은 첫째, 둘째의 계산이 다 어긋났을 뿐만 아니라, 주상이 몸소 이곳 연명헌까지 나온 지금은 셋째까지도 용이하지 않을 것이다. 구재겸의 광대뼈와 눈은 흥분과 불안을 억제하느라 불그레하게 변해 있었다. 그의 얼굴에는 아까까지의 그 거만한 의지가 한풀 꺾인, 그 단호한 정신이 어디론가 함몰된 것 같은 초라함이 스며들기 시작했다. 불경한 말을 거침없이 늘어놓는 그였지만 주상은 역시 무서웠다. 구재겸은 필사적으로 그 무서움을 삭이며 이 혹독하게 뒤틀린 사태를 곱씹었다.

다만 한 가지 다행한 것이라면 주상이 만나려는 정경부인 오씨의 상태였다. 올해 여든네 살의 고령인 정경부인은 며칠 전 채이숙이 체포되고 집안이 엉망으로 수색당한 수모와 충격 때문에 졸도해 버렸고, 깨어난 뒤에는 노인성 치매 상태를 보이고 있었다.

오늘밤만 무사히 넘겨준다면…… 구재겸은 마음속으로 그것만을 빌었다. 손바닥만 한 도성이 아닌가. 내일이나 모레는 반드시 금등지사를 찾을 수 있다. 금등지사만 찾으면 남는 것은 뒷수습뿐이다…… 그는 불 밝힌 연명헌의 큰방을 쳐다보았다.

문상을 빌미로 찾아온 좌의정 심환지가 지금 그 방에 좌정해 있었다. 금등지사가 남인들 사이에 여론화되는 것을 막겠다는 생각 같았다.

희망이 없는 것은 아니었다. 을묘년(1795)의 실포사건 이후 남인들의 진영은 위축되고 있었다. 채제공의 죽음은 그 같은 흐름을 결정적으로 만들어 남인들은 잇따른 변절자들을 낳았다. 대사간 목만중, 이조좌랑 이기경, 한성부판윤 홍의호…… 지금 저 방에는 노론 쪽으로 전향한 남인들이 같이 있었다. 구재겸으로선 그들이 잘해 주길 바랄 뿐이다.

그렇게 생각들을 정리하며 구재겸이 인몽의 옆구리를 쿡 찔렀다.

"자, 안으로 들어가보지."

인몽은 김유중에게 양해를 구하고 구재겸이 이끄는 대로 연명헌을 향해 걸어갔다. 어두운 연못으로 떨어지는 물방울 소리가 구슬프게 들려왔다. 연명헌이라는 헌호가 걸린 본당에는 촛대를 여러 개 밝힌 방의 장지문에 많은 그림자가 비치고 있었다.

두 사람은 나란히 마루로 올라섰다.

방문을 열자 문짝을 걷어내고 윗방과 아랫방을 틔운 큰 공간에 20여 명의 선비들이 있었다. 인몽의 정반대편 제일 상좌의 보료에 네 노인이 앉아 있었다. 바로 노론과 남인들을 움직이는 네 당파의 수장(首長).

노론 벽파의 심환지.

노론 시파의 윤행임.

영남 남인의 남한조.

기호 남인의 이가환.

그 아랫자리에 이조판서 서용수, 대사간 목만중, 녹암 권철신 등이 앉아 있었고 그 아랫방에 주로 남인들인 30대의 선비들이 앉아 있었다. 노론과 남인들이 이렇게 한자리에 앉아 있다? 인몽은 아랫방의 말석에 끼여 앉으며 무슨 꿈이라도 꾸고 있는 것 같은 기이함을 느꼈다.

아니나 다를까. 방 안에는 폭풍전야와도 같은 긴장이 감돌고 있었다.

구재겸은 방 안의 침묵을 빠르게 간파했다. 이 침묵에는 조금씩 커지고 누적되는, 은은하게 반향되는 흥분이 숨어 있었다.

채이숙의 죽음에 직접적으로 책임이 있는 노론이었다. 또 심환지가 갑자기 들이닥치자 허둥지둥 금등지사를 숨겼을 남인이었다. 서로가 심각한 비밀을 숨기고, 증오와 경멸, 망상과 공포를 곱씹고 있는 침묵의 대치였다.

"표암(豹庵: 강세황의 호)의 그림이구면."

돌연 그 침묵을 깨고 혼자말과도 같은 심환지의 목소리가 들렸다.

인몽이 고개를 들어 바라보니 늙은 거미처럼 웅크리고 앉은 심환지가 오른편 벽에 걸린 그림을 보고 있었다.

"표암의 그림은 좀 고루하지."

"고루하다니요?"

즉시 그 오른쪽에서 조용히 되묻는 사람이 있었다. 성호학파(星湖學派)의 원로 권철신이었다.

"뭘 알고 하는 말이겠소이까만 이 노송만 해도 글씨에 맞추어 그린 그림이야. 벌써 나무둥치를 쳐올리는 필치가 완루하고 농담(濃淡)이 아주 고식적이지 않소? 같은 노송이라도 능호관(凌壺觀: 이인상의 호)의 그림은 역시 다르거든."

좌중의 선비들 사이에 가벼운 흥분이 지나갔다.

"허어, 알지 못할 일이로구나. 역시 상국(相國: 정승)의 눈과 이 포의(布衣: 벼슬하지 않은 선비)의 눈은 다른가 보다. 능호관의 노송이라면 나도 몇 번 본 바 있지만 그 운필(運筆)이 기괴하고 채색이 덕지덕지 중첩을 거듭한 것이 아주 졸렬하던걸."

심환지가 눈을 치뜨고 권철신을 바라보았다.

"아주 독창적이다 보니 그런 거지."

권철신도 지지 않았다.

"능호관의 「구룡연」은 청나라 홍인(弘仁)의 「산수도」 「현애독수(懸崖獨樹)」와 아주 비슷하다지. 거의 베낀 거라고 할까."

이쯤 나오면 어지간한 심환지도 참지 못하리라. 좌중에 앉은 모두는 한편으로는 조마조마해 하며, 또 한편으로는 재미있어 하며 심환지를 쳐다보았다. 노론과 남인 사이의 신경전이 엉뚱하게 그림 품평으로 바뀐 것이다.

노론과 남인의 사상적 차이는 그림에서도 나타난다. 남인들은 어디까지나 서화일치(書畵一致)를 고집하며, 물화(物畵)를 배격하고 심화(心畵)를 옹호하는 정통적인 예도(藝道)관을 취하고 있다. 반면 노론은, 보다 더 물질적이고 현실적인 묘사에 노력하며 물화의 자립적 가치를 인정한다. 노론은 겸재 정선의 진경산수화를 추켜세우는데, 그것은 〈동국진경(東國眞景)〉, 즉 조선의 고유한 풍경을 사실적으로 묘사한 물화도 분명한 이념이 있다는 생각이다. 그 이념이란 다름 아닌 조선중화(朝鮮中華) 사상. 명나라가 망하고 〈짐승 같은〉 청나라가 들어선 뒤 중국에선 중화의 문물이 사라졌으며 오직 조선만이 그 맥을 계승 유지하고 있다는 꿈 같은 문화적 우월감이었다.

물론 이 같은 노론과 남인의 차이는 추사(秋史) 김정희라는, 딴소리를 용납하지 않는 대가의 출현으로 무의미해져 버린다. 그러나 이 무렵 조선 화단의 주류는 어디까지나 정선, 조영석, 이인상으로 대표되는 노론 계열에 있었고 거기에 대해 소론의 강세황이 은근히 대치하고 있었던 것이다. 그런데 지금 권철신은 강세황을 옹호하며 노론 화단의 대표주자로 알려진 이인상의 그림을 공격하고 나선 것이다. 그러나 좌중들이 은근히 웃음을 베어물며 심환지를 주시할 때 불현듯 인몽의 머릿속을 치고 지나가는 생각이 있었다.

이건 아무래도 심환지의 술수에 말려드는 것이 아닌가.

일부러 엉뚱한 논란을 일으켜 채이숙의 일로부터 사람들의 주위를 떼놓으려는 것이라면…… 그런 생각을 한 것이 인몽만은 아닌 것 같았다.

"녹암 선생! 말씀이 지나치십니다!"

권철신을 꾸짖는 쩌렁쩌렁한 목소리가 심환지의 옆에서 울렸다. 이가환이었다.

"일부러 문상을 와주신 좌상 대감께 그 무슨 결례이옵니까. 더구나 오늘은 채제공 선생의 소상에, 그 자제이신 이숙의 불상사가 생긴 날이오이다. 마침 좌상 대감께서도 오셨으니 시급히 오늘의 불상사부터 논의해야 할 줄로 압니다."

장내에는 다시 쥐죽은 듯이 조용해졌다. 그때 이가환의 옆에 있던 남한조가 조용히 입을 열었다.

"정헌(貞軒 : 이가환)의 말씀이 옳습니다. 시생은 헛되이 나이만 먹은 촌사람입니다. 자질이 아둔한데다 지금 일신이 서산에 기울어가는 해와 같아 여러 족하(足下)들의 심중을 밝게 헤아리기 어렵습니다. 허나 오늘 이 문숙공 가문의 일에 이르러서는 한 말씀 드리지 않을 수 없습니다. 대체 문숙공이 어떤 분입니까. 공은 돌아가셨으되 그 끼치신 공렬(功烈)의 뻗어 있는 은덕은 진실로 사직이 의지하는 바입니다. 선왕의 지우를 맺어 벼슬길에 오른 이래, 안으로 간당의 책동을 징치하시고 밖으로 임금의 선화(宣化)를 널리 펴시어 서북과 삼남을 편하게 하셨습니다. 공의 공렬과 충성은 임금의 칭찬이 되고, 나라의 보배가 되며, 태상의 기록이 되어 밝게 빛나나니, 진실로 일언반구 군소리를 용납하지 않는 것입니다."

"허엄, 험!"

심환지가 속이 뒤틀린다는 얼굴로 헛기침을 했다. 그러나 남한조는 아랑곳하지 않고 말을 이었다.

"그런데 그 문숙공의 집안에 일시 서학의 혐단이 있다 하여 무단히 들어와 집을 뒤지고, 그 유자(遺子)와 식솔들을 잡아갔을 뿐만 아니라, 형조의 감옥에 가두어 나무칼과 차꼬를 채우고, 매를 치고, 급기야 동뇌(凍餒 : 얼고 굶주림)하여 죽게 만들다니! 이게 무슨 하늘이 무너지고 땅이 꺼지는 소리이니까? 이게 어느 나라에서 일어난 일이오이까? 짐승만도 못한 오랑캐 땅에도 이런 무도한 일은 없습니다. 선대왕께서 이르시되 〈관리는 심한 추위와 큰 더위에 얼고 굶주리고 병들어 비명에 죽는 죄인이 없도록 해야 할 것이니 이를 게을리하는 관리는 엄히 규찰하여 치죄하라〉고 하셨습니다. 시생은 이에 더 구구히 붙일 말이 없소이다. 우리는 그 형조판서 이조원이란 놈을 잡아 선대왕의 법대로 엄히 치죄하도록 하고, 이 사건의 진상을 규명해야 할 것입니다."

먼발치에서 남한조의 서릿발 같은 주장을 듣던 구재겸은 식은땀이 주르륵 흘렀다. 저런 소리가 마구 나오게 하다니! 대체 우리 쪽 사람들은 뭘 하고 있는 것인가. 그러자 그 무언의 독촉을 듣기라도 한 듯 심환지의 옆에 있던 대사간 목만중(睦萬中)이 몸을 앞으로 내밀었다.

"손재(損齋) 선생님! 말씀하시는 뜻 이해가 가옵니다. 하오나 선생님, 나라가 법을 집행하는 데는 후박(厚薄)이 있을 수 없사옵니다. 문숙공의 공렬과 충성을 누가 모르겠습니까마는 그 지친(至親)과 절인(切姻)이라 하여 나라에서 금하는 서학을 비호해도 괜찮다는 말씀은 이치에 닿지 않사옵니다."

"비호? 비호라니! 이마두(利瑪竇: 마태오 리치)의 책을 몇 자 읽은 걸 가지고 그 무슨 말 같잖은 소리! 나이 젊고 새로운 학문에 뜻을 둔 사람으로 서학서 좀 읽지 않은 자가 어디 있단 말이오! 그런 걸로 전부 옥고를 치러야 한다면 여기 이 늙은이부터 잡아가시오!"

남한조는 자기 옆에 있는 목침을 들어 방바닥을 두들기며 으르렁거렸다. 일흔이 가까워오는 그의 흰 수염이 흥분에 못 이겨 부들부들 떨렸다.

상주의 의령 남씨(宜寧 南氏) 출신으로 대산 이상정의 제자였던 남한조. 그는 보수적인 영남 남인 중에는 보기 드물게 서학을 연구했던 사람이다. 『손재문집(損齋文集)』 권12에 나오는 장편의 논문 「안순암이 천주학에 대해 질문한 것을 변론함(安順庵天學或問辨疑)」 「성호 이익이 『천주실의』에 대해 논한 것을 변론함(李星湖天主實義跋辨疑)」은 그 같은 연구의 결실이다. 물론 표면적으로는 서학을 비판하는 입장을 취했으나 그 관심의 범위로 미루어보아 서학에 대해 상당한 이해와 공감을 가진 사람이었다. 이 노인의 서슬 퍼런 기세에 목만중이 하얗게 질려버렸다.

"소, 소인은 어디까지나 법이 그렇다는 말씀을 드린 것입니다. 그리고 나무칼과 차꼬를 채우고, 매질을 했다는 말씀도 사실과 다르옵니다. 감히 누가 그만한 죄를 가지고 이숙에게 그런 악형을 가하겠습니까? 이숙이 감옥에서 죽은 것에는 다른 사정이 있사옵니다. 저희 양사에서 이숙이 죽었다는 말을 듣고 깜짝 놀라 실상을 조사한즉, 여기에 서학쟁이들의 농단이 개입되어 있습니다."

"그만두게!"

상좌에서 쩌렁쩌렁한 호통이 터져나왔다. 그러나 그것은 남한조 선생이 아니라 심환지의 목소리였다.

"대사간은 뭘 잘했다고 부득부득 나서는 게야!"

방 안이 물을 끼얹은 듯이 조용해졌다.

"채이숙이 옥중에서 죽은 일은 이유 여하를 막론하고 형조의 잘못. 그를 잡아가 투옥한 형조의 당상관들은 당연히 이 일에 책임을 져야 할 것 아니오. 뻔한 일을 가지고 자꾸 왈가왈부하지 마시오!"

이렇게 목만중을 닦아세운 심환지는 다시 고개를 돌려 남한조에게 공손하게 말했다.

"손재장(損齋丈)께선 너무 노여워 마시오. 사소한 일 하나도 그냥 넘기지 못하는 것이 저희 벼슬아치들의 버릇이지요."

심환지가 얼굴을 한껏 부드럽게 하여 고개를 조아렸다. 그런데 인몽이 심환지의 그 보기 드문 모습을 좀 자세히 보려고 목을 뺄 때였다.

갑자기 오른쪽에서 인몽의 소매를 끌어당기는 젊은 선비가 있었다. 짙은 눈썹에 약간 까무잡잡한 얼굴, 순하게 생긴 작은 눈을 가진 선비였다. 인몽은 깜짝 놀랐다.

바로 유치명이었던 것이다.

도대체 언제 와서 끼여들었는지 유치명이 인몽의 옆에 앉아 있는 것이다. 인몽은 손을 들어 다급히 그의 말을 막으며 왼쪽에 앉은 구재겸의 눈치를 살폈다. 구재겸은 흘깃 두 사람을 보더니 다시 윗방으로 주의를 돌렸다. 하긴 구재겸이 유치명의 얼굴을 알 리 없었다.

유치명은 얼른 눈치를 채고 고개만 끄덕이더니 인몽의 손을 가볍게 잡았다 놓았다. 그리고 조용히 무릎걸음으로 밖으로 나갔다.

인몽의 손에는 유치명이 쥐어준 조그마한 종이쪽지가 남아 있었다.

눈 깜짝할 사이였다. 인몽이 다시 주위를 살피며 이마의 땀을 훔칠 때에야 심환지에게 대답하는 남한조의 목소리가 들릴 정도로 순식간에 일어난 일이었다.

"노여워하고 말고도 없소이다. 그런데 서학쟁이들의 농단이라니? 대사헌의 말씀은 누굴 가리키는 거요."

"아, 그 같은 말이 있어서 지금 양사에서 조사중인 모양이외다. 아직 확실한 일이 아니니, 이런 곳에서 함부로 거론할 수 없습니다."

심환지는 이렇게 말을 잘라버리고 웃음을 터뜨렸다.

"하하하, 시생은 오늘 손재장을 처음 뵙는데 결례가 말할 수 없습니다. 옛 시대에는 선비들의 만남에 격식이 있었습니다. 처음 만나는 선비들은 『시경』에서 적당한 시를 찾아 노래를 불러 그 시적인 비유로 대화를 나누었습니다. 이것을 부시(賦詩)라고 하지요. 부시는 근본적으로 다른 시의 문장을 차용한 것이니, 말하고자 하는 바가 부드럽고 완곡했습니다. 요즘 선비들은 그런 것을 몰라 걸핏하면 말싸움으로 낯을 붉히니 얼마나 안쓰러운 일입니까? 하하하, 손재장, 저를 봐서 이 사람을 용서하십시오."

심환지의 부드러운 말에 남한조는 순순히 고개를 끄덕였다. 역시 그는 평생 경학(經學) 연구에만 전심한 고지식한 학자였다. 심환지의 복잡한 심계(心計)를 모르는 채 진심으로 낯을 붉혔다.

"아니올시다. 듣고 보니 이 늙은 것이 나잇값도 못 하고 화를 내었습니다. 대사간은 너그러이 용서하시오."

그러자 심환지의 눈에 빛이 번득였다.

"이 방에 들어오기 전에 얼핏 밖에서 들으니 여러분도 바로 그 옛 시대의 일을 말씀하시는 것 같았습니다만……"

심환지가 하는 말의 복선을 알아차린 것은 이가환이었다.

"아, 아니옵니다. 그저 저희끼리 하는 객소리였습니다."

"허허, 무슨 겸손의 말씀을! 틀림없이 부시에 대한 이야기였던 것 같습니다. 과연 부시와 같은 것은 아름다운 제도나 주나라의 도가 끊어진 뒤로는 완전히 사라져 시행되지 않으니 안타까운 일입니다."

"부시가 완전히 폐지된 것은 아니지요."

"허나 요즘 같은 때에 부시를 읊는다면 무슨 소용이 있겠습니까? 부시는 『시경』의 문장으로 자신의 뜻을 읊음이니 정확히 무슨 말인지 알 수가 없지요."

"그것은 경우에 따라 다르겠지요."

좌중의 선비들은 두 사람이 무슨 뜬구름 잡는 소리를 하는지 모를 지경이었다. 조금 전까지 살기등등하게 채이숙의 죽음을 논책하다가 갑자기 엉뚱하고 케케묵은 『시경』이야기로 빠지고 있는 것이 아닌가. 그때 때마침 이가환이 아랫방의 선비들 쪽으로 고개를 돌렸다.

"자, 밤이 깊었네. 그만들 적취당으로 물러가 쉬게."

사실 아궁이를 활짝 열어놓은 방은 구들장에서 군고구마 타는 냄새가 날 만큼 따뜻했다. 아까부터 꾸벅꾸벅 졸음을 참고 있던 선비들은 그 말을 듣자 다투어 일어나 공손히 윗방에 읍(揖)하고 방을 나갔다. 윗방의 노인들을 모시고 있는 3, 4명을 빼고는 모두 일어서는 것 같았다. 그러자 구재겸이 선비들에게 섞여 앉아 있던 부하들을 눈짓하며 그들을 따라나갔다.

이 틈을 놓칠세라 인몽은 재빨리 유치명이 주고 간 쪽지를 폈다. 쪽지에는 네 글자가 적혀 있었다.

와룡폭포.

연명헌의 북서쪽에 있는 와룡폭포. 거기서 기다리겠다는 뜻이었다.

그때 이가환의 목소리가 들렸다. 인몽은 재빨리 쪽지를 감추고 이가환의 말을 경청했다.

"부시는 비록 고대의 형식이나 군왕의 경우엔 오늘날에도 가능합니다. 왜냐하면 먼저 군왕이 있고 이후에 노래가 있기 때문이옵니다. 바람(風)이 천하를 가매 사람에 부딪혀 울리는 것을 노래(謠)라 하나니 그 울림의 근원은 바람에 있습니다. 바람이 무엇이옵니까? 이는 군왕께서 아래를 교화하시는 바람, 즉 군왕의 풍화(風化)요, 군왕의 풍교(風敎)요, 군왕의 풍속(風俗)입니다. 맹자께서 이르시기를 〈위에서 좋아하면 아래에서는 더욱 심하게 좋아하나니 군왕의 덕은 바람이요 소인의 덕은 풀이라. 바람이 풀 위를 스치면 풀이 반드시 쓰러지나니라〉하셨습니다. 『시경』의 많은 시들이 비록 주나라 저잣거리의 비속한 노래들이나 그 나름의 아름다움과 천진함이 있는 것은 그것이 군왕의 교화에 따라 울려퍼지는 메아리이기 때문입니다. 따라서 군왕이 세상의 교화를 위해 부시를 읊으시는 것은 오늘날에도 얼마든지 가능하고 있을 수 있는 일입니다."

그러자 심환지의 옆에 앉은 서용수가 은근한 웃음을 띠며 이가환에게 물었다.

"정헌 선생께서 그토록 자신있게 말씀하시는 것을 보니 어디선가 그런 부시를 읽으신 모양입니다?"

"워, 원 천만에요. 시생은 그저 이치가 그렇다는 것이지요."

"소생의 생각은 정헌 선생의 말씀과 다릅니다. 선생은 군왕이라면 언제 어느 시대든지 어떤 형식을 차용하여 이야기해도 그것이 다 교화가 된다는 말씀이 아니옵니까? 허나 지금은 주자의 가르침이 있습니다. 무엇 때문에 지금의 군왕이 정연한 의리를 들어 말씀하지 않고 구태여 다 떨어진 『시경』의 시를 부(賦)할 필요가 있겠습니까?"

"그 말씀은 좀 과하신 듯합니다."

"주나라의 도가 쇠퇴하고 공자 맹자께서 세상을 떠나시자 유가(儒家)의 전통은 끊어졌었습니다. 진시황 때는 유가경전이 모조리 불태워졌고, 뒤이은 진승, 오광의 난에는 유가들이 모두 반란에 가담했다가 도륙당했습니다. 하여 한나라 때는 황제(黃帝) 노자(老子)의 사상이 유행했고, 진(晋)·송(宋)·제(齊)·양(梁)·위(魏)·수(隋)·당(唐)·송(宋) 시대엔 불교가 흥성하였습니다. 그동안 유가를 자처하는 자들은 양자(楊子)로 흐르지 않으면 묵자(墨子)로 흐르고, 황제 노자의 설에 흐르지 않으면 불가의 설에 흘러 이단의 사설(邪說)에 속속들이 오염되었던 것입니다. 『시경』이 비록 『서경』보다는 믿을 만하다고 하나 이런 탁류를 거쳐온 시들이 어찌 고인의 뜻을 신실하게 드러내고 있으리이까? 하오니 군왕이 구태여 『시경』의 여러 천박한 시들을 자신의 입에 올릴 이유가 없지 않사옵니까?"

아무리 노론이라지만 『시경』을 이토록 비하하는 사람은 없었다. 서용수의 이 오만하기 짝이 없는 『시경』 해석은 물론 노리는 바가 있어서 하는 말이다. 바로 남인들을 격탕시켜 선대왕의 금등지사를 알아내려는 것이다. 과연 아까 이가환에게 면박을 받았던 권철신이 더 참지 못하고 입을 열었다.

"요즘의 경박한 선비들 중에는 『시경』의 시들은 저잣거리의 백성들이 부르던 천한 노래들이니 그저 비루하다고 생각하는 자가 많소. 흥, 어디 저잣거리가 따로 있고 드높은 옥당의 자리가 따로 있는 것이오? 저나 내나 쥐뿔도 없는 서민의 집에서 태어난 주제에 그저 사서나 좀 읽었다는 이유 하나로, 스스로 저잣거리와는 당최 인연이 없는 고상한 족속이겠거니 착각하는 것이지요. 먹물이 들어도 좀 바로 들어야지! 그런 식자(識者)의 말류(末流)들이 임금과 백성의 사이에 끼여들어 스스로는 날 때부터 별난 놈인 것처럼 자처하는 것이 우리나라의 제일 큰 병폐요. 명·청에서 수입한 외국의 소설이나 흉내내어 당최 알아듣지도 못할 난삽한 문장이나 읊조리며 고상한 척 거들먹거리니 참으로 돼지가 방귀 뀔 일이오."

"끄으응!"

서용수가 눈을 부라리며 신음을 토했다.

권철신은 자신이 좀 심한 것이 아닌가 알고 싶은 듯 힐끔 이가환과 남한조의 눈치를 보았다. 그러나 이번에는 두 사람 다 눈을 꿈벅했을 뿐 태연히 앉아 있었다. 그 깜박임은 그렇게 계속 세게 나가야 한다는 뜻인 것 같았다.

"그 밥버러지들이 가만히나 있으면 밉지도 않겠소. 부지런히 세도가의 술자리를 찾아다니며 음풍농월로 소일하면서 군자니 현자니 끼리끼리 추켜주고 벼슬을 얻어 챙기지 않소? 도대체 숨은 군자니, 뭐니 하는 것이 무슨 귀신 씨나락 까먹는 소린가요. 술 퍼마시며, 기생들 주무르며, 열심히 서로 추켜주다 보면, 원님 덕에 나발 분다고 자기도 묻어서 숨은 현자가 되는 거요."

"그만두시오, 녹암 선생!"

"못 그만두겠소."

권철신은 코털을 만지작거리며 말을 이었다.

"모름지기 아조의 왕정이 피폐해진 것은 환관, 외척과 결탁하여 정권을 장악하고, 왕명을 두려워하지 않는 세경(世卿:세도가)들 때문이오. 도대체 세경의 힘이 왜 이토록 강하게 되었소. 좋은 가문 출신이라느니, 사림의 명망이 높다느니, 군자라느니, 현자라느니 하며 기를 쓰고 조정에 자기 사람을 심었기 때문이오. 이런 이치를 아신 주상 전하께서도 청선(淸選:이조정랑, 예문관 검열 등을 사림의 공의를 모아 추천으로 임명하는 제도)을 폐지하려 하시지 않소. 세경을 뿌리뽑으려면 과거를 엄정하게 시행하고 모든 관리를 과거로 뽑는 수밖에 없어요."

"그만두시오, 녹암!"

대단히 침착하고 심계가 깊은 서용수였다. 그러나 그런 그조차 권철신의 무지막지한 야유에 그만 이성을 잃어버린 것이다. 남인들을 격탕시키려다가 오히려 자기 자신이 달아오른 것이었다.

"선생이 그따위 엉뚱한 소리를 늘어놓는 그 꿍꿍이속을 누가 모를 줄 아시오!"

"꿍꿍이? 꿍꿍이? 네, 이, 노오옴! 선비는 죽일 수는 있어도 욕 보일 수는 없다 했거늘. 얻다 대고 그따위 말을 지껄이느냐!"

늙은 권철신이 팔을 걷고 일어섰다. 옳거니 잘됐다. 이 기회에 이 노론의 훼방꾼들을 전부 쫓아버리고 말겠다는 태도였다. 그러나 심환지가 급히 몸을 일으켜 그런 권철신을 가로막았다.

"녹암 선생, 죄송하오. 죄송하오이다. 제발 고정하시오. 모두 이 늙은이가 미력한 탓이오. 이 늙은이가 대신 사과하겠소이다."

좌중의 늙은 원로들은 눈이 휘둥그래지고 말았다. 노론 중에도 골(骨)노론이라고, 깐깐하고 괴팍하고 자존심 강하기로 소문난 심환지가 아닌가. 그런 심환지가 위신도 체면도 팽개치고 권철신에게 머리를 조아리고 있는 것이다. 권철신도 그만 기가 질려 다시 주저앉아 버렸다.

"긴한 이야기가 있으니, 모두 물러가라."

이번에는 심환지가 아랫방에 남은 선비들에게 말했다.

인몽들은 모두 분분히 일어나 아랫방과 윗방 사이를 터놓았던 방문짝을 다시 붙였다. 그리곤 모두 군소리없이 마루로 통하는 문을 열고 방 밖으로 나갔다. 심환지는 방 밖으로 나가는 젊은 선비들의 발소리를 일일이 확인한 뒤 엄숙한 얼굴로 입을 열었다.

"사실은 여기 계신 여러 원로들께 툭 털어놓고 상의드릴 것이 있소이다."

그리곤 또 잠시 침묵이 흘렀다.

심환지는 노론 시파의 영수 윤행임을 쳐다보았다. 이 혼란스런 좌석에서 유일하게 한 마디도 하지 않고 있던 윤행임이 심환지를 향해 고개를 약간 끄덕였다.

"알고 계신지 모르겠습니다만…… 오늘 규장각에서 검서관 장종오가 죽었습니다. 평소의 신병 때문에 자다가 급사를 만난 것입니다. 그런데 그 자의 시체 곁에서 이런 공책이 발견되었습니다."

심환지는 곁에 놓아두었던 보자기를 풀고 한 권의 공책을 꺼내었다. 한지를 삼끈으로 묶어 만든 그 공책은 오늘 아침 인몽이 보았던 바로 그것인 것 같았다.

"그게 뭡니까?"

이가환이 냉랭하게 물었다. 뭔가를 짐작한 표정이었다.

"겉장에는 「시경천견록고」라고 씌어 있습니다. 『시경천견록』에 대한 고람(考覽)이란 뜻이겠지요. 이 공책을 펼쳐보면…… 세 가지 책을 발췌한 대목이 있습니다. 제가 읽어보지요."

심환지가 이가환을 날카롭게 쏘아보며 공책 앞부분을 읽기 시작했다.

"첫 번째 대목은 『논어』 자로(子路)편 제5절이오. 〈시 300편을 외우고도 정무를 맡아서 통달하지 못하고, 사방에 사신으로 가서 홀로 응대하지 못

한다면 비록 시를 읽었다고 해도 무엇에 쓰겠느냐?〉

두 번째 대목은 『춘추좌전』 양공(襄公) 19년조이오. 〈노나라의 계무(季武)가 제나라를 정벌할 때 진나라가 군대를 보내준 것에 감사하고자 진나라엘 갔다. 진나라에선 그를 위해 잔치를 베풀었다. 이때 진나라의 재상 범선자(范宣子)가 「기장의 새싹(黍苗)」이란 시를 노래했다. 노래를 듣던 계무는 자리에서 일어나 머리를 조아리며 두 번 절했다.〉

세 번째 대목은 『국어』 진나라편, 노희공(魯僖公) 23년조이오. 〈자여(子餘)가 공자 중이(重耳)를 데리고 진(秦)나라로 갔다. 이들은 진나라의 방백(方伯)인 목공을 알현하게 되었다. 자여가 공자 중이로 하여금 「기장의 새싹」이라는 시를 노래하게 하자 진백은 「뻐꾸기 나르네(鳩飛)」라는 시를 노래했다. 공자가 「강물(河水)」이라는 시를 노래하자 진백은 「6월(六月)」이라는 시를 노래했다. 이에 자여는 공자로 하여금 댓돌에 내려서서 절하게 했다.〉 정헌은 이 인용문들이 뭘 의미한다고 생각하시오?"

"글쎄올습니다. 저 같은 천학비재(淺學非才)가 어찌……"

"그렇다면 내가 알려주리다. 이것은 모두 주나라 때부터 공자님 시대까지 쓰이던 부시에 대한 이야기요! 그 뒷장을 읽어보리까? 그 뒷장엔 『시경』 빈풍편에 나오는 시, 「올빼미」가 전문 인용되어 있소. 물론 여러 석학국사(碩學國士)들께 일일이 읽어드릴 필요는 없겠지. 이것뿐이었다면 우리도 아마 감쪽같이 속았을 게요."

심환지의 어조는 아까 권철신에게 애원할 때와는 전혀 딴판으로 격앙되어 있었다.

과연 세 인용문들은 모두 부시에 관한 기록이었다.

주나라 이후 춘추전국시대까지 나라와 나라 사이의 외교는 부시로 이루어지고 있었다. 말하자면 다른 나라의 손님이 오면 이쪽은 잔치를 베풀어 환영한다. 잔치가 벌어지면 먼저 손님은 자신이 온 까닭을 적절한 『시경』의 시를 빌려 노래한다. 그러면 이쪽에서도 그 대답을 적절한 『시경』의 시를 빌려 노래한다는 식이다.

때문에 『논어』 자로편의 제5절처럼 〈정무를 맡거나〉 〈사방에 사신으로 가 홀로 응대하기〉 위해서는 먼저 시 300편을 외워 적재적소에 인용할 수 있어야 하는 것이다.

세 번째 대목의 『국어(國語)』 진나라편을 보자.

훗날 진 문공(文公)이 되는 진(晉)나라의 공자 중이(重耳)는 이 『국어』에 나올 당시엔 오갈 데 없는 유랑객이었다. 계모인 여희(驪姬)의 모함으로 조국을 떠난 뒤 무려 18년 동안 망명생활을 하고 있었던 것이다. 이 초라한 나그네가 이듬해 진나라를 수복하고, 불과 5년 뒤엔 강대국 초(楚)를 격파하여 천하의 패자로 군림하리라고 누가 짐작이나 하였을까. 끝까지 주군을 버리지 않았던 늙은 충신 자여(본명은 조사:趙衰)는 마지막 한 가닥의 기대를 품고 공자 중이와 함께 진(秦)나라로 간다.

진백을 만나자 중이는 먼저 『시경』 소아(小雅)편의 「기장의 새싹」을 노래한다.

"길다라니 자라난 기장의 새싹을/비가 내려 함초롬히 적셔주시고/먼먼 남쪽 나라 역사(役事)의 길은/소백(召伯)이 계시어 위로하시네……"

이때 기장의 새싹이란 중이의 뒤틀린 인생을 의미하며 이를 적셔줄 비는 바로 진백을 의미한다. 즉, 진백이 자신을 도와주신다면 진나라를 수복할 먼먼 역사의 길이 이루어질 것이라는 뜻인 것이다. 이에 진백은 「뻐꾸기 나르네」라는 시로써 긍정적인 대답을 한다. 중이가 「강물」이라는 시를 노래하여 고마움을 표현하자 진백은 다시 「6월」이라는 시로 진(晉)나라와 진(秦)나라의 영원한 결속을 기약하는 것이다.

확실히 이들은 부시에 관한 기록이다.

그러나 그러니 어쨌단 말인가?

"좌상 대감, 속다니? 도대체 무슨 말씀을 하시는지 모르겠소이다. 누가 무엇을 속였단 말씀이외까?"

남한조가 눈을 꿈벅거리며 정말 어리둥절한 얼굴로 물었다. 그러나 그 옆에 앉은 이가환과 권철신은 분명히 얼굴색이 변하고 있었다. 심환지의 눈은 그 둘을 놓치지 않았다.

"그러나 이 뒷장을 보시오. 여기 이렇게 38이라는 숫자가 적혀 있소. 이 뒷장, 여기 이렇게 39라는 숫자가, 이 뒷장엔 또 40이라는 숫자가 있소."

"……"

"처음 이 공책을 얻었을 때 우리는 이 숫자가 뭘 의미하는지 몰랐소. 그랬기 때문에 이 공책이 가진 심각한 비밀을 그냥 지나쳤던 것이오. 그러나 한나절도 못 되어 우리는 문득 깨닫게 되었소. 이 숫자는 바로 선대왕의 재위년도였던 거요. 선대왕 38년은 선세자께서 뒤주에 갇혀 죽은 해. 선대왕 39년은 그 일에 연루되었던 사람들에게 귀양의 처분이 내린 해, 그리고…… 그리고 40년은 죽은 채제공 대감이 선대왕을 독대하고 그 금등지 사인지 뭔지를 받았다는 해야!"

드디어 심환지의 얼굴은 벌겋게 상기되어 있었다. 지금까지 이만한 분노를 참았다는 것이 의아하게 생각될 정도였으며, 냉정한 제3자가 보기엔 어딘가 연극 같은 구석도 있었다.

"무슨 말인지 알겠나? 선대왕마마의 금등지사란 처음부터 없었어! 주상은 장종오를 시켜 바로 이런 식으로 금등지사라는 것을 위조했던 거야!"

일순간 좌중의 사람들은 갑자기 돌이 되어 굳어버린 것 같았다.

모두의 놀란 눈이 희미한 공포감에 떨며 심환지를 향하고 있었다. 심환지는 자신의 대담한 추리가 가져온 반향에 내심 저으기 만족하며 방 안을 둘러보았다.

"우리는 「시경천견록고」라는 공책을 보고, 그것이 당연히 『시경천견록』이라는 원본을 읽고 중요한 내용을 초취(抄取)한 공책이라고 생각했었소. 그러나 실상은 그 반대였던 거요. 장종오는 「시경천견록고」라는 공책을 먼저 만들고, 그리고 그 공책의 자료 조사에 따라 처음부터 존재하지도 않았던 선대왕마마의 어필, 즉 『시경천견록』이라는 가공의 책을 만든 것이오. 검서관 장종오라면 귀신도 속일 만한 모필 솜씨로 유명한 인물이니. 그리고 그 『시경천견록』이란…… 흥, 우리가 모를 줄 아시오? 조금 전에 어떤 쥐새끼가 여러분에게 가져온 그 금등지사라는 것의 또 다른 이름인 것이오. 금등지사는 그렇게 만들어진 위서(僞書)임에 틀림이 없어. 그 내용은 보나마나 이런 부시로, 우리 노론 청류들을 공격하는 것이겠지."

심환지의 말은 상대를 몰아세워 여지없이 결론으로 몰고 가는 그 특유의 박력과 더불어 상당한 설득력을 가지고 있었다.

사실 이 자리에 정약용이나 이인몽이 앉아 있었어도 그대로 승복하고 말았을는지 모른다. 그들은 봉모당에서 발견된 『영종기사』에 엉뚱한 모필 글씨가 있다는 사실까지도 알고 있으니 말이다. 만약 『시경천견록』이 교묘하게 위조된 위서라면 먼저 선대왕의 어필 중에 『시경천견록』이라는 책이 있었다는 근거가 필요하다. 그래서 『영종기사』를 조작했다는 사실이 그것과 맞아떨어지는 것이다.

그러나 순간 이와 같은 심환지의 추리가 가진 허점이 지적되고 있었다.

"닥치시오! 아무리 좌상이라지만 전하에 대해 그따위 불경스런 언행은 용서할 수 없어!"

먼저 권철신의 호통 소리가 칼날처럼 튕겨져나왔다.

"영조 대왕께서 직접 쓰거나, 감수하신 원본에는 그것을 베껴쓴 전사본(轉寫本)과 구별하는 〈규장지보(奎章之寶)〉라는 어보(御寶)가 찍혀 있소. 그리고 규장지보는 감자 같은 것으로 본뜰 수 없는 남경(南京)산 인주를 사용하오. 우리가 도장 하나도 제대로 못 보는 청맹과니인 줄 아시오?"

그러자 서용수가 고개를 빳빳이 들었다.

"이제야 바른말을 하시는군! 여러분들은 분명히 여기서 그 규장지보가 찍힌 책, 금등지사를 보았소. 지금 그것이 어디에 있소?"

서용수의 얼굴에는 먹이를 눈앞에 둔 맹수의 결연한 표정이 떠올라 있었다.

그때 노론 시파의 윤행임이 서용수를 제지하며 입을 열었다. 윤행임은 본래부터 남인 쪽에 호의적인 시파의 영수이고, 워낙 신중한 사람이라 분위기는 갑자기 그의 말을 경청하는 쪽으로 기울었다.

"손재 선생, 그리고 정헌 선생, 녹암 선생, 우리들은 지금 군부에 대한 황송무지한 의혹에 직면해 있소이다. 말하자면 군왕께서 어떤…… 특정한 당파를 거세하기 위해 선대왕의 유필을 조작했다는 의혹이오. 이 의혹은 지금까지 전하를 지지했던 사람들의 입지를 무너뜨리고 있어요. 이것은 일파만파(一波萬波)의 충격이외다. 아시다시피 금등의 글이란 예로부터 군왕 말고는 아무도 그 내용을 알 수도 짐작할 수도 없는 것이오. 그런데 엉뚱하게도 검서관의 공책에서 저 같은 사실이 발견되었다면 좌상께서 저런 단정을 내리시는 것도 크게 억측이라고 할 수 없소."

"그런 것이 아니오이다."

이가환은 큰소리로 소리를 지르며 입술을 깨물었다.

주상 전하께서 장종오에게 『시경천견록』을 만들도록 지시하신 것은 부시라는 양식 자체를 부정하는 노론의 문장관 때문이리라. 부시는 다른 시의 문장을 빌려 자신의 뜻을 표현하는 것이다. 그러나 전하께선 모든 문장은 그 문장을 쓴 작가로 환원된다고 생각하는 노론이 선대왕께서 읊은 부시 「올빼미」를, 선대왕 자신의 말 자체라고 인정하지 않을 것이라고 걱정하신 것이 아닐까. 이가환은 그렇게 짐작하고 있었으나 그것을 차마 밖으로 말할 수는 없었다. 말을 한다면 전하도 남인도 이렇듯 부시로 표현하는 형식을 위태롭게 여기고 있다는 증거가 되기 때문이다. 그렇다고 이런 망극한 의혹을……

이가환은 근심에 찬 얼굴로 사실을 털어놓았다.

"금등지사는 틀림없는 진짜요. 틀림없는 진짜 어보에, 틀림없는 문숙공의 글씨, 지난 35년 동안 밀랍으로 봉인된 흔적, 종이, 선대왕마마의 수결과 옥새, 어느모로 보아도 의심할 바 없는 선대왕 40년의 그 기록이오!"

마침내 이가환이 근심에 찬 얼굴로 사실을 털어놓았다.

"지금 누가 그것을 가지고 있소? 이 자리에서 확인해 봅시다."

심환지와 서용수, 윤행임, 목만중 등이 거의 동시에 몸을 앞으로 내밀었다.

"그것은 지금 여기 없소."

"없다니요?"

"금등지사의 주인은 본래 주상 전하요. 이미 우리 아이들을 시켜 그것을 전하께로 보냈소!"

"뭐, 뭐라구요!"

올라갈수록 폭포 소리가 가까워졌다. 인몽은 연명헌 북서쪽 계곡을 거슬러 와룡폭포를 향해 가고 있었다. 계곡으로 들어오자 무성한 나뭇가지에 달빛이 가려 발끝도 잘 보이지 않는 어둠이었다. 더듬어 손을 짚는 나무밑동은 한결같이 축축한 이끼가 자라 있었다. 물기 있는 이끼에 자꾸 발이 미끄러지는데,

"사형(師兄)!"

하는 소리가 들려왔다. 와룡폭포 앞 달빛을 등지고 서 있는 그 사람은 역시 유치명이었다.

"오랜만일세."

"반갑습니다."

"혹시 오늘 내 안식구를 보지 못했나."

"예. 오늘 저녁에 오셨습니다. 몸이 몹시 상하셨더군요. 지금쯤은 편히 주무시고 계실 것입니다."

"그런가……"

인몽의 얼굴에 짙은 근심이 드리웠다. 구재겸의 부하들이 그 집을 쑥대밭으로 만들었음에 틀림이 없다. 상아의 걱정과 함께 유치명에 대한 민망

함이 인몽의 마음을 무겁게 했다. 그때 유치명이 장판지처럼 빳빳한 종이로 묶인 책 한 권을 내밀었다. 붉은 표지에는 아무런 제목도 씌어 있지 않았다.

"아주머니께서 가져오신 선대왕마마의 금등지사입니다."

"뭐라고, 역시 자네가 이것을……!"

한 장 한 장이 모두 밀랍으로 봉인된 한눈에 보아도 예사롭지 않은 책이었다. 겉장을 넘겨보니 제일 앞장만 밀랍이 없이 펼쳐볼 수 있었다. 인몽은 희미한 달빛에 그 제일 앞장 상단에 촘촘히 적혀 있는 글씨를 비춰보았다.

(영조) 40년 구월 갑신일에 전하께서 홀로 나를 앞으로 나오라고 하시어 선세자의 일을 말씀하시고 눈물을 흘리시며 시「올빼미」를 읊으셨다. 가의대부 도승지 겸 예조참판 신 채제공, 전하의 명을 받들어 손모아 절하고 삼가 이를 적는다.

四十年 九月 甲申 上 獨命賤臣進前 教以先世子事 流涕而賦鳴梟 嘉義大夫都承旨兼禮曹參判 臣 蔡濟恭 奉上旨 拜手謹記.

아, 이게 웬일인가!

인몽은 천둥벼락이 바위를 때리는 소리를 들은 것 같았다.

이 내용이라니! 〈선세자의 일을 말씀하시고 눈물을 흘리시며 시「올빼미」를 읊으셨다(賦鳴梟)〉고? 그럼, 선대왕마마의 금등지사는 바로「올빼미」의 부시였단 말인가!

올빼미야 올빼미야 / 내 자식을 잡아먹었거든 / 내 둥우린 헐지 마라 / 알뜰살뜰 길러낸 / 어린 자식 불쌍하다…… 아, 〈부치효〉라니 아까 연명헌에서 심환지가 부시를 운운하던 것이 다 이것 때문이었단 말인가? 심환지가 이 책을 보았을 리는 없고…… 아, 그렇지! 죽은 장종오의 시체 옆에 있던 「시경천견록고」!

인몽의 머릿속에 오늘 하루 동안 접한 여러 가지 서책들이 복잡하게 떠올랐다.

죽은 장종오의 시체 옆에 있던 「시경천견록고」, 장종오의 방에서 분실된 것으로 보이는 『시경천견록』, 『시경천견록』을 찾다가 우연히 봉모당에서 발견한 『영종기사』, 정약용 선생에게 들은 선대왕마마의 어제시 「삭장동혜사」, 그리고 바로 이 〈금등지사〉…… 이 서책들의 관계는? 머리가 빠개질 듯이 아파오기 시작했다.

"이것을 여러 어른들께 보여드렸는가?"

"예, 허나 미처 의논도 하기 전에 심환지 일행이 들이닥치는 통에 제가 다시 가지고 나올 수밖에 없었습니다. 사형, 이걸 좀 맡아주십시오."

"맡으라니?"

"지금 저 북쪽 기슭의 살림집에 주상 전하께서 와 계십니다. 이 책을 노리는 자들이 많으니 속히 그곳으로 이것을 가져가 주십시오. 장용영의 별시위들이 삼엄하게 경계하고 있습니다만 사형이야 전하의 측근지신이 아니십니까."

"알았네. 살림집으로 가는 길이 어딘가?"

"이리로 오소서."

인몽은 금등지사를 건네받아 품속에 간직했다.

두 사람은 폭포의 바위께를 벗어나 다시 수풀 사이로 들어갔다. 주변의 모든 것이 다시 어둡고 침침해졌으며 그림자의 형체들이 무시무시하게 느껴졌다. 주위에는 오직 계곡의 물 소리와 바람 소리뿐이었다. 그러나 약간 더 들어가자 거무스레한 나무의 그림자 사이로 달빛에 비쳐 희미하게 드러나는 좁은 오르막길이 보였다. 높은 전나무들 사이로 깊숙하게 파묻혀 있는 험로였다. 두 사람은 그 길로 접어들었다.

유치명이 인몽을 돌아보며 말했다.

"혹시 저자들의 하수인이 우리를 찾고 있을지도 모르니까요. 우회하여 살림집 뒤쪽의 둔덕을 넘어 들어갑시다."

인몽은 대답할 기운도 없이 그저 고개만 끄덕였다.

그런데 불과 두어 마장을 걸어갔을까. 두 사람은 약속이나 한 듯이 딱 멈춰섰다. 그들이 걸어온 뒤편에서 여러 사람의 두런거리는 소리가 들리는 것이었다. 이상하게 불길한 예감이 들었다. 그 소리는 방금 자신들이 온 길을 따라오고 있었다. 발자국 소리가 수풀 안으로 거침없이 들어올 때 인몽은 그 가운데서 낯익은 사람의 목소리를 들었다. 그 희미한 목소리가 마치 천둥소리처럼 인몽의 귓전에 울렸다.

그것은 바로 구재겸의 목소리였다.

이윽고 캄캄한 어둠의 저편에 서너 개의 키 큰 그림자가 나타났다.

"달아나, 어서!"

인몽은 유치명의 손을 당기며 나무가 빽빽이 밀생한 좁은 길을 있는 힘을 다해 달리기 시작했다.

"게 섰거라!"

발자국 소리는 이제 분명히 두 사람을 노리고 다가오기 시작했다. 두 사람은 완전히 공포감에 사로잡혔다. 그런데 두 사람이 옷자락을 온통 찢기며 몸을 날리듯이 수풀을 벗어나는 순간,

"아악!"

하는 비명과 함께 유치명이 갑자기 땅으로 꺼지듯이 사라져버렸다.

"여, 여보게, 정재!"

인몽은 손과 발로 눈앞을 더듬거리며 미친 듯이 주위를 살폈다.

유치명이 어둠에 싸인 경사진 비탈로 굴러떨어진 것이다. 그러나 인몽은 유치명을 구하러 비탈을 내려갈 수가 없었다. 불과 열 걸음 남짓한 수풀 속에서 추적자들의 구렁이 같은 칼날이 허옇게 번쩍였다. 인몽은 입술을 깨물며 달아나기 시작했다. 그러나 얼마 못 가 인몽은 돌부리를 걷어차고 길바닥에 나뒹굴었다.

"꼼짝 마라!"

구재겸의 부하로 보이는 한 무사가 왼손으로 허겁지겁 몸을 일으키는 인몽의 목덜미를 움켜잡았다. 이어 만면에 웃음을 띤 구재겸이 인몽의 눈앞에 나타났다.

"대교 나리, 약조가 틀리지 않소! 금등지사를 찾았으면 일단 우리 쪽에 넘겨주기로 하지 않았나, 응? 뛰어봐야 부처님 손바닥이지. 하늘로 솟구치겠나 땅으로 꺼지겠나? 하하하, 아하하하."

"아……"

그제서야 인몽은 자신의 일거수일투족이, 유치명을 만나고 금등지사를 건네받는 모든 행동이 모두 미행당하고 있었다는 것을 알았다. 그러나 숨이 턱까지 차 헐떡거리는 인몽은 어떻게 해야 할지도 모르는 채 얼떨떨하고 멍한 상태였다.

"애들아 뒤져라!"

"예."

인몽의 목덜미를 잡은 사내가 도포의 앞섶을 잡더니 그대로 좌우로 찢어발겼다. 유치명이 건네준 품속에 있던 금등지사가 땅바닥으로 떨어졌다. 멍하던 인몽의 머리에 확하고 불이 들어왔다.

"안 돼!"

인몽은 애처롭게 울부짖으며 구재겸이 집어드는 금등지사의 한쪽을 낚아챘다.

"놔라!"

구재겸이 한 손으로 금등지사를 잡은 채 다른 손으로 허리의 칼자루를 쥐었다. 인몽이 혼신의 힘을 다해 금등지사를 잡아당긴 것과 구재겸의 칼날이 번쩍하고 빛난 것은 거의 동시였다.

"으악!"

하는 인몽의 비명과 함께 피가 튀었고, 인몽이 잡고 있던 금등지사가 두

쪽으로 갈라져버렸다. 인몽은 얼굴에 불벼락을 맞은 듯한 고통을 느끼며, 두 팔을 휘저으며 뒷걸음질쳤다. 다음 순간 그는 자신의 발이 공중을 헛디디는 것을 느꼈다. 인몽의 두어 걸음 뒤는 아까 유치명이 떨어진 것보다 더 경사가 급한 가파른 벼랑이었다.

인몽의 몸은 잠시 허공에 떴다가 바위에 부딪히고 나뭇가지에 찢기면서 그 가파른 벼랑을 떼굴떼굴 굴러내려가기 시작했다. 인몽은 온몸이 부서져 가루가 되는 것을 느끼며 정신을 잃었다.

"쫓아라. 어서 비탈 아래로 내려가."

구재겸이 부하들을 보며 소리소리 지르기 시작했다.

"피가 튀었는데 죽지 않았을까요?"

"안 죽었다. 칼이 얕게 먹었어."

"그래도 이런 벼랑으로 굴러떨어졌는뎁쇼."

"닥쳐! 죽었다는 걸 확인해 오라는데 무슨 잔말이 많아! 그놈이 살아 있으면 두고 두고 귀찮아진단 말이다."

그때 부하 하나가 떨리는 손으로 구재겸의 옷자락을 잡아당겼다.

"초, 총관 어른, 저, 저기……"

"뭐야?"

구재겸은 부하가 가리키는 오른쪽 산기슭을 바라보았다. 멀리 연명헌의 살림집 부근으로부터 이쪽을 향해 10여 개의 횃불이 올라오고 있었다.

"장용영 아이들입니다."

"아!"

주상 전하를 호위하던 장용영 별시위의 일부가 수상쩍은 소리가 들리는 산마루를 수색하러 올라오고 있는 것이었다. 저들과 충돌하면, 다 된 밥에 코 빠뜨리는 결과가 될 것이다.

"빌어먹을!"

구재겸은 지체없이 발길을 돌리며 말했다.

"날이 밝으면 다시 온다. 돌아가자."

아직 캄캄한 새벽, 동쪽 하늘로부터 몽롱한 여명이 떠오르는 묘시 직전이었다.

8 이 세상 먼지와 티끌

　　가경 경신년(1800) 여름 우리 정조대왕께옵서 돌아가셨는데 인동부사 이갑회(李甲會)가 국상이 끝나기도 전에 그 아버지의 회갑 잔치를 열고 기생들을 불러 흥청거리며 장현경(張玄慶) 부자(父子)를 함께 즐기자고 초청하였다. 장현경의 아버지가 답하기를 〈국상으로 관공서의 일을 폐한 시기에 마시고 노는 연회를 베풀 수는 없는 일이다〉라고 하고, 밖으로 나와 초청장을 가지고 온 관리에게 〈임금이 돌아가신 때에 이런 잔치를 열다니 세상이 돌아가는 꼬락서니를 알고 하는 짓이로구나〉 하였다.
　　예전에 장현경의 아버지는 이갑회의 아버지와 성이 서로 다른 친척간이 되어 자주 부(府)에 들어가 서로 만날 때마다 세상의 소문을 이야기하곤 했었다. 그 소문이란 〈모(某) 정승이 내의원 의원 심인(沈鏔)을 사주하여 임금의 병환을 돌보는 척하다가 독약을 올려 바쳐 정조대왕을 돌아가시게 했다〉는 것이었다. 그때 장현경의 아버지는 〈우리들이 그 역적놈을 죽여 없애지 못하고 있다〉 하면서 비분강개하여 눈물까지 흘리곤 했다는 거였다.
　　　　　　　　　　　─정약용, 「기고금도장씨녀자사
　　　　　(紀古今島張氏女子事)」(1811), 『여유당전서』 권16

　　이곳은 멀리 만주땅이 바라보이는 평안도 초산군(楚山郡).
　　낭림산맥의 동림산(東林山)으로부터 흘러나온 충만강이 압록강과 합쳐지는 연대산(煙臺山) 기슭이었다.

뉘엿뉘엿 해는 기울고 있었지만 아직도 따가운 햇볕이었다.

수레는 다시 허허벌판을 굴러가기 시작했다. 여름내 비 한 방울 내리지 않은 벌판은 마를 대로 마른 삭정이들만 흩어져 있었다.

수레를 끄는 노인은 힘에 부친 것 같았다. 약간 비탈이 진 오르막이었다. 노인은 수레에 연결된 걸빵에 가해지는 무게를 버티려고 목덜미 아래 어깨에 힘을 주며 왼손으로 쳇대를 잡고 오른손으로 걸빵 가닥을 잡아당겼다. 노인의 목에 정맥이 툭툭 불거졌다. 어딘가 부황기가 든, 병색이 완연한 얼굴이었다.

어엇?

갑자기 노인의 갈빗대가 시큰거리며 다리가 휘청 굽어졌다. 수레의 통나무 바퀴가 어딘가 돌맹이에 걸린 것이다. 장틀이 덜컹거리며 수레에 실린 시체 하나가 툭 떨어졌다.

노인은 숨을 헐떡거리며 쳇대를 내려놓았다.

뒤로 돌아보니 역시 누렇게 뜬, 60대 노파의 시체 하나가 길 위에 떨어져 있었다. 마을부터 따라온 파리떼가 그 무참하게 널부러진 시체에 달라붙어 끈질기게 잉잉거리고 있었다. 노인은 얼굴을 찌푸리며 목에 걸린 때에 절은 무명수건을 풀어 입과 코를 막았다.

지독히 악취가 나는 시체였다.

노인은 먼저 수레가 흔들리지 않도록 바퀴의 빗등에 돌맹이를 괴었다. 그리곤 시체의 겨드랑이 사이로 팔을 집어넣고 두 다리에 힘을 고루 주었다. 죽어서 축 늘어진 시체는 지독히 무겁다.

엇차, 으엇차,……

세 번이나 힘을 준 끝에 노인은 간신히 시체를 다시 수레 위에 올려놓았다. 수레 위엔 방금 다시 올려놓은 노파와 아낙네 둘, 5, 6살쯤 되어 보이는 아이들 둘과 몸이 비대한 젊은이의 시체가 하나, 도합 여섯 구의 시체가 실려 있었다. 노인의 수레가 그렇게 어물대고 있는 사이에 다른 수레가 다가왔다.

"박 초시 어른, 수고가 많습네다."

노인은 말없이 고개를 끄덕이며 다시 수레를 끌기 시작했다. 노인의 뒤로 다가온 수레는 50쯤 되어 보이는 중늙은이였다.

"노인네가 고생이외다. 그저 윤질(輪疾 : 콜레라)이다, 하면 사람들이 모두 천리만리 달아나 이렇게 일손이 없지 않을매. 오늘은 부사(府使) 영감이 몸소 칼을 빼들고 호통을 치면서 징발한 것이 겨우 이 정도랍네다."

"그렇겠지."

두 사람은 멀리 아이진성(阿耳鎭城)이 바라보이는 연대산 길을 따라 수레를 끌고 갔다.

반시진을 가자 깎아지른 듯한 벼랑이 시작되는 모롱이에 웃통을 벗어젖힌 청년 네 명이 구덩이를 파고 있었다. 박 초시라 불린 노인과 중늙은이는 수레의 꽁지를 돌려 파놓은 빈 구덩이 하나에 실어온 시체들을 처넣었다.

15구의 크고 작은 시체들을 축생(畜生)처럼 한 봉분에 쓸어 묻는 것이었으나 그나마 이 시체들은 운이 좋다고 하겠다. 지금 이들을 묻는 박 초시들은 그나마 묻을 사람도 없어 까마귀밥이 되지나 않을는지.

수레를 비운 두 사람은 비칠비칠 화전밭을 건너가 해묵은 느티나무 아래에 쓰러지듯 앉았다.

황량한 산기슭이었다.

멀리 황혼에 물든 저녁공기 속으로 폐허가 된 마을이 보였다. 가뭇하게 떠오르는 것은 불타서 무너져앉은 집터요, 군데군데 비루먹은 듯이 벗겨진 자국은 텃밭을 갈아먹던 자리이리라. 올해 초 윤질 때문에 마을째 불을 지르고 어디론가 떠나버린 마을이었다. 조선땅 어디를 가도 저 같은 진저리나는 형상들, 생활이 으깨어진 흔적들뿐이었다. 산에는 귀틀집들이, 들에는 초가집들이, 각각 불타고 버려진 잔해만을 드러내고 있는 것이다.

"이제 곧 9월이니 이놈의 윤질도 좀 가라앉았겠지요?"

"그렇겠지."

기진한 노인은 천근같이 무거운 팔을 움직여 괴춤에서 개가죽으로 된 담배쌈지를 꺼냈다. 부시럭부시럭 한참을 뒤지자 손바닥 절반 크기의 한지종이, 담배, 그리고 대나무를 잘라 만든 엄지손가락만 한 조그만 통이 나왔다.

노인은 한지종이에 담뱃잎을 넣고 조그마한 통으로부터 하이얀 가루를 흘려 손톱만큼 담뱃잎에 부렸다. 조심조심 담배가 든 종이를 똘똘 말아 침을 칠해 붙인 노인은 부싯돌을 켜서 불을 붙였다. 연기가 모락모락 피어올랐다. 노인은 가루가 흐를세라 조심조심 담배를 콧구멍으로 가져갔다. 그리곤 깊숙이 연기를 들이마셨다. 몇 번이고. 몇 번이고. 노인은 마지막 한 가닥 연기까지 깊이깊이 들이마셨다.

담배를 다 피운 노인은 느티나무에 등을 기댔다.

점점 통증이 스러지면서 기분이 좋아졌다.

이미 과거 이외의 다른 것을 가지고 살 수 없는 늙은이였다. 이 아편을 섞은 담배는 그토록 음울한 고뇌의 원천이었던 과거까지도 오색찬란한 몽경(夢境)으로 바꿔놓았다. 오색찬란한 그곳에 노인이 그리워하는 그분이 웃고 계셨다. 봉황이 춤추며 날아오르고 용이 못 속으로 잠겨드는 그곳에…… 즐거운 홍진(紅塵)이 일어나고 연운(烟雲)이 어우러지는 그곳에…… 아, 아아(峨峨)한 음악, 우뚝 솟은 궁전, 번화한 성시(城市), 활기찬 상인들, 백성들, 까르르 웃는 처녀들, 구름처럼 피어나는 연꽃들, 청신한 빗발들, 빗발들, 그분이……

노인은 만면에 흐뭇한 웃음을 지으며 목을 떨었다.

이제야 깨달은 것인데 노인은 애꾸였다. 칼자국 같은 것이 가시주름이 박힌 노인의 왼쪽 눈을 파헤치고 지나가고 있었다. 가늘게 뜬 오른쪽 눈 하나가 몽롱해진 채로 감길 듯 말 듯 억실거렸다.

그런데 그때였다.

아까의 중늙은이가 노인의 어깨를 격렬하게 흔들기 시작했다.

"초시 어른, 초시 어른……"

"응?"

노인의 이완된 근육에 의식이 다시 찾아들었다.

노인은 머리를 쳐들고 몸을 일으키다가 자지러지는 말 울음소리를 들었다. 눈을 부비자 노인의 앞에 고동색 무관복을 입고 비단 전립을 쓴, 수염이 허연 관리가 서 있었다. 노인 옆에 있던 중늙은이는 어느새 그 관리를 향해 납작 부복해 있었다.

"노인장, 어디 아픈가?"

관리가 물었다.

"아, 아니옵니다."

노인은 허둥지둥 중늙은이를 따라 고개를 숙였다. 전립을 보니 바로 이 사람이 지난달에 새로 부임했다는 초산부사인 것 같았다. 부사도 환갑이 다 된 노인이었다. 불볕 같은 햇살을 피해온 듯 부사는 말을 종자에게 넘겨주고 느티나무 그늘에 와서 앉았다. 노인이 슬금슬금 자리를 피하려 하자 부사는 손을 흔들며 말했다.

"아, 괘념치 말고 앉아들 쉬게. 나는 잠시 다리를 쉬었다 가려는 것인데 내가 미안하지 않은가."

"예, 예."

남루한 두 사람의 행색에도 불구하고 부사의 말은 이웃집 친구를 대하듯이 대범했다. 주름 잡힌 눈가장자리에 빛나는 작은 눈이며 하얗게 센 수염발이 무관복에도 불구하고 어딘가 탈속한 느낌을 주는 부사였다. 그 벗겨진 이마의 깊은 주름살은 세상의 신산(辛酸)함을 다 맛본 사람의 탁트임을 느끼게 했다. 부사가 이마의 땀을 훔치며 노인에게 물었다.

"헌데 어디 사는 노인이신고?"

"예, 쇤네는 성서골(城西洞)에 사는 박상효라고 하옵니다. 훈장 노릇으로 연명하고 있사옵니다."

"요즘도 학동이 많은가?"

"아, 아니옵니다. 시절이 하도 참혹하와 서당은 일시 닫아두고 집 앞의 화전을 갈아먹고 있습니다."

그때 부사와 노인의 눈이 마주쳤다. 순간 노인은 눈에 띄게 당황하며 어깨를 떨었다. 어떤 오랜 세월을 격한 기억의 반향이 노인의 머릿속에 울려왔던 것이다. 그런데 그 느낌은 노인만이 아닌 듯했다. 부사 역시 고개를 갸웃거리며 노인의 얼굴을 찬찬히 바라보기 시작했다. 노인은 전율을 억누르며 천천히 고개를 숙였다.

"노인장!"

"예."

"말씨가 본디 이 바닥 사람 같지 않은데, 젊어서 혹시 서울에 사시지 않았소?"

"예? 아, 아니……"

노인이 채 부인하기도 전에 옆에 있던 중늙은이가 황급히 끼여들었다.

"예, 사또 나으리, 그렇습네다요. 이 박 초시 어른은 원래 서울에 사시다가 한 10여 년 전쯤에 이 초산으로 들어오셨답네다요."

"개똥아범! 왜 알지도 못하면서 쓸데없는 소릴 지껄이는 게요!"

노인은 갑자기 결기를 돋우며 벌떡 자리에서 일어났다. 아까의 축 늘어진 표정은 간곳없었다. 노인은 부사를 향해 급히 허리를 굽히고는 뒤도 돌아보지 않고 그늘을 떠나 성큼성큼 화전밭을 걸어가기 시작했다.

"이보오, 노인장! 노인장!"

부사가 몇 걸음 쫓아가다가 멈춰서서 망연히 노인의 뒷모습을 쳐다보았다. 개똥아범이라 불린 중늙은이는 당황하여 노인과 부사를 번갈아 쳐다보더니 허둥지둥 노인의 뒤를 따라갔다. 삽시간에 휑뎅그렁해진 부사의 옆에 부사를 호종하던 종자가 다가왔다.

"사또 나으리, 저 까막노인을 아십니까요?"

"까막노인?"

"예, 읍내에선 다들 그렇게 부르지요. 달 밝은 밤이면 꼭 까막내(加幕川)에 나가 술 마시며 울기 때문에 까막노인이라고 합니다요. 정말 이상한 노인입니다요. 동네 사람들이 엿보고 전하는 말을 들으면, 산에 나무를 하러 가서는 낫으로 나무껍질을 벗겨 희게 하여 거기다가 숯으로 시 같은 것을 끄적거린답니다요. 시를 다 쓰고 나면 혼자 구시렁구시렁 읊고 외다가 문득 소리내어 울고 그것을 깎아 지운다더군요."

"시를 끄적거린다……"

"예, 또 재작년 가을인가엔 집 앞에 심은 벼가 다 영글었는데 술에 취해 낫을 휘둘러 잠깐 동안에 한 마지기 논을 다 망쳐버리더니 밤새도록 목놓아 통곡한 일도 있습죠. 읍내의 글 읽는 양반들 중엔 대단한 선비라고 칭송하는 이도 있습니다만 행동거지가 그러하니 동네 사람들은 다 비웃고 손가락질을 하며 거의 미친 사람 취급을 합니다요."

"저 노인…… 식솔들은 많은가?"

"웬걸입쇼. 열댓 살 먹은 딸아이 하나 데리고 혼자 살았는데…… 그 딸아이도 작년 윤질이 돌 때 죽었다는 것 같습니다요."

"으으음……"

부사의 주름 잡힌 눈귀가 더욱 가늘게 쪼프려졌다. 노인은 벌써 먼 벌판으로 수레를 끌며 사라져가고 있었다. 부사의 눈은 그 외롭게 뻗어간 한 오리 들길을 따라가다가 구름이 구붓한 산등성이로 옮겨갔다.

부사는 산등성이를 보고 있는 것이 아니었다.

늙은 부사의 눈은 추억의 아슴푸레한 곳에 숨어 있는 어떤 사람을 보고 있었다. 그 사람은 이젠 인생의 너무 먼 시절에 살고 있어 한 편의 짧은 꿈, 한 편의 황홀하고 따뜻한 몽상과 같았다. 그러나 그의 추억엔 삶의 덧없음을 문득 착각처럼 느끼게 하는 이상한 위안의 힘이 있었다……

"저 노인 어디에 살고 있느냐?"

"예, 서문다락(초산군 초산면 성서동에 있는 명상루) 아랫집을 빌려 서당을 차리고 있습죠."

부사와 종자가 그런 대화를 나누고 있을 때 노인과 개똥아범은 수레를 끌고 읍내로 돌아가고 있었다. 채 갈아엎지도 못한 거친 밭둑길에 햇볕만 여전히 따가왔다.

"내래 무슨 거짓말을 했다고 기러십네까? 부사 영감이래 아무래도 박 초시 어른을 알아보는 것 같던데 와 기렇게 펄쩍 뛰십네까. 뭐 옛날에 죄진 거 있시요?"

"……"

"그 부사 영감 참 소탈하십데다. 여느 사또 나리 같지 않아요. 기럼. 며칠 전에 들은 얘긴데 우리 부사 영감 서울에서 어마어마한 벼슬을 하던 사람이랍네다."

"그으래?"

"예, 대사간인가 뫼인가를 지내고 우승지라던가 뫼인가도 지내고…… 하여간에 아주 높은 벼슬을 했다고 기래요. 그런데 늘 세도가들하고 사이가 나빠서 고생 많이 했다더만요. 이번에도 무슨 상소를 잘못 올려 이 깡촌으로 좌천되었다고 기래요."

"그래?"

노인은 넋나간 듯한 얼굴로 그렇게 멍청히 되물을 뿐이었다.

얼마 지나지 않아 작업은 끝났다.

벌써 한 달 전부터 버려져 있던 초산면 일대의 시체들이 오늘에야 깨끗이 매장된 것이다. 오늘 군내에 파묻은 시체는 모두 1천300여 구. 허물고 불태운 집이 350여 호라고 한다.

지난달에도 그 정도는 파묻고 불태웠으리라. 노인은 죽음이 메아리치는 읍내를 지나 서문다락 아래 있는 자신의 집으로 지친 몸을 끌고 갔다.

순조 21년(1821)부터 갑자기 나타난 윤질은 이제까지 경험한 여느 전염병들과 달랐다. 고려조부터 이어온 온역(瘟疫 : 장티푸스), 두창(痘瘡 : 천연두), 임진왜란 직후에 나타난 창병(瘡病 : 매독) 등은 그동안의 경험으로 얻은 피병책(避病策)이 있었다. 그러나 윤질은 그 병세가 괴이하기 짝이 없을 뿐만 아니라 전염률, 치사율이 다른 어떤 전염병보다 높았다. 불현듯 고열이 일어나고 거의 하루 종일 설사와 경련을 일으킨 끝에 신열과 탈수증으로 죽어버린다.

윤질, 혹은 호열자(虎列刺)로 불리는 이 병이 처음 나타난 것은 1817년 인도 파키스탄 지방이다. 그것이 남하하여 인도 전역을 휩쓸고, 북상하여 중국 전역을 휩쓸었으며, 산해관을 거쳐 조선을 초토화하고 일본까지 건너간 것이 불과 4년. 이토록 무서운 전염률을 자랑하는 병이었으니 사람들이 저마다 천명(天命)을 입에 올리는 것도 무리가 아니었다.

노인의 방은 빈대가 많은 음침한 귀틀집이었다.

기진하여 한동안 짚을 깐 토방에 그냥 누워 있던 노인은 산등성이에 아련한 노을이 피어오르다가 거뭇거뭇하게 식어갈 무렵에야 다시 몸을 일으켰다. 그리곤 송진이 배인 가늘고 길게 자른 잔솔가지에 부싯돌로 불을 붙였다. 이 벽촌의 살림엔 아직 먹기도 아까운 기름을 방 안의 조명으로 사용하는 등잔불이 어불성설이었다.

불붙은 잔솔가지를 방에 가져다 둔 판판한 돌 위에 얹은 노인은 머리맡에 둔 궤짝을 끌어당겼다. 장롱 겸 책상인 궤짝이었다. 노인은 거기서 벌써 다 떨어진 두툼한 공책과 붓, 벼루를 끄집어내었다.

그러나 먹을 갈던 노인은 아무래도 자신의 몸이 이상하다고 느낀다. 코 안으로부터 귀뿌리, 귓밥 사이에 싸아하는 열이 솟아오른다. 노인은 놀라며 심호흡을 해보았다. 그러자 머리꼭지가 지끈거리며 대번에 숨이 막힌다.

요 얼마 전부터 생긴 증세였다.

아픔 때문에 노인의 주름진 눈꼬리를 따라 눈물자국이 번져갔다.

그러나 노인은 먹을 가는 손을 멈추지 않았다. 이윽고 노인은 붓을 적셔 공책에 무언가를 끄적거리기 시작했다.

8월 을미(乙未)
부역을 나가 시체 56구를 나르다.
오늘 군내에서 파묻은 시체는 모두 1천300여 구.
님께서 가신 지 어느덧 35년. 그동안 임금이 두 번 바뀌었으나 올해도 가뭄에 전국적으로 윤질이 창궐하다. 아, 애달파라. 민생(民生)의 복 없음이여. 즐비했던 읍내의 민가들이 이제는 잿더미, 쑥대밭이 되었구나. 성왕께서 사라지매 땅은 마르고 하늘은 탁하며, 온갖 역병과 재앙이 거듭되도다. 만상(萬象)이 엇길로 들어서매 가는 곳마다 황량한 적막과 죽음의 그림자뿐.

그러나 거기까지 쓰자 목과 가슴에 참을 수 없는 통증이 몰려오기 시작한다.

노인은 붓을 떨어뜨렸다. 부들부들 떨면서 아까의 개가죽 쌈지를 꺼내 담배를 만들었다. 통에 든 하얀 가루를 전부 넣었다. 떨리는 손가락으로 담배를 매만지자 작년에 죽은 딸아이 생각이 난다. 딸이 죽자 시름을 견딜 수 없어 피우기 시작한 아편이었다.

노인은 담배를 피웠다.

전신에 열이 나고 쪼개지는 듯이 아프던 것이 거짓말처럼 가라앉았다. 심지어 조금씩 힘이 솟는 것 같기도 했다. 노인은 또 마지막 한 가닥 연기까지 깊이깊이 들이마셨다. 눈에 한결 정기가 돌아왔다.

노인은 쓰고 있던 공책을 잡고 앞의 몇 장을 뒤적였다.

자신이 작년에 써놓은 글귀들이 보였다. 작년 가을 딸아이를 산에 묻고 나서 영영 이 초산 고을을 떠날 생각으로 쓴 글이었다. 노인은 천천히 한 대목을 읽기 시작했다.

무릇 천지가 사람을 만든 것은 짐승과 달리하기 위함이라.

하늘의 마음쓰심이 지극하여 사람에게 예의와 제도를 주셨으니 이는 불멸하는 천지에 명명백백하게 나타난 법령이다. 예의와 제도는 임금(君) 한 분에서 비롯되나니, 임금 한 분이 있어 하늘의 마음이 드러나고 땅의 법도가 세워지고 인간과 짐승이 갈라진다. 사람이 세 가지 벼리(三綱)를 알고 다섯 가지 도리(五倫)을 좇아 하늘의 마음을 드러냄은 누구를 의지함이뇨. 오로지 천지에 없을 수 없고 고금에 바꿀 수 없는 임금 한 분에 기댐인 것이다.

하늘과 땅 사이 뜬구름 같은 인생이 흩어지려 하니 어느덧 내 머리는 백발. 되돌아보면 즐거움은 짧고 슬픔은 길었던 한 생이 꿈인 듯 아득하다. 다만 어두운 눈에 지금도 오롯이 떠오르는 것은 소싯적에 뵈온 임금의 모습이다. 아, 임금께서 교화해 주시고 길러주신 은혜를 입었으되 그 성명하신 덕을 불충으로 갚은 내 죄가 얼마뇨. 죽어 무슨 낯으로 정묘(正廟:정조의 묘호)를 뵈올 것이며, 무슨 이름으로 후세의 선비들을 대하리요.

이제 이 종이에 적는 쓸쓸한 말들은 모두 내 소싯적에 보고 겪은 놀라운 사건의 기록이라. 그 일 하나하나에 모두 내 어리석음과 미욱한 죄가 스며 있나니 벌써부터 붓끝이 떨려온다. 아프고 한스러운 마음을 다스려 내가 이 위태로운 말을 적음은 다만 선대왕 24년에 있었던 그 놀랍고 참혹한 일들을 전할 이 없어 뒷날의 증험을 기약할 수 없기 때문이다. 훗날의 선비들이 내 어지러운 글로 사적(史籍)의 옳고 그름을 판단할 수 있다면 이 늙은 것의 죄가 조금이라도 덜어질 것이다. 그러나 이 궁벽진 산골 오두막에 몽당붓으로 적어 남기는 이 공책이 누구에게 전해질 것인가. 이 책이 끝나면 나는 이 초산 고을을 버리고 기약없는 길을 떠난다.

나는 왜, 누구를 위해 이 책을 쓰는 것일까.

오늘도 서도(西道)의 바람 쓸쓸히 불어 부우연 모래먼지 하늘에 몰아붙이는데 서북(西北)의 겨울이 머지않다. 지금 길을 떠나면 내 힘이 다하는 곳에 내 목숨의 길이 끝나게 되리라. 눈보라치는 어느 산골, 어느 모퉁이에서 내 앞에 있던 길이 닫히고 고요하고 흐릿한 그 길 위에 몸을 눕히게 되리라.

그러나 이 글을 읽는 이는 나를 동정하지 말라. 나는 그렇게 객사하기를 34년 동안

원해 왔다. 34년 동안 나는 이 나라의 절반을 방황하였다. 그 대부분을 벽촌의 수상한 길손으로, 서당의 훈장으로, 화전민으로, 때로는 병들어 쓰러진 거렁뱅이로 살았다. 어떤 날에는 어둡고 습기찬 지방 관아의 죄수가 되어, 또 어떤 날에는 토방에서 쇠죽 끓이는 나이 어린 처녀의 외간남자가 되어 살았다.

그 처녀와의 사이에 딸아이가 태어났다. 전처의 두 아들이 죽은 지 20년 만이었다. 두 아들이 죽고 세상에 나의 집이 사라졌다. 언제나 나는 발자국을 태울 듯이 죄어오는 추적의 불바람을 맞으며 정처없이 걷고 또 걸어야 했다.

선대왕 24년 정월. 그 몸서리치는 날에 나는 한쪽 눈을 잃었다. 비탈을 구르다가 나뭇가지에 꿰뚫린 것이다. 간신히 몸을 추스르고 정신이 들었을 때는 이미 전하께선 몸져누우시고 조정이 정순왕후를 비롯한 노론의 손아귀에 들어간 뒤였다. 과천의 아는 집에 몇 달 몸을 숨겼다가 나는 떠났다. 배를 타고 강화도를 거쳐 황해도 해주에 닿았을 때 나는 선대왕마마께서 돌아가셨다는 소식을 들었다.

아, 부끄럽고 애달파라. 완악할손 목숨이여.

그때부터 죽어야지, 죽어야지 하면서 여태까지 살아온 것이다.

처음 몇 년은 해주 옆의 벽성에서 서너 곳을 옮겨다니며 살았다. 그러다가 종국엔 체포되어 감옥에 갇혔고 간신히 탈옥하여 도망치는 신세가 되었다. 그 후엔 사리원으로, 평양으로, 강서로 옮겨다니기 7년. 강서에선 추적해 온 역졸들에 쫓겨 집을 불태우고 떠나야 했다. 그 후 순천, 맹천, 덕천을 거쳐 묘향산에 숨어 들어가 화전민들에 끼여 살기도 하고, 영변에서는 1년 동안 거지생활을 하기도 했다.

그렇게 흘러다니기 30여 년, 이제는 몸도 마음도 늙었다.

평생에 도를 사모하였으나 끝내 듣고 본 바가 없고, 얼결에 생긴 처자식이 주리고 떠는 것을 보면서 노장(老莊)에 노닐 수도 없었다. 떠돌이 신세 일정한 곳이 없으니 나의 마칠 곳도 모른다. 이제는 붉은 하늘빛 해는 저물어 저승길 침침히 밝아오는데 나는 다시 만리의 나그네가 되리라. 이에서 또 옮겨간다면 물가일까, 산비탈일까……

거기까지 읽자 노인은 쓰러지듯 모로 누웠다.

처음 공책을 묶고 붓을 잡았을 때는 이 글이 이렇게 오래 걸릴 것이라고 상상도 하지 못했었다. 모든 것은 선대왕 24년 정월 19일 그 하루 동안에 일어난 일인 것이다. 그러나 노인은 그 하루 동안의 일을 1년이 넘도록 여태까지 쓰고 있는 것이다.

하루는 얼마나 많은 이야기를 가지고 있는가. 아주 분명한 것 같았던 일들이 한없이 난해하게 여겨지고 손에 잡힐 듯 다가오던 사람들의 얼굴이, 천리만리 아득히 멀어졌다.

아, 바탕이 어리석고 약하며 학식이 망매함인가. 그 하루의 일도 밝게 말할 수 없다니. 노인은 『주역』을 뒤져 그날 정월 19일의 시수(時數) 7개를 뽑았다. 이 7개의 시수에 맞춰서 그 하루의 일을 나눠 쓰려고 했던 것이다. 그러나 그 7개의 일들을 다 쓰고 보니 아직도 모자라는 무엇인가가 있는 것이었다. 노인은 〈8월 을미〉 하는 식으로 하루 하루의 비망록을 쓰며 그 모자라는 무엇인가를 깨달으려 했다.

그러나 그럴수록 그날의 일들은 더 아득히 멀어졌다.

요즈음 노인은 자신이 이 초산 고을의 궁벽한 곳에서 평생을 꼼짝도 않고 살았던 것 같은 착각이 든다. 물론 초산 읍내의 훈장 박상효(朴相孝)는 가공의 이름이었다. 그러나 이젠 이인몽(李人夢)이란 그 옛날의 본명까지도 가공의 이름처럼 여겨지는 것이다. 영원이라는 매끄럽고 단단한 고리 위에 시작도 끝도 없이 생하는 무수한 순간들. 이인몽이란 이름은 실체가 아니라, 노인의 제대로 씌어지지 않는 하루처럼 물방울 같은 순간의 이름이었다.

영원의 고리 위에 인간이 만든 나라는 하나밖에 없다. 주(周)나라. 그 이전의 모든 나라는 주나라에 도달하려는 꿈, 그 이후의 모든 나라는 주나라로 돌아가려는 꿈이었다. 나는 누구인가. 나는 무엇으로 살아 있었던가. 나의 생은 영원한 꿈속의 물방울 하나. 꿈속의 꿈이었다……

노인의 몸이 불덩이처럼 뜨거워졌다.

그때 노인의 귀틀집 문 밖에서 노인을 부르는 소리가 들렸다. 그 소리는 노인의 귀에 와닿았으나 노인의 의식에 아무런 변화도 주지 못했다. 지난 1년간 끊임없이 반추하던 34년 전의 일들이 야릇하게 굽이치며 떠오를 뿐이었다.

이윽고 삐걱하는 소리와 함께 문이 열렸다.

아까 낮에 만났던 늙은 부사와 몇 사람의 아전들이 노인의 방으로 들어왔다. 그 일행들은 어둡고 습기가 배어 눅눅한, 악취가 나는 토방의 입구에서 잠시 질린 듯이 서 있었다. 그리고 평범한 도포와 갓으로 갈아입은 늙은 부사가 신을 벗고 토방 위로 올라왔다. 늙은 부사는 한동안 쓸쓸한 눈으로 누워 있는 노인의 얼굴을 자세히 들여다보았다. 이윽고 부사가 노인의 몸을 흔들었다.

"사형…… 사형"

"사또 나으리, 윤질이 아니옵니까?"

곁에 다가온 여덟팔자 수염의 아전이 떨리는 목소리로 물었다. 그러자 그 뒤에 서 있던 다른 아전들이 화들짝 놀라며 뒤로 물러섰다.

"아니다. 이 노인은 만화초(萬化草:아편을 섞은 담배)를 좀 많이 피운 것이야. 너희들은 나가 있거라"

아전들이 나가자 늙은 부사는 책상다리를 하고 노인의 옆에 앉았다. 노인이 깨어나기를 기다리는 것이다. 이 늙은 부사, 34년 전의 그 어느 새벽 인몽과 같이 달아나던 유치명은 불현듯 스며드는 무력감을 느꼈다. 성긴 지붕의 틈 사이로 이해할 수 없는 별빛들이 새어 들었다.

그러나 누워 있는 노인에게 바깥의 그 모든 소리는 윙윙 하는 소음으로 들릴 뿐이다. 노인의 의식은 점점 더 혼곤한 꿈속으로 발을 옮기고 있었다. 아편에 자극된 피들이 돌돌돌 물소리를 내며 온갖 색채와 형태의 환상을 피워올렸다. 마지막에 이른 피곤한 생이 헐떡거리며 미처 쓰지 못한 기억들을 불러모으고 있는 것이다. 그 중간 중간에 문득 노인의 현재가 끼어들었다.

나는 늙은 것일까?

지금 죽음으로 다가가고 있는 것일까?

노인의 닫힌 눈꺼풀 아래 눈동자가 복잡하게 움직였다. 그러나 곧이어 어떤 불멸의 느낌이, 그런 고뇌를 덮어버렸다. 불현듯 소싯적에 읽은 이상은(李商隱)의 시가 노인을 따라왔다. ……홀로 저무는 날의 방울 울리며, 한가히 지팡이에 기대 있노라. 이 세상은 먼지와 티끌이거니, 내게 어찌 사랑과 미움 있으랴…… 추억이 눈처럼 내려왔다. 추억의 눈을 덮고 방울소리를 울리며 환하게 빛나는 얼굴이 있었다.

도원아.

……!

도원아.

예.

예.

예, 전하.

전하……

〈초판〉 작가의 말

〈정조 독살설〉을 처음 들었을 때 나는 열한 살이었다.

아버님을 따라 안동 예안의 왕고모님 소상(小祥)에 갔던 1976년 겨울이었다. 그때까지만 해도 나는 소변을 잘 가리지 못하는 좀 바보스런 아이였다. 공부를 지지리도 못하는 데다 국민학교 5학년이나 되는 놈이 사흘이 멀다 하고 이부자리에 지도를 그렸으니, 어머님은 "애가 왜 이렇게 늦될까?" 하고 여간 걱정이 아니셨다. 그러나마나 정작 나 자신은 태평이었고 학교만 파하면 책가방을 내동댕이치고 아이들과 히히덕거리며 놀기 바빴다. 요컨대 열한 살이었던 것이다. 피는 몸 안에서 들끓었고 가슴은 벅찼으며 무엇을 생각하기만 해도 근질근질할 만큼 머리는 달콤한 안개로 가득 차 있었다. 무슨 재미나는 이야기만 들으면 스펀지에 잉크가 번지듯 기쁨과 동경이, 인생에 대한 긍정이 파랗게 물드는 것을 막을 수 없었다.

그런데 그해 겨울밤, 소상에 오신 어른들께 인사를 드리고 밤이 이슥하여 비슷한 또래의 일가붙이들과 골방에 모여 놀 때였다. 청송 진보에서 오신 일가 아지매가 아이들에게 밤을 깎아주며 〈나랏님을 독살한 숭악(凶惡)한 놈들〉의 이야기를 해주셨다. 어린 나는 그 이야기에 완전히 압도되어 버렸다. 당쟁(黨爭)이란 것이 뭔지도 모를 어린 나이건만 이야기에 담긴 그 격렬한 감정들, 증오들, 원한과 복수의 악무한(惡無限)적 반복들이 형언할 수 없는 공포로 다가왔던 것이다. 겁에 질린 나머지 어두컴컴한 변소까지 가기는커녕 방 밖에도 나가지 못해 오랫동안 끙끙 앓던 기억이 새삼스럽다(그날 밤 이야기의 주인공은 〈이가환〉이었다. 아마도 참혹하게 죽은 이가환에 대한 동정과 민담적 상상력의 결과였으리라).

그날 이후 세상은 마치 곁눈질로나 볼 수 있는 위협적인 어떤 것으로 느껴지기 시작했다. 그것은 사람의 소망이 대부분 다른 사람과의 경쟁 속에서, 다른 사람을 좌절시키고 다른 사람의 자존심에 상처를 냄으로써 달성된다는 무서운 이치를 처음으로 가르쳐준 이야기였다. 그해 겨울이 끝나면서 나는 더 이상 오줌을 싸지 않았다.

그 뒤 대학에 들어와 국학(國學)을 전공하면서 나는 어린 시절에 들었던 그 이야기가 영남 일대에 굉장히 널리 퍼진 설화라는 것을 알게 되었다. 안동에서 태어난 어느 노교수님은 당신도 어린 시절에 어른들로부터 그런 이야기를 들은 적이 있다는 말씀을 하셨다. 더욱 기이한 것은 최익한(그는 경북 울진 출신이다)의 기념비적 저서라고 하는 북한 학계의 『정다산과 실학파』(1955)도 〈전언(傳言)에 의하면……〉이라는 말로 정조 암살의 과정을 자세하게 다루고 있는 것이었다. 〈전언에 의하면〉이라니?

누구의 전언이란 말인가?

나는 이 오랫동안 전해지던 이야기의 최초의 발설자를 상상하기 시작했다. 정조의 곁에서, 정조의 개혁 정치를 보필하면서, 정조의 정적(政敵)들을 결단코 용서하려 하지 않았던, 어떤 꿋꿋하고 충성스런 젊은 선비를. 그리고 그의 패배와 비참한 노경을…… 그리하여 나는 마침내 정조가 시해되기 직전 이 상상의 인물이 겪은 하루낮 하룻밤 동안의 꿈 같은 사건을 구상하게 되었다.

말하자면 나는 오랫동안 전해지던 이야기를 새롭게 다시 전하는 이야기꾼이다. 소설가는 자신을 표현하고 자신의 고유성과 자기 내면의 남다른 진실을 보여주기 위해 소설을 쓴다. 그러나 이야기꾼은 자신을 표현하기보다 전해오는 이야기를 최대한 생생하게 다시 구현하기 위해 붓을 빌려줄 뿐이다.

오해를 피하기 위해 한 가지 덧붙이고 싶은 것은 이 책은 역시 허구라는 사실이다. 나는 번역자의 목소리를 통해 역사적 사실의 정확한 고증을, 주인공인 이인몽의 목소리를 통해 오직 허구를 통해서만 접근할 수 있는 당대의 진실을 드러내려 하였다. 이 허구화를 위해 나는 움베르토 에코(『장미의 이름』),

코난 도일(『바스커빌의 개』), 존 딕슨 카(『연속 살인사건』), 로베르트 반 훌릭(『중국 황금살인사건』) 등 여러 추리소설의 모티프들을 응용하였다. 그러므로 이 하루의 24천간(시)에 들끓고 있는 숨가쁜 사건과 사건의 여러 인물들은 어디까지나 허구화된 인물들이다. 이들이 허구화된 인물들임을 밝히고자 필자는 몇몇 인물들의 이름 제일 끝자리를 바꾸거나, 그 이름자(漢字)를 전부 바꾸는 방식을 택했다. 이 점 후손 되는 분들의 혜량을 바란다.

1993년 7월 이인화

소설의 배경이 된 연보

경술년(1790)   김종수 모친상으로 물러남. 채제공의 남인 - 독상(獨相)정부 출범. 벽파의 호조판서 김문순, 시전상인들을 조종, 매점매석으로 도성 안에 대대적인 상품 품귀현상(都賈)을 일으킴.

신해년(1791)   채제공, 시전상인들의 특권을 폐지하고 자유매매를 허가하는 신해통공(辛亥通共) 공포함. 진산사건 일어남. 이를 계기로 서양서적의 소장 금지됨.

계축년(1793)   루이 16세 사형됨. 건륭제의 서양 천주교에 대한 박해 강화됨.
채제공, 노론 벽파에 대한 천토를 주청. 〈선대왕의 금등지사〉가 최초로 알려짐.

갑인년(1794)   채제공, 다시 천토를 주청. 채제공의 처벌을 주장하던 벽파의 영수 김종수 유배됨. 수원 행궁 완성됨. 청나라 신부 주문모 밀입국함.

을묘년(1795)   주문모 신부를 체포하려다 실패한 을묘실포사건 일어남. 대사헌 권유, 채제공의 사주로 이승훈, 이가환, 정약용이 죄인들을 살인멸구했다고 탄핵함. 정조, 이승훈을 예산에 유배시키고, 이가환을 충주목사로, 정약용을 금정찰방으로 좌천시킴.

병진년(1796)   수원성 완성됨.

정사년(1797)   정약용 거듭되는 탄핵으로 자신의 사학 오염을 인정하고

	승지를 사직함. 정조, 정약용을 곡산부사로 임명함. 벽파의 영수 윤시동 죽음.
무오년(1798)	벽파, 이 해 5월부터 서학 탄압을 본격적으로 추진함. 정조, 벽파의 반대를 무릅쓰고 금광 채굴을 허가함. 장용영 군제 확립됨.
기미년(1799)	남인의 영수 채제공 죽음. 벽파의 영수 김종수 죽음. 영의정 김병모, 좌의정 심환지, 우의정 이시수의 벽파정권 들어섬.
경신년(1800)	원자 공, 왕세자로 책봉됨. 김조순의 딸 세자빈에 간택됨. 정조, 서얼소통, 공노비 혁파를 강력히 추진. 정조 죽음(6.28). 채제공의 관직이 추탈됨.
신유년(1801)	이가환, 권철신 옥에서 장살됨. 정약종, 홍낙민, 황사영 처형됨. 이승훈, 권일신 유배지에서 처형됨. 정약전, 이기양, 오석충 유배지에서 병사함.

남인 학통의 계보

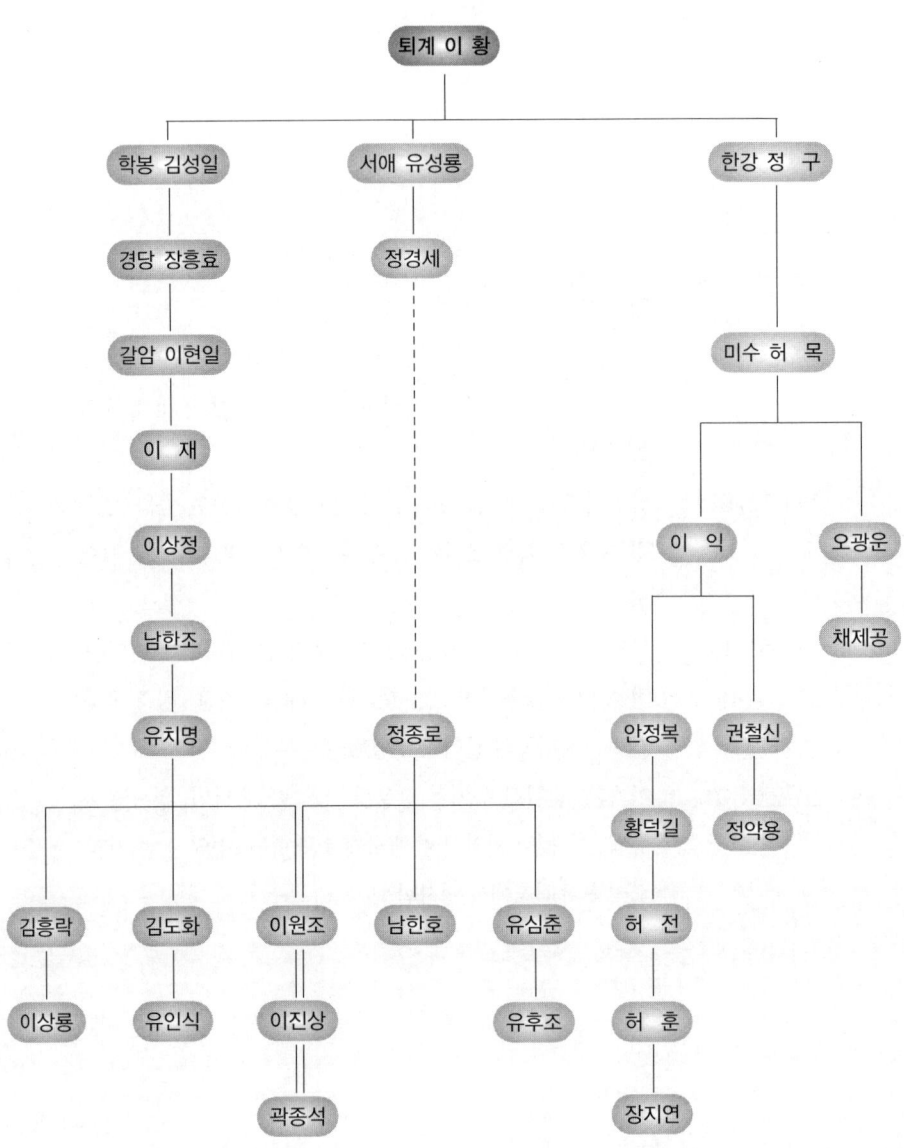

노론 학통의 계보

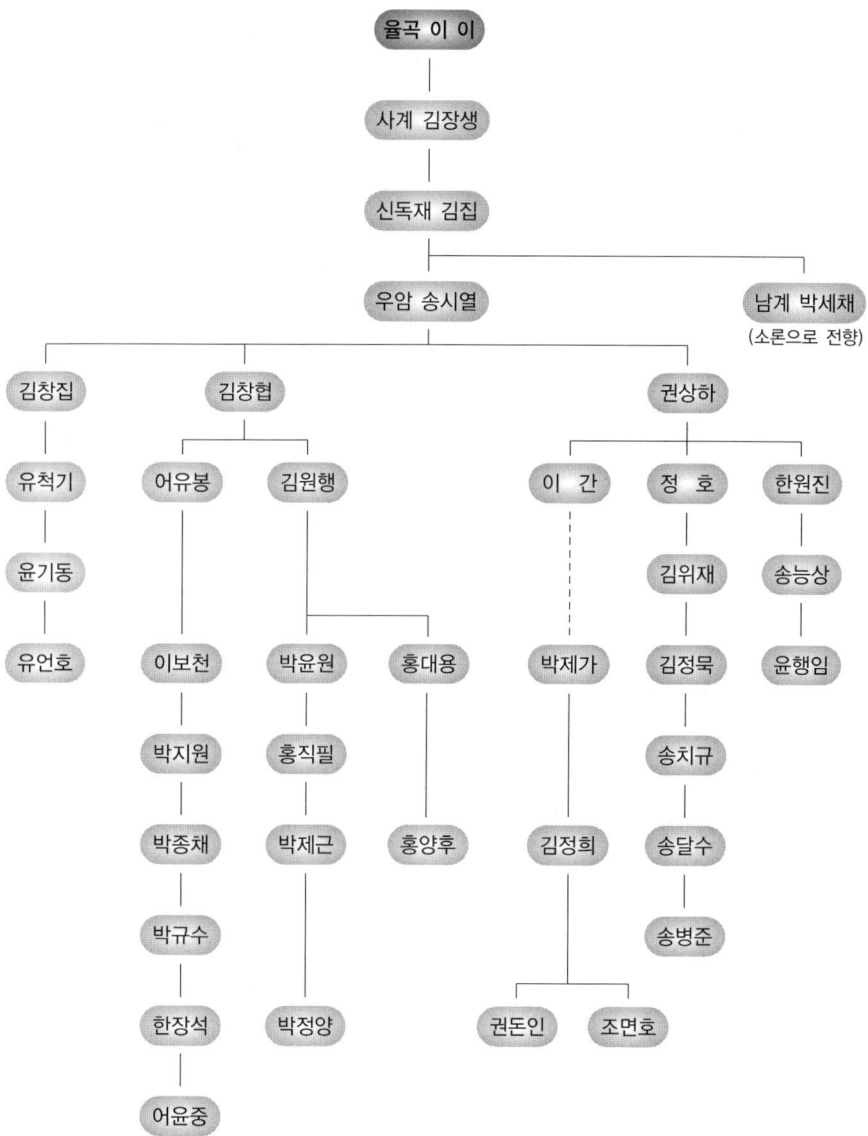

계보 367

정조시대의 노론

노론 시파
김치인
정민시
윤행임
김조순

노론 벽파
김상로	김한록	김한구	이택징
홍계희	심환지	김달순	이시수
조영순	이의봉	이미지	이지영
김구주	조 정	김관주	김문순
조종박	신헌조	권 유	윤시동
김종수	이명식	이병모	민영혁
유언호	이재간	서용보	서명천
정존겸	구선복	오재순	윤 급

노론 탕평파
홍국영

흡 수

정조시대의 남인

서학파
이승훈 이학유
정약종 윤지충
권철신 이동욱
권일신 오석충
황사영 이치훈
홍낙민

남인 탕평파
채제공
이가환
이기양
정약용
이익운

반서학 반탕평파
홍의호
이기경
목만중

부록

서평1_이문열

서평2_이정엽

서평3_도날드 베이커

논쟁
역사소설로서의 『영원한 제국』

평론
포스트모던 소설의 전형, 『영원한 제국』

독자 리뷰

FAQ

서평 1_이문열 소설가   1993. 7. 31. 조선일보 〈토요특집〉

여름 밤 꼬박 새운 즐거운 충격
수수께끼 풀듯 「正祖독살說」 치밀한 재구성

책에 대한 열정도 줄고 감흥도 떨어진 이런 때에 밤새워 읽을 책을 만난다는 것은 여간한 즐거움이 아닐 수 없다. 더구나 그 책의 작가가 젊어 삶의 경험과 지식의 축적 모두에서 크게 기대하기 힘든 연배인데도 놀랄 만큼 뛰어난 작품으로 다가들면 그때는 단순한 즐거움을 넘어 신선한 충격까지 받게 된다.

역사 관심 촉발
이인화의 『영원한 제국』은 실로 오랜만에 나를 바로 그러한 감동과 충격으로 밤새우게 만든 책이었다. 출판사의 선전은 서스펜스 스릴러로 되어 있으나 기실 거기서 취한 추리형식은 낯선 역사와 지식에 대한 독자의 관심을 유발하기 위한 최소한의 장치에 불과하다. 이 책의 진가는 때로 전율까지 느끼게 하는 중세후기의 조선사회에 대한 독특한 해석과 폭넓고 깊이 있는 동양고전의 이해이다.

정조(正祖)가 노론(老論)세력의 사주에 의해 독살되었다는 설은 다산(茶山)을 비롯한 몇몇 남인(南人)계열 학자들에 의해 전문(傳聞)형식으로 기록되어 있고 영남지방에는 예부터 입에서 입으로 은밀하게 떠돌던 말이다. 그러나 누구도 거기에 주목하지 않은 것은 워낙 근거가 없는 데다 되뇌기조차 신물이 나는 사색당쟁의 잔영이 어려 있는 까닭이었을 것이다. 그런데 작가는 그 정조독살설(正祖毒殺說)을 대담하게 전면으로 끌어내고 허구의 저자와 그 저술을 통해 요모조모 치밀하게 정황적인 뒷받침을 하고 있다.

왕권(王權)—신권(臣權)의 대립

주기론(主氣論)과 주리론(主理論)으로 대표되는 세계해석의 방법에 대한 작가의 간명한 이해방식과 정리도 국사(國史)의 일부분으로 막연하게만 알아온 젊은이들에게는 많은 것을 시사해줄 수 있을 것이다. 그리하여 그 대표세력으로 남게 된 노론(老論)과 남인(南人) 간의 쟁론도 하찮은 붕당의 다툼이 아니라 세계관과 세계관의 충돌이며 이상(理想)의 대립이었다는 것을 이해하게 된다면 틀림없이 그것도 새로운 소득이 될 것이다.

정치적으로는 왕권을 제약하는 입장이며 문화적으로는 개화파의 선구가 되는 노론과 왕권의 신장 및 절대주의 왕정 아래서의 부국강병을 이상으로 하며 뒷날 수구파의 핵심을 이루는 남인. 비록 본문에서는 다루고 있지 않으나 작가는 그러한 계보정리의 연장선상에서 친일파와 위정척사파의 내밀한 구도까지도 암시하고 있다.

하지만 그렇다고 해서 작가가 진부한 의고취미에 빠져 있는 것은 결코 아니다. 〈인간이 만든 제국은 하나뿐이다〉란 명제는 반드시 2천 몇백 년 전에 세워졌다 사라진 주(周)제국을 이상화하고 있는 말이라고는 할 수 없다. 오히려 서술의 행간(行間)에서 문득 문득 느낄 수 있는 것은 그 화석화(化石化)된 윤리와 이상에 끊임없이 새로운 해석의 숨결을 불어넣어 생명을 지속시키려는 노력들에 대한 민망함 섞인 이해이다.

거기다가 빠뜨릴 수 없는 이 책의 미덕은 자칫 과소평가되기 쉬운 소설로서의 재미이다. 솔직히 근년에 나온 소설들 중에서 이 『영원한 제국』만큼 독자의 교양욕구를 충분히 만족시키면서도 강렬한 흡인력으로 사람을 빨아들이는 책은 보지 못했다.

「후생가외(後生可畏)」 실감

하기야 이 책에 대한 시비의 걱정이 전혀 없는 것은 아니다. 작가가 후기에서 밝힌 움베르토 에코의 기법(技法)과 관련된 것인데, 그러나 조금만 사려 깊게 보면 그 걱정은 안 해도 될 듯싶다. 어떤 비밀스러운 문서를 두고 그 내용과 사건을 함께 풀어가는 추리기법은 에코가 『장미의 이름』에서 처음 창안한 것이 아니다.

일일이 댈 수는 없지만 에코조차도 그 방면의 선배를 대라면 열 명쯤은 쉽게 댈 수 있을 것이고, 따라서 그러한 방식은 어느 정도 보편성을 획득한 추리소설의 한 기법이라고 할 수 있다. 그런데도 피상적인 관찰로 억지를 쓸 덜떨어진 평론가는 없을 것이라 믿는다. 더군다나 작가가 후기에서 그 부분을 언급하고 있음에랴.

그 밖에 사적(私的)인 감회를 덧붙인다면 나로 하여금 〈후생(後生)이 가외(可畏)라〉든가 〈장강(長江)의 뒤 물결이 앞 물결을 밀친다〉라는 말을 실감나게 해준 게 바로 이 작품이었다. 어쭙잖은 이름이나마 걸고 권하느니, 젊은이들이여, 이 여름휴가 배낭을 꾸릴 때는 반드시 이 책을 잊지 말기를.

서평 2_이정엽 육군사관학교 교수   2006. 8. 3. 동아일보 칼럼

흥미진진한 역사 읽기 30선
〈28〉 영원한 제국

"영원의 고리 위에 인간이 만든 나라는 하나밖에 없다. 주(周)나라. 그 이전의 모든 나라는 주나라에 도달하려는 꿈, 그 이후의 모든 나라는 주나라로 돌아가려는 꿈이었다. 나는 누구인가. 나는 무엇으로 살아 있었던가. 나의 생은 영원한 꿈속의 물방울 하나. 꿈속의 꿈이었다……"

—본문 중에서

대학 시절 한 스승께서는 "고전(古典)이란 모름지기 재독(再讀)할 가치가 있어야 하는 법"이라고 자주 말씀하셨다. 어떤 책이 고전이 되기 위해서는 시대가 바뀌어도 그 시대에 맞는 깨달음을 책에서 얻을 수 있어야 한다는 뜻이다. 현재를 살고 있는 나와 책 속의 과거가 씨줄과 날줄이 교차되듯 엮이면서 옛날에 그 책을 읽었던 것과는 질적으로 다른 격치(格致)의 경지를 보여 주는 책, 그러한 책이 바로 고전이 될 자격을 갖추었다 할 수 있을 것이다.

이인화의 『영원한 제국』은 조선후기 정조 시대를 배경으로 시경 빈풍편에 나오는 시 「올빼미(鴟鴞)」를 둘러싼 의문의 살인사건을 다룬 소설이다. 당시 정조는 육경(六經)과 같은 고문에 나오는 주나라를 전범으로 삼아 강력한 왕권을 행사하려 하였고, 이는 사서(四書)를 정통으로 신봉하는 노론 사대부들의 붕당정치와 이념적으로 충돌할 수밖에 없었다. 정조의 아버지 사도세자의 죽음을 영조에게 종용했던 노론 일당의 명부를 기록해 놓았다는 금등지사의 존

서평 373

재는 비록 허구적인 상상이기는 하지만 남인과 노론의 정치적 갈등의 근원으로 부각되면서 이 작품의 소설적 긴장을 더해 준다.

이 작품이 1990년대 베스트셀러로 부각될 수 있었던 이유 중의 하나로 움베르토 에코의 『장미의 이름』과 같은 추리 소설의 모티프를 원용했다는 점을 부인할 수 없을 것이다. 이 작품을 원작으로 하는 영화가 나올 정도로 능란한 플롯을 선보이고 긴박하게 스토리를 전개해 나간 점은 이 작품의 미덕이라 할 수 있다. 무엇보다 『영원한 제국』에서 주목할 만한 부분은 정쟁을 둘러싼 당대 유학자들의 발언을 통해 드러나는 정치 철학의 현재적인 소급이라고 할 수 있다.

주리론(主理論)과 주기론(主氣論)에 관한 논쟁이 사서와 육경의 정통성 문제와 문체반정을 거쳐 홍재유신의 현재적 해석에까지 이르면 가빴던 숨을 잠시 골라야 할 때가 온 것이다. 왜 저자는 굳이 액자소설의 시점을 도입하여 『취성록』이라는 책을 발견한 국문학 연구자의 이야기를 보자기로 삼아 속을 감쌌는지 말이다. 절대왕정이 민주주의로 가는 도정 중 불가피한 과도기였다는 작품 속 화자의 주장은 논쟁의 여지가 있을 수 있다.

작품의 관찰자로 등장하는 이인몽의 쓸쓸한 말로는 영남 남인들이 걸어야 했던 정당성과 명분의 결과가 너무도 덧없다는 사실과 겹쳐지면서 묘한 여운을 남긴다. 한 남인 선비 혹은 정조가 꿈꾸었던 주나라에 대한 동경은 이상주의적인 국가에 대한 낭만을 부르지만, 고대 중국과 조선후기, 그리고 현대 한국정치의 현실적인 시간적 격차를 고려할 때 낭만은 환멸을 동시에 불러온다.

역사적 허구성을 빌미로 영웅담을 남발하는 작금의 역사소설들과 비교할 때, 『영원한 제국』에 등장하는 유학자들과 벌이는 지적인 논쟁은 언제든 참여해 볼 만한 가치가 있다. 그것이 이 작품을 현재적 가치를 지닌 고전으로 다시 태어나게끔 하는 이유일 것이다.

서평 3_도날드 베이커 브리티시 컬럼비아대학 사학과 교수 _____ 영역판 〈영원한 제국〉론

소설가의 펜 끝에서 나온 역사
(History from the Pen of a Novelist)

나는 역사학을 전공하는 사람이기에 역사 문헌의 진위를 평가할 수 있어야 한다. 말하자면 내 앞에 놓인 문헌이 주장하는 대로 그만큼 오래된 것인지 아닌지를 판별할 수 있어야 한다. 만일 그 문헌이 역사적으로 확실한 것이라고 판단된다면, 그 다음 나는 그 신뢰성에 대해 평가해야 한다. 가령, 그 문헌이 당시 역사적 사건의 직접적인 진술자에 의해 기술된 것이라면, 그 주장이 믿을 만한 것인지 아닌지를 평가해야 한다.

인정하기 부끄럽지만 난 『영원한 제국』의 작가, 이인화에게 속아 넘어가고 말았다. 『영원한 제국』은 도쿄에 있는 동양문고(Toyo Bunko) 도서관의 서재에서 『취성록』이라는 필사본 책 한 권을 발견하는 것으로 이야기가 시작되는데 이는 너무나 그럴듯하게 들린다. 더욱이 정조의 왕권을 둘러싸고 격렬하게 펼쳐지는 붕당정치에 대한 작가의 묘사는 매우 사실감 넘친다. 난, 소위 심환지(Shim Hwan-ji)가 주도했던 노론 벽파(Intransigent faction)와 채제공이 주도했던 남인 탕평파(Flexible faction) 간의 맹렬한 싸움에 대해 이미 연구했었고, 작가가 말하는 인물이나 사건들에 대해서 잘 알고 있었다. 나는 작가의 세부적인 이야기들에서 약간씩 혼동되는 부분이 있었다. 예를 들자면, 궁중 인사의 갑작스런 죽음이 왜 정조 24년 1월 19일을 기록한 왕궁의 공식 연대기에 기록되지 않았는지 궁금했다. 이 소설의 맨 마지막 페이지에 『영원한 제국』은 처음부터 끝까지 가상의 이야기임을 밝힌 〈작가의 글〉을 보고 나서야, 나는 이인화가 얼마나 능수능란하게 이 이야기를 엮어냈는지 깨달을 수 있었다.

이인화는 대부분의 역사 소설가들을 능가하는 업적을 달성했다. 그가 만들어낸 사실감 넘치는 이 이야기는 소설가의 작품이라기보다는 역사가의 작품으로까지 간주될 정도이다. 이 소설의 중심을 이루는 사건은 실제로 발생했던 것은 아니지만 충분히 있을 수 있는 일이었다. 바로 이 점 때문에 이 작품은 단순히 몽상적이기만 한 소설 이상의 것이 된다. 또한 이 작품은 정치적 갈등이 때론 치명적인 결과를 몰고 왔던 조선왕조의 격정적인 정치판으로 통하는 창을 열어준다.

조선왕조는 5세기 이상 지속되었으며, 최근 2천 년 동안 지구상에서 가장 안정적이었던 왕조 가운데 하나였다. 그럼에도 불구하고 조선왕조를 지탱한 굳건한 지반은 때로는 매우 강한 지진으로 흔들렸다. 조선 초, 1455년에 한 왕족(세조)이 그의 어린 사촌이자 불행했던 선왕, 단종(재위 1452~1455)에게 사약을 내리고 왕위를 찬탈했다. 그로부터 수십 년 후, 훗날 연산군(재위 1494~1506)으로 불린 왕은 선왕(성종)에 의해 결국 사사(賜死)된 자신의 어머니(정현왕후)의 죽음에 대한 책임이 신하들 중에 있다는 말을 듣게 되었다. 슬픔과 분노에 휩싸인 연산군은 많은 신하들을 죽였다. 죽임을 당한 사람들이 너무 많아서 어느 누구도 연산군의 분노 앞에서 안전하다고 여길 수 없었다. 결국 일부 신하들은 왕의 분노에 동조하지 않는 왕족들과 손잡고 연산군을 폐위시켰다.

16세기 초에 신하들이 연산군을 폐위시킨 바로 이 사건과 17세기에 광해군(재위 1608~1623)을 폐위시킨 사건은 왕권을 심각하게 약화시키는 결과를 초래했다. 후대 왕들은 일방적으로 신하들에게 어명을 받들도록 할 수 없음을 깨달았다. 대신, 조정은 여론과 타협에 의해서 운영되었다. 왕은 고관대신들로부터 자신의 정책에 대한 동의를 얻어내기 위해 노력했고, 신하들은 왕이 원하는 것보다 자신들이 선호하는 정책을 채택하도록 왕에게 압력을 가하기도 했다.

결과적으로 대신들은 조선왕조 초기보다 더 많은 실력행사를 할 수 있게 되었다. 이는 관료들이 더 높은 권력을 손에 넣기 위해 경쟁하게 될 때 조정은 더욱 불안해지며, 권력을 향한 관료들 간의 협잡은 더욱 뜨겁게 달아오르게 됨을 뜻한다. 첫 번째 폐위사건 후에 공로를 인정받은 훈구파(merit subject 왕권 계승 다툼에서 이긴 편에 동조하여 높은 관직을 얻었던 이들)와 사림파(scholar-official 과거시험에서 성적이 더 좋았기 때문에 자신들이 관직을 가질 권리가 있다고 주장하는 이들) 사이에 정쟁이 발생했다. 사림파들이 고위직을 얻은 후에는 관직의 수보다 자신들의 수가 많다는 사실을 알게 되었다. 그들은 곧 자신들끼리 싸우기 시작했다.

역사학자들은 흔히 18세기 당파주의의 뿌리를, 16세기 후반 들어 관료 구성을 지배하기 위한 정쟁에서 반대편끼리 서로 연합하여 세습적인 당파가 결성되었던 때에서 찾는다. 이런 당파들의 지도자들은 서울의 서로 다른 지역에 살았기 때문에, 그들의 추종자들은 이에 따라 동인과 서인으로 불리게 되었다. 동인이 서인으로부터 구별되기 시작한 지 18년이 지나 동인들은 다시 한 번 분열을 경험하는데, 이번엔 남인과 북인으로 불리게 되었다. 거의 한 세기가 지난 뒤에, 자의대비(인조의 계비)가 효종(자의대비의 둘째 아들)의 상을 당하여 얼마 동안 예를 표해야 하는가(상복을 입어야 하는가)에 대하여 의견이 엇갈리게 되자, 서인들은 노론(Old Doctrine)과 소론(Young Doctrine)으로 분파된다.

이렇게 다양한 갈등의 결과로, 조선왕조는 18세기에 이르러 자신의 정치적 입지뿐 아니라 그들 선조의 정치적 입지에 따라 분파된 네 개의 붕당을 가지게 되었다. 이러한 세습적인 붕당으로 관료들은 상대편 붕당의 사람들을 무수히 떨쳐내는 반면, 같은 붕당 사람들을 가능한 많이 높은 관직에 오르게 하기 위한 방도를 찾았다. 왕들은 당연히 이를 저지했다. 왕은 특정 당파의 옹색한 협의사항을 장려하는 데에 관심이 많은 신하들보다, 자신의 정치적 입장을 옹호해주는 신하들을 원했다.

결국, 18세기의 역사는 왕권과 신권(臣權) 사이의 끊임없는 투쟁의 역사였다. 왕들은 최상의 통치권을 주장하기 위해 노력했으나, 붕당의 이익을 도모하려는 관료들의 저항에 부딪혔다.

막강한 관료들을 견제해왔던 조선의 왕권은 1720년부터 차례로 즉위한 경종(재위 1720~1724), 영조(재위 1724~1776), 정조(재위 1776~1800)의 정통성이 의문시되면서 약화되었다.

경종은 정신적, 육체적으로 심각한 질병을 앓았던 것으로 알려지고 있다. 사실, 노론의 지도자들이 왕의 건강을 염려했든지 아니면 다만 그렇게 말했든지 간에, 경종 2년에 노론파는 경종에게 권력의 대부분을 그의 이복동생(영조)에게 물려주도록 압력을 가한다. 경종은 자신의 왕권에 대한 이러한 도전에 분노하여 네 명의 노론 지도자를 사형시킨다. 노론파는 경종의 건강 문제보다는 인현왕후를 음해한 희빈 장씨를 숙종이 사사했다는 사실에 대해 더 염려하고 있었다. 경종은 아마도 이러한 노론에 대해 경계하였을 것이다. 경종의 어머니인 희빈 장씨는 주술을 사용하여 그녀의 연적인 인현왕후를 죽이고 숙종의 사랑을 얻으려 한 것으로 알려졌다. 이 사실은 경종을 살인자의 아들로 만들었고, 이로 인해 일부 신하들은 경종의 왕권에 대한 정통성이 미흡하다고 생각했다.

경종의 정통성 여부와 상관없이 그는 왕좌에 그리 오래 있지 못했다. 1724년, 경종은 이복동생이 보낸 게장을 먹은 뒤 급작스런 설사를 일으키고는 바로 죽었다. 곧 이복동생이 뒤를 이어 즉위하자, 경종이 불의의 사고로 죽은 것이 아니라는 의심이 제기되었지만 아무도 그 게장에 독성이 있었다는 것을 증명할 수는 없었다. 그러나 경종을 따랐던 일부 신하들은, 희빈 장씨가 주술을 사용한 것을 처음 알려 그녀를 죽음에 이르게 한 간접적인 책임이 있는 사람이, 바로 그 게장에 대한 의혹이 있는 영조의 어머니(숙빈 최씨)임을 기억했다.

영조는 형제를 살해했다는 소문 때문에 정통성에 손상을 입은 채 왕위에 올랐다. 더욱이 그의 어머니(숙빈 최씨)는 앞서 말한 바와 같은 일에 연관되었을 뿐만 아니라, 숙종의 눈에 띄기 전에는 천한 계급인 궁궐의 무수리였다. 적절한 혈통을 매우 중요시했던 사대부 관료들은 그녀의 낮은 신분 때문에 그녀를 왕모로 받아들일 수 없었고, 영조가 과연 왕권을 주장할 권리가 있는지 의문을 제기했다. 한편으로는 영조의 정통성에 대한 의구심으로 인해, 또 한편으로는 조정에서 노론이 우세하여 몇몇 선동자들이 위협을 느낀 탓에, 영조를 폐위시키려는 무장반란(이인좌의 난)이 1728년에 일어났다. 그러나 영조는 그 반란을 제압하기에 충분한 군대를 소집할 수 있었다. 영조는 자신의 기반을 넓히기 위해 탕평책이라는 정책을 시행했다. 탕평책으로, 영조는 모든 붕당의 일원들 가운데에서 관료를 발탁할 수 있는 기반을 마련하여, 고위직을 하나의 붕당이 독점하는 것을 막을 수 있었다. 이 정책은 관료 등용에 대한 결정권을 붕당 지도자가 아닌 왕이 가지고 있어서 관료 지망생들이 붕당 지도자보다는 왕에게 충성을 하도록 만들려는 것이었다. 영조는 이 정책으로 힘 있는 군주가 되어, 조정에서 정책을 중심으로 모든 것들이 순환되기를 바랐다.

영조는 관료들을 옥죄고 있던 힘 있는 붕당을 해체시키는 데 부분적으로는 성공했다. 그는 자신을 힘 있는 군주보다는 명목상의 군주로 만들려는 고관대신들의 끊임없는 모략을 제지하는 데에는 성공하지 못했다. 1749년 영조는 왕으로서의 수많은 의무를 아들 사도세자에게 넘겼다. 이는 야심에 찬 신하들이 세자 주변으로 몰려들게 해, 영조 자신은 신하들의 지속적인 시선에서 벗어나려는 바람이었다. 그러나 불행히도, 이 소설에 나와 있듯이, 사도세자는 정신적 질환 때문에 그러한 책임을 감당하기엔 부적격이었다. 사실, 영조의 유일한 아들이 부적격이었던 탓에, 사도세자의 삶은 조선왕조 자체를 위협했다. 그는 닥치는 대로 살인도 서슴지 않는, 왕조차 개입할 수 없는 행동을 일삼기 시작했다. 사도세자가 저지른 행동은 조선의 붕당 정치를 지배하기 위해 왕가가 필요로 하는 도덕성을 손상시켰다. 조선의 왕권을 주장하는 왕가를 구하기 위해, 1762년 영조는 아들을 뒤주에 가두어 굶어 죽게 했다. 불행하게도, 이로 인해 영조는 자신의 아들을 죽였을 뿐만 아니라, 새로운 붕당이 생겨나게 하였다. 사도세자가 왕위를 계승하는 것을 지지하는 노론 벽파와 그렇지 않은 남인 탕평파가 생겨난 것이다.

이 소설에서 묘사되고 있는 붕당 간 음모의 목표가 되었던 사람은 죽은 사도세자의 아들(정조)이다. 정조는 선대의 경종과 영조처럼, 정통성에 대해 의심을 받으며 왕위에 올랐다. 두 선왕과 달리, 정조는 많은 고관대신들을 배출한 가문에서 자란 존엄한 어머니의 아들이었다. 그러나 살인죄를 선고받고 사사된 사도세자의 아들이기도 했다. 결국 정조의 태생은 경종보다 더욱 문제시되었다. 가부장적인 조선 사회에서는 어머니가 누구인가보다 아버지가 누구인가 하는 문제에 더 큰 관심을 갖기 때문이다. 뒤주 안에서 죽은 그의 아버지, 사도세자의 죽음은 용납될 수 없는 행동에 대한 적절한 결과였다는, 많은 관료들과 학자들의 신념이 정조의 군주다운 도덕성에 먹구름을 끼게 했다.

할아버지인 영조처럼 정조는 당파주의를 넘어 탕평책을 실행함으로써 정통성에 대한 의심이라는 결점을 극복하려 했다. 통치 중반에 정조는 고위직을 세 개의 가장 권세 있는 붕당인 노론, 소론, 남인들에게 골고루 나누는 데 성공했다.

게다가 정조는 붕당정치를 제압하려 했던 영조보다 진일보했다. 그는 기존 관료체제를 약화시키고, 왕권에 더욱 충성하는 독립적인 관료집단을 창출하기 위해 과감한 정책들을 적용했다. 예를 들어, 그는 송나라(Song China)의 제국 도서관(Imperial Library)을 본뜬 규장각(Royal Library)을 세우고, 그곳의 젊은 학자들에게 조정의 많은 안건들에 대한 행정적 임무를 수행하는 책임을 부여했다. 그는 또한 장용영(Stout Braves Garrison)이라는 새로운 호위군을 만들어 권세 있는 붕당 지도자들의 지배하에 있던 군권을 장악했다. 그는 서울에서 필수물자를 팔도록 허가 받은 소수 독점상을 약화시키기 위해 상업을 자유화하였다. 그리고 서울 권세가를 위협하기 위해 지금까지 해왔던 일보다 더 강력한 조치로, 수도를 서울에서 새로 성벽을 쌓은 화성으로 옮기려 했다. 왕이 서울의 고명한 가문을 남기고 혼자 화성으로 자리를 옮겨 세자를 지목하려 한다는 소문이 나돌았다.

심환지에 의해 주도되던 노론 벽파는 자신들의 부패한 가문에 대한 고민보다는, 고관들과 서울 명문가의 강고한 권력을 압도할 수 있는 우월함을 얻으려 한 정조의 의도 때문에 더욱 고심하였다. 남인은, 한편으로, 왕권 강화를 지지했다. 더욱 강력한 왕권은 학자들에게는 조정에서의 서열이 오를 수 있는 더 많은 기회를 의미하기 때문이다. 그 무대는 붕당 간의 다툼으로 마련되었다. 오랜 조선의 전통에도 불구하고 정조는 임기 마지막 해에, 관료들이 왕과 논쟁하지 말고 무조건 복종해야 한다고 주장하여 상황을 더욱 격화시켰다. 1800년 5월 말일에 정조가 자신을 천도(天道 Heavenly Principle on Earth)의 화신으로 천명하자 노론 벽파들의 분노는 극에 달했다. 더 나아가 정조가 곧 벽파에게 사도세자를 죽게 한 책임이 있음을 천명하려는 조짐이 보이자 그들은 거의 남아 있지 않은 관료의 권위마저 잃게 될까 두려워하게 되었다.

정조가 신하들에게 무조건적인 복종을 요구한 지 채 한 달이 안 되어 죽었을 때, 당연히 그의 죽음은 불의의 사고에 의한 것이 아니라는 의심이 일었다(사실 왕의 사체를 다룬 의사가 심환지와 관련된 인물이었다는 것은 우연의 일치라고만 보기 어렵다). 또한, 당연하게도 정조가 죽고 더 이상 남인을 보호할 수 없게 되자 남인들을 겨냥한 벽파의 분노가 폭발했다. 남인은 자신들의 지도자 중의 일부가 천주교의 지도자이기도 했다는 사실 때문에 쉽게 공격받을 수 있는 처지였다. 천주교는 불과 15년 전, 남인의 젊은 학자가 북경에 외교 사절단으로 갔다가 몇몇 프랑스 사제단들을 만났을 때 조선에 전해졌다. 이 신부들에게 전도된 그는 조선에 돌아와 친구들과 친족들을 전도하기 시작했다. 10년 만에 막강한 천주교 비밀 공동체가 무수히 결성되었다. 천주교는 로마의 교황이 유교적 의례는 우상숭배라고 규정했기 때문에 제사를 거부함으로써 조선의 법을 어기게 되었다. 게다가 그들은 조정이 자신들에게 종교의 자유를 허락하도록 압력을 가하기 위하여, 1794년에 중국인 신부를 밀입국시켰고 프랑스 군대를 포함한 더 많은 외국인들의 밀입국을 기도했다.

정조는, 벽파가 천주교 문제를 남인에 대항하기 위한 무기로 이용하여 붕당 간의 싸움이 격렬해질 것이 염려되자, 천주교에 대한 박해를 완화하려 했었다. 정조가 죽자, 그 염려는 현실이 되었다. 벽파는 정권을 잡고 그들의 사법권력을 남인을 대량 학살하는 데 이용하여, 천주교인으로 밝혀진 사람들을 죽였고 그밖에 많은 사람들을 유배시켰다.

『영원한 제국』은 소설이다. 작가는 1800년 한국에 실제로 무슨 일이 있어났었는지 말할 의무는 없다. 대신, 그가 해야 하는 일은 그럴듯한 이야기를 엮어 독자를 흡입하는 것이다. 소설 안의 인물들은 소설가가 그들이 그 일을 했다고 말했기에 그것을 했을 수도 있다. 이 점에 있어 작가는 감탄할 만큼 성공했다. 이 소설의 인물들 대부분은 정조의 집권 당시에 일어났던 정쟁과 관련된 실제 인물들을 바탕으로 하고 있다. 더욱이, 이 소설에서 일어나는 정쟁은 실제 역사와 매우 비슷하다. 조선이 18세기에서 19세기로 이행될 때 정조는 신하들이 왕의 명령에 복종해야 하는가, 말아야 하는가의 문제로 논쟁을 벌였다. 심환지는 정조의 많은 정책안에 반대했고 남인의 영향력이 커지는 것을 저지했다. 정약용은 심환지를 비롯한 벽파들과의 정쟁에서 정조를 지지하는 것을 책략으로 삼았다. 또한 정약용은 천주교도였다. 몇 년 후 그는 천주교를 포기하지만 많은 다른 교인들은 그렇게 하지 않았고, 그 대신 소설에 나와있듯이 그들은 비밀리에 예배를 드렸다.

때때로 역사소설은 학술 논문보다 과거에 대하여 충실한 서술을 전한다는 말을 한다. 역사 전공가로서 마음은 상하지만 이는 정확한 진술일 수 있음을 인정한다. 이 소설의 사건은 실제 1800년 1월에 일어난 것은 아니지만, 또한 화자와 몇몇의 인물은 가공의 인물이지만, 이 소설 안에 집약된 서울의 정치적 분위기는 이 시기 실제 역사 연표에서 내가 발견한 것과 매우 흡사하다. 작가는 생생한 몇몇의 역사적 기록과 역사가들이 복원한 자료를 가지고 정조대(代)의 적대감과 잔혹함과 반역을 묘사하고 있다.

  나는 역사 연구의 목적 가운데 하나를, '과거로 향한 문을 열고 시간을 거슬러 올라가 지구상에 존재했던 우리 선조들의 세계를 경험하도록 하는 것'이라 믿고 있다. 이 점에 있어 『영원한 제국』은 과거로 향한 문을 매우 효과적으로 열어주는 작품이다. 두 세기 전 한반도에서 일어났던 정치적 음모를 경험하길 원하는 이에게 나는 이 책을 권한다.

논쟁_편집부 정리

역사소설로서의 『영원한 제국』

1993년 12월 김언종 교수(당시 경희대 중문과)는 〈역사소설과 허구의 한계, 또는 고증의 문제—이인화의 『영원한 제국』의 경우〉라는 글을 『문학정신』에 발표한다. 이 글은 역사소설은 역사적 사실에 엄격하게 제한받아야 한다는 원칙 아래, 역사 인물이나 시기, 호칭, 서적, 한문 번역 등을 잘못했다는 내용을 담고 있다. 김언종 교수는 논문을 검토하듯 페이지 순서대로 역사적 오류를 지적하면서, 작게는 한자의 오기(誤記) 문제부터 정약용의 자호(自號)인 〈사암〉의 사용시기 문제 등 40여 개의 내용을 꼼꼼하게 다룬다.

같은 해 『역사비평』 겨울호에는 〈소설 『영원한 제국』:풍부한 상상력·빈곤한 역사의식〉이라는 제목의 박광용 교수(당시 성심여대 한국사)의 글이 실린다. 박광용 교수는 먼저, 작가 이인화가 역사가의 논문이나 원사료를 본격적으로 읽고 이해한 바탕에 문학적 상상력을 결합시켜 소설화했다는 점을 들어 그의 재능을 높게 평가하고 있다. 반면, 역사를 단순화시켜 이해한 점과 당시의 다양한 사상을 균형 있게 다루지 못한 점 등을 비판한다. 그리고 이 소설이 과연 어떤 수준의 역사문학이며 또한 이 소설을 쓴 목적은 무엇인가에 대해 논하면서, 작가 이인화의 민족적 관점 즉, 역사의식의 문제를 다루면서 글을 맺는다.

이에 대한 반론으로 작가 이인화는 〈김언종 교수께 드리는 작가의 사신(私

信〉〉이라는 글을 『문학정신』 1994년 1월호에 발표한다. 김언종 교수는 물론 박광용 교수의 지적으로 〈객관적인 반성〉을 할 수 있었음을 밝인 이 글에서, 작가 이인화는 10여 군데의 실수한 부분을 인정한다. 그러나 이밖의 30여 군데의 〈고증오류〉에는 따를 수 없다고 주장하며 그 까닭을 세세히 밝힌다.

먼저, 김언종 교수의 〈사암은 정약용이 30대 관료 시절에 쓰던 호가 아니다〉라는 지적에 대하여, 작가 이인화는 "사암이 정약용의 47세 이후의 호라는 선생님(김 교수)의 추정은 학계에서도 의견이 분분할 것 같다"라고 말한다. 〈사암〉이란 호는 1784년 정약용이 정조가 질문한 중요강의 80여조를 답술하여, 경쟁하던 여러 태학생들의 학설 가운데 1등의 평정을 받은 뒤 득의만만하여, 율곡이 말한 〈백세에 성인이 재래하여도 나의 학설을 바꾸지 못할 것이다〉라는 구절을 인용해 지은 것으로 추정된다고 배경을 설명하고 있다.

둘째, 〈향사의(례)에는 왕이 참여하지 않는다〉라는 김언종 교수의 지적도 사실과 다르다고 논박한다. 주나라를 동경한 정조가 〈어질고 능력 있는 사람을 왕에게 추천할 때 행하는 활쏘기 의식〉을 부활시켰다는 것에 대해 채제공의 『불운정사기』를 그 근거로 제시한다.

셋째, 영조대왕의 「혈삼동혜사」를 4·4로 끊어 읽어야 한다는 김언종 교수의 제안에 대하여 사(詞)는 4·6 한 구씩 끊어 읽는 것이 예부터의 상례라고 이견을 내놓는다.

넷째, 심환지를 심긍지로 읽은 것은 김언종 교수의 잘못이라고 지적하면서, 소설적 장치로 환(煥)을 환(亘)으로 바꾸었을 뿐인데, 이를 김언종 교수가 긍(亙)으로 잘못 읽었다고 말한다.

이밖에도, 작가 이인화는 여러 근거를 바탕으로 김언종 교수의 다른 견해가 일면적인 해석임을 논박하고 있다.

김언종 교수는 1994년 3월 『현대문학』에 〈한 작가의 참된 장인정신을 기대하며—작가 이인화의 〈私信〉에 답함〉이라는 글을 싣는다. 이를 통해 김언종

김언종 교수의 지적	작가 이인화의 반론
〈사암〉은 47세 이후의 호이다	다산이 23세에 지은 호가 맞다
향사의(례)에는 왕이 참석 않는다	정조는 향사례를 부활해 참석했다
「혈삼동혜사」는 4·4로 끊어 읽어야 한다	사(詞)는 4·6으로 끊어 읽는 게 상례. 4·4로 읽으면 처음부터 해석이 불가능하다
다산은 역수학적 고역을 부정하고 취하지 않았다.	다산 역학은 넓은 의미의 역수학적 고역이다.
금등지사의 〈사〉는 〈事〉가 아니라 〈辭〉가 맞다	〈금등의 글〉이 아니라 〈금등의 일〉이라는 의미로 〈事〉를 썼다
楊子는 경칭이므로 잘못 썼다	〈子〉를 반드시 경칭으로 쓴 것은 아니다
채제공의 소상 날짜는 잘못이다	역사적 사실들 사이의 불일치 때문에 소설적으로 각색한 것이다

교수는 작가 이인화의 주장을 다시 조목조목 반박한다. 〈私信〉에서의 주장에 대한 반박에 앞서 다소 우려를 표명한 이 글은 정약용의 자호 문제를 다시 논박하는 것으로 시작한다. 역사소설의 허구라는 측면에서 발표한 앞선 글보다 좀더 구체적이고 상세하게 반박을 한 김언종 교수는 22페이지 분량의 논고 마지막에 이르러 작가 이인화가 큰 작가가 되기를, 또한 역사소설의 허구와 한계, 고증의 문제에 대한 문단과 학계의 본격적인 논의를 부탁하면서 글을 끝맺는다.

김언종 교수와 작가 이인화 사이에서 오간 이 논쟁은, 인신공격으로 얼룩진 여타 문학 논쟁과는 달리, 그 바탕에 문학에 대한 애정을 가지고 엄밀한 문제 제기와 수용, 논쟁의 영향력 등의 측면에서 〈생산적인 논쟁〉으로 평가받게 된다.

평론_편집부 정리

포스트모던 소설의 전형,
『영원한 제국』

　1993년 7월 13일 경향신문에 〈표절시비 신세대작가들 활동재개〉라는 기사가 실린다. 이인화, 박일문, 장정일 등 1992년에 표절논쟁에 휘말렸던 작가들에 대한 짤막한 기사이다. 특히 작가 이인화는 〈혼성모방(패스티쉬)〉과 관련한 논란의 중심에 있었다. 작가 이인화는 자신의 소설적 기법을 바로『영원한 제국』을 통해 보여준 것이다. 그는 작품 뒤의 〈작가의 말〉을 통해 이 소설의 인용처를 낱낱이 표시했다. 이는, 신문기사의 표현을 빌리자면, "이 소설이 그에게 쏟아진 비난에 대한 '소설적 답' 임을 암시한다."

　같은 해 9월 9일『시사저널』의 지면을 빌려, 작가 이인화는『영원한 제국』의 집필 배경을 밝힘과 동시에 논란을 불러왔던 포스트모던의 글쓰기 방식인 '패러디'에 관해 언급한다. "정조는 주나라를, 영조는 〈올빼미〉를, 선비들은『시경』을 패러디한다는 점에서, 또 정조의 문체반정이 〈공인된 패러디의 권위〉를 세우기 위한 것으로 읽힌다는 점에서 이 소설은 하나의 커다란 패러디" 라고, "이번 소설은 포스트모던 글쓰기의 한 전형"이라고 작가 이인화는 말한다. 그러나 그의 글쓰기는 1993년 당시에 언급되던 포스트모더니즘과 관련이 있는 것은 아니라고 한다. 작가 이인화의 글쓰기는, "과거 즉 중세에서 찾아진다.『삼국지연의』는 물론 명나라 신종 때 쓰여진『쌍천기봉』같은 소설이 대표적인데, 이 중세 소설들은 패러디, 시뮬레이션, 텍스트의 겹침, 전형적인 상황 등 오늘날 포스트모던 글쓰기 기법들을 이미 자유롭게 구사"하고 있다고 밝힌다.

당시 이대 국문과 강사였던 황도경 씨는 『서평문화』 12월호에서 〈포스트모던적 글쓰기에 숨은 복고주의의 위험성〉이란 글을 발표한다. 이 글은 『영원한 제국』의 작법과 소설 속에 담긴 의미를 밝히고 있다.

황도경 씨는 먼저, 『영원한 제국』의 만만치 않은 자료와 그 고증, 그리고 이를 소설 속에서 탄탄하게 서술한 점 등을 들어 놀라움을 나타낸다. 또한 작품의 교훈성과 재미라는 문학의 두 기능을 충족시켜주는 장점을 높이 평가한다. 그러나 작가 이인화의 『영원한 제국』에의 향수에 당혹스러움을 드러낸다. 황도경 씨는 대중문화 속에 〈지난 시대의 군국주의나 절대 권력에의 향수가 숨어 있는 것은 아닌지〉를 걱정하면서, 이 작품이 자신으로 하여금 〈포스트모던 문화에 숨은 음험한 복고주의를 환기시킨다〉고 우려한다.

같은 시기, 『문화예술』에는 김승옥 교수(당시 고려대)의 〈'포스트모던'한 시대의 담화 형식〉이라는 제목의 리뷰가 실린다. 먼저, 문학과 역사의 미묘한 관계에 대한 언급으로 글을 시작한 김승옥 교수는, 이 작품은 특유의 역사적 배경과 담론구조를 가진 창작품이기 때문에, 움베르토 에코의 『장미의 이름』 등에서 여러 모티브들을 혼성모방하고 있음을 밝힌 작가 이인화의 포스트모던 글쓰기에 대해서 문제가 없다고 평가한다. 또한 〈매우 어려운 철학적 문제들을 포괄하면서도 끝까지 특유의 긴장감과 소설적 재미를 잃지 않는〉 것은 추리소설적 기법 때문이기도 하지만, 〈작품의 화자가 노론과 남인 양측에 대해 어느 한쪽으로 쉽게 기울지 않는 팽팽한 균형감각을 유지〉하기 때문이라고 밝힌다. 그러나 정조가 꿈꾸는 성왕정치란 복고적인 이데올로기에 불과한 것이고, 남인세력 역시 보수적인 위정척사파로 귀결된 실제 역사를 볼 때, 작가의 판단은 다소 성급했다고 진단한다.

김승옥 교수는 글을 마치면서, 〈더 이상 부채의식으로 작용할 수 없는 과거란 과연 현재에 있어선 무엇인가, 인몽이 던진 이 물음은 작가가 스스로에게 던지는 물음이기도 하다. 작가가 구상하는 소설이란 이제 허구와 현실, 역사와 실제와의 대응을 더 이상 문제 삼지 않는 자유로운 유희공간이기 때문이다. 역사의 부담으로부터 완전히 자유로운 역사소설 이인화의 『영원한 제국』은 소위 포스트모던한 시대에서 주요한 유희적 담화형식, 새로운 대중소설적 글쓰기 전략)이 될 것이라고 전망한다.

1995년 『문학정신』 가을호에 서울대 김성곤 교수는 〈『영원한 제국』과 포스트모던 소설〉이라는 소론을 싣는다. 포스트모던 소설의 특징을 간략히 정리하는 것으로 시작되는 이 논문은 작가 이인화의 『영원한 제국』은 포스트모던 소설의 전형임을 언급한다. 김성곤 교수는 먼저 대표적인 포스트모던 소설인 『장미의 이름』과 『영원한 제국』을 비교하여 무려 스물두 항목의 유사점을 열거한다. 그러나 『영원한 제국』은 『장미의 이름』의 기법을 차용하는 데 그치지 말고, 패러디하는 수준으로 나아가야 한다고 역설한다. 포스트모던 소설은 주된 기법을 빌여온 작품을 궁극적으로 패러디하는 것이기에, 이점에 있어 『영원한 제국』의 약점이 드러난다는 것이다.

그럼에도 불구하고, 김성곤 교수는 여러 포스트모던적 의미가 함축된 구조를 들어 『영원한 제국』이 지니는 포스트모던 소설로서의 의미를 밝히고 있다. 이 작품이 『취성록』이란 작품의 번역이라고 하는 점, 그럼에도 원전인 『취성록』은 존재하지 않는다는 점, 원전을 변형시켜 시점을 달리한 점, 저자인 〈이인몽〉이 원전을 쓸 당시 아편에 취해 그 신뢰도를 불확실하게 설정한 점 등을 김성곤 교수는 환기시킨다. 또한 노론의 원로인 심환지가 육경이나 서학을 배우는 사람들은 이단과 역적으로 몰아 죽이고, 궁중 비서인 『금등지사』에 가까이 가는 사람들까지 살해하는 점을 들어 이 작품이 포스트모던 소설임을 명확히 보여준다고 주장한다. 또한 작가의 관점 역시 노론이 틀렸고 남인 옳다는 식의 단순한 결론이 아닌데, 이것은 작가가 박정희의 유신을 지지했다는 것이 단지 오해였음을 보여주는 것이라고 김성곤 교수는 말하고 있다. 그리고 그는 〈원전과 중심과 절대적 진리는 부재한다〉고 한 데리다의 말에 기대어, 『영원한 제국』의 작중인물들이 애타게 찾는 「시경천견록」이라는 것이 애초에 없다는 것과 끝에 가서는 〈이인몽〉이 〈아드소〉처럼 인생에 대해 회상하는 것 역시 이 작품을 포스트모던 소설로 만들어주는 명확한 요소라고 결론 내린다.

이러한 점들을 들어, 김성곤 교수는 〈『영원한 제국』은 90년대 한국 문단이 배출한 주목할 만한 포스트모던 소설〉이며, 〈다른 아류들과는 확연히 변별되는 여러 가지 장점들과 특성들을 갖〉는 점에서 〈중요한 문학적 성과〉라고 글을 마친다.

독자 리뷰

Yes24 | rinehart 님 | 2003-01-20

매우 흥미진진한 추리, 역사 소설임은 두말할 나위가 없다. 영화까지 만들어졌으니까. 이 책은 이미 상당한 판매고를 올린 베스트셀러 중의 한 권이고, 인정받은 책이다. 처음 고등학교 1학년 때 읽었을 때와 지금 스물다섯이라는 나이에 머리가 굵어지고 읽는 것은 많은 차이가 있었다. 중학교, 고등학교를 거치면서 좋은 역사 선생님들에게 배우고, 4권의 국정 교과서와 학습만화한국사와 다른 역사 관련 서적들을 많이 읽었지만, 항상 부족하고 이해하기 힘들었던 부분이 조선 후기의 당쟁에 관한 부분이었다. 역사과목 전반을 굉장히 잘 설명해 주시던 선생님조차 이 당쟁 부분에서는 사색당파의 계보의 정리와 지역구분 정도이지, 어떠한 사상적 차이가 있으며 어떠한 정치적 견해 차이가 있었는지는 잘 설명해 주지 않으셨다. 그저, 상을 3년 치를 것인가, 1년 치를 것인가 같은 쓸데없는 문제로 쟁론하다 나라를 망쳤다는 식의 현대의 국회의원들의 싸움과 비교하는 정도였다(하지만 이런 설명은 일제시대 식민통치의 정당화를 위한 이론이었다). 조선의 붕당은 동인과 서인으로 시작해서 다시 남인과 북인, 노론과 소론, 시파와 벽파 식으로 끊임없이 분열해 그 수가 50여 개에 이르렀다고 한다. 그리고 이 붕당정치를 현대의 입헌군주 내각책임제에 비견될 만큼 이상적인 정치체제로 설명하시는 분도 계셨다. 이 책은 이런 견해에 대해서도 "절대 아니다"라고 말한다. "우리나라가 망한 이유가 여기에 있다" "근래의 최고 문명국가가 100년도 안 돼 최저질 국가가 되었다"는 식으로 붕당정치의 폐해를 철저하게 규탄하며 그 원인을 신권의 강화에서 들고 있다. "주자가 죽어야 나라가 산다"는 말이다. 이 책에는 단지 소설이라고 치부하기에는 너무나 생생하고 자상한 붕당의 원리와 그 사상적 배경에 대한 설명이 있다. 그렇게 많은 학자들, 특히 동방의 주자라 불리는 이황과 이이를 배출한 우리나라가 일제가 말했던 그런 이유 없는 당파싸움만 했던 것은 아닐 것이라고 생각해왔다. 이 책에는 노론은 노론대로, 남인은 남인대로의 그 사상적 차이(이기론)를 이해하기 쉽게 설명하고 있다. 정조의 리더십에 관해서도 많은 생각을 하게 했다. "하늘에 그물을 쳐 놓고 역적이 걸리기를 기다렸다"는 그 술수. 주인공은 하늘같은 성군이 그런 권모술수를 썼다는 사실에 대해 대단히 실망하며 허탈해하지만, 내가 그 입장이었다면 어땠을까? 나였다면 주위의 수많은 적들 속에서 어떤 선택을 했을지 상상해 본다.

인터넷 교보문고 | icerucare 님 | 2004-01-28

고등학생이라면 누구나 알고 있는 책의 제목이다. 여러 언어영역 문제집을 풀다보면 이 책의 지문이 한 번씩 나오기 마련이다. 나도 그렇게 이 책의 일부분을 처음 접했다. 수능이 끝나고 한가한 시간을 틈타 도서관을 기웃거리던 나에게 별안간 『영원한 제국』이라는 제목이 뇌리를 스쳐 지나갔다. 평소에 역사소설을 좋아하는 나였지만, 요즘 책과는 다르게 깨알 같은 글씨와 나온 지 좀 됐는지 누런 종이 때문에 처음에는 마음이 끌리지 않았다. 하지만 이 책은 나의 믿음을 결국 저버리지 않았다. 『영원한 제국』은 정조 24년(1800) 1월 19일 하루 동안 규장각에서 일어난 의문의 살인사건을 시작으로 비서(秘書)인 영조의 『금등지사』를 찾기 위한 당대 노론과 남인의 세력다툼, 정조의 갈등을 그린 역사 추리소설이다.
조선 헌종 1년(1835)에 쓰인 이인몽의 『취성록(聚星錄)』을 토대로 썼다는 이 소설은 시경(詩經) 빈풍편에 등장하는 시 「올빼미」를 둘러싸고 발생한 검서관의 살인사건과 갑작스런 정조의 죽음에 대한 정치적 음모를 스릴 있게 풀어가고 있다.

이인몽이 만약 실제 인물이고, 소설 내용 또한 사실이었다면 그것은 아주 오싹한 일이 아닐 수 없다. 이 책을 읽기 시작하면, 모든 게 허구라는 작가의 말은 어느새 머릿속에서 사라지고 내 앞에는 죽은 검서관의 시신과 사건에 열심히 몰두하는 정약용이 있다. 허구의 소설이라고는 하지만, 사실적인 묘사는 나로 하여금 역사의 소용돌이 속으로 빨려 들게 한다. 우리가 잘 알고 있는 정약용이란 인물의 등장으로 소설은 더욱 사실적으로 느껴진다. 단 하루 만의 일을 책 한 권이라는 분량으로 엮어낸 것 또한 실로 굉장하다. 현재와 과거의 사건을 적절하고 매끄럽게 연결하는 것은 이 책이 갖는 또 하나의 묘미다.

역사의 그늘 속으로 숨겨진 금등지사를 둘러쌌던 이야기는 서서히 클라이맥스로 다가가고…… 마지막에 이인몽은 한적한 시골의 별 볼일 없는 노인네로 살아가게 된다. 이인몽은 죽음을 맞이할 때도 그의 주군인 정조를 생각했다. 그의 정조에 대한 충성은 실로 사랑과 같으며, 그것은 나를 가슴 아프게 한다. 그리고 급기야 모든 것이 끝나는 마지막 장면은 나의 눈물을 자아냈다. 지금도 이 대목을 생각하면 가슴이 미어지고 눈물이 고인다.

도원아!(도원은 이인몽의 호)……

도원아!……

예…… 예…… 전하……

출판저널 139호 | 조은경 님 | 1993-11-10

허구라는 소설의 장치가 얼마나 치밀했던지, 이 책 마지막 부분에 실려 있는 작가의 "이 책은 허구이다."라는 말에 난 그만 책을 소리나게 놓고 말았다. 그러나 그 허구라는 장치는 소설을 소설이게 해주면서 우리들에게는 책을 손에서 놓지 못하게 만드는 또 다른 현실을 맛보게 하는 것임을 이 책을 통해 새삼 알 수 있었다.
〈나〉라는 가상의 인물이 〈이인몽〉이라는 또 다른 가상의 인물이 지은 어마어마한 역사의 비밀을 담고 있는 『취성록』을 읽어 나가면서 소설의 형식으로 그 책을 번역한다는 내용의 이 책은, 조선 후기 왕인 정조의 죽임이 독살이었음을 밝히고 있다. 물론, 그것이 허구라는 이름으로 소설의 테두리 안에 갇혀 있어 진실이냐, 아니냐를 따질 성질의 것은 아니겠지만 어쨌든 이 책을 읽는 동안은 그 죽음이 어떤 식으로 전개되어 나가는지를 쫓아가느라고 책에서 눈을 뗄 수가 없었다.
우리가 자주 입에 올리던 장희빈에서 정약용, 최 무수리, 영조, 이이, 이황, 게다가 열하일기의 박지원까지 생생하게 만나게 해주고, 망국적인이란 수식어까지 붙어 있는 당파의 뿌리를 파헤쳐 주며, 또 시경 외에 여러 성인들의 고전의 여러 경구까지 인용하고, 잘 알려지지 않은 왕가에 얽힌 여러 비사까지 총동원된 듯한 이 책은, 과연 이 작가는 어떤 사람이기에 이런 얘기를 감히 지어낼 수 있었던 것일까?를 생각하게 만들고 나중에는 〈여기 적힌 내용은 분명히 사실일 거야〉라고 독자로 하여금 우기게 만드는 책이다.
이 책은 사도세자의 죽임이 노론에 의한 모함이었음을 알게 되는 영조가 채제공이라는 남인의 우두머리 격인 신하에게 시경(詩經)의 「올빼미」라는 시로 금등지사라는 역사의 진실을 남기고, 개혁의 기치로 왕권강화를 내건 정조는 그 금등지사를 이용하여 당파의 고질적인 구시대의 악습을 일소하려고 하며, 그 와중에 일어나는 규장각 검서관의 죽음을 시작으로 정조를 흠모하는 이인몽의 눈에 비춰지는 슬프고 안타까운 조선시대의 자화상이다.
잘못된 역사에 대한 책임이 결코 어느 한 사람, 한 당파에게만 있는 것은 아니었겠지만 '그렇게만 안 되었더라도……' 하는 탄식이 절로 나오는 것으로 이 책의 내용이 얼마나 흥미진진하고 박진감 넘치는지 짐작 갈 것이다.

역사를 통해서도 알 수 있지만 진실이라는 것은 그렇게 쉽게 정체를 드러내지는 않는 것 같다. 어떻게 보면 선이라는 가면을 쓴 악이 우리 주위에 더 오래 어물쩍거리고 있다. 정조라는 거인을 기다리기에는 이미 우리 사회가 한 사람의 영웅을 인정하지 않는 국민이 주인인 시대에 서 있고, 지독한 개인주의에 빠져들고 있다.

그런 관점에서 생각해 보면 정조라는 개혁의 인물도 시대를 너무 늦게, 혹은 너무 빨리 태어났는지도 모르는 일이다. 왜 역사는 그렇게 늦게야 진실을 드러내는 것일까? 좀 더 빨리, 아니 즉시 진실과 거짓을 판단해 준다면 선하고 용기 있는 사람들을 우리 주변에 오래도록 머물게 할 수 있을 텐데 말이다. 아마 작가도 그런 안타까움을 안고 이 책을 써 나간 것은 아닐까? 책 속에 간간이 목소리로 등장하는 〈나〉라는 인물은 작가의 분신이 분명할 것이다.

소설이 지닌 묘미를 이런 역사적 사건으로도 느낄 수 있다는 것을 안 지금은 당장이라도 책방으로 달려가 역사소설이라는 명칭의 소설을 한 아름 사 안고 싶을 뿐이다. 단, 그 소설들이 허구를 이용해 멋대로 역사를 조작하지 않고, 가슴 아픈 역사의 진실을 작가가 포용하고 있다면······

FAQ _____ 작가에게 듣는 10문 10답

소설 내용

1 '취성록'은 실제로 존재하는 책인가?

이 소설의 원본이 되는 『취성록』은 처음부터 존재하지 않았습니다. '소설로 들어가면서' '소설로 나오면서' 언급한 『취성록』의 이야기는 사실이 아니라 허구로서, 그것 자체가 소설의 일부를 이룹니다. 본문인 '소설'로 제시한 정조 시대의 이야기들이 오히려 사실에 가까운 것으로, 실증적인 학문이 지나쳐버린 역사의 어두운 공간을 상상력으로 밝혀보려는 시도였습니다.

2 "지금까지 인간이 만든 나라는 하나밖에 없었다. 고대의 모든 나라들은 주(周)나라에 도달하려는 꿈이었으며 그 이후의 모든 나라는 주나라로 돌아가려는 꿈이었다……"라고 저자는 말한다. 왜 주나라가 중세의 영원한 꿈이자, 시경·서경·주역이 만든 환상의 제국인가? 주나라의 무엇이 우리로 하여금 그 나라를 꿈꾸게 하는가?

주나라는 동아시아 문화의 이상입니다. 천 년 전 북중국에서 요임금과 순임금이 나신 후로 하나라, 은나라를 거쳐 주나라에 이르러 우리 동아시아의 문명은 완성되었습니다. 지금으로부터 2천여 년 전 인류의 가장 문명화된 부분을 이루었던 주나라. 왕들은 착하고 어질고 지혜로웠으며, 백성들은 예악으로 교육되어 평화를 누렸습니다. 법은 관대하면서도 강력했고, 군대는 엄격히 단련되어 용맹했으며, 문화는 시대적 지혜에 의해 이룩되고 보존되었습니다. 우리가 꿈꾸는 이상국가가 이미 이 황금시대에 완성된 것입니다. 그리하여 이 같은 황금시대는 신화가 되고 전설이 된 것입니다.

3 과연 단지 책 하나 때문에 정치가들이 살인까지 저질렀을까? 또 장종오의 독살과 부검 장면 등은 무엇을 참고하였나?

책과 기록의 권위를 절대적으로 존중하는 중세의 지적 분위기를 과소평가할 수 없습니다. 일본의 하세베 노리지까의 연구서 『추리소설에 나타난 고서의 취미』에서 보듯 금등지사보다도 하찮은 서책들 때문에 훨씬 더 잔혹한 살인이 일어나는 이야기가 널려 있습니다. 근대에 들어서 이 같은 모티프는 김용의 『녹정기』, 사마달의 『대검객』 같은 무협소설로 계승됩니다.

조선조의 검시 과정에 대한 지식은 김기춘 님의 논저를 참고하였습니다.

4 문약한 군주로 알려진 정조를 백발백중의 명사수로, 또 카리스마적 군왕으로 표현한 근거는 어디에 있는가?

정조의 초절한 무예는 채제공의 「불운정사기(佛雲亭射記)」, 「사궁기(賜弓記)」(『번암집』)에 근거하여 묘사한 것입니다. 정조의 정치적 카리스마에 대해서는 『정조실록』 및 「답관료(答官僚)」(『홍재전서』) 같은 교지의 사실들에 근거하였습니다.

5 조선 초 당쟁의 근본이념은 어떤 철학적 기반을 지니고 있는가?

제가 생각하는 조선조의 당쟁은 우리가 흔히 얘기하고 있는 것처럼 선각자와 악당들의 대립이 뚜렷하거나 탐욕과 복수로 이어지는, 권력자와 그 모리배들의 차원 낮은 싸움이 아닙니다. 저는 우리 중세사회를 주도했던 지배자들이 권력의 향유자이기 전에 독서가였으며 경전의 주석학자들이었다는 점을 중시했습니다. 그들의 치세이념에 관한 대립은 붕당정치로 백성을 다스릴 것이냐, 성왕정치로 왕권을 강화할 것이냐 하는 주자학적 해석에 따른 세계관의 대립이었습니다.

6 정조의 독살설은 어떤 내용이고, 또 어떻게 전해져 왔는가?

노론과 사대부가 왕권을 견제하면서 왕과 사대부의 차이를 인정하지 않는 신권중심국가를 지향했지만, 정조는 강력한 군왕이 조선사회를 주(周)나라와 같은 이상국가로 만들어야 한다고 생각했습니다. 그러나 정조는 48세로 갑자기 타계했고, 그 뒤 조선은 쇠락해갔습니다. 정조독살설이 정약용에서부터 오늘에 이르기까지 전해오고, 역사학계의 일부에서도 심증을 두고 있는 것은 당시의 역사적 정황이 실제로 긴박했기 때문입니다. 경북 안동에서 태어나 자란 저는 어렸을 적 어른들로부터 들은 정조 암살설을 모티브로 삼아 소설화했습니다.

7 『영원한 제국』은 만 하루 동안 일어난 사건을 엮어내고 있다. 독자들은 이 짧은 24시간 동안의 이야기에 정신없이 빠져들게 되는데 이러한 구성을 취한 이유는 무엇인가?

동양에서 하루는 아주 철학적인 시간입니다. 24는 우주가 돌아가는 시간을 뜻합니다. 저는 이 하루의 24시간을 설정해 놓고 그 시간을 쪼개어 소설의 기승전결을 구성했습니다.

작가

8 소설 속의 인물 중 가장 애착이 가거나, 작가 자신의 사상이 가장 잘 드러나는 인물은 누구인가?

『영원한 제국』을 쓰기 시작했을 때 나는 외로웠습니다. 주위의 친구들은 떠나고 세상은 쉴 새 없이 으르렁거리며 나를 비난하고 있었고 나는 그 소리에 귀를 막고 혼자 아파트에 틀어박혀 하루 종일 컴퓨터를 두드리고 있었습니다. 석간신문을 받아들 때면 시시각각 절망적인 생각들이 찾아왔습니다. 나는 체념할 수도, 어리광을 부릴 수도, 울음을 터뜨리며 매달릴 수도 없었습니다. 나는 나 자신의 선택이 만든 고단하고 팍팍한 외길을 끝까지 걸어야 했습니다. '세상에는 분명 운명보다 더 강한 것이 있다. 그것은 자기의 인생을 냉정하게 바라보며 동요하지 않고 운명을 짊어지려는 용기일 것이다.'

그렇게 생각하자 눈앞에 저 〈이인몽〉이란 사나이가 떠오르기 시작했습니다. 〈이인몽〉이란 누구인가? 그는 1772년 안동 예안면에서 태어난 스물아홉 살의 규장각 대교이며 동시에 1966년 대구에서 태어난 스물일곱 살의 작가 〈나〉였습니다. 그 모든 연대기적 차이에도 불구하고 둘 사이에는 아무런 질적 차이도 없었습니다. 이인화는 이인몽의 시뮬레이션을 통해 만들어진 인공물이며 이인몽 역시 이인화의 시뮬레이션을 통해 만들어진 인공물(시뮬라르크)이었습니다.

9 작가는 안동 무실의 전주 류씨로 영남남인 집안 출신이다. 이러한 역사적인 배경 속에서 이 책은 작가에게 어떤 의미를 지니는가?

나는 당시 남인으로서 정조의 좌절을 목도했던 정재(定齋) 유치명(柳致明 1777~1861)의 9대손입니다. 정조 사후 기호 남인들은 대부분 처형되고 영남 남인들은 낙향합니다. 영남지방에서는 지금까지도 정조의 갑작스런 죽음이 노론에 의한 독살이었다는 얘기가 전해집니다.

10 「영원한 제국」을 통해 작가가 드러내고자 했던 〈영원한 제국〉은 무엇이었나?

내가 말하고 싶었던 것은 동아시아의 자생적인 문화적 이상이었습니다. 흔히 유교자본주의론이라 불리는 이 같은 논리는 그렇지 않아도 열악한 동아시아의 인권 상황에 대한 체제 측의 변명으로 악용될 소지가 있습니다. 그러나 그럼에도 불구하고 주나라로 표상되는 고대 중국의 황금시대와 그 황금시대를 재현하려 했던 우리 선인들의 진지한 문제의식을 이해하는 일은 우리의 앞날에 중요한 의미를 갖는 것입니다.

이인화 장편소설
영원한 제국

초판 1쇄 발행	1993년 7월 15일
개정판 1쇄 발행	2006년 9월 25일
개정판 18쇄 발행	2022년 7월 22일
지은이	이인화
펴낸이	최동혁
기획본부장	강훈
영업본부장	최후신
기획편집	조예원 강현지 오은지
디자인팀	유지혜 김진희
마케팅팀	김영훈 김유현 양우희 심우정 백현주
물류제작	김두홍
영상제작	김예진 박정호
인사경영	조현희 양희조
재무회계	권은미
펴낸곳	(주)세계사컨텐츠그룹
주소	06071 서울시 강남구 도산대로 542 8, 9층(청담동, 542빌딩)
이메일	plan@segyesa.co.kr
홈페이지	www.segyesa.co.kr
출판등록	1988년 12월 7일(제406-2004-003호)
인쇄·제본	천일문화사

ⓒ이인화, 2006, Printed in Seoul, Korea
ISBN 978-89-338-0153-6 (03810)

·책값은 뒤표지에 표시되어 있습니다.
·이 책 내용의 전부 또는 일부를 재사용하려면 반드시 저작권자와 세계사 양측의 서면 동의를 받아야 합니다.
·잘못 만들어진 책은 구입하신 곳에서 바꿔드립니다.